HEYNE <

W0273233

Das Buch

Das Leben der jungen Journalistin Beth Randall verläuft in ruhigen, fast schon langweiligen Bahnen: sie lebt in einem zu kleinen Apartment, hat einen schlechtbezahlten Job bei einer kleinen Zeitung und auch in der Liebe läuft es überhaupt nicht. Eines Tages soll Beth über einen geheimnisvollen Mordfall berichten – ein Mann wurde in seinem Auto in die Luft gesprengt, und die Polizei tappt völlig im Dunkeln. Im Zuge ihrer Recherchen begegnet Beth dem ebenso geheimnisvollen wie attraktiven Wrath, der den Toten gekannt zu haben scheint. Zum ersten Mal in ihrem Leben spürt Beth den unwiderstehlichen Sog sexueller Anziehung und sie stürzt sich in eine heiße Affäre mit Wrath. Doch schon bald vermutet Beth, dass Wrath der gesuchte Mörder sein könnte. Als sie ihn mit ihrem Verdacht konfrontiert, behauptet Wrath etwas Unglaubliches: Er sei ein Vampir und der Anführer der mysteriösen Bruderschaft der BLACK DAGGER, die seit Jahrhunderten einen gnadenlosen Kampf um das Schicksal der Welt führen muss …

Wrath & Beth, der atemberaubende Auftakt von J.R. Wards Bestsellerserie BLACK DAGGER, enthält die beiden Bände *Nachtjagd* und *Blutopfer*.

Die Autorin

J.R. Ward begann bereits während des Studiums mit dem Schreiben. Nach dem Hochschulabschluss veröffentlichte sie die BLACK DAGGER-Serie, die innerhalb kürzester Zeit die amerikanischen Bestsellerlisten eroberte. Die Autorin lebt mit ihrem Mann in Kentucky und gilt seit dem überragenden Erfolg der Serie als Star der Paranormal Romance.
Mehr über J.R. Ward und BLACK DAGGER erfahren Sie auf:
www.jrward.com

www.twitter.com/HeyneFantasySF
@HeyneFantasySF

www.heyne-fantastisch.de

J. R. WARD

Black Dagger

WRATH & BETH

Roman

Mit spannendem Bonusmaterial
zu Wrath & Beth

WILHELM HEYNE VERLAG
MÜNCHEN

Titel der Originalausgabe:
DARK LOVER
Aus dem Amerikanischen von Astrid Finke

MIX
Papier aus verantwortungsvollen Quellen
FSC® C014496

Verlagsgruppe Random House FSC® N001967
Das FSC®-zertifizierte Papier *Holmen Book Cream*
für dieses Buch liefert Holmen Paper, Hallstavik, Schweden.

Überarbeitete Neuausgabe 11/2015
Copyright © 2005 by Jessica Bird
Bonusmaterial Copyright © 2008 by Jessica Bird
Copyright © 2015 dieser Ausgabe
Wilhelm Heyne Verlag, München,
in der Verlagsgruppe Random House GmbH
Printed in Germany 2015
Umschlaggestaltung: DAS ILLUSTRAT, München
Satz: Buch-Werkstatt GmbH, Bad Aibling
Druck und Bindung: GGP Media GmbH, Pößneck

ISBN 978-3-453-31702-4

www.heyne.de

Gewidmet:
Dir, in Ehrfurcht und Liebe –
Danke, dass du kamst und mich gefunden hast.
Und dafür, dass du mir den Weg gezeigt hast.
Es war die Reise meines Lebens,
die beste, die ich je hatte.

1

Darius sah sich im Club um und betrachtete das Gewimmel halbnackter Menschen auf der Tanzfläche. Das *Screamer's* war heute Abend gerammelt voll, überall saßen und standen in Leder gekleidete Frauen und Männer, die willentlich so aussahen wie Experten auf dem Gebiet diverser Gewaltverbrechen.

Darius und sein Begleiter passten perfekt hierher.

Nur, dass sie tatsächlich Killer waren.

»Du willst das also wirklich durchziehen?«, fragte Tohrment.

Darius sah dem anderen Vampir über den niedrigen Tisch hinweg in die Augen. »Ja. Will ich.«

Tohrment ließ seinen Scotch im Glas kreisen und verzog den Mund zu einem grimmigen Lächeln. Nur die äußersten Spitzen seiner Eckzähne blitzten dabei hervor. »Du bist verrückt, D.«

»Das wusstest du doch schon vorher.«

Tohrment hob achtungsvoll sein Glas wie zum Toast. »Schon, aber diesmal hängst du die Messlatte wirklich hoch. Du willst die Transition eines unschuldigen Mädchens, das keinen blassen Schimmer hat, worauf zum Teufel es sich einlässt, in die Hände eines Mannes wie Wrath legen. Das ist total kaputt.«

»Er ist nicht *schlecht*. Auch wenn er so aussieht.« Darius leerte sein Bier. »Außerdem solltest du ihm etwas mehr Respekt entgegenbringen.«

»Ich respektiere ihn wie die Hölle. Aber es ist trotzdem eine schlechte Idee.«

»Ich brauche ihn.«

»Bist du dir da ganz sicher?«

Eine Frau in einem ultrakurzen Minirock, Stiefeln bis zu den Oberschenkeln und einer Korsage aus Münzen schlenderte am Tisch vorbei. Ihre Augen funkelten hinter großzügig aufgetragener Wimperntusche, und sie ließ die Hüften kreisen, als hätte sie ein extra Gelenk darin.

Darius schenkte ihr keine Beachtung. Ihm war heute nicht nach Sex.

»Sie ist meine *Tochter,* Tohr.«

»Sie ist ein Mischling, D. Und du weißt, was Wrath von Menschen hält.« Tohrment schüttelte den Kopf. »Meine Ur-Urgroßmutter war auch ein Mensch. Und, quatsche ich in seiner Gegenwart darüber? Nein.«

Darius hob die Hand, um die Aufmerksamkeit der Kellnerin zu erregen. Er zeigte auf seine leere Flasche und Tohrments fast leeres Glas. »Ich werde nicht noch eines meiner Kinder sterben lassen. Nicht, wenn eine Chance besteht, sie zu retten. Abgesehen davon, kann niemand sagen, ob sie überhaupt jemals die Wandlung vollziehen wird. Sie könnte genauso gut ein glückliches Leben führen und nie etwas von dem Erbe erfahren, das ich ihr mitgegeben habe. So was hat es schon gegeben.«

Und er hoffte wirklich inständig, dass seine Tochter verschont bliebe. Denn *wenn* sie die Transition durchmachen müsste, und *wenn* sie daraus lebendig und als Vampir hervorginge, würde sie gejagt werden. Wie sie alle.

»Darius, wenn er es überhaupt tut, dann nur, weil er dir was schuldig ist. Nicht, weil er es will.«

»Hauptsache, er macht es.«

»Aber tust du ihr einen Gefallen damit? Der Mann ist ungefähr so fürsorglich wie eine Schrotflinte, und das erste Mal kann wirklich hart sein, selbst wenn man vorbereitet wurde. Was bei ihr nicht der Fall ist.«

»Ich werde vorher mit ihr sprechen.«

»Und wie soll das bitte ablaufen? Willst du einfach zu ihr hingehen und sagen: ›Hey, du hast mich zwar noch nie gesehen, aber ich bin dein Papa. Und übrigens, wo wir uns gerade so nett unterhalten: Du hast im Evolutionslotto gewonnen. Du bist ein Vampir! Bring die Wandlung rasch hinter dich, und dann fahren wir zusammen nach Disneyland!‹«

»Das ist nicht komisch.«

Tohrment beugte sich vor, und seine massigen Schultern zeichneten sich unter dem schwarzen Leder ab. »Du weißt, ich stehe hinter dir. Ich finde nur, du solltest es dir noch mal überlegen.« Eine lange Pause entstand. »Vielleicht könnte ich es tun.«

Darius warf ihm einen ironischen Blick zu. »Und wie willst du nach der Sache wieder in dein Haus kommen? Wellsie würde dir einen Pfahl durchs Herz rammen und dich in der Sonne verbrutzeln lassen, mein Freund.«

Tohrment zuckte zusammen. »Da könntest du allerdings recht haben.«

»Und danach würde sie sich mich vorknöpfen.«

Beide Männer schauderten.

»Außerdem …« Darius lehnte sich zurück, als die Kellnerin die Getränke vor ihnen abstellte. Er wartete, bis sie wieder weg war, obwohl sie bei dem dröhnend lauten

Hardcore-Rap vermutlich ohnehin kein Wort verstanden hätte. »Außerdem leben wir in gefährlichen Zeiten. Wenn mir etwas zustößt –«

»Dann kümmere ich mich um sie.«

Darius schlug seinem Freund auf die Schulter. »Das weiß ich.«

»Aber Wrath ist besser.« In der Bemerkung lag keinerlei Eifersucht. Es war einfach eine Feststellung.

»Keiner ist wie er.«

»Gott sei Dank«, sagte Tohrment mit einem halben Lächeln.

Ihre Bruderschaft, ein enger Zirkel aufrechter Krieger, die Informationen austauschten und gemeinsam kämpften, war diesbezüglich derselben Meinung. Wenn es um Vergeltung ging, war Wrath nicht zu stoppen, er jagte ihre Feinde mit einer Zielstrebigkeit, die schon an Wahnsinn grenzte. Er war der Letzte seines Geschlechts, der einzig verbliebene reinrassige Vampir des Planeten; und wenngleich seine Rasse ihn als König verehrte, verachtete er selbst seinen Status.

Es war beinahe tragisch, dass ausgerechnet er Darius' Mischlingstochter die besten Aussichten bot zu überleben. Wraths Blut – so stark, so unbefleckt – würde ihre Chancen, die Transition zu überstehen, erheblich erhöhen. Doch Tohrment lag völlig richtig: Darius hatte dennoch das Gefühl, Casanova eine Jungfrau anzubieten.

Urplötzlich geriet die Menge in Aufruhr, hektisch schubsten sich die Leute gegenseitig zur Seite. Sie machten Platz für etwas. Oder jemanden.

»Scheiße. Er kommt«, murmelte Tohrment. Er kippte seinen Scotch in einem Schluck hinunter. »Nimm's mir nicht übel, aber ich verziehe mich. Bei eurem Gespräch habe ich nichts verloren.«

Darius sah zu, wie das Meer von Menschen sich teilte, um einen imposanten dunklen Schatten durchzulassen, der über ihnen allen aufragte. Der Fluchtreflex ist eindeutig einer der vernünftigeren menschlichen Instinkte.

Zwei Meter purer Terror in schwarzem Leder. Das war Wrath. Sein Haar war lang und schwarz und fiel von einem spitz zulaufenden Haaransatz gerade herunter. Eine große, gewölbte Sonnenbrille verbarg seine Augen, die er niemals zeigte. Die Schultern waren doppelt so breit wie die der meisten anderen Männer. Sein Gesicht wirkte aristokratisch und brutal zugleich. Er war ein König per Geburtsrecht, aber das Schicksal hatte ihn zu einem Soldaten gemacht.

Und diese Welle der Bedrohung, die stets vor ihm herflutete, war seine Visitenkarte.

Als der kühle Hass Darius traf, setzte er die neue Bierflasche an und nahm einen langen Zug.

Er hoffte bei Gott, dass er das Richtige tat.

Beth Randall sah auf, als ihr Redakteur sich auf ihre Schreibtischkante setzte. Sein Blick wanderte ohne Umwege zum V-Ausschnitt ihres T-Shirts.

»Schon wieder so spät noch im Büro«, murmelte er.

»Hallo Dick.«

Solltest du nicht zu Hause bei deiner Frau und den zwei Kindern sein?, fügte sie im Geist hinzu.

»Was machst du denn da?«

»Ich überarbeite einen Artikel für Tony.«

»Weißt du, es gibt noch andere Wege, mich zu beeindrucken.«

Ach was. Das konnte sie sich lebhaft vorstellen.

»Hast du meine E-Mail gelesen, Dick? Ich war heute Nachmittag auf dem Revier und habe mit José und Ricky gesprochen. Sie sind sich absolut sicher, dass ein Waffenhändler in die Stadt gezogen ist. Sie haben frisierte Magnums bei ein paar Drogendealern gefunden.«

Dick tätschelte ihr die Schulter und strich dann wie zufällig über ihren Arm. »Bleib du mal schön bei deinen Polizeiregistern, und überlass den großen Jungs die Gewaltverbrechen. Wir wollen doch nicht, dass deinem hübschen Gesicht was zustößt.«

Er lächelte, und seine Augen bekamen einen träumerischen Ausdruck, als sein Blick an ihren Lippen hängen blieb.

Diese Schmachtnummer war schon vor drei Jahren langweilig gewesen, dachte sie entnervt. Ungefähr seitdem sie angefangen hatte, für ihn zu arbeiten.

Eine Papiertüte. Sie bräuchte eine Papiertüte, um sie sich über den Kopf zu ziehen, wenn sie mit ihm sprach. Vielleicht mit einem Bild von Mrs. Dick darauf.

»Soll ich dich nach Hause fahren?«, fragte er.

Nur wenn es Frösche und Kröten regnet, du Schleimbeutel.

»Nein, danke.« Beth wandte sich wieder dem Computerbildschirm zu und hoffte, er würde den Wink mit dem Zaunpfahl verstehen.

Endlich trollte er sich, vermutlich in die Bar gegenüber, die von den meisten Reportern auf dem Heimweg noch aufgesucht wurde. Caldwell, New York, war nicht gerade ein Karrieresprungbrett für Journalisten, doch Dicks große Jungs gaben sich gern den Anschein, als trügen sie eine schwere gesellschaftliche Last auf den Schultern. Genüsslich machten sie es sich an der Theke im *Charlie's* bequem und schwelgten in Erinnerungen an die guten alten Zeiten, als sie noch für größere, bedeutendere Zeitungen gearbeitet hatten. Der überwiegende Teil von ihnen war genau wie Dick selbst: mäßig konservative Männer im mittleren Alter, die zwar kompetent, aber nicht wirklich außergewöhnlich in dem waren, was sie taten. Caldwell war immerhin eine Großstadt und nahe genug an New York City, um seinen Anteil am organisierten Verbrechen, an Drogenhandel und Prostitution zu beanspruchen; so hatten sie ausreichend zu tun. Doch das *Caldwell Courier Journal* war nicht die *Times,* und sie alle wussten, dass keiner von ihnen jemals den Pulitzerpreis gewinnen würde.

Es war ziemlich traurig.

Aber bitte, schau doch mal in den Spiegel, dachte Beth. Sie war nur eine Lokalreporterin und hatte noch nie für eine überregionale Zeitung gearbeitet. Wenn sich bis dahin nichts änderte, würde sie mit fünfzig die Kleinanzeigen für ein Käseblatt schreiben und an ihre glorreichen Tage beim *Caldwell Courier Journal* zurückdenken.

Sie griff in die M&Ms-Tüte vor sich. Leer. Schon wieder.

Auf dem Weg aus der Nachrichtenredaktion, einem offenen Großraumbüro mit wackligen grauen Trennwänden zwischen den Schreibtischen, machte sie einen Umweg über das Schokoriegeldepot ihres Kumpels Tony. Tony aß ununterbrochen. Für ihn gab es kein Frühstück, Mittag- und Abendessen: Nahrungsaufnahme war eine Grundkonstante. Solange er wach war, wanderte ununterbrochen etwas in seinen Mund, und um eine kontinuierliche Versorgung zu gewährleisten, stellte sein Schreibtisch eine Schatzkammer von Kalorienlieferanten dar.

Beth nahm sich einen Schokoriegel, wickelte ihn aus und genoss die künstlichen Aromastoffe. Noch während sie kaute, trabte sie die Treppe hinunter zur Trade Street. Draußen baute sich die Julihitze vor ihr auf wie eine Mauer; zwölf drückende, schwüle Blocks lagen zwischen ihr und ihrer Wohnung. Gott sei Dank lag das chinesische Schnellrestaurant auf halber Strecke und verfügte über eine hervorragend funktionierende Klimaanlage. Mit ein bisschen Glück würde dort heute die Hölle los sein, und sie könnte ein Weilchen im Kühlen warten.

Nach dem letzten Bissen Schokoriegel klappte sie das Handy auf, drückte die Kurzwahltaste und bestellte sich eine Portion Rindfleisch mit Brokkoli. Halb unbewusst nahm sie im Weitergehen die vertraute, trostlose Umgebung wahr. Auf diesem Teil der Trade Street gab es nur Nachtclubs, Striplokale und hier und da mal einen Tattooladen. Der Chinese und ein Tex-Mex-Stehimbiss waren die einzigen Restaurants in der Gegend. Die übrigen Gebäude hatten noch in den Zwanzigerjahren Büros beherbergt, als die Innenstadt noch geboomt hatte. Heute standen sie leer. Beth kannte jeden Riss im Asphalt; die Ampelschaltung war ihr in Fleisch und Blut übergegangen. Jedes einzelne Geräusch des vielstimmigen Gemurmels, das aus den offenen Türen und Fenstern drang, hätte sie mitbeten können.

In *McGrinder's Bar* lief Blues, aus dem *Zero Sum* dröhnte Techno durch die Glastüren und im *Ruben's* hatte jemand die Karaokeanlage auf volle Lautstärke gedreht. Die meisten Kneipen hier waren einigermaßen anständig, aber es gab ein paar, von denen sie sich prinzipiell fernhielt. Vor allem das *Screamer's* bediente eine schauerliche Klientel. Diese Schwelle würde sie definitiv nur mit einer Polizeieskorte überschreiten.

Eine Welle der Erschöpfung überrollte sie. Mein Gott, war das schwül. Die Luft war so schwer, dass es sich anfühlte, als atme sie Wasser ein.

Doch sie wurde das Gefühl nicht los, dass ihre Kraftlosigkeit nicht nur am Wetter lag. Schon seit Wochen war sie vollkommen fertig, ein Anflug von Depression war nicht mehr zu leugnen. Ihr Job hatte keine Zukunft. Die Stadt, in der sie lebte, war ihr gleichgültig. Sie hatte kaum Freunde, keinen Geliebten, noch nicht einmal einen Flirt vorzuweisen. Vor ihrem geistigen Auge sah sie sich selbst in zehn Jahren: Immer noch in Caldwell mit Dick und den großen Jungs, immer noch Tag für Tag in derselben alten Mühle. Aufstehen, zur Arbeit gehen, versuchen, etwas zu verändern, scheitern, allein nach Hause gehen.

Vielleicht musste sie einfach mal hier raus. Raus aus Caldwell. Raus aus dem *Caldwell Courier Journal.* Raus aus ihrer elektronischen Familie, bestehend aus Wecker, Telefon und dem Fernseher, der sie vor ihren Träumen beschützte.

Nichts hielt sie hier außer der Gewohnheit. Mit ihren Pflegeeltern hatte sie seit Jahren nicht mehr gesprochen, die würden sie nicht vermissen. Und die wenigen Freunde, die sie besaß, waren mit ihren eigenen Familien beschäftigt.

Als sie ein Pfeifen hinter sich hörte, verdrehte sie die Augen. Das war das Problem, wenn man in so einer Gegend arbeitete. Manchmal wurde man blöd angemacht.

Einige anzügliche Sprüche folgten, und schon kamen zwei Typen im Laufschritt über die Straße und hefteten sich an ihre Fersen. Sie sah sich um. Die Kneipenzone endete hier, und vor ihr lag ein langes Stück Straße, das nur von leeren Häusern gesäumt war. Die Nacht war dicht und dunkel, aber wenigstens gab es Straßenlaternen, und ab und zu fuhr ein Auto vorbei.

»Tolle schwarze Haare«, sagte der Größere der beiden, als er sie eingeholt hatte. »Was dagegen, wenn ich sie anfasse?«

Beth war nicht so dumm, stehen zu bleiben. Die beiden sahen zwar aus wie College-Jungs in den Sommerferien, was bedeutete, dass sie vermutlich nur nervig, aber nicht wirklich gefährlich sein würden. Trotzdem wollte sie es nicht darauf ankommen lassen. Außerdem waren es nur noch fünf Blocks bis zu dem chinesischen Restaurant.

Für alle Fälle wühlte sie schon mal in ihrer Handtasche nach dem Pfefferspray.

»Sollen wir dich irgendwo hinfahren?«, fragte der Große. »Mein Auto steht ganz in der Nähe. Im Ernst, wie wär's, wenn du mitkommst? Wir könnten einen netten kleinen Ausflug machen.«

Er grinste und zwinkerte seinem Kumpel zu, als würde er mit dieser total lässigen Tour auf jeden Fall bei ihr landen. Sein Kumpan lachte, sein dünnes blondes Haar wippte, als er um sie herumhüpfte.

»Besorgen wir's ihr doch auf der Rückbank!«, schlug der Blonde vor.

Scheiße, wo war das verdammte Spray?

Als der Große die Hand ausstreckte und ihr Haar berührte, sah sie ihn durchdringend an. Mit seinem Polohemd und den Khakishorts sah er auf eine smarte Collegeboy-Art gut aus. Der Traum jeder Schwiegermutter.

Er lächelte sie an, und sie beschleunigte ihre Schritte und konzentrierte sich nur auf das schwache Neonlicht des chinesischen Restaurants. Sie betete, dass jemand vorbeikäme, doch die Hitze hatte jegliche Passanten vertrieben. Es war keine Menschenseele zu sehen.

»Willst du uns nicht deinen Namen sagen?«, fragte der Schwiegermuttertraum.

Ihr Herz klopfte heftig. Das Spray musste in der anderen Handtasche sein.

Noch vier Blocks.

»Oder ich such mir einfach einen Namen für dich aus. Mal überlegen ... wie wär's mit Muschi?«

Der Blonde kicherte.

Beth schluckte und holte ihr Handy heraus, nur für den Fall, dass sie die Polizei rufen müsste.

Ganz ruhig. Reiß dich zusammen.

Sie stellte sich vor, wie angenehm die kühle klimatisierte Luft in dem Restaurant sein würde, wenn sie durch die Tür trat. Vielleicht würde sie sich von dort aus ein Taxi rufen, nur zur Sicherheit.

»Na komm schon, Muschi«, säuselte der Collegeboy. »Ich weiß, dass du mich mögen wirst.«

Noch drei Blocks ...

Genau als sie vom Bürgersteig stieg, um die Tenth Street zu überqueren, packte er sie um die Taille. Ihre Füße lösten sich widerstrebend vom Boden, und seine schwere Handfläche bedeckte ihren Mund, als er sie rückwärts zog. Sie wehrte sich wie eine Verrückte, trat und zappelte, dann verpasste sie ihm einen Schlag aufs Auge, und sein Griff lockerte sich. Blitzschnell entwand sie sich seinem Arm und rannte los, ihre Sohlen schlugen hart aufs Pflaster, der Atem brannte ihr im Hals. Ein Auto fuhr auf der Trade Street vorbei, und sie schrie, als die Scheinwerfer aufblitzten.

Doch da hatte er sie schon wieder eingefangen.

»Du wirst noch darum betteln, du Schlampe«, raunte der Schwiegermuttertraum ihr ins Ohr, während er sie im Würgegriff hielt. Er riss an ihrem Genick, bis sie dachte, es würde brechen, und zog sie weiter in die Häuserschatten. Sie roch seinen Schweiß und sein Studenten-Aftershave, sie hörte das Gelächter seines Freundes.

Eine Seitenstraße. Sie zerrten sie in eine Seitenstraße.

Ihr Magen rebellierte, Galle stieg ihre Kehle hinauf. Wütend versuchte sie, frei zu kommen. Die Angst machte sie stark. Doch er war stärker.

Er schob sie hinter einen Müllcontainer und presste seinen Körper an ihren. Immer noch trat sie um sich, hieb den Ellbogen zwischen seine Rippen.

»Verflucht noch mal, halt ihre Arme fest!«

Sie erwischte den Blonden noch ordentlich mit dem Absatz am Schienbein, bevor er ihre Handgelenke zu fassen bekam und sie über ihrem Kopf festhielt.

»Komm schon, du Schlampe, das wird dir gefallen«, knurrte der Dunkelhaarige, während er versuchte, ihr ein Knie zwischen die Beine zu schieben.

Er drückte Beths Rücken gegen die Backsteinwand, mit der einen Hand hielt er sie am Hals fest. Mit der anderen riss er ihr das T-Shirt herunter; sobald ihr Mund wieder frei war, schrie sie laut auf. Brutal ohrfeigte er sie, sie konnte spüren, wie die Lippe aufplatzte. Das Blut lief ihr über die Zunge, der Schmerz machte sie benommen.

»Mach das noch mal, und ich schneide dir die Zunge raus.« Die Augen des Collegeboys funkelten vor Hass und Lust, als er ihren weißen Spitzen-BH hochschob und ihre Brüste entblößte. »Gute Idee eigentlich. Das mach ich auf jeden Fall.«

»Hey, sind die echt?«, fragte der Blonde, als erwarte er eine Antwort.

Sein Kumpel kniff in eine ihrer Brustwarzen und zog daran. Beth krümmte sich, Tränen verschleierten ihren Blick. Oder vielleicht schwanden ihr auch die Sinne, weil sie hyperventilierte.

Der Große lachte. »Ich glaube, an der ist alles echt. Aber das kannst du ja selbst rausfinden, wenn ich fertig bin.«

Als der Blonde hämisch kicherte, machte es irgendwo in den Tiefen ihres Gehirns Klick. Sie weigerte sich, das hier geschehen zu lassen. Mit aller Gewalt zwang sie sich, den Abwehrreflex zu unterdrücken, und erinnerte sich an ihren Selbstverteidigungskurs. Nur ihr Atem ging noch schwer, der Rest ihres Körpers wurde vollkommen reglos. Ihr Peiniger brauchte eine Minute, um es überhaupt zu bemerken.

»Willst du doch lieber mitspielen?« Er beäugte sie misstrauisch.

Sie nickte langsam.

»Sehr schön.« Er beugte sich so weit zu ihr, dass sie seinen Atem riechen konnte. Sie musste sich zwingen, bei dem Gestank nach Zigaretten und Bier nicht zurückzuzucken. »Aber wenn du noch einmal schreist, steche ich dich ab. Klar?«

Sie nickte wieder.

»Lass sie los.«

Der Blonde ließ ihre Handgelenke fallen und kicherte wieder. Dann trat er zurück, wohl um einen besseren Blickwinkel zu haben.

Die Hände des Schwiegermuttertraums fühlten sich auf ihrer Haut rau an, sie konnte den Schokoriegel nur durch reine Willenskraft bei sich behalten, so stark war der Würgereflex in ihrem Hals. Obwohl sie das Gefühl seiner Hände, die ihre Brüste kneteten, kaum ertragen konnte, tastete sie nach dem Reißverschluss seiner Hose. Immer noch hielt er sie am Hals fest, sie bekam kaum Luft, doch sobald sie sein Geschlecht berührte, stöhnte er auf und lockerte den Griff.

Sie legte die Hand um seine Eier. Dann drückte sie zu und drehte sie mit einem Ruck herum; als er vornübersackte, rammte sie ihm das Knie gegen die Nase. Adrenalin schoss durch ihren Körper, und für den Bruchteil einer Sekunde hoffte sie, sein Kumpel würde angreifen, anstatt sie nur dümmlich anzustarren.

»Ihr dreckigen Arschlöcher!«, brüllte sie.

Dann stürzte Beth aus der kleinen Straße. Im Laufen hielt sie ihr T-Shirt zusammen, und sie blieb erst stehen, als sie vor der Tür ihrer Wohnung stand. Ihre Hände zitterten so stark, dass sie kaum den Schlüssel ins Schloss bekam. Erst in ihrem Badezimmer vor dem Spiegel bemerkte sie die Tränen, die ihr über das Gesicht strömten.

Butch O'Neal hob den Kopf, als das Funkgerät am Armaturenbrett seines zivilen Dienstwagens loskrächzte. Opfer männlich, schwer verletzt, aber noch am Leben, in einer Nebenstraße ganz in der Nähe.

Butch sah auf die Uhr. Kurz nach zehn, der Spaß ging also gerade erst richtig los. Es war ein Freitagabend Anfang Juli, die Tölpel aus dem College hatten gerade erst Sommerferien bekommen und konnten es wieder mal kaum erwarten, sich an der Idioten-Olympiade zu beteiligen. Entweder war der Kerl überfallen worden, oder jemand hatte ihm eine Lektion erteilt.

Butch hoffte, dass Letzteres der Fall wäre.

Er schnappte sich das Funkgerät und teilte der Zentrale mit, dass er den Fall übernehmen würde. Obwohl er eigentlich bei der Mordkommission und kein Streifenpolizist war. Im Moment arbeitete er an zwei Fällen, einer Wasserleiche aus dem Hudson River und einem Unfall mit Fahrerflucht, aber einer mehr oder weniger machte ihm nichts aus. Je weniger er zu Hause war, umso besser. Das schmutzige Geschirr im Spülbecken und die verknitterten Bettlaken würden ihn sicher nicht vermissen.

Er schaltete sein Blaulicht ein und dachte: *Na, dann kann die Party ja losgehen.*

2

Wrath verzog spöttisch die Mundwinkel, als die Menge im *Screamer's* sich gegenseitig auf die Füße trat, um ihm Platz zu machen. Furcht und eine morbide, lustvolle Neugierde atmete aus den Poren der Anwesenden. Er sog den eigenwilligen Geruch genussvoll ein.

Vieh. Sie alle.

Hinter den dunklen Brillengläsern blickten seine Augen angestrengt durch das trübe Licht, und er schloss die Lider. Seine Augen waren so schlecht, dass er sich in absoluter Dunkelheit genauso sicher bewegte wie in dem fahlen Licht des Clubs. Nun nur noch auf seinen Gehörsinn konzentriert, bahnte er sich einen Weg durch die Bar, trennte im Geiste das Rascheln der Füße von den Hip-Hop-Beats und den geflüsterten Worten, vom Geräusch eines zu Boden fallenden Glases. Wenn er gegen etwas stoßen würde, wäre es ihm allerdings auch egal. Ob Stuhl, Tisch, Mensch – er würde einfach über das verdammte Ding darüberlaufen.

Darius erkannte er schlicht und einfach daran, dass er der Einzige im ganzen Raum war, der nicht nach Panik stank.

Wenn auch heute Nacht selbst der Krieger angespannt war.

Wrath öffnete die Augen, als er vor dem anderen Vampir stand. Darius war ein verschwommener Umriss, sein dunkles Gesicht und die schwarzen Klamotten waren die einzige Information, mit der Wraths Gehirn ihn versorgte.

»Wo ist Tohrment?«, fragte er, als er einen Hauch von Scotch aufschnappte.

»Frische Luft schnappen. Danke, dass du gekommen bist.«

Wrath ließ sich auf einem Stuhl nieder. Er blickte starr geradeaus und beobachtete, wie die Menge nach und nach den Durchgang wieder schloss, den sie vorher für ihn gebildet hatte.

Er wartete.

Der harte Beat von Ludacris ging in die frühen Cypress Hill über.

Das hier würde interessant werden. Darius war ein Typ, der normalerweise schnell zur Sache kam und der wusste, dass Wrath es hasste, wenn ihm jemand die Zeit stahl. Wenn er schwieg, bedeutete das etwas Ernstes.

Darius trank sein Bier in einem Zug aus, dann stieß er vernehmlich die Luft aus. »Herr –«

»Wenn du etwas von mir willst, fang lieber nicht so an«, unterbrach ihn Wrath seelenruhig. Er spürte, dass sich eine Kellnerin näherte. Eine Ahnung von großen Brüsten und ein Streifen nacktes Fleisch zwischen dem engen Shirt und dem kurzen Rock streifte ihn.

»Darf's was zu trinken sein?«, fragte sie einladend.

Er war kurz in Versuchung, sie auf den Tisch zu legen und sich über ihre Halsschlagader herzumachen. Menschliches Blut hielt bei ihm zwar nicht besonders lange vor, aber es schmeckte verflucht noch mal besser als verdünnter Alkohol.

»Im Moment nicht«, sagte er. Sein schmales Lächeln

machte sie gleichzeitig nervös und sandte ihr einen lustvollen Schauer über den Körper. Er atmete ihren Duft tief ein.

Kein Interesse, dachte er.

Die Kellnerin nickte, rührte sich aber nicht vom Fleck. Immer noch starrte sie ihn unverwandt an, das kurze blonde Haar leuchtete in der Dunkelheit wie ein Halo um ihr Gesicht. Wie gebannt schien sie nicht nur ihren Job, sondern auch ihren eigenen Namen vergessen zu haben.

Wie unglaublich nervig.

Darius verlagerte ungeduldig sein Gewicht auf dem Stuhl.

»Das wär's dann«, murmelte er. »Wir sind wunschlos glücklich.«

Als sie sich in die Menge zurückzog, hörte Wrath wie Darius sich räusperte. »Danke, dass du gekommen bist.«

»Das hast du schon gesagt.«

»Klar. Richtig. Also, du und ich, wir kennen uns schon eine ganze Weile.«

»Stimmt.«

»Wir haben ein paar verdammt gute Kämpfe zusammen ausgetragen. Eine ganze Menge *Lesser* ausgeschaltet.«

Wrath nickte. Die Bruderschaft der Black Dagger beschützte ihre Rasse seit Generationen vor der Gesellschaft der *Lesser.* Darius. Tohrment. Die vier anderen. Gegenüber den *Lessern* – seelenlosen Menschen, die einem bösartigen Meister namens Omega dienten – waren die Brüder deutlich in der Unterzahl. Doch Wrath und seine Krieger schafften es, sich dennoch zu behaupten.

Und weit mehr als das.

Darius räusperte sich erneut. »Nach all den Jahren –«

»D, fass dich kurz. Marissa muss heute Nacht noch etwas erledigen.«

»Willst du wieder dein Zimmer bei mir benutzen? Du weißt, dass ich sonst niemanden da reinlasse.« Darius lachte verlegen. »Ihrem Bruder wäre es bestimmt lieber, wenn du nicht bei ihm auftauchst.«

Wrath verschränkte die Arme vor der Brust und schob den Tisch mit seinem Stiefel etwas weg, um sich mehr Platz zu verschaffen.

Es war ihm scheißegal, ob Marissas Bruder irgendwelche Abneigungen pflegte oder Wraths Art zu leben ablehnte. Havers war ein Snob und ein vollkommen unfähiger Dilettant. Er kapierte einfach nicht, was für Feinde ihre Rasse hatte und was es bedeutete, die Vampire gegen sie zu verteidigen.

Und nur, weil es diesem Jüngelchen nicht passte, würde Wrath ganz bestimmt nicht tatenlos zusehen, wie Zivilisten abgeschlachtet wurden. Er gehörte aufs Schlachtfeld, zu seinen Kriegern, nicht auf irgendeinen albernen Thron. Havers Ansichten dazu interessierten ihn nicht.

Trotzdem sollte Marissa sich nicht mit den arroganten Anwandlungen ihres Bruders herumschlagen müssen.

»Vielleicht komme ich auf dein Angebot zurück.«

»Gut.«

»Und jetzt spuck's aus.«

»Ich habe eine Tochter.«

Wrath drehte langsam den Kopf. »Seit wann?«

»Schon eine ganze Weile.«

»Wer ist die Mutter?«

»Kennst du nicht. Und sie … sie ist tot.«

Darius' Kummer umwölkte ihn, der beißende Geruch

von altem Schmerz schnitt durch den Odeur von menschlichem Schweiß, Alkohol und Sex um sie herum.

»Wie alt ist sie?«, wollte Wrath wissen. Er hatte so eine Ahnung, wohin das Gespräch führen würde.

»Fünfundzwanzig.«

Wrath fluchte unterdrückt. »Frag nicht, Darius. Bitte mich nicht darum.«

»Ich muss. Herr, dein Blut ist –«

»Wenn du mich noch einmal so nennst, sorge ich dafür, dass du an dem Wort erstickst.«

»Du verstehst nicht, sie ist –«

Wrath stand langsam auf. Darius' Hand legte sich auf seinen Unterarm und wurde sofort wieder entfernt.

»Sie ist ein halber Mensch.«

»Herrgott –«

»Deshalb wird sie die Transition vielleicht nicht überleben, wenn es so weit kommen sollte. Aber wenn du ihr hilfst, hat sie eine Chance. Dein Blut ist so stark, dass es ihr durch die Wandlung helfen kann, obwohl sie ein Mischling ist. Ich bitte dich ja gar nicht, sie als *Shellan* zu nehmen. Oder sie zu beschützen. Das kann ich selbst. Ich versuche doch nur … *Bitte.* Meine Söhne sind tot. Sie ist vielleicht alles, was eines Tages von mir bleibt. Und ich … Ich habe ihre Mutter geliebt.«

Jedem anderen hätte Wrath daraufhin seine beiden Lieblingsworte entgegengeschleudert: *Leck* und *mich*. Soweit es ihn betraf, gab es nur zwei akzeptable Positionen für Menschen. Eine Frau: auf dem Rücken. Ein Mann: mit dem Gesicht nach unten und ohne Herzschlag.

Doch Darius war beinahe ein Freund. Beziehungsweise hätte er einer sein können, wenn Wrath ihn nah genug an sich herangelassen hätte.

Er schloss die Augen. Hass spülte durch seinen Körper, floss in seiner Brust zusammen. Er verachtete sich selbst dafür, dass er einfach aufstand und ging, doch er war nun mal nicht der Typ Mann, der einem armen Mischlingskind durch eine so schmerzhafte und gefährliche Zeit helfen konnte. Milde und Barmherzigkeit lagen einfach nicht in seinem Wesen.

»Ich kann das nicht tun. Nicht einmal für dich.«

Darius' Kummer und Enttäuschung trafen ihn frontal, Wrath geriet buchstäblich ins Schwanken unter der Wucht der Emotionen. Er drückte die Schulter des anderen Vampirs.

»Wenn du sie wirklich liebst, tu ihr einen Gefallen. Frag einen anderen.«

Wrath drehte sich um und verließ steif den Club. Auf dem Weg zur Tür löschte er die Erinnerung an sich von der Großhirnrinde jedes der anwesenden Menschen. Die Starken würden glauben, sie hätten nur von ihm geträumt. Die Schwachen würden sich überhaupt nicht an ihn erinnern.

Draußen auf der Straße suchte er sich eine dunkle Ecke, in der er sich dematerialisieren konnte. Er kam an einer Frau vorbei, die im Schatten eines Gebäudes einem Kerl einen blies; an einem Penner, der sich ins Koma gesoffen hatte; an einem Drogendealer, der sich per Handy über den aktuellen Crackpreis stritt.

Sofort spürte er, dass ihm jemand folgte. Und wer das war. Der süßliche Geruch von Talkum war untrüglich.

Wrath lächelte breit, öffnete seine Lederjacke und nahm einen seiner Hira-Shuriken heraus. Der Wurfstern aus Edelstahl lag gut in der Hand. 100 Gramm Tod warteten nur darauf, auf die Reise geschickt zu werden.

Wrath änderte sein Schritttempo nicht, obwohl er am liebsten in den Schatten gerannt wäre. Zur Hölle, nach der Absage an Darius lechzte er nach einem Kampf, und dieser verfluchte *Lesser* da hinter ihm kam ihm wie gerufen.

Diesen seelenlosen Menschen zu töten, war genau das Richtige, um wieder auf den Boden zu kommen.

Während er den *Lesser* tiefer in die Dunkelheit lockte, bereitete sich Wraths Körper auf den Kampf vor; sein Herz schlug gleichmäßig, die Muskeln in Armen und Oberschenkeln zuckten erwartungsvoll. Seine Ohren nahmen das Geräusch eines gespannten Abzugshahns auf, und er triangulierte das Ziel der Waffe. Sie zeigte genau auf seinen Hinterkopf.

In einer einzigen fließenden Bewegung wirbelte er in genau dem Augenblick herum, als die Kugel sich explosionsartig aus der Mündung löste. Er duckte sich und warf den Stern; silbern blitzte der Shuriken auf und beschrieb einen tödlichen Bogen. Das Geschoss traf den *Lesser* genau am Hals und schlitzte ihm die Kehle auf, bevor es seine Reise in die Dunkelheit fortsetzte. Die Pistole des Angreifers fiel zu Boden und rutschte scheppernd über den Asphalt.

Fassungslos griff sich der *Lesser* an die Kehle und fiel auf die Knie.

Wrath trat seelenruhig an ihn heran und durchwühlte seine Taschen. Brieftasche und Handy nahm er an sich und steckte sie in seine Jacke.

Und dann zog er einen langen Dolch mit schwarzer Klinge aus seinem Brusthalfter. Er war enttäuscht, dass der Kampf nicht länger gedauert hatte, doch dem dunklen, lockigen Haar und relativ ungeschickten Angriff nach zu urteilen, war dieser *Lesser* ein neuer Rekrut. Mit einer schnellen Bewegung warf er den *Lesser* auf den Rücken, der Dolch wirbelte hoch in die Luft und landete genau mit dem Schaft in seiner Handfläche. Tief stieß er die Klinge in das Fleisch der Brust, durchschnitt den Knochen und fand das schwarze Loch, an dessen Stelle einst das Herz gewesen war.

Mit einem erstickten Geräusch löste sich der *Lesser* in einem Lichtblitz in nichts auf.

Wrath wischte den Dolch an seiner Lederhose ab, steckte ihn wieder an seinen Platz und stand auf. Er sah sich um. Und dann dematerialisierte er sich.

Darius trank noch ein drittes Bier. Einige Hip-Hop-Schönheiten kamen vorbei und wollten seine düsteren Gedanken vertreiben, doch er schlug ihre Einladungen aus.

Dann verließ er die Bar und ging zu seinem BMW 650i, der in einer dunklen Nebenstraße hinter dem *Screamer's* im Parkverbot stand. Wie jeder Vampir konnte er sich jederzeit dematerialisieren und damit große Distanzen überbrücken, doch das war gar nicht so einfach, wenn man etwas Schweres mit sich herumtrug. Und die meisten von ihnen lösten sich nicht gern in der Öffentlichkeit augenscheinlich in Luft auf.

Außerdem war ein schickes Auto zweifellos ein schöner Anblick.

Darius stieg in den BMW und zog die Autotür zu. Aus dem Himmel fielen die ersten, dicken Regentropfen auf die Windschutzscheibe.

Eventuell gab es noch eine andere Möglichkeit. Das Gespräch über Marissas Bruder hatte ihn auf eine Idee gebracht. Havers war Arzt, ein hingebungsvoller Heiler unter den Vampiren. Vielleicht konnte er ihm helfen. Einen Versuch war es sicher wert.

Von seinen Überlegungen abgelenkt, steckte Darius den Zündschlüssel ins Schloss und drehte ihn herum. Der Anlasser stotterte. Noch einmal drehte er den Schlüssel, und plötzlich hatte er eine schreckliche Vorahnung, als er ein rhythmisches Klicken hörte.

Die Bombe, die am Fahrgestell des Autos befestigt und mit der Elektrik verkabelt worden war, ging hoch.

Sein letzter Gedanke, als er durch eine Explosion weißer Glut eingeäschert wurde, galt der Tochter, die ihn nie kennengelernt hatte. Und es nun auch nie würde.

3

Beth duschte fünfundvierzig Minuten lang, verbrauchte eine halbe Flasche Duschgel und dämpfte beinahe die billige Tapete von der Badezimmerwand, weil sie das Wasser so heiß stellte. Dann trocknete sie sich ab, schlüpfte in den Bademantel und versuchte, ihrem Spiegelbild auszuweichen. Ihre Lippe sah furchtbar aus.

Ihr Einzimmerapartment war viel zu eng. Die Klimaanlage hatte vor ein paar Wochen ihren Geist aufgegeben, deshalb war der Raum beinahe so stickig wie das Badezimmer. Beth warf einen Blick auf die beiden Fenster und die Glasschiebetür, die zu einem ausgedörrten Garten führte. Am liebsten hätte sie alles weit aufgerissen, doch stattdessen vergewisserte sie sich, dass Tür und Fenster abgeschlossen waren.

Wenn auch ihre Nerven völlig blank lagen, erholte sich doch immerhin ihr Körper schnell. Mit Macht war ihr Appetit zurückgekehrt, als wäre er stinksauer über das verschobene Abendessen. Hungrig suchte sie in ihrer winzigen Einbauküche nach etwas Essbarem. Die Reste des Hühnchens von vor vier Tagen sahen einladend aus, doch als sie die Folie abzog, riet ihre Nase ihr dringend von dem Plan ab. Dann eben nicht. Stattdessen schob sie sich eine Fertigmahlzeit in die Mikrowelle. Sie aß die Käsemakkaroni gierig im Stehen, direkt aus der Plastikschale. Es war nicht annähernd genug, ihr Magen protestierte immer noch, also machte sie sich noch eine Portion warm.

Die Vorstellung, in einer einzigen Nacht zehn Kilo zuzunehmen, hatte etwas Ansprechendes, wirklich. An ihrem Gesicht konnte sie nicht viel ändern, aber sie mochte wetten, dass diese frauenfeindlichen Neandertaler von vorhin hauptsächlich von einem knackigen Hintern angezogen worden waren.

Sie blinzelte, versuchte, sein Gesicht vor ihrem inneren Auge wegzuschieben. Mein Gott, sie konnte immer noch seine Hände spüren, diese ekelhaften, schweren Finger, die ihre Brüste brutal befummelt hatten.

Sie musste Anzeige erstatten. Sie sollte zur Polizei gehen. Aber sie wollte ihre Wohnung nicht verlassen. Wenigstens nicht vor morgen früh.

Einigermaßen gesättigt ging sie zu ihrem Futon, der gleichzeitig als Bett und als Couch diente, setzte sich hin und zog die Füße an. Gemächlich verarbeitete ihr Magen die Nudeln, Wellen von Übelkeit wechselten sich mit eiskalten Schauern ab, die über ihre Haut jagten.

Ein leises Miauen ließ sie den Kopf heben.

»Hey, Boo.« Teilnahmslos flocht sie ihre Finger ineinander. Der arme kleine Kerl war in Deckung gegangen, als sie durch die Tür gestürmt war, sich die Kleider vom Leib gerissen und quer durch den Raum geschleudert hatte.

Immer noch miauend, schlich der schwarze Kater auf sie zu. Seine grünen Augen wirkten besorgt, als er grazil auf ihren Schoß sprang.

»Tut mir leid wegen vorhin«, murmelte sie und machte etwas Platz für ihn.

Er rieb seinen Kopf an ihrer Schulter und schnurrte.

Sein Körper war warm und beruhigend. Wie lange sie so dasaß und sein feines, weiches Fell streichelte, wusste sie nicht, doch als das Telefon klingelte, zuckte sie zusammen.

Sie nahm den Hörer ab und schaffte es, dabei den Kater im gleichen Rhythmus weiterzutätscheln. Jahre des Zusammenlebens mit Boo hatten ihre Kater-Telefon-Koordination vervollkommnet.

»Hallo?« Da es inzwischen nach Mitternacht war, konnte das kaum einer dieser nervigen Telefonverkäufer sein. Entweder war der Anruf also beruflich, oder irgendein kranker Spinner hatte zufällig ihre Nummer gewählt.

»Hi, B-Lady. Zieh deine Tanzschühchen an. Vor dem *Screamer's* ist ein Auto in die Luft geflogen. Mitsamt Besitzer.«

Beth schloss die Augen und wollte weinen. José de la Cruz war ein Cop, aber er war auch so etwas wie ein Freund.

Wie die meisten Männer und Frauen in Uniform, wenn sie mal drüber nachdachte. Sie verbrachte so viel Zeit auf der Wache, dass sie fast alle, die dort arbeiteten, inzwischen ziemlich gut kennengelernt hatte. José mochte sie allerdings ganz besonders gern.

»Hey, bist du noch dran?«

Erzähl es ihm. Erzähl ihm, was passiert ist. Mach einfach den Mund auf.

Scham und furchtbare Erinnerungen schnürten ihr den Hals zu.

»Ja, ich bin noch dran, José.« Sie schob sich das dunkle Haar aus dem Gesicht und räusperte sich. »Ich kann heute nicht.«

»Ach was. Wann hast du denn schon mal einen guten

Tipp abgelehnt?« Er lachte gern. »Aber bleib locker. Der Ironman hat den Fall übernommen.«

»Ironman« war der Spitzname von Detective Brian O'Neal von der Mordkommission, besser bekannt unter dem Namen Butch. Oder schlicht und einfach Sir.

»Ich … schaffe es heute wirklich nicht.«

»Hast du jemanden kennengelernt?« Neugier klang durch den Telefonhörer. José war verheiratet. Glücklich. Aber sie wusste, dass alle auf der Polizeistation sich so ihre Gedanken über sie machten. Eine Frau wie sie ohne Mann? Da musste doch was faul sein. »Und? Hast du?«

»Um Himmels willen, nein. Nein.«

Ein kurzes Schweigen entstand, bis sich ganz offensichtlich der Polizeiradar ihres Freundes einschaltete. »Was ist los?«

»Nichts. Ich bin nur müde. Ich komme morgen vorbei.«

Und dann würde sie auch die Anzeige erstatten. Morgen wäre sie stark genug, alles noch einmal durchzugehen, ohne dabei zusammenzubrechen.

»Soll ich vorbeikommen?«

»Nein, aber vielen Dank. Es ist alles okay.«

Sie legte auf.

Fünfzehn Minuten später steckte sie in einer frisch gewaschenen Jeans und einem riesigen, ausgebeulten T-Shirt, das ihr bis über den Hintern reichte. Sie rief ein Taxi. Bevor sie die Wohnung verließ, wühlte sie noch im Schrank nach der anderen Handtasche, schnappte sich das Pfefferspray und hielt es fest umklammert auf Augenhöhe, als sie die Wohnung verließ.

Auf den drei Kilometern zwischen ihrer Wohnungstür und dem Schauplatz des Attentats würde sie ihre Stimme wieder finden. Und sie würde José alles erzählen.

So unerträglich die Vorstellung auch war, alles noch einmal zu durchleben, sie würde auf keinen Fall dieses Arschloch frei herumlaufen und dasselbe noch einmal tun lassen. Und selbst wenn man ihn nie fassen würde, hätte sie wenigstens ihr Möglichstes getan, um ihn festzunageln.

Wrath materialisierte sich in Darius' Salon. Verflucht, er hatte ganz vergessen, wie stilvoll der Vampir wohnte.

D mochte ein Krieger sein, aber er hatte den Geschmack eines Aristokraten. Was nicht überraschend war. Denn er war von edler Herkunft und hatte sein Leben als Princeps begonnen; ein vornehmer Lebensstil bedeutete ihm nach wie vor sehr viel. Sein gepflegtes Herrenhaus aus dem neunzehnten Jahrhundert war voller Antiquitäten und Kunstwerke. Es war außerdem so sicher wie ein Schweizer Tresor.

Doch die zartgelben Wände des Salons schmerzten Wrath in den Augen.

»Welch angenehme Überraschung, Herr.«

Fritz, der Butler, kam aus der Eingangshalle herein und vollführte eine tiefe Verbeugung, während er gleichzeitig das Licht dämpfte, um Wraths Blinzeln zu mildern. Wie üblich war der alte Mann in eine schwarze Livree gekleidet. Er arbeitete bereits seit etwa einhundert Jahren bei Darius und war ein *Doggen;* was bedeutete, dass er zwar tagsüber ausgehen konnte und einige andere Vorzüge besaß, aber auch schneller alterte als ein Vampir. Seit Jahrtausenden diente seine Subspezies Aristokraten und Kriegern.

»Bleibt Ihr länger bei uns, Herr?«

Wrath schüttelte den Kopf. Nicht, wenn es sich vermeiden ließ. »Eine Stunde, maximal.«

»Euer Zimmer ist bereit. Wenn Ihr mich brauchen solltet, ich stehe jederzeit zur Verfügung.« Wieder verneigte sich Fritz beinahe bis zum Boden, schritt rückwärts aus dem Zimmer und schloss die Doppeltüren hinter sich.

Wrath trat vor das zwei Meter hohe Porträt eines – wie man ihm erzählt hatte – französischen Königs. Er legte die Hand auf die rechte Seite des schweren Goldrahmens, und sofort schwenkte die Leinwand zur Seite und gab einen dunklen, nur von Gaslampen beleuchteten Steindurchgang frei.

Dahinter lag eine Treppe, die tief unter die Erde führte und an deren Fuß zwei Türen abgingen. Hinter der einen befand sich Darius' luxuriöses Quartier. Durch die andere trat Wrath in einen Raum, der für ihn eine Art zweites Zuhause darstellte. Die meisten Tage schlief er in einem Lagerhaus in New York City, in einem fensterlosen Raum aus Stahl, der mit einem Sicherheitssystem ausgestattet war, das sich ungefähr auf dem Standard von Fort Knox befand.

Doch dorthin würde er Marissa niemals einladen. Nicht einmal einen der Brüder. Seine Privatsphäre war ihm heilig.

Er trat ein und ließ durch einen kurzen Gedanken die Kerzen an den Wänden aufflackern. Ihr goldener Schimmer konnte sich kaum gegen die Dunkelheit durchsetzen. Aus Rücksicht auf Wraths schwache Sehkraft hatte Darius die Wände und die sieben Meter hohe Decke schwarz streichen lassen. In einer Ecke stand ein massives Bett mit schwarzen Satinlaken und etlichen weichen Kissen. An der gegenüberliegenden Wand befanden sich ein Ledersofa, ein Flachbildfernseher und eine Tür, die in ein schwarzes Marmorbad führte. Zusätzlich gab es noch einen Schrank voller Kleider und Waffen.

Aus irgendeinem seltsamen Grund bot Darius ihm immer wieder an, in sein Haus zu kommen. Wrath war der Grund dafür ein Rätsel. Es war keine Frage der Sicherheit, denn Darius konnte auf sich selbst aufpassen. Und die Vorstellung, dass ein Vampir wie D einsam sein könnte, war einfach grotesk.

Wrath spürte Marissa, noch bevor sie in den Raum kam. Er konnte es kaum erwarten, wieder auf der Straße zu sein. Er hatte vorhin nur den Vorgeschmack auf einen Kampf erhalten, und heute Nacht wollte er kopfüber in den Krieg eintauchen.

Er drehte sich um.

Als Marissa ihren schlanken Körper vor ihm verneigte, spürte er eine Mischung aus Hingabe und Beklemmung in ihrer Aura.

»Herr«, sagte sie.

Soweit er erkennen konnte, trug sie eine Art fließendes weißes Chiffonkleid, das lange blonde Haar ergoss sich über ihre Schultern und den Rücken. Er wusste, sie wollte ihm gefallen, und er wünschte sich flehentlich, sie würde sich nicht die Mühe machen.

Ruhig zog er die Lederjacke und das Brusthalfter aus, in dem er seine Dolche aufbewahrte.

Innerlich verfluchte er seine Eltern. Warum hatten sie ihm so eine Frau gegeben? So … zart. So zerbrechlich.

Andererseits, wenn er daran dachte, in welchem Zustand er vor seiner Transition gewesen war, hatten sie vielleicht gefürchtet, dass eine kräftigere Frau ihm wehtun würde.

Wrath reckte seine Arme, sein Bizeps trat hervor, eine Schulter knackte bei der kraftvollen Bewegung.

Wenn sie ihn nur jetzt sehen könnten. Ihr kleiner Junge hatte sich in einen selbstgerechten, eiskalten Killer verwandelt.

Wahrscheinlich ist es besser, dass sie tot sind, dachte er. Sie wären mit seiner Entwicklung nicht einverstanden gewesen.

Wenn sie hätten alt werden dürfen, wäre allerdings aus ihm vermutlich ein anderer geworden.

Marissa trat nervös von einem Fuß auf den anderen. »Vergib mir, wenn ich störe. Aber ich kann nicht länger warten.«

Wrath ging ins Badezimmer. »Du brauchst mich, ich komme.«

Er drehte den Wasserhahn auf und krempelte die Ärmel seines schwarzen Hemdes hoch. Mit dem dampfend heißen Wasser wusch er sich den Dreck, den Schweiß, den Tod von den Händen. Dann seifte er sich ein, schäumte die rituellen Tätowierungen auf den Innenseiten seiner Unterarme ein. Er spülte die Seife ab, trocknete sich die Hände und ging zum Sofa. Dort setzte er sich und wartete zähneknirschend.

Wie lange machten sie das nun schon? Jahrhunderte. Doch jedes Mal brauchte Marissa eine Weile, bis sie sich ihm nähern konnte. Bei jedem anderen wäre ihm innerhalb von Sekunden der Geduldsfaden gerissen, doch mit ihr war er nachsichtiger.

In Wahrheit tat sie ihm leid, weil man sie gezwungen hatte, seine *Shellan* zu werden. Wieder und wieder hatte er ihr beteuert, dass er sie aus ihrem Eid entlassen würde, dass er sie freigäbe, damit sie sich einen wahren Partner suchen könnte, einen, der nicht nur alles vernichten würde, was sie bedrohte, sondern der sie auch lieben würde.

Das Seltsame war, dass Marissa ihn einfach nicht aufgab, so zerbrechlich sie auch scheinen mochte. Vermutlich befürchtete sie, dass keine andere Frau ihn nehmen würde. Dass niemand sonst die Bestie in ihm füttern würde, und dass ihre Rasse dadurch ihr stärkstes Mitglied verlieren könnte. Ihren König. Ihren Anführer, der nicht willens war, sie zu führen.

O Mann, er war wirklich ein Wahnsinnsfang. Er hielt sich von ihr fern, außer wenn er trinken musste. Was wegen seiner Abstammung nicht besonders oft vorkam. Sie wusste nie, wo er war oder was er tat. Die langen Tage verbrachte sie allein im Haus ihres Bruders und opferte sich auf, um den letzten reinrassigen Vampir am Leben zu erhalten. Den einzigen, der keinen Tropfen menschlichen Blutes in sich trug. Ehrlich gesagt, hatte er keine Ahnung, wie sie das ertrug – oder wie sie *ihn* ertrug.

Plötzlich wollte er fluchen. Diese Nacht entwickelte sich zu einer echten Ego-Party. Erst Darius. Jetzt sie.

Wraths Augen folgten Marissa durch den Raum, während sie ihn umkreiste, sich langsam näherte. Er zwang sich, seine Gesichtszüge zu entspannen, gleichmäßig zu atmen, seinen Körper ruhig zu halten. Das war der härteste Teil daran, mit ihr zusammen zu sein. Bei dem Gedanken, sich nicht frei bewegen zu können, geriet er in Panik; er wusste, wenn sie erst trank, würde das erstickende Gefühl sich noch verschlimmern.

»Du hattest viel zu tun, Herr?«, fragte sie sanft.

Er nickte und dachte, dass er mit ein bisschen Glück noch viel mehr zu tun bekäme, bevor der Morgen graute.

Endlich stand Marissa vor ihm, und er konnte fühlen, wie ihr Hunger über die Beklemmung siegte. Und auch ihr Verlangen spürte er. Sie wollte ihn, doch diese spezielle Gemütsbewegung blockte er ab.

Auf keinen Fall würde er Sex mit ihr haben. Unvorstellbar für ihn, mit Marissa die Dinge zu tun, die er mit anderen Frauen getan hatte. Und er hatte sie auch nie auf diese Art gewollt. Nicht einmal am Anfang.

»Komm her«, sagte er und winkte sie zu sich. Er legte den Arm mit dem Handgelenk nach oben auf seinen Oberschenkel. »Du bist am Verhungern. Du solltest nicht so lange warten, bis du mich rufst.«

Marissa ließ sich vor ihm auf dem Boden nieder, ihr Kleid floss geschmeidig um ihren Körper und seine Füße. Ihre Finger fühlten sich auf seiner Haut warm an, als sie sanft über seine Tätowierungen strichen und die schwarzen Zeichen nachfuhren, die in der alten Sprache von seinem Geschlecht erzählten. Sie war so nah bei ihm, dass er sehen konnte, wie sich ihr Mund öffnete und die Fänge aufblitzten, bevor sie sich in seine Vene versenkten.

Wrath schloss die Augen und lehnte den Kopf zurück, während sie trank. Die Panik überkam ihn schnell und heftig. Mit dem freien Arm umfasste er die Sofalehne, seine Muskeln spannten sich an, als er fest zugriff, um seinen Körper ruhig zu halten. Ruhe, er musste die Ruhe bewahren. Bald würde es vorbei sein, und dann wäre er wieder frei.

Als Marissa zehn Minuten später den Kopf hob, stand er abrupt auf und lief ein paar Schritte, um sich zu lockern. Er spürte eine unbändige Erleichterung, sich wieder bewegen zu dürfen. Als er sich wieder einigermaßen zusammengerissen hatte, ging er zu ihr. Sie war gesättigt, in ihr entfaltete sich die Kraft, welche die Vermischung ihres Blutes ihr verlieh. Er ertrug es nicht, sie auf dem Boden liegen zu sehen; also hob er sie auf und überlegte, ob er Fritz rufen sollte, damit er sie zurück zum Haus ihres Bruders brachte. In diesem Moment klopfte es heftig an der Tür.

Wrath sah sich wütend im Zimmer um und legte Marissa dann auf das Bett.

»Danke, Herr«, murmelte sie. »Ich werde gleich nach Hause gehen.«

Er hielt inne. Zog dann ein Laken über ihre Beine, bevor er zur Tür ging und sie einen Spalt öffnete.

Fritz war wegen irgendetwas völlig außer sich.

Rasch schlüpfte Wrath durch die Tür und schloss sie hinter sich. Gerade wollte er fragen, was zum Teufel diese Störung sollte, da bemerkte er am Geruch des Butlers, dass etwas Furchtbares geschehen war.

Ohne zu fragen, wusste er, dass der Tod den Brüdern wieder einen Besuch abgestattet hatte.

Darius war gegangen.

»Herr …«

»Wie ist es passiert?«, knurrte er. Mit dem Schmerz würde er sich später befassen. Zuerst brauchte er die Einzelheiten.

»Das Auto …« Es war deutlich zu sehen, dass der Butler Mühe hatte, sich zu beherrschen. Seine Stimme war so dürr und hinfällig wie sein alter Körper. »Eine Bombe, Herr. Im Auto. Vor der Bar. Tohrment war da, er hat es gesehen.«

Wrath musste an den *Lesser* denken, den er vernichtet hatte. Er wünschte, er wüsste, ob er der Täter gewesen war.

Diese Bastarde hatten keine Ehre mehr im Leib. Wenigstens hatten ihre Vorgänger in den vergangenen Jahrhunderten gekämpft wie Krieger. Diese neue Rasse aber war feige und versteckte sich hinter der Technik.

»Ruf die Brüder«, stieß er aus. »Sie sollen sofort herkommen.«

»Ja, selbstverständlich. Und Herr? Darius bat mich, Euch das zu geben« – der Butler reichte ihm etwas –, »falls Ihr nicht bei ihm wärt, wenn er stirbt.«

Wrath nahm den Umschlag entgegen und ging zurück in sein Zimmer. Er konnte weder Fritz noch sonst jemandem Mitgefühl zeigen. Marissa war fort, und das war gut für sie.

Er steckte sich Darius' letzten Brief in den Bund seiner Lederhose.

Und dann ließ er seiner Wut freien Lauf.

Die Kerzen explodierten und fielen zu Boden, als ein Sturm von schwarzem Zorn um ihn herum zu wirbeln begann, dichter wurde, schneller, dunkler, bis die Möbel vom Boden hochsprangen und kreisend um ihn herumflogen. Er legte den Kopf in den Nacken und brüllte.

4

Als Beths Taxi vor dem *Screamer's* hielt, wimmelte der Tatort bereits vor Menschen. Das Blaulicht der Streifenwagen, mit denen der Zugang zur Seitenstraße blockiert wurde, durchzuckte die Dunkelheit. Inzwischen war auch der gepanzerte, kastenförmige Wagen des Bombenräumkommandos eingetrudelt. Überall rannten Polizisten herum, sowohl uniformiert als auch in ziviler Kleidung. Und natürlich hatten sich die unvermeidlichen, besoffenen Gaffer am Rande der Szenerie häuslich niedergelassen.

Als Reporterin hatte Beth gelernt, dass Mord in Caldwell ein gesellschaftliches Ereignis war. Na ja, zumindest für alle außer demjenigen, der den Sterbepart übernommen hatte. Für das Opfer – zumindest stellte Beth sich das so vor – war der Tod eine einsame Sache, selbst wenn er oder sie dem Mörder gegenüberstand. Über manche Brücken musste man allein gehen, egal, wer oder was einen dahin getrieben hatte.

Beth hielt sich den Ärmel vor den Mund. Der stechende, chemische Geruch von verschmortem Metall brannte beim Atmen in ihren Lungen.

»Hey, Beth!« Einer der Polizisten winkte sie zu sich herüber. »Wenn du dir das genauer ansehen willst, geh durch das *Screamer's* und nimm den Hinterausgang. Da ist so ein Flur …«

»Eigentlich suche ich José. Ist er in der Nähe?«

Der Polizist reckte den Hals und sah sich suchend in der Menge um. »Vor einer Minute war er noch da. Vielleicht ist er zurück zur Wache gefahren. Ricky! Hast du José gesehen?«

Plötzlich stand Butch O'Neil vor ihr und brachte seinen Kollegen mit einem finsteren Blick zum Schweigen. »Was für eine Überraschung.«

Beth machte einen Schritt zurück. Der Ironman war ein Riese von einem Mann. Großer Körper, tiefe Stimme, natürliche Autorität. Sie vermutete, dass viele Frauen sich zu ihm hingezogen fühlten, denn er sah wirklich gut aus, auf eine raue, harte Art. Doch bei Beth hatte es nie gefunkt.

Nicht, dass bei ihr jemals irgendetwas funkte, wenn es um Männer ging.

»Also, Randall, was treibst du so?« Er warf sich einen Kaugummi in den Mund und zerknüllte das Papier zu einem festen kleinen Ball. Sein Kiefer machte sich an die Arbeit, als wäre er frustriert; es war mehr ein Mahlen als ein Kauen.

»Ich bin wegen José hier, nicht wegen der Bombe.«

»Aber klar doch.« Sein Blick fiel auf ihr Gesicht. Mit den dunklen Augenbrauen und den tief liegenden Augen sah er immer ein bisschen wütend aus, aber seine Miene wurde unvermittelt noch finsterer. »Würdest du mal kurz mitkommen?«

»Ich möchte wirklich zu José –«

Ihr Arm wurde in einen Klammergriff genommen.

»Komm doch mal hier rüber.« Butch drängte sie in eine stille Ecke der Seitenstraße, weg von dem Gewimmel. »Was zum Teufel ist mit deinem Gesicht passiert?«

Sie legte die Hand auf die aufgesprungene Lippe. Sie musste wohl noch unter Schock stehen, denn das hatte sie völlig vergessen.

»Lass mich die Frage noch mal wiederholen: Was zum *Teufel* ist mit dir passiert?«

»Ich ... äh ...« Ihr Hals zog sich zu. »Ich wurde ...«

Nein, sie würde *nicht* anfangen zu weinen. Nicht vor dem Ironman.

»Ich will zu José.«

»Er ist nicht da, also kannst du nicht zu ihm. Und jetzt raus damit, was ist los?« Butch hielt seine Arme seitlich ausgestreckt, als spürte er, dass sie sonst weglaufen könnte. Er war nur ein paar Zentimeter größer als sie, aber er hatte sicher 30 Kilo mehr an Muskelmasse.

Die Angst traf sie wie ein Eispickel in die Brust, aber für heute hatte sie wirklich die Schnauze voll davon, sich herumschubsen zu lassen.

»Geh weg, O'Neal.« Sie legte ihre Handflächen auf seine Brust und schob ihn von sich. Er bewegte sich. Ein bisschen zumindest.

»Beth, erzähl mir –«

»Wenn du mich nicht gehen lässt«, sie sah ihm direkt in die Augen, »schreibe ich einen Artikel über deine Befragungstechniken. Du weißt schon, die, bei denen man hinterher Röntgenbilder und jede Menge Gips braucht.«

Seine Augen verengten sich. Dann ließ er die Arme sinken und hielt die Hände hoch, als wollte er sich ergeben.

»Bitte.« Er ließ sie stehen und ging zurück zu den anderen.

Beth ließ sich gegen die Hauswand fallen, ihre Beine fühlten sich an, als könnten sie nie wieder normal funktionieren. Sie hielt den Kopf nach unten, um wieder Kraft zu schöpfen, da sah sie etwas Metallisches aufblitzen. Langsam ging sie in die Hocke. Es war ein Wurfstern.

»Hey, Ricky!«, rief sie. Der Polizist kam mit weit ausholenden Schritten zu ihr. Sie zeigte auf den Boden. »Beweismaterial.«

Dann ließ sie ihn allein weiter seine Arbeit erledigen und winkte sich auf der Trade Street ein Taxi heran. Sie konnte sich nicht länger zusammenreißen.

Morgen würde sie bei José Anzeige erstatten. Gleich morgen früh.

Als Wrath im Salon erschien, hatte er sich wieder unter Kontrolle. Er hatte sich seine Waffen umgeschnallt, die Jacke hielt er in der Hand. Sie war reich bestückt mit den Wurfsternen und Dolchen, die er gern benutzte.

Tohrment war der erste der Brüder, der eintraf. Seine Augen brannten, Schmerz und Rachsucht ließen das dunkle Blau so hell aufleuchten, dass selbst Wrath einen Schimmer von Farbe wahrnahm.

Als Tohrment sich gerade an Darius' gelb getünchte Wand lehnte, kam auch schon Vishous in den Raum. Sein neues Ziegenbärtchen ließ ihn noch unheimlicher aussehen als gewöhnlich, obwohl es eigentlich die Tätowierung um sein linkes Auge herum war, die ihn so bedrohlich wirken ließ. Heute Nacht hatte er sich seine Red-Sox-Baseballkappe so tief in die Stirn gezogen, dass von den komplizierten Zeichnungen an der Schläfe kaum etwas zu sehen war. Wie immer trug er seinen schwarzen Handschuh, um jeden, wenn auch nur versehentlichen Kontakt seiner linken Hand mit einem anderen Wesen zu vermeiden.

Was eine gute Sache war. Ein verdammter Dienst an der Allgemeinheit.

Rhage folgte ihm auf dem Fuße, seine sonstige Arroganz hatte er heute aus Respekt vor dem Anlass des Treffens ausnahmsweise heruntergefahren. Rhage war ein hochgewachsener Mann, kräftig, machtvoll, stärker als alle anderen Krieger. Er war außerdem eine Sexlegende in der Welt der Vampire, schön wie ein Hollywoodstar und triebgesteuerter als ein ganzer Stall Zuchthengste. Frauen, Vampirinnen wie Menschen, würden ihre eigenen Kinder niedertrampeln, um ihm näherzukommen.

Zumindest, bis sie einen Blick auf seine dunkle Seite erhaschten. Wenn die Bestie in Rhage zum Vorschein kam, dann rannte jeder, einschließlich der Krieger der Bruderschaft, um sein Leben und begann zu beten.

Als Letzter kam Phury. Er trat durch die Vordertür, sein Humpeln war kaum zu bemerken. Erst kürzlich hatte er sich eine neue Prothese geleistet und war jetzt stolzer Besitzer eines Beines aus einer topmodernen Titan-Karbonat-Legierung. Die Apparatur aus Stangen, Gelenken und Bolzen war mit seinem rechten Bikerstiefel verschraubt.

Seine fantastische Mähne aus unterschiedlich farbigem Haar hätte ihn eigentlich in die Oberliga der Frauenhelden einreihen müssen, aber er war seinem Zölibatsschwur eisern treu geblieben. In seinem Leben war nur Platz für eine einzige Liebe, und das brachte ihn seit Jahren langsam, aber sicher um.

»Wo ist dein Zwillingsbruder, Mann?«, fragte Wrath.

»Z kommt gleich.«

Dass Zsadist zu spät kam, war nicht gerade überraschend. Z war von Kopf bis Fuß ein Dreckskerl, der dem Hass – besonders gegenüber Frauen – neue Dimensionen verlieh. Gott sei Dank sah er durch sein vernarbtes Gesicht und den fast kahl geschorenen Schädel so furchterregend aus, wie er war, weswegen die Leute ihm normalerweise aus dem Weg gingen.

Als Säugling war er aus seiner Familie entführt und zum Blutsklaven gemacht worden. Seine Herrin hatte ihn in jeder erdenklichen Hinsicht auf brutale Art und Weise missbraucht. Phury hatte beinahe ein Jahrhundert gebraucht, um seinen Zwilling wiederzufinden, und Z wäre um ein Haar zu Tode gefoltert worden, bevor er ihn retten konnte.

Ein Sturz ins Salzwasser des Meeres hatte Zsadist auf ewig Wunden in die Haut gebrannt, und zusätzlich zu seinem Geflecht aus Narben trug er immer noch die Tätowierungen eines Sklaven. Neben diversen Piercings, die er noch selbst hinzugefügt hatte.

Einfach nur, weil er gern Schmerz spürte.

Kein Zweifel, Z war der Gefährlichste aus der Bruderschaft. Nach allem, was er durchgemacht hatte, war ihm alles und jeder scheißegal. Einschließlich seines Zwillingsbruders.

Selbst Wrath war auf der Hut, wenn dieser Krieger in der Nähe war.

Ja, die Bruderschaft der Black Dagger war eine höllische Truppe. Und das Einzige, was zwischen der Zivilbevölkerung der Vampire und der Gesellschaft der *Lesser* stand.

Mit verschränkten Armen sah Wrath sich im Raum um und musterte jeden einzelnen; er sah ihre Stärke, aber vor allem ihren Fluch.

Darius' Tod führte ihm wieder vor Augen, dass seine Krieger zwar die Legionen von Schlächtern der *Lesser* immer wieder empfindlich trafen. Doch sie waren nur so wenige Brüder gegen eine unerschöpfliche, sich ständig erneuernde Armee von ihnen.

Denn Gott weiß, es gab ausreichend Menschen, die willens und fähig waren, zum Mörder zu werden.

Die Zahlenverhältnisse waren nicht zum Vorteil seiner Spezies. Er musste der Tatsache ins Auge sehen, dass Vampire nicht ewig lebten, dass die Brüder getötet werden konnten und das Gleichgewicht von einem Moment zum anderen kippen konnte. Zugunsten ihrer Feinde.

Verflucht, eigentlich war das längst geschehen. Seit damals vor Äonen Omega die Gesellschaft der *Lesser* geschaffen hatte, war die Anzahl der Vampire immer weiter gesunken. Heute gab es nur noch einige wenige Enklaven, in denen sie lebten. Ihre Art stand kurz vor der Auslöschung. Auch wenn die Krieger der Bruderschaft in dem, was sie taten, eine tödliche Perfektion erreicht hatten.

Wäre Wrath ein anderer König gewesen, einer wie sein Vater, der bewundert und ein von allen verehrter Patron der Vampire sein wollte, vielleicht würde ihrer aller Zukunft vielversprechender aussehen. Doch der Sohn war nicht wie der Vater. Wrath war ein Krieger, kein Anführer, er stand lieber aufrecht mit einem Dolch in der Hand, als auf einem Thron herumzusitzen.

Er wandte seine Aufmerksamkeit wieder den Brüdern zu. Alle Krieger starrten ihn an, erwarteten Anweisungen von ihm. Und ihre Achtung machte ihn nervös.

»Ich verstehe Darius' Tod als persönlichen Angriff«, begann er.

Ein zustimmendes Gemurmel ertönte von den Brüdern.

Wrath holte die Brieftasche und das Handy des getöteten *Lesser* heraus. »Das hier habe ich heute Nacht einem *Lesser* hinter dem *Screamer's* abgenommen. Kümmert sich jemand darum?«

Er warf die zwei Gegenstände in die Luft. Phury fing beide auf und reichte das Handy an Vishous weiter.

Aufgebracht schritt Wrath im Zimmer auf und ab. »Es ist mal wieder höchste Zeit für einen Raubzug.«

»Verdammt richtig«, knurrte Rhage. Man hörte ein metallisches Schaben und dann das Geräusch eines Dolches, der in einen Tisch gerammt wird. »Wir müssen dahin gehen, wo sie ausgebildet werden. Wo sie *leben.*«

Was bedeutete, dass die Brüder einen Aufklärungseinsatz vor sich hatten. Die Mitglieder der Gesellschaft der *Lesser* waren nicht dumm; sie wechselten ihre Operationsstützpunkte in regelmäßigen Abständen, ihre Rekrutierungs- und Ausbildungscamps waren ständig in Bewegung. Genau deshalb war es normalerweise für die Vampire effektiver, sich selbst zur Zielscheibe zu machen und zu bekämpfen, wer immer sich an ihre Spur heftete.

Früher war die Bruderschaft gelegentlich auf Raubzüge gegangen, dann hatten sie im Rudel jeweils Dutzende *Lesser* in einer einzigen Nacht getötet. Diese offensive Taktik war aber selten geworden. Groß angelegte Angriffe waren zwar effizient, aber gleichzeitig heikle Unternehmungen. Denn große Schlachten zogen schnell die Aufmerksamkeit der menschlichen Polizei auf sich, und Unauffälligkeit lag im Interesse aller Beteiligten.

»Hier ist ein Führerschein«, murmelte Phury. »Ich werd mal die Adresse überprüfen. Scheint hier in der Nähe zu sein.«

»Welcher Name steht da?«, wollte Wrath wissen.

»Robert Strauss.«

Vishous fluchte, als er das Handy näher untersuchte.

»Hier ist nicht viel drin. Ein bisschen was in der Anrufliste, ein paar Kurzwahlen. Ich jage es mal durch den Computer und sehe mir an, welche Anrufe ankamen und rausgingen und zu wem die Nummern gehören.«

Wrath knirschte mit den Zähnen. Ungeduld und Wut waren ein Cocktail, der schwer zu schlucken war. »Ich muss euch wohl nicht extra sagen, dass wir nicht viel Zeit haben. Man kann unmöglich sagen, ob der *Lesser,* den ich heute Nacht von der Straße geholt habe, der Täter war. Also sollten wir am besten in der gesamten Gegend gründlich aufräumen. Bringt alle um, egal, wie schmutzig es wird.«

Die Eingangstür schwang auf, und Zsadist kam mit großen Schritten herein.

Wrath funkelte ihn zornig an. »Nett, dass du auch mal vorbeischaust, Z. Schwer beschäftigt mit den Ladys?«

»Wie wär's, wenn du mir nicht auf den Sack gehst?« Zsadist stellte sich in eine Ecke, weit weg von den anderen.

»Wo wirst du sein, Herr?«, fragte Tohrment ruhig.

Der gute alte Tohr. Immer bemüht, zu schlichten, ob durch Ablenkung, gutes Zureden oder schlichte Gewaltanwendung.

»Hier. Ich bleibe hier. Falls der *Lesser,* der Darius auf dem Gewissen hat, noch am Leben ist und weiterspielen will, möchte ich leicht zu finden sein.«

Nachdem die Krieger gegangen waren, zog Wrath seine Jacke an. Dabei stach ihn der Umschlag von Darius in die Seite, und er zog ihn aus dem Hosenbund. Auf der Vorderseite befand sich ein Streifen Tinte, vermutlich sein Name, dachte Wrath. Er riss den Umschlag auf. Als er ein cremeweißes Stück Papier herauszog, fiel ein Foto zu Boden. Er hob es auf und konnte schemenhaft langes dunkles Haar erkennen. Eine Frau.

Wrath starrte den Zettel an. Die Buchstaben flossen in einem bedeutungslosen, verschwommenen Gekritzel ineinander, das er niemals würde entziffern können, wie sehr er auch blinzelte.

»Fritz«, rief er laut.

Der Butler eilte heran.

»Lies das.«

Fritz nahm den Brief und senkte schweigend den Kopf.

»Laut«, zischte Wrath.

»Oh. Vergebung, Herr.« Fritz räusperte sich. »Falls ich noch nicht mit dir gesprochen habe, frag Tohrment nach den Einzelheiten. 1188 Redd Avenue, App. 1B. Ihr Name ist Elizabeth Randall. P.S.: Das Haus und Fritz gehören dir, falls sie nicht bis ins Erwachsenenalter überlebt. Tut mir leid, dass es so früh enden musste. D.«

»Du Scheißkerl«, murmelte Wrath.

5

Beth hatte sich zum Schlafen ihre üblichen Sachen – Boxershorts und ein T-Shirt – angezogen und klappte gerade ihren Futon aus, als Boo an der Glasschiebetür miaute. Der Kater zog enge Kreise vor der Scheibe und schien draußen etwas zu fixieren.

»Bist du schon wieder hinter Mrs. DiGios Mieze her? Das hatten wir doch schon mal, und es ist dir nicht besonders gut bekommen. Weißt du noch?«

Ein Hämmern an der Wohnungstür ließ sie herumschnellen und brachte ihren Herzschlag aus dem Rhythmus.

Sie ging zur Tür und linste durch den Spion. Als sie sah, wer da stand, drehte sie sich vorsichtig zur Seite und drückte ihren Rücken an die billige Holzverkleidung.

Das Hämmern begann von Neuem.

»Ich weiß, dass du da bist«, sagte der Ironman laut. »Und ich geh nicht weg, bis du mir aufmachst.«

Resigniert ließ sie das Schloss aufschnappen und öffnete die Tür. Noch bevor sie ihm sagen konnte, er solle zur Hölle fahren, stürmte er an ihr vorbei ins Zimmer.

Boo machte einen Buckel und fauchte.

»Sehr erfreut, kleiner Panther.« Butchs tiefe Stimme wirkte in Beths winziger Wohnung völlig fehl am Platze.

»Wie bist du in die Eingangshalle gekommen?«, fragte sie und schloss die Tür.

»Mit einem Dietrich.«

»Gibt es einen bestimmten Grund, warum Sie in dieses Gebäude eingebrochen sind, Detective?«

Er zuckte die Achseln und setzte sich in ihren abgenutzten Ohrensessel. »Ich dachte mir, ich statte einer Freundin mal einen Besuch ab.«

»Und warum gehst du dann mir auf die Nerven?«

»Nett hast du's hier«, sagte er und sah sich um.

»Du bist so ein Lügner.«

»Hey, wenigstens ist es sauber bei dir. Das ist schon mehr, als ich über meine Bruchbude sagen kann.« Seine haselnussbraunen Augen hielten ihren Blick fest. »Dann sprechen wir jetzt mal darüber, was dir heute nach der Arbeit passiert ist. Okay?«

Sie verschränkte die Arme vor der Brust.

Leise kicherte er. »Mann, was hat José, was ich nicht habe?«

»Soll ich Stift und Papier holen? Das wird eine lange Liste.«

»Aua. Du bist eiskalt, weißt du das?« Er klang amüsiert. »Sag mal, magst du nur die, die du nicht kriegen kannst?«

»Hör mal, ich bin wirklich erschöpft –«

»Stimmt, du bist ja auch erst spät aus dem Büro gegangen. Gegen neun fünfundvierzig. Ich hab mit deinem Chef gesprochen. Dick sagte, du warst immer noch an deinem Schreibtisch, als er zu *Charlie's* ging. Und dann bist du zu Fuß nach Hause gegangen, richtig? Die Trade Street entlang. Wie jeden Abend, möchte ich wetten. Und du warst allein. Eine Zeit lang.«

Beth schluckte, als ein leises Geräusch ihren Blick zur Glastür zog. Boo wanderte auf und ab und miaute, seine riesigen Augen in die Dunkelheit vor der Scheibe gerichtet.

»Willst du mir nicht endlich erzählen, was an der Kreuzung von Trade und Tenth passiert ist?« Sein Blick wurde weicher.

»Woher weißt du …«

»Rede einfach mit mir. Und ich verspreche dir dafür zu sorgen, dass das Arschloch bekommt, was es verdient.«

Wrath stand in der stillen Nacht und betrachtete die Gestalt von Darius' Tochter. Sie war groß für eine menschliche Frau, und ihr Haar war schwarz, doch mehr konnten ihm seine Augen nicht verraten. Tief sog er die Luft durch die Nase ein, konnte aber ihren Duft nicht einfangen. Türen und Fenster ihrer Wohnung waren geschlossen, und der Wind aus Westen trug den süßen Geruch von Fäulnis zu ihm.

Er konnte allerdings den Tonfall ihrer Stimme durch die Schiebetür hören. Sie redete mit jemandem, einem Mann, dem sie offenbar nicht traute oder den sie nicht mochte, denn sie sprach in knappen Worten.

»Ich will dir das so einfach wie möglich machen«, sagte der Kerl.

Wrath beobachtete, wie sie zur Glastür ging und hinaussah. Sie sah genau in seine Richtung, doch er wusste, sie konnte ihn nicht sehen. Er stand tief im Schatten.

Dann öffnete sie die Tür und steckte den Kopf hinaus, wobei sie mit dem Fuß dem Kater den Weg nach draußen versperrte.

Wrath stockte kurz der Atem, als ihr Duft zu ihm herüberwehte. Sie roch umwerfend gut. Wie eine üppige Blume. Eine nachtblühende Rose vielleicht. Er saugte die Luft tiefer in seine Lunge und schloss die Augen. Sein Körper reagierte auf den Duft, sein Blut regte sich. Darius hatte recht gehabt; sie näherte sich ihrer Transition. Er konnte es an ihr riechen. Mischling oder nicht, sie würde die Wandlung vollziehen.

Da schob sie die Tür wieder zu und wandte sich wieder an den Mann. Ihre Stimme war durch die nicht ganz geschlossene Tür nun viel deutlicher zu hören, und Wrath mochte ihren rauen Klang.

»Sie kamen von der anderen Straßenseite auf mich zu. Es waren zwei. Der größere hat mich in die Seitenstraße gezogen und …«

Wrath war plötzlich ganz Ohr.

»Ich hab versucht, gegen ihn anzukommen. Wirklich. Aber er war größer als ich, und dann hat sein Freund meine Arme festgehalten.« Ihre Stimme überschlug sich. »Er hat gesagt, wenn ich schreie, schneidet er mir die Zunge ab, und ich dachte, er würde mich umbringen. Dann hat er mein T-Shirt aufgerissen und meinen BH hochgeschoben. Um ein Haar hätte er mich … Aber ich konnte mich losreißen und bin weggerannt. Er hatte blaue Augen, braune Haare und einen Ohrring, einen quadratischen Diamanten im linken Ohr. Und er trug ein dunkelblaues Polohemd und Khakishorts. Die Schuhe konnte ich nicht richtig sehen. Sein Freund hatte blonde kurze Haare, keinen Ohrring und ein weißes T-Shirt mit dem Namen dieser Band hier aus der Gegend drauf, Tomato Eater.«

Der Mann stand auf und trat zu Beth. Er legte den Arm um sie und wollte sie trösten, doch sie entwand sich seinem Griff und hielt Abstand.

»Glaubst du wirklich, du kannst ihn kriegen?«, fragte sie.

Der Mann nickte. »O ja. Das werde ich.«

Butch verließ Beth Randalls Wohnung in mieser Stimmung.

Eine Frau zu sehen, der jemand ins Gesicht geschlagen hatte, gehörte nicht gerade zu seinen Lieblingsaufgaben im Job. Und im Falle von Beth fand er es besonders verstörend, weil er sie schon länger kannte und sich irgendwie zu ihr hingezogen fühlte. Die Tatsache, dass Beth eine außergewöhnlich schöne Frau war, machte die Sache zwar nicht unbedingt noch schlimmer. Aber die geschwollene Lippe und die blauen Flecken an ihrem Hals markierten gegenüber der ansonsten vollkommenen Schönheit ihrer Gesichtszüge einen besonders krassen Gegensatz.

Beth Randall war schlicht und ergreifend hinreißend. Sie hatte langes, dickes schwarzes Haar und umwerfend blaue Augen, eine Haut wie cremefarbene Seide und einen Mund wie gemacht für den Kuss eines Mannes. Und erst ihre Figur. Lange Beine, schlanke Taille, perfekt geformte Brüste.

Die Männer des Polizeireviers waren sämtlich in sie verknallt, doch das musste Butch ihr lassen: Sie benutzte ihr Aussehen niemals, um sich Insiderinformationen von den Jungs zu beschaffen. Immer bewahrte sie sich ihre Professionalität. Sie verabredete sich nie mit einem der Kollegen, obwohl die meisten von ihnen zumindest den linken Hoden geopfert hätten, um auch nur ihre Hand zu halten.

Eins war sicher: Ihr Angreifer hatte einen verflucht blöden Fehler gemacht, als er ausgerechnet sie ausgesucht hatte. Die gesamte Polizeitruppe würde ihm auf den Fersen sein, wenn herauskam, wer er war.

Und Butch konnte seine Klappe so schlecht halten.

Er stieg in seinen Wagen und fuhr quer durch die Stadt

zum St. Francis Hospital. Vor der Notaufnahme parkte er und ging hinein.

Der Wachmann an der Drehtür lächelte ihn an. »Auf dem Weg ins Leichenschauhaus, Detective?«

»Nein. Ich will nur einen Freund besuchen.«

Der Mann winkte ihn durch.

Butch ging am Wartezimmer der Notaufnahme vorbei, mit ihren Plastikbäumen, zerfledderten Zeitschriften und besorgten Menschen. Er schob eine Flügeltür auf und trat in die sterile, weiße Klinikatmosphäre. Viele der Schwestern und Ärzte der Station kannte er und nickte ihnen im Vorbeigehen zu.

»Hey, Doug, erinnerst du dich an den Kerl mit der gebrochenen Nase, den wir vorhin hergebracht haben?«, fragte er am Empfang.

Der Angesprochene sah von einer Tabelle auf, die er gerade studierte. »Ja, der wird gleich entlassen. Da hinten, Zimmer achtundzwanzig.« Der Internist stieß ein kurzes Lachen aus. »Die Nase war noch das kleinste seiner Probleme, das kann ich dir flüstern. Der singt fürs Erste keine tiefen Töne mehr.«

»Danke, Kumpel. Apropos, wie geht's der werten Gattin?«

»Gut. Hat in einer Woche Termin.«

»Sag Bescheid, wenn es da ist.«

Butch ging nach hinten. Bevor er Zimmer achtundzwanzig betrat, warf er einen Blick den Gang hinunter. Alles war still. Kein medizinisches Personal zu sehen, keine Besucher, keine Patienten.

Er öffnete die Tür und steckte den Kopf hinein.

Billy Riddle sah vom Bett auf. Eine weiße Bandage hing unter seiner Nase. »Was gibt's, Officer? Haben Sie den

Kerl? Ich werde gleich entlassen, und mir wäre schon wohler, wenn Sie ihn in Gewahrsam hätten.«

Butch schloss die Tür und drehte in aller Seelenruhe den Schlüssel um.

Er lächelte, während er quer durch den Raum ging, den Blick starr auf den funkelnden, quadratischen Glitzerstein in Billys Ohr gerichtet. »Was macht die Nase, Billy-Boy?«

»Die ist okay. Und die Schwester hatte vielleicht einen geilen Arsch –«

Butch packte ihn vorne an seinem Poloshirt und riss ihn auf die Füße. Dann schleuderte er Beths Peiniger so hart gegen die Wand, dass die Apparatur hinter dem Bett wackelte.

Er brachte sein Gesicht so nah an das des Jungen, dass sie sich hätten küssen können. »Hast du dich heute Abend gut amüsiert?«

Große blaue Augen blickten ihn an. »Wovon reden Sie …«

Butch schubste ihn noch mal. »Jemand hat dich identifiziert. Die Frau, die du vergewaltigen wolltest.«

»Das war ich nicht!«

»Natürlich nicht. Und wenn man noch deine kleine Drohung mit ihrer Zunge und deinem Messer dazurechnet, könnte das sogar reichen, um dich hinter Gitter zu bringen. Hast du's schon mal mit einem Kerl getrieben, Billy? Ich wette, du wirst echt beliebt sein. Ein hübsches weißes Jüngelchen wie du.«

Der Junge wurde so weiß wie die Wand, an die er gedrückt wurde. »Ich hab sie nicht angefasst!«

»Ich sag dir mal was, Billy. Wenn du ehrlich zu mir bist und mir sagst, wo dein Kumpel ist, kannst du vielleicht sogar auf deinen eigenen Füßen hier herauslaufen. Wenn nicht, bring ich dich auf einer Trage runter zur Wache.«

Billy schien kurz über den Deal nachzudenken. Dann stieß er hektisch hervor: »Sie wollte es doch! Sie hat praktisch darum gebettelt …«

Butch hob das Knie und drückte es in Billys Schritt. Ein hohes Jaulen schwirrte durch die Luft. »Musst du deshalb die nächste Woche im Sitzen pinkeln?«

Als der kleine Mistkerl anfing, vor sich hin zu brabbeln, ließ Butch ihn los und sah zu, wie er an der Wand zu Boden glitt. Kaum sah Billy die Handschellen, wurde sein Jammern noch lauter.

Unsanft warf Butch ihn auf den Bauch und zog nicht gerade rücksichtsvoll seine Handgelenke zusammen. Die Handschellen schnappten zu. »Du bist verhaftet. Du hast das Recht, zu schweigen. Alles, was du sagst, kann und wird vor Gericht gegen dich verwendet werden. Du hast das Recht auf einen Anwalt …«

»Wissen Sie nicht, wer mein Vater ist?«, schrie Billy plötzlich hellwach. »Ihre Dienstmarke können Sie vergessen!«

»Wenn du dir keinen leisten kannst, wird dir vom Gericht einer gestellt. Hast du deine Rechte verstanden?«

»Leck mich!«

Butch legte seine Handfläche auf den Hinterkopf des Jungen und drückte die ramponierte Nase auf das Linoleum. »Hast du deine Rechte verstanden?«

Billy stöhnte und nickte. Er hinterließ eine Spur frischen Blutes auf dem Boden.

»Dann ist ja gut. Und jetzt machen wir uns an den Papierkram. Ich halte mich gern an die Vorschriften.«

6

»Boo, hörst du jetzt mal auf!« Beth schlug mit der Faust auf ihr Kissen und rollte herum.

Der Kater sah sie an und miaute. Im Schein der Küchenlampe, die sie extra angelassen hatte, sah sie, wie er immer wieder mit der Pfote an die Scheibe pochte.

»Vergiss es, kleiner Tiger. Du bist ein Hauskater. Haus-Kater. Glaub mir, die große, weite Welt ist nicht so toll, wie sie vielleicht von drinnen aussieht.«

Sie schloss die Augen, und beim nächsten klagenden Miau fluchte sie und warf das Laken von sich. Missmutig ging sie zur Glastür und sah hinaus. Genau in diesem Moment sah sie den Mann. Er lehnte an der Gartenmauer; eine dunkle Gestalt, die viel größer war als die vertrauten Schatten der Mülltonnen und des Gartentischs.

Mit zitternden Händen überprüfte sie das Schloss an der Tür und dann die Riegel der Fenster. Alles fest verschlossen. Sie zog die Vorhänge vor, schnappte sich ihr tragbares Telefon und stellte sich wieder hinter Boo.

Der Mann hatte sich bewegt.

Scheiße!

Er kam auf sie zu. Wieder tastete sie nach dem Schloss an der Schiebetür und ging dann langsam rückwärts. Dabei blieb sie mit der Ferse an ihrem Futon hängen, taumelte und fiel nach hinten. Das Telefon glitt ihr aus der

Hand und hüpfte davon. Hart schlug sie auf der Matratze auf.

Unfassbar, die Tür schob sich auf, als hätte Beth nie das Schloss herumgedreht, als wäre es nicht gerade eben noch hörbar eingerastet.

Immer noch flach auf dem Rücken liegend, zappelte sie wild mit den Beinen, verstrickte sich in ihrem Laken bei dem Versuch, von dem Eindringling wegzukommen. Er war riesengroß, seine Schultern so breit wie Balken. Sein Gesicht konnte sie nicht erkennen, doch die Bedrohung, die von ihm ausging, fühlte sich an wie eine auf ihre Brust gerichtete Waffe.

Wimmernd rollte sie sich auf den Boden und kroch auf Händen und Knien von ihm weg. Die Holzdielen unter ihr knirschten. Hinter sich hörte sie seine Schritte donnern, immer lauter. Sie kauerte sich zusammen wie ein Tier, blind vor Furcht; als sie gegen ihr Flurtischchen stieß, spürte sie nicht einmal Schmerz.

Die Tränen liefen ihr über die Wangen, sie bettelte um Gnade und streckte die Hand nach der Wohnungstür aus – Da wachte Beth auf, mit offenem Mund, zu einem entsetzlichen Geräusch, das die Stille des Morgengrauens erschütterte. Es war sie selbst. Sie schrie, so laut sie konnte.

Erschrocken presste sie die Lippen zusammen und tatsächlich, ihre Ohren taten nicht mehr weh. Schwerfällig quälte sie sich aus dem Bett, schlurfte zur Glastür und begrüßte die ersten Sonnenstrahlen mit einer Erleichterung, die sie beinahe schwindlig machte. Als sich ihr Herzschlag wieder einigermaßen normalisiert hatte, holte sie tief Luft und prüfte das Türschloss.

Alles in Ordnung. Der Garten war leer. Alles war völlig normal.

Sie stieß ein kurzes, hohles Lachen aus. War ja klar, dass sie schlecht träumen würde, nach allem, was gestern Nacht passiert war. Vermutlich würde sie noch eine ganze Weile hypernervös sein.

Als sie sich umdrehte und zum Badezimmer ging, fühlte sie sich halbtot. Doch der letzte Ort auf der Welt, an dem sie jetzt sein wollte, war ihre Wohnung. Sie sehnte sich nach dem emsigen Gewimmel in der Redaktion, wollte zwischen Menschen, Telefonen und Papierbergen sein. Dort würde sie sich sicherer fühlen.

Gerade wollte sie in die Dusche steigen, als sie einen scharfen Schmerz in ihrem Fuß verspürte. Sie untersuchte ihre nackte Sohle im Stehen und zog ein Stück Porzellan aus der Ferse. Als sie sich nun auf dem Boden umsah, bemerkte sie erst die Scherben der zersprungenen Schale, die immer auf ihrem Flurtischchen gestanden hatte.

Verwundert fegte sie die Reste zusammen.

Seltsam, sie musste die Schale wohl heruntergeworfen haben, als sie gestern nach dem Überfall in die Wohnung gestürmt war.

Wrath war vollkommen erschöpft, als er in seine Kammer in Darius' Haus tief unter der Erde ging. Er verschloss die Tür hinter sich und zerrte eine ramponierte Truhe aus dem Schrank. Die schwere schwarze Marmortafel, die er herausholte, war etwa fünfzig mal fünfzig Zentimeter groß und zehn Zentimeter dick. Knurrend legte er sie mitten im Zimmer auf den Boden. Dann ging er zurück zu der Truhe, entnahm ihr einen Samtbeutel und warf ihn auf das Bett.

Er zog sich aus, duschte und rasierte sich und ging dann

immer noch nackt zurück in den Raum. Erst jetzt zog er die seidene Schleife des Beutels auf und schüttete die kieselsteingroßen Rohdiamanten auf die Tafel. Der leere Samtbeutel glitt ihm aus der Hand und schwebte zu Boden.

Wrath neigte den Kopf und sprach die Worte seiner Muttersprache, sanft hoben und senkten sich die Silben mit seinem Atem, während er dem Toten die Ehre erwies. Als er die Elegie beendet hatte, kniete er sich auf die Tafel. Er spürte, wie sich die Steine in sein Fleisch bohrten. Langsam verlagerte er sein Gewicht mehr auf die Fersen, legte die Handflächen auf seine Oberschenkel und schloss die Augen.

Das Totenritual verlangte, dass er den gesamten Tag regungslos verbrachte, dass er den Schmerz ertrug, dass er in Erinnerung an seinen Freund blutete.

Vor seinem geistigen Auge sah er Darius' Tochter.

Er hätte nicht einfach so in ihre Wohnung gehen sollen. Immerhin hatte er sie halb zu Tode erschreckt, obwohl er sich doch eigentlich nur vorstellen und ihr erklären wollte, warum sie bald seine Hilfe brauchen würde. Außerdem hatte er ihr noch versichern wollen, dass er sich diesen Kerl vorknöpfen würde, der sich mit ihr angelegt hatte.

O ja, das hatte er wirklich großartig gemacht. So einfühlsam wie ein Tanklaster.

Sie war vor Schreck fast durchgedreht, als er ins Zimmer kam, und er hatte ihre Erinnerung löschen und sie in eine leichte Trance versetzen müssen, um sie wieder zu beruhigen. Nachdem er sie auf ihr Bett gelegt hatte, wollte er eigentlich wieder verschwinden, doch er konnte einfach nicht. Stattdessen hatte er sie betrachtet, den verschwommenen Gegensatz zwischen dem schwarzen Haar und dem weißen Kissen aufgenommen, ihren Duft eingeatmet.

Eine sexuelle Regung in seinen Lenden verspürt.

Bevor er ihre Wohnung endgültig verließ, hatte er noch gewissenhaft alle Türen und Fenster verschlossen. Dann hatte er noch einen letzten Blick auf sie geworfen und an ihren Vater gedacht.

Wrath konzentrierte sich auf den Schmerz, der bereits in seinen Oberschenkeln einsetzte.

Sein Blut färbte die Marmortafel rot, und darin konnte er das Gesicht des toten Kriegers sehen. Er spürte das Band, das zu Lebzeiten zwischen ihnen bestanden hatte.

Es war seine Pflicht, den letzten Wunsch seines Bruders zu erfüllen. Zumindest das schuldete er ihm nach all den Jahren, die sie zusammen der Vampirrasse gedient hatten.

Halb Mensch oder nicht, Darius' Tochter würde nie mehr ungeschützt durch die Nacht gehen müssen. Und sie würde auch ihre Wandlung nicht allein durchstehen müssen.

Gott steh uns bei.

Gegen sechs Uhr morgens war Butch mit Billy Riddles Bericht fertig. Ganz offensichtlich nahm der Kerl Anstoß an den Drogendealern und Schlägern, mit denen er vorübergehend die Zelle auf dem Revier teilen musste, weswegen Butch sich bemühte, so viele Tippfehler wie nur möglich in seinem Bericht zu machen. Und es war kaum zu fassen, aber das Computersystem gab ihm doch ständig widersprüchliche Anweisungen, welche Formulare genau denn nun ausgefüllt werden mussten.

Und dann hatten auch noch die Drucker ihren Geist aufgegeben. Alle dreiundzwanzig.

Trotz alledem würde Riddle nicht allzu lange auf der Polizei bleiben müssen. Sein Vater war tatsächlich ein mächtiger Mann, ein Senator. Sprich, irgendein gewiefter Staranwalt würde ihn in null Komma nichts hier herausholen. Wahrscheinlich innerhalb der nächsten Stunde.

Geld regiert die Welt, und es brachte auch solche Dreckskerle zurück in die Freiheit.

Nicht, dass Butch verbittert gewesen wäre, ach woher.

Als er in die Eingangshalle kam, traf er zufällig einen ihrer Stammgäste auf der Wache. Cherry Pie war offenbar gerade nach einer Nacht in der Zelle aus dem Frauentrakt entlassen worden. Eigentlich hieß sie Mary Mulcahy, und soweit Butch wusste, arbeitete sie schon seit etwa zwei Jahren auf dem Straßenstrich.

»Hallöchen, Detective«, schnurrte sie. Ihr roter Lippenstift klebte in den Mundwinkeln, und der schwarze Eyeliner war verschmiert. Sie hätte richtig hübsch sein können, stellte er fest, wenn sie die Crackpfeife wegwerfen und ungefähr einen Monat durchschlafen würde. »Willst du ganz allein nach Haus?«

»Wie immer.« Er hielt ihr die Tür auf, und sie gingen hinaus.

»Kriegst du auf die Dauer keinen Muskelkater in der linken Hand?«

Butch musste lachen. Beide sahen in den Himmel.

»Was treibst du so, Cherry?«

»Das Übliche.«

Sie steckte sich eine Zigarette zwischen die Zähne und zündete sie an, den Blick aus den Augenwinkeln auf ihn gerichtet.

»Wenn du mal die Schnauze voll hast vom Wichsen, ruf mich einfach an. Ich mach's dir kostenlos, weil du so ein gut aussehender Kerl bist. Aber kein Wort zu Big Daddy, klar?«

Sie stieß eine Rauchwolke aus und spielte abwesend an ihrem kaputten linken Ohr herum. Die obere Hälfte fehlte.

O Mann, ihr Zuhälter war eine Bestie.

Sie stiegen nebeneinander die Betonstufen hinunter.

»Hast du dir mal das Programm angesehen, von dem ich dir erzählt habe?«, fragte Butch, als sie auf dem Bürgersteig ankamen. Er half einer Freundin dabei, eine Selbsthilfegruppe für Prostituierte ins Leben zu rufen, um Frauen beizustehen, sich von ihren Zuhältern und ihrem alten Leben zu befreien.

»Ja, klar. Super Sache.« Sie lächelte ihn an. »Bis demnächst.«

»Pass auf dich auf.«

Sie wandte sich um und schlug sich auf die rechte Pobacke. »Das wäre Ihr Preis gewesen!«

Butch sah ihr eine Weile nach, wie sie die Straße hinunter stakste. Und dann stieg er aus einem Impuls heraus in einen zivilen Streifenwagen und fuhr quer durch die Stadt zurück in die Gegend des *Screamer's*. Vor dem *McGrinder's* hielt er an. Ungefähr fünfzehn Minuten später kam eine Frau in enger Jeans und einem schwarzen bauchfreien T-Shirt heraus. Kurzsichtig blinzelte sie in das helle Tageslicht.

Als sie sein Auto entdeckte, schüttelte sie ihr rotbraunes Haar und kam auf ihn zu. Er kurbelte das Fenster runter, und sie beugte sich zu ihm, um ihn auf die Lippen zu küssen.

»Dich hab ich ja schon ewig nicht mehr gesehen, Butch. Bist du einsam?«, raunte sie in sein Ohr.

Sie roch nach schalem Bier und Cocktailkirschen, wie jeder Barkeeper am Ende einer langen Nacht.

»Steig ein«, sagte er.

Ohne zu zögern, ging sie um die Motorhaube herum und glitt auf den Beifahrersitz. Während sie zum Fluss fuhren, sprachen sie über ihre Schicht in der Bar. Das Trinkgeld hatte mal wieder zu wünschen übrig gelassen, und ihre Füße brachten sie fast um nach der vielen Rennerei.

Er parkte unter dem Brückenbogen, der über den Hudson führte und die beiden Teile Caldwells miteinander verband. Sorgfältig achtete er darauf, dass sie weit genug von den Obdachlosen weg waren, die auf ihren Lumpen schliefen. Auf Publikum konnte er gut verzichten.

Und eins musste er Abbey lassen: Sie war schnell. Noch ehe der Motor abgestellt war, hatte sie schon seine Hose geöffnet und bearbeitete seine Erektion mit geübtem Griff. Er klappte den Sitz zurück, und sie setzte sich rittlings auf ihn und schmiegte sich an seinen Hals. Teilnahmslos sah er an ihrem zerzausten Haar vorbei auf den Fluss.

Das Sonnenlicht glitzerte so wunderschön auf dem Wasser.

»Liebst du mich, Baby?«, flüsterte sie ihm ins Ohr.

»Sicher.« Er strich ihr das Haar zur Seite und sah ihr in die Augen. Sie waren leer. Er hätte jeder x-beliebige Mann sein können, und genau darum funktionierte ihre Beziehung.

Sein Herz war genauso leer wie ihr Blick.

7

Als Mr. X den Parkplatz vor der *Caldwell Martial Arts Academy* überquerte, wehte ihm der Geruch aus dem *Dunkin' Donuts* von gegenüber in die Nase. Dieser Duft, dieses wunderbare, dicke Aroma von Mehl und Zucker und heißem Öl, lag schwer in der Morgenluft. Er blickte über die Schulter und sah einen Mann, der mit zwei weiß-rosa Schachteln unter dem Arm und einem riesigen Kaffeebecher in der Hand aus dem Laden kam.

Das wäre mal eine angenehme Art, den Tag zu beginnen, dachte Mr. X.

Er erreichte den Weg, der unter der rot-goldenen Markise der Kampfsportschule entlang führte. Kurz blieb er stehen, um einen Plastikbecher aufzuheben. Der Vorbesitzer hatte offenbar extra einen Schluck Cola darin gelassen, damit seine oder ihre Zigarettenkippen lustig darin herumschwimmen konnten. Mr. X entsorgte die ekelhafte Hinterlassenschaft und schloss die Tür auf.

Die Gesellschaft der *Lesser* hatte vergangene Nacht in ihrem Krieg ein neues Kapitel aufgeschlagen, und er war derjenige gewesen, der das vollbracht hatte. Darius war ein Gigant von einem Vampir gewesen, ein Mitglied der Black Dagger. Was für eine Trophäe.

Verflucht schade nur, dass nichts mehr von ihm übrig war, was man sich hätte an die Wand hängen können. Die

Bombe von Mr. X hatte ihren Zweck erfüllt, mehr als das. Er hatte zu Hause gesessen und den Polizeifunk abgehört, als die Meldung hereinkam. Die Operation war exakt so verlaufen, wie er sie geplant hatte. Absolut professionell. Absolut anonym. Und absolut tödlich.

Er versuchte sich an das letzte Mal zu erinnern, als ein Mitglied der Bruderschaft aus dem Weg geräumt worden war. Das musste sicher mehrere Jahrzehnte her sein, lange bevor er der Gesellschaft beigetreten war. Natürlich hatte er erwartet, dass man ihm auf die Schulter klopfen würde; nicht, dass solcherlei Lob ihm besonders viel bedeutet hätte. Er hatte damit gerechnet, dass er einen Bonus bekäme, vielleicht mehr Einfluss oder ein größeres geographisches Einsatzgebiet.

Aber die tatsächliche Belohnung hatte seine Hoffnungen noch um ein Vielfaches überstiegen.

Omega hatte ihm kurz vor Morgengrauen einen Besuch abgestattet. Und ihm alle Rechte und Privilegien eines *Haupt-Lesser* verliehen.

Ein Anführer der Gesellschaft der *Lesser.*

Eine überaus große Verantwortung. Genau das, was er von Anfang an gewollt hatte.

Neue Macht war die einzige Form des Lobes, die ihn interessierte.

Mit langen Schritten eilte er zu seinem Büro. Die ersten Kurse begannen um neun Uhr, das ließ ihm genug Zeit, einige neue Regeln für seine Untergebenen in der Gesellschaft aufzustellen.

Sein erster Impuls war gewesen, eine Bekanntmachung herauszuschicken. Doch das wäre nicht klug gewesen. Ein guter Anführer ordnete erst einmal seine Gedanken, bevor er sprach; er drängte nicht aufs Podium, um sich bewundern zu lassen. Stolz war die Wurzel allen Übels.

Anstatt also wie ein Narr zu triumphieren, hatte er sich erst einmal draußen in einen Liegestuhl gesetzt und auf die Wiese hinter seinem Haus gesehen. Im jungfräulichen Leuchten der Morgendämmerung hatte er über die Stärken und Schwächen seiner Organisation nachgedacht und sich dabei von seinen Instinkten leiten lassen. Aus dem Gewirr von Bildern und Gedanken hatten sich nach und nach Muster herausgebildet, bis die Zukunft klar und deutlich vor ihm lag.

Nun, an seinem Schreibtisch, loggte er sich auf der geschützten Website der Gesellschaft ein und machte unmissverständlich klar, dass auf der Führungsebene ein Wechsel stattgefunden hatte. Er beorderte alle *Lesser* um vier Uhr nachmittags in die Academy, wohl wissend, dass zwar einige einen weiten Weg hatten, doch niemand sich weiter als eine achtstündige Autofahrt entfernt aufhielt. Jeder, der nicht auftauchte, würde aus der Gesellschaft ausgestoßen und wie ein Hund gejagt werden.

Die *Lesser* an einem Ort zu versammeln, kam selten vor. Derzeit zählten sie zwischen fünfzig und sechzig Mitglieder, je nachdem, wie viele pro Nacht von den Brüdern getötet und wie viele neue Rekruten in Dienst genommen wurden. Die Mitglieder der Gesellschaft lebten alle in oder in der Nähe von Neuengland. Diese Konzentration auf die nordöstlichen Staaten der USA lag einfach daran, dass hier die meisten Vampire wohnten. Wenn sie den Wohnsitz wechselten, würde auch die Gesellschaft weiterziehen.

Wie es schon seit Generationen in diesem Krieg geschah.

Mr. X war sich bewusst, dass es riskant war, die *Lesser* für eine Zusammenkunft nach Caldwell zu rufen. Aber obwohl er die meisten von ihnen kannte, und manche sogar ziemlich gut, war es doch erforderlich, dass sie ihn sahen und seine Worte hörten. Besonders, da er ihnen neue Ziele geben würde.

Ebenfalls wichtig war es, das Treffen bei Tageslicht abzuhalten. Damit stellte er sicher, dass sie nicht von der Bruderschaft überfallen werden konnten. Und er konnte gegenüber den menschlichen Angestellten des Studios behaupten, ein Seminar über Kampfsporttechniken abzuhalten. Sie würden die Zusammenkunft im großen Konferenzraum im Keller abhalten und sicherheitshalber die Türen abschließen.

Bevor er sich wieder ausloggte, schrieb er noch einen Bericht über die Eliminierung von Darius; er wollte, dass die Vampirjäger es schriftlich hatten. Detailliert beschrieb er die Art von Bombe, die er benutzt hatte, eine genaue Anleitung zum Bau dieser Bombe, und wie man den Zünder mit dem Starter eines Autos verkabelte. Es war so einfach, wenn alles ordentlich vorbereitet war. Man musste die Bombe nur noch scharf machen, und wenn das nächste Mal die Zündung des Autos gestartet wurde, verwandelten sich sämtliche Insassen zu Asche.

Für diesen Sekundenbruchteil der Genugtuung hatte er den Krieger Darius ein Jahr lang unter Beobachtung gehabt. Er hatte sich mit seinem Lebensrhythmus vertraut gemacht. Und dann, vor zwei Tagen, war Mr. X in der BMW-Vertragswerkstatt der Brüder Green eingebrochen, als der Vampir seinen 6er-BMW zur Inspektion gebracht hatte. Die Bombe war darin installiert worden, und letzte Nacht hatte Mr. X nur noch unauffällig am Wagen vorbeischlendern und mit einem Sender den Zünder aktivieren müssen.

Von dem langwierigen und aufwändigen Verlauf dieser Eliminierung berichtete er nichts. Er wollte, dass seine *Lesser* glaubten, er könne so eine tadellose Aktion nach Lust und Laune durchführen. Image und Wahrnehmung spielten eine wichtige Rolle bei der Schaffung einer Machtbasis, und er wollte von Anfang an ein glaubwürdiger Befehlshaber sein.

Nachdem er sich ausgeloggt hatte, lehnte er sich zurück und legte die Hände an den Fingerkuppen dachförmig aneinander. Seit er der Gesellschaft beigetreten war, hatte der Schwerpunkt des Kampfs auf der Reduktion der Vampirpopulation durch zivile Eliminierungen gelegen. Natürlich würde das langfristig sein Ziel bleiben, doch seine erste Anordnung würde ein Strategiewechsel sein. Der Schlüssel zum Sieg lag darin, die Bruderschaft auszuschalten. Ohne diese sechs Krieger wären die übrigen Vampire den *Lessern* schutzlos ausgeliefert.

Diese Taktik war nicht neu; immer wieder war sie in den vergangenen Generationen angewendet und ebenso oft wieder verworfen worden, wenn die Mitglieder der Bruderschaft sich als zu aggressiv oder zu schwer greifbar erwiesen. Doch Darius' Tod brachte neuen Schwung in die Sache.

Und es war höchste Zeit für eine Veränderung. So wie die Dinge lagen, schaltete die Bruderschaft Jahr für Jahr Hunderte der *Lesser* aus. Neue, unerfahrene Jäger mussten angeworben werden. Rekruten bedeuteten immer Ärger. Sie waren schwer zu finden, schwer in die Gesellschaft zu integrieren und einfach nicht so effektiv wie erfahrene Kämpfer.

Diese andauernde Notwendigkeit, neue Männer anzuheuern, führte zu einer kritischen Schwächung der *Lesser.*

Trainingszentren wie die *Caldwell Martial Arts Academy* dienten zwar der Rekrutierung von Nachwuchs für die Gesellschaft, doch gleichzeitig waren sie sehr exponiert. Eine Einmischung der menschlichen Polizei und gleichzeitig einen Überfall der Bruderschaft zu verhindern erforderte beständige Wachsamkeit und häufige Standortwechsel. Das ewige Umherziehen war zwar sehr störend, doch wie sonst sollte die Gesellschaft ihre Operationszentren vor Angriffen schützen?

Mr. X schüttelte den Kopf. Irgendwann würde er einen zweiten Befehlshaber brauchen, doch mit dieser Wahl würde er sich noch ein wenig Zeit lassen.

Glücklicherweise war nichts von dem, was er vorhatte, besonders kompliziert, sondern elementare Militärstrategie. Die Streitkräfte zusammenziehen. Sie koordinieren. Informationen über den Feind beschaffen. Logisch und diszipliniert vorgehen.

Heute Nachmittag zog er seine Streitkräfte zusammen.

Was die Koordination betraf, würde er sie in Eskadrons einteilen. Und er würde regelmäßige Treffen zwischen ihm selbst und kleinen Grüppchen der Jäger einführen.

Und die Informationen? Wenn sie die Bruderschaft auslöschen wollten, mussten sie ihren Aufenthaltsort kennen. Das war schwierig, aber nicht unmöglich. Die Krieger waren eine misstrauische und geheimnisvolle Bande, sie blieben unter sich. Doch die übrigen Vampire hatten hin und wieder Kontakt zu ihnen. Die Mitglieder mussten sich ja ernähren, und das ging nun einmal nicht untereinander. Sie brauchten weibliches Blut.

Und weibliche Vampire – selbst wenn die meisten von

ihnen wie kostbare Schmuckstücke unter Verschluss gehalten wurden – hatten Brüder und Väter, die man zum Reden bringen konnte. Der richtige Anreiz, und die Männer würden schon preisgeben, wo ihre Frauen hingingen und mit wem sie sich trafen. Und damit die Bruderschaft ausliefern.

Das war der Kern seiner gesamten Strategie: Ein ausgeklügeltes System aus Geiselnahme und Terror würde ihn zur Bruderschaft führen. Unweigerlich. Entweder, weil die Bruderschaft wütend wurde und von selbst aus ihrem Loch gekrochen kam. Oder, weil jemand redete und ihren Aufenthaltsort verriet.

Das ideale Ergebnis wäre herauszufinden, wo die Krieger ihre Tage verbrachten. Sie bei Sonnenschein anzugreifen, wenn sie am verletzlichsten waren, verhieß die größten Chancen auf Erfolg und reduzierte das Risiko von Todesopfern auf Seiten der Gesellschaft auf ein Minimum.

Im Endeffekt war es kaum schwieriger, einen Vampir zu töten als einen stinknormalen Menschen. Sie bluteten, wenn man sie mit einem Messer verletzte, und ihr Herz hörte auf zu schlagen, wenn man sie erschoss. Und wenn man sie dem Sonnenlicht aussetzte, verbrannten sie.

Ein Mitglied der Bruderschaft zu töten war ein ganz anderer Fall. Sie waren ungeheuer stark, bestens ausgebildet, und ihre Wunden heilten extrem schnell; sie waren eben eine ganz eigene Subspezies. Bei einem Krieger hatte man genau einen Versuch. Wenn der nicht tödlich verlief, kam man selbst nie wieder nach Hause.

Mr. X stand von seinem Schreibtisch auf und betrachtete sich einen Moment lang im Spiegelbild der Fensterscheibe. Blasses Haar, blasse Haut, blasse Augen. Bevor er der Gesellschaft beigetreten war, hatte er rote Haare gehabt. Nun konnte er sich nicht einmal mehr erinnern, wie er damals ausgesehen hatte.

Aber über seine Zukunft war er sich im Klaren. Und über die der Gesellschaft.

Er verschloss die Tür hinter sich, ging durch den gefliesten Flur in die Haupthalle und stellte sich neben den Eingang. Den Schülern, die zu ihrem Jiu-Jitsu-Kurs hereinströmten, nickte er zu. Das war seine Lieblingsklasse, eine Gruppe junger Männer zwischen achtzehn und vierundzwanzig, die sehr vielversprechend waren. Die Jungs in ihrem weißen Jiu-Jitsu-Gi neigten den Kopf vor ihm und nannten ihn Sensei. Mr. X musterte, jeden Einzelnen prüfend, ihre Augenbewegungen, ihre Haltung, ihre Stimmung.

Dann stellten sich die Schüler vor ihm auf, und er schritt die Reihe ab, immer Ausschau haltend nach potenziellen Rekruten für die Gesellschaft. Was er suchte, war die richtige Kombination aus Kraft, Intelligenz und ungelenktem Hass.

Als die Gesellschaft in den 1950er-Jahren auf ihn zutrat, war er gerade siebzehn und saß in einer Jugendstrafanstalt ein. Ein Jahr davor hatte er seinem Vater ein Messer in die Brust gerammt, nachdem dieser Drecksack ihm einmal zu oft die Bierflasche über den Kopf gezogen hatte. Er hatte gehofft, sein Vater wäre tot, doch leider hatte er überlebt und konnte nach Hause gehen und X' Mutter töten.

Wenigstens war der gute alte Dad so schlau gewesen, sich hinterher auch den eigenen Schädel mit dem Gewehr wegzupusten. Mr. X hatte die Leiche bei einem Besuch zu Hause gefunden, direkt bevor man ihn geschnappt und in den Knast gebracht hatte.

An jenem Tag, als er über den Leichnam seines Vaters gebeugt dastand, hatte Mr. X gelernt, dass es nicht besonders befriedigend war, einen Toten anzubrüllen. Einem, der schon gegangen war, konnte man schließlich nichts mehr wegnehmen.

In Anbetracht seines Erzeugers war es eigentlich nicht weiter verwunderlich, dass Gewalt und Hass in Mr. X' Blut flossen. Vampire zu töten, war eines der wenigen sozial akzeptablen Ventile für eine Mordlust wie die seine. Das Militär war doch scheißlangweilig. Zu viele Regeln, und immer musste man erst warten, bis irgendwo ein Krieg erklärt wurde, bevor man zur Tat schreiten konnte. Und als Serienmörder war man auf einen zu kleinen Rahmen beschränkt.

Die Gesellschaft war da etwas ganz anderes. Er hatte alles, was er sich schon immer gewünscht hatte. Unbegrenzte Mittel. Die Möglichkeit zu töten, sobald die Sonne unterging. Und natürlich die unschätzbare Gelegenheit, die nächste Generation zu prägen.

Dafür hatte er seine Seele verkaufen müssen – na und? Kein Problem für ihn. Nach allem, was sein Vater ihm angetan hatte, war davon ohnehin nicht mehr viel übrig gewesen.

In seinen Augen hatte er auf jeden Fall von dem Handel profitiert. Er würde unfehlbar jung und bei bester Gesundheit bleiben, bis zu dem Tag, an dem er seinen letzten Atemzug tat. Und sein Tod würde nicht von irgendeinem biologischen Versagen abhängen, wie Krebs oder Herzinfarkt, sondern ausschließlich von seinem eigenen Vermögen, auf sich aufzupassen.

Dank Omega war er den Menschen physisch überlegen. Seine Sehkraft war perfekt, und er durfte tun, was er am liebsten tat. Die Impotenz hatte ihn anfangs etwas gestört, doch daran hatte er sich längst gewöhnt. Und nichts zu essen oder zu trinken ... ach, er war nie ein besonderer Gourmet gewesen. Außerdem: Blut zum Fließen zu bringen war besser als Essen oder Sex. Jederzeit.

Als die Tür zum Trainingsraum plötzlich aufschwang, warf er einen schnellen Blick über die Schulter. Es war Billy Riddle, und der Junge hatte zwei blaue Augen und eine bandagierte Nase.

Mr. X zog eine Augenbraue hoch. »Pausierst du heute, Riddle?«

»Ja, Sensei.« Billy verneigte sich. »Aber ich wollte trotzdem kommen.«

»Guter Mann.« Mr. X legte Riddle den Arm um die Schultern. »Deine Disziplin gefällt mir. Wie wär's, wenn du heute das Aufwärmen übernimmst?«

Billy verneigte sich noch tiefer, bis sein breites Kreuz beinahe parallel zum Boden stand. »Sensei.«

»Dann los.« Er klopfte dem Jungen auf die Schulter. »Und nimm sie ruhig hart ran.«

Billy sah auf, die Augen blitzten.

Mr. X nickte. »Freut mich, dass wir uns verstehen, mein Junge.«

Als Beth aus ihrem Haus kam, runzelte sie die Stirn. Auf der gegenüberliegenden Straßenseite stand ein ziviler Streifenwagen. José stieg aus und lief zu ihr herüber.

»Ich hab gehört, was passiert ist.« Sein Blick blieb an ihrem Mund haften. »Wie geht es dir?«

»Besser.«

»Komm, ich fahr dich zur Arbeit.«

»Danke, aber ich geh lieber zu Fuß.« Josés Mund öffnete sich zum Protest, doch sie legte die Hand auf seinen Arm. »Ich werde mich von der Sache nicht so einschüchtern lassen, dass ich mein Leben nicht mehr normal führen kann. Irgendwann muss ich wieder an dieser Stelle vorbei, und dann ist es mir lieber, wenn es beim ersten Mal heller Morgen ist.«

Er nickte. »Okay. Aber am Abend rufst du dir ein Taxi oder du sagst einem von uns Bescheid, damit er dich abholt.«

»José …«

»Schön, dass wir uns einig sind.« Er lief zurück zu seinem Wagen. »Ach, und du weißt wahrscheinlich schon, was Butch O'Neal letzte Nacht getan hat?«

Sie traute sich kaum zu fragen. »Was denn?«

»Er hat diesem kleinen Scheißkerl einen Besuch abgestattet. Wenn ich das richtig verstanden habe, musste man ihm die Nase noch mal neu einrichten, als unser guter Detective mit ihm fertig war.« José öffnete die Fahrertür und ließ sich auf den Sitz fallen. »Na gut, sehen wir dich heute auf der Wache?«

»Ja. Ich würde gern noch mehr über diese Autobombe wissen.«

»Dachte ich mir schon. Bis später dann.« Er winkte und fuhr aus der Parklücke.

Es wurde drei Uhr nachmittags, und immer noch hatte sie es nicht auf die Polizeistation geschafft. Jeder im Büro hatte ihre Geschichte hören wollen, und dann hatte Tony auch noch darauf bestanden, dass sie alle zusammen zum Essen gingen. Nachdem sie wieder zurück an ihren Schreibtisch gerollt war, hatte sie den Nachmittag damit vertrödelt, Alka Seltzer zu lutschen und E-Mails zu schreiben.

Sie wusste, dass sie einiges zu erledigen hatte, aber der Artikel über die Waffenhändler wollte ihr einfach nicht von der Hand gehen. Nicht, dass sie eine Deadline gehabt hätte. Dick hatte es nicht gerade furchtbar eilig, ihr einen Platz auf der Titelseite freizuschaufeln.

Nein, er gab Beth immer nur schlichte, anspruchslose Arbeit. Die beiden letzten Texte, die auf ihrem Tisch gelandet waren, hatten die großen Jungs verfasst, und sie sollte nur noch mal die Fakten überprüfen. Dick hatte sich in seiner Zeit bei der *New York Times* an hohe Standards gewöhnt, und nach wie vor achtete er peinlich genau auf Gründlichkeit. Das war eine seiner Stärken. Leider nahm er es nicht annähernd so genau, wenn es um die Lorbeeren ging. Egal, wie viele Fehler sie korrigierte, immer noch wartete sie vergeblich darauf, dass ihr Name neben einem der großen Jungs über einem Artikel stand.

Es war schon fast sechs, als sie endlich mit dem Bearbeiten der beiden Texte fertig war und sie in Dicks Hauspostfach steckte. Am liebsten hätte sie den Gang zur Polizeiwache ausfallen lassen. Butch hatte ihre Anzeige ja schon letzte Nacht aufgenommen, für sie gab es in dem Fall nichts mehr zu tun. Im Klartext: Sie hatte ein mulmiges Gefühl dabei, im selben Gebäude wie ihr Peiniger zu sein, selbst wenn er sich in einer Zelle befand.

Außerdem war sie wirklich erschöpft.

»Beth!«

Sie zuckte beim Klang von Dicks Stimme zusammen.

»Kann jetzt nicht, ich muss zur Wache«, rief sie über die Schulter. Auf Dauer könnte sie ihn sich nicht vom Hals halten, aber wenigstens müsste sie sich heute Abend nicht mit dem Typen befassen.

Und sie wollte wirklich gern mehr über die Bombe wissen.

Hektisch stürmte sie aus dem Büro und lief sechs Blocks nach Osten. Das Gebäude der Polizeistation war ein typisches Beispiel für die städtischen Baumaßnahmen der Sechzigerjahre. Zwei Stockwerke hoch, weitläufig, zu seiner Zeit hochmodern, mit viel blassgrauem Zement und unzähligen schmalen Fenstern. Es alterte ohne jede Würde. Schwarze Streifen liefen über die Seitenmauern, als blute es aus einer Wunde im Dach; und auch das Innere sah unheilbar aus. Ekelhaftes grünes Linoleum deckte den Boden, Holzimitat die Wände und abgeblätterte Farbe den Rest. Nach vierzig Jahren war der hartnäckigste Schmutz in jede Ritze und jeden Spalt gedrungen und ließ sich höchstens noch mit einer Spritzpistole oder einer Zahnbürste entfernen.

Und vielleicht durch einen Räumungsbefehl vom Gericht.

Die Cops waren wirklich nett zu ihr, als sie ankam. Kaum hatte sie einen Fuß ins Gebäude gesetzt, umringten sie Beth besorgt. Sie versuchte das Ganze etwas herunterzuspielen, ohne wieder in Tränen auszubrechen; danach ging sie zu den Jungs in der Zentrale und plauderte ein wenig mit ihnen. Ein paar Zuhälter und Dealer waren heute festgenommen worden, ansonsten war es ein ruhiger Tag gewesen. Sie wollte gerade gehen, als Butch durch die Hintertür hereinkam.

Er trug eine Jeans und ein Hemd und hatte eine rote Windjacke in der Hand. Beths Blick fiel auf das Pistolenhalfter, das quer über seine breiten Schultern lief. Der schwarze Kolben seiner Dienstwaffe blitzte bei jedem Schritt unter seinem Arm hervor. Sein dunkles Haar war noch feucht, als würde sein Tag gerade beginnen.

Was nach den Ereignissen der letzten Nacht wahrscheinlich auch der Fall war.

Er kam direkt auf sie zu. »Hast du einen Moment Zeit?«

Sie nickte. »Ja.«

Sie gingen zusammen in einen Vernehmungsraum.

»Nur damit du Bescheid weißt: die Kamera und die Mikros sind aus«, erklärte er.

»Machst du das nicht immer so?«

Er lächelte und setzte sich an den Tisch. Verflocht seine Hände ineinander. »Ich dachte, du solltest wissen, dass Billy Riddle auf Kaution freigekommen ist. Heute Morgen ganz früh haben sie ihn entlassen.«

Sie musste sich setzen. »Er heißt Billy Riddle? Das ist nicht dein Ernst.«

Butch nickte. »Er ist achtzehn. Noch keine Vorstrafen nach Erwachsenenrecht, aber ich hab ein bisschen in seinem Jugendregister gestöbert. Fleißiges Bürschchen. Sexuelle Nötigung, Stalking, kleinere Diebstähle. Sein Papi ist ein großes Tier, deshalb hat der Kerl einen Wahnsinnsanwalt, aber ich habe schon mit der Bezirksstaatsanwältin gesprochen. Sie wird versuchen, dir die Zeugenaussage zu ersparen.«

»Wenn ich muss, sage ich vor Gericht aus.«

»Tapferes Mädchen.« Butch räusperte sich. »Und, wie geht's dir?«

»Ganz gut.« Sie würde sicher keinen Gefühlsstriptease vor dem Ironman abziehen. Er hatte so eine unnahbare, harte Ausstrahlung, dass sie unbedingt vor ihm stark wirken wollte. »Noch mal zu der Autobombe. Ich hab gehört, es war wahrscheinlich Plastiksprengstoff, und der Zünder ist mit in die Luft geflogen. Klingt nach einem Profi.«

»Hast du heute Abend schon was gegessen?«

Sie runzelte die Stirn.

»Nein.«

In Anbetracht der Portion von heute Mittag sollte sie eigentlich sowohl auf das Abendessen, als auch auf das nächste Frühstück verzichten.

Butch stand auf. »Prima. Ich wollte gerade zu *Tullah's*.«

Er ging zur Tür und hielt sie auf.

Beth blieb sitzen. »Ich geh nicht mit dir essen.«

»Wie du willst. Interessiert dich offenbar nicht, was wir auf der anderen Straßenseite gefunden haben.«

Langsam fiel die Tür hinter ihm zu.

Darauf würde sie nicht hereinfallen. Darauf würde sie nicht ...

Sie sprang auf und lief ihm nach.

8

Marissa stand in ihrem makellos sauberen, in Cremeweiß gehaltenen Schlafzimmer und grübelte.

Als Wraths *Shellan* konnte sie seinen Schmerz fühlen und wusste, er musste wieder einen seiner Brüder verloren haben.

Würden sie eine normale Beziehung führen, gäbe es die Frage nicht, wie sie sich nun verhalten sollte. Sie würde zu ihm gehen, um ihm Trost zu spenden. Sie würde mit ihm sprechen oder ihn im Arm halten, oder mit ihm weinen. Ihn mit ihrem Körper wärmen.

Denn das war es, was eine *Shellan* für ihren Partner tat. Und was sie gleichermaßen von ihm erwarten durfte.

Sie warf einen Blick auf die Tiffany-Uhr auf ihrem Nachttisch.

Bald würde er in die Nacht hinausziehen. Wenn sie ihn noch antreffen wollte, sollte sie sich besser beeilen.

Marissa zögerte. Es hatte keinen Sinn, sich etwas vorzumachen: Er würde sie nicht willkommen heißen.

Wenn es nur einfacher wäre, ihn zu unterstützen, wenn sie nur wüsste, was er von ihr erwartete. Einmal, vor langer, langer Zeit, hatte sie mit der *Shellan* seines Bruders Tohrment gesprochen, in der Hoffnung, Wellsie könne ihr einen Tipp geben. Was sie tun, wie sie sich verhalten sollte. Wie sie Wrath davon überzeugen könnte, seiner würdig zu sein.

Denn Wellsie hatte genau das, was Marissa sich wünschte: einen wahren Partner. Einen Mann, der zu ihr nach Hause kam. Der mit ihr lachte und weinte und sein Leben mit ihr teilte. Der sie festhielt.

Einen Mann, der während dieser quälenden, glücklicherweise seltenen Zeiten bei ihr blieb, in denen sie fruchtbar war. Der ihr übergroßes Verlangen mit seinem Körper stillte, solange die Triebigkeit andauerte.

Wrath tat nichts dergleichen für sie oder mit ihr. Besonders nicht, was den letzten Teil anging. So wie die Dinge lagen, musste Marissa zu ihrem Bruder gehen, um sich Erleichterung zu verschaffen. Havers betäubte sie ganz einfach, stellte sie ruhig, bis das drängende Bedürfnis nachließ. Beiden, Bruder und Schwester, war diese Prozedur unangenehm.

Sie hatte gehofft, Wellsie könnte ihr helfen, doch ihr Gespräch mit der anderen *Shellan* war alles andere als ein Erfolg gewesen. Die schmerzlichen Blicke der anderen Frau, und die vorsichtig formulierten Antworten, hatten ihnen beiden wehgetan, hatten noch den Finger in die Wunde gelegt.

O Gott, sie war ja so allein.

Sie schloss die Augen und spürte wieder Wraths Kummer.

Es ging nicht anders, sie musste ihn erreichen. Weil er litt. Und weil es in ihrem Leben nichts gab als ihn.

Er war in Darius' Haus, das konnte sie fühlen. Sie holte tief Luft und dematerialisierte sich.

Wrath erhob sich langsam von den Knien und stand auf. Er konnte ein deutliches Knacken hören, als seine Wirbelsäule sich wieder aufrichtete. Sorgfältig wischte er sich die Diamanten von den Schienbeinen.

Es klopfte an der Tür, und er ließ sie aufgehen, in dem Glauben, es handle sich um Fritz.

Als er erkannte, wer sein Besucher wirklich war, kniff er die Lippen zusammen.

»Was führt dich hierher, Marissa?«, fragte er, ohne sich umzudrehen. Er ging ins Badezimmer und hüllte sich in ein Handtuch.

»Lass mich dich waschen, Herr«, murmelte sie. »Ich kümmere mich um dich. Ich kann …«

»Mir geht es gut.«

Er heilte sehr schnell. Am Ende dieser Nacht würden die Wunden kaum noch zu sehen sein.

Wrath trat vor den Schrank und wühlte in seinen Kleidern. Er entschied sich für ein schwarzes, langärmeliges Hemd, eine schwarze Lederhose und – Hilfe, was war denn das, bitte? Auf keinen Fall würde er in Feinrippunterwäsche in den Kampf ziehen. Lieber ging er ohne, als sich in so was erwischen zu lassen.

Zuallererst musste er Kontakt zu Darius' Tochter aufnehmen. Er wusste, ihm lief die Zeit davon, weil ihre Transition sehr schnell heranrückte. Und dann musste er sich mit Vishous und Phury kurzschließen und herausfinden, was sie über den toten *Lesser* erfahren hatten.

Gerade wollte er das Handtuch fallen lassen und durchstarten, als ihm wieder einfiel, dass Marissa immer noch im Zimmer war.

Er sah zu ihr hinüber.

»Geh nach Hause, Marissa.«

Ihr Kopf sank auf die Brust. »Herr, ich fühle deinen Kum…«

»Mir geht es wunderbar.«

Sie zögerte einen Moment. Und verschwand dann lautlos.

Zehn Minuten später tauchte Wrath im Salon auf.

»Fritz?«, rief er.

»Ja, Herr?« Der Butler schien sich zu freuen, dass man ihn gerufen hatte.

»Hast du ein paar Glimmstängel für mich?«

»Selbstverständlich.«

Fritz holte eine antike Mahagonikiste, öffnete den Deckel und bot ihm den Inhalt dar.

Wrath nahm ein paar der handgerollten Zigarillos heraus.

»Wenn sie Euch munden, besorge ich gern noch mehr.«

»Mach dir keine Umstände. Das reicht völlig.« Normalerweise hielt er nichts von Drogen, aber heute würde er die Zigarillos sinnvoll nutzen.

»Werdet Ihr etwas essen wollen, bevor Ihr ausgeht?«

Wrath schüttelte den Kopf.

»Vielleicht bei Eurer Rückkehr?« Fritz' Stimme wurde leiser, während er den Deckel der Kiste schloss.

Wrath wollte den alten Mann schon zum Schweigen bringen, als er an Darius denken musste. D hätte Fritz sicher besser behandelt. »Ist gut, ja. Danke.«

Die Schultern des Butlers strafften sich stolz.

Du lieber Himmel, er schien zu lächeln, dachte Wrath.

»Ich werde Euch Lammrücken zubereiten. Wie mögt Ihr Euer Fleisch?«

»Blutig.«

»Und ich werde Eure Kleider waschen. Soll ich auch neues Lederzeug bestellen?«

»Lass ...« Wrath machte den Mund wieder zu. »Klar.

Das wäre großartig. Und, äh, könntest du mir ein paar Boxershorts besorgen? Schwarz? XXL?«

»Mit Vergnügen.«

Wrath wandte sich ab und ging zur Tür.

Wie, zum Henker, war er plötzlich zu einem Diener gekommen?

»Herr?«

»Ja?«, murmelte er.

»Seid vorsichtig, Herr.«

Wrath blieb stehen und sah über die Schulter. Fritz hielt die Kiste beinahe fürsorglich an die Brust gepresst.

Verdammt seltsames Gefühl, wenn jemand zu Hause auf einen wartet, stellte Wrath fest.

Er verließ das Haus und ging zu Fuß die lange Auffahrt hinunter zu der von Bäumen gesäumten Straße. Blitze zuckten über den Himmel, Vorboten des Gewitters, das er von Süden her riechen konnte.

Verflucht, wo war Darius' Tochter jetzt?

Er würde es zuerst in ihrer Wohnung probieren.

Als Wrath sich im Garten hinter ihrem Haus materialisiert hatte, sah er durchs Fenster und beantwortete das Willkommensschnurren des Katers ebenfalls mit einem Schnurren. Sie war nicht da, also setzte Wrath sich an den Gartentisch. Eine Stunde wollte er ihr einräumen, dann musste er los und die Brüder finden. Er könnte ja gegen Ende der Nacht noch einmal wiederkommen; obwohl es möglicherweise nicht die beste Idee war, sie um vier Uhr morgens zu wecken. Insbesondere nach seiner letzten Begegnung mit ihr.

Er nahm die Sonnenbrille ab und rieb sich den Nasenrücken.

Wir sollte er ihr erklären, was bald mit ihr passieren

würde? Und was sie tun müsste, um die Wandlung zu überleben?

Er hatte so ein Gefühl, dass sie über diese Neuigkeiten nicht gerade erfreut sein würde.

Wrath dachte an seine eigene Transition damals. Was für ein verdammtes Chaos das gewesen war. Er war ebenfalls nicht vorbereitet gewesen, weil seine Eltern ihn immer hatten beschützen wollen. Und dann waren sie gestorben, ehe sie ihm erklären konnten, was ihn erwartete.

Die Erinnerungen kamen mit erschreckender Klarheit zurück.

London im siebzehnten Jahrhundert war ein brutaler Ort gewesen, besonders für jemanden, der ganz allein auf der Welt war. Damals waren erst zwei Jahre vergangen, seit seine Eltern vor seinen Augen abgeschlachtet worden waren, und seither hatte er seine eigene Spezies gemieden. Er dachte, seine Feigheit in dieser grauenhaften Nacht wäre eine Schande, die er allein ertragen müsste.

In der Gesellschaft der Vampire hatte man ihn als künftigen König behandelt und ihn geschützt, doch in der Welt der Menschen ging es primär um körperliche Leistungsfähigkeit, wie er bald feststellen musste. Für jemanden wie ihn bedeutete das die unterste Sprosse der sozialen Leiter. Vor seiner Wandlung war er dünn wie ein Strich gewesen, klein und schwächlich, leichte Beute für menschliche Kinder auf der Suche nach Zeitvertreib. Während seiner Jahre in Londons Slums war er so oft geschlagen worden, dass er sich an nicht funktionierende Körperteile schon richtig gewöhnt hatte. Es war nichts Besonderes, sein Bein nicht abknicken zu können, weil einem jemand einen Stein auf die Kniescheibe geworfen hatte. Oder seinen Arm nicht benutzen zu können, weil die Schulter ausgekugelt worden war, als er von einem Pferd hinterhergeschleift wurde.

Er lebte von Abfall, immer kurz vor dem Verhungern, bis er endlich eine Arbeit im Stall eines Kaufmanns fand. Wrath putzte Schuhe und Sättel und Zaumzeug, bis die Haut an seinen Händen aufplatzte, aber wenigstens hatte er genug zu essen und ein Lager auf dem Heuboden. Das war weicher als der harte Boden, auf dem er zuvor geschlafen hatte; er wusste allerdings nie, wann er von einem Tritt zwischen die Rippen geweckt werden würde, weil einer der Stallburschen mit einer oder zwei Mägden ins Heu kriechen wollte.

Damals konnte er noch draußen im Sonnenlicht leben, und das Morgengrauen war das Einzige in seinem erbarmungswürdigen Dasein, auf das er sich freute. Die Wärme auf seinem Gesicht zu spüren, den süßen Duft des Morgens einzusaugen, das Licht zu genießen – diese kleinen Freuden bedeuteten ihm alles. Seine Augen waren von Geburt an schlecht gewesen, aber damals viel, viel besser als heute. Er erinnerte sich immer noch mit schmerzlicher Deutlichkeit daran, wie die Sonne ausgesehen hatte.

Fast ein Jahr war er bei diesem Kaufmann gewesen, als plötzlich sein Leben auf den Kopf gestellt wurde.

In der Nacht, als die Wandlung ihn überfiel, war er vollkommen erschöpft auf sein Lager im Heu gefallen. Er hatte sich schon länger nicht gut gefühlt, hatte sich mühsam durch seine Arbeitstage geschleppt. Aber das war ja nichts Neues.

Der Schmerz war unbarmherzig in seinen schwächlichen Körper gefahren, er ging vom Bauch aus und strahlte von dort nach außen bis in die Fingerspitzen, die Zehen, jedes einzelne Haar auf seinem Kopf schien Ursache für nadelfeine Stiche zu sein. Kein gebrochener Knochen, keine Gehirnerschütterung, kein Fieber und keine Schläge waren jemals auch nur annähernd so schlimm gewesen. Er hatte sich zusammengerollt, die Augen weit aufgerissen vor Qual. Sein Atem ging nur noch stoßweise. Er war fest davon überzeugt gewesen, sterben zu müssen, und er hatte gebetet, die Dunkelheit würde endlich über ihn kommen. Alles, was er sich wünschte, war etwas Frieden, ein Ende seiner Leiden.

Und dann war ihm ein wunderschönes blondes Mädchen erschienen.

Sie war ein Engel, gesandt, um ihn zur anderen Seite zu geleiten. Davon war er überzeugt gewesen.

Armseliger Wicht, der er war, reckte er ihr die Arme entgegen, und als er ihre Berührung spürte, wusste er, dass das Ende nah war. Sie nannte ihn beim Namen, und er versuchte sie dankbar anzulächeln, doch sein Mund wollte nicht gehorchen. Sanft erklärte sie ihm, dass sie diejenige sei, die ihm versprochen war. Die einen Schluck seines Blutes getrunken hatte, als er noch ein kleiner Junge war, damit sie immer wüsste, wo sie ihn finden könnte, wenn es Zeit wäre. Sie sagte, sie sei hier, um ihn zu retten.

Und dann hatte Marissa ihre Fänge in die eigenen Handgelenke versenkt und sie ihm dann an die Lippen gehalten.

Verzweifelt hatte er getrunken, doch der Schmerz hatte nicht aufgehört. Er hatte sich nur verändert. Seine Gelenke barsten aus der Form, die Knochen verschoben sich und knackten und brachen. Die Muskeln spannten sich an, bis sie aufplatzten, sein Schädel fühlte sich an, als wollte er zerspringen. Die Augen traten aus ihren Höhlen, und gleichzeitig verschlechterte sich seine Sehkraft so weit, bis ihm beinahe nichts davon übrig blieb.

Er versuchte krampfhaft, durchzuhalten, sein rasselnder, keuchender Atem schmerzte im Hals. Endlich war er ohnmächtig geworden, nur um in neuer Pein wieder aufzuwachen. Das Sonnenlicht, das er immer so geliebt hatte, strömte durch die Spalte zwischen den Balken der Scheune, blasse Strahlen von Gold. Ein Streifen traf auf seinen Arm, und der Geruch von verbranntem Fleisch erschreckte ihn zu Tode. Panisch riss er den Arm zurück und sah sich entsetzt um. Er konnte nur noch vage Schemen erkennen, das Licht blendete ihn. Mühsam kam er auf die Füße, fiel jedoch sofort wieder mit dem Gesicht nach unten ins Heu. Sein Körper reagierte überhaupt nicht wie gewohnt, er brauchte zwei weitere Versuche, um endlich aufrecht stehen zu bleiben. Seine Beine wackelten unsicher wie die eines neugeborenen Füllens.

Instinktiv wusste er, dass er sich vor dem Tageslicht schützen musste, und schleppte sich in die Richtung, wo er die Leiter vermutete. Aber er hatte sich verschätzt und stürzte vom Heuboden. Unten blieb er kurz benommen liegen. Mit letzter Kraft hievte er sich schließlich hoch, um in den Getreidekeller zu fliehen. Dorthin, wo es dunkel war.

Mit rudernden Armen und Beinen torkelte er durch die Scheune, stieß gegen Wände, stolperte über Werkzeug, versuchte verzweifelt dem Sonnenlicht auszuweichen und gleichzeitig seine widerspenstigen Gliedmaßen unter Kontrolle zu halten. Als er sich zum Hinterausgang der Scheune tasten wollte, blieb er mit der Stirn an einem Balken hängen, unter dem er sonst immer durchgegangen war. Blut lief ihm in die Augen.

In diesem Moment war einer der Stallknechte hereingekommen und verlangte zu wissen, wer Wrath war. Wrath wandte sich der vertrauten Stimme zu, vielleicht konnte der Junge ihm helfen. Er streckte die Arme aus und wollte sprechen, doch seine Stimme klang nicht mehr wie seine eigene.

Und dann hörte er eine Heugabel durch die Luft auf sich zuschwirren. Er wollte den tödlichen Hieb nur ablenken, doch als er den Stiel packte und wegstieß, krachte der Stallknecht mit voller Wucht ins Scheunentor. Der Junge stieß einen Entsetzensschrei aus und rannte weg, zweifellos, um Verstärkung zu holen.

Schließlich hatte Wrath die Kellertür gefunden. Er stellte zwei riesige Säcke Hafer neben die Tür, damit niemand während des Tages in den Vorratsraum kommen musste. Völlig erschöpft, verletzt und voller Blut kroch er in den Keller und lehnte sich mit dem nackten Rücken gegen die Erdmauer. Er zog die Knie an die Brust und bemerkte, dass seine Oberschenkel auf die vierfache Größe angewachsen waren. Mit geschlossenen Augen legte er die Wange auf seine Arme. Er zitterte, kämpfte gegen die entwürdigenden Tränen. Den ganzen Tag blieb er wach, lauschte den Schritten über ihm, dem Stampfen der Pferde, den Stimmen. Die Angst, jemand könnte die Tür öffnen und ihn hier finden, lähmte ihn. Und er war froh, dass Marissa nicht mehr hier und der Bedrohung durch die Menschen ausgesetzt war.

Das Geräusch von Darius' Tochter, die nach Hause kam, holte ihn wieder in die Gegenwart. Das Licht in der Wohnung ging an.

Beth warf den Schlüssel achtlos auf das Flurtischchen. Das schnelle Essen mit dem Ironman war erstaunlich locker gewesen. Und er hatte ihr noch ein paar Details über den Bombenanschlag verraten. Man hatte eine dieser frisierten Magnums in der Straße gefunden. Butch hatte auch den Wurfstern erwähnt, den sie Ricky gezeigt hatte. Die Kriminaltechniker arbeiteten fieberhaft an den Waffen, um Fingerabdrücke, Gewebespuren oder sonstige Beweise zu sichern. Die Waffe schien nicht besonders aufschlussreich, aber an dem Wurfstern war – nicht gerade überraschend – Blut, das gerade einer DNS-Analyse unterzogen wurde. Was die Autobombe betraf, ging die Polizei davon aus, dass der Anschlag im Zusammenhang mit dem Drogenmilieu stand. Der BMW war schon früher gesichtet worden, immer auf genau diesem Parkplatz hinter dem Club. Und das *Screamer's* war eine Brutstätte für Dealer, die ein bisschen speziell waren, was ihr Territorium betraf.

Beth reckte sich und zog sich ihre Schlafshorts an. Die Nacht war ein weiteres Mal zu heiß, und als sie den Futon ausklappte, wünschte sie wirklich, die Klimaanlage würde noch funktionieren. Sie stellte den Ventilator an und fütterte Boo. Sobald er seine Portion Gourmet-Katzenfutter verputzt hatte, begann er erneut vor der Schiebetür zum Garten herumzustreichen.

»Fängst du schon wieder an?«

Es blitzte, und sie schob die Glastür auf, klappte dafür die Fliegengittertür zu und schloss sie ab. Sie würde die Tür nur kurz offen lassen – die Nachtluft roch heute zur Abwechslung mal gut, kein Hauch von Müll.

Mann, war das heiß heute.

Sie ging ins Badezimmer, nahm die Kontaktlinsen heraus, putzte sich die Zähne, schrubbte ihr Gesicht und fuhr sich dann mit einem kalten Waschlappen über den Nacken. Eiskalte Wassertropfen rannen ihr über die Haut, und sie genoss die Schauer, die sie auslösten.

Wieder im Zimmer, runzelte sie die Stirn. Ein merkwürdiger Geruch lag plötzlich im Zimmer. Ein kräftiger, sinnlicher Duft …

Sie trat zur Fliegengittertür und schnupperte. Die Spannung in ihren Schultern ließ spürbar nach.

Da sah sie, dass Boo sich hingesetzt hatte und schnurrte, als hieße er einen guten Bekannten willkommen.

Was zum …

Der Mann aus ihrem Traum stand auf der anderen Seite der Tür.

Beth machte einen Satz zurück und ließ den Waschlappen fallen. Nur schwach drang das nasse Klatschen an ihre Ohren, als das Tuch auf dem Boden auftraf.

Die Fliegengittertür glitt auf. Obwohl Beth sie gerade abgeschlossen hatte.

Und der köstliche Geruch wurde intensiver, als er in ihre Wohnung trat.

Sie geriet in Panik, konnte sich aber nicht rühren.

O Gott, er war einfach gewaltig. Ihr Apartment war ohnehin klein, aber durch ihn wirkte es wie ein Schuhkarton. Und all dieses schwarze Leder ließ ihn nur noch größer wirken. Er musste mindestens zwei Meter groß sein.

Moment mal.

Was machte sie hier eigentlich, nahm sie Maß für einen Anzug? Laufen sollte sie. Um ihr Leben rennen, fliehen.

Aber sie konnte ihn nur anstarren.

Er hatte trotz der Hitze eine Motorradjacke an, und seine langen Beine waren ebenfalls in Leder gehüllt. An den Füßen trug er schwarze Stiefel mit Stahlkappen, und er bewegte sich wie ein Raubtier.

Beth legte den Kopf in den Nacken, um sein Gesicht zu sehen.

Er sah einfach *fantastisch* aus.

Kantiges Kinn, volle Lippen, ausgeprägte Wangenknochen, die dunkle Schatten auf die Haut darunter warfen. Das Haar war glatt und schwarz und fiel ihm vom spitzen Ansatz in der Stirn bis auf die Schultern. Ein Schatten von schwarzem Bart. Die schwarze Sonnenbrille passte perfekt in sein scharf konturiertes Gesicht und ließ ihn aussehen wie einen Auftragskiller, der nebenher modelt.

Als wäre seine ganze Ausstrahlung nicht schon bedrohlich genug.

Er rauchte eine Art dünne, rötliche Zigarette, von der er eben einen tiefen Zug nahm. Das betörende Aroma im Zimmer kam von dem Rauch, den er ausstieß, und als er in ihre Nase drang, konnte sie sich kaum noch erinnern, wo oder wer sie war.

Ihr Körper schwankte, als der Mann näher trat. Sie war vor Schreck wie gelähmt. Was würde passieren, wenn er bei ihr war? Gleichzeitig bemerkte sie, dass Boo seltsamerweise schnurrte und dem Mann schmeichelnd um die Knöchel strich.

Dieser Kater war ein Verräter. Und sollte sie wie durch ein Wunder diese Nacht überleben, würde er für eine lange Zeit auf Trockenfutter gesetzt werden.

Wieder riss Beth den Kopf hoch, als ihre Augen dem festen, wilden Blick des Mannes begegneten.

Und dann geschah das Absonderliche: Als er unmittelbar vor ihr stehen blieb, verspürte sie eine Woge reinster, ungehemmter Lust. Zum ersten Mal in ihrem Leben wurde ihr Körper unverschämt heiß. Heiß und feucht.

Ihr Innerstes erblühte für ihn.

Reine Chemie, dachte sie wie betäubt. Pure, rohe, animalische Chemie.

Was auch immer er hatte, sie wollte es.

»Ich dachte, wir versuchen es noch einmal«, sagte er.

Seine Stimme war tief, ein dunkles Grollen. Sie bemerkte die Andeutung eines Akzents, konnte ihn aber nicht zuordnen.

»Wer bist du?«, flüsterte sie tonlos.

»Ich bin deinetwegen hier.«

Ein plötzlicher Schwindel ließ sie nach der Wand tasten.

»Meinetwegen? Wo ...« Verwirrt schloss sie den Mund wieder. »Wohin willst du mich bringen?«

Zur Brücke? Um ihren Leichnam im Fluss zu versenken?

Er streckte die Hand nach ihr aus, und er nahm ihr Kinn zwischen Daumen und Zeigefinger. Sanft neigte er ihren Kopf zur Seite.

»Wirst du mich schnell töten?«, murmelte sie. »Oder langsam?«

»Nicht töten. Schutz.«

Als sich sein Kopf zu ihr herunterbeugte, ermahnte sie sich, ihn wegzustoßen, egal, was er sagen mochte. Wenn sie endlich ihre Arme und Beine dazu bewegen könnte, ihr zu gehorchen. Das Problem war nur, dass sie ihn eigentlich gar nicht von sich stoßen wollte. Sie holte tief Luft.

Gütiger, er roch einfach umwerfend. Frischer, sauberer Schweiß. Ein dunkler, männlicher Duft. Und dieser Rauch.

Seine Lippen berührten ihren Hals, und sie hörte, wie

er die Luft einsaugte. Das Leder seiner Jacke knarzte, als sich seine Lungen füllten und seine Brust sich dadurch ausdehnte. »Du bist fast so weit«, sagte er leise. »Es steht kurz bevor.«

Wenn das *es,* von dem er sprach, etwas mit *nackt ausziehen* zu tun hatte, ging sie absolut konform. Mein Gott, das musste es sein, was Leute immer so über Sex ins Schwärmen gerieten ließ. Sie hinterfragte ihr Verlangen, ihn in sich zu spüren, überhaupt nicht. Sie wusste nur, dass sie auf der Stelle sterben würde, wenn er nicht seine Hose auszog. Sofort.

Beth streckte die Hände aus, sie musste ihn berühren, doch als sie die Wand losließ, verlor sie das Gleichgewicht. In einer einzigen fließenden Bewegung steckte er sich den Zigarillo zwischen die Lippen und fing sie mühelos auf. Ihre Beine verloren den Bodenkontakt, und sie drückte sich an ihn; sie *tat* nicht einmal so, als wollte sie sich wehren. Mit zwei langen Schritten trug er sie zum Futon, als wöge sie überhaupt nichts.

Als er sie auf das Bett legte, fiel ihm das Haar ins Gesicht, und sie hob die Hand und berührte die schwarzen Strähnen. Dick und weich waren sie. Dann legte sie ihm die Hand auf die Wange, und obwohl er überrascht schien, zog er sein Gesicht nicht zurück.

Alles an ihm strahlte Sex aus, von seiner Kraft über die Bewegungen bis hin zum Geruch seiner Haut. Noch nie war sie einem solchen Mann begegnet. Ihr Körper wusste das so gut wie ihr Verstand.

»Küss mich«, sagte sie.

Er schwebte über ihr, eine stille Bedrohung.

Instinktiv fuhr ihre Hand zum Revers seiner Jacke, und sie versuchte ihn zu sich herunterzuziehen.

Er fing ihre Handgelenke mit einer Hand auf. »Langsam.«

Langsam? Sie wollte kein langsam. Langsam war *nicht* gut. Zappelnd wehrte sie sich gegen seinen Griff, und als sie sich nicht befreien konnte, bog sie den Rücken durch. Ihre Brüste drückten sich durch den dünnen Stoff des T-Shirts, und sie rieb die Beine aneinander, konnte es kaum erwarten, ihn zwischen ihren Schenkeln zu spüren.

Wenn er doch nur seine Hände …

»Lieber Gott«, murmelte er.

Sie lächelte ihn an, genoss den hungrigen Ausdruck auf seinem Gesicht. »Fass mich an.«

Der Fremde schüttelte den Kopf. Als wollte er ihn wieder freibekommen.

Beth öffnete die Lippen und stöhnte frustriert.

»Zieh mir das Shirt aus.« Wieder drückte sie den Rücken durch, bot sich ihm dar; sie konnte es kaum erwarten noch mehr von ihm zu spüren, sich noch mehr erregen, von seinen Händen berühren zu lassen. »Tu es.«

Er nahm den Zigarillo aus dem Mund. Seine Augenbrauen waren fest zusammengezogen, und sie hatte das dumpfe Gefühl, eigentlich Angst vor ihm haben zu müssen. Stattdessen zog sie die Knie an und hob die Hüfte vom Futon hoch. Sie stellte sich vor, wie er die Innenseiten ihrer Schenkel küssen, ihr Geschlecht mit seinem Mund entdecken würde. Sie lecken würde.

Wieder entrang sich ihrem Mund ein Stöhnen.

Wrath war völlig fassungslos.

Und er war kein Vampir, der leicht die Fassung verlor.

Verfluchter Mist.

Diese halb-menschliche Frau war das Heißeste, was ihm je untergekommen war. Und er hatte schon einige wirklich heiße Kandidatinnen auf der Matratze gehabt.

Das musste an dem Glimmstängel liegen. Ganz klar. Und das Zeug musste ihm selbst auch zugesetzt haben, denn er war mehr als bereit, sie zu nehmen.

Er beäugte den Zigarillo.

Aber klar, das hättest du wohl gern. Schade nur, dass das Kraut ein Beruhigungsmittel war, kein Aphrodisiakum.

Wieder stöhnte sie auf, ihr Körper wand sich aufreizend unter ihm, die Beine weit geöffnet. Der Duft ihrer Erregung traf ihn so heftig wie ein Boxhieb. Mein Gott, er wäre auf die Knie gesunken, wenn er nicht schon sitzen würde.

»Fass mich an«, forderte sie.

Wraths Puls ging so heftig wie bei einem Marathonlauf, seine Erektion pochte, als hätte sie einen eigenen Herzschlag.

»Deshalb bin ich nicht gekommen«, brachte er hervor.

»Tu es trotzdem.«

Er wusste, er sollte Nein sagen. Das war ihr gegenüber nicht fair. Und sie mussten reden.

Vielleicht sollte er später noch mal wiederkommen.

Sie bog sich ihm entgegen, presste sich gegen die Hand, mit der er ihre Handgelenke umfangen hielt. Ihre Brüste zeichneten sich sogar für ihn deutlich unter ihrem Hemd ab, er musste die Augen schließen.

Er musste los. Er musste jetzt wirklich …

Ohne eine kleine Kostprobe konnte er einfach nicht gehen.

Okay, aber er wäre ein selbstsüchtiger Dreckskerl,

wenn er sie auch nur anfasste. Ein selbstsüchtiger Dreckskerl, wenn er nahm, was sie ihm im Nebel des roten Rauches darbot.

Fluchend schlug Wrath die Augen auf.

Verdammt, ihm war so kalt. So kalt bis ins Mark. Und sie war heiß. Heiß genug, um das Eis zu schmelzen, wenigstens für ein kleines Weilchen.

Und es war schon so lange her.

Er ließ mittels Telekinese das Licht ausgehen, dann verschloss er die Hintertür, scheuchte den Kater ins Badezimmer und verriegelte jedes Schloss in der Wohnung.

Vorsichtig balancierte er den Zigarillo auf der Tischkante neben dem Futon und ließ ihre Handgelenke los. Sofort schnappten ihre Hände nach seiner Jacke und versuchten, sie ihm über die Schultern zu streifen. Er wand sich aus dem Leder, und als das schwere Kleidungsstück mit einem dumpfen Geräusch auf dem Boden landete, kicherte sie zufrieden. Sein Halfter mit den Dolchen folgte, doch er behielt die Waffen in Reichweite.

Wrath beugte sich über sie. Ihr Atem roch süß und nach Minze, als er ihre Lippen mit seinem Mund verschloss. Sie zuckte zusammen, und er zog sich erschrocken zurück. Fragend berührte er ihren verletzten Mundwinkel.

»Vergiss es«, sagte sie und zog wieder an seinen Schultern.

Teufel, nichts würde er vergessen. Gott stehe dem Menschen bei, der sie verletzt hatte. Wrath würde dem Kerl Arme und Beine ausreißen und ihn auf der Straße verbluten lassen.

Sanft küsste er die Wunde und fuhr ihr dann mit der Zunge über den Hals. Als sie ihm wieder die Brüste entgegenreckte, ließ er die Hand unter das dünne T-Shirt auf ihre weiche, warme Haut gleiten. Ihr Bauch war flach, und er strich von einem zum anderen Hüftknochen. Begierig, ihren ganzen Körper kennenzulernen, riss er ihr das Shirt herunter und warf es zur Seite. Ihr BH hatte eine helle Farbe, er zeichnete ihn mit den Fingerspitzen nach, bevor er seine Handfläche auf die samtige Wölbung legte. Ihre Brüste füllten seine Hände, die festen Knospen ihrer Brustwarzen waren durch den zarten Satin deutlich zu spüren.

Wrath verlor die Kontrolle über sich.

Er entblößte seine Fänge, stieß ein Zischen aus und biss den vorderen Verschluss des BHs auf. Der Stoff schnellte zurück, und er nahm eine ihrer Brustwarzen mit seinen Lippen in Besitz, zog sie in seinen Mund. Er saugte daran, gleichzeitig verlagerte er sein Gewicht und legte sich flach auf sie. Wie von allein rutschte er zwischen ihre Beine. Mit einem kehligen Seufzer empfing sie ihn.

Ihre Hände schoben sich zwischen die beiden Körper, um nach seinem Hemd zu greifen, doch er hatte nicht die Geduld, sich von ihr ausziehen zu lassen. Er stützte sich auf und riss sich das Hemd vom Körper, Knöpfe sprangen ab und verteilten sich über den gesamten Boden. Als er sich wieder auf sie herabsenkte, trafen ihre Brüste auf seinen Oberkörper, und sie drängte sich ihm entgegen.

Er wollte wieder ihren Mund küssen, doch jetzt konnte er nicht mehr sanft und vorsichtig sein; leidenschaftlich umspielte er ihre Brustwarzen mit seiner Zunge, dann wanderte er hinab zu ihrem Bauch. Als er den Gummizug ihrer Boxershorts erreichte, zog er sie langsam über ihre langen, weichen Beine.

Wrath spürte, wie ein Schalter in seinem Kopf umgelegt wurde, als ihr Duft in einer neuen Welle zu ihm drang.

Er war schon gefährlich nahe am Orgasmus, alles in ihm drängte zur Erlösung, sein Körper bebte vor Verlangen, sie zu nehmen. Er legte die Hand zwischen ihre Schenkel. Sie war so feucht und heiß, dass er knurrte.

Doch auch wenn es ihn fast wahnsinnig machte, er musste sie erst schmecken, bevor er in sie eindrang.

Vorsichtig nahm er die Sonnenbrille ab und legte sie neben den Zigarillo. Dann drückte er ihr heiße Küsse auf die Hüften, auf die Oberschenkel. Ihre Hände wühlten in seinem Haar, während sie ihn genau dorthin drängte, wo er hinwollte.

Lustvoll küsste er die weiche Haut, zog ihr Intimstes in seinen Mund, und sie kam wieder und wieder für ihn, bis er sein eigenes Verlangen nicht mehr länger zurückhalten konnte. Er zog sich zurück, kämpfte sich aus seiner Hose und legte sich wieder auf sie.

Gierig umfing sie seine Hüften mit ihren Beinen. Er zischte, als ihre Hitze auf seiner Erektion brannte.

Das bisschen Kraft, das ihm noch verblieben war, nutzte er, um sich aufzustützen und ihr Gesicht anzusehen.

»Nicht aufhören«, keuchte sie. »Ich will dich in mir spüren.«

Wrath ließ den Kopf auf ihren duftenden Hals fallen. Langsam zog er die Hüften zurück. Die Spitze seiner Männlichkeit glitt wie von selbst in den Spalt, und mit einem einzigen machtvollen Stoß versenkte er sich in ihrem Schoß.

Er stieß einen Schrei der Ekstase aus.

Himmel. Nun wusste er, wie es im Himmel war.

9

In seinem Zimmer zog Mr. X sich um. Er trug nun eine schwarze Cargohose und ein schwarzes Nylonshirt. Zufrieden dachte er noch einmal über das Treffen der Gesellschaft heute Nachmittag nach. Jeder einzelne Lesser war erschienen, und die meisten davon hatten sich ohne Murren eingereiht. Einige wenige würden Probleme machen. Und ein ganz kleiner Teil von ihnen hatte versucht, sich einzuschmeicheln.

Was sie keinen Schritt weitergebracht hatte.

Am Ende des Meetings hatte er achtundzwanzig Männer ausgewählt, die er in der Region um Caldwell stationieren wollte. Die Auswahl hatte er aufgrund ihres Rufs und seines eigenen Eindrucks getroffen. Zwölf aus dieser Gruppe waren absolute Topleute; sie hatte er zu gleichen Teilen auf zwei Haupteskadrons aufgeteilt. Die restlichen sechzehn bildeten vier untergeordnete Gruppen.

Keinem von ihnen gefiel diese Anordnung. Sie waren gewohnt, allein zu arbeiten, und vor allem die Mitglieder der Hauptgruppe verabscheuten Fremdbestimmung. Pech. Der Vorteil dieser Einteilung war, dass er ihnen unterschiedliche Stadtteile zuweisen, Quoten festlegen und die Leistungen des Einzelnen besser überwachen konnte.

Die übrigen *Lesser* hatte er wieder zurück auf ihre Außenposten geschickt.

Nun, da seine Truppen aufgestellt und instruiert waren, würde er sich auf den Informationsbeschaffungs-Prozess konzentrieren. Er hatte eine Idee, wie das funktionieren könnte, und die würde er heute Abend Beta-testen.

Bevor er sich aufmachte in die Nacht, warf er noch jedem seiner beiden Pitbulls ein Kilo rohes Fleisch vor. Er fütterte sie absichtlich nur alle zwei Tage, damit sie immer ausgehungert waren. Die Hunde – beides Rüden – hatte er nun schon seit etwa fünf Jahren; sie waren an den entgegengesetzten Seiten des Hauses angekettet, einer vorn, einer hinten. Aus Verteidigungsgründen war das nur logisch, aber es war auch aus einem weiteren Grund ratsam: Einmal hatte er sie zusammengelassen, und sie waren einander sofort an die Kehle gegangen.

Er nahm seine Tasche, schloss die Haustür ab und lief über den Rasen. Die Ranch war ein Siebzigerjahre-Albtraum mit Pseudo-Backstein-Fassade, und er hatte das Äußere bewusst hässlich gelassen. Er wollte sich möglichst unauffällig in die Nachbarschaft einfügen, zudem würde der Preispunkt in dieser ländlichen Gegend in näherer Zukunft nicht die hunderttausend überschreiten.

Davon abgesehen, war das Haus nebensächlich. Das Grundstück, das es umgab, war es, was zählte. Vier Hektar, das garantierte ihm ausreichend Privatsphäre. Dazu gab es noch einen von Bäumen umgebenen alten Schuppen hinter dem Haus. Den hatte er sich zu einer Werkstatt umgebaut, und der Puffer aus Eichen und Ahornbäumen darum herum war von größter Wichtigkeit.

Schreie konnten sehr weit tragen.

Er spielte an seinem Schlüsselbund, bis er den richtigen gefunden hatte. Da er heute Nacht arbeiten würde, ließ er seinen einzigen Luxus, einen schwarzen Hummer, in der Garage stehen. Der vier Jahre alte Chrysler-Minivan wäre eine viel bessere Tarnung, und er brauchte ja nur zehn Minuten bis in die Innenstadt.

Der Straßenstrich von Caldwell bestand aus drei trübe beleuchteten, von Müll übersäten Straßenzügen in der Nähe der Hängebrücke. Heute Abend war viel Verkehr auf der Straße der Sünden, und er hielt einen Moment unter einer kaputten Straßenlaterne an, um die Szenerie zu betrachten. Autos kurvten durch die dunklen Gassen, Bremslichter leuchteten auf, wenn die Fahrer einen genaueren Blick auf die Damen des Gewerbes auf dem Bürgersteig werfen wollten. In der schwülen Sommerhitze gewährten die Mädchen höchst aufschlussreiche Einblicke: auf hohen Stöckelschuhen schwankend, Brüste und Hintern nur notdürftig von leicht zugänglicher Kleidung bedeckt.

Mr. X zog den Reißverschluss seiner Tasche auf und nahm eine mit Heroin gefüllte Spritze und ein Jagdmesser heraus. Beides versteckte er in der Autotür und kurbelte das Beifahrerfenster herunter, bevor er sich wieder in den Verkehr einreihte.

Ich bin nur einer von vielen, dachte er. Nur ein Trottel, der auch mal eine Frau haben wollte.

»Brauchst du Gesellschaft?«, hörte er schon eine der Huren ihm zurufen.

»Steig auf, Cowboy«, forderte ihn die nächste auf und schüttelte ihr Hinterteil wie einen Staubwedel.

Bei der zweiten Runde fand er, wonach er gesucht hatte. Eine Blondine mit langen Beinen und riesigem Vorbau.

Genau die Art von Nutte, die er für sich selbst ausgesucht hätte, wenn sein Schwanz noch einsatzfähig gewesen wäre.

Er würde es genießen, dachte Mr. X, als er auf die Bremse stieg. Zu töten, was er selbst nicht mehr haben konnte, brachte eine ganz spezielle Art von Befriedigung mit sich.

»Hey, Süßer.« Sie kam herüber, legte die Arme auf die Autotür und lehnte sich ins Fenster. Er roch Zimtkaugummi und Schweiß. »Wie geht's dir so heute Abend?«

»Könnte besser sein. Was muss ich zahlen, um ein Lächeln zu bekommen?«

Sie beäugte den Innenraum des Autos, seine Kleider. »Für fünfzig kriegst du, was du willst und wie du's willst.«

»Das ist zu viel.« Er spielte nur herum. Sie war genau die Nutte, die er haben wollte.

»Vierzig?«

»Zeig mir deine Titten.«

Sie zog kurz ihr T-Shirt hoch.

Er lächelte und entriegelte die Türen. »Wie heißt du?«

»Cherry Pie. Aber du kannst mich nennen, wie du willst.«

Mr. X fuhr um die Ecke zu einem abgeschiedenen Plätzchen unter der Brücke.

Dann warf er das Geld zu ihren Füßen auf den Boden, und als sie sich vorbeugte, um es aufzuheben, stieß er ihr die Nadel der Spritze in den Nacken und drückte den Kolben ganz herein. Einen Moment später sackte sie in sich zusammen wie eine Stoffpuppe.

Mr. X lächelte und lehnte sie rücklings an den Sitz, damit sie aufrecht saß. Dann warf er die Spritze aus dem Fenster zu all den anderen und fuhr los.

In seinem unterirdischen Labor sah Havers von seinem Mikroskop auf, plötzlich aus der Konzentration gerissen.

Die Standuhr in der Ecke schlug und bedeutete ihm, dass es Zeit war für sein Essen, doch er wollte nicht aufhören zu arbeiten. Er legte das Auge wieder an das Mikroskop. Hatte er sich das gerade nur eingebildet? Schiere Verzweiflung konnte schon mal die Objektivität beeinträchtigen.

Aber nein, die Blutkörperchen waren lebendig.

Mit einem Schauer stieß er die Luft zwischen zusammengebissenen Zähnen aus.

Die Vampirrasse war so gut wie frei.

Er war so gut wie frei.

Endlich, endlich, brauchbares Blut aus der Konserve.

Als Arzt waren ihm immer die Hände gebunden gewesen, wenn es um chirurgische Eingriffe und gewisse Komplikationen bei Entbindungen ging. Direkte Transfusionen von Vampir zu Vampir waren zwar möglich, doch da die ihrigen so weit verstreut lebten und es nur mehr so wenige von ihnen gab, konnte es schwierig sein, rechtzeitig einen Spender zu finden.

Seit Jahrhunderten wollte er schon eine Blutbank aufbauen. Die Schwierigkeit war nur, dass Vampirblut höchst instabil und eine Lagerung außerhalb des Körpers bisher unmöglich war. Luft, diese lebenserhaltende, unsichtbare Decke über der Erde, war eine Ursache dafür. Und es brauchte nicht viel, um eine Probe zu verunreinigen. Nur ein oder zwei Moleküle, und das Plasma zerfiel und überließ die roten und weißen Blutkörperchen ihrem Schicksal. Was ihnen natürlich nicht gut bekam.

Zuerst hatte er es nicht verstanden. Im Blut befand sich ohnehin Sauerstoff, deshalb war es rot, wenn es die Lungen verließ. Diese Unstimmigkeit hatte ihn zu einigen faszinierenden Entdeckungen über die Lungenfunktion der

Vampire geführt, doch im Endeffekt war er seinem Ziel keinen Schritt näher gekommen.

Er hatte versucht, Blut abzuzapfen und sofort in einen luftdichten Behälter umzuleiten. Diese so naheliegende Lösung funktionierte aber nicht. Der Zerfall des Plasmas geschah trotzdem, nur mit verringerter Geschwindigkeit. Das legte nahe, dass noch ein anderer Faktor im Spiel war; etwas, das im körperlichen Umfeld vorhanden war, aber fehlte, wenn das Blut aus dem Körper entfernt wurde. Er hatte Blutproben in Wärme gelagert und in Kälte. In Suspensionen aus Kochsalzlösung und aus menschlichem Plasma.

Die Verzweiflung hatte seinen Verstand während der unterschiedlichen Versuchsanordnungen auf Trab gehalten. Er führte mehr und mehr Tests durch, probierte immer neue Ansätze. Nahm Abstand von dem Projekt. Kam wieder darauf zurück.

Jahrzehnte vergingen. Und noch mehr Jahrzehnte.

Dann gab ihm eine private Tragödie einen neuerlichen, sehr persönlichen Grund, das Problem endlich zu lösen. Der Tod seiner *Shellan* und seines neugeborenen Sohnes während der Geburt vor etwas mehr als zwei Jahren hatte ihn geradezu besessen von seiner Forschung werden lassen, und er hatte noch einmal ganz von vorne angefangen.

Sein eigenes Bedürfnis nach Nahrung war der Antrieb.

Normalerweise musste er nur alle sechs Monate trinken, da er aus einer starken Blutlinie stammte. Nach dem Tod seiner wunderschönen Evangeline hatte er gewartet, so lange er irgend konnte, bis der Hunger so groß gewesen war, dass er krank wurde. Als er dann endlich um Hilfe gebeten hatte, war er unendlich beschämt gewesen. Wie konnte ohne seine geliebte *Shellan* sein Überlebenswille noch so stark sein, dass er dafür von einer anderen Frau trinken wollte? Er hatte sich überhaupt nur gestattet darüber nachzudenken, da er überzeugt gewesen war, dass es nicht so sein würde wie mit Evangeline. Sicherlich würde er ihr Andenken nicht entehren, indem er Genuss beim Blut einer anderen empfand.

Es gab so viele, denen er schon geholfen hatte, dass es nicht schwer war, eine Frau zu finden, die sich ihm darbot. Er hatte eine Freundin ausgewählt, die selbst keinen Partner hatte, und gehofft, er könnte seine Traurigkeit und seine Erniedrigung für sich behalten.

Es war ein Albtraum gewesen. So lange hatte er sich zurückgehalten, dass der bloße Geruch von Blut das Raubtier in ihm zum Vorschein gebracht hatte. Er hatte seine Freundin angegriffen und so heftig getrunken, dass er hinterher ihre Handgelenke nähen musste.

Beinahe hätte er ihr die Hand abgebissen.

Dieses Verhalten passte so überhaupt nicht zu dem Bild, das er von sich selbst hatte. Er war immer ein Gentleman gewesen, ein Gelehrter, ein Heiler. Ein Mann, der sich nicht den primitiven Begierden seiner Rasse unterwarf.

Aber er war auch immer gut genährt gewesen.

Und die schreckliche Wahrheit war: Er hatte den Geschmack dieses Blutes genossen. Glatt und warm war es durch seine Kehle geflossen, und wilde Kraft war mit ihm in seine Adern geströmt.

Er hatte Lust empfunden. Und er hatte mehr gewollt.

Vor Schande hatte er würgen müssen. Er hatte gelobt, nie mehr aus der Vene eines anderen Vampirs zu trinken.

Dieses Gelübde hatte er gehalten, obwohl er in der Folge schwach geworden war. So schwach, dass er kaum noch in der Lage war, sich zu konzentrieren. Seine Auszehrung machte sich als ständiger Bauchschmerz bemerkbar. Das Verlangen nach Nahrung, die ihm normales Essen nicht geben konnte, hatte zu einer Art Kannibalismus seines eigenen Körpers geführt, um sich am Leben zu erhalten. Er hatte so viel Gewicht verloren, dass seine Kleider an ihm hingen wie Säcke und sein Gesicht hager und grau geworden war.

Doch dieser Zustand hatte ihm den Weg gezeigt.

Die Lösung lag auf der Hand.

Hunger lässt sich nur durch Fütterung bekämpfen.

Ein luftdichter Prozess in Kombination mit einer ausreichenden Menge menschlichen Blutes, und schon hatte er seine lebendigen Zellen. Er sah durch das Mikroskop zu, wie die Vampirzellen – größer und unregelmäßiger geformt als die menschlichen – verzehrten, was er ihnen vorgesetzt hatte. Die menschlichen Blutkörperchen verringerten sich zusehends in der Probe, und wenn sie erst ganz aufgebraucht wären, würde auch die Lebensfähigkeit der Vampirbestandteile wieder rapide abnehmen. Dessen war er sich absolut sicher.

Jetzt musste er nur noch einen klinischen Test machen. Er würde eine Blutprobe eines weiblichen Vampirs nehmen, mit der entsprechenden Menge menschlichen Blutes mischen und sich die Mischung selbst injizieren.

Wenn alles gut ging, würde er ein Spenderprogramm ins Leben rufen. Viele Patienten könnten gerettet werden. Und jene, die lieber auf die Intimität des Trinkens verzichteten, konnten künftig in Ruhe und Frieden leben.

Havers sah vom Mikroskop auf; er musste bereits seit geschlagenen zwanzig Minuten auf die Zellen starren. Der Salat, den er als Vorspeise serviert bekam, würde schon oben auf ihn warten.

Er zog seinen weißen Kittel aus. Auf seinem Weg durch die Klinik unterhielt er sich mit dem Pflegepersonal und einigen Patienten. Die Einrichtung hatte ungefähr 600 Quadratmeter und lag tief unter seinem Haus. Es gab drei OPs, eine Reihe von Untersuchungs- und Aufwachräumen, das Labor, sein Büro und einen Wartebereich mit separatem Zugang zur Straße.

Etwa eintausend Patienten kamen jährlich zu ihm, zusätzlich machte er Hausbesuche bei Geburten und in anderen Notfällen.

Doch mit dem Bevölkerungsrückgang war auch seine Praxis geschrumpft.

Im Vergleich zu Menschen waren Vampire extrem im Vorteil, was ihre Gesundheit betraf. Ihre Körper heilten sehr schnell. Krankheiten wie Krebs, Diabetes oder HIV gab es bei ihnen nicht. Aber wehe dem, der am helllichten Tag einen Unfall hatte. Niemand konnte ihm zu Hilfe kommen. Vampire starben auch während ihrer Transition oder direkt danach. Ein weiteres riesiges Problem war die Fortpflanzung: Selbst wenn eine Empfängnis stattfand, starben Vampirinnen oft bei der Entbindung, entweder am Blutverlust oder an schwerer Schwangerschaftsvergiftung. Totgeburten waren häufig, und die Säuglingssterblichkeit dramatisch hoch.

Menschliche Ärzte kamen für Kranke oder Verletzte kaum infrage, auch wenn die beiden Spezies viele Ähnlichkeiten hatten, was die Anatomie betraf. Sollte ein Arzt ein großes Blutbild machen, würde er alle möglichen Anomalien feststellen, die in seiner Vorstellung vermutlich eine medizinische Sensation darstellen würden. Diese Art von Aufmerksamkeit galt es unbedingt zu vermeiden.

Gelegentlich allerdings landete ein vampirischer Patient trotzdem in einem Menschenkrankenhaus. Seit es den allgemeinen Notruf und immer schneller reagierende ambulante Hilfsdienste gab, verschärfte sich dieses Problem. Wenn ein Vampir so schlimm verletzt wurde, dass er außer Haus das Bewusstsein verlor, lief er Gefahr, in einer menschlichen Notaufnahme wieder zu erwachen. Ihn gegen ärztlichen Rat dort wieder herauszuholen war immer ein Kampf.

Havers war nicht arrogant, aber er wusste, dass er der beste Arzt seiner Rasse war. Er hatte zweimal in Harvard Medizin studiert, einmal im späten 19. Jahrhundert und dann noch einmal in den 1980ern. Beide Male hatte er auf seinem Bewerbungsbogen angegeben, körperbehindert zu sein, woraufhin man ihm besondere Zugeständnisse gemacht hatte. Natürlich konnte er die Vorlesungen nicht besuchen, da sie tagsüber stattfanden. Sein *Doggen* durfte aber teilnehmen, sich Notizen machen und auch die Prüfungen seines Herrn einreichen. Havers hatte alle Texte gelesen, mit den Professoren korrespondiert und manch mal sogar Seminare und Kolloquien besucht, wenn sie abends stattfanden.

Er hatte schon immer gern gelernt.

Als er nach oben kam, stellte er nicht sonderlich überrascht fest, dass Marissa noch nicht im Esszimmer erschienen war. Obwohl das Essen jede Nacht um ein Uhr serviert wurde.

Er ging in ihren Trakt.

»Marissa?«, fragte er an der Tür. Dann klopfte er einmal. »Marissa, das Essen steht auf dem Tisch.«

Er steckte seinen Kopf durch die Tür. Aus dem Flur drang das Licht des Kronleuchters herein und schnitt einen goldenen Keil in die Schwärze des Raumes. Die Vorhänge waren noch vor die Fenster gezogen, und sie hatte auch keine Lampe an.

»Marissa, Liebes?«

»Ich habe keinen Hunger.«

Havers trat durch die Tür. Er konnte die Umrisse ihres Himmelbettes erkennen und den Umriss ihres Körpers, der unter der Decke lag.

»Aber du hast schon gestern Nacht nichts gegessen.«

»Ich komme später herunter.«

Er schloss die Augen. Offenbar hatte sie die Nacht zuvor Blut getrunken. Jedes Mal, wenn sie Wrath traf, zog sie sich danach tagelang zurück.

Wieder dachte er an die lebendigen Blutkörperchen in seinem Labor.

Wrath mochte seiner Geburt nach der König der Vampire sein, und er mochte das reinste Blut von ihnen allen haben. Aber er war auch ein Krieger und ein Dreckskerl. Ihn schien es nicht im Geringsten zu stören, was er Marissa antat. Oder vielleicht merkte er nicht einmal, wie sehr seine Grausamkeit sie verletzte.

Schwer zu sagen, was von beiden das größere Verbrechen war.

»Ich habe heute einen entscheidenden Durchbruch erzielt«, sagte Havers, ging zum Bett hinüber und setzte sich auf die Kante. »Ich werde dich befreien.«

»Wovon?«

»Von diesem … Mörder.«

»Sprich nicht so von ihm.«

Er knirschte mit den Zähnen. »Marissa –«

»Ich will nicht von ihm befreit werden.«

»Wie kannst du so etwas sagen? Er behandelt dich ohne

jeden Respekt. Allein die Vorstellung, dass dieses Monster in irgendeiner dunklen Gasse von dir trinkt –«

»Wir gehen zu Darius. Er hat dort ein Zimmer.«

Der Gedanke, dass sie dort noch einem weiteren dieser Krieger ausgesetzt war, machte ihn auch nicht glücklicher. Alle Black Dagger waren Furcht einflößend, und ein paar von ihnen waren geradezu schauerlich.

Er wusste, dass die Bruderschaft ein notwendiges Übel zur Verteidigung ihrer Rasse war. Und er wusste auch, dass er dankbar für ihren Schutz sein sollte. Dennoch erfüllte ihn schon ihre bloße Existenz mit Angst. Dass die Welt so gefährlich, die Feinde der Vampire so mächtig waren, dass sie solche Krieger brauchten, war einfach schwer zu ertragen.

»Du musst dir das nicht antun.«

Marissa drehte sich um und wandte ihm den Rücken zu. »Lass mich.«

Seufzend legte er sich die Hände auf die Knie und stand auf. Seine Erinnerungen an Marissa, bevor sie begonnen hatte, ihrem furchtbaren König zu Diensten zu sein, waren sehr schwach. Er wusste kaum noch, wie sie gewesen war, und er fürchtete, die heitere, lächelnde junge Frau war für immer verloren.

Und wer hatte ihren Platz eingenommen? Ein trauriger, fügsamer Schatten, der durch das Haus schwebte und sich nach einem Mann verzehrte, der sie ohne jede Achtung behandelte.

»Bitte, denk doch noch mal über das Essen nach«, bat Havers sanft. »Ich würde mich sehr über deine Gesellschaft freuen.«

Leise schloss er die Tür und ging die prunkvolle, gewundene Treppe hinunter. Der Esszimmertisch war genau so gedeckt, wie er es gerne hatte, vollständig mit Porzellan, Kristallglas und Tafelsilber.

Er setzte sich ans Kopfende des schimmernden Tisches, und eine seiner *Doggen* kam herein, um ihm etwas Wein zu servieren.

Havers sah auf dem Teller vor sich Buttersalat und zwang sich zu einem Lächeln. »Karolyn, das ist ja ein wunderbarer Salat.«

Karolyn senkte den Kopf, ihre Augen leuchteten bei dem Lob. »Ich bin heute extra zum Markt gegangen, um genau den richtigen zu finden.«

»Das weiß ich wirklich zu schätzen.« Havers piekte mit der Gabel in eines der zarten grünen Blätter, während sie ihn allein in dem prächtigen Raum ließ.

Er dachte an seine Schwester, die zusammengekauert in ihrem Bett lag.

Ein Heiler zu sein war nicht nur sein Beruf, es lag auch in seiner Natur. Er war ein Mann, der sein gesamtes Leben dem Dienst an anderen gewidmet hatte. Doch sollte Wrath jemals schwer genug verletzt werden, um ihn aufzusuchen, wäre Havers stark in Versuchung, diese Bestie verbluten zu lassen.

Oder ihn auf dem OP-Tisch mit einem raschen Skalpellschnitt zu töten.

10

Beth kam langsam wieder zu Bewusstsein. Es war, als würde sie aus erfrischendem, seidigem Wasser auftauchen. In ihrem Körper war ein Leuchten, eine tiefe Befriedigung, als sie der dämmrigen Welt des Schlafes entstieg.

Da war etwas auf ihrer Stirn.

Ihre Augenlider sprangen auf. Lange männliche Finger bewegten sich über ihren Nasenrücken, dann fuhren sie über ihre Wange hin zum Kieferknochen.

Aus der Küche drang ausreichend Licht herüber, sodass sie den neben ihr liegenden Mann schemenhaft erkennen konnte.

Sein Gesicht wirkte hochkonzentriert, während er ihr Gesicht erforschte. Die Augen waren geschlossen, die geschwungenen Augenbrauen nach unten gezogen, seine dichten Wimpern lagen auf den hohen, königlichen Wangenknochen. Er lag auf der Seite, seine Schultern blockierten ihre Sicht auf die Glastür.

Du meine Güte, er war riesig. Und imposant gebaut.

Die Muskeln seiner Oberarme traten deutlich hervor. Die Bauchmuskeln zeichneten sich so klar ab, als schmuggle er Farbrollen unter der Haut. Seine Beine waren muskulös. Und sein Geschlecht war so groß und prächtig wie der ganze Rest seines Körpers.

Als sein nackter Körper sich zum ersten Mal an sie gepresst hatte, war sie erschrocken gewesen. Er hatte keinerlei Behaarung auf dem Oberkörper, den Armen oder Beinen. Nur glatte Haut über harten Muskeln.

Warum er sich wohl am ganzen Körper rasierte, sogar da unten? Vielleicht war er ein Bodybuilder.

Obwohl auch das nicht erklären würde, warum er mit dem Rasieren so gründlich war.

Sie konnte sich nur vage erinnern, was zwischen ihnen geschehen war. Wie er überhaupt in ihre Wohnung gekommen war. Oder was er zu ihr gesagt hatte. Alles, was in der Horizontalen passiert war, hatte sie allerdings noch verdammt lebhaft vor Augen.

Was nicht groß verwunderlich war, immerhin hatte er ihr die ersten Orgasmen ihres Lebens beschert.

Die Fingerspitzen wanderten um ihr Kinn und hoch zu den Lippen. Er fuhr mit dem Daumen über ihre Unterlippe.

»Du bist wunderschön«, flüsterte er. Sein kaum merklicher Akzent äußerte sich in einem leicht rollenden R, fast als schnurre er.

Wie könnte es anders sein, dachte sie. Wenn er sie berührte, fühlte sie sich auch wunderschön.

Sein Mund senkte sich auf ihren, doch er suchte nichts. Dieser Kuss war keine Forderung, es war eher ein Dankeschön.

Irgendwo im Raum hörte man ein Handy. Das war nicht ihr Klingelton.

Er bewegte sich so schnell, dass sie zusammenfuhr. Im einen Augenblick lag er noch neben ihr; im nächsten Moment kniete er bei seiner Jacke. Er klappte das Telefon auf.

»Ja?« Die Stimme, mit der er ihr gesagt hatte, sie sei schön, war verschwunden. Jetzt knurrte er.

Sie zog das Laken über der Brust zusammen.

»Wir treffen uns bei D. Ich bin in zehn Minuten da.«

Er legte auf, steckte das Handy zurück in die Jacke und hob seine Hose auf. Seine plötzliche Hektik holte sie zurück in die Realität.

Mein Gott, hatte sie wirklich gerade Sex – richtig, richtig guten Wahnsinnssex – mit einem vollkommen Fremden gehabt?

»Wie heißt du?«, fragte sie.

Als er sich das schwarze Leder über die Oberschenkel zog, erhaschte sie einen erstklassigen Blick auf seinen Hintern.

»Wrath.« Er ging zum Tisch und holte seine Sonnenbrille. Als er sich neben sie aufs Bett setzte, hatte er sie schon wieder auf der Nase. »Ich muss jetzt los. Vielleicht schaffe ich es nicht, aber ich werde versuchen, heute Nacht noch mal zurückzukommen.«

Sie wollte nicht, dass er ging. Sie mochte das Gefühl, dass sein Körper mehr als die gerechte Hälfte ihres Futons einnahm.

Sehnsüchtig streckte sie die Hände nach ihm aus, doch dann zog sie ihre Finger zurück. Sie wollte nicht den Eindruck erwecken, es so nötig zu haben.

»Doch, fass mich an.« Er beugte sich zu ihr, sodass sie ihn berühren konnte.

Sie legte die Handfläche auf seine Brust. Die Haut dort war warm, sein Herz klopfte ruhig und gleichmäßig. Auf dem linken Brustmuskel bemerkte sie eine kreisförmige Narbe.

»Ich muss etwas wissen, Wrath.« Sein Name fühlte sich

gut an auf ihrer Zunge, auch wenn er seltsam klang. »Was zum Teufel machst du hier?«

Er lächelte ein bisschen, als gefiele ihm ihr Misstrauen. »Ich bin hier, um mich um dich zu kümmern, Elizabeth.«

Das hatte er ja auch getan.

»Beth. Ich werde Beth genannt.«

Er legte den Kopf zur Seite. »Beth.«

Er stand auf und griff nach seinem Hemd. Mit den Händen tastete er darüber, als suche er nach den Knöpfen.

Er würde nicht viele finden, dachte sie. Die meisten davon lagen auf dem Fußboden.

»Hast du hier einen Mülleimer?«, fragte er, als würde ihm das auch gerade klar.

»Da drüben. In der Ecke.«

»Wo?«

Sie stand auf, immer noch das Laken um sich gewickelt, und nahm ihm das Hemd ab. Es wegzuwerfen erschien ihr wie eine verpasste Gelegenheit.

Als sie ihn wieder ansah, hatte er sich bereits ein schwarzes Halfter über die nackte Haut gezogen. Zwei Dolche hingen gekreuzt über seiner Brust, mit den Griffen nach unten.

Seltsamerweise beruhigte sie der Anblick der Waffen. Die Vorstellung, dass es für sein Auftauchen eine logische Erklärung gab, war erleichternd.

»War das Butch?«

»Butch?«

»Der dich als Wache abgestellt hat.«

Er zog sich die Jacke an, durch deren Gewicht sich seine Schultern strafften. Das Leder war genauso schwarz wie seine Haare, der Aufschlag trug ein kompliziertes aufgesticktes Muster, ebenfalls in Schwarz.

»Der Mann, der dich gestern Abend angegriffen hat. War das ein Fremder?«

»Ja.« Sie schlang die Arme um sich.

»War die Polizei freundlich zu dir?«

»Die Polizei ist immer freundlich zu mir.«

»Haben sie dir seinen Namen gesagt?«

Beth nickte. »Ja. Ich konnte es selbst nicht glauben. Als Butch mir das erzählt hat, dachte ich, er macht einen Witz. Billy Riddle klingt eher nach Sesamstraße als nach einem Vergewaltiger. Aber er wusste eindeutig, was er tat, und schien Übung darin zu haben ...«

Sie hielt inne. Wraths Gesicht hatte einen so brutalen Ausdruck bekommen, dass sie unwillkürlich einen Schritt zurück machte.

Lieber Himmel, Butch war sicherlich nicht zimperlich mit Missetätern, aber dieser Kerl hier hatte einen echten Killerinstinkt.

Doch dann veränderte sich seine Miene wieder, als hätte er seine Gefühle versteckt, um sie nicht zu ängstigen. Er ging zum Badezimmer und öffnete die Tür. Boo sprang ihm ansatzlos auf den Arm, und ein tiefes, rhythmisches Schnurren durchbrach die schwüle Luft.

Nur, dass es eindeutig nicht von dem Kater kam.

Das kehlige Vibrieren kam aus dem Mann, der ihr Haustier im Arm hielt. Boo genoss die Aufmerksamkeit und rieb seinen Kopf in der großen Handfläche, die ihn streichelte.

»Ich gebe dir meine Handynummer, Beth. Du musst mich anrufen, wenn du dich irgendwie bedroht fühlst.« Er setzte die Katze auf den Boden und zählte einen Haufen Ziffern auf, die sie so oft wiederholen musste, bis sie die Nummer auswendig kannte. »Wenn ich dich heute

Nacht nicht mehr sehe, möchte ich, dass du morgen früh in die Wallace Avenue Nummer 816 kommst. Dann erkläre ich dir alles.«

Er sah sie einfach nur an.

»Komm her«, sagte er.

Ihr Körper gehorchte, bevor ihr Gehirn noch irgendwelche anders lautenden Befehle geben konnte.

Er legte einen Arm um ihre Taille und zog sie an seinen Körper. Heiß und hungrig legten sich seine Lippen auf ihre, während er seine andere Hand in ihrem Haar vergrub. Durch seine Lederhose konnte sie spüren, dass er schon wieder bereit zum Sex war.

Und sie war bereit, ihn zu empfangen.

Als er seinen Kopf wieder hob, ließ er die Hand beiläufig über ihr Schlüsselbein gleiten. »Das war eigentlich nicht Teil des Plans.«

»Ist Wrath dein Vor- oder dein Nachname?«

»Beides.« Er hauchte ihr einen Kuss seitlich auf den Hals und saugte an der zarten Haut. Beth ließ den Kopf in den Nacken fallen, und seine Zunge wanderte weiter nach oben. »Beth?«

»Hm?«

»Mach dir keine Sorgen um Billy Riddle. Er bekommt, was er verdient.«

Rasch küsste er sie noch einmal und ging dann durch die Schiebetür nach draußen.

Sie legte ihre Hand auf die Stelle am Hals, über die er geleckt hatte. Die Haut prickelte.

Schnell lief Beth zum Fenster und zog den Vorhang beiseite.

Er war schon weg.

Wrath materialisierte sich in Darius' Salon.

Er hatte nicht damit gerechnet, dass all das an diesem Abend geschehen würde. Und diese Extraportion Komplikationen würde nicht gerade hilfreich sein.

Sie war Darius' Tochter. Ihre Welt würde bald vollkommen auf den Kopf gestellt werden. Und noch schlimmer, sie war erst am vergangenen Abend Opfer eines sexuellen Übergriffs geworden.

Wenn er ein Gentleman wäre, hätte er sie in Ruhe gelassen. Ach, und wann bitteschön hatte er sich zuletzt standesgemäß benommen?

Rhage tauchte vor ihm auf. Der Vampir trug heute einen langen schwarzen Trenchcoat über seiner Lederhose, und der Kontrast zu seiner blonden Schönheit war zweifellos überaus reizvoll. Jeder wusste, dass dieser Bruder sein Aussehen gnadenlos beim anderen Geschlecht ausnutzte und dass er nach einer harten Nacht auf der Straße zur Entspannung am liebsten eine Frau hatte. Oder zwei.

Wenn Sex Kalorien hätte, wäre Rhage krankhaft fett.

Aber in ihm steckte mehr als ein hübsches Gesicht. Der Krieger war der beste Kämpfer der Bruderschaft, der stärkste, der schnellste, der verlässlichste. Er war von Geburt an mit überdurchschnittlichen körperlichen Kräften ausgestattet gewesen und zog es vor, den *Lessern* mit bloßen Händen entgegenzutreten. Die Dolche hob er sich für den Schluss auf. Das war die einzige Möglichkeit für ihn, etwas Befriedigung aus seiner Arbeit zu ziehen. Sonst dauerten die Kämpfe einfach nicht lang genug.

Von allen Brüdern war Mr. Hollywood derjenige, über den alle jungen Männer ihrer Art sprachen, den sie alle verehrten, den sie nachahmen wollten. Natürlich nur, weil sein Fanclub nur den schönen Schein und die glatte Oberfläche sah.

Rhage war verflucht. Und zwar buchstäblich. Er hatte sich einigen ernsthaften Ärger eingebrockt, direkt nach seiner Transition. Und die Jungfrau der Schrift, die von dem Schleier aus über die Spezies wachte, hatte ihm eine höllische Strafe auferlegt. Zweihundert Jahre Aversionstherapie. Jedes Mal, wenn er die Beherrschung verlor.

Der arme Teufel konnte einem wirklich leidtun.

»Wie geht's uns denn heute Nacht?«, fragte Rhage.

Wrath schloss kurz die Augen. Verschwommen blitzte Beths Bild in ihm auf, wie sie sich ihm entgegenbog, als er zwischen ihren Beinen den Kopf hob, um sie anzusehen. Als er sich daran erinnerte, wie sie schmeckte, ballten sich seine Hände zu Fäusten, bis die Knöchel knackten.

Ich bin hungrig, dachte er.

»Von mir aus können wir los«, sagte er.

»Moment mal. Was ist das?« Rhages Stimme klang streng.

»Was ist was?«

»Dieser Ausdruck auf deinem Gesicht. Und um Himmels willen, wo ist dein Hemd?«

»Halt die Klappe.«

»Was zum ... ich fasse es nicht.« Rhage musste lachen. »Du hast heute Nacht eine Premium-Nummer geschoben, stimmt's?«

Beth war keine Nummer. Auf keinen Fall, und zwar nicht nur, weil sie Darius' Tochter war.

»Schnauze, Rhage. Ich bin nicht in Stimmung für dein Gequatsche.«

»Hey, ich bin der Letzte, der das schlimm findet. Aber ich muss einfach fragen: War sie gut? Du siehst nicht besonders entspannt aus, Bruder. Vielleicht sollte ich ihr noch ein oder zwei Sachen beibringen, und dann probiert ihr es noch mal miteinander –«

Wrath machte Rhages Rücken in aller Ruhe mit der Wand bekannt, wobei er fast einen kostbaren Spiegel mit seinen Schultern herunterholte. »Entweder hältst du jetzt deine Fresse, oder ich mach dich einen Kopf kürzer. Du kannst es dir aussuchen, Hollywood.«

Sein Bruder machte nur Spaß, aber aus irgendeinem Grund hatte es etwas Entweihendes, die Erfahrung mit Beth mit Rhages Sexleben zu vergleichen.

Und vielleicht war Wrath ein ganz kleines bisschen eifersüchtig.

»Und, schon entschieden?«, brummte er.

»Schon kapiert.« Der andere Vampir grinste, seine weißen Zähne blitzten in seinem umwerfenden Gesicht auf. »Aber jetzt mach dich mal locker. Normalerweise verschwendest du deine Zeit nicht mit Frauen, ich freue mich einfach nur, dass du es getan hast, mehr nicht.«

Wrath ließ ihn los.

»Obwohl sie echt nicht so besonders …«

Wrath zog einen Dolch und versenkte ihn zwei Zentimeter neben Rhages Kopf in der Wand. Das Geräusch von Stahl, der durch Putz schlägt, hatte einen hübschen Klang, fand er.

»Reiz mich nicht bei diesem Thema, klar?«

Der Bruder nickte langsam, während der Griff des Dolches neben seinem Ohr noch zitterte. »Äh, ja. Ich glaube, das hab ich jetzt verstanden.«

Tohrments Stimme durchbrach die Anspannung. »Hey! Rhage, redest du dich wieder um Kopf und Kragen?«

Wrath blieb noch einen Moment unbewegt stehen, nur

um sicherzugehen, dass seine Botschaft angekommen war. Dann zog er mit einem Ruck das Messer aus der Wand, trat einen Schritt zurück und fing an, im Zimmer auf und ab zu laufen, während die anderen Brüder eintrafen.

Als Vishous eintrat, nahm Wrath den Krieger beiseite. »Du musst mir einen Gefallen tun.«

»Jeden.«

»Ein Mensch. Billy Riddle. Befrag deinen Zaubercomputer. Ich muss wissen, wo er wohnt.«

V strich sich über das Ziegenbärtchen. »Hier in der Stadt?«

»Ich glaube schon.«

»Ist so gut wie erledigt, Herr.«

Als alle da waren, und sogar Zsadist sie mit seinem pünktlichen Eintreffen beehrt hatte, brachte Wrath den Stein ins Rollen.

»Was konntest du aus Strauss' Handy rauskriegen, V?«

Vishous zog sich die Sox-Kappe vom Kopf und kämmte sein dunkles Haar mit den Fingern. Während er die Kappe wieder aufsetzte, sagte er. »Unser Freund hing gern mit Muskelprotzen, Möchtegern-Soldaten und Jackie-Chan-Fans rum. Da waren Anrufe bei Gold's Fitnessstudio, einer Gotcha-Halle und zwei Kampfsportstudios. Ach ja, und er mochte Autos. Die Nummer einer Werkstatt war auch eingespeichert.«

»Irgendwas Persönliches?«

»Wenig. Eine Festnetznummer, die vor zwei Tagen abgemeldet wurde. Die anderen waren Mobilnummern, nicht nachzuverfolgen, nicht aus der Stadt. Ich habe alle mehrmals angerufen, aber niemand hat abgehoben. Schon übel, so eine Anruferkennung, was?«

»Vorstrafenregister?«

»Hab ich auch überprüft. Typische Jugenddelikte, leichter Hang zur Gewalttätigkeit. Er passt perfekt ins *Lesser*-Profil.«

»Was ist mit seiner Wohnung?« Wrath sah über die Schulter die Zwillinge an.

Phury warf seinem Bruder einen kurzen Blick zu und übernahm dann das Reden. »Dreizimmerwohnung am Fluss. Lebte allein. Hatte nicht viel Zeug. Paar Kanonen unter dem Bett. Bisschen Silbermunition. Schusssichere Weste. Und eine Pornosammlung, die er offenbar nicht mehr benutzt hat.«

»Hast du dir seine Kanope geschnappt?«

»Ja. Sie ist bei mir zu Hause. Ich bringe sie später in die Grotte.«

»Gut.« Wrath sah die ganze Gruppe an. »Wir trennen uns jetzt. Nehmen mal diese Läden unter die Lupe. Ich will in die Gebäude rein. Was wir suchen, ist ihre Schaltzentrale. Möglicherweise ist sie hier in der Gegend.«

Er teilte die Brüder in Zweiergruppen ein. Vishous ging mit ihm selbst. Den Zwillingen gab er den Auftrag, zum Fitnessstudio und zu dem Gotcha-Verein zu gehen. Tohrment und Rhage wurden die Kampfsportstudios zugeteilt. Er und Vishous würden sich die Autowerkstatt näher ansehen. Mit etwas Glück würden sie fündig. Denn wenn jemand eine Bombe an einem Auto anbringen wollte, wäre doch wohl eine Hebebühne nicht unpraktisch, oder?

Bevor sie alle loszogen, kam Hollywood noch mal zu ihm. Sein Gesichtsausdruck war ungewöhnlich ernst.

»Wrath, Mann, du weißt, ich kann ein echtes Arschloch sein«, begann er. »Ich wollte dir nicht zu nahe treten. Ich werde nie wieder davon anfangen.«

Wrath lächelte. Das Problem an Rhage war, dass er sich miserabel unter Kontrolle hatte. Er war viel zu impulsiv. Was sowohl seine große Klappe als auch seine ausschweifenden sexuellen Abenteuer erklärte.

Und das war schon schlimm genug, wenn er sich voll unter Kontrolle hatte. Sobald der Fluch den Psycho-Schalter in ihm umlegte und das Tier in ihm brüllend zum Leben erwachte, war alles vorbei.

»Ich mein es ernst, Mann«, wiederholte der Vampir.

Wrath schlug seinem Bruder auf die Schulter. Im Großen und Ganzen war Rhage ein echter Kumpel. »Vergeben und vergessen.«

»Du kannst mir jederzeit eine aufs Maul hauen, wenn ich's vergesse.«

»Glaub mir, das werd ich auch.«

Mr. X fuhr zu einer kleinen Querstraße in der Stadt, die unbeleuchtet und zu beiden Seiten hin offen war. Nachdem er den Wagen rückwärts hinter einem Müllcontainer geparkt hatte, warf er sich Cherry Pie über die Schulter und ging zwanzig Meter vom Minivan weg. Sie stöhnte ein bisschen, weil sie gegen seinen Rücken wippte; als wollte sie in ihrem Rausch nicht gestört werden.

Er legte sie auf dem Boden ab, und sie wehrte sich überhaupt nicht, als er ihr die Kehle aufschlitzte. Dann sah er eine Weile zu, wie das glänzende Blut aus ihrem Hals quoll. Im Dunkeln sah es aus wie Motoröl. Er legte einen Finger in die Flüssigkeit und schnupperte daran. Er konnte alle möglichen Krankheiten am Geruch erkennen, und er fragte sich, ob sie wohl gewusst hatte, dass sie Hepatitis C im fortgeschrittenen Stadium hatte. Eigentlich tat er ihr also einen Gefallen, indem er sie vor einem unangenehmen, schleichenden Tod bewahrte.

Nicht, dass es ihm etwas ausgemacht hätte sie zu töten, wenn sie kerngesund gewesen wäre.

Er wischte den Finger an ihrem T-Shirt ab und ging zu einem Abfallhaufen. Eine alte Matratze, genau das, was er brauchte. Er lehnte sie an die Ziegelwand und kauerte sich dagegen. Der eklige, schweißige Gestank ließ ihn völlig unberührt. Er holte seine Pfeilpistole heraus und wartete.

Frisches Blut lockte zivile Vampire an wie ein überfahrenes Tier die Krähen.

Und tatsächlich tauchte kurz darauf eine Gestalt am Ende der Gasse auf. Sie sah sich nach rechts und links um und eilte dann weiter. Mr. X wusste, was sich da näherte, musste sein, wonach er suchte. Cherry Pie lag verborgen im Dunkeln. Nichts konnte auf sie aufmerksam machen außer dem dezenten Duft ihres Blutes, etwas, das eine menschliche Nase niemals gewittert hätte.

Der junge männliche Vampir war gierig in seinem Durst, er machte sich über Cherry Pie her, als hätte jemand ein Büffet für ihn aufgebaut. Er war so mit dem Trinken beschäftigt, dass ihn der erste Pfeil eiskalt erwischte und sich in seine Schulter bohrte. Sein unmittelbarer Instinkt war es, seine Nahrung zu schützen, also schleifte er Cherry Pie hinter einige verbeulte Mülltonnen.

Als der zweite Pfeil ihn traf, wirbelte er herum und sprang auf die Füße, die Augen auf die Matratze gerichtet.

Mr. X spannte sich an, doch der Vampir attackierte ihn mit mehr Aggression als Kompetenz. Seine Körperbewegungen waren unkoordiniert, vermutlich lernte er gerade noch, seine Gliedmaßen nach der Transition wieder zu kontrollieren.

Zwei weitere Pfeile konnten ihn auch nicht ruhigstellen. Das Sedativ reichte eindeutig nicht aus. Mr. X war gezwungen, sich auf einen Kampf mit ihm einzulassen. Problemlos verpasste er ihm einen Tritt gegen den Kopf. Der Junge stieß ein Schmerzensgeheul aus und klatschte betäubt auf den schmutzigen Asphalt.

Der Lärm erregte Aufsehen.

Glücklicherweise waren es nur zwei *Lesser*, keine neugierigen Menschen, oder, noch ärgerlicher, die Polizei. Die *Lesser* blieben an der Mündung der Straße stehen und beschlossen nach kurzer Beratung, die Sache näher in Augenschein zu nehmen.

Mr. X fluchte; er war nicht bereit, sich oder sein Vorhaben zu enthüllen. Er musste erst die Haken seiner Informationsbeschaffungs-Strategie herausfinden und eliminieren, bevor er sie präsentierte und seinen *Lessern* ihre Rollen zuteilte. Ein Anführer sollte niemals einem anderen einen Auftrag geben, den er nicht selbst vorher schon einmal erledigt hatte, und zwar gut.

Außerdem lag diese Vorgehensweise auch in seinem eigenen Interesse. Man konnte nie wissen, wer von den Jägern vielleicht versuchen würde, direkt zu Omega zu gehen und entweder die Idee als seine eigene zu verkaufen oder Misserfolge in der Testphase zu melden. Gott wusste, dass Omega immer empfänglich für Initiativen und neue Ideen war. Doch was Loyalität betraf, konnte er durchaus noch Nachhilfe gebrauchen.

Um es auf den Punkt zu bringen: Omegas Version einer Kündigung war schnell und entsetzlich. Wie Mr. X's ehemaliger Chef vor drei Nächten schmerzlich erfahren musste.

Mr. X zog die Pfeile aus dem Körper. Er hätte den Vampir lieber getötet, doch dazu reichte die Zeit nicht. Er ließ ihn, immer noch stöhnend, auf dem Boden liegen und rannte die Straße hinunter, immer ganz nah an der Mauer. Die Scheinwerfer am Auto machte er erst an, als er sich wieder in den Verkehr eingefädelt hatte.

11

Beths Wecker ging los, und sie brachte ihn durch einen gezielten Schlag zum Schweigen. Das Brummen war überflüssig; sie war seit mindestens einer Stunde wach, in ihrem Kopf summte es wie in einem Bienenkorb. Mit dem Morgengrauen war das Geheimnis dieser heißen Nacht verblasst, und sie musste sich dem stellen, was sie getan hatte.

Der Gedanke an ungeschützten Sex mit einem völlig Fremden war ein höllischer Weckruf.

Was hatte sie sich nur dabei gedacht? So etwas hatte sie noch nie zuvor getan. Immer hatte sie auf Schutz geachtet. Gott sei Dank nahm sie wenigstens die Pille, um ihre sporadische Menstruation zu regulieren, aber wenn sie an die anderen möglichen Konsequenzen nur dachte, drehte sich ihr der Magen um.

Wenn sie ihn das nächste Mal sah, würde sie ihn einfach fragen, ob er gesund war, und beten, dass sie seine Antwort auch hören wollte. Und dass sie der Wahrheit entsprach.

Vielleicht hätte sie Gummis dagehabt, wenn sie sie häufiger brauchen würde. Aber wann hatte sie zum letzten Mal mit jemandem geschlafen? Lange her. Länger als die Mindesthaltbarkeit von Kondomen.

Diese Durststrecke in Sachen Sex hatte mindestens so

viel mit ihrem mangelnden Interesse zu tun wie mit irgendwelchen moralischen Überlegungen. Männer standen einfach nicht besonders weit oben auf ihrer Prioritätenliste. Eher im unteren Bereich, ungefähr bei Zahnreinigung und Autoinspektion. Und sie hatte gar kein Auto mehr.

Schon oft hatte sie überlegt, ob mit ihr etwas nicht stimmte, besonders wenn sie auf der Straße Händchen haltende Pärchen sah. Die meisten Leute in ihrem Alter waren wild auf der Suche nach heiratsfähigen Kandidaten. Sie nicht. Sie hatte einfach noch nie ein brennendes Verlangen nach einem Mann gespürt und hatte sogar schon mal die Möglichkeit in Betracht gezogen, sie könne lesbisch sein. Leider fühlte sie sich aber auch von Frauen nicht angezogen.

Die vergangene Nacht war also eine Offenbarung gewesen.

Beth streckte sich, eine köstliche Anspannung machte sich in ihren Oberschenkeln breit. Als sie die Augen schloss, spürte sie ihn wieder in sich, spürte ihn tief und hart in sie eindringen und sich wieder zurückziehen, bis zu jenem Moment, als er sich mit einem machtvollen Stoß in sie ergossen hatte, die Arme fest um sie geschlungen.

Unwillkürlich bäumte sich ihr Körper auf, ihre Fantasie war so intensiv, dass es zwischen ihren Beinen zu pochen anfing. Der Nachhall ihrer Orgasmen ließ sie sich auf die Lippen beißen.

Ächzend stand sie auf und steuerte aufs Badezimmer zu. Als sie sein zerrissenes Hemd im Papierkorb entdeckte, hob sie es auf und schmiegte ihre Wange hinein. Der schwarze Stoff roch nach ihm.

Das Pochen wurde stärker.

Woher kannten er und Butch sich wohl?

War er auch bei der Polizei? Sie hatte ihn nie zuvor gesehen, doch es gab einige Cops auf der Wache, die sie noch nicht kannte.

Sitte, dachte sie. Er muss beim Sittendezernat sein. Oder vielleicht Leiter eines SEKs.

Denn er war definitiv ein Mann, der Ärger suchte und der nicht zimperlich war, wenn er ihn fand.

Sie kam sich vor wie sechzehn, als sie das Hemd unter ihr Kissen schob. Dann entdeckte sie ihren BH auf dem Boden. Lieber Himmel, er sah aus, als hätte man ihn vorne auseinandergeschnitten, als wäre er von einem scharfen Gegenstand aufgeschlitzt worden.

Merkwürdig.

Eine schnelle Dusche und ein Frühstück später – bestehend aus zwei Keksen, einer Handvoll Cracker und einem Schluck O-Saft – war sie zu Fuß auf dem Weg zum Büro. Eine halbe Stunde starrte sie schon auf ihren Bildschirmschoner, als das Telefon klingelte. Es war José.

»Wir hatten schon wieder eine harte Nacht«, gähnte er.

»Noch eine Bombe?«

»Nee. Eine Leiche. Eine Prostituierte wurde mit aufgeschlitzter Kehle an der Ecke Third und Trade aufgefunden. Wenn du auf die Wache kommst, zeige ich dir die Bilder und den Bericht. Inoffiziell, versteht sich.«

Innerhalb von zwei Minuten war sie auf der Straße. Sie würde erst schnell bei der Polizei vorbeischauen und dann zu dieser Adresse in der Wallace Avenue gehen.

Sie konnte nicht so tun, als brenne sie nicht darauf, ihren nächtlichen Besucher wiederzusehen.

Auf dem Weg zum Revier schien die Sonne gnadenlos hell, und Beth wühlte in ihrer Tasche nach ihrer Sonnenbrille. Als auch das nicht ausreichte, schirmte sie die Augen noch zusätzlich mit der Hand ab. Erleichtert betrat sie das kühle, dämmrige Polizeigebäude.

José war nicht in seinem Raum, aber sie traf Butch, als der gerade sein Büro verließ.

Er lächelte sie ironisch an, die Winkel seiner haselnussbraunen Augen legten sich in Falten. »Wir dürfen uns nicht mehr so oft treffen.«

»Ich habe gehört, ihr habt einen neuen Fall.« Sie ging auf seine Bemerkung nicht ein.

»Das kann ich mir denken.«

»Möchten Sie einen Kommentar abgeben, Detective?«

»Wir haben heute Morgen schon eine Erklärung abgegeben.«

»Die zweifellos vollkommen inhaltsfrei war. Komm schon, kannst du mir nicht ein paar Sätzchen dazu sagen?«

»Nicht offiziell.«

»Und inoffiziell?«

Er nahm einen Kaugummi aus der Tasche, wickelte ihn mechanisch aus, faltete ihn und steckte ihn in den Mund. Sie glaubte sich zu erinnern, dass er früher mal geraucht hatte, aber in letzter Zeit nicht mehr. Was vermutlich den hohen Kaugummikonsum erklärte.

»Vertraulich, O'Neal«, wiederholte sie. »Versprochen.«

Er deutete mit dem Kopf über die Schulter. »Dann brauchen wir eine geschlossene Tür.«

Sein Büro hatte ungefähr die Größe ihres Arbeitsplatzes in der Redaktion, aber wenigstens hatte es eine Tür und ein Fenster. Seine Möbel waren allerdings wenig ansprechend. Der Holzschreibtisch war uralt und sah aus, als hätte ihn mal ein Schreiner als Werkbank benutzt. Splitter standen heraus, und die Lasur war so zerkratzt, dass der Tisch das Neonlicht aufsaugte, als sei er durstig.

Butch warf ihr eine Akte hinüber, bevor er sich hinsetzte. »Sie wurde hinter ein paar Mülltonnen gefunden. Der Großteil ihres Blutes ist in der Kanalisation gelandet, aber der Gerichtsmediziner meint, Spuren von Heroin in ihrem Organismus gefunden zu haben. Sie hatte vorher Sex, aber das ist nicht gerade verwunderlich.«

»O mein Gott, das ist ja Mary«, stieß Beth hervor, als sie das furchtbare Foto sah. Sie sank auf ihrem Stuhl zurück.

»Einundzwanzig Jahre alt.« Butch fluchte leise. »Was für eine Verschwendung.«

»Ich kannte sie.«

»Von der Wache?«

»Von früher. Sie lebte eine Zeit lang in derselben Pflegefamilie wie ich. Später bin ich ihr ab und zu begegnet. Normalerweise hier.«

Mary Mulcahy war ein wunderschönes kleines Mädchen gewesen. Nach nur einem Jahr bei Beths Familie war sie zurück zu ihrer leiblichen Mutter geschickt worden. Zwei Jahre später übernahm der Staat wieder das Sorgerecht, nachdem sie von ihrer Mutter eine komplette Woche allein gelassen worden war. Mit sieben Jahren. Sie hatte erzählt, dass sie sich von trockenem Mehl ernährt hatte, als ihr das Essen ausgegangen war.

»Ich hab schon gehört, dass du in staatlicher Fürsorge warst.« Butch wurde nachdenklich, als er sie ansah. »Darf ich fragen, warum?«

»Was denkst du denn? Keine Eltern.« Sie schloss die Akte und legte sie zurück auf den Schreibtisch. »Habt ihr eine Waffe gefunden?«

Seine Augen verengten sich, aber nicht unfreundlich. Er schien mit sich zu kämpfen, ob er ihre Frage beantworten oder das Thema wechseln sollte.

»Waffe?«, forderte sie ihn nochmals auf.

»Wieder ein Wurfstern. Wies Blutspuren auf, aber nicht ihres. Außerdem haben wir noch an zwei Stellen eine Art Pulver entdeckt, als hätte jemand Leuchtraketen gezündet und auf den Boden gelegt. Schwer vorstellbar allerdings, dass der Killer die Aufmerksamkeit auf die Leiche lenken wollte.«

»Glaubst du, der Mord an Mary und die Autobombe stehen in Zusammenhang?«

Er zuckte die Achseln, ein lässiges Anheben seiner breiten Schultern. »Vielleicht. Aber wenn jemand wirklich Big Daddy etwas heimzahlen wollte, hätte er sich jemanden gesucht, der höher in der Nahrungskette stand als sie. Er hätte sich gleich ihren Zuhälter geschnappt.«

Beth schloss die Augen und stellte sich Mary als Fünfjährige vor, wie sie vor ihr stand, mit einer Barbiepuppe im zerrissenen Kleid und ohne Kopf unter dem Arm.

»Andererseits«, fuhr Butch fort, »ist das vielleicht nur der Anfang.«

Sie hörte, wie sich sein Stuhl bewegte, und sah auf, als er um den Schreibtisch herum zu ihr kam.

»Hast du heute Abend schon was vor?«, fragte er.

»Heute Abend?«

»Ja. Wir könnten ja was essen gehen. Du und ich.«

Der Ironman lud sie zum Essen ein? Schon wieder?

Beth stand auf, sie wollte auf Augenhöhe mit ihm sein. »Ähm, ja – nein, ich meine, danke, aber nein.«

Selbst wenn sie nicht beruflich miteinander zu tun gehabt hätten, sie hatte einfach keinen Kopf für etwas anderes als ihren gestrigen Besucher. Man stelle sich vor. Sich den Abend freizuhalten, nur falls der Mann in Leder sie heute Abend wieder besuchen wollte.

Verdammt, einmal guter Sex, und sie benahm sich schon, als hätten sie eine Affäre? Komm wieder runter, Herzchen.

Butch lächelte zynisch. »Eines Tages kriege ich schon raus, warum du mich nicht leiden kannst.«

»Ich mag dich ja. Du lässt dir von niemandem was gefallen. Und selbst wenn ich deine Methoden eigentlich nicht gutheißen kann, habe ich mich insgeheim doch gefreut, dass du Billy Riddle noch mal die Nase gebrochen hast.«

Butchs harte Gesichtszüge wurden etwas weicher. Er sah ihr tief in die Augen, und sie dachte kurz, sie müsste verrückt sein, sich nicht von ihm angezogen zu fühlen.

»Und danke, dass du gestern Abend deinen Freund vorbeigeschickt hast.« Sie schulterte ihre Tasche. »Obwohl ich zugeben muss, dass ich mich erst zu Tode erschrocken habe.«

Direkt bevor der Mann ihr den interessantesten Verwendungszweck des menschlichen Körper vorgeführt hatte.

Butch runzelte die Stirn. »Was für einen Freund?«

»Du weißt schon. Der Typ, der aussieht wie ein cooler Filmgangster. Der ist von der Sitte, hab ich recht?«

»Wovon zum Teufel sprichst du überhaupt? Ich habe niemanden zu dir geschickt.«

Alle Farbe wich aus ihrem Gesicht.

Und das wachsende Misstrauen und die Besorgnis in Butchs Miene hielten sie davon ab, seinem Gedächtnis weiter auf die Sprünge helfen zu wollen.

Sie ging zur Tür. »Mein Fehler.«

Butch hielt sie am Arm fest. »Wer zur Hölle war gestern in deiner Wohnung?«

Sie wünschte, sie wüsste es.

»Niemand. Wie gesagt, mein Fehler. Bis dann.«

Sie rannte durch die Lobby, ihr Herz schlug in dreifacher Geschwindigkeit. Als sie durch die Tür nach draußen stürmte, knallte ihr die Sonne direkt ins Gesicht. Sie zuckte zusammen.

Eines war klar: Sie würde auf gar keinen Fall heute zu diesem Mann gehen, auch wenn die Wallace Avenue im nobelsten Teil der Stadt lag und es helllichter Tag war.

Gegen vier Uhr nachmittags stand Wrath kurz davor zu explodieren.

Er hatte es vergangene Nacht nicht mehr zu Beth geschafft.

Und sie hatte sich am Morgen nicht blicken lassen.

Ihr Nichterscheinen konnte nur zwei Dinge bedeuten: Entweder war ihr etwas passiert, oder sie versetzte ihn mit Absicht.

Mit den Fingerspitzen las er die Zeit von seiner Blindenuhr ab. Noch Stunden bis zum Sonnenuntergang.

Verfluchte Sommertage. Zu lang. Viel zu lang.

Er wanderte ins Badezimmer, spritzte sich Wasser ins Gesicht und stützte seine Arme auf die Marmorablage. Im Schein der Kerze neben dem Waschbecken betrachtete er sich selbst im Spiegel. Viel mehr als einen schemenhaften schwarzen Haarschopf, verschwommene Augenbrauen und den Umriss seines Gesichts konnte er nicht erkennen.

Er war erschöpft. Den ganzen Tag hatte er nicht geschlafen, und die Nacht davor war eine Katastrophe gewesen.

Außer der Teil mit Beth. Das war …

Er fluchte und trocknete sich das Gesicht ab.

Mein Gott, was war nur los mit ihm? In dieser Frau zu sein war von all dem Scheiß gestern Nacht das Allerschlimmste gewesen. Dank dieses umwerfenden kleinen Intermezzos konnte er sich überhaupt nicht konzentrieren, sein Körper befand sich in einem Dauererregungszustand, und seine Laune war total im Keller.

Zumindest Letzteres war für ihn nichts Neues.

O Mann, die vergangene Nacht war wirklich ein Desaster gewesen.

Nachdem die Brüder sich getrennt hatten, waren er und Vishous quer durch die Stadt zu der Autowerkstatt gegangen. Sie war von oben bis unten verrammelt gewesen, und sie hatten sich erst draußen umgesehen und waren dann eingebrochen. Nichts, der Laden diente eindeutig nicht als Basis. Der baufällige oberirdische Teil des Hauses war zu klein gewesen, und sie konnten keinen verborgenen Keller entdecken. Außerdem war die Nachbarschaft nicht ideal; es gab ein paar Imbissbuden, in denen die ganze Nacht hindurch Betrieb war, und eine davon wurde sogar von Polizisten frequentiert. Viel zu auffällig.

Er und Vishous waren schon auf dem Weg zurück zu Darius – mit einem kurzen Umweg über das *Screamer's*, weil V nach einem Grey-Goose-Wodka lechzte –, als der Ärger richtig losging.

Und von da ab ging die Nacht so richtig den Bach hinunter.

Ein ziviler Vampir lag schwer verletzt in einer Querstraße, und zwei *Lesser* wollten ihm gerade den Rest geben. Die Jäger zu töten hatte etwas länger gedauert, weil sie beide sehr erfahren waren, und als der Kampf endlich endete, war der junge Vampir tot.

Er war grausam gequält worden, sein Körper war wie ein Nadelkissen von kleinen Stichen übersät. Den aufgeschürften Stellen an seinen Knien und dem Kies in den Handflächen nach zu urteilen, hatte er mehrfach versucht, sich wegzuschleppen. Frisches menschliches Blut klebte an seinen Lippen, und der Geruch lag auch in der Luft. Aber sie hatten keine Zeit gehabt, um die Frau zu suchen, die er gebissen hatte.

Denn sie hatten Gesellschaft bekommen.

Direkt nachdem die *Lesser* in einer Rauchwolke ins Nirwana entschwunden waren, heulten die Polizeisirenen los. Ein akustisches Warnsignal, was bedeutete, dass jemand die Kampfgeräusche gehört oder die Lichtblitze gesehen hatte. Sie hatten es gerade noch geschafft, die Leiche in Vishous' Cadillac wegzuschaffen.

Bei Darius zu Hause hatten sie den Toten durchsucht. In seiner Brieftasche hatten sie einen Zettel mit den Zeichen der Alten Sprache gefunden. Name, Adresse, Alter. Er hatte erst vor sechs Monaten seine Transition gehabt. So verdammt jung.

Eine Stunde vor Morgengrauen hatten sie dann den Leichnam an den äußersten Stadtrand gebracht, zu einem bescheidenen Haus weit abseits in einem Waldstück. Ein älteres Vampirehepaar hatte die Tür geöffnet, und ihr Entsetzen, als sie zwei Krieger vor sich sahen, hatte Wrath entgegengeschlagen wie beißender Brandgeruch. Sie bestätigten, einen Sohn zu haben, woraufhin Vishous zum Wagen gegangen war und die sterblichen Überreste geholt hatte. Der Vater war aus der Tür gestürmt und hatte Vishous seinen Sohn aus den Armen gerissen. Die Mutter konnte Wrath gerade noch auffangen, als sie in sich zusammensank.

Das Wissen, dass der Tod seines Sohnes bereits gesühnt war, hatte den Vater ein wenig getröstet. Doch es war nicht genug gewesen. Nicht für Wrath.

Er würde erst wieder Ruhe finden, wenn alle *Lesser* tot waren.

Wrath schloss die Augen und versuchte, sich zum Beat von Jay-Zs *Black Album* zu entspannen und die Geister der vergangenen Nacht aus seinem Kopf zu vertreiben.

Ein rhythmisches Klopfen übertönte die Musik, und er ließ die Tür aufgehen. »Was ist los, Fritz?«

Der Butler trug ein Silbertablett herein. »Ich war so frei, Euch ein Mahl zuzubereiten, Herr.«

Fritz stellte das Essen auf dem niedrigen Couchtisch ab. Als er den Deckel vom Teller anhob, stieg Wrath der Geruch von Hühnchen mit Kräutern in die Nase.

Wenn er es recht bedachte, hatte er Hunger.

Er ging zum Tisch und setzte sich. Interessiert betrachtete er das schwere Silberbesteck und das Geschirr. »Mann, Darius hatte wirklich was für teures Zeug übrig, was?«

»O ja, Herr. Nur das Beste für meinen Princeps.«

Unauffällig blieb der Butler in der Nähe stehen, während Wrath krampfhaft versuchte, mit dem Besteck das Fleisch von den Knochen abzulösen. Feinmotorik war einfach nicht seine Domäne, und am Ende nahm er einfach das Hühnerbein in die Hand.

»Schmeckt Euch das Huhn, Herr?«

Wrath nickte kauend. »Du bist verdammt geschickt am Herd.«

»Ich bin froh, dass Ihr Euch entschlossen habt, hierzubleiben.«

»Nicht lange. Aber keine Sorge, ich bringe dir jemanden, auf den du aufpassen kannst.« Wrath stieß die Gabel in etwas, das aussah wie Kartoffelbrei. Es war Reis, und die Körner flogen in hohem Bogen durch die Gegend. Er fluchte und versuchte, ein paar Körner mit dem Finger auf die Zinken zu schieben. »Und sie wird auch viel angenehmer im Umgang sein als ich.«

»Ich kümmere mich lieber um Euch. Und, Herr, ich werde keinen Reis mehr zubereiten. Außerdem werde ich das Fleisch in Zukunft vorschneiden. Das war unaufmerksam von mir.«

Wrath wischte sich den Mund mit der blütenweißen Serviette ab. »Fritz, mach dir nicht die Mühe, mich bei Laune zu halten.«

Ein leises Lachen war zu hören. »Darius hatte ja so recht, was Euch betrifft, Herr.«

»Dass ich als Partygast nichts tauge? Ja, er war sehr scharfsinnig, das stimmt.« Wrath jagte ein Stück Brokkoli mit der Gabel über den Teller. Verflucht noch mal, er hasste es zu essen, besonders, wenn ihm jemand dabei zusah. »Hab nie kapiert, warum er unbedingt wollte, dass ich hier wohne. Niemand kann so scharf auf Gesellschaft sein.«

»Es war Euretwegen.«

Wrath kniff die Augen hinter seiner Sonnenbrille zusammen. »Ach.«

»Er machte sich Sorgen, Ihr könntet zu viel allein sein. Keine echte *Shellan,* kein *Doggen.* Er pflegte zu sagen, Eure Einsamkeit sei eine selbst auferlegte Strafe.«

»Tja, das stimmt aber nicht«, unterbrach Wrath den

sanften Butler schneidend. »Und wenn du hierbleiben willst, solltest du deine Küchenpsychologie lieber für dich behalten, klar?«

Fritz zuckte zusammen, als habe man ihn geschlagen. Er verbeugte sich tief und zog sich rückwärts zur Tür zurück. »Ich bitte um Vergebung, Herr. Es steht mir nicht im Geringsten zu, auf diese Art und Weise mit Euch zu sprechen.«

Die Tür schloss sich leise.

Wrath lehnte sich im Sofa zurück, die Gabel immer noch fest umklammert.

Jesus Christus. Dieser verdammte *Doggen* konnte einen Heiligen in den Wahnsinn treiben.

Und er war kein bisschen einsam. Nie gewesen.

Rache war ein treuer Gefährte.

Mr. X beobachtete die zwei Schüler im Ring. Sie hatten die gleiche Größe, beide achtzehn Jahre alt, beide kräftig gebaut, doch er wusste genau, welcher gewinnen würde.

Und da kam schon der richtige Tritt, schnell und hart, der den Gegner auf die Matte schickte.

Mr. X beendete den Kampf und verlor kein Wort, als der Sieger die Hand ausstreckte und dem Verlierer auf die Füße half. Diese Höflichkeitsgeste war ärgerlich, und er hätte am liebsten beide bestraft.

Die oberste Regel der Gesellschaft war eindeutig: Wenn man jemanden am Boden hatte, trat man so lange zu, bis er sich nicht mehr rührte. So einfach war das.

Dennoch, das hier war nur Sport, nicht die wirkliche Welt. Und die Eltern, die ihre Söhnchen ein bisschen Nahkampf trainieren ließen, würden sich bedanken, wenn die lieben Kleinen auf der Bahre nach Hause getragen würden.

Als die beiden Schüler sich vor ihm verbeugten, leuchtete das Gesicht des Verlierers rot, und zwar nicht nur von der Anstrengung. Mr. X ließ zu, dass die Klasse ihn anstarrte, er wusste, dass Scham und Verlegenheit wichtige Elemente im Erziehungsprozess waren.

Er nickte dem Sieger zu.

»Gut gemacht. Das nächste Mal holst du ihn aber noch schneller von den Füßen, verstanden?« Dann wandte er sich dem Verlierer zu. Er musterte ihn vom Kopf bis zu den Füßen, bemerkte den schweren Atem, das Zittern der Beine. »Du weißt, was du zu tun hast.«

Der Unterlegene blinzelte verstohlen, während er zu der gläsernen Wand hinüberging, die den Blick zur Eingangshalle freigab. Wie vorgeschrieben, stellte er sich mit dem Gesicht zum Glas, den Kopf hoch erhoben, sodass ihn jeder sehen konnte, der das Gebäude betrat. Sollte er sich die Tränen von den Wangen wischen, müsste er das Ritual in der nächsten Unterrichtsstunde wiederholen.

Mr. X teilte den Kurs und ließ die Jungen ihre Übungen machen. Er sah zu, korrigierte Haltungen und Armstellungen, doch im Geiste war er ganz woanders.

Die vergangene Nacht war nicht gut gelaufen. Alles andere als gut.

Als er wieder zu Hause angekommen war, hatte er über den Polizeifunk erfahren, dass man die Prostituierte gegen drei Uhr morgens aufgefunden hatte. Kein Wort über den Vampir. Vielleicht hatten die *Lesser* den Zivilisten mitgenommen, um ein bisschen mit ihm zu spielen.

Sehr ärgerlich, dass die Sache nicht wunschgemäß verlaufen war. Er wollte unbedingt wieder aufbrechen und einen neuen Versuch beginnen. Die tote menschliche Frau als Köder hatte ja bestens funktioniert. Doch die Beruhigungspfeile mussten unbedingt höher dosiert werden. Er hatte für den Anfang eine relativ niedrige Menge genommen, um den Vampir auf keinen Fall versehentlich zu töten. Doch die Wirksamkeit der Droge musste eindeutig verstärkt werden.

Aber nicht heute Nacht.

Mr. X warf einen Blick auf den Verlierer.

Heute Nacht stand Mitgliederwerbung auf dem Programm. Ihre Reihen mussten nach der Zerstörung des neuen Rekruten dringend neu aufgefüllt werden.

Vor Jahrhunderten, als es noch viel mehr Vampire gab, hatte auch die Gesellschaft Hunderte von Mitgliedern gehabt. Sie waren über den gesamten europäischen Kontinent wie auch über die jungen Siedlungen in Nordamerika verstreut gewesen. Doch nun, da die Vampire so wenige geworden waren, reduzierten sich auch die Reihen der *Lesser.* Es war eine rein praktische Frage. Ein gelangweilter, unterbeschäftiger *Lesser* war ein Ärgernis. Speziell ausgewählt wegen ihrer Neigung zu Gewalttätigkeit, konnte man ihre mörderischen Triebe nicht einfach auf Eis legen, nur weil nicht ausreichend Zielobjekte herumliefen. Eine ganze Reihe von diesen *Lessern* hatte ausgeschaltet werden müssen, weil sie andere im Konkurrenzkampf um höhere Positionen getötet hatten. Diese Art von aggressivem Verhalten kam viel häufiger vor, wenn es nicht genug Arbeit für alle gab.

Oder sie hatten sich zum Spaß Menschen vorgeknöpft, was genauso verheerend war.

Ersteres war eine Schande und eine Unannehmlichkeit. Letzteres war inakzeptabel. Nicht, dass Omega sich um menschliche Todesopfer gekümmert hätte. Ganz im Gegenteil. Doch die Grundregeln der Vampirjäger waren unauffälliges Benehmen, ein Leben im Schatten, rasches Töten und eine umgehende Rückkehr in die Dunkelheit. Aufmerksamkeit war nicht erwünscht, und nichts beschäftigte die Menschen mehr als ein Haufen toter Leute.

Was ein weiterer Grund dafür war, warum die Rekrutierung neuer Jäger eine heikle Angelegenheit war. Der Nachwuchs hatte die Tendenz, eher hasserfüllt als konzentriert vorzugehen. Das Timing aber war entscheidend, damit der uralte Kampf zwischen Vampiren und der Gesellschaft aufrechterhalten werden konnte.

Trotzdem: Die Reihen mussten aufgefüllt werden.

Wieder sah er zu dem Verlierer des Kampfes hinüber und lächelte. Er freute sich auf den Abend.

Um kurz vor sieben fuhr Mr. X in die Vororte hinaus. 3461 Pillar Street war leicht zu finden. Er hielt den Hummer an und wartete. Die langsam verstreichende Zeit vertrieb er sich damit, sich die Details des Hauses genauestens einzuprägen. Typisches Mittelklasse-Amerika. 220 Quadratmeter Wohnfläche, mitten in einen winzigen Garten gepflanzt. Die Nachbarn waren nah genug, um morgens die Schrift auf der Milchpackung und abends die Etiketten der Bierdosen zu lesen.

Ein ruhiges, sauberes Leben. Wenigstens von außen betrachtet.

Die Fliegengittertür schwang auf, und der Verlierer des nachmittäglichen Kampfes stürmte heraus, als wäre er im letzten Moment aus einem sinkenden Schiff befreit worden. Mami folgte ihm, blieb auf den Stufen stehen und sah den Jeep vor ihrem Haus an, als wäre er eine Bombe mit brennender Zündschnur.

Mr. X kurbelte das Fenster hinunter und winkte. Nach einem kurzen Zögern winkte sie zurück.

Der Verlierer – Mr. X nannte ihn für sich jetzt nur noch Loser – sprang in den Hummer, seine Augen leuchteten gierig auf, als er die Ledersitze und die Anzeigen am Armaturenbrett in Augenschein nahm.

»N'Abend«, sagte Mr. X und trat aufs Gas.

Der Junge legte hektisch seine Handflächen aneinander und neigte den Kopf. »Sensei.«

Mr. X lächelte. »Schön, dass du dich freimachen konntest.«

»Klar, also, wissen Sie, meine Mutter ist bloß eine totale Nervensäge.« Loser versuchte, cool zu sein, und sprach die Worte hart und abschätzig aus.

»Du solltest nicht so über sie sprechen.«

Der Junge kam kurz aus dem Konzept, als er seine Harter-Kerl-Nummer neu überdenken musste. »Ach wissen Sie, sie will immer, dass ich um elf zu Hause bin. Es ist ja unter der Woche, und ich muss morgen früh zur Arbeit.«

»Wir sind sicher pünktlich zurück, keine Sorge.«

»Wohin fahren wir?«

»Auf die andere Seite der Stadt. Ich möchte dich mit jemandem bekannt machen.«

Kurze Zeit später bog Mr. X in eine lange, kurvige Auffahrt ein, die sich durch mit Scheinwerfern beleuchtete Bäume und uralt aussehende Marmorstatuen wand. Es gab auch penibel geschnittene Buchsbäume auf dem Anwesen, die wie grüne Verzierungen auf einem Marzipankuchen wirkten. Ein Kamel, ein Elefant, ein Bär. Die Bäume waren von kundigen Gärtnern zugeschnitten worden, es bestand also kein Zweifel daran, was jeder darstellen sollte.

Das nenne ich Baumpflege, dachte Mr. X.

»Wow.« Loser verdrehte den Hals nach rechts und links. »Was ist das denn? Ein Park? Sehen Sie sich das an! Ein Löwe. Wissen Sie, ich glaube, ich möchte Tierarzt werden. Das wäre lässig, glaube ich. Also Tiere retten, wissen Sie.«

Der Junge war erst knappe zwanzig Minuten in seinem Wagen, aber Mr. X hatte schon die Nase gestrichen voll von ihm. Der Kerl war wie ein Fussel im Essen: so lästig, dass man am liebsten ausspucken wollte.

Und nicht nur, weil er ständig »Wissen Sie« sagte.

Sie bogen um eine Kurve, und der Weg gab den Blick auf eine große Villa frei.

Billy Riddle stand davor, an eine weiße Säule gelehnt. Seine Jeans hingen ihm tief auf der Hüfte, sodass der Bund seiner Unterhose zu sehen war. Mit der einen Hand ließ er einen Schlüsselbund an einer Schnur kreisen. Als er den Hummer sah, richtete er sich gerade auf. Ein Lächeln zerrte an dem Pflaster über seiner Nase.

Loser rutschte auf seinem Sitz herum, als hätte man ihn in eine Falle gelockt.

Billy ging zur Beifahrertür, sein muskulöser Körper bewegte sich mit großer Leichtigkeit. Als er Loser dort sitzen sah, durchbohrte er ihn regelrecht mit einem bösen Blick. Der Kleine machte den Sicherheitsgurt ab und griff nach der Tür.

»Nein«, sagte Mr. X. »Billy wird sich hinter dich setzen.«

Loser ließ sich wieder in den Sitz sinken und zupfte nervös an seiner Lippe herum.

Als der Beifahrersitz nicht sofort geräumt wurde, riss Billy die hintere Wagentür auf und stieg ein. Im Rückspiegel begegnete er Mr. X' Blick, und die Feindseligkeit wandelte sich zu Respekt.

»Sensei.«

»Billy, wie geht es dir heute?«

»Gut.«

»Schön, schön. Tu mir einen Gefallen, und zieh dir die Hose hoch.«

Billy zog an seinem Hosenbund, und seine Augen wanderten zum Hinterkopf des Jungen vor ihm. Er sah aus, als würde er am liebsten ein Loch hineinbohren. Den fahrig zuckenden Fingern von Loser nach zu urteilen, wusste dieser das auch.

Mr. X lächelte.

Hauptsache, die Chemie stimmt, dachte er.

12

Beth lehnte sich an die Stuhllehne und reckte die Arme nach oben, während sie ihren Bildschirm nicht aus den Augen ließ.

Junge, Junge, das Internet war wirklich eine praktische Angelegenheit.

Ihrer Recherche nach war die Hausnummer 816 auf der Wallace Avenue Eigentum eines Mannes namens Fritz Perlmutter. Er hatte das Haus 1978 für etwas über 200 000 Dollar gekauft. Sie googelte den Namen Perlmutter, fand auch einige Leute, deren Vorname mit F begann, aber keiner davon lebte in Caldwell. Als auch einige staatliche Datenbanken nichts Brauchbares zutage förderten, ließ sie Tony etwas tiefer graben.

Es stellte sich heraus, dass Fritz ein anständiger, gesetzestreuer Bürger war. Blütenreine Weste. Keine Schulden, niemals Ärger mit dem Finanzamt oder der Polizei. Auch verheiratet war er nie gewesen. Und er war Kunde der örtlichen Privatbank, was bedeutete, dass er reichlich Geld besaß. Aber mehr konnte auch Tony nicht herausbekommen.

Sie überschlug die Fakten und kam zu dem Ergebnis, dass der brave und rechtschaffene Mr. Perlmutter über siebzig sein musste.

Warum zum Teufel sollte jemand wie er sich mit nächtlichen Einbrechern herumtreiben?

Vielleicht war die Adresse falsch.

Das würde sie ja glatt umhauen. Ein fremder Kerl, in schwarzem Leder und vor Waffen strotzend, der einem nicht die Wahrheit sagt. Wer hätte das gedacht?

Trotzdem, die Wallace Avenue und Fritz Perlmutter waren momentan ihr einziger Anhaltspunkt.

Beim Durchblättern der Archive des *Caldwell Courier Journal* fand sie einige Artikel über das Haus. Das Anwesen stand als historisches Bauwerk unter Denkmalschutz, und es gab ein paar Geschichten und Kommentare über die Renovierungsarbeiten, die unmittelbar durchgeführt worden waren, nachdem Mr. Perlmutter das Haus gekauft hatte. Offenbar hätte der örtliche Geschichtsverband alles darum gegeben, sich einmal im Haus umzusehen und die Veränderungen in Augenschein zu nehmen, doch Mr. Perlmutter hatte jahrelang alle Anfragen abgelehnt. In den Leserbriefen hatte sich die schwelende Frustration der Geschichtsfuzzis mit einer widerwilligen Anerkennung der historisch getreuen Renovierung der Fassade gemischt.

Während sie einen der Artikel zum zweiten Mal las, warf Beth ein Alka Seltzer ein. Sie hatte schon wieder einen übersäuerten Magen. Und gleichzeitig Hunger. Tolle Kombination.

Vielleicht war es auch Frust. Im Endeffekt wusste sie jetzt auch nicht mehr als vor ihrer Recherche.

Und die Handynummer, die der Mann ihr gegeben hatte? Unbekannt.

In ihrem Informationsvakuum war sie noch entschlossener als vorher, sich von der Wallace Avenue fern zu halten. Und sie spürte ein schwaches Verlangen, zur Beichte zu gehen.

Sie sah auf die Uhr. Kurz vor sieben.

In Anbetracht ihres leeren Magens beschloss sie, etwas essen zu gehen. Besser die geistige Nahrung überspringen und sich Handfeste besorgen.

Sie lehnte sich seitlich aus dem Stuhl und linste um die Stellwand ihres Arbeitsplatzes. Tony war schon weg.

Sie wollte nicht allein sein.

Aus einem verrückten Impuls heraus wählte sie die Nummer des Polizeireviers. »Ricky? Hier ist Beth. Ist Detective O'Neal in der Nähe? Okay, danke. Nein danke, keine Nachricht. Nein, ich – Sie brauchen ihn nicht anzupiepen. Es ist nicht so wichtig.«

Dann eben nicht. Der Ironman war sowieso nicht gerade die unbeschwerte Gesellschaft, die sie sich im Moment wünschte.

Versonnen sah sie auf ihre Armbanduhr und beobachtete den langsam weiterkriechenden Sekundenzeiger. Der Abend breitete sich vor ihr aus wie ein Hindernislauf, bei dem man den Stunden ausweichen oder sie überspringen musste.

Hoffentlich einigermaßen schnell.

Vielleicht sollte sie sich einfach schnell etwas Essbares besorgen und dann ins Kino gehen. Hauptsache, sie zögerte die Heimkehr in ihre Wohnung noch etwas heraus. Bei Licht betrachtet, sollte sie vielleicht sogar in einem Motel übernachten.

Nur für den Fall, dass der Mann wieder nach ihr suchte.

Gerade hatte sie sich ausgeloggt und den Computer heruntergefahren, als ihr Telefon klingelte. Nach dem zweiten Klingeln hob sie ab.

»Hab gehört, du wolltest mich sprechen.«

Butch O'Neals Stimme war wie ein tiefer Brunnen, dachte sie. Auf eine angenehme Art.

»Ähm. Ja.« Sie warf sich das Haar über die Schulter. »Bist du noch frei heute Abend?«

Sein Lachen wärmte ihr Herz. »Ich stehe in einer Viertelstunde vor deinem Büro.«

Er legte auf, bevor sie noch einen passenden saloppen Kommentar im Sinne von »Bloß ein Abendessen, bild dir bloß nichts darauf ein« zurückgeben konnte.

Nach Sonnenuntergang trug Wrath das Silbertablett mit den Resten seiner Mahlzeit in die Küche. Typisch Darius, auch hier war alles nur vom Feinsten. Ausreichend Stauraum und eine Arbeitsfläche aus Granit. Viele Fenster.

Viel zu viel Licht.

Fritz stand am Spülbecken und schrubbte ein Schneidebrett. Er sah über die Schulter. »Herr, Ihr braucht das doch nicht zurückzubringen.«

»Doch.« Wrath stellte das Tablett ab und stützte sich mit den Händen ab.

Fritz stellte das Wasser ab. »Wünscht Ihr noch etwas?«

Also, für den Anfang wäre es schon mal schön, wenn ich nicht so ein Idiot wäre.

»Fritz, dein Job hier ist nicht in Gefahr. Das wollte ich dich nur wissen lassen.«

»Vielen Dank, Herr.« Die Stimme des Butlers war sehr ruhig. »Ich wüsste nicht, was ich tun sollte, wenn ich mich um niemanden mehr kümmern könnte. Und hier ist mein Zuhause.«

»Das wird es auch bleiben. So lange du willst.«

Wrath drehte sich um und ging. Er war schon beinahe durch die Tür, als Fritz noch etwas sagte.

»Das ist auch Euer Zuhause, Herr.«

Wrath schüttelte den Kopf. »Ich hab schon einen Platz zum Schlafen. Noch einen brauche ich nicht.«

Seine Laune verschlechterte sich zusehends, als er durch die Halle ging. Wenn bloß Beth noch am Leben und wohlauf war. Sonst helfe Gott demjenigen, der ihr etwas angetan hatte.

Und wenn sie ihn absichtlich mied? Das spielte keine Rolle. Ihr Körper würde bald etwas brauchen, das nur er ihr geben konnte. Also würde sie sich früher oder später bei ihm melden. Sonst müsste sie sterben.

Er dachte an ihre weiche Haut und ihren Hals. Spürte, wie seine Zunge über die Vene fuhr, die von ihrem Herzen nach oben führte.

Seine Fänge verlängerten sich, als stünde sie vor ihm. Als könnte er seine Zähne in ihren Körper versenken und trinken.

Wrath schloss die Augen, und sein ganzer Körper begann zu zittern. Sein mit Nahrung angefüllter Magen verwandelte sich in einen bodenlosen, schmerzenden Abgrund.

Er versuchte sich zu erinnern, wann er zuletzt getrunken hatte. Es musste eine Weile her sein, aber so lange doch auch nicht, oder?

Mühsam zwang er sich, wieder ruhig zu werden und die Kontrolle zu behalten. Es war, als wollte man einen Zug mit einer Handbremse anhalten, doch irgendwann trat ein kühler Strom der Vernunft an Stelle der wild schäumenden, blutrünstigen Triebe.

Als er wieder auf dem Boden der Realität ankam, fühlte er sich unbehaglich und brauchte dringend frische Luft.

Diese Frau war gefährlich für ihn. Wenn sie ihn so stark

beeinflussen konnte, ohne überhaupt körperlich anwesend zu sein, war sie vielleicht sein Pyrokant.

Sein Zünder sozusagen. Sein persönliches Ticket für die Überholspur auf der rasanten Fahrt in die Selbstzerstörung.

Wrath fuhr sich mit der Hand durchs Haar. Ironie des Schicksals, dass er genau sie mehr begehrte als jede andere Frau.

Aber vielleicht hatte das auch gar nichts mit Ironie zu tun. Vielleicht funktionierte das Pyrokant-System einfach so. Man fühlte sich zu dem hingezogen, was in der Lage war, einen völlig kaputtzumachen. *Quod me nutrit destruit me.*

Wo bliebe denn der Spaß, wenn man seiner inneren Handgranate problemlos aus dem Weg gehen könnte?

Verdammte Scheiße. Er musste die Verantwortung für Beth loswerden. Sobald sie die Transition überstanden hatte, würde er sie in die Obhut eines passenden Mannes geben. Eines zivilen Vampirs.

Bei diesem Stichwort schob sich wieder das grausame Bild des gequälten, blutüberströmten Jungen vor sein geistiges Auge.

Wie, bitte schön, sollte ein Zivilist sie vernünftig beschützen können?

Auf diese Frage kannte er keine Antwort. Doch was für andere Optionen hatte er schon? Er würde sie nicht bei sich behalten können.

Vielleicht konnte er sie einem seiner Brüder geben.

Klar, und wer von der Truppe sollte das sein? Rhage? Der sie nur in seinen Harem einsortieren, oder schlimmer noch, sie aus Versehen auffressen würde? Oder V mit all seinen Problemen?

Zsadist?

Und glaubte er im Ernst, er käme damit klar, dass ein anderer Krieger mit ihr zusammen war? Es mit ihr treiben würde?

Eher unwahrscheinlich.

Gott, er war so müde.

Vishous materialisierte sich vor ihm. Heute Nacht trug er seine Baseballkappe nicht, Wrath konnte verschwommen die Zeichnungen um sein linkes Auge erkennen.

»Ich hab Billy Riddle gefunden.« V zündete sich eine seiner selbst gedrehten Zigaretten an. Als er den Rauch ausstieß, breitete sich der Duft von türkischem Tabak in der Luft aus. »Er wurde vor achtundvierzig Stunden wegen sexuellen Missbrauchs verhaftet. Wohnt bei seinem Papi, der zufälligerweise ein Senator ist.«

»Aus guter Familie.«

»Besser geht's kaum. Und ich hab mir die Freiheit genommen, ein wenig Recherche zu betreiben. Der kleine Billy hat schon ein stattliches Jugendstrafregister. Gewalt. Sexuelle Übergriffe. Papis Wahlkampfmanager freut sich sicher wie irre, dass der Kleine jetzt achtzehn ist. Alles, was Billy-Boy jetzt ausfrisst, wird an die Öffentlichkeit gelangen.«

»Hast du eine Postadresse aufgetrieben?«

»Mhm.« Vishous grinste. »Willst du dem Jüngelchen auf die Zehen treten?«

»Darauf kannst du Gift nehmen.«

»Dann los.«

Wrath schüttelte den Kopf. »Ich komme später zu dir und den anderen Brüdern. Ich muss erst noch was erledigen.«

Er spürte, wie V's Augen ihn musterten, während der

Vampir die Situation blitzschnell im Kopf überschlug. Vishous war eindeutig der intelligenteste der Krieger, aber er zahlte auch seinen Preis für dieses Privileg.

Mann, Wrath hatte sicherlich mit seinen eigenen Dämonen zu kämpfen, und das war keine Kleinigkeit, aber Vishous' Kreuz hätte er nicht tragen wollen. Die Zukunft vorauszusehen war eine furchtbare Last.

V zog an seiner Zigarette und blies langsam den Rauch aus. »Ich habe letzte Nacht von dir geträumt.«

Wrath verkrampfte sich. Irgendwie hatte er auf diese Nachricht gewartet. »Ich will es nicht wissen, Bruder. Wirklich nicht.«

Der andere Vampir nickte. »Nur eine Sache, die du nicht vergessen darfst, okay?«

»Leg los.«

»Zwei gequälte Wächter werden einander bereitwillig bekämpfen.«

13

»Das war ein schöner Abend«, sagte Beth, als Butch vor ihrem Haus anhielt.

Er stimmte ihr aus vollem Herzen zu. Sie war klug und witzig und atemberaubend schön. Und wenn er aus der Reihe tanzte, stellte sie ihn wieder auf seinen Platz.

Sie war also auch noch unglaublich sexy.

Er schaltete auf Parken, ließ aber den Motor laufen. Wenn er die Zündung ausschaltete, würde es so aussehen, als wollte er noch hereingebeten werden.

Was er natürlich auch wollte. Aber er wollte sie nicht in Verlegenheit bringen, falls das für sie in die falsche Richtung lief.

Wenn er nicht aufpasste, mutierte er noch zu einem richtig netten Kerl.

»Das klingt, als wärst du überrascht, dass du dich amüsiert hast«, sagte er.

»Das bin ich auch, ein bisschen.«

Butchs Augen tasteten sie ab, angefangen bei den Knien, die unter dem Rocksaum ansatzweise zu sehen waren. Im Schein des Armaturenbretts konnte er den schlanken Umriss ihres Körpers erkennen, ihren langen, bezaubernden Hals und die vollkommenen Lippen. Er wollte sie küssen, hier in diesem trüben Licht, auf dem Vordersitz, als wären sie Teenager.

Und dann wollte er mit ihr in ihre Wohnung gehen und erst am nächsten Morgen wieder herauskommen.

»Also dann, danke«, lächelte sie und griff nach der Tür.

»Warte.«

Er bewegte sich blitzschnell, damit sie keine Zeit hatte nachzudenken – und er auch nicht. Behutsam nahm er ihr Gesicht in seine Hände und bedeckte ihre Lippen mit den seinen.

Wrath materialisierte sich im Garten hinter Beths Apartment. Deutlich verspürte er ein Prickeln auf der Haut.

Sie war ganz in der Nähe. Aber in ihrer Wohnung brannte kein Licht.

Aus einer Ahnung heraus ging er um das Haus herum. Da stand eine unauffällige Limousine vor dem Eingang. Und sie befand sich darin.

Wrath nahm den Weg, und schlenderte wie zufällig im Schatten am Wagen vorbei.

Wie angewurzelt blieb er stehen.

Seine nutzlosen Augen funktionierten immerhin gut genug, um ihn wissen zu lassen, dass da ein Typ über ihr hing. Als hätte das starke sexuelle Verlangen des Menschen ihn nicht ohnehin verraten.

Verflucht noch mal, er konnte die Lust dieses Dreckskerls durch den Stahl und das Glas des Autos hindurch riechen.

Wrath machte einen Satz vorwärts. Sein erster Impuls war, die Wagentür abzureißen und zu töten, was auch immer da seine Hände auf ihr hatte. Einfach den Burschen herauszuzerren und seine Kehle aufzureißen.

Doch im letzten Moment drehte er ab und zwang sich zurück in die Dunkelheit.

Arschloch. Er sah buchstäblich rot, so rasend war er vor Wut.

Dass ein anderer Mann diese Lippen küsste, diesen Körper unter seinen Händen spürte …

Ein lang gezogenes Knurren vibrierte in seiner Brust und seiner Kehle.

Sie gehört mir.

Er fluchte. Ach ja, und in welchem Paralleluniversum war er unterwegs? Er war nur vorübergehend für sie verantwortlich, aber sie war nicht seine *Shellan.* Sie konnte zusammen sein, mit wem sie wollte. Wo sie wollte. Wann sie wollte.

Aber lieber Himmel, die Vorstellung, dass ihr gefallen könnte, was der Kerl da mit ihr machte, brachte ihn um den Verstand. Der Gedanke, dass sie den Geschmack seiner Küsse vielleicht vorzog, reichte allein, um Wraths Schläfen zum Pochen zu bringen.

Willkommen in der wunderbaren Welt der Eifersucht, dachte er. *Für ihren Eintrittspreis erhalten Sie rasende Kopfschmerzen, einen beinahe unwiderstehlichen Drang, zum Mörder zu werden, und einen ausgefeilten Minderwertigkeitskomplex.*

Er konnte es nicht erwarten, sein altes Leben zurückzubekommen. Sobald sie endlich ihre Transition hinter sich gebracht hatte, würde er dieser Stadt den Rücken kehren. Und so tun, als hätte er Darius' Tochter niemals kennengelernt.

Butch O'Neal konnte wahnsinnig gut küssen.

Seine Lippen waren fest und gleichzeitig köstlich weich. Er war nicht zu fordernd, aber er ließ doch erkennen, dass er mit ihr ins Bett wollte und es ernst meinte.

Und aus der Nähe roch er verdammt gut, eine Mischung aus Aftershave und frischer Wäsche. Sie streckte die Arme aus. Seine Schultern fühlten sich breit und stark an, sein Körper drückte sich in einem straffen Bogen an sie. Alles an ihm war begehrenswert, und in diesem Augenblick wollte sie sich von ihm angezogen fühlen. Sie wollte es ehrlich.

Aber sie spürte einfach nicht dieses Aufwallen süßer Verzweiflung, diesen wilden Hunger. Nicht wie in der vergangenen Nacht bei …

Was für ein wunderbarer Zeitpunkt, um an einen anderen Mann zu denken.

Als Butch sich zurückzog, waren seine Lider schwer. »Ich bin's nicht für dich, oder?«

Sie lachte leise. Überlass das nur dem Ironman. Geradeheraus wie immer.

»Du kannst toll küssen, O'Neal, das muss ich dir lassen. Es liegt bestimmt nicht an mangelnder Technik.«

Er rutschte wieder auf seinen Sitz hinüber und schüttelte den Kopf. »Vielen Dank.«

Aber er wirkte nicht besonders verletzt.

Und jetzt, wo sie wieder etwas klarer denken konnte, war sie froh, dass es bei ihr nicht funkte. Wenn sie ihn mögen würde, mit ihm zusammen sein wollte, würde er ihr das Herz brechen. Da war sie sich ganz sicher. In zehn Jahren, wenn er es überhaupt noch so lange machte, würde er einfach implodieren; der Stress, und all die hässlichen und traurigen Seiten seines Jobs würden ihn umbringen. All das fraß ihn jetzt schon bei lebendigem Leib auf. Mit jedem Jahr wurde seine ständige Anspannung schlimmer, und niemand, aber auch niemand würde ihn aus diesem Mahlstrom retten können.

»Vorsichtig, Randall«, sagte er. »Es ist schon schlimm genug, dass ich dich kalt lasse. Aber dieser mitleidige Gesichtsausdruck macht mich fertig.«

»Sorry.« Sie lächelte ihn an.

»Darf ich dich was fragen?«

»Klar.«

»Was ist mit dir und den Männern? Magst, äh, also, magst du sie? Ich meine uns?«

Sie musste lachen, als ihr durch den Kopf schoss, was sie gestern mit diesem Fremden gemacht hatte. Die Frage ihrer sexuellen Orientierung war ein für alle Mal geklärt. Klar und eindeutig entschieden.

»Ja, ich mag Männer.«

»Hat dir jemand was angetan? Du weißt schon, dich verletzt?«

Beth schüttelte den Kopf. »Ich bin einfach gern allein.«

Er senkte die Augen auf das Lenkrad und fuhr mit der Hand im Kreis darauf herum. »Das ist wirklich schade. Denn du bist einfach großartig. Wirklich.« Er räusperte sich, als würde er sich unwohl fühlen.

Verlegen. Großer Gott, der Ironman war tatsächlich verlegen. Impulsiv beugte sie sich zu ihm hinüber und küsste ihn auf die Wange. »Du bist auch ziemlich fantastisch.«

»Ja. Ich weiß.« Sein typisches spöttisches Grinsen machte sich auf seinem Gesicht breit. »Und jetzt beweg deinen Hintern in deine Wohnung. Es ist schon spät.«

Butch beobachtete, wie Beth durch das Scheinwerferlicht ging. Ihre Haare umflossen ihre Schultern.

Sie war einfach der Hammer. Eine wirklich tolle Frau.

Und sie wusste ganz genau, was mit ihm los war. Dieser traurige Ausdruck in ihren Augen eben bedeutete, dass sie das frühe Grab voraussehen konnte, das ihn erwartete.

Deshalb war es eigentlich gut, dass die Chemie zwischen ihnen nicht stimmte. Sonst hätte er vielleicht versucht, sie in sich verliebt zu machen. Nur, damit er nicht ganz allein zur Hölle fahren musste.

Er legte schon mal den Gang ein, hielt aber noch den Fuß auf der Bremse, während sie die Stufen zur Tür hochging. Sie hatte schon die Hand auf der Klinke und winkte ihm zu, als sich etwas im Schatten neben dem Gebäude bewegte.

Er nahm den Gang wieder heraus.

Da war ein schwarz gekleideter Mann, der um das Gebäude herum in den Garten schlich.

Butch stieg aus dem Auto aus und rannte leise über den Rasen.

14

Wraths einziger Gedanke war, zu Beth zu kommen. Daher bemerkte er den Menschen hinter sich erst, als er schon halb den Hinterhof überquert hatte.

»Stehen bleiben! Polizei!«

Das allzu vertraute Geräusch einer Pistole, die entsichert wird, ertönte hinter ihm.

»Ich will deine Hände sehen.«

Wrath schnappte den Duft des Mannes auf und lächelte. Die Lust war durch Aggression abgelöst worden, der Drang zu kämpfen war nun genauso stark wie eben noch der sexuelle. Der Typ war heute Nacht wirklich energiegeladen.

»Ich sagte: stehen bleiben und Hände hoch!«, verlangte eine energische Stimme.

Wrath hielt an und suchte in der Tasche nach einem seiner Wurfsterne. Bulle oder nicht, er würde diesen Menschen töten.

Doch dann riss Beth die Schiebetür auf.

Er roch sie sofort, und – wer hätte das gedacht – bekam einen Ständer.

»Hände hoch!«

»Was ist hier los?«, wollte Beth wissen.

»Geh zurück ins Haus«, blaffte der Mensch. »Hände hoch, Arschloch! Oder ich schieß dir ein Fenster in den Hinterkopf.«

Inzwischen war der Polizist nur noch zehn Meter entfernt und kam schnell näher. Wrath hob die Handflächen. Er würde ihn nicht vor Beths Augen töten. Außerdem wäre die Pistole in etwa drei Sekunden so nah an seinem Kopf, dass nicht einmal er den Schuss überleben könnte.

»O'Neal –«

»Beth, verdammt noch mal, verzieh dich!«

Eine schwere Hand legte sich auf Wraths Schulter. Er ließ zu, dass der Cop ihn gegen die Hausmauer drängte.

»Willst du mir vielleicht erklären, warum du dich hier herumtreibst?«, knurrte der Mensch.

»Kleiner Spaziergang«, gab Wrath trocken zurück. »Und du?«

Der Polizist packte erst den einen, dann den anderen Arm und zog sie Wrath auf den Rücken. Die Handschellen schnappten blitzschnell zu. Der Bursche war ein alter Profi mit den Dingern.

Wrath sah zu Beth hinüber. Soweit er erkennen konnte, hatte sie die Arme fest vor der Brust verschränkt. Furcht hing schwer in der Luft, wie eine Decke, die sie von oben bis unten einhüllte.

Na, das hab ich ja bestens hinbekommen, dachte er. Schon wieder hatte er sie zu Tode erschreckt.

»Sieh sie nicht an«, befahl der Cop und drückte Wraths Gesicht an die Mauer. »Wie heißt du?«

»Wrath«, antwortete Beth. »Mir hat er gesagt, dass er Wrath heißt.«

Der Mensch raunte: »Hast du was an den Ohren, Beth? Geh ins Haus!«

»Ich will auch wissen, wer er ist.«

»Ich ruf dich morgen an und liefere dir den vollen Bericht, wie wäre das?«

Wrath brummte ärgerlich. Er musste dem anderen zwar recht geben, weil auch er lieber diese kleine Konfrontation ohne sie ausgetragen hätte. Aber ihm gefiel nicht, wie der andere mit ihr sprach.

Der Mensch griff Wrath in die Jackentasche und zog die Waffen heraus. Drei Wurfsterne, ein Klappmesser, eine Pistole, ein Stück Kette.

»Herr im Himmel«, murmelte der Polizist, als er die Stahlkette auf den Boden zu den restlichen Sachen fallen ließ. »Hast du einen Ausweis dabei? Oder war kein Platz mehr für eine Brieftasche neben den fünfzehn Kilo Waffen?«

Als er ein dickes Bündel Banknoten fand, fluchte er erneut. »Wo finde ich die Drogen, oder bist du heute Nacht schon ausverkauft?«

Wrath ließ zu, dass er herumgewirbelt und mit dem Rücken gegen die Ziegel geschleudert wurde. Während sein Gegenüber ihm die beiden Dolche aus dem Halfter zog, sah er auf den Bullen hinunter und malte sich aus, wie er dessen Halsarterie mit den Zähnen aufreißen würde. Er beugte sich vor; er konnte einfach nicht anders.

»O'Neal, pass auf!«, sagte Beth, als hätte sie seine Gedanken gelesen.

Der Cop drückte seinen Pistolenlauf an Wraths Hals. »Also, wie wär's mit einem Namen?«

»Verhaftest du mich?«

»Ja. Das tue ich.«

»Weswegen?«

»Lass mich mal nachdenken. Hausfriedensbruch. Verbotene Waffen. Hast du einen Schein für die Knarre? Ich wette nicht. Ach ja, und dank all dieser Wurfsterne denke ich noch an Mordverdacht. Das sollte wohl reichen.«

»Mord?«, flüsterte Beth.

»Dein Name!« Langsam wurde der Polizist wütend. Er funkelte ihn an.

Wrath lächelte verkniffen. »Du musst ein Hellseher sein.«

»Wie bitte?«

»Wegen des Mordes.« Wrath lachte leise und senkte die Stimme. »Weißt du, wie ein Leichensack von innen aussieht, Bulle?«

Wut, blanke, rasende Wut, strömte dem Mann aus allen Poren. »Du solltest mir nicht drohen.«

»Tu ich nicht.«

Der linke Haken sauste so schnell durch die Luft wie ein Baseball, und Wrath machte sich nicht die Mühe, ihm auszuweichen. Die fleischige Faust des Polizisten traf ihn seitlich am Kiefer und schleuderte seinen Kopf nach hinten. Ein heller, schmerzhafter Lichtblitz explodierte in seinem Gesicht.

»Butch! Hör auf damit!«

Beth kam so rasch angelaufen, als wollte sie sich zwischen die beiden werfen, doch der Cop hielt sie mit eisernem Griff fest.

»Was zum Teufel ist mit dir los? Willst du dir unbedingt wehtun?«, fragte er und schob sie weg.

Wrath spuckte etwas Blut aus. »Er hat recht. Geh hinein.«

Denn die Szenerie hier draußen würde gleich unappetitlich werden.

Dank der Knutscherei vorhin im Auto konnte er diesen Kerl sowieso nicht leiden. Aber wenn er noch einmal in diesem Ton mit Beth sprach, würde er seine Vorderzähne aus ihrem Korsett befreien. Und danach würde er den Dreckskerl umbringen.

»Geh schon, Beth«, forderte er sie auf.
»Klappe!«, schrie ihn der Polizist an.
»Schlägst du mich sonst wieder?«
Der andere Mann kam ihm noch näher. »Nein, dann erschieße ich dich.«
»Von mir aus. Ich mag Schusswunden.« Wrath sprach leise und drohend. »Aber nicht vor ihr.«
»Leck mich.«
Aber immerhin legte er seinen Mantel über die Waffen und das Geld auf dem Boden und zog Wrath am Arm weg.

Beth hatte das Gefühl, sie müsste sich übergeben, als Butch Wrath abführte.
Die Angriffslust floss zwischen den Männern hin und her wie Batteriesäure, und obwohl er Wrath Handschellen angelegt und eine entsicherte Pistole auf ihn gerichtet hatte, war sie nicht sicher, dass Butch nichts passieren konnte. Sie hatte das dumpfe Gefühl, dass Wrath sich freiwillig verhaften ließ.
Aber Butch weiß das offenbar, dachte sie. Sonst hätte er seine Pistole wieder ins Halfter gesteckt, anstatt sie dem anderen Mann weiterhin an die Schläfe gedrückt zu halten.
Sie wusste, dass Butch mit Kriminellen nicht zimperlich umging, aber war er verrückt genug, einen Mann auf Verdacht umzubringen?
Dem todernsten Gesichtsausdruck nach zu urteilen, musste sie das mit einem entschiedenen Ja beantworten. Und er käme vielleicht sogar damit durch. Wer ein hartes Leben führte, fand meist einen gewaltsamen Tod, und

Wrath war mit Sicherheit kein gesetzestreuer, braver Bürger. Wenn man ihn mit einer Kugel im Kopf in einer dunklen Gasse fand, oder mit dem Gesicht nach unten im Fluss treibend, wer würde sich da schon wundern?

Einem unwiderstehlichen Drang nachgebend, rannte sie um das Gebäude herum.

Butch marschierte auf seinen Wagen zu, als trüge er eine schwankende Last. Sie beeilte sich, die beiden einzuholen.

»Warte. Ich muss ihn etwas fragen.«

»Brauchst du seine Schuhgröße, oder was?« knurrte Butch.

»Vierzehn«, gab Wrath lässig zurück.

»Ich merk's mir für Weihnachten, Dreckskerl.«

Beth sprang vor die beiden Männer, sodass sie entweder stehen bleiben oder sie über den Haufen rennen mussten. Sie sah Wrath in die Augen. »Warum hast du mich gesucht?«

Sie hätte schwören können, dass sein Blick hinter der Sonnenbrille weicher wurde. »Ich wollte nicht, dass das hier passiert.«

Butch schob sie mit einer schweren Hand zur Seite. »Ich hab eine tolle Idee. Warum lässt du mich nicht einfach meine Arbeit machen?«

»Fass sie nicht an«, knurrte Wrath.

»Ja, dir gehorche ich ganz bestimmt aufs Wort.« Butch zerrte den anderen Mann weiter.

Als sie beim Auto ankamen, zog Butch die hintere Tür auf und drückte Wraths groß gewachsenen Körper herunter.

»Wer bist du?«, rief Beth ihnen nach.

Wrath sah sie an, sein Körper wurde vollkommen regungslos, obwohl Butch sich auf ihn stützte.

»Dein Vater hat mich geschickt«, sagte er ruhig. Und dann setzte er sich auf die Rückbank.

Beth stockte der Atem.

Unbewusst nahm sie wahr, dass Butch die Tür zuschlug und zur Fahrertür lief.

»Warte!«, rief sie.

Doch der Motor lief schon, und die quietschenden Reifen hinterließen stinkende Gummispuren auf der Straße.

15

Butch forderte über Funk jemanden an, der sofort zum Haus fahren sollte, um die konfiszierten Waffen und das Geld einzusammeln. Während der Fahrt behielt er ununterbrochen den Rückspiegel im Auge. Der Verdächtige erwiderte seinen Blick, doch trotz der Andeutung eines Lächelns sah er bedrohlich aus.

Himmel, der Kerl war vielleicht riesig. Er nahm den Großteil der Rückbank ein und hielt den Kopf leicht geneigt, damit er nicht bei einem der Schlaglöcher gegen die Decke knallte.

Butch konnte es kaum erwarten, ihn aus dem verdammten Auto zu holen.

Weniger als fünf Minuten später bog er von der Trade Street auf den Parkplatz der Polizeistation ab und hielt so nah vor dem Eingang wie möglich. Er stieg aus und öffnete die hintere Tür.

»Versuchen wir's auf die sanfte Tour, okay?«, sagte er und packte den Mann am Arm.

Der andere stieg aus, als Butch an ihm zerrte.

Doch der Verdächtige trat einen Schritt zurück, weg vom Eingang.

»Falsche Richtung.« Butch stemmte die Füße gegen den Asphalt und zog so fest er konnte.

Aber der Verhaftete war nicht aufzuhalten. Er ging einfach immer weiter rückwärts und zog Butch dabei hinter sich her.

»Glaubst du, ich würde dich nicht erschießen?« Er tastete nach seiner Pistole.

Und dann war alles vorbei.

Butch hatte noch nie jemanden erlebt, der so schnell war. In der einen Sekunde hatte der Kerl noch die Hände auf dem Rücken, in der nächsten lagen die Handschellen auf dem Boden. Ohne jede überflüssige Bewegung hatte er Butch entwaffnet, in einen mörderischen Klammergriff genommen und in den Schatten gezerrt.

Die Dunkelheit verschluckte beide. Während er sich wehrte, nahm Butch unbewusst wahr, dass er sich in dem schmalen Weg zwischen der Wache und dem Bürogebäude nebenan befand. Der Pfad war nur eineinhalb Meter breit, aber knapp zwanzig Meter lang. Und er war unbeleuchtet. Keine Fenster.

Als Butch herumgeschleudert wurde und gegen die Ziegelmauer krachte, wurde ihm die letzte verbliebene Luft aus den Lungen gepresst. Es war unfassbar, der Mann hob ihn einfach am Hals hoch und hielt ihn in der Luft, mit einer Hand.

»Du hättest dich da raushalten sollen, Bulle«, ertönte seine tiefe, akzentuierte Stimme. »Du hättest dich um deine eigenen Angelegenheiten kümmern und sie zu mir kommen lassen sollen.«

Butch klammerte sich an den eisernen Griff. Die riesige Hand hielt seine Kehle fest umschlossen und quetschte ihm das Leben aus dem Leib. Er würgte, rang nach Luft. Vor seinen Augen verschwamm alles, er spürte, wie er das Bewusstsein verlor.

Ihm war völlig klar, dass er diese Nummer nicht lange überleben konnte. Man würde ihn in einem Sack aus dieser Gasse tragen. Genau wie der Mann es gesagt hatte.

Eine Minute später gab er den Widerstand endgültig auf, seine Arme erschlafften und hingen herunter. Er *wollte* kämpfen, sein Überlebenswille war noch da. Nur hatte er keine Kraft mehr.

Und der Tod? Das war in Ordnung für ihn. Er würde in Erfüllung seiner Pflicht sterben, wenn auch wie ein Idiot, weil er nicht um Verstärkung gebeten hatte. Immer noch besser, als im Krankenhaus zu enden, an einer ekelhaften, schleichenden Krankheit einzugehen. Und auf jeden Fall ehrenvoller, als sich zu erschießen. Was Butch auch schon ein oder zwei Mal in Betracht gezogen hatte.

Ein letztes Aufflackern seines Lebensfunkens zwang ihn, dem Mann ins Gesicht zu sehen. Der Ausdruck, der ihm dabei begegnete, war vollkommen kontrolliert.

Der Typ tut das nicht zum ersten Mal, dachte Butch. *Und ihm macht das Töten überhaupt nichts aus.*

O Gott, Beth.

Was zum Teufel würde so ein Mann mit Beth anstellen?

Wrath spürte, wie der Körper des Polizisten erschlaffte. Er war noch am Leben, aber gerade noch so.

Der totale Mangel an Furcht bei diesem Menschen war wirklich beachtlich. Er war wütend gewesen, dass er überwältigt wurde, und er hatte sich bewundernswert lange gewehrt; aber er hatte keine Sekunde lang Angst gehabt. Und jetzt, wo der Schleier ihm unmittelbar vor Augen stand, hatte er sich mit dem Tod abgefunden. Vielleicht war er sogar beinahe erleichtert.

Verdammt. Wrath konnte sich vorstellen, in der gleichen Situation ebenso zu empfinden.

Eigentlich war es eine Schande, jemanden zu töten, der die Größe hatte, wie ein Krieger zu sterben. Ohne Furcht oder Zaudern. Solche Männer waren selten, ob Mensch oder Vampir.

Der Mund des Cops bewegte sich mühsam. Er versuchte zu sprechen. Wrath beugte sich zu ihm.

»Tu ... ihr ... nicht weh.«

Ohne zu überlegen, antwortete Wrath: »Ich bin hier, um sie zu retten.«

»Nein!« Eine Stimme erklang in der Gasse.

Wrath wandte den Kopf um. Beth rannte auf sie zu.

»Lass ihn gehen!«

Er lockerte seinen Griff. Er würde den Kerl nicht vor ihren Augen töten. Er musste ihr Vertrauen gewinnen – das war wichtiger als sein Wunsch, diesen Bullen zu seinem Schöpfer zu schicken.

Als Beth strauchelnd zum Stehen kam, ließ Wrath den Menschen los, und er fiel zu Boden. In der Dunkelheit ertönten gequältes Keuchen und heiseres Würgen.

Beth kniete neben dem Cop nieder und funkelte Wrath von unten herauf an. »Du hast ihn fast umgebracht!«

Wrath fluchte, ihm war klar, dass er so schnell wie möglich hier verschwinden musste. In Kürze würde es hier von Polizisten nur so wimmeln.

Er sah sich um.

»Wohin willst du?« Ihre Stimme war messerscharf vor Wut.

»Soll ich hier warten, bis ich wieder verhaftet werde?«

»Du gehörst in den Knast!«

Taumelnd versuchte der Cop aufzustehen, aber seine

Beine gaben nach. Dennoch schob er Beths Hände weg, als sie ihm helfen wollte.

Wrath musste unbedingt eine dunkle Ecke finden, um sich zu dematerialisieren. Wenn es Beth schon so geschockt hatte, dass er beinahe jemanden getötet hatte, würde sie endgültig durchdrehen, wenn er einfach so vor ihr verschwand.

Er wandte sich ab. Schlenderte langsam weg. Es passte ihm nicht, sie hier so stehen zu lassen, aber was konnte er schon tun? Wenn er eine Kugel in den Kopf bekam und getötet wurde, wer würde dann auf sie aufpassen? Und er konnte sich nicht ins Gefängnis werfen lassen. Diese Zellen hatten Stahlgitterstäbe, was bedeutete, dass er sich im Morgengrauen nicht in Sicherheit begeben konnte. In Anbetracht dieser beiden Alternativen müsste er alle Polizisten, die jetzt gleich kämen, um ihn festzunehmen, abschlachten.

Und was würde sie dann von ihm denken?

»Bleib sofort stehen!«, schrie sie.

Er ging weiter, hinter ihm hallten ihre Schritte, als sie ihm nachrannte.

»Du sollst gefälligst stehen bleiben!« Sie griff nach seinem Arm und zog daran.

Er starrte sie wütend an. Er hatte nicht gewollt, dass das alles passierte. Dank seiner grandiosen Vorstellung mit ihrem Kumpel hatte sie jetzt Angst vor ihm. Die denkbar schlechteste Voraussetzung, um auf sie aufzupassen. Er bezweifelte, dass er genug Zeit hatte, sie noch einmal zu überzeugen, freiwillig mit ihm mitzukommen. Das hieß, er müsste sie im Notfall sogar gegen ihren Willen wegbringen, wenn die Transition über sie kam. Und das wäre für keinen von ihnen besonders amüsant.

Ihr Duft stieg ihm in die Nase, und er wusste, sie stand gefährlich kurz vor ihrer Wandlung.

Vielleicht musste er sie jetzt sofort mitnehmen.

Wrath blickte sich um. Er konnte sie sich schlecht hier einfach über die Schulter werfen, fünfzehn Meter vom Eingang der Polizeiwache entfernt. Nicht vor den Augen dieses verdammten Bullen.

Nein, er müsste kurz vor Morgengrauen kommen und sie entführen. Und dann würde er sie notfalls in seinem Zimmer bei Darius anketten, denn wenn er das nicht tat, würde sie sterben.

»Warum zum Teufel hast du mich angelogen!«, schrie sie ihn an. »Du kanntest meinen Vater überhaupt nicht.«

»O doch.«

»Du Lügner«, sagte sie verächtlich. »Du bist ein Mörder und ein Lügner.«

»Der erste Teil stimmt wenigstens.«

Ihre Augen weiteten sich, der Schrecken stand ihr ins Gesicht geschrieben. »Diese Wurfsterne ... in deiner Tasche. Du hast Mary umgebracht. Stimmt das?«

Er runzelte die Stirn. »Ich habe keine Frau umgebracht.«

»Dann habe ich also mit dem zweiten Teil auch recht.«

Wrath warf einen Blick auf den Mann am Boden, der langsam wieder zu Kräften kam.

Verdammt, dachte er. Was, wenn Beth nicht mehr die Zeit bis zum Morgengrauen hätte? Was, wenn sie einfach verschwand und er sie nicht finden konnte?

Er senkte die Stimme. »Du hast in letzter Zeit immer großen Hunger gehabt, stimmt's?«

Sie zuckte zusammen. »Was?«

»Großen Hunger, aber du hast nicht zugenommen. Und müde warst du. Sehr müde. Außerdem haben deine Augen gebrannt, besonders tagsüber, habe ich recht?« Er beugte sich vor. »Du siehst dir rohes Fleisch an und überlegst, wie es wohl schmecken würde. Das Fleisch, das deine Zähne umgibt, die oberen Schneidezähne, ist entzündet. Deine Gelenke schmerzen, und deine Haut spannt. Und zwar immer stärker.«

Sie blinzelte, und ihr Kiefer klappte nach unten.

Hinter ihr kam der Polizist auf die Füße, etwas wacklig noch, und fiel sofort wieder unsanft hintenüber. Wrath sprach schneller.

»Du hast das Gefühl, nirgendwo dazuzugehören, so ist es doch? Als wären alle anders, langsamer als du. Du glaubst, du bist nicht normal, allein, verlassen. Ruhelos. Du spürst, dass etwas passieren wird, etwas Ungeheures, aber du weißt nicht, was es ist, oder wie du es aufhalten kannst. Du liegst wach, hast Angst vor deinen Träumen, fühlst dich in vertrauter Umgebung verloren.« Er hielt kurz inne. »Du hattest bisher wenig oder gar keinen Sexualtrieb, aber Männer finden dich unglaublich attraktiv. Diese Orgasmen, die ich dir letzte Nacht geschenkt habe, waren die ersten deines Lebens.«

Er nannte ihr alles, an das er sich noch aus seiner Zeit in der Welt der Menschen, vor seiner eigenen Transition, erinnern konnte.

Sie starrte ihn an. Fassungslos.

»Wenn du wissen willst, was zur Hölle mit dir geschieht, musst du jetzt sofort mit mir kommen. Du wirst bald krank werden, Beth. Und ich bin der Einzige, der dir dann helfen kann.«

Sie trat einen Schritt zurück. Sah den Cop an, der mit dem Gedanken zu spielen schien, sich einfach wieder hinzulegen.

Wrath hielt ihr die Hände hin. »Ich werde dir nicht wehtun. Ich verspreche es. Wenn ich dich töten wollte, hätte ich es schon letzte Nacht auf zehn unterschiedliche Arten tun können, richtig?«

Ihr Kopf drehte sich wieder ihm zu. Er schloss die Augen, als er spürte, wie sie sich an die vergangene Nacht erinnerte. Ihr Verlangen drang süß in seine Nasenflügel. Dann verschwand der Duft ebenso abrupt, wie er gekommen war.

»Du wolltest gerade Butch töten.«

Da war er sich nicht so sicher. Ein würdiger Gegner war gar nicht so leicht zu finden.

»Habe ich aber nicht.«

»Es hätte aber sein können.«

»Spielt das wirklich eine Rolle? Er atmet noch.«

»Nur, weil ich dazugekommen bin.«

Wrath stöhnte auf und zog seinen höchsten Trumpf aus dem Ärmel. »Ich bringe dich zum Haus deines Vaters.«

Ihre Augen wurden erst groß, dann verengten sie sich misstrauisch zu Schlitzen.

Wieder sah sie sich zu dem Polizisten um. Er stand jetzt wieder aufrecht, eine Hand an die Wand gestützt. Sein Kopf hing nach unten, als sei er zu schwer für seinen Hals.

»Mein Vater, was?« Ihre Stimme klang ungläubig. Und ein bisschen neugierig, sodass er wusste, er hatte sie.

»Wir haben keine Zeit mehr, Beth.«

Eine lange Pause entstand.

Der Cop hob den Kopf und sah den Weg hinunter.

Sehr bald würde der Bursche wieder versuchen, ihn zu verhaften. Seine Entschlossenheit war deutlich spürbar.

»Ich gehe jetzt«, sagte Wrath. »Komm mit mir.«

Sie umklammerte ihre Handtasche noch fester. »Nur, damit du es weißt: Ich traue dir nicht.«

Er nickte. »Warum solltest du auch?«

»Und diese Orgasmen waren nicht meine ersten.«

»Warum warst du dann so überrascht darüber?«, fragte er sanft.

»Mach schon, beeil dich«, murmelte sie und drehte sich um. »Wir können uns draußen auf der Straße ein Taxi nehmen. Ich hab meins nicht warten lassen.«

16

Beth wusste, dass sie mit ihrem Leben spielte, wenn sie Wrath folgte. Es bestand eine reelle Chance, dass sie in eine Falle gelockt wurde. Von einem Killer.

Aber woher konnte er so genau wissen, was in ihr vorging?

Bevor sie um die Ecke bog, sah sie sich noch einmal zu Butch um. Er streckte einen Arm nach ihr aus. Sein Gesicht konnte sie im Schatten nicht erkennen, doch seine verzweifelte Sehnsucht überbrückte die Entfernung zwischen ihnen. Sie zögerte kurz, kam aus dem Tritt.

Wrath ergriff ihren Arm. »Beth. Komm weiter.«

Der Himmel möge ihr beistehen, sie rannte weiter.

Sobald sie die Straße erreicht hatten, winkte sie einem vorbeifahrenden Taxi. Gott sei Dank hielt es sofort an. Sie sprangen hinein, und Wrath nannte dem Fahrer eine Adresse ein paar Straßen jenseits der Wallace Avenue. Offenbar ein Ablenkungsmanöver.

Davon scheint er eine Menge auf Lager zu haben, dachte sie.

Als der Wagen losfuhr, merkte sie, dass er sie von seiner Ecke der Rückbank aus ansah.

»Dieser Bulle«, begann er. »Bedeutet er dir etwas?«

Sie zog das Handy aus ihrer Handtasche und wählte die Nummer des Polizeireviers.

»Ich habe dich was gefragt.« Wraths Tonfall war schneidend.

»Fahr zur Hölle.« Als Rickys Stimme zu hören war, holte sie tief Luft. »Ist José in der Nähe?«

Es dauerte keine Minute, bis Ricky den anderen Polizisten auftrieb, und er war schon zur Tür hinaus, bevor Beth wieder aufgelegt hatte. José hatte nicht viele Fragen gestellt, aber sie wusste, die würden noch kommen. Wie, bitte schön, sollte sie ihm erklären, dass sie mit einem Verdächtigen abgehauen war?

Damit machte sie sich der Beihilfe schuldig, oder?

Beth steckte das Telefon wieder in die Tasche. Ihre Hände zitterten, und sie fühlte sich leicht benommen. Sie kam auch nicht richtig zu Atem, obwohl das Taxi klimatisiert und paradiesisch kühl war. Um frische Luft zu bekommen, kurbelte sie das Fenster einen Spalt herunter. Eine heiße, schwüle Brise wehte herein und fuhr durch ihr Haar.

Was hatte sie nur getan? Mit ihrem Körper letzte Nacht. Mit ihrem Leben in diesem Augenblick.

Was kam als Nächstes? Würde sie ihre eigene Wohnung in Brand stecken?

Sie war wütend, dass Wrath ihr genau die eine Karotte vor die Nase gehalten hatte, der sie nicht widerstehen konnte. Wütend, dass er ganz offensichtlich ein Krimineller war und ihr höllische Angst einjagte. Und es machte sie rasend, dass er wusste, dass das ihre ersten Orgasmen gewesen waren. Und am zornigsten machte es sie, dass sie trotzdem immerzu daran denken musste, wie er sie geküsst hatte.

»Sie können uns hier absetzen«, teilte Wrath dem Fahrer zehn Minuten später mit.

Beth bezahlte mit einem Zwanzigdollarschein, zum Glück hatte sie noch Bargeld bei sich. Wraths Geld, dieses dicke Bündel Banknoten, lag im Gras hinter ihrem Haus. Er hätte also wohl kaum zahlen können.

Wollte sie wirklich mit zu diesem Mann gehen?

Das Taxi fuhr weiter, und sie gingen einen ordentlichen Bürgersteig in einer noblen, gepflegten Gegend entlang. Ein völlig absurder Szenenwechsel von der Gewalt in der dunklen Gasse bis hin zu diesen kurz geschnittenen Rasenflächen und Blumenbeeten.

Sie hätte wetten mögen, dass die Leute, die hier lebten, noch nie vor der Polizei geflüchtet waren.

Rasch warf sie einen Blick über die Schulter zu Wrath. Er sah sich misstrauisch um, als erwarte er jeden Moment, überfallen zu werden. Wie er allerdings mit dieser dunklen Sonnenbrille überhaupt etwas erkennen wollte, war ihr schleierhaft. Sie verstand einfach nicht, warum er sie immer trug. Mal abgesehen davon, dass sie seine Sicht massiv einschränken musste, war diese auffällige Brille ein eindeutiges Identifizierungsmerkmal. Wenn ihn irgendjemand zu Gesicht bekäme, könnte er ihn problemlos exakt beschreiben.

Nicht, dass sein langes schwarzes Haar und seine schiere Körpergröße dafür nicht schon ausgereicht hätten.

Sie wandte den Kopf wieder ab. Das Geräusch seiner Stiefel auf dem Asphalt hinter ihr klang wie Fäuste, die gegen eine massive Tür hämmerten.

»Der Bulle.« Wraths Stimme war ganz nah und tief. »Ist er dein Liebhaber?«

Beth musste beinahe lachen. Lieber Gott, er klang so eifersüchtig.

»Darauf antworte ich nicht.«

»Warum?«

»Weil ich nicht muss. Ich kenne dich nicht, ich schulde dir nichts.«

»Du hast mich gestern Nacht ziemlich gut kennengelernt«, murmelte er. »Und ich habe dich *sehr* gut kennengelernt.«

Ich möchte nicht darüber sprechen, dachte sie. Bei der bloßen Erwähnung wurde sie feucht zwischen den Beinen. Was dieser Mann mit seiner Zunge anstellen konnte …

Sie verschränkte die Arme vor der Brust und betrachtete ein adrettes Haus im Kolonialstil. In mehreren Fenstern brannte Licht, wodurch es einladend und irgendwie vertraut wirkte. Vermutlich, weil heimelige Häuser überall gleich aussahen. Und überall gleich reizvoll wirkten.

Jetzt gerade könnte sie eine Woche Urlaub in einem davon gebrauchen.

»Die letzte Nacht war ein Fehler«, sagte sie.

»Den Eindruck hatte ich überhaupt nicht.«

»Dann war dein Eindruck falsch. Völlig falsch.«

Er hielt sie fest, noch ehe sie eine Bewegung wahrgenommen hatte. Gerade noch lief sie den Weg entlang, und im nächsten Moment lag sie in seinen Armen. Mit einer Hand hielt er ihren Nacken umfasst, mit der anderen zog er ihre Hüften fest gegen seinen Körper. Sie spürte seine heiße Erektion an ihrem Bauch.

Sie schloss die Augen. Jeder Zentimeter ihrer Haut erwachte zum Leben, ihr wurde glühend heiß. Sie hasste die Reaktion ihres Körpers auf ihn, doch genau wie er hatte sie keine Kontrolle darüber.

Ungeduldig wartete sie darauf, dass sein Mund sich auf ihren senken würde, doch er küsste sie nicht.

Stattdessen brachte er seine Lippen ganz nah an ihr Ohr.

»Du musst mir nicht vertrauen. Du musst mich nicht mögen. Ich kann mit allem leben. Aber du solltest mich *niemals* anlügen.« Er holte tief Luft, schnupperte an ihr. »Ich kann jetzt in diesem Moment riechen, wie sehr du Sex willst. Ich könnte dich auf der Stelle hier auf den Boden zerren und dir die Klamotten vom Leib reißen. Und du würdest dich nicht wehren. Oder?«

Nein, das würde sie wahrscheinlich nicht.

Weil sie eine Idiotin war. Eine Idiotin mit offensichtlicher Todessehnsucht.

Seine Lippen strichen flüchtig über ihren Hals. Und dann leckte er zart über ihre Haut. »Also, entweder sind wir zivilisiert und warten, bis wir zu Hause sind. Oder wir machen es gleich hier. Aber ich muss unbedingt wieder in dir sein, und du wirst nicht Nein sagen.«

Beth fasste ihn unter der Jacke an den Schultern. Eigentlich hätte sie ihn wegstoßen müssen, doch sie tat es nicht. Stattdessen zog sie ihn an sich, bog den Rücken durch und presste ihre Brüste an ihn.

Ein verzweifeltes Geräusch entrang sich seiner Kehle, halb Stöhnen der Befriedigung, halb dunkles Flehen.

Ha, dachte sie. Langsam gewann sie wieder die Oberhand.

Mit grimmiger Zufriedenheit löste sie sich von ihm. »Das Einzige, was diese beschissene Situation auch nur im Entferntesten erträglich macht, ist, dass du mich noch mehr willst als ich dich.«

Mit hoch erhobenem Kinn ging sie weiter. Sie konnte seinen Blick von hinten geradezu körperlich spüren, so als berühre er sie mit den Händen.

»Du hast recht«, sagte er. »Ich würde töten, um dich zu bekommen.«

Beth wirbelte herum und hielt ihm ihren Zeigefinger ins Gesicht. »Aha! Das war es also. Du hast beobachtet, wie Butch und ich uns im Auto geküsst haben. Stimmt doch, oder?«

Wrath zog eine Augenbraue hoch. Er lächelte verkniffen, aber er gab ihr keine Antwort.

»Hast du ihn deshalb angegriffen?«

»Ich habe mich nur meiner Verhaftung widersetzt.«

»Klar, genau so sah es auch aus«, murmelte sie. »Also, war es so? Hast du gesehen, wie er mich geküsst hat?«

Wrath baute sich vor ihr auf, er strahlte etwas Bedrohliches aus. »Ja, ich habe euch gesehen. Und es hat mir überhaupt nicht gefallen, dass er dich angefasst hat. Macht dich das scharf? Willst du mir noch einen richtigen Schlag verpassen und mir erzählen, dass er besser im Bett ist als ich? Das wäre zwar eine Lüge, aber es würde mir trotzdem höllisch wehtun.«

»Warum ist das so wichtig für dich?«, wollte sie wissen. »Du und ich haben eine einzige Nacht zusammen verbracht. Noch nicht mal! Eigentlich waren es nur ein paar Stunden.«

Er klappte den Mund zu. Sie konnte sehen, dass er mit den Zähnen knirschte, weil seine Wangenknochen sich bewegten. Und sie war froh, dass er seine Sonnenbrille trug. Sie hatte das vage Gefühl, dass sein Blick sie sonst zu Tode erschreckt hätte.

Als ein Auto an ihnen vorbeifuhr, fiel ihr plötzlich wieder ein, dass er ja ein flüchtiger Verbrecher war – und sie theoretisch auch. Was zum Teufel war hier eigentlich los?

Sie waren auf der Flucht und stritten sich hier mitten auf der Straße … wie ein Liebespaar.

»Hör mal, Wrath, ich möchte heute Nacht nicht verhaftet werden.« Wenn man ihr noch vor einer Woche gesagt hätte, dass einmal so ein Satz aus ihrem Mund kommen würde …

»Lass uns einfach weitergehen. Bevor uns noch jemand findet.« Sie wandte sich zum Gehen um, doch er fasste sie entschlossen am Arm.

»Du weißt es noch nicht.« Seine Miene war düster. »Aber du gehörst *mir.*«

Den Bruchteil einer Sekunde schwankte sie ihm entgegen.

Doch dann schüttelte sie den Kopf. Sie legte die Hände auf ihr Gesicht, um ihn nicht ansehen zu müssen.

Sie fühlte sich gekennzeichnet, und das Verrückte war, dass ihr das nichts ausmachte. Weil sie es ebenfalls wollte.

Was in Bezug auf ihre geistige Gesundheit höchst alarmierend war.

Lieber Gott, sie musste wirklich noch mal in Ruhe die letzten paar Tage Revue passieren lassen. Könnte sie doch nur die letzten achtundvierzig Stunden zurückdrehen, bis zu dem Zeitpunkt, wo Dick auf ihrer Schreibtischkante gesessen und sie geifernd angeglotzt hatte.

Zwei Dinge würde sie auf jeden Fall anders machen. Sie würde sich ein Taxi nehmen, statt zu Fuß nach Hause zu gehen, denn dann würde sie Billy Riddle nicht treffen. Und sobald sie in ihrer Wohnung ankäme, würde sie sich ein paar Klamotten zusammenpacken und in ein Motel gehen. Damit dieser Drogen dealende Leder-Don-Juan sie nicht finden könnte.

Sie wollte einfach nur ihr armseliges, langweiliges kleines Leben zurück. Wie lächerlich war das denn? Noch vor Kurzem dachte sie, aus genau diesem Leben auszubrechen wäre ihre einzige Chance.

»Beth.« Seine Stimme klang wieder sanfter. »Sieh mich an.«

Sie schüttelte den Kopf, doch er nahm einfach ihre Hände herunter.

»Alles wird gut werden.«

»Ja, klar. Wahrscheinlich wird gegen mich gerade ein Haftbefehl erlassen. Ich laufe mit einem Killer wie dir durch die Dunkelheit. Und all das nur, weil ich so verzweifelt etwas über meine toten Eltern erfahren will, dass ich mein Leben noch für das kleinste Fitzelchen Information riskieren würde. Ich sag dir mal was, von hier bis ›Alles wird gut‹ ist es ein verflucht weiter Weg.«

Er strich ihr mit der Fingerspitze über die Wange. »Ich werde dir nicht wehtun. Niemand wird dir wehtun, das lasse ich nicht zu.«

Sie rieb sich über die Stirn und fragte sich, ob sie sich wohl jemals wieder normal fühlen würde. »Ich wünschte wirklich, du wärest nie vor meiner Tür aufgetaucht. Ich wünschte, ich hätte dich nie gesehen.«

Er ließ seine Hand fallen.

»Wir sind gleich da«, sagte er knapp.

Butch gab es endgültig auf, senkrecht stehen zu wollen, und ließ sich auf den Boden sinken.

Dort blieb er eine Weile sitzen und atmete einfach nur ein und aus. Er konnte sich nicht rühren.

Das lag nicht an seinen Kopfschmerzen, obwohl sein Schädel wirklich wehtat. Und es lag auch nicht daran, dass seine Beine sich bleiern anfühlten, obwohl sie genau das taten.

Er schämte sich.

Sich von einem größeren Mann besiegen zu lassen war nicht das Problem. Auch wenn sein Ego einen derben Kinnhaken bekommen hatte.

Nein, es war das Wissen, dass er es vermasselt und dadurch das Leben einer jungen Frau in Gefahr gebracht hatte. Als er wegen der Waffen angerufen hatte, hätte er zwei Beamte zum Eingang der Polizeiwache bestellen sollen. Er hatte gewusst, dass der Verdächtige besonders gefährlich war, aber er war sich so sicher gewesen, die Verhaftung allein in den Griff zu bekommen.

Großartig hatte er das geregelt. Er war in die Mangel genommen worden. Und Beth befand sich jetzt in der Gewalt eines Killers.

Gott allein wusste, was mit ihr geschehen würde.

Butch schloss die Augen und legte das Kinn auf die Knie. Sein Hals tat ihm zwar wahnsinnig weh, aber ernsthafte Sorgen machte er sich mehr um seinen Kopf. Das verdammte Ding schien einfach nicht richtig zu funktionieren. Seine Gedanken waren ohne Zusammenhang, die kognitiven Prozesse total im Eimer. Vielleicht war ihm zu lange der Sauerstoff abgeschnitten worden, und sein Gehirn war vertrocknet wie eine Walnuss.

Er versuchte sich zusammenzureißen, aber er versank immer tiefer im Nebel.

Und dann plötzlich, vielleicht weil seine masochistische Seite ein großartiges Timing hatte, erhob die Vergangenheit ihr dorniges Haupt.

Aus dem ganzen Durcheinander von Bildern in seinem Kopf nahm ein Motiv Gestalt an, das ihm die Tränen in die Augen trieb. Ein junges Mädchen, nicht älter als fünfzehn. Sie stieg in ein fremdes Auto. Winkte ihm durch das Fenster zu, als sie die Straße hinunter verschwand.

Seine ältere Schwester Janie.

Ihre Leiche hatte man am nächsten Morgen im Wald hinter dem Baseballfeld gefunden. Sie war vergewaltigt, geschlagen und erdrosselt worden. Aber nicht in dieser Reihenfolge.

Nach ihrer Entführung hatte Butch aufgehört, nachts durchzuschlafen. Heute, zwei Jahrzehnte später, hatte er sich das immer noch nicht wieder angewöhnt.

Er dachte an Beth, wie sie ihn über die Schulter hinweg anblickte, als sie mit dem Verdächtigen davonlief. Einzig, dass sie mit diesem Mörder verschwunden war, half ihm wieder auf die Füße. Er schleppte seinen zerschlagenen Körper Richtung Wache.

»Yo! O'Neal!« José stampfte über den Weg auf ihn zu. »Was ist mit dir passiert?«

»Wir müssen sofort eine Großfahndung einleiten.« War das etwa seine Stimme? Sie klang heiser, als hätte er bei einem Footballspiel zwei Stunden lang durchgebrüllt. »Weißer Mann, zwei Meter groß, circa hundertzwanzig Kilo. Schwarze Lederkleidung, dunkle Sonnenbrille, schulterlange dunkle Haare.« Butch stützte sich mit einer Hand an der Mauer ab. »Verdächtiger ist nicht bewaffnet. Aber nur, weil ich ihn entwaffnet habe. Hat sicher innerhalb einer Stunde wieder Nachschub geholt.«

Als er einen Schritt nach vorn machte, geriet er ins Schwanken.

»Du lieber Himmel.« José nahm seinen Arm und hielt ihn aufrecht.

Butch versuchte sich nicht auf den Mann zu lehnen,

aber er brauchte Hilfe. Seine Beine wollten ihm einfach nicht gehorchen.

»Und eine weiße Frau.« Seine Stimme versagte. »Eins fünfundsiebzig, lange schwarze Haare. Trägt einen blauen Rock und eine weiße Bluse.« Er hielt kurz inne. »Beth.«

»Ich weiß. Sie hat angerufen.« Josés Miene zeigte seine Besorgnis. »Ich habe nicht nach den Einzelheiten gefragt. Ihrer Stimme nach zu urteilen, wollte sie nichts erzählen.«

Butchs Knie gaben nach.

»Hey, hey, Detective. Immer schön langsam.« José stützte ihn vorsichtig.

Sobald sie durch die Hintertür gegangen waren, fing Butch wieder an zu torkeln. »Ich muss sie suchen.«

»Jetzt ruhst du dich erst mal hier auf der Bank aus.«

»Nein …«

José lockerte seinen Griff, und Butch ging zu Boden wie ein nasser Sack. Genau als das halbe Revier wie ein aufgescheuchter Bienenschwarm angerannt kam. Beim Anblick der ganzen Meute besorgter Jungs in Dunkelblau und mit Dienstmarke war ihm zum Heulen zumute.

»Mir geht's prima«, fauchte er. Dann musste er den Kopf zwischen die Knie legen.

Wie hatte er das alles zulassen können?

Wenn am nächsten Morgen Beths Leiche auftauchen würde …

»Detective?« José ging in die Hocke und brachte sein Gesicht vor Butchs Augen. »Wir haben einen Krankenwagen gerufen.«

»Brauch ich nicht. Läuft die Fahndung?«

»Ja. Ricky kümmert sich gerade darum.«

Butch hob den Kopf. Ganz langsam.

»Mann, was ist mit Ihrem Kopf passiert?«, fragte José atemlos.

»Er wurde benutzt, um meinen Körper daran hochzuhalten.« Er schluckte vorsichtig ein paar Mal. »Habt ihr die Waffen abgeholt, so wie ich es gesagt habe?«

»Ja. Wir haben sie, und auch das Geld. Wer zum Teufel ist dieser Kerl?«

»Ich habe nicht die leiseste Ahnung.«

17

Wrath ging die Stufen zu Darius' Haus hinauf. Die Tür schwang auf, noch bevor er den Messinggriff berührt hatte. Da stand Fritz. »Herr, ich wusste nicht, dass Ihr –«

Der *Doggen* erstarrte, als er Beth erblickte.

Ja, du weißt, wer sie ist, dachte Wrath. *Aber lass uns bitte cool bleiben.*

Sie war schon nervös genug.

»Fritz, darf ich dir Beth Randall vorstellen?« Der Butler starrte sie immer noch an. »Lässt du uns rein?«

Fritz verbeugte sich tief und senkte den Kopf. »Natürlich, Herr. Miss Randall, es ist mir eine große Ehre, Euch endlich persönlich kennenzulernen.«

Beth wirkte erstaunt, brachte aber ein Lächeln zustande, als der *Doggen* sich wieder aufrichtete und aus dem Türrahmen trat.

Als sie ihre Hand ausstreckte, schnappte Fritz nach Luft und bat Wrath mit einem Blick um Erlaubnis.

»Bitte, bitte«, murmelte Wrath und schloss die Tür. Er hatte die strengen Regeln und Bräuche der *Doggen* nie begreifen können.

Ehrfürchtig nahm Fritz die dargebotene Hand in seine beiden und senkte seinen Kopf auf die ineinander verschränkten Hände. Worte der Alten Sprache wurden in stiller Eile gemurmelt.

Beth war sichtlich verblüfft. Aber woher sollte sie auch wissen, dass sie ihm durch das Reichen ihrer Hand die höchste Ehre erwiesen hatte, die seine Spezies kannte? Als Tochter eines Princeps war sie in dieser Welt eine vornehme Aristokratin.

Fritz würde tagelang vor Stolz glühen.

»Wir gehen in meine Kammer«, sagte Wrath, als die Begrüßung vorbei war.

Der *Doggen* zögerte. »Herr, Rhage ist hier. Er hatte ... einen kleinen Unfall.«

Wrath fluchte. »Wo ist er?«

»Unten im Badezimmer.«

»Nadel und Faden?«

»Sind schon dort.«

»Wer ist Rhage?«, wollte Beth wissen, als sie den Flur hinunter liefen.

Wrath blieb neben dem Salon stehen. »Du wartest hier.«

Doch sie folgte ihm einfach, als er weiterging.

Unwirsch wandte er sich um und deutete über seine Schulter. »Das war keine Bitte.«

»Und ich warte nirgendwo.«

»Verdammt noch mal, tu, was ich dir sage.«

»Nein.« Sie sprach das Wort vollkommen gleichmütig aus. Sie trotzte ihm eindeutig, ruhig und entschlossen.

Als wäre er kein größeres Hindernis als eine Fußmatte.

»Herr im Himmel. Bitte schön, es ist dein Abendessen, das du ausspucken wirst.«

Auf dem Weg zum Badezimmer schlug ihm der Blutgeruch schon von Weitem entgegen. Das war eine üble Sache, und er wünschte wirklich, Beth wäre nicht so versessen darauf, das Desaster mit eigenen Augen zu sehen.

Er schob die Tür auf, und Rhage blickte auf. Der Arm

des Vampirs hing über dem Waschbecken. Überall war Blut, eine dunkle Lache auf dem Boden, eine kleine Pfütze auf dem Waschtisch.

»Rhage, Mann, was ist los?«

»Ich wurde in kleine Häppchen geschnitten. Ein *Lesser* hat mich ordentlich erwischt, direkt durch die Vene, bis auf den Knochen. Ich tropfe wie ein Sieb.«

Schemenhaft erkannte Wrath Rhages Handbewegung, die hoch- und wieder herunterfuhr. Herunter auf die Schulter, hoch in die Luft.

»Hast du ihn erwischt?«

»Was denkst du denn?«

»O … mein … Gott«, stammelte Beth. »Du lieber Himmel. Näht er sich …«

»Hey, wer ist die schöne Frau?«, fragte Rhage und hielt kurz in der Aufwärtsbewegung seiner Hand inne.

Ein ersticktes Geräusch erklang, und Wrath verstellte Beth mit seinem Körper den Blick.

»Brauchst du Hilfe?«, fragte er, obwohl sie beide wussten, dass er nicht besonders hilfreich sein würde. Er konnte nicht einmal genug sehen, um seine eigenen Wunden zu nähen, geschweige denn die eines anderen. Dass er bei seinen Verletzungen auf Fritz oder die Brüder angewiesen war, bedeutete für ihn eine Schwäche, die er verabscheute.

»Nein, danke.« Rhage lachte. »Ich bin ein geschicktes kleines Schneiderlein, wie du aus eigener Erfahrung weißt. Also, wer ist deine Freundin?«

»Beth Randall, das ist Rhage. Ein Kollege von mir. Rhage, das ist Beth, und sie hat nichts für Filmstars übrig, verstanden?«

»Laut und deutlich.« Rhage beugte sich zur Seite, um

an Wrath vorbeizuschauen. »Freut mich, dich kennenzulernen, Beth.«

»Bist du sicher, dass du nicht ins Krankenhaus willst?«, fragte sie schwach.

»Ganz sicher. Das sieht nur wild aus. Erst wenn man seinen Dickdarm als Gürtelschlaufe benutzen kann, sollte man zu den Profis gehen.«

Ein krächzender Ton kam aus Beths Mund.

»Ich bringe sie jetzt nach unten«, sagte Wrath.

»O ja, bitte«, murmelte sie. »Ich würde wirklich gerne nach ... unten gehen.«

Er legte den Arm um sie. An der Art, wie sie sich an ihn schmiegte, konnte er spüren, wie verunsichert sie war. Es tat so gut, wenn sie sich auf seine Stärke verließ.

Zu gut eigentlich.

»Bei dir ist alles im Lot?«, fragte er seinen Bruder.

»Sicher. Ich haue hier ab, sobald ich fertig bin. Muss noch drei Kanopen einsammeln.«

»Nicht schlecht.«

»Es wären mehr gewesen, wenn dieses kleine Geschenk nicht per Luftpost gekommen wäre. Kein Wunder, dass du so auf diese Sterne stehst.« Rhage drehte seine Hände herum, als mache er einen Knoten. »Du solltest wissen, dass Tohr und die Zwillinge« – er nahm eine Schere vom Waschbecken und schnitt den Faden ab – »da weitermachen, wo wir letzte Nacht aufgehört haben. Sie sollten in ein paar Stunden zurück sein und Bericht erstatten, so wie du es wolltest.«

»Sag ihnen, sie sollen vorher anklopfen.«

Rhage nickte. Er war schlau genug, keinen Kommentar abzugeben.

Als Wrath Beth den Flur hinunterführte, ertappte er

sich dabei, ihr über die Schultern zu streicheln. Ihren Rücken. Dann legte er seine Hand um ihre Taille und drückte seine Finger in ihr zartes Fleisch. Sie passte genau zu seinem Körper, ihr Kopf reichte ihm bis zur Brust und ruhte dort auf seinen Muskeln, während sie eng umschlungen weiterliefen.

Zu angenehm. Zu vertraut, dachte er. Viel zu schön.

Er hielt sie trotzdem fest.

Und selbst jetzt wünschte er, er könnte zurücknehmen, was er vor der Tür zu ihr gesagt hatte. Dass sie ihm gehörte.

Denn das stimmte nicht. Er wollte sie nicht als *Shellan* nehmen. Er war wütend gewesen, eifersüchtig. Noch immer sah er den Bullen vor sich, wie er sie befummelte. War sauer, weil er den Menschen doch nicht getötet hatte. Seine Worte waren ihm einfach so herausgerutscht.

Ach, zur Hölle. Diese Frau stellte etwas mit seinem Gehirn an. Sie schaffte es irgendwie, seine ausgeprägte Selbstkontrolle auszuschalten und den Psychopathen in ihm auf den Plan zu rufen.

Genau das wollte er eigentlich verhindern.

Eigentlich waren solche Anfälle von Wahnsinn doch Rhages Spezialität.

Und die Brüder hatten wirklich keinen Bedarf an noch einem gemeingefährlichen Pulverfass in ihrer Gruppe.

Beth schloss die Augen und lehnte sich an Wrath. Sie versuchte, das Bild der klaffenden Wunde loszuwerden, aber es war, als wollte sie das Sonnenlicht mit den Händen abwehren: Ein Teil des Bildes drang trotzdem durch. All das leuchtend rote, glänzende Blut, der rohe, rosafarbene

Muskel, das schockierende Weiß des Knochens. Und diese Nadel. Wie sie durch die Haut stach, das Fleisch bis zu einem gewissen Punkt nach außen zog, bis der schwarze Faden durch die Haut brach …

Sie öffnete die Augen.

Mit offenen Augen war es besser.

Egal, was der Mann sagte, das war nicht nur eine Schramme. Er musste ins Krankenhaus. Und sie hätte ihrer Meinung sicher etwas mehr Nachdruck verliehen, wäre sie nicht so damit beschäftigt gewesen, ihre Portion Thaicurry zum Bleiben zu überreden.

Außerdem schien der Typ verdammt viel Erfahrung damit zu haben, sich selbst zusammenzuflicken.

Und er sah verboten gut aus. Auch wenn das ganze Blut etwas vom Gesamteindruck ablenkte, konnte sie nicht anders, als sein blendendes Aussehen zu bemerken. Kurze blonde Haare, leuchtend blaue Augen, ein Gesicht, das auf die Leinwand gehörte. Er war gekleidet wie Wrath, in schwarze Lederhosen und Stiefel, aber sein Hemd hatte neben ihm gelegen. Die Muskeln seines Oberkörpers waren im Badezimmerlicht deutlich modelliert zu sehen gewesen, eine eindrucksvolle Zurschaustellung von Kraft. Und dieses mehrfarbige Drachen-Tattoo, das seinen ganzen Rücken bedeckte, war einfach irre.

Andererseits war nicht zu erwarten gewesen, dass Wrath mit irgendeinem dürren Buchhalter seine Zeit verbrachte.

Drogendealer. Sie waren eindeutig Drogendealer. Pistolen, Waffen, große Mengen an Bargeld. Wer sonst geriet schon in Messerstechereien und spielte danach selbst den Doktor?

Sie erinnerte sich, dass der Mann die gleiche kreisrunde Narbe auf der Brust gehabt hatte, wie sie auch Wrath trug.

Sie mussten zu einer Gang gehören, dachte sie. Oder zur Mafia.

Plötzlich brauchte sie ein bisschen mehr Platz zum Atmen, und Wrath ließ sie los, als sie in einen zitronenfarbigen Raum kamen. Ihr Schritt verlangsamte sich. Es sah aus wie in einem Museum, wie in einem historischen Bildband. Dicke, blasse Vorhänge umrahmten breite Fenster, üppige Ölgemälde schimmerten an den Wänden, Kunstgegenstände waren sorgfältig arrangiert. Sie blickte auf den Teppich zu ihren Füßen. Das Ding war vermutlich mehr wert als ihre ganze Wohnung.

Vielleicht dealten sie nicht nur mit Crack oder X oder Heroin, dachte sie. Vielleicht waren sie auch auf dem Antiquitäten-Schwarzmarkt aktiv.

Das war mal eine Kombination, über die man nicht so oft stolperte.

»Hübsch hier«, murmelte sie und betastete eine antike Dose. »Sehr hübsch.«

Als keine Reaktion kam, warf sie Wrath einen vorsichtigen Blick zu. Er stand im Raum, die Arme vor der Brust verschränkt, immer auf dem Sprung, obwohl er hier zu Hause war.

Andererseits, wann entspannte er sich überhaupt schon mal?, dachte sie.

»Warst du schon immer Sammler?«, fragte sie, um Zeit zu gewinnen. Sie musste ihren Nerven Gelegenheit geben, sich etwas zu beruhigen. Interessiert ging sie zu einem Bild der Hudson-River-Schule. Du liebe Güte, es war ein echter Thomas Cole. Wahrscheinlich mehrere hunderttausend Dollar wert. »Das ist wunderschön.«

Sie blickte über die Schulter. Er betrachtete sie, ohne sich um das Bild zu kümmern. Und sein Gesicht strahlte keinerlei Besitzerstolz aus.

Was man doch normalerweise erwarten dürfte, wenn die eigenen Sachen bewundert wurden.

»Das ist gar nicht dein Haus.«

»Dein Vater hat hier gelebt.«

Ja, klar.

Aber bitte. Sie war so weit gekommen, dass sie ebenso gut weiter mitspielen konnte.

»Dann hatte er offenbar haufenweise Geld. Was hat er denn beruflich gemacht?«

Wrath schritt quer durch den Raum auf ein grandioses, lebensgroßes Porträt zu, das allem Anschein nach einen König darstellte.

»Komm mit.«

»Was? Ich soll mit dir durch diese Wand …«

Er drückte auf eine Seite des Bildes, es schwenkte herum und gab einen dunklen Korridor frei.

»Oh«, sagte sie.

Er deutete mit seinem Arm hinein. »Nach dir.«

Beth näherte sich vorsichtig. Der Schein der Gaslaterne flackerte auf schwarzem Stein. Sie beugte sich vor, erkannte eine Treppe, die weiter unten um eine Kurve verschwand.

»Was ist da unten?«

»Ein Ort, an dem wir reden können.«

»Warum bleiben wir nicht hier oben?«

»Weil es für dich besser ist, wenn wir ungestört sind. Und meine Brüder werden vermutlich bald hier auftauchen.«

»Deine Brüder?«

»Ja.«

»Wie viele davon gibt es denn?«

»Jetzt fünf. Und du schindest Zeit. Geh schon. Da unten wird dir nichts passieren, ich verspreche es.«

M-hm. Aber sicher doch.

Doch sie schritt dennoch durch den vergoldeten Rahmen und trat in die Dunkelheit.

18

Beth holte tief Luft und legte zögerlich ihre Hände auf die Steinmauern. Die Luft roch gar nicht moderig; keine unheimliche Feuchtigkeit lag auf den Wänden; es war einfach nur sehr, sehr dunkel. Langsam tastete sie sich die Stufen hinunter. Die Laternen wirkten in der Finsternis eher wie Glühwürmchen; sie beleuchteten mehr sich selbst, statt den Weg für jemand anderen zu erhellen.

Schließlich kam sie am Fuß der Treppe an. Zu ihrer Rechten lag eine offene Tür, und sie bemerkte den warmen Schein von Kerzen.

Der Raum wirkte genau wie die Passage, die sie dorthin geführt hatte: schwarze Wände, schwach beleuchtet, aber sauber. Die Kerzen, die in den Haltern flackerten, hatten etwas Beruhigendes. Während sie ihre Tasche auf dem niedrigen Tischchen abstellte, überlegte sie, ob Wrath wohl hier schlief.

Das Bett war jedenfalls groß genug für ihn.

Und war das schwarze Satin-Bettwäsche?

Sicher hatte er schon zahllose Frauen mit hierher in seine Höhle gebracht. Und man musste kein Genie sein, um sich auszumalen, was dann hinter verschlossenen Türen weiter geschah.

Sie hörte ein Schloss einschnappen, und ihr Herz machte einen Satz.

»Also noch mal zu meinem Vater«, begann sie betont forsch.

Wrath zog im Vorbeigehen die Jacke aus. Darunter trug er ein ärmelloses T-Shirt; Beth konnte nicht anders, als die Kraft seiner Arme, die ausgeprägten Bizeps und Trizeps zu bestaunen. Als er das leere Halfter über die Schulter zog, blitzten kurz die Tattoos auf, die innen an seinen Unterarmen entlangliefen.

Er ging ins Badezimmer, und sie hörte Wasser plätschern. Als er zurück ins Zimmer kam, trocknete er sich das Gesicht mit einem Handtuch ab. Ohne sie anzusehen, setzte er die Sonnenbrille wieder auf.

»Dein Vater Darius war ein achtbarer Mann.« Beiläufig warf er das Handtuch hinter sich ins Badezimmer und ging zur Couch hinüber. Er setzte sich auf die Kante, Ellbogen auf die Knie gestützt. »Er war ein Aristokrat aus dem alten Land, bevor er ein Krieger wurde. Er ist … er war mein Freund. Und unsere Arbeit machte ihn zu meinem Bruder.«

Bruder. Schon wieder dieses Wort.

Wrath lächelte leicht, als erinnerte er sich an etwas Schönes. »D hatte viele Fähigkeiten. Er konnte sehr schnell laufen, war höllisch klug, gut mit dem Messer. Aber er war auch kultiviert. Ein Gentleman. Er konnte acht Sprachen. Interessierte sich für alles, von Weltreligionen bis hin zu Kunstgeschichte und Philosophie. Er konnte ewig über die Wall Street reden und dann im selben Atemzug erklären, warum die Decken der Sixtinischen Kapelle in Wirklichkeit nicht aus der Renaissance stammen, sondern dem Manierismus zuzurechnen sind.«

Wrath lehnte sich zurück und strich mit seinem kräftigen Arm über die Sofalehne. Seine Knie öffneten sich.

Er sah verdammt entspannt aus, als er sich das lange schwarze Haar zurückstrich.

Und wahnsinnig sexy.

»Darius verlor nie die Beherrschung, egal, wie schlimm es stand. Er zog einfach die Sache durch, die er gerade tun musste. Bis zum bitteren Ende. Seine Brüder respektierten ihn uneingeschränkt.«

Wrath schien ihren Vater wirklich zu vermissen. Oder wen auch immer er ihr vorstellte, um …

Was genau sollte das hier alles eigentlich?, fragte sie sich. Was konnte es ihm bringen, hier dieses Theater zu veranstalten?

Na ja, immerhin war sie mit in sein Schlafzimmer gekommen, oder etwa nicht?

»Und Fritz hat mir erzählt, dass er dich von Herzen geliebt hat.«

Beth schürzte die Lippen. »Selbst mal angenommen, ich würde dir das alles abkaufen, muss ich mich doch sehr wundern. Wenn ich meinem Vater so wichtig war, warum hat er sich dann nicht mal die Mühe gemacht, mich kennenzulernen?«

»Das ist kompliziert.«

»Ja, es ist wirklich hart, zu seiner Tochter zu gehen, seine Hand auszustrecken und seinen Namen zu sagen. Ganz schön kompliziert.« Sie lief durch den Raum und fand sich plötzlich neben dem Bett wieder. Schnell ging sie weiter. »Und was soll diese martialische Rhetorik? Gehörte er auch zur Mafia?«

»Mafia? Wir sind doch nicht die Mafia, Beth.«

»Ach so, dann seid ihr einfach nur freischaffende Killer und Drogendealer? Hm … Eigentlich habt ihr recht. Man sollte sich nicht zu sehr spezialisieren, das ist besser fürs Geschäft. Man braucht ja auch eine Stange Geld, um so ein Haus hier zu unterhalten. Und es mit

Gegenständen zu füllen, die eigentlich ins Museum gehören.«

»Darius hat sein Geld geerbt, und er hatte ein Händchen dafür, es gut zu verwalten.« Wrath ließ den Kopf in den Nacken fallen, als ob er etwas an der Decke betrachten wollte. »Da du seine Tochter bist, gehört nun alles dir.«

Sie verengte die Augen. »Was?«

Er nickte.

Was für ein Blödsinn, dachte sie.

»Wo ist denn das Testament? Wo ist der Notar, der mich die Papiere unterschreiben lässt? Warte mal, lass mich raten, das Anwesen untersteht einem Nachlassverwalter. Seit dreißig Jahren.« Sie rieb sich die schmerzenden Augen. »Weißt du, Wrath, du musst mich nicht belügen, um mich ins Bett zu bekommen. So sehr ich mich dafür schäme, aber du müsstest einfach nur fragen.«

Sie holte tief und traurig Luft. Bis zu diesem Moment war ihr nicht bewusst gewesen, dass ein kleiner Teil von ihr tatsächlich auf Antworten gehofft hatte. Nach all der Zeit.

Die Verzweiflung konnte eben jeden zum Narren halten.

»Hör mal, ich haue jetzt ab. Das war einfach …«

Wrath stand schneller vor ihr, als sie blinzeln konnte. »Ich kann dich nicht gehen lassen.«

Furcht stieg in ihr auf, doch sie ließ sich nichts anmerken. »Du kannst mich nicht zwingen zu bleiben.«

Er legte seine Hände um ihr Gesicht. Sie zuckte zurück, doch er ließ nicht los.

Mit dem Daumen streichelte er ihre Wange. Immer, wenn er ihr zu nahe kam, war sie wie gebannt. Sie spürte wieder, wie ihr Körper magnetisch von ihm angezogen wurde.

»Ich lüge dich nicht an«, sagte er. »Dein Vater hat mich zu dir geschickt, weil du meine Hilfe brauchen wirst. Vertrau mir.«

Sie zuckte zurück. »Ich will dieses Wort nicht mehr von deinen Lippen hören.«

Er, ein Krimineller, der beinahe vor ihren Augen einen Polizisten getötet hatte, erwartete allen Ernstes von ihr, diesen Unsinn zu glauben? Von dem sie wusste, dass er nicht stimmen konnte?

Während er gleichzeitig ihr Gesicht streichelte wie ein Liebhaber.

Er musste sie für vollkommen schwachsinnig halten.

»Ich habe meine Akten eingesehen.« Ihre Stimme klang fest. »Auf meiner Geburtsurkunde steht *Vater unbekannt,* aber es gab eine Notiz. Meine Mutter hatte der Krankenschwester im Kreißsaal erzählt, dass er tot sei. Sie konnte keinen Namen mehr nennen, weil sie kurze Zeit später durch den Blutverlust einen Schock erlitt und selbst starb.«

»Das tut mir leid, aber so war es nicht.«

»Es tut dir leid. Natürlich.«

»Ich spiele keine Spielchen –«

»Verflucht noch mal! Mein Gott, wie konnte ich auch nur eine Sekunde lang glauben, ich könnte über einen von Ihnen etwas erfahren – wenn auch aus zweiter Hand …« Sie sah ihn angeekelt an. »Du bist so grausam.«

Er fluchte frustriert. »Ich weiß nicht, wie ich dich überzeugen soll.«

»Gib dir keine Mühe. Du bist überhaupt nicht glaubwürdig.« Sie schnappte sich ihre Tasche. »Verdammt, es ist vermutlich besser so. Mir wäre fast lieber, dass er längst tot ist, als dass er ein Krimineller war. Oder dass wir unser gesamtes Leben in ein und derselben Stadt verbracht haben, aber er mich nie besucht hat, nicht einmal neugierig war, wie ich wohl aussehe.«

»Er wusste, wie du aussiehst.« Wraths Stimme war wieder ganz nah. »Er kannte dich.«

Sie wirbelte herum. Er stand so nah vor ihr, dass seine schiere Größe sie überwältigte.

Beth sprang zur Seite. »Hör sofort damit auf.«

»Er kannte dich.«

»Hör auf, das zu sagen!«

»Dein Vater kannte dich«, brüllte Wrath.

»Warum wollte er mich dann nicht treffen?«, schrie sie zurück.

Wrath zuckte zusammen. »Er wollte dich ja treffen. Er hat auf dich aufgepasst. Dein ganzes Leben lang war er immer in deiner Nähe.«

Sie schloss die Augen und schlang die Arme um sich. Es war nicht zu fassen, sie stand schon wieder kurz davor, auf ihn hereinzufallen.

»Beth, sieh mich an. Bitte.«

Widerstrebend hob sie die Lider.

»Gib mir deine Hand. Gib sie mir.«

Als sie nicht reagierte, nahm er ihre Hand und legte sie sich auf seine Brust, auf sein Herz.

»Bei meiner Ehre. Ich habe dich nicht angelogen.«

Regungslos stand er da, als wolle er ihr Gelegenheit geben, jede Nuance seines Gesichts und seines Körpers zu studieren.

Konnte das wahr sein?

»Er hat dich geliebt, Beth.«

Glaub ihm nicht. Glaub ihm nicht. Glaub …

»Warum hat er mich dann nicht zu sich geholt?«, flüsterte sie.

»Er hoffte, du würdest ihn niemals kennenlernen müssen. Dass dir das Leben erspart bliebe, das er führen musste.« Wrath starrte auf sie herab. »Und dann lief ihm die Zeit davon.«

Ein langes Schweigen folgte seinen Worten.

»Wer war mein Vater?«, fragte sie schließlich kaum hörbar.

»Er war, was auch ich bin.«

Und dann öffnete Wrath seinen Mund.

Fangzähne. Er hatte Fangzähne.

Ihre Haut zog sich vor Schreck zusammen. Sie schob ihn von sich weg. »Du Dreckskerl!«

»Beth, hör mir zu …«

»Du willst mir erzählen, dass mein Vater ein Vampir war?« Sie stürzte sich auf ihn und trommelte mit den Fäusten auf seine Brust ein. »Du kranker Mistkerl! Du abartiges … *Arschloch!* Wenn du deine perversen Fantasien ausleben willst, such dir eine andere Frau!«

»Dein Vater …«

Sie schlug ihn, mit aller Kraft. Mitten ins Gesicht.

»Tu das nicht. Wag es nicht.« Ihre Hand schmerzte, und sie legte sie auf ihren Bauch. Am liebsten hätte sie geweint. Weil es wehtat. Weil sie ihm auch hatte wehtun wollen, aber er völlig unberührt davon schien, dass sie ihn geohrfeigt hatte.

»Du hattest mich fast so weit, wirklich«, stöhnte sie. »Aber dann musstest du einen Schritt zu weit gehen und diese falschen Zähne zeigen.«

»Sie sind echt. Schau genau hin.«

Mehr Kerzen flackerten auf, ohne dass sie jemand angezündet hätte.

Sie rang nach Luft. Urplötzlich hatte sie das Gefühl,

dass nichts so war, wie es schien. Die Regeln, die sie kannte, waren außer Kraft gesetzt. Die Realität zog sich in andere Sphären zurück.

Sie rannte quer durch das Zimmer. An der Tür holte er sie ein, und sie kauerte sich zusammen, als könnte sie ihn durch ein Stoßgebet von sich fernhalten.

»Komm mir nicht zu nahe.« Sie tastete nach dem Türgriff. Warf ihr ganzes Gewicht gegen die Tür. Sie rührte sich keinen Millimeter.

Panik floss durch ihre Adern wie brennendes Benzin.

»Beth …«

»Lass mich gehen!« Der Türgriff schnitt in ihre Handfläche, als sie immer weiter daran riss.

Als seine Hand sich auf ihre Schulter senkte, schrie sie. »Fass mich nicht an!«

Sie machte einen Satz, um von ihm wegzukommen. Rannte panisch durch das Zimmer. Er schnitt ihr den Weg ab und kam langsam, unaufhaltsam auf sie zu.

»Ich will dir helfen.«

»Lass mich in Ruhe!« Sie schlug einen Haken um ihn herum und stürzte zur Tür. Dieses Mal ging sie auf, ohne dass Beth überhaupt den Türgriff berührt hatte.

Als hätte er sie durch seinen bloßen Willen geöffnet.

Sie starrte ihn entgeistert an. »Das hier ist nicht real.«

Sie stürmte die Treppe hinauf und stolperte dabei nur einmal. Als sie versuchte, den Riegel an der Rückseite des Gemäldes zu öffnen, brach sie sich einen Nagel ab, aber irgendwann gelang es ihr, ihn zurückzuschieben. Sie rannte durch den Salon. Stürzte aus dem Haus und …

Wrath stand vor ihr auf dem Rasen.

Beth blieb taumelnd stehen.

Blanker Horror brandete über sie hinweg, Furcht und

Ungläubigkeit pressten ihr das Herz zusammen. Ihr Verstand setzte aus.

»Nein!« Sie rannte los, irgendwohin, einfach nur weg.

Er lief ihr nach, das spürte sie. Immer schneller flogen ihre Beine, sie rannte, bis sie keine Luft mehr bekam, bis ihre Sicht vor Erschöpfung verschwamm und ihre Oberschenkel vor Schmerz schrien. Sie konnte nicht mehr, und immer noch war er ihr auf den Fersen.

Endlich ließ sie sich auf den Rasen sinken und schluchzte auf.

Sie rollte sich zusammen, als wollte sie sich vor Schlägen schützen, und weinte.

Als er sie aufhob, wehrte sie sich nicht.

Was half es schon? Wenn das ein Traum war, würde sie irgendwann aufwachen. Und wenn nicht …

Dann würde er ihr einiges mehr erklären müssen als nur das Leben ihres Vaters.

Als Wrath Beth zurück in sein Zimmer trug, konnte er die Angst, Verwirrung und Verzweiflung in ihr fühlen. Er legte sie auf das Bett zog das Laken heraus, um sie darin einwickeln zu können. Dann ging er zum Sofa und setzte sich hin. Sicher brauchte sie jetzt ein bisschen Zeit für sich.

Endlich drehte sie sich um, und er fühlte ihren Blick auf sich ruhen.

»Ich warte darauf, endlich aufzuwachen. Dass der Wecker klingelt«, sagte sie heiser. »Aber das wird nicht passieren, oder?«

Er schüttelte den Kopf.

»Wie kann das sein? Wie … « Sie räusperte sich. »Vampire?«

»Wir sind einfach nur eine andere Spezies.«

»Blutsauger. Mörder.«

»Wie wär's mit verfolgter Minderheit? Weshalb dein Vater hoffte, du würdest die Wandlung nicht erleben müssen.«

»Wandlung?«

Er nickte grimmig.

»O Gott.« Sie schlug sich die Hände vor den Mund, als müsste sie sich gleich übergeben. »Sag nicht, dass ich …«

Eine neuerliche Welle der Panik stieg in ihr auf und verursachte eine Luftbewegung im Raum, die ihn kühl und heftig traf. Er konnte ihre Qual nicht ertragen und wollte ihr die Situation irgendwie erleichtern. Leider war das Zeigen von Mitgefühl nicht gerade seine starke Seite.

Wenn es doch nur etwas gäbe, wogegen er für sie kämpfen könnte.

Aber da gab es im Moment nichts. Absolut nichts. Die Wahrheit konnte er nicht aus dem Weg räumen. Und sie war auch nicht Beths Feind, obwohl sie schmerzte. Sie … war einfach da.

»Was wird mit mir geschehen?«, murmelte sie.

Die Verzweiflung in ihrer Stimme klang, als würde sie zu Gott sprechen, nicht mit ihm. Aber er antwortete trotzdem.

»Deine Wandlung steht kurz bevor. Sie trifft jeden von uns ungefähr an seinem fünfundzwanzigsten Geburtstag. Ich werde dir beibringen, wie du auf dich aufpasst. Ich zeige dir, was du tun musst, um zu überleben.«

»Lieber Gott …«

»Wenn du alles überstanden hast, wirst du trinken müssen.«

Sie keuchte und setzte sich aufrecht im Bett auf. »Ich werde niemanden töten!«

»Das musst du auch nicht. Du brauchst das Blut eines männlichen Vampirs. Mehr nicht.«

»Mehr nicht«, wiederholte sie tonlos.

»Wir jagen keine Menschen. Das ist ein Ammenmärchen.«

»Du hast nie einen Menschen genommen?«

»Nicht, um zu trinken«, sagte er ausweichend. »Es gibt Vampire, die das tun, aber die Kraft hält nicht lange vor. Um gesund zu bleiben, müssen wir uns von unserer eigenen Spezies ernähren.«

»Bei dir klingt das alles so normal.«

»Das ist es auch.«

Sie wurde still. Und dann, als wäre ihr das eben erst klar geworden, sagte sie: »Du wirst mich …«

»Du wirst von mir trinken. Wenn es Zeit ist.«

Sie stieß ein ersticktes Geräusch aus, als hätte sie aufschreien wollen, aber ihr Würgereflex hätte eingesetzt.

»Beth, ich weiß, dass es nicht leicht für dich ist …«

»Das weißt du nicht.«

»… weil ich das auch durchstehen musste.«

Sie sah ihn an. »Hast du auch aus heiterem Himmel erfahren, dass du ein Vampir bist?«

Das war nicht als Vorwurf gemeint. Sie sagte es eher in der Hoffnung, sie hätte etwas mit jemandem gemein. Mit irgendjemandem.

»Ich wusste, wer meine Eltern waren. Aber sie waren schon tot, als meine Transition kam. Ich war allein. Ich wusste nicht, was ich zu erwarten hatte. Deshalb weiß ich, wie verwirrt du sein musst.«

Sie sank wieder in die Kissen zurück. »War meine Mutter auch ein Vampir?«

»Soweit Darius mir erzählt hat, war sie ein Mensch.

Vampire haben sich schon immer mit Menschen gepaart, aber die Kinder solcher Beziehungen überleben nur selten.«

»Kann ich diese Wandlung aufhalten? Kann ich verhindern, dass es passiert?«

Er schüttelte den Kopf.

»Tut es weh?«

»Du wirst dich fühlen, als ...«

»Nicht mir. Wird es dir wehtun?«

Wrath schluckte seine Überraschung herunter. Niemand machte sich Sorgen um ihn. Vampire wie Menschen fürchteten ihn. Seine Rasse verehrte ihn. Aber niemand sorgte sich je um ihn. Er wusste nicht, wie er mit dieser Empfindung umgehen sollte.

»Nein. Es wird mir nicht wehtun.«

»Könnte ich dich umbringen?«

»Das werde ich nicht zulassen.«

»Versprochen?«, fragte sie eindringlich, setzte sich wieder auf und ergriff seinen Arm.

Er konnte nicht fassen, dass er einen Eid leistete, sich selbst zu schützen. Weil sie ihn darum bat.

»Ich verspreche es.« Er wollte seine Hand auf ihre legen, hielt jedoch inne, bevor er sie berührte.

»Wann ist es so weit?«

»Das kann ich nicht mit Sicherheit sagen. Aber bald.«

Sie ließ ihn los und lehnte sich wieder gegen das Kissen. Dann drehte sie sich von ihm weg und rollte sich auf der Seite zusammen.

»Vielleicht wache ich ja auf«, murmelte sie. »Vielleicht wache ich ja noch auf.«

19

Butch trank seinen ersten Scotch in einem Zug. Großer Fehler. Seine Kehle war wund, es fühlte sich an, als hätte er mit Batteriesäure gegurgelt. Sobald er fertig gehustet hatte, bestellte er bei Abby den nächsten Drink.

»Wir finden sie sicher«, sagte José und stellte sein Bier ab.

Er blieb bei den leichteren Sachen, aber er musste ja auch noch nach Hause zu seiner Familie. Butch hingegen konnte den Abend ausklingen lassen, wie er wollte.

José spielte an seinem Bierkrug herum, drehte ihn im Kreis auf der Theke herum. »Du solltest dir keine Vorwürfe machen.«

Butch lachte und kippte Glas Nummer zwei. »Ja, da waren noch haufenweise andere Leute mit mir und dem Verdächtigen im Auto.« Er hob die Hand, um Abbys Aufmerksamkeit zu erregen. »Ich sitze schon wieder auf dem Trockenen.«

»Nicht lange.« Schon kam sie mit der Single-Malt-Flasche herbeigeschwebt. Sie lächelte ihn an, während sie ihm nachschenkte.

José rutschte und zappelte auf dem Stuhl herum, als könne er Butchs Trinktempo nicht gutheißen und müsste sich mühsam einen Kommentar verkneifen.

Als Abby zu einem anderen Gast ging, warf Butch einen Seitenblick zu José.

»Ich werde mich heute Abend ganz unappetitlich besaufen. Du musst dir das nicht unbedingt ansehen.«

José warf sich ein paar Erdnüsse in den Mund. »Ich lasse dich hier nicht allein.«

»Ich nehme mir ein Taxi nach Hause.«

»O nein. Ich bleibe hier, bis du fertig bist. Und dann schleife ich dich in deine Wohnung. Sehe mir eine Stunde lang an, wie du kotzt. Hieve dich ins Bett. Und bevor ich gehe, bereite ich die Kaffeemaschine vor. Die Aspirin liegen dann neben dem Zuckertopf.«

»Ich hab gar keinen Zuckertopf.«

»Dann eben neben der Tüte.«

Butch grinste. »Du wärst eine super Ehefrau geworden, José.«

»Das sagt meine Lady mir auch immer.«

Sie schwiegen, bis Abby die vierte Runde einschenkte.

»Die Wurfsterne, die ich diesem Kerl abgeknöpft habe«, begann Butch. »Was haben wir da?«

»Sind dieselben wie die, die wir bei der Autobombe und in der Nähe von Cherrys Leiche gefunden haben. Marke Typhoon. 87,88g, vier-vierziger Stahl. Zehn Zentimeter Durchmesser. Herausnehmbares Gewicht in der Mitte. Kann man im Internet für circa zwölf Dollar das Stück bestellen oder über Kampfkunststudios beziehen. Und, nein, es sind keine Fingerabdrücke drauf.«

»Die anderen Waffen?«

»Schicke Messerchen. Den Jungs im Labor ist fast einer abgegangen, als sie die Dinger untersucht haben. Verbundmetall, hart wie Diamant, wunderbare Handarbeit. Kein Hersteller erkennbar. Die Pistole ist eine ganz gewöhnliche Neun-Millimeter Beretta, Modell 92G-SD. Sehr gut gewartet, und natürlich wurde die Seriennummer weggeätzt. Das Irre daran sind die Kugeln. So was hab ich noch nie gesehen. Innen hohl und mit Flüssigkeit gefüllt. Die Jungs glauben, es sei nur Wasser. Aber wer macht denn so was?«

»Du verarschst mich.«

»Nein.«

»Und keine Abdrücke.«

»Exakt.«

»Nirgendwo.«

»Genau.«

José machte das Erdnussschälchen leer und gestikulierte zu Abby, um Nachschub zu ordern. »Dein Verdächtiger ist aalglatt. Blank wie ein Babypopo. Ein echter Profi. Wetten, er kommt aus dem Big Apple hier nach Norden? Klingt für mich nicht nach einem Caldwell-Gewächs.«

»Bitte, sag mir, dass ihr schon bei der New Yorker Polizei angefragt habt, während ich meine Zeit mit diesen Rettungssanitätern vergeudet habe.«

Abby kam mit mehr Scotch und mehr Nüssen.

»Die Ballistiker nehmen sich gerade die Waffe vor, um festzustellen, ob sie ungewöhnliche Merkmale hat«, berichtete José gelassen. »Wir prüfen, ob das Geld heiß ist. Gleich morgen früh kriegen die Jungs in New York alles, was wir haben. Aber viel wird es nicht sein.«

Butch fluchte, als er zusah, wie die Schale neu gefüllt wurde.

»Wenn Beth irgendwas zustößt …« Er ließ den Satz in der Luft hängen.

»Wir finden sie.« José machte eine kurze Pause. »Und Gnade ihm Gott, wenn er ihr etwas antut.«

O ja, dann würde Butch sich den Typen persönlich vorknöpfen.

»Gnade ihm Gott«, gelobte er und hielt Abby auffordernd sein Glas hin.

Wrath war völlig erschöpft, als er sich auf die Couch setzte und darauf wartete, dass Beth wieder etwas sagte. Sein Körper fühlte sich an, als würde er in sich selbst versinken, seine Knochen beugten sich der Last von Fleisch und Muskeln.

Während er die Szene hinter der Polizeiwache im Geiste noch einmal durchspielte, fiel ihm ein, dass er die Erinnerung des Cops nicht gelöscht hatte. Was bedeutete, dass die Bullen mit einer genauen Beschreibung nach ihm suchen würden.

Verdammt. Er war so verstrickt in das ganze Drama gewesen, dass er tatsächlich vergessen hatte, sich zu schützen.

Er wurde nachlässig. Und Nachlässigkeit war gefährlich.

»Woher wusstest du das mit den Orgasmen?«, fragte Beth unvermittelt.

Er versteifte sich, und ebenso sein Schwanz, allein beim Klang des Wortes auf ihren Lippen.

Er rutschte herum, um etwas Platz in seiner Hose zu machen, und überlegte, wie er ihrer Frage ausweichen konnte. Im Moment wollte er gerade wirklich nicht über Sex mit ihr sprechen. Nicht, wenn sie in diesem Bett lag. Nur Zentimeter von ihm entfernt.

Er dachte an ihre Haut. Weich. Seidig. Warm.

»Woher wusstest du das?«, bohrte sie weiter.

»Es stimmt doch, oder?«

»Ja«, flüsterte sie. »War es anders mit dir, weil du

kein … weil du ein … Scheiße, ich kann noch nicht mal das Wort aussprechen.«

»Kann sein.« Er legte seine Handflächen aufeinander und verschränkte die Finger ineinander. »Ich weiß es nicht.«

Denn für ihn war es auch anders gewesen. Obwohl sie theoretisch noch ein Mensch war.

»Er ist nicht mein Liebhaber. Butch. Der Polizist.«

Wrath atmete erleichtert auf. »Das freut mich.«

»Wenn du ihn also das nächste Mal siehst, bring ihn nicht um.«

»In Ordnung.«

Lange Stille. Dann hörte er, wie sie sich im Bett herumdrehte. Die Satin-Bettwäsche machte leise Geräusche.

Er stellte sich vor, wie ihre Oberschenkel sich aneinander rieben und wie er sie mit den Händen öffnen würde. Mit dem Kopf weiter auseinanderschieben würde. Einen Pfad zu dem Punkt küssen würde, nachdem er sich so verzweifelt sehnte.

Er schluckte, während die Erregung seine Haut brennen ließ.

»Wrath?«

»Ja.«

»Du wolltest letzte Nacht eigentlich gar nicht mit mir schlafen, stimmt's?«

Verschwommene Bilder von ihr ließen ihn die Augen schließen. »Nein, ich wollte es nicht.«

»Warum hast du es dann getan?«

Wie hätte ich es denn nicht tun sollen?, dachte er mit zusammengebissenen Zähnen. Er hatte es nicht über sich gebracht, sie allein zu lassen.

»Wrath?«

»Weil ich musste«, gab er zurück. Er streckte die Arme aus, versuchte sich locker zu machen. Sein Herz donnerte in der Brust, seine Instinkte erwachten zum Leben, als wäre er in einer Schlacht. Er konnte hören, wie der Atem über ihre Lippen strich, wie ihr Herz pochte, wie ihr Blut floss.

»Warum?«, wisperte sie.

Er sollte jetzt gehen. Er sollte sie allein lassen.

»Sag mir, warum.«

»Du hast mir gezeigt, wie kalt ich bin.«

Mehr Bewegung auf dem Bett.

»Ich habe dich gern gewärmt«, sagte sie heiser. »Ich habe dich gern gespürt.«

Ein dunkles Begehren füllte ihn aus, verkrampfte seine Magengegend.

Wrath hörte auf zu atmen. Wartete, ob es vielleicht von allein vorbeiginge. Das nagende Gefühl wurde stärker.

Scheiße, dieses sündige Verlangen war nicht nur auf Sex ausgerichtet.

Es ging um Blut.

Ihr Blut.

Schnell stand er auf und brachte mehr Distanz zwischen sie und ihn. Er musste hier weg. Auf die Straße. Musste kämpfen.

Und er musste trinken.

»Hör mal, ich muss los. Aber ich möchte, dass du hier schläfst.«

»Geh nicht weg.«

»Ich muss.«

»Warum?«

Sein Mund öffnete sich, die Fänge pochten, als sie sich verlängerten.

Und seine Zähne waren nicht die Einzigen, die danach schrien, sich in sie zu versenken. Seine Erektion schmerzte, bohrte sich hart gegen den Reißverschluss. Er war hin- und hergerissen zwischen den beiden Bedürfnissen. Sex. Blut.

Beides von ihr.

»Läufst du weg?«, flüsterte sie. Es war hauptsächlich eine Frage, die nur ein kleines bisschen Spott enthielt.

»Sei vorsichtig, Beth.«

»Warum?«

»Lange kann ich mich nicht mehr zusammenreißen.«

Sie stand vom Bett auf, kam zu ihm herüber und legte ihm die Hand auf die Brust, direkt über dem Herzen. Die andere schlang sie ihm um die Taille.

Er fauchte, als sie ihn berührte.

Doch wenigstens überlagerte das sexuelle Verlangen die andere Begierde.

»Willst du mich abweisen?«, fragte sie.

»Ich will dich nicht ausnutzen«, sagte er durch zusammengebissene Zähne. »Du hast heute Nacht viel durchmachen müssen.«

Sie griff nach seinen Schultern. »Ich bin wütend. Ängstlich. Verwirrt. Ich will, dass du mich liebst, bis ich nichts mehr fühle, bis ich taub bin. Wenn überhaupt, würde ich dich ausnutzen.« Sie sah auf den Boden. »O Gott, das klingt furchtbar.«

Und wie. Er war mehr als bereit, sich so von ihr benutzen zu lassen.

Er hob ihr Kinn mit dem Zeigefinger an. Auch wenn ihr üppiger Duft ihm ganz genau sagte, was ihr Körper von ihm brauchte, wollte er ihr Gesicht gut sehen können.

»Geh nicht«, flüsterte sie.

Er wollte nicht, doch sein Blutdurst brachte sie in Gefahr. Sie brauchte ihre Kraft für die Wandlung. Und er war so durstig, er könnte sie vollständig leertrinken.

Ihre Hand ließ seine Taille los. Und fand seine Erektion.

Sein Körper zuckte wild, Sauerstoff pumpte in seine Lungen. Sein Keuchen erschütterte die Stille im Raum.

»Du willst mich«, sagte sie. »Und ich will, dass du mich nimmst.«

Sie rieb ihre Handfläche über sein Geschlecht, das Gefühl durchdrang seine Lederhose mit schmerzlicher Deutlichkeit.

Nur Sex. Er könnte es tun. Er konnte das andere Bedürfnis zurückhalten. Er konnte es.

Doch wollte er wirklich ihr Leben von seiner Selbstbeherrschung abhängig machen?

»Sag nicht Nein, Wrath.«

Und dann stellte sie sich auf die Zehenspitzen und legte ihre Lippen auf seine.

Game over, dachte er und drückte sie machtvoll an sich.

Gierig suchte seine Zunge sich den Weg in ihren Mund, während er ihre Hüften packte und sich in ihre Hand presste. Ihr befriedigtes Stöhnen machte ihn noch wilder, er genoss die Stiche, die ihre Nägel in seinem Rücken verursachten, weil das bedeutete, dass sie genauso hungrig war wie er selbst.

In einer einzigen Bewegung hatte er sie unter sich aufs Bett geworfen. Er schob den Rock hoch, riss ihr ungeduldig den Slip vom Leib. Der Bluse und dem BH erging es nicht besser. Genießen konnten sie später noch. Jetzt ging es um rauen, gierigen Sex.

Während er ihre Brüste mit seinem Mund bearbeitete, zog sie ihm mit fahrigen Händen das Shirt von der Brust.

Er gab ihr gerade genug Zeit, um seine Hose zu öffnen und seine Erektion zu befreien, dann schlang er seinen Unterarm um eines ihrer Knie, bog das Bein hoch und versenkte sich in ihren Körper.

Er hörte sie keuchen, als er machtvoll in sie eindrang, und ihre feuchte Hitze umfing ihn, pulsierte, als sie kam. Er erstarrte, sog die Empfindung ihrer Erlösung in sich auf, spürte, wie ihr Innerstes ihn streichelte.

Ein überwältigender, Besitz ergreifender Instinkt durchfuhr ihn.

Zu seinem Schrecken wurde ihm klar, dass er sie besitzen wollte. Als sein Eigentum kennzeichnen. Er wollte, dass sie diesen speziellen Duft ausstrahlte, damit kein anderer Mann sich ihr näherte. Damit alle wüssten, wem sie gehörte. Damit alle Angst davor hatten, sie selbst besitzen zu wollen.

Aber er wusste, dass er kein Recht dazu hatte. Sie gehörte ihm nicht.

Er spürte, wie ihr Körper unter ihm regungslos wurde, und sah sie an.

»Wrath?«, flüsterte sie. »Wrath, was ist los?«

Er machte einen Versuch, sich aus ihr herauszuziehen, doch sie nahm sein Gesicht zwischen ihre Hände.

»Ist alles in Ordnung mit dir?«

Die Sorge in ihrer Stimme war schuld.

In einer beängstigenden Aufwallung löste sich sein Körper vom Einflussbereich seines Verstandes. Bevor er noch weiter nachdenken konnte, stützte er sich auf seine Arme und stieß in sie hinein, nahm sie hart, durchbohrte sie. Das Kopfteil des Bettes knallte gegen die Wand, sie hielt sich an seinen Handgelenken fest, um sich unter ihm festzuhalten.

Ein tiefes Geräusch rollte durch den Raum, wurde lauter und lauter, bis ihr bewusst wurde, dass das Knurren von ihm kam. Eine fiebrige Hitze stieg ihm aus allen Poren.

Er konnte sich nicht zurückhalten.

Seine Lippen entblößten die Zähne, während seine Muskeln wirbelten und seine Hüften gegen ihre schlugen. Er war in Schweiß gebadet, in seinem Kopf drehte sich alles, er war atemlos, nahm alles, was sie ihm anbot. Nahm es und verlangte mehr, wurde zum Tier wie sie auch, bis sie beide nur noch Wildheit waren.

Er kam heftig, erfüllte sie ganz, entlud sich schaudernd in sie. Sein Orgasmus dauerte an und an und an, bis ihm bewusst wurde, dass sie mit ihm gemeinsam auf dem Höhepunkt ritt. Sie klammerten sich aneinander, gegen die übermächtigen Wogen der Leidenschaft, als ginge es um ihr Leben.

Es war die vollkommenste Vereinigung, die er je erlebt hatte.

Und plötzlich wurde es zum Albtraum.

Noch während der letzte Schauer seinen Körper verließ und in ihren überging, in genau dem Augenblick, als er sich restlos verausgabt hatte, kippte das Gleichgewicht seiner Begierden. Die Blutlust brach sich wild und heimtückisch Bahn, so mächtig, wie es davor das sexuelle Verlangen gewesen war.

Er fletschte seine Zähne und beugte sich über ihren Hals, über die Vene, die so köstlich nah unter der Oberfläche ihrer blassen Haut pochte. Seine Fänge wollten sich schon in sie versenken, sein Hals war trocken vor Durst nach ihr, seine Eingeweide verkrampften sich in einem Hunger, der in seine Seele schnitt. Im letzten Moment riss er sich zurück, entsetzt über das, was er beinahe getan hätte.

Er schob sich von ihr weg, kroch hektisch über das Bett, bis er schließlich ohne jede Eleganz zu Boden fiel.

»Wrath?« Beunruhigt beugte sie sich über ihn.

»Nein!«

Der Hunger nach ihrem Blut war zu stark, der Trieb übermächtig. Wenn sie ihm zu nahe käme …

Er stöhnte auf, versuchte zu schlucken. Sein Hals war wie Schmirgelpapier. Wieder brach ihm der Schweiß aus, doch dieses Mal dank einer Übelkeit erregenden Hitze.

»Was ist passiert? Was habe ich getan?«

Wrath kroch rückwärts, sein Körper schmerzte, die Haut brannte wie Feuer. Ihr Geruch auf ihm war wie ein Peitschenhieb auf seine Selbstbeherrschung.

»Beth, bitte lass mich allein. Ich muss …«

Doch immer noch wollte sie zu ihm. Er stieß heftig gegen die Couch.

»Zum Teufel, bleib zurück!« Er entblößte seine Fänge und zischte laut. »Wenn du noch näher kommst, beiße ich dich, kapiert?«

Wie angewurzelt blieb sie stehen. Entsetzen trübte die Luft zwischen ihnen, doch sie schüttelte den Kopf.

»Es würde mir nicht wehtun«, sagte sie mit einer Überzeugung, die ihm gefährlich naiv erschien.

Mühsam sprach er. »Zieh dich an. Geh hoch. Bitte Fritz, dich nach Hause zu bringen. Ich schicke jemanden, der auf dich aufpasst.«

Er keuchte jetzt nur noch, der Schmerz zerrte an seinem Magen, beinahe so stark wie damals in der Nacht seiner Transition. Nie hatte er Marissa so sehr gebraucht.

O Gott. Was passierte mit ihm?

»Ich will nicht gehen.«

»Du musst. Ich schicke jemanden vorbei, der dich beschützt, bis ich wieder zu dir kommen kann.«

Seine Oberschenkel zitterten, die Muskeln waren bis zum Äußersten angespannt. Sein Geist und seine körperlichen Bedürfnisse hatten einander den Krieg erklärt, waren mit gezogenem Schwert aufs Schlachtfeld gezogen. Und er wusste, wer siegen würde, wenn sie sich nicht vor ihm in Sicherheit brachte.

»Beth, bitte. Es tut weh. Und ich weiß nicht, wie lange ich mich noch zurückhalten kann.«

Sie zögerte noch. Dann warf sie sich ihre Kleider über.

An der Tür warf sie noch einmal einen Blick zurück.

»Geh.«

Sie gehorchte.

20

Es war kurz nach neun, als Mr. X bei McDrive ankam. »Schön, dass euch beiden der Film gefallen hat. Und ich habe heute Nacht noch etwas anderes vor, aber wir müssen uns ein bisschen beeilen. Einer von euch muss um elf zu Hause sein.«

Billy fluchte leise, als sie vor der beleuchteten Speisekarte hielten. Er bestellte doppelt so viel wie Loser. Der bot an, für sein Essen zu bezahlen.

»Das geht schon in Ordnung, ich lade euch ein«, sagte Mr. X. »Aber macht mir keine Sauerei im Wagen.«

Während Billy aß und Loser mit seinem Essen spielte, fuhr Mr. X sie hinüber ins *War Zone*. Das war ein Laserdrom, die Aufreißzentrale der unter Achtzehnjährigen. Die trübe beleuchte Halle war ideal, um sowohl Akne als auch armselige jugendliche Sehnsüchte zu bemänteln. An diesem Abend brummte der weitläufige Flachbau, angefüllt mit zappeligen, halbwüchsigen Jungen und gelangweilten, aufgedonnerten Mädchen, denen sie zu imponieren versuchten.

Mr. X besorgte drei Infrarotpistolen und Zielhalfter und gab sie den Jungs. Billy war in weniger als einer Minute startklar, die Waffe lag so zwanglos in seiner Hand, als sei sie eine Verlängerung seines Arms.

Mr. X sah zu Loser hinüber, der immer noch mit dem

Halfter kämpfte. Der Bursche sah jämmerlich aus, seine Unterlippe hing schlaff herunter, während die Finger ungeschickt an den Plastikhaken herumfummelten. Billy beobachtete ihn ebenfalls. Als wäre er Futter.

»Ich dachte mir, wir veranstalten einen kleinen freundschaftlichen Wettbewerb«, sagte Mr. X, als sie schließlich durch die Drehkreuze gingen. »Mal sehen, wer von euch den anderen öfter trifft.«

Beim Betreten der Kampfarena passten sich Mr. X' Augen blitzschnell an die samtschwarze Dunkelheit und die Neonblitze der anderen Spieler an. Der Raum war groß genug für die etwa dreißig Kämpfer, die um die Hindernisse herumtanzten, lachten und kreischten und ihre Lichtstrahlen abfeuerten.

»Wir trennen uns«, sagte Mr. X.

Während Loser noch kurzsichtig blinzelte, zog Billy schon los. Er bewegte sich mit der Geschmeidigkeit eines Raubtiers. Eine Sekunde später meldete der Sensor mitten auf Losers Brust einen Treffer. Der Junge sah an sich hinunter, als wüsste er nicht, was passiert war.

Billy zog sich in die Dunkelheit zurück.

»Du gehst besser in Deckung, Junge«, murmelte Mr. X.

Er hielt sich abseits und ließ die beiden nicht aus den Augen. Billy traf Loser immer und immer wieder, aus zahllosen Winkeln, er verschwand zwischen den Hindernissen, tauchte wieder auf, näherte sich schnell, dann wieder langsam, dann schoss er aus der Ferne. Losers Verwirrung und Bestürzung nahmen mit jedem Lichtblitz auf seiner Brust weiter zu. Die Verzweiflung machte ihn unbeholfen wie ein Kind. Er ließ die Laserpistole fallen. Stolperte über seine eigenen Füße. Rannte mit der Schulter in eine Absperrung.

Billy dagegen hielt sich glänzend. Obwohl sein Gegner nachließ, immer schwächer wurde, zeigte er keine Gnade. Selbst als Loser seine Waffe hängen ließ und sich erschöpft an eine Wand lehnte, schoss er wieder auf ihn.

Und verschwand sofort wieder im Schatten.

Dieses Mal heftete sich Mr. X an Billys Fersen, aber nicht um seine Leistung zu beobachten. Riddle war schnell, er tänzelte um die Schaumstoffhindernisse herum, schlich sich zurück zu Loser, um ihn von hinten zu überfallen.

Mr. X sah seine Bewegungen voraus. Mit einem schnellen Schritt nach rechts stellte er sich ihm in den Weg.

Und erschoss ihn aus nächster Nähe.

Billy sah fassungslos auf seine Brust. Es war das erste Mal, dass sich sein Rezeptor gemeldet hatte.

»Das hast du gut gemacht«, sagte Mr. X. »Du hast das Spiel wirklich gut gespielt, mein Junge. Bis jetzt gerade.«

Billy hob den Blick zu seinem Lehrer empor, seine Hand legte sich auf den blinkenden Sensor. Auf sein Herz.

»Sensei.« Er sprach das Wort mit der Ehrfurcht und Bewunderung eines Liebenden aus.

Beth wollte den Butler nicht bitten, sie nach Hause zu bringen, sie war zu aufgelöst, um mit irgendjemandem höflich Konversation zu machen. Sie ging die Straße hinunter und wählte gerade die Nummer eines Taxiunternehmens auf ihrem Handy, als das Schnurren eines Motors sie aufschreckte.

Der Butler stieg aus dem Mercedes und neigte den Kopf. »Der Herr rief mich. Er möchte, dass ich Euch nach Hause bringe, Herrin. Und ich … ich würde Euch gern fahren.«

Er klang so ernsthaft und hoffnungsvoll, als würde sie ihm einen Gefallen tun, wenn er sich um sie kümmern dürfte. Aber sie brauchte Ruhe. Nach allem, was passiert war, geisterte ihr zu viel im Kopf herum.

»Vielen Dank, das ist nicht nötig.« Sie zwang sich zu einem Lächeln. »Ich werde einfach …«

Die Miene des Mannes zeigte deutlich seine Enttäuschung. Er sah aus wie ein getretener Hund.

Wenn sie schon ihre Manieren im Stich ließen, setzte nun doch wenigstens ihr Mitgefühl ein.

»Na gut.«

Bevor er um den Wagen herumkommen konnte, öffnete sie die Tür und setzte sich auf den Beifahrersitz. Der Butler wirkte durch ihre Initiative etwas aus dem Konzept gebracht, doch er fasste sich schnell wieder, und das leuchtende Lächeln kehrte auf sein zerknittertes Gesicht zurück.

Als er sich ans Steuer setzte und den Gang einlegte, sagte sie: »Ich wohne in …«

»Oh, ich weiß, wo Ihr lebt. Wir wussten die ganze Zeit, wo Ihr wart. Erst im St. Francis Hospital auf der Säuglings-Intensivstation. Dann bei der Kinderkrankenschwester. Wir hatten gehofft, sie würde Euch behalten, doch das Krankenhaus zwang sie dazu, Euch wieder abzugeben. Dann kamt Ihr in staatliche Fürsorge. Das gefiel uns gar nicht. Erst wurdet Ihr den McWilliams auf der Elmwood Avenue zugeteilt, doch Ihr wurdet krank und musstet mit Lungenentzündung wieder ins Krankenhaus.«

Er setzte den Blinker und bog an einem Stoppschild links ab.

Sie vergaß beinahe zu atmen, so angestrengt hörte sie zu.

»Danach wurdet Ihr zu den Ryans geschickt, aber dort

waren einfach zu viele Kinder. Und dann kamt Ihr zu den Goldrichs, die in diesem modernen Bungalow in der Raleigh Street wohnten. Wir dachten, dort würdet Ihr nun bleiben, aber dann wurde Mrs. Goldrichs schwanger. Schließlich kamt Ihr in das Waisenhaus. Das war schlimm für uns, denn dort ließ man Euch nicht an die frische Luft zum Spielen.«

»Sie sagen immer ›wir‹«, flüsterte Beth. Sie fürchtete sich vor der Antwort und hoffte gleichzeitig inständig auf sie.

»Ja. Euer Vater und ich.«

Sie legte den Handrücken auf den Mund und betrachtete angestrengt das Profil des Butlers.

»Er kannte mich?«

»O ja, Herrin. Von Anfang an. Kindergarten, Grundschule, Highschool.« Ihre Blicke trafen sich. »Wir waren so stolz auf Euch, als Ihr dieses Stipendium fürs College bekamt. Ich war bei Eurer Abschlussfeier. Ich habe für Euren Vater Fotos gemacht.«

»Er kannte mich.« Sie sprach die Worte probeweise aus, es fühlte sich an, als spräche sie von den Eltern einer anderen Frau.

Der Butler lächelte ihr zu. »Wir haben jeden Artikel aufgehoben, den Ihr jemals geschrieben habt. Selbst die von der Highschool und dem College. Als Ihr beim *Caldwell Courier Journal* angefangen habt, weigerte sich Euer Vater, morgens schlafen zu gehen, bevor ich ihm nicht die Zeitung gebracht hatte. Egal, wie hart die Nacht gewesen war, er ging erst zu Bett, wenn er alles gelesen hatte, was Ihr geschrieben hattet. Er war so stolz auf Euch.«

Sie wühlte in ihrer Tasche nach einem Taschentuch und schnäuzte sich, so geziert sie konnte.

»Herrin, Ihr müsst wissen, dass es unfassbar schwer für ihn war, Euch fernzubleiben. Aber er wusste, wie gefährlich es war, Euch zu nahe zu kommen. Die Familien der Krieger müssen sorgfältig bewacht werden, und Ihr wart doch ohne Schutz, weil Ihr von Menschen aufgezogen wurdet. Er hatte auch gehofft, dass Euch die Transition erspart bliebe.«

»Kannten Sie meine Mutter?«

»Nicht gut. Sie waren nicht lange zusammen. Sie verschwand bald, nachdem sie sich kennengelernt hatten, weil sie herausgefunden hatte, dass er kein Mensch war. Von der Schwangerschaft erzählte sie ihm nichts, erst kurz vor der Geburt wandte sie sich wieder an ihn. Ich glaube, sie hatte Angst vor dem Wesen, das sie auf die Welt bringen würde. Unglücklicherweise begannen die Wehen, bevor wir sie erreichen konnten, und sie wurde in ein Krankenhaus der Menschen gebracht. Aber Ihr solltet wissen, dass er sie geliebt hat. Von ganzem Herzen.«

Beth saugte diese Informationen auf wie ein Schwamm und füllte damit die Löcher in ihrem Inneren aus.

»Mein Vater und Wrath, standen sie sich nahe?«

Der Butler zögerte. »Euer Vater liebte Wrath. Wir alle tun das. Er ist unser Herr. Unser König. Deshalb schickte Euer Vater ihn zu Euch. Und Ihr braucht ihn nicht zu fürchten. Er würde Euch niemals wehtun.«

»Das weiß ich.«

Als ihr Haus in Sicht kam, bedauerte sie, nicht noch mehr Zeit mit dem Butler verbringen zu können.

»Da wären wir«, sagte er. »Elf Achtundachtzig Redd Avenue, Apartment 1B. Wobei ich bemerken muss, dass weder Euer Vater noch ich es gutheißen konnten, dass Ihr in einer Erdgeschosswohnung lebt.«

Der Wagen hielt, aber sie wollte nicht aussteigen.

»Darf ich Ihnen noch mehr Fragen stellen? Später?«, sagte sie.

»Aber ja, Herrin. Bitte. Es gibt so vieles, was ich Euch erzählen möchte.« Er stieg aus dem Auto, doch sie schlug schon die Tür zu, als er bei ihr ankam.

Sie überlegte, ob sie ihm die Hand geben und sich förmlich bedanken sollte.

Stattdessen schlang sie die Arme um den kleinen alten Mann und drückte ihn an sich.

Nachdem Beth seine Kammer verlassen hatte, schrie Wraths Blutdurst nach ihr, schmerzlich, weil er selbst sie weggeschickt hatte.

Er zog sich die Hose hoch und schleppte sich ans Telefon. Zuerst rief er Fritz an, dann Tohrment. Seine Stimme versagte immer wieder, er hatte Mühe, sich verständlich zu machen.

Nach dem Telefonat mit Tohr drehte sich sein Magen plötzlich um. Er taumelte ins Badezimmer und rief still nach Marissa. Er beugte sich über die Toilette, doch es gab nicht viel, das er hätte ausspucken können.

Er hatte zu lange gewartet, dachte er. Die Signale ignoriert, die sein Körper schon seit geraumer Zeit ausgesandt hatte.

Dann war Beth gekommen, und seine Psyche hatte eine ganze Reihe von Schlägen hinnehmen müssen. Kein Wunder, dass er völlig durcheinander war.

Marissas Duft wehte aus dem Zimmer herüber.

»Mein Herr?«, rief sie.

»Ich brauche …«

Beth, dachte er, halluzinierend. Er sah sie vor sich, hörte ihre Stimme in seinem Kopf. Streckte die Hand aus. Sie ging ins Leere.

»Herr? Soll ich zu dir kommen?«, fragte Marissa aus dem Nebenzimmer.

Wrath wischte sich den Schweiß vom Gesicht und kam heraus, schwankend wie ein Betrunkener. Blind tastete er in der Luft herum, fiel vornüber.

»Wrath!« Marissa eilte zu ihm.

Schwerfällig fiel er auf das Bett und zog sie mit hinunter.

Er glaubte, Beths Körper neben sich zu spüren.

Und sein Gesicht landete auf dem Laken, in dem noch immer Beths Duft hing. Als er tief Luft holte, um die Benommenheit zu vertreiben, roch er überall nur Beth.

»Herr, du musst trinken.« Marissas Stimme schien aus weiter Ferne zu kommen, als stünde sie draußen auf der Treppe.

Er hob den Kopf bei dem Geräusch, sah aber nichts. Er war nun völlig blind.

Marissas Stimme wurde seltsam hart. »Wrath, hier. Nimm mein Handgelenk. Sofort.«

Warme Haut lag in seiner Handfläche. Er öffnete den Mund, konnte aber seine Arme nicht richtig kontrollieren. Er streckte die Hand aus, berührte eine Schulter, ein Schlüsselbein, einen Hals.

Beth.

Der Hunger überwältigte ihn, und er bäumte sich über den weiblichen Körper neben ihm auf. Mit einem Grollen versenkte er seine Zähne in das zarte Fleisch über einer Arterie. In tiefen Zügen trank er, hatte Visionen von der dunkelhaarigen Frau, die ihm gehörte, sah vor sich, wie sie sich ihm hingab, stellte sich vor, dass sie es war, die in seinen Armen lag.

Marissa rang nach Atem.

Wraths Arme zerbrachen sie beinahe, sein riesiger Körper war wie ein Käfig um sie herum, während er trank. Zum ersten Mal spürte sie jede der harten Konturen seines Körpers.

Einschließlich einer, die eine Erektion sein musste, wie ihr klar wurde. Noch nie war sie auch nur in der Nähe davon gewesen.

Die Möglichkeiten, die es verhieß, waren aufregend. Und furchterregend.

Sie lehnte sich zurück und versuchte zu atmen. Das war es, was sie sich immer von ihm gewünscht hatte, auch wenn seine Leidenschaft schockierend war. Aber was konnte sie schon erwarten? Er war mehr als ein Mann, er war ein Krieger.

Und er hatte endlich begriffen, dass er sie brauchte.

Befriedigung nahm die Stelle des Unbehagens ein, vorsichtig strich sie ihm mit den Händen über die breiten, nackten Schultern – eine Freiheit, die sie sich nie zuvor erlaubt hatte. Ein kehliges Geräusch entrang sich ihm, als wolle er, dass sie weitermachte. Genussvoll vergrub sie die Hände in seinen Haaren. Es war so weich. Wer hätte das gedacht? So ein harter Mann, aber ach so weich waren die dunklen Wellen seiner Haare. Wie ihre Seidenkleider.

Marissa wollte in seinen Geist blicken, ein Eingriff, den sie nie zuvor gewagt hatte, aus Furcht, ihn zu verärgern. Aber jetzt war alles anders. Vielleicht würde er sie sogar küssen, wenn er fertig war. Sie lieben. Vielleicht konnte sie jetzt bei ihm bleiben. Sie würde gerne mit ihm in Darius' Haus wohnen. Oder wo auch immer. Es spielte keine Rolle.

Sie schloss die Augen und suchte seine Gedanken.

Nur um dort die Frau zu finden, an die er in Wirklichkeit dachte. Die *menschliche* Frau.

Es war eine dunkelhaarige Schönheit mit halb geschlossenen Augen. Sie lag auf dem Rücken, die Brüste entblößt. Seine Finger liebkosten die festen rosa Nippel, während er eine Spur von Küssen von ihrem flachen Bauch abwärts zog.

Marissa ließ das Bild fallen wie ein gesprungenes Glas.

Wrath war gar nicht bei ihr. Es war nicht ihr Hals, aus dem er trank. Es war nicht ihr Körper, den er so fest an sich presste.

Und diese Erektion hatte nichts mit ihr zu tun.

War nicht für sie.

Während er an ihrem Hals saugte, sie mit seinen kräftigen Armen an sich drückte, schrie Marissa auf vor Zorn über diese Ungerechtigkeit.

Schrie wegen ihrer zerstörten Hoffnungen. Ihrer enttäuschten Liebe.

Wie passend, dass er sie völlig aussaugte. Und wie sie sich wünschte, er würde es zu Ende bringen. Sie bis auf den letzten Tropfen austrinken. Sie sterben lassen.

Sie hatte Jahre um Jahre gebraucht, Äonen, um die Wahrheit zu erkennen.

Er hatte nie ihr gehört. Und er würde auch niemals ihr gehören.

O Gott, jetzt, wo ihr der Traum genommen war, was blieb ihr noch übrig?

21

Beth legte ihre Handtasche auf das Tischchen im Flur, begrüßte Boo und ging ins Badezimmer. Kurz liebäugelte sie mit der Dusche, entschied sich dann aber dagegen, obwohl das heiße Wasser ihrem steifen Körper sicher gutgetan hätte.

Aber sie liebte Wraths Duft auf ihrer Haut, ein herrliches, exotisches Parfüm mit einer dunklen Note. Nie zuvor war ihr so etwas bisher begegnet, und sie würde seinen Duft niemals vergessen können.

Sie drehte den Wasserhahn auf und wusch sich. Die Gegend zwischen ihren Beinen war immer noch köstlich empfindlich und mehr als nur ein bisschen gereizt. Nicht, dass sie etwas auf den Schmerz gegeben hätte. Wrath durfte ihr das jederzeit wieder antun, wann immer ihm der Sinn danach stand.

Er war …

Ihr fehlten die Worte. Sie sah nur ein Bild vor sich, wie er sich in sie ergoss, seine gewaltigen Schultern, die schweißbedeckte Brust, die sich aufbäumte, als er endlich losließ. Als er ihr sein Zeichen aufdrückte.

Denn genauso hatte es sich angefühlt. Als wäre sie von dem Mann gezeichnet worden.

Und sie wollte das wieder erleben. Am liebsten jetzt und sofort.

Aber sie schüttelte den Kopf. Dieser ungeschützte Sex musste aufhören. Schlimm genug, dass es bereits zweimal passiert war. Das nächste Mal würde sie aufpassen.

Auf dem Weg in ihr Zimmer blieb ihr Blick am Spiegel hängen, und sie blieb stehen. Sie beugte sich vor und brachte ihr Gesicht näher an das Glas.

Sie sah noch genauso aus wie heute Morgen. Aber sie fühlte sich wie eine Fremde.

Sie öffnete den Mund und untersuchte ihre Zähne. Als sie gegen ihre Eckzähne drückte, spürte sie, dass sie tatsächlich ein bisschen empfindlich waren.

Lieber Gott, wer war sie? *Was* war sie?

Sie dachte an Wrath, nachdem sie zusammen gewesen waren. Wie er sich von ihr weggerollt hatte, sein halbnackter Körper aufs Äußerste angespannt. Als er seine Zähne gefletscht hatte, waren die Fänge länger gewesen als sonst. Als wären sie plötzlich gewachsen.

Sein wunderschönes Gesicht war qualvoll verzerrt gewesen.

War es das, was sie erwartete?

Ein Klopfgeräusch kam aus dem Zimmer, als pochte jemand an ein Fenster. Sie hörte Boo freudig miauen.

Vorsichtig steckte Beth den Kopf um den Türpfosten.

Da war jemand an der Schiebetür. Jemand, der sehr groß war.

»Wrath?« Sie eilte zur Tür und öffnete sie, ohne vorher genau hinzusehen.

Das war nicht Wrath, obwohl der Mann ihm ein bisschen ähnlich sah. Schwarzes Haar, aber kurz geschnitten. Ein strenges Gesicht mit leuchtend dunkelblauen Augen. Und massenweise Leder.

Seine Nasenflügel bebten, als nehme er eine Witterung

auf, und er runzelte die Stirn, als er sie intensiv musterte. Doch dann schien er sich wieder zu beruhigen.

»Beth?« Seine Stimme war tief, aber freundlich. Und als der Mann lächelte, entblößte er seine Fänge.

Sie erschrak nicht einmal.

Verdammt, sie hatte sich schon an den Irrsinn gewöhnt.

»Ich bin Tohrment, ein Freund von Wrath.« Der Typ streckte ihr die Hand entgegen. »Du kannst mich Tohr nennen.«

Sie nahm die Hand, unsicher, was sie sagen sollte.

»Ich werde mich hier ein bisschen umsehen. Wenn du was brauchst, ich bin vor der Tür.«

Der Mann … Vampir – Verflucht, was auch immer er war – wandte sich ab und ging zum Gartentisch.

»Warte«, sagte sie. »Warum willst du nicht … Bitte, komm doch herein.«

Er zuckte die Achseln. »Okay.«

Als er durch die Glastür trat, miaute Boo laut und pochte mit der Pfote an die schweren Stiefel des Mannes. Die beiden begrüßten sich wie alte Freunde, und als der Vampir sich wieder aufrichtete, fiel die Lederjacke vorne auseinander. Dolche. Genau wie die von Wrath. Und sie hatte so ein Gefühl, dass die anderen Waffensorten, die Butch Wrath abgenommen hatte, sich ebenfalls in seinen Taschen befanden.

»Möchtest du etwas trinken?« Sie zuckte zusammen. *Kein Blut. Bitte sag nicht Blut.*

Er grinste sie an, als könne er ihre Gedanken lesen. »Hast du vielleicht ein Bier?«

Bier? Er trank Bier?

»Ähm, ja. Ich glaube schon.« Sie verschwand in der Küche. Brachte zwei Flaschen mit. Sie konnte jetzt wirklich auch einen Schluck vertragen.

Immerhin hatte sie einen Vampir zu Gast. Und ihr Vater war ebenfalls ein Vampir gewesen.

Ihr Liebhaber war ein Vampir.

Sie legte den Kopf in den Nacken und nahm einen tiefen Zug.

Tohrment lachte leise. »Eine lange Nacht gehabt?«

»Du machst dir keine Vorstellung«, entgegnete sie und wischte sich den Mund ab.

»Vielleicht doch.« Der Vampir setzte sich in ihren Sessel. Unter seinem riesigen Körper sah er aus wie ein Spielzeugmöbel. »Freut mich, dich endlich kennenzulernen. Dein Vater hat viel von dir gesprochen.«

»Ehrlich?«

»Er war so verdammt stolz auf dich. Und du musst wissen – er hat sich von dir ferngehalten, um dich zu schützen. Nicht, weil er dich nicht geliebt hat.«

»Das hat Fritz auch gesagt. Und Wrath.«

»Wie kommst du mit ihm klar?«

»Mit Wrath?«

»Ja.«

Sie spürte, wie ihre Wangen sich röteten, und floh in die Küche, damit er ihre Reaktion nicht mitbekam. Gedankenlos nahm sie eine Schachtel Kekse vom Kühlschrank und legte ein paar auf einen Teller.

»Er ist … er ist … Wie soll ich das sagen?« Sie suchte nach einer guten Antwort.

»Ich glaube, ich verstehe schon.«

Sie kam zurück und hielt ihm den Teller hin. »Möchtest du einen?«

»Mhm, meine Lieblingssorte«, sagte er und nahm drei.«

»Weißt du, ich dachte immer, Vampire würden nur Blut trinken.«

»Stimmt nicht. Sind lebensnotwendige Nährstoffe drin, aber wir brauchen auch normales Essen.«

»Wie steht's mit Knoblauch?«

»Immer her damit.« Er lehnte sich im Sessel zurück und kaute zufrieden. »Ich liebe das Zeug, am besten angebraten in ein bisschen Olivenöl.«

Junge, Junge. Der Typ war ja fast entspannt, dachte sie.

Nein, das stimmte nicht. Ununterbrochen überwachten seine scharfen Augen die Fenster und die Glastür, sondierten die Umgebung. Sie wusste zweifelsfrei, dass er bei der geringsten Auffälligkeit im Bruchteil einer Sekunde aus dem Sessel springen würde. Und zwar nicht, um das Schloss zu überprüfen. Sondern um anzugreifen.

Er steckte sich noch einen Keks in den Mund.

Aber wenigstens bot er angenehme Gesellschaft.

»Du bist ganz anders als Wrath«, platzte sie heraus.

»Niemand ist wie Wrath.«

»Ja.« Sie biss ebenfalls in einen Keks und setzte sich auf den Futon.

»Er ist eine Naturgewalt«, sagte Tohr und kippte sein Bier herunter. »Und er ist tödlich, das steht außer Frage. Aber niemand kann besser auf einen anderen aufpassen, vorausgesetzt, er entscheidet sich dafür. Was er bei dir getan hat.«

»Woher willst du das wissen?«, flüsterte sie. Was hatte Wrath ihm wohl über sie erzählt?

Tohr räusperte sich, und ein Anflug von Röte überzog seine Wangen. »Er hat dich gekennzeichnet.«

Sie runzelte die Stirn und sah an sich hinunter.

»Ich kann es riechen«, erklärte Tohr. »Die Warnung umhüllt dich von Kopf bis Fuß.«

»Warnung?«

»Als wärst du seine *Shellan.*«

»Seine was?«

»Seine Partnerin. Der Duft auf deiner Haut sendet kraftvolle Botschaften an andere Männer aus.«

Also hatte sie recht gehabt. Was den Sex zwischen ihnen betraf, und was er bedeutet hatte.

Das dürfte mir eigentlich nicht so gut gefallen, dachte sie.

»Es stört dich doch nicht, oder?«, fragte Tohr. »Dass du ihm gehörst.«

Sie wollte darauf nicht antworten. Einerseits wollte sie Wrath gehören. Andererseits fühlte sie sich viel sicherer so, wie sie früher war. Auf sich allein gestellt.

»Hast du jemanden?«, fragte sie. »Eine Partnerin?«

Das Gesicht des Vampirs leuchtete voller Hingabe. »Sie heißt Wellsie. Wir wurden einander schon vor der Transition versprochen. Es war einfach nur Glück, dass wir uns ineinander verliebt haben. Die Wahrheit ist, wenn ich ihr auf der Straße begegnet wäre, hätte ich sie ausgewählt. So was nennt man wohl Schicksal.«

»Hin und wieder funktioniert das wohl«, murmelte sie.

»Ja. Manche männlichen Vampire nehmen sich mehr als eine *Shellan.* Aber ich kann mir nicht vorstellen, jemals mit einer anderen Frau zusammen zu sein. Was offenbar der Grund ist, warum Wrath mich gerufen hat.«

Sie zog eine Augenbraue hoch. »Wie bitte?«

»Die anderen Brüder haben zwar Frauen, von denen sie trinken, aber sie sind emotional nicht gebunden. Nichts würde sie davon abhalten –« Er hielt inne und biss in einen Keks. »Na ja, immerhin bist du …«

»Was bin ich?« Sie hatte das Gefühl, sich selbst kaum

zu kennen. Und inzwischen nahm sie bereitwillig Tipps zu dem Thema entgegen, selbst von Fremden.

»Schön. Wrath hätte nicht gewollt, dass einer der anderen auf dich aufpasst. Denn wenn einer von denen sich hinreißen lassen würde, gäbe es ernsthaften Ärger.« Tohr zuckte die Achseln. »Und einige der Brüder sind schlichtweg gefährlich. Die würde man mit keiner Frau allein lassen wollen, zumindest mit keiner, die einem wichtig ist.«

Sie war nicht sicher, ob sie die anderen Brüder kennenlernen wollte.

Moment mal, dachte sie plötzlich.

»Hat Wrath schon eine Shellan?«, wollte sie wissen.

Tohr leerte sein Bier. »Darüber solltest du am besten mit ihm selbst sprechen.«

Das war alles andere als ein Nein.

Ein furchtbares Gefühl der Enttäuschung machte sich in ihrer Brust breit. Sie ging wieder in die Küche.

Verdammt. Sie entwickelte ernsthaft Gefühle für Wrath. Sie hatten zweimal Sex gehabt, und schon war sie völlig aus dem Häuschen.

Dieses Mal wird es wirklich wehtun, dachte sie, als sie noch ein Bier aufmachte. Wenn das zwischen ihnen auseinanderging, würde es höllisch wehtun.

Mal ganz abgesehen von dieser ganzen Ich-werde-zum-Vampir-Geschichte.

O Gott.

»Noch was zu knabbern?«, rief sie.

»Das wäre super.«

»Bier?«

»Nein danke.«

Sie brachte die Schachtel aus der Küche mit, und sie

schwiegen, während er alle Kekse bis zum letzten Krümel wegputzte.

»Hast du noch irgendwas zu essen hier?«, fragte er.

Sie stand auf, ihr Magen knurrte ebenfalls. »Ich sehe mal, was ich auftreiben kann.«

»Hast du Kabel?« Er deutete mit dem Kopf auf den Fernseher.

Sie warf ihm die Fernbedienung zu. »Klar. Und wenn ich das richtig im Kopf habe, ist heute Godzilla-Nacht auf TBS.«

»Wie niedlich«, sagte der Vampir und trat mit den Beinen in die Luft. »Ich bin immer für das Ungeheuer.«

Sie lächelte ihn an. »Ich auch.«

22

Butch wachte auf, weil ihm jemand mit schweren Hammerschlägen einen langen Nagel in den Kopf trieb.

Vorsichtig hob er ein Augenlid.

Nein, das war das Telefon.

Er nahm den Hörer ab und hielt ihn sich in die Nähe des Ohrs. »Hallo?«

»Guten Morgen, Sonnenschein.« Josés Stimme brachte den Nagel zurück.

»Spät?«

»Elf Uhr. Ich dachte, es würde dich interessieren, dass Beth gerade hier angerufen und sich nach dir erkundigt hat. Sie klang okay.«

Butch seufzte vor Erleichterung. »Der Typ?«

»Den hat sie nicht erwähnt. Aber sie sagte, sie möchte heute irgendwann mit dir sprechen. Ich hab die Fahndung nach ihr abgeblasen, weil sie von zu Hause aus angerufen hat.«

Butch setzte sich auf.

Und legte sich ganz schnell wieder hin.

»Ich fühl mich nicht so gut«, nuschelte er.

»Das hab ich mir schon gedacht. Weshalb ich ihr gesagt habe, du wärest bis zum Nachmittag beschäftigt. Nur damit du Bescheid weißt, ich war bis sieben Uhr heute Morgen in deiner Wohnung.«

Verflixt.

Butch versuchte es noch mal mit der Vertikalen und zwang sich, in der Position zu verharren. Das ganze Zimmer drehte sich. Er war immer noch sternhagelvoll. Und er hatte einen Kater von kolossalen Ausmaßen.

So viel zu Männern und ihrer Multitasking-Fähigkeit.

»Ich komme gleich mal vorbei.«

»Lass das mal lieber sein. Der Chef ist nicht gerade gut auf dich zu sprechen. Das Innenministerium hat jemanden vorbeigeschickt, der sich nach dir und Billy Riddle erkundigt hat.«

»Nach Riddle? Warum?«

»Ach, komm schon.«

Ja, er wusste, warum.

»Hör mal, du bist nicht in der Verfassung, dem Chef in die Arme zu laufen.« Josés Stimme war sachlich und unaufgeregt. »Werd erst mal nüchtern. Komm wieder auf die Beine, und lass dich später hier blicken. Ich werde dich decken.«

»Danke.«

»Die Aspirin hab ich übrigens neben das Telefon gelegt. Dachte mir, du schaffst es wahrscheinlich nicht bis zur Kaffeemaschine. Nimm drei Tabletten, stell das Telefon ab, und leg dich schlafen. Wenn was Aufregendes passiert, komm ich vorbei und hole dich.«

»Ich liebe dich, Schatzi.«

»Dann kauf mir einen Nerz und ein hübsches Paar Ohrringe zu unserem Hochzeitstag.«

»Sollst du haben.«

Nach zwei Versuchen schaffte er es, aufzulegen und schloss die Augen. Aspirin, und noch ein bisschen schlafen. Dann würde er sich vielleicht wieder wie ein Mensch fühlen.

Beth kritzelte ihre letzten Änderungen in einen Artikel über eine Welle von identischen Diebstählen. Der Text sah aus, als würde er bluten, so viele rote Korrekturen waren es. Das wurde langsam zur Gewohnheit. Dicks große Jungs wurden immer schlampiger, weil sie sich auf sie verließen. Und das waren nicht nur sachliche Fehler. Inzwischen machten sie auch so viele Grammatik- und Satzbaufehler, als hätten sie noch nie von der Chicagoer Stilfibel gehört.

Es machte ihr nichts aus, Korrektur zu lesen, wenn sie mit jemandem zusammenarbeitete. Solange dieser Jemand sich wenigstens ein bisschen Mühe gab.

Beth legte den fertigen Artikel in ihren Postausgangskorb und konzentrierte sich auf den Computerbildschirm. Sie rief eine Datei auf, an der sie schon den ganzen Tag arbeitete.

Gut, also was wollte sie noch wissen?

Sie überflog ihren Fragenkatalog.

Werde ich tagsüber noch aus dem Haus gehen können? Wie oft muss ich trinken? Wie lange werde ich leben?

Ihre Finger flogen über die Tastatur.

Gegen wen kämpft ihr?

Und dann: *Hast du eine …*

Wie war das Wort noch mal? *Shellan?*

Stattdessen tippte sie *Ehefrau.*

O Gott, ihr Magen krampfte sich zusammen. Was würde Wrath antworten? Und selbst wenn er keine Frau hatte, von wem trank er dann? Und wie würde es sich anfühlen? Wenn er seinem Hunger nachgab?

Sie wusste instinktiv, es würde genauso sein wie der Sex. Halb-animalisch. Überwältigend. Danach wäre sie wahrscheinlich erschöpft und ausgelaugt.

Und vollkommen selig.

»Ganz bei der Arbeit, Randall?«, ertönte Dicks schleppende Stimme hinter ihr.

Schnell klickte sie die Liste weg und rief ihren Mail-Account auf. »Wie immer.«

»Ich habe da so ein Gerücht über dich gehört.«

»Ach ja?«

»Ja. Habe gehört, du bist mit diesem Mordkommissar ausgegangen, mit diesem O'Neal. Zweimal schon.«

»Na und?«

Dick beugte sich über ihren Schreibtisch. Heute trug sie einen hohen runden Ausschnitt, also gab es für ihn nicht viel zu sehen. Er richtete sich wieder auf.

»Nichts *und*. Gut gemacht. Verdreh ihm ein bisschen den Kopf. Sieh zu, was du von ihm kriegen kannst. Wir könnten eine Titelgeschichte über Polizeibrutalität gebrauchen, mit ihm als Aushängeschild. Weiter so, Randall. Ich könnte glatt noch auf die Idee kommen, dich zu befördern.«

Dick verschwand hoch erhobenen Hauptes, offenbar genoss er seine Rolle als Gönner.

Was für ein Arsch.

Ihr Telefon klingelte, und sie bellte ihren Namen in den Hörer.

Kleine Pause. »Herrin? Geht es Euch gut?« Der Butler.

»Entschuldigen Sie – ja, es geht mir gut.« Sie stützte den Kopf in die freie Hand. Nach der Begegnung mit Wrath und Tohr wirkte Dicks Version männlicher Überheblichkeit völlig aberwitzig.

»Wenn ich irgendetwas tun kann …«

»Nein, nein, alles in Ordnung.« Sie lachte. »Nichts, mit dem ich nicht schon früher fertiggeworden wäre.«

»Ich sollte wahrscheinlich gar nicht anrufen«, die Stimme des Butlers wurde zum Flüstern. »Aber ich wollte nicht, dass Ihr unvorbereitet seid. Der Herr hat für heute Abend ein besonderes Abendessen bestellt. Ich dachte, ich könnte Euch vielleicht abholen, und wir finden ein Kleid für Euch.«

»Ein Kleid?«

Für eine Verabredung mit Wrath?

Die Idee war großartig, aber dann erinnerte sie sich daran, dass sie lieber vorsichtig mit ihren romantischen Interpretationen sein sollte. Sie wusste eigentlich überhaupt nicht, was in seiner Umgebung geschah.

Oder mit wem sonst da etwas geschah, um genau zu sein.

»Herrin, ich weiß, das ist vermessen von mir. Er wird Euch selbst benachrichtigen …«

In diesem Moment klopfte die zweite Leitung an ihrem Telefon an.

»Ich wollte nur, dass Ihr für heute Abend bereit seid.«

Die Nummer des Anrufers erschien auf dem Display. Wrath hatte sie die Ziffernfolge auswendig lernen lassen. Sie grinste wie ein Kind am Weihnachtsabend.

»Ich würde liebend gerne ein Kleid aussuchen. Das wäre wunderbar.«

»Gut. Ich kenne mehrere geschmackvolle Boutiquen, die wir aufsuchen können. Der Herr hat ebenfalls um Kleidung gebeten. Ich glaube, er möchte für Euch so gut wie möglich aussehen.«

Als sie auflegte, blieb das Grinsen auf ihrem Gesicht wie festgeklebt.

Wrath hinterließ eine Nachricht auf Beths Mailbox und drehte sich im Bett um. Er tastete nach seiner Blindenuhr. Drei Uhr nachmittags. Er hatte etwa sechs Stunden geschlafen, mehr als üblich, aber er brauchte immer Ruhe, wenn er getrunken hatte.

Gott, er wünschte sie wäre hier.

Tohr hatte ihm bei Tagesanbruch Bericht erstattet. Die beiden waren die ganze Nacht wach geblieben und hatten Godzilla-Filme geschaut. Der Stimme des Kriegers nach zu urteilen, war er halb in sie verliebt.

Was Wrath gleichzeitig gut verstehen konnte und kaum aushielt.

Aber immerhin hatte er sich richtig entschieden, als er Tohr zu ihr geschickt hatte. Rhage hätte definitiv versucht, bei ihr zu landen. Und dann hätte Wrath etwas zerbrechen müssen. Einen seiner Arme. Oder ein Bein. Oder beides. Vishous hatte zwar nicht Mr. Hollywoods umwerfend gutes Aussehen, aber trotzdem strotzte er vor Anziehungskraft. Und Phurys Zölibatsschwur war stark, aber warum ihn in Versuchung führen?

Zsadist?

Diese Option hatte er nicht einmal in Betracht gezogen. Die Narbe auf dem Gesicht des Bruders hätte sie zu Tode erschreckt. Scheiße, nicht mal Wrath konnte sich das Wundmal anschauen. Und Todesangst war Zs bevorzugtes Aphrodisiakum. Dabei ging ihm einer ab wie anderen Männern bei den Dessous von Victoria's Secret.

Nein, Tohr würde wieder Wache schieben müssen, wenn es noch mal nötig wurde.

Wrath reckte sich. Das Gefühl der Satinbettwäsche auf seiner nackten Haut weckte die Sehnsucht nach Beth. Jetzt, wo er getrunken hatte, fühlte sich sein Körper stärker als je zuvor an. Als wären seine Knochen aus Granit und seine Muskeln Stahlseile. Er war wieder er selbst, und sein ganzes Ich brannte darauf, wieder in Aktion zu treten.

Nur bereute er bitterlich, was mit Marissa geschehen war.

Er dachte an die vergangene Nacht zurück. Sobald er seinen Kopf von ihrem Hals gehoben hatte, wusste er, dass er sie beinahe getötet hätte. Und nicht, weil er so viel getrunken hatte.

Sie hatte sich von ihm weggedrückt, ihr Körper zitterte vor Kummer, als sie vom Bett aufstand.

»Marissa …«

»Herr, ich entlasse dich. Aus deinem Eid. Du bist frei von mir.«

Er hatte geflucht und sich hundeelend gefühlt für das, was er ihr angetan hatte.

»Ich verstehe deine Wut nicht«, hatte sie schwach gesagt. »Das war es, was du immer wolltest, und ich gewähre es dir jetzt.«

»Ich wollte nie …«

»Mich«, hatte sie geflüstert. »Ich weiß.«

»Marissa …«

»Bitte, sag es nicht. ich könnte es nicht ertragen, die Wahrheit von deinen Lippen zu hören, auch wenn ich sie sehr gut kenne. Du hast dich immer geschämt, an mich gekettet zu sein.«

»Wovon redest du überhaupt?«

»Ich widere dich an.«

»Was?«

»Glaubst du, ich hätte das nicht bemerkt? Du konntest es nicht erwarten, endlich frei zu sein. Ich trinke, und dann verkrampfst du dich, als müsstest du dich zwingen, meine Anwesenheit zu ertragen.« Sie hatte zu schluchzen begonnen. »Ich habe immer versucht, sauber zu sein, wenn ich zu dir kam. Stundenlang habe ich mich in der Badewanne eingeweicht und mich gewaschen. Aber ich kann den Schmutz nicht finden, den du an mir siehst.«

»Marissa, hör auf. Hör einfach auf. Es liegt nicht an dir.«

»Ja, ich weiß. Ich habe die Frau gesehen. In deinen Gedanken.« Sie erschauderte.

»Es tut mir leid«, hatte er gesagt. »Und du hast mich nie angewidert. Du bist wunderschön …«

»Sag das nicht. Nicht jetzt.« Marissas Stimme war hart geworden. »Wenn überhaupt, dann sollte es dir leidtun, dass ich so lange gebraucht habe, um die Wahrheit zu erkennen.«

»Ich werde dich trotzdem beschützen«, hatte er geschworen.

»Nein, das wirst du nicht. Ich gehe dich nichts mehr an. Nicht, dass ich das jemals getan hätte.«

Und dann war sie gegangen. Kurz hing noch eine salzige Brise in der Luft, bevor sie sich auflöste.

Wrath rieb sich die Augen. Er war entschlossen, es irgendwie wiedergutzumachen. Noch war er sich nicht sicher, wie er das anstellen würde. Nach allem, was sie seinetwegen durchgemacht hatte. Aber er würde nicht zulassen, dass sie einst in den Äther entschwand und glaubte, sie hätte ihm nichts bedeutet. Oder dass er sie in irgendeiner Weise als unrein empfunden hatte.

Nun, da sie ihn verlassen hatte, würde ihr jegliche weitere Schmach erspart bleiben. Und er hatte so ein Gefühl, dass niemand überrascht wäre, wenn es sich herumsprach.

Seltsam, er hatte nie darüber nachgedacht, wie er und Marissa einmal auseinandergehen würden. Vielleicht hatte er nach all diesen Jahrhunderten geglaubt, sie würden sich niemals trennen. Mit Sicherheit hatte er nicht damit gerechnet, dass er den Grund dafür liefern würde, weil er Gefühle für eine andere Frau entwickelte.

Genau das geschah aber gerade. Mit Beth. Nachdem er sie vergangene Nacht gekennzeichnet hatte, konnte er nicht mehr so tun, als wäre sie ihm gleichgültig.

Er fluchte laut. Er wusste genug über männliches Vampirverhalten und Psychologie, um klar und deutlich zu sehen, wie tief er schon in dieser Sache steckte.

Ein Mann, der sich gebunden hatte, war ein gefährlicher Mann.

Besonders, wenn er seine Frau verlassen musste.

Um sie in die Hände eines anderen zu geben.

Er versuchte den Gedanken zu verscheuchen und griff nach dem Telefon. Er brauchte etwas zu essen. Als Fritz nicht abhob, nahm er an, er müsse in den Supermarkt gefahren sein.

Gut. Wrath hatte die Brüder gebeten, später am Abend vorbeizukommen, und sie aßen gern viel. Es wurde Zeit, weitere Erkundungen einzuholen und ihre Ermittlungen voranzutreiben.

Das Verlangen, Darius zu rächen, loderte in ihm.

Und je näher Wrath Beth kam, desto heißer brannte das Feuer.

23

Butch kam aus dem Büro des Captains. Sein Halfter war zu leicht ohne die Waffe, und die Brieftasche ohne die Dienstmarke viel zu flach. Er fühlte sich nackt.

»Was ist passiert?«, fragte José.

»Ich mache Urlaub.«

»Was zum Teufel soll das bedeuten?«

Butch ging an ihm vorbei. »Haben die Kollegen aus New York irgendwelche Infos über diesen Flüchtigen?«

José packte ihn am Arm und zog ihn in ein Vernehmungszimmer. »Was ist los?«

»Ich bin mit sofortiger Wirkung vom Dienst suspendiert, bis die interne Untersuchung abgeschlossen ist. Die, wie wir beide wissen, zu dem Ergebnis kommen wird, dass ich mit unangemessener Härte reagiert habe.«

José vergrub die Hände in den Haaren. »Ich hab dir gesagt, du sollst die Finger von den Kerlen lassen.«

»Dieser Riddle hätte noch viel Schlimmeres verdient.«

»Darum geht es nicht.«

»Komisch, genau das hat der Captain auch gesagt.«

Butch ging zu der Beobachtungsscheibe und betrachtete sich im Spiegel. Gott, er wurde wirklich alt. Oder vielleicht hatte er auch nur den einzigen Beruf, für den er sich je interessiert hatte, satt.

Polizeibrutalität. Scheiß doch drauf. Er war der Beschützer der Unschuldigen, kein egomanischer Schläger, den es anmachte, wenn ihn alle für einen harten Typen hielten. Das Problem war, dass es viel zu viele Regeln zugunsten der Verbrecher gab. Wenn man die Opfer, deren Leben durch die Gewalt zerstört wurde, doch nur halb so gut schützen würde.

»Ich gehöre hier sowieso nicht her«, sagte er leise.

»Was?«

Es gab einfach keinen Platz mehr in der Welt für Männer wie ihn, dachte er.

Butch drehte sich um. »Also. Die New Yorker Kollegen. Was hast du herausbekommen?«

José sah ihn lange an. »Vom Dienst suspendiert, was?«

»Zumindest, bis sie mich offiziell feuern.«

José stützte die Hände in die Hüften und sah auf den Boden. Er schüttelte den Kopf, als sei er mit seinen Schuhen unzufrieden. Als er antwortete, klang seine Stimme grimmig.

»*Nada.* Als wäre er aus dem Nichts gekommen.«

Butch fluchte. »Diese Wurfsterne. Ich weiß, dass man sie im Internet bestellen kann, aber man kann sie doch auch so kaufen, oder?«

»Ja. In Kampfkunststudios zum Beispiel.«

»Hier in der Stadt gibt es doch auch welche?«

José nickte langsam.

Butch nahm die Schlüssel aus der Tasche. »Bis demnächst.«

»Warte mal – wir haben schon jemanden losgeschickt, um sich umzuhören. Beide Schulen gaben an, sie könnten sich an niemanden erinnern, auf den die Beschreibung passt.«

»Vielen Dank für den Hinweis.« Butch ging zur Tür.

»Butch. Hey, O'Neal.« José hielt Butch am Arm fest. »Verflucht noch mal, wartest du gefälligst mal eine Minute?«

Butch sah ihn über die Schulter an. »Kommt jetzt die Stelle, wo du mir rätst, mich aus den laufenden Ermittlungen herauszuhalten? Dann kannst du dir nämlich den Atem sparen.«

»Himmel, Butch, ich bin nicht dein Feind.« Josés dunkelbraune Augen blickten ihn durchdringend an. »Die Jungs und ich stehen hinter dir. So wie wir das sehen, tust du, was du tun musst, und du hattest immer recht damit. Jeder, dem du ein paar verpasst hast, hatte es auch verdient. Aber vielleicht hattest du bisher einfach nur Glück? Was wenn du jemanden verletzt, der nicht –«

»Du kannst mit der Predigt aufhören. Sie interessiert mich nicht.« Er umfasste den Türgriff.

José drückte seinen Arm. »Du bist nicht mehr im Dienst, O'Neal. Und dich kopflos in Ermittlungen zu stürzen, von denen du abgezogen wurdest, wird Janie auch nicht wieder lebendig machen.«

Butch stieß geräuschvoll den Atem aus, als hätte ihm jemand in den Bauch geboxt. »Willst du noch mal nachtreten, oder was?«

José ließ seinen Arm los und zog ein Gesicht, als würde er das Handtuch werfen. »Tut mir leid. Aber dir muss klar sein, dass du einzig und allein dir selbst schadest, wenn du dich noch weiter da reinsteigerst. Deiner Schwester wirst du damit jedenfalls nicht helfen.«

Butch schüttelte langsam den Kopf. »Verdammter Mist. Das weiß ich doch.«

»Bist du sicher?«

Ja, das war er. Es hatte ihm wirklich Spaß gemacht,

Billy Riddle wehzutun, aber das war Rache gewesen für das, was er Beth angetan hatte. Es hatte nichts mit seiner Schwester zu tun. Janie war tot. Sie war schon sehr, sehr lange tot.

Trotzdem, Josés trauriger Blick gab ihm das Gefühl, unheilbar krank zu sein.

»Alles wird gut«, hörte er sich sagen. Obwohl er nicht daran glaubte.

»Lass es nicht darauf ankommen, okay?«

Butch riss die Tür auf. »Was anderes hab ich nicht gelernt, José.«

Mr. X lehnte sich in seinem Bürostuhl zurück und dachte an die bevorstehende Nacht. Er war bereit für einen neuen Versuch, auch wenn die Innenstadt momentan ein heißes Pflaster war. Erst die Autobombe, dann die Entdeckung der toten Hure. In der Nähe des *Screamer's* Vampire zu jagen war riskant, aber das Risiko machte die Herausforderung umso größer.

Auf den Punkt gebracht: Wenn man einen Hai fangen wollte, durfte man nicht im Süßwasser fischen. Er musste dahin gehen, wo sich die Vampire aufhielten.

Er konnte es kaum erwarten.

In letzter Zeit hatte er seine Foltertechniken verbessert. Und heute Morgen noch, bevor er sich auf den Weg zur Academy machte, hatte er seinen Arbeitsplatz im Schuppen inspiziert. Seine Werkzeuge waren auf Hochglanz poliert und ordentlich aufgereiht: Ein Zahnarztbohrerset; Messer in unterschiedlichen Größen; ein Kugelhammer und ein Meißel; ein Fuchsschwanz.

Und ein Eisportionierer. Für die Augen.

Der Trick lag natürlich darin, auf dem feinen Grat zwischen Schmerz und Tod zu wandeln. Schmerz konnte sich stundenlang hinziehen, tagelang. Tod war der ultimative Ausschalter.

Es klopfte an der Tür.

»Herein.«

Es war die Empfangsdame, eine aufgepumpte Frau mit Armen wie Schraubzwingen, Beinen wie Baumstämmen und keinerlei erkennbarer Oberweite. Ihre Widersprüchlichkeit erstaunte ihn immer wieder aufs Neue. Obwohl sie ganz offensichtlich unter rasendem Penisneid litt, weswegen sie Steroide schluckte und Gewichte stemmte wie ein russischer Bodyguard, legte sie viel Wert auf Schminke. Und auf ihre Haare. In ihrem üblichen abgeschnittenen T-Shirt und den Leggings sah sie aus wie eine schlecht gestylte Transe.

Man sollte immer wissen, wer man ist, dachte er. *Und wer man nicht ist.*

»Da will Sie jemand sprechen.« Ihre Stimme war ungefähr eineinhalb Oktaven zu tief. »O'Neal war der Name, glaube ich. Benimmt sich wie ein Bulle, hat aber keine Marke gezeigt.«

»Sagen Sie ihm, ich komme gleich.« *Du Missgeburt,* fügte er im Geist hinzu. *Freak.*

Trotzdem musste Mr. X lachen, als sie die Tür hinter sich schloss. Er. Was auch immer.

Ausgerechnet er, ein Mann ohne Seele, der von Berufs wegen Vampire tötete, nannte sie einen *Freak?*

Zumindest hatte er ein Ziel im Leben. Und einen Plan.

Sie würde heute Abend einfach nur wieder in Gold's Fitnessstudio gehen. Um fünf Uhr, direkt von der Arbeit aus.

Kurz vor sechs hielt Butch vor Beths Haus. Irgendwann würde er den Dienstwagen abgeben müssen, aber suspendiert hieß noch nicht gefeuert. Sie müssten schon um das verdammte Auto bitten, um es zurückzubekommen.

Er war bei beiden Kampfkunststudios gewesen und hatte mit den Leitern gesprochen. Einer war widerlich gewesen, ein durchgeknalltes Selbstverteidigungs-Arschloch, der sich wohl für einen echten Asiaten hielt, obwohl er so weiß wie Butch war.

Der andere Mann hatte schlicht und ergreifend unheimlich gewirkt. Er hatte ausgesehen wie ein Milchmann aus den Fünfzigerjahren, mit blonden, pomadisierten Haaren und einem strahlenden, nervigen Lächeln wie in einer Zahnpasta-Werbung. Der Kerl hatte sich diensteifrig über seinen Schreibtisch gebeugt, doch irgendetwas stimmte mit ihm nicht. Butchs eingebauter *Bullshit*-Detektor hatte Alarm geschlagen, sobald Mr. Mayberry nur den Mund aufgemacht hatte.

Butch sprang die Stufen zu Beths Haus hinauf und drückte auf die Klingel.

Er hatte ihr im Büro und zu Hause auf die Mailbox gesprochen, dass er vorbeikommen wolle. Gerade wollte er noch mal klingeln, als er sie durch die Glastür in die Eingangshalle kommen sah.

Herr im Himmel.

Sie trug ein schwarzes Etuikleid, von dem er sofort wieder Kopfschmerzen bekam, so perfekt passte es zu ihr. Der V-Ausschnitt war tief und ließ den Brustansatz erkennen. Der schmale Schnitt brachte ihre schlanken Hüften wunderschön zur Geltung. An der Seite war das Kleid hoch geschlitzt, sodass bei jedem Schritt ein blasser Oberschenkel aufblitzte. Sie trug hohe Absätze, wodurch ihre Fesseln zart und elegant wirkten.

Als sie aufhörte, in ihrer Handtasche zu kramen, und aufblickte, schien sie überrascht zu sein, ihn zu sehen.

Sie trug ihr Haar hochgesteckt. Er stellte sich vor, wie es wohl wäre, die Haarnadeln herauszuziehen und sich die Strähnen über die Finger fallen zu lassen.

Sie öffnete die Tür. »Butch.«

»Hi.« Er brachte kein Wort heraus, wie ein schüchterner Schuljunge.

»Ich habe deine Nachrichten bekommen«, sagte sie leise.

Er trat zurück, damit sie herauskommen konnte. »Hast du kurz Zeit?«

Er wusste schon, was sie antworten würde.

»Jetzt ist es gerade schlecht.«

»Wohin gehst du?«

»Ich habe eine Verabredung.«

»Mit wem?«

Sie sah ihm so betont ruhig in die Augen, dass er wusste, sie würde ihn gleich anlügen.

»Niemand Besonderes.«

Ja, klar.

»Was ist mit dem Mann von letzter Nacht, Beth? Wo ist er?«

»Ich weiß es nicht.«

»Du lügst.«

Ihre Augen hielten seinem Blick stand. »Wenn du mich jetzt entschuldigen würdest …«

Er griff nach ihrem Arm. »Geh nicht zu ihm.«

Das leise Geräusch eines Motors durchbrach die angespannte Stille zwischen ihnen. Ein großer schwarzer

Mercedes mit getönten Scheiben hielt neben ihnen an. Ein richtiges Drogenbaron-Gefährt.

»Ach, Scheiße, Beth.« Er hielt sie am Arm fest, verzweifelt versuchte er, sie zu überzeugen. »Mach das nicht. Das ist Beihilfe zu einem Verbrechen.«

»Lass mich los, Butch.«

»Er ist *gefährlich.*«

»Du etwa nicht?«

Er ließ sie los.

»Morgen«, sagte sie und machte einen Schritt rückwärts. »Wir reden morgen. Komm nach der Arbeit hierher.«

Panisch verstellte er ihr den Weg. »Beth, ich kann dich nicht …«

»Willst du mich verhaften?«

Als Polizist konnte er das nicht tun. Nicht, solange er nicht wieder im Dienst war.

»Nein.«

»Vielen Dank.«

»Das ist kein Gefallen«, sagte er bitter, als sie um ihn herumging. »Beth, *bitte.*«

Sie blieb stehen. »Nichts ist so, wie es scheint.«

»Ich weiß nicht. Für mich ist das Bild ziemlich klar und eindeutig. Du schützt einen Killer, und die Chancen stehen nicht schlecht, dass du selbst bald in einer Holzkiste landest. Begreifst du denn nicht, was das für ein Typ ist? Ich habe sein Gesicht von Nahem gesehen. Als seine Hand um meinen Hals lag und er mir das Leben aus dem Leib gequetscht hat. Einem Mann wie dem liegt das Töten im Blut. Es liegt in seiner Natur. Wie kannst du zu ihm gehen? Verdammt, wie kannst du ihn auf die Menschheit loslassen?«

»Er ist nicht so.«

Doch die Worte klangen eher wie eine Frage.

Die Autotür ging auf, und ein kleiner alter Mann im Frack stieg aus.

»Herrin, gibt es irgendwelche Schwierigkeiten?«, fragte der Mann dienstbeflissen, während er gleichzeitig Butch einen bösen Blick zuwarf.

»Nein, Fritz. Kein Problem.« Sie lächelte, aber es geriet etwas schief. »Morgen, Butch.«

»Wenn du dann noch lebst.«

Sie wurde bleich, ging aber schnell die Stufen hinunter und stieg in den Wagen.

Wenig später setzte sich Butch in sein eigenes Auto. Und folgte ihnen.

Als Havers Schritte vor dem Esszimmer hörte, sah er stirnrunzelnd von seinem Teller auf. Er hatte gehofft, seine Mahlzeit ohne Unterbrechung beenden zu können.

Aber es war keiner der *Doggen,* die ihn zu einem neuen Patienten rufen wollten.

»Marissa!« Er stand auf.

Sie rang sich für ihn ein Lächeln ab. »Ich dachte, ich komme mal herunter. Ich bin es leid, so viel Zeit in meinem Zimmer zu verbringen.«

»Ich bin hocherfreut über deine Gesellschaft.«

Als sie zum Tisch kam, zog er den Stuhl für sie heran. Jetzt war er froh, dass er immer darauf bestand, für sie mit decken zu lassen. Selbst nachdem er jede Hoffnung aufgegeben hatte, dass sie sich zu ihm gesellen würde. Und heute Abend schien es ihr um mehr zu gehen als nur um das Essen. Sie trug ein wunderschönes Kleid aus schwarzer

Seide und eine dazu passende Jacke mit Stehkragen. Ihr Haar hing lose über die Schultern. Im Schein der Kerzen sah es aus wie schimmerndes, gesponnenes Gold. Sie war bezaubernd, und er verspürte einen Anflug von Feindseligkeit. Es war einfach eine Beleidigung, dass Wrath nicht zu schätzen wusste, was sie zu bieten hatte. Dass diese schöne Frau von edlem Blut nicht gut genug für ihn war.

Außer als Futtertrog.

»Wie geht es mit deiner Arbeit?«, fragte sie, während ein Doggen ihr Wein einschenkte. Eine weitere Dienerin servierte einen Teller mit Essen. »Danke Phillip. Karolyn, das sieht köstlich aus.«

Sie nahm die Gabel auf und stocherte sanft in ihrem Roastbeef.

Ich fasse es nicht, dachte Havers. Das war ja beinahe normales Verhalten.

»Meine Arbeit läuft gut. Eigentlich sogar mehr als gut. Wie erwähnt, hatte ich eine Art Durchbruch. Das Trinken von Blut könnte schon bald der Vergangenheit angehören.« Er hob sein Glas und nahm einen Schluck. Der Burgunder hätte eigentlich perfekt zum Rindfleisch passen müssen, aber für ihn schmeckte er etwas säuerlich. Das Essen auf seinem Teller lag ihm ebenfalls schwer auf der Zunge. »Ich habe mir heute Nachmittag selbst eine Bluttransfusion verabreicht und fühle mich bestens.«

Das war eine leichte Übertreibung. Er fühlte sich zwar nicht krank, aber etwas war nicht in Ordnung. Der übliche Kraftschub war bisher ausgeblieben.

»Oh, Havers«, sagte sie leise. »Du vermisst Evangeline immer noch, oder?«

»Schmerzlich. Und das Trinken ist mir einfach … unangenehm.«

Nein, er würde auf keinen Fall auf die altmodische Art weiterleben. Von nun an wäre Blut eine rein sachliche Angelegenheit. Eine sterilisierte Nadel im Arm, an der eine Infusion hing.

»Es tut mir so leid«, sagte Marissa.

Havers streckte die Hand aus und legte sie mit der Handfläche nach oben auf den Tisch. »Ich danke dir.«

Sie legte ihre Hand in seine. »Und es tut mir leid, dass ich so mit mir selbst beschäftigt war. Aber ab jetzt wird alles besser werden.«

»Ja«, entgegnete er eindringlich. Wrath war genau die Art von Barbar, der weiterhin aus der Vene trinken würde, aber wenigstens könnte man Marissa die demütigende Prozedur so ersparen. »Du könntest die Transfusion auch probieren. Sie würde auch dich befreien.«

Sie zog ihre Hand zurück und griff nach dem Weinglas. Als sie den Burgunder an die Lippen hob, vergoss sie etwas auf ihrer Jacke.

Sie fluchte unterdrückt und wischte den Wein von der Seide. »Ich bin furchtbar ungeschickt.«

Sie zog die Jacke aus und legte sie auf den leeren Stuhl neben sich.

»Weißt du, Havers, ich würde es gerne probieren. Das Trinken behagt mir auch nicht mehr.«

Erleichterung strömte durch ihn hindurch, ungeahnte Möglichkeiten schienen sich zu eröffnen. Diese Empfindung fühlte sich gänzlich ungewohnt an, weil er sie so lange nicht gespürt hatte. Der Gedanke, dass sich etwas zum Besseren wenden könnte, war ihm völlig fremd geworden.

»Ehrlich?«, flüsterte er.

Sie nickte und warf sich das Haar über die Schulter, dann nahm sie ihre Gabel wieder auf. »Ja, ehrlich.«

Und dann entdeckte er die Punkte an ihrem Hals.

Zwei entzündete Einstichwunden. Ein roter Fleck, wo an ihr gesaugt worden war. Lilafarbene Prellungen auf dem Schlüsselbein, wo eine schwere Hand sie gepackt hatte.

Der Schreck verdarb ihm den Appetit, ließ seinen Blick verschwimmen.

»Wie kann er es wagen, dich so grob zu behandeln?«, stieß Havers aus.

Marissas Hand tastete nach ihrem Hals, bevor sie rasch ihre Haare darüber ausbreitete. »Das ist nichts. Wirklich, es ist … überhaupt nichts.«

Er starrte weiterhin unverwandt auf ihren Hals, er konnte immer noch deutlich sehen, was sie vor ihm versteckte.

»Havers, ich bitte dich. Lass uns einfach essen.« Demonstrativ spießte sie Fleisch mit der Gabel auf, als wollte sie ihm vorführen, wie man das machte. »Komm jetzt. Iss mit mir.«

»Ich kann nicht!« Er warf sein Besteck hin.

»Doch. Weil es vorbei ist.«

»Was ist vorbei?«

»Ich habe den Bund mit Wrath gelöst. Ich bin nicht länger seine *Shellan*. Ich werde ihn nicht mehr wiedersehen.«

Einen Augenblick lang konnte Havers sie nur anstarren. »Warum? Was hat sich geändert?«

»Er hat eine Frau gefunden, die er will.«

Wut schoss durch Havers' Körper. »Und wen zieht er dir vor?«

»Du kennst sie nicht.«

»Ich kenne alle Frauen unserer Klasse. Wer ist es?«

»Sie entstammt nicht unserer Klasse.«

»Dann ist sie eine der Auserwählten der Jungfrau der Schrift?« In der sozialen Hierarchie der Vampire waren das die einzigen Frauen, die über den Adligen standen.

»Nein. Sie ist ein Mensch. Oder zumindest zur Hälfte, soweit ich das in seinen Gedanken erkennen konnte.«

Havers erstarrte zu Stein. Ein Mensch. Ein *Mensch?*

Marissa war im Stich gelassen worden ... für eine Homo sapiens?

»Wurde schon Kontakt mit der Jungfrau der Schrift aufgenommen?«

»Das ist seine Aufgabe, nicht meine. Aber täusch dich nicht, er wird zu ihr gehen. Es ist ... vorbei.«

Marissa steckte sich ein winziges Stückchen Fleisch in den Mund. Sie kaute sorgfältig, als müsse sie sich daran erinnern, wie das ging. Oder vielleicht machte ihr die Erniedrigung, die sie ganz augenscheinlich empfand, das Schlucken schwer.

Havers klammerte sich an den Armlehnen fest. Seine Schwester, seine wunderschöne, reine Schwester war abgewiesen worden. Benutzt worden. Misshandelt worden.

Und das Einzige, was aus der Verbindung mit ihrem König blieb, war die Schande, für eine menschliche Frau fallen gelassen worden zu sein.

Ihre Liebe hatte Wrath nie etwas bedeutet. Und auch nicht ihr Körper und ihre makellose Blutlinie.

Und nun hatte der Krieger auch noch ihre Ehre zerstört.

Verflucht, nichts war vorbei.

24

Wrath zog sein neues Jackett an. Es spannte ein bisschen um die Schultern, aber es war auch nicht leicht, für ihn etwas Passendes zu finden. Deshalb hatte er Fritz gegenüber nichts davon erwähnt. Außerdem würde er sich selbst dann eingezwängt fühlen, wenn die verfluchte Jacke maßgeschneidert wäre. Er fühlte sich einfach in Leder viel wohler als in diesem feinen Zwirn.

Er ging ins Badezimmer und blinzelte sein Spiegelbild an. Der Anzug war schwarz. Das Hemd auch. Mehr konnte er nicht erkennen.

Liebe Güte, er sah wahrscheinlich aus wie ein Anwalt.

Er zog das Jackett wieder aus und legte es auf die Marmorplatte. Ungeduldig strich er seine Haare nach hinten und band ein Lederband darum.

Wo war Fritz? Der *Doggen* war vor fast einer Stunde losgefahren, um Beth abzuholen. Die beiden hätten längst zurück sein müssen, aber das Haus fühlte sich immer noch leer an.

Zur Hölle. Selbst wenn der Butler erst vor eineinhalb Minuten aufgebrochen wäre, hätte Wrath keine Ruhe gehabt. Er konnte es nicht erwarten, Beth zu sehen, er war ungeduldig und zerstreut. Alles, woran er denken konnte, war, sein Gesicht in ihrem Haar zu vergraben, während er den härtesten Teil seines Körpers tief in ihren Körper trieb.

Gott, diese Laute, wenn sie für ihn kam.

Er blickte erneut zu seinem Spiegelbild. Zog das Jackett wieder an.

Aber der Sex war nicht alles. Er wollte sie nicht nur auf den Rücken werfen. Sie hatte sich seinen Respekt verdient. Er wollte es langsamer angehen lassen. Mit ihr essen. Mit ihr reden. Verdammt, er wollte ihr geben, was Frauen mochten: zartfühlende Romantik.

Er probierte ein Lächeln. Breiter. Seine Wangen fühlten sich an, als wollten sie reißen.

Na gut, er war vielleicht nicht unbedingt Familienalbenmaterial. Aber er konnte auch romantisch sein. Verdammt noch mal.

Er rieb sich das Kinn. Was wusste er denn schon von Romantik?

Plötzlich fühlte er sich wie ein Idiot.

Nein, noch schlimmer. Der schicke neue Anzug stellte ihn bloß, und die Wahrheit, die darunter zum Vorschein kam, war vernichtend.

Er versuchte sich für eine Frau zu verändern. Einzig und allein, um ihr zu gefallen.

Das war quasi ein Verhältnis am Arbeitsplatz, dachte er. Genau aus diesem Grund hätte er sie niemals kennzeichnen dürfen. Hätte er ihr nie, niemals so nahe kommen dürfen.

Wieder erinnerte er sich selbst daran, dass es enden musste, wenn sie die Transition überstanden hätte. Er würde zu seinem Leben zurückkehren. Und sie würde …

Gott, warum fühlte sich das an, als hätte ihm jemand in die Brust geschossen?

»Wrath, Mann?« Tohrments Stimme dröhnte durch das Zimmer.

Der Bariton seines Bruders war eine Wohltat, er brachte Wrath wieder auf den Boden zurück.

Er trat aus dem Badezimmer und zog ein finsteres Gesicht, als er den leisen Pfiff des Kriegers hörte.

»Seht euch das an«, sagte Tohrment und musterte Wrath von allen Seiten.

»Beiß mich.«

»Nein, danke. Ich bevorzuge Frauen.« Die Brüder lachten. »Obwohl ich sagen muss, dass du prächtig aussiehst.«

Wrath verschränkte die Arme vor der Brust, aber das Jackett spannte. Er hatte Angst, es würde am Rücken reißen. Also ließ er die Arme wieder sinken.

»Warum bist du hier?«

»Ich habe dich auf dem Handy angerufen, aber du hast dich nicht gemeldet. Du wolltest uns alle heute Nacht hier treffen. Wann?«

»Ich bin bis eins beschäftigt.«

»Ein Uhr?«, wiederholte Tohrment.

Wrath stützte die Hände auf die Hüften. Ein unbehagliches Gefühl beschlich ihn, als wäre jemand in sein Heim eingebrochen und hätte sich unbemerkt an ihn angeschlichen.

Das war so falsch, dachte er. Die Verabredung mit Beth.

Aber jetzt war es zu spät, um abzusagen.

»Sagen wir Mitternacht«, korrigierte er sich.

»Ich gebe den Brüdern Bescheid, sie sollen sich um zwölf bereithalten.«

Wrath wurde das Gefühl nicht los, dass Tohrment ein leichtes Grinsen auf dem Gesicht hatte, aber die Stimme des Vampirs verriet nichts darüber. Eine kleine Pause entstand.

»Hey, Wrath.«

»Was?«

»Sie ist genauso schön, wie du glaubst. Ich dachte, das würde dich vielleicht interessieren.«

Jedem anderen Mann hätte Wrath jetzt die Nase gebrochen. Und selbst bei Tohrment stand er kurz davor. Er wurde nicht gern daran erinnert, wie unwiderstehlich sie war. Dann musste er nur wieder an den anderen Mann denken, mit dem sie ihr Leben verbringen würde.

»Willst du auf etwas Bestimmtes hinaus, oder quatscht du nur so vor dich hin?«

Das war nicht gerade eine Aufforderung, episch zu werden, aber Tohr marschierte trotzdem direkt durch das offene Scheunentor. »Du magst sie sehr.«

Er hätte einfach bei einem gepflegten »Leck mich« als Antwort bleiben sollen, dachte Wrath.

»Und ich glaube, ihr geht es genauso«, legte Tohr noch munter nach.

Großartig. Jetzt fühlte er sich viel besser. Als würde er ihr am Ende noch das Herz brechen oder dergleichen.

Mann, diese Verabredung war wirklich eine schlechte Idee. Wohin sollte dieser ganze Herz-und-Blumen-Scheiß denn führen?

Wrath entblößte die Fänge. »Ich kümmere mich nur so lange um sie, bis sie die Transition hinter sich hat. Das ist alles.«

»Ja, klar.« Als Wrath tief im Hals knurrte, zuckte der andere Vampir die Achseln. »Ich habe bloß noch nie erlebt, dass du dir solche Mühe mit deinem Aussehen gibst.«

»Sie ist Darius' Tochter. Soll ich mich lieber wie Zsadist mit seinen Huren benehmen?«

»Lieber Gott, nein. Und verflucht, ich wünschte, er würde das sein lassen. Aber was ich bei dir und Beth sehe, gefällt mir. Du warst viel zu lange allein.«

»Das ist deine Meinung.«

»Und die von anderen.«

Wrath konnte Schweißtropfen auf seiner Stirn fühlen.

Er fühlte sich durch Tohrs Ehrlichkeit in die Ecke gedrängt. Und durch sein eigenes Verhalten: Eigentlich sollte er Beth lediglich beschützen. Stattdessen war er auf dem besten Weg, ihr zu zeigen, dass sie ihm mehr bedeutete, als das wirklich der Fall sein konnte.

»Hast du nicht irgendwas Wichtiges zu erledigen?«, murmelte er.

»Nein.«

»Mein Pech.«

Er brauchte unbedingt etwas Bewegung und ging zur Couch. Seine Motorradjacke musste neu mit Waffen bestückt werden, und da Tohr es überhaupt nicht eilig zu haben schien, seinen Hintern hier wegzubewegen, lenkte er sich besser ab. Sonst würde er anfangen zu brüllen.

»In der Nacht, als Darius starb«, sagte Tohr, »erzählte er mir, du hättest abgelehnt, dich um sie zu kümmern.«

Wrath öffnete den Schrank und wühlte in einer Kiste voller Wurfsterne, Dolche und Ketten. »Und?«

»Warum hast du deine Meinung geändert?«

Wrath biss die Zähne so fest zusammen, dass sie knirschten. Noch ein Wort, und er würde ausrasten.

»Er ist tot. Ich bin es ihm schuldig.«

»Du warst es ihm auch schon schuldig, als er noch gelebt hat.«

Wrath wirbelte herum. »Sonst noch was? Wenn nicht, solltest du dich jetzt verpissen.«

Tohr hob begütigend die Hände. »Immer locker, Bruder.«

»Zur Hölle damit. Ich spreche weder mit dir noch mit sonst jemandem über sie. Kapiert? Und kein Wort zu den anderen Brüdern.«

»Ist ja gut.« Tohr trat den Rückzug zur Tür an. »Aber tu dir selbst einen Gefallen. Mach dir klar, was du von dieser Frau willst. Eine uneingestandene Schwäche kann leicht tödlich enden.«

Wrath knurrte und nahm seine Angriffsposition ein, mit nach vorn gebeugtem Oberkörper. »Schwäche? Dieses Wort von einem Mann, der dumm genug ist, seine eigene *Shellan* zu lieben? Du machst Witze.«

Schweigen.

Und dann sagte Tohr leise: »Ich hatte das Glück, die Liebe zu finden. Jeden Tag danke ich der Jungfrau der Schrift, dass Wellsie ein Teil meines Lebens ist.«

Wrath riss endgültig der Geduldfaden. Dabei wusste er nicht einmal genau, warum er so wütend war. »Du bist doch *erbärmlich*.«

Tohr zischte. »Und du bist seit Hunderten von Jahren tot. Du bist einfach nur zu verderbt, um dir ein Grab zu suchen und dich hineinzulegen.«

Wrath warf die Lederjacke zu Boden. »Wenigstens stehe ich nicht total unterm Pantoffel.«

»Echt schicker Anzug, übrigens.«

Mit zwei Sätzen war Wrath bei ihm, und der andere Vampir stellte sich ihm Kopf voran entgegen. Tohrment war groß, seine Schultern waren massig, die Arme lang und kräftig. Aggression ließ die Luft zwischen ihnen flimmern.

Dann grinste Wrath kalt, und seine Fänge verlängerten sich. »Wenn du nur halb so viel Zeit in die Verteidigung unserer Rasse investieren würdest, wie du damit verbringst, deiner Frau nachzulaufen, hätten wir Darius vielleicht nicht verloren. Schon mal daran gedacht?«

Kummer brach aus seinem Bruder hervor wie Blut aus einer Wunde, weißglühender Schmerz lag in der Luft. Wrath sog den Duft ein, nahm das Brennen der Trauer tief in seine Lungen auf, und in seine Seele. Er verachtete sich dafür, dass er einen mutigen und ehrenhaften Mann mit einem solchen Tiefschlag zu Boden geschickt hatte. Und noch während er auf Tohrs Angriff wartete, begrüßte er den Selbsthass wie einen alten Freund.

»Ich kann nicht fassen, dass du das gerade gesagt hast.« Tohrs Stimme bebte. »Du musst …«

»Ich lege keinen Wert auf deine nutzlosen Ratschläge.«

»Leck mich.« Tohr versetzte ihm einen kräftigen Stoß gegen die Schulter. »Du bekommst trotzdem einen. Du solltest besser kapieren, wer wirklich dein Feind ist, du arrogantes Arschloch. Bevor du endgültig ganz allein dastehst.«

Wrath hörte kaum, wie die Tür zugeschlagen wurde. Die Stimme in seinem Kopf, die ihn als kaputten Dreckskerl beschimpfte, übertönte alles andere.

Er holte tief Luft und leerte seine Lungen dann mit einem grimmigen Schrei. Das Geräusch hallte im Raum wider, rüttelte an der Tür, den Waffen, dem Spiegel im Badezimmer. Die Kerzen flackerten wild, ihre Flammen leckten die Wände empor, trachteten gierig danach, sich aus ihren Dochten zu befreien und zu zerstören, was sie erreichen konnten. Er brüllte, bis sein Hals zu zerreißen drohte, bis seine Brust brannte.

Als er endlich den Mund wieder schloss, spürte er keine Erleichterung. Nur Reue.

Er ging zum Schrank und nahm eine Neun-Millimeter Beretta heraus. Er lud sie durch und steckte sie sich hinten in den Bund seiner Anzughose. Dann verließ er das Zimmer und ging die Treppe hinauf, immer zwei Stufen auf einmal nehmend.

Als er in den Salon trat, lauschte er. Die Stille war vermutlich für alle gut. Er musste sich zusammenreißen.

Ruhelos schlich er im Haus herum, blieb vor dem Esstisch stehen. Er war so gedeckt worden, wie er es gewollt hatte. Zwei Gedecke an einem Ende. Kristall und Silber. Kerzen.

Und er hatte seinen Bruder erbärmlich genannt?

Wäre das nicht alles Darius' unbezahlbarer Krempel gewesen, er hätte mit einer Armbewegung alles vom Tisch gewischt. Seine Hand schoss nach vorn, als wollte sie dem Impuls einfach trotzdem nachgeben, aber die Jacke bremste ihn. Gerade packte er das Revers mit beiden Händen und wollte sich den edlen Zwirn einfach vom Leib reißen und ihn verbrennen, da öffnete sich die Eingangstür. Er drehte sich um.

Da war sie. Sie kam über die Schwelle und schritt in die Eingangshalle.

Wraths Hände sanken nach unten.

Sie trug Schwarz. Ihr Haar war aufgesteckt. Sie duftete … wie eine nachtblühende Rose. Er atmete durch die Nase ein, sein Körper wurde hart, seine Instinkte verlangten, sie unter sich zu spüren.

Doch da trafen ihn ihre Gefühle. Sie war argwöhnisch, nervös. Er konnte ihr Misstrauen eindeutig spüren und empfand eine perverse Befriedigung, als sie zögerte, ihn anzusehen.

Seine Wut kehrte zurück. Mit aller Wucht.

Fritz schloss diensteifrig die Tür, der *Doggen* strahlte eine Heiterkeit aus, die glänzte wie Sonnenschein. »Ich habe Wein im Salon bereitgestellt. In etwa dreißig Minuten werde ich den ersten Gang servieren, wenn es Euch recht ist.«

»Nein«, befahl Wrath. »Wir setzen uns sofort an den Tisch.«

Fritz schien irritiert, erkannte dann aber offensichtlich Wraths Gefühlslage.

»Wie Ihr wünscht, Herr. Sofort.« Der Butler verschwand so rasch, als würde es in der Küche brennen.

Wrath starrte Beth unverwandt an.

Sie machte einen Schritt zurück. Wahrscheinlich wegen seines wütenden Blicks.

»Du siehst … anders aus«, sagte sie. »In diesen Sachen.«

»Falls du glaubst, sie hätten mich gezähmt, dann täuschst du dich.«

»Tu ich nicht.«

»Gut. Dann bringen wir das jetzt hinter uns.«

Wrath ging ins Esszimmer. Sie würde ihm schon nachkommen, wenn sie wollte. Und wenn nicht? Verflucht, dann wäre es vermutlich für alle Beteiligten besser. Er hatte es sowieso nicht eilig, am Tisch festzusitzen.

25

Beth sah Wrath nach. Er schlenderte in den Salon, als gäbe er einen Dreck darauf, ob sie mit ihm essen würde oder nicht.

Hätte sie nicht selbst schon Bedenken gegen diesen Plan gehabt, wäre sie zutiefst gekränkt gewesen. Er hatte sie zum Essen eingeladen. Warum war er dann jetzt so miserabel gelaunt, als sie auftauchte? Sie war in Versuchung, sich einfach wieder aus dem Staub zu machen.

Doch sie folgte ihm ins Esszimmer, weil sie das Gefühl hatte, keine Wahl zu besitzen. Es gab so viele Dinge, die sie erfahren wollte, Dinge, die nur er ihr erklären konnte.

Obwohl sie – Gott war ihr Zeuge – diese Informationen liebend gern von jemand anderem bekommen hätte.

Als sie hinter ihm herlief, konzentrierte sie sich auf seinen Hinterkopf und versuchte seinen kraftvollen Gang zu ignorieren. Sie scheiterte kläglich. Er bewegte sich einfach zu perfekt. Bei jedem Aufsetzen seiner Ferse verlagerten sich seine Schultern unter dem teuren Jackett, um den Schub der Beine auszugleichen. Seine Arme schwangen zwar entspannt an seiner Seite, aber sie wusste, dass seine Oberschenkel sich bei jedem Schritt anspannten. Sie stellte ihn sich nackt vor, das Spiel seiner Muskeln unter der Haut.

Butchs Stimme ertönte in ihrem Kopf. *Einem Mann*

wie diesem liegt das Töten im Blut. Es liegt in seiner Natur.

Und doch hatte Wrath sie letzte Nacht weggeschickt, als er eine Gefahr für sie dargestellt hatte.

Es hatte einfach keinen Zweck, diese Widersprüche miteinander vereinen zu wollen. Genauso gut hätte sie versuchen können, die Zukunft aus Kaffeesatz zu lesen. Sie musste sich einfach auf ihre Intuition verlassen, und die sagte ihr, dass Wrath momentan die einzige Unterstützung war, die sie hatte.

Als sie ins Esszimmer trat, versetzte sie der wunderschön gedeckte Tisch in Erstaunen. In der Mitte standen Blumen, weiße Nachthyazinthen und Orchideen. Elfenbeinfarbene Kerzen brannten in silbernen Leuchtern zwischen schimmerndem Porzellan und kostbarem Besteck.

Wrath kam um den Tisch und zog einen Stuhl für sie heraus. Er ragte über dem Stuhl auf, während er wartete, bis sie sich setzte.

Gott, er sah wirklich fantastisch aus in diesem Anzug. Der offene Hemdkragen gab seinen Hals frei, und durch die schwarze Seide wirkte seine Haut leicht getönt. Schade eigentlich, dass er so stinksauer war. Sein Gesichtsausdruck war unnahbar, und das zurückgebundene Haar betonte noch das aggressiv vorgestreckte Kinn.

Etwas hatte ihn geärgert. Und zwar ernsthaft.

Da hab ich mir ja genau den Richtigen ausgesucht, dachte sie. Ein Vampir mit dem Gemüt eines Amokläufers.

Vorsichtig kam sie näher. Als er den Stuhl für sie zurechtschob, hätte sie schwören können, dass er sich heruntergebeugt und den Duft ihrer Haare eingeatmet hatte.

»Warum kommst du so spät?«, wollte er wissen, als er sich selbst ans Kopfende des Tisches setzte. Als sie keine

Antwort gab, zog er eine Augenbraue hoch, ein schwarzer Bogen über dem Rand der Sonnenbrille. »Musste Fritz dich überreden mitzukommen?«

Um ihre Hände zu beschäftigen, faltete sie die Serviette auf und legte sie sich auf den Schoß. »Damit hatte es nichts zu tun.«

»Womit dann?«

»Butch ist uns gefolgt. Wir mussten ihn erst abschütteln.«

Sie spürte, wie es um Wrath herum dunkler wurde, als ob sein Zorn das Licht aus der Luft saugen würde.

Fritz kam mit zwei kleinen Salattellern herein und stellte sie vor ihnen ab. »Darf ich Euch Wein eingießen?«

Wrath nickte.

Als der Butler sich wieder entfernt hatte, nahm Beth die schwere Silbergabel auf und zwang sich zum Essen.

»Warum hast du jetzt Angst vor mir?« Wraths Stimme klang süffisant, als langweile ihn ihre Furcht.

Sie stocherte in dem Grünzeug auf ihrem Teller herum. »Hm. Könnte es daran liegen, dass du aussiehst, als wolltest du jemanden erwürgen?«

»Du hattest bereits Angst vor mir, als du dieses Haus betreten hast. Noch bevor du mich gesehen hast, hattest du Angst. Ich will wissen, warum.«

Ihr Blick blieb auf den Teller geheftet. »Vielleicht war mir ja wieder eingefallen, dass du gestern Nacht beinahe einen Freund von mir umgebracht hättest.«

»Oh, das schon wieder?«

»Du hast gefragt«, gab sie zurück. »Also reg dich nicht auf, wenn dir meine Antwort nicht gefällt.«

Wrath wischte sich ungeduldig den Mund ab. »Ich habe ihn aber nicht umgebracht, oder?«

»Nur, weil ich dich aufgehalten habe.«

»Und das stört dich? Die meisten Menschen sind doch gerne Helden.«

Sie legte die Gabel auf den Tisch. »Weißt du was? Ich will gar nicht hier bei dir sein.«

Er aß scheinbar ungerührt weiter. »Warum bist du dann gekommen?«

»Weil du mich hierher gebeten hast!«

»Glaub mir, ich kann es ertragen, wenn jemand ›Nein‹ zu mir sagt« meinte er, als ob sie überhaupt keine Rolle für ihn spielen würde.

»Das Ganze war ein Fehler.« Sie legte die Serviette neben den Teller und stand auf.

Er fluchte. »Setz dich wieder hin.«

»Sag mir gefälligst nicht, was ich zu tun habe.«

»Lass mich das weiter ausführen. Setz dich hin, und halt den Mund.«

Ihr Kiefer klappte herunter. »Du arrogantes Arsch…«

»Das hat mir heute Abend schon mal jemand gesagt.«

Genau in diesem Moment schwebte Fritz mit warmem Baguette herein.

Beth funkelte Wrath wütend an und gab vor, nur zu stehen, um an die Weinflasche zu kommen. Sie würde nicht vor Fritz aus dem Zimmer rauschen. Außerdem hatte sie plötzlich Lust, noch zu bleiben.

Damit sie Wrath noch ein bisschen anschreien konnte.

Als sie wieder allein waren, zischte sie: »Was fällt dir ein, so mit mir zu sprechen?«

Er nahm einen letzten Bissen von dem Salat, legte die Gabel auf den Tellerrand und tupfte sich die Mundwinkel mit der Serviette ab. Als hätte er bei Knigge persönlich Unterricht genommen.

»Lass uns mal eine Sache klären«, begann er. »Du brauchst mich. Also beruhig dich endlich wieder darüber, was ich *beinahe* mit diesem Bullen angestellt hätte. Dein guter Kumpel Butch steht doch noch aufrecht, oder? Also, wo liegt das Problem?«

Beth starrte ihn an. Sie versuchte, durch die Sonnenbrille in seinem Gesicht zu lesen, suchte etwas Weiches, etwas, womit sie eine Verbindung herstellen konnte. Doch die dunklen Gläser schlossen sie vollständig aus, und die harten Gesichtszüge gaben ihr keinen Grund, weiterzusuchen.

»Wie kann dir das Leben so wenig bedeuten?«, überlegte sie laut.

Sein Lächeln war kalt. »Wie kann dir der Tod so viel bedeuten?«

Beth sank zurück in ihren Stuhl. Schreckte vor ihm zurück, traf es vielleicht eher. Sie konnte nicht fassen, dass sie mit diesem Mann geschlafen – nein, Sex gehabt hatte. Er war vollkommen gefühllos.

Ganz plötzlich hatte sie Kopfschmerzen. Nicht, weil er sie gekränkt hatte, sondern weil sie enttäuscht war. Sie hatte sich wirklich gewünscht, er wäre anders, als er schien. Sie hatte glauben wollen, dass die Wärme, die er ihr manch mal entgegengebracht hatte, ebenso Teil von ihm war wie die rauen Kanten.

Sie rieb sich die Haut über ihrem Brustbein. »Ich würde jetzt wirklich gerne gehen, wenn du nichts dagegen hast.«

Ein langes Schweigen entstand.

»Ach Mist …«, murmelte er und stieß hörbar seinen Atem aus. »Das ist alles nicht richtig.«

»Nein, ist es nicht.«

»Ich dachte, du verdienst … ich weiß auch nicht. Einen schönen Abend. Oder so was. Etwas Normales.« Er lachte schroff, als sie ihn überrascht ansah. »Eine idiotische Idee, ich weiß. Ich hätte bei dem bleiben sollen, was ich kann. Es wäre leichter für mich, dir das Töten beizubringen.«

Unter seinem zähen Stolz spürte sie ein Körnchen von etwas anderem. Unsicherheit? Nein, das war es nicht. Das wäre bei ihm intensiver.

Selbsthass.

Fritz kam herein und räumte ihre Teller ab, dann kehrte er mit Suppe zurück. Kalter Gazpacho. *Interessant,* dachte sie zerstreut. Normalerweise kam doch die Suppe vor dem Salat, oder? Andererseits hatten Vampire sicher ihre eigenen Sitten und Gebräuche. Zum Beispiel, dass ein Mann mehrere Frauen haben konnte.

Ihr Magen rebellierte. Daran wollte sie gar nicht denken. Sie weigerte sich einfach, diesen Gedanken zuzulassen.

»Hör mal, nur damit du Bescheid weißt«, sagte Wrath und nahm seinen Löffel auf. »Ich kämpfe, um meine Leute zu beschützen, und nicht, weil ich mordlüstern bin. Trotzdem habe ich schon Tausende getötet. Tausende, Beth. Verstehst du mich? Wenn du also willst, dass ich so tue, als wäre der Tod mir fremd – den Gefallen kann ich dir leider nicht erweisen. Es geht einfach nicht.«

»Tausende?«, murmelte sie erschüttert.

Er nickte.

»Gegen wen, um Himmels willen, kämpfst du denn?«

»Gewissenlose Mörder, die dich töten würden, sobald du die Transition überstanden hast.«

»Vampirjäger?«

»*Lesser.* Menschen, die ihre Seele bei Omega gegen

eine uneingeschränkte Schreckensherrschaft eingetauscht haben.«

»Wer – oder was – ist Omega?« Als sie das Wort aussprach, flackerten die Kerzen wie wild, als würden sie von unsichtbaren Händen geschüttelt.

Wrath zögerte. Das Thema schien ihm tatsächlich unangenehm zu sein. Ihm, der nie vor etwas Angst hatte.

»Der Teufel?«, fragte sie weiter.

»Schlimmer. Man kann sie nicht vergleichen. Der eine ist einfach eine Metapher. Der andere ist sehr, sehr real. Glücklicherweise hat Omega einen Gegenspieler, die Jungfrau der Schrift.« Er lächelte trocken. »Na ja, vielleicht ist *glücklicherweise* ein zu großes Wort. Aber es gibt ein Gleichgewicht.«

»Gott und Luzifer.«

»Nach eurem Sprachgebrauch. Unsere Legende berichtet, dass die Vampire von der Jungfrau der Schrift erschaffen wurden, als einziges Vermächtnis, als ihre auserwählten Kinder. Omega ärgerte sich über ihre Fähigkeit, Leben zu schaffen, und verabscheute die besonderen Kräfte, die sie unserer Spezies verlieh. Die Gesellschaft der *Lesser* war seine Antwort darauf. Er benutzt Menschen, weil er nicht fähig zur Schöpfung ist und weil sie leicht zugängliche Quellen der Aggression sind.«

Das ist alles so surreal, dachte sie. Seelen eintauschen. Untote. In der wirklichen Welt gab es das alles doch überhaupt nicht.

Andererseits saß sie mit einem Vampir am Tisch. Gab es wirklich etwas, das unmöglich war?

Sie dachte an den hinreißenden blonden Mann, der sich selbst den Arm wieder zusammengenäht hatte.

»Du hast Mitstreiter in deinem Kampf, stimmt's?«

»Meine Brüder.« Er nahm einen Schluck Wein. »Sobald die Vampire begriffen hatten, dass sie belagert wurden, fing man an, die kräftigsten und mächtigsten Männer auszusondern. Man bildete sie zu Kämpfern gegen die *Lesser* aus. In der Folge wurden diese Krieger über Generationen hinweg mit den stärksten Frauen vereint, bis daraus eine spezielle Subspezies von Vampiren entstanden war. Die Stärksten dieser Klasse wurden in die Bruderschaft der Black Dagger eingeführt.«

»Seid ihr durch Blut verbrüdert?«

Er lächelte etwas schief. »Sozusagen.«

Sein Gesichtsausdruck wurde verschlossen, als sei das eine Privatangelegenheit. Sie spürte, dass er nicht mehr über die Bruderschaft erzählen würde, doch sie war immer noch neugierig, was für einen Krieg er führte.

Besonders, da sie kurz davor zu stehen schien, sich in eine seiner Schutzbefohlenen zu verwandeln.

»Also tötet ihr Menschen.«

»Ja, obwohl sie im Prinzip bereits tot sind. Um seinen Kämpfern die Langlebigkeit und die Stärke zu verleihen, die sie brauchen, um uns entgegenzutreten, muss Omega ihnen ihre Seelen nehmen.« Widerwille huschte über seine harten Gesichtszüge. »Nicht, dass der Besitz einer Seele je einen Menschen davon abgehalten hätte, uns zu verfolgen.«

»Du … magst uns nicht besonders, was?«

»Erstens stammt die Hälfte deines Blutes von deines Vaters Seite. Und zweitens, warum sollte ich Menschen mögen? Sie haben mich halb totgeschlagen vor meiner Transition, und der einzige Grund, warum sie mich jetzt in Ruhe lassen, ist, dass ich ihnen eine Höllenangst einjage. Was wäre wohl los, wenn bekannt würde, dass es

Vampire gibt? Sie würden uns gnadenlos jagen, egal, ob sie *Lesser* sind oder nicht. Menschen fühlen sich von allem bedroht, was anders ist, und ihre Reaktion darauf ist Widerstand. Sie sind Herdentiere, die die Schwachen ausgrenzen und vor den Starken kriechen.« Wrath schüttelte den Kopf. »Außerdem ärgern sie mich. Sieh dir doch nur an, wie sie im Volksglauben unsere Art darstellen. Dracula, meine Güte, ein bösartiger Blutsauger, der sich auf wehrlose Opfer stürzt. Miserable Schrottfilmchen und Pornos. Und fang bloß nicht von diesem ganzen Halloween-Schwachsinn an. Plastikgebisse. Schwarze Umhänge. Das Einzige, was diese Idioten richtig verstanden haben, ist, dass wir Blut trinken und nicht in die Sonne dürfen. Alles andere ist totaler Quatsch, erfunden, um uns auszugrenzen und die Angst der Massen zu schüren. Oder diese Geschichten werden benutzt, um eine geheimnisvolle Parallelwelt für gelangweilte Menschen zu schaffen, die glauben, die dunkle Seite wäre ein amüsanter Ort. Auch nicht besser.«

»Aber du jagst uns eigentlich nicht, richtig?«

»Nicht dieses Wort. Nicht *wir* und *uns,* Beth. *Sie.* Du bist nur zur Hälfte Mensch, und bald wirst du überhaupt kein Mensch mehr sein.« Er zögerte. »Und nein, ich jage sie nicht. Aber wenn sie mir in die Quere kommen, haben sie ein ernsthaftes Problem.«

Sie dachte über das nach, was er ihr eben erzählt hatte. Krampfhaft versuchte sie, die Panik in den Griff zu bekommen, die sie jedes Mal beim Gedanken an diese angeblich bevorstehende Wandlung beschlich.

»Als du so auf Butch losgegangen bist … Er ist doch sicher nicht so ein … was auch immer, *Lesser.*«

»Er hat versucht, mich von dir fernzuhalten.« Wraths

Kinn spannte sich an. »Ich werde jeden aus dem Weg räumen, der das versucht. Und ob er jetzt dein Liebhaber ist oder nicht, wenn er es noch mal versucht, dann –«

»Du hast mir versprochen, ihn nicht zu töten.«

»Ich lasse ihn schon am Leben. Aber ich werde ihn sicherlich nicht mit Samthandschuhen anfassen.«

Vielleicht sollte sie Ironman einen dezenten Wink geben, dachte sie.

»Warum isst du nichts?«, fragte Wrath. »Du brauchst Nahrung.«

Sie sah auf den Teller. Essen? Ihr Leben war plötzlich zu einem Stephen-King-Roman mutiert, und er machte sich Sorgen um ihren Appetit?

»Iss.« Er deutete mit dem Kopf auf ihren Suppenteller. »Du musst für deine Transition so kräftig wie möglich sein.«

Beth nahm den Löffel in die Hand, damit er sie endlich in Ruhe ließ. Die Suppe schmeckte wie Klebstoff, obwohl sie sicher perfekt zubereitet und gewürzt war.

»Du bist jetzt auch bewaffnet, oder?«, fragte sie.

»Ja.«

»Legst du deine Waffen jemals ab?«

»Nein.«

»Aber als wir ...« Sie schloss den Mund, bevor die Worte *uns geliebt haben* herauskommen konnten.

Er beugte sich vor. »Ich habe immer eine Waffe in Reichweite. Auch wenn ich dich nehme.«

Beth schluckte. Heiße Fantasien stritten in ihrem Kopf gegen den grauenhaften Gedanken an, dass er entweder paranoid war, oder das Böse wahrhaftig immer nah war.

Und verdammt, dachte sie. Wrath war vieles, aber ganz sicher nicht der hysterische Typ.

Ein langes Schweigen senkte sich über den Raum, bis Fritz die Suppenteller abräumte und das Lamm servierte. Sie bemerkte, dass Wraths Fleisch in mundgerechte Stücke geschnitten worden war. *Seltsam,* dachte sie.

»Nach dem Essen möchte ich dir etwas zeigen.« Er brauchte zwei Anläufe, bevor er mit seiner Gabel ein Stück Fleisch aufgespießt hatte.

Da fiel ihr erst auf, dass er sich gar nicht die Mühe machte, auf seinen Teller zu sehen. Sein Blick war auf das Ende des Tisches gerichtet.

Ein kalter Schauer durchfuhr sie. Etwas stimmte hier nicht.

Eingehend musterte sie die Sonnenbrille.

Sie erinnerte sich, wie er in der ersten Nacht ihr Gesicht mit den Fingerspitzen abgetastet hatte, als hätte er versucht, sich ein Bild von ihr zu machen. Und dann wurde ihr bewusst, dass er immer diese Brille trug, als wollte er nicht nur das Licht dämpfen, sondern seine Augen verbergen.

»Wrath?«, fragte sie leise.

Er griff nach seinem Weinglas, die Finger krümmten sich erst, als seine Handfläche das Kristall berührte.

»Was?« Er hob das Glas an die Lippen, stellte es dann aber wieder ab. »Fritz? Wir brauchen roten.«

»Steht bereit, Herr.« Fritz kam mit einer anderen Flasche an. »Herrin?«

»O ja, vielen Dank.«

Als die Tür zur Küche wieder zuschlug, sagte Wrath: »Wolltest du mich noch was anderes fragen?«

Sie räusperte sich. Wahrscheinlich überinterpretierte sie das Ganze. Sie wollte unbedingt eine Schwäche an ihm finden, und deshalb redete sie sich ein, er wäre blind.

Wenn sie klug wäre, würde sie einfach schnell ihren Fragenkatalog abspulen. Und dann nach Hause fahren.

»Beth?«

»Ja … also, äh, stimmt es, dass du tagsüber nicht rausgehen kannst?«

»Vampire mögen kein Sonnenlicht.«

»Was würde passieren?«

»Bei Kontakt mit Sonnenlicht? Verbrennungen zweiten und dritten Grades sofort. Kurze Zeit später geht man in Flammen auf. Mit der Sonne ist nicht zu spaßen.«

»Aber ich kann jetzt rausgehen.«

»Du hast deine Wandlung noch nicht hinter dir. Aber wer weiß? Es könnte durchaus sein, dass du auch danach noch Tageslicht verträgst. Das ist unterschiedlich bei Leuten mit einem menschlichen Elternteil. Die Vampireigenschaften können abgeschwächt werden.« Er nahm einen Schluck aus dem Glas und leckte sich über die Lippen. »Andererseits ist Darius' Blut in deinen Adern sehr stark, sonst würdest du nicht durch die Transition gehen.«

»Wie oft werde ich … trinken müssen?«

»Anfangs etwas häufiger. Vielleicht zwei- bis dreimal im Monat. Aber auch das kann unterschiedlich sein.«

»Wenn du mir beim ersten Mal geholfen hast, wie werde ich danach einen Mann finden, von dem ich trinken …«

Wraths Knurren ließ sie innehalten. Als sie aufsah, sank sie in ihrem Stuhl zusammen. Er war wieder wütend.

»Ich sorge schon dafür, dass du jemanden findest.« Sein Akzent trat stärker hervor als üblich. »Bis dahin wirst du mich benutzen.«

»Hoffentlich wird das nicht zu lange sein«, murmelte sie. Offenbar war er nicht besonders glücklich darüber, dass er sie auf dem Hals hatte.

Er kräuselte die Lippen, als er in ihre Richtung blickte. »Du kannst es wohl kaum erwarten, einen anderen zu finden?«

»Nein, ich dachte nur, dass …«

»Was? Du dachtest was?« Seine Stimme war hart, so hart, wie wohl der Blick war, den er ihr durch die Sonnenbrille zuwarf.

Es war nicht so einfach zu formulieren, dass er sichtlich nicht an sie gebunden sein wollte. Die Zurückweisung schmerzte sie, obwohl sie wusste, dass es so besser war.

»Ich … also Tohr sagte, du wärest der König der Vampire. Ich könnte mir vorstellen, dass du einigermaßen beschäftigt bist.«

»Meine Jungs müssen lernen, ihre Klappe besser zu halten.«

»Stimmt das denn? Bist du der König?«

»Nein«, fauchte er.

Wieder einmal wurde ihr die Tür vor der Nase zugeschlagen.

»Bist du verheiratet? Ich meine, hast du eine Partnerin? Oder zwei?«, fuhr sie rasch fort. Jetzt war es auch egal. Seine Laune war sowieso schon wieder rabenschwarz, schlimmer konnte es nicht mehr werden.

»Himmel, nein.«

Das war wenigstens eine kleine Erleichterung. Auch wenn es gleichzeitig deutlich machte, was er von Beziehungen hielt.

Sie trank einen Schluck Wein. »Gibt es überhaupt eine Frau in deinem Leben?«

»Nein.«

»Und von wem trinkst du dann?«

Eine lange Stille entstand, was nicht gerade ermutigend war.

»Es gab jemanden.«

»Gab?«

»Gab.«

»Bis wann?«

»Vor Kurzem.« Er zuckte die Achseln. »Wir standen uns nie nahe. Es war keine glückliche Verbindung.«

»Zu wem gehst du jetzt?«

»Meine Güte, du bist mit Leib und Seele Reporterin, was?«

»Zu wem?«, bohrte sie.

Er sah sie lange an. Und dann veränderte sich plötzlich seine Miene. Die Aggression schien aus ihm herauszufließen. Sanft legte er die Gabel auf den Teller und legte die andere Hand mit der Handfläche nach oben auf den Tisch. »Ach, verfluchter Mist.«

Trotz seines Fluchens kam ihr die Atmosphäre plötzlich viel entspannter vor.

Erst traute sie dem Stimmungswechsel nicht so ganz, doch dann zog er die Brille ab und rieb sich die Augen. Als er sie wieder aufsetzte, seufzte er, als wollte er sich sammeln.

»Gott, Beth, ich glaube, ich wollte, dass du es bist. Trotzdem ich nach deiner Wandlung nicht lange in der Nähe sein werde.« Er schüttelte den Kopf. »Mann, ich bin wirklich ein unglaublicher Idiot.«

Beth blinzelte, der Gedanke, dass er ihr Blut trinken würde, um zu überleben, erregte sie.

»Aber mach dir keine Sorgen«, sagte er. »Es wird nicht passieren. Und ich werde bald einen anderen Mann für dich finden.«

Er schob seinen halb leer gegessenen Teller von sich weg.

»Wann hast du zuletzt getrunken?« Sie musste an sein starkes Verlangen denken, gegen das er so verzweifelt angekämpft hatte.

»Letzte Nacht.«

Sie spürte einen Druck in der Brust, als wären ihre Lungen belegt. »Aber du hast mich nicht gebissen.«

»Nachdem du gegangen warst.«

Sie stellte sich ihn mit einer anderen Frau im Arm vor. Als sie nach ihrem Weinglas griff, zitterten ihre Hände.

Wow. Ihre Gefühlsachterbahn brach heute alle Geschwindigkeitsrekorde. Sie war nacheinander zu Tode geängstigt, wütend und eifersüchtig gewesen.

Was kam wohl als Nächstes?

Sie hatte so eine Ahnung, dass es kein Glücksgefühl sein würde.

26

Beth setzte das Weinglas wieder ab. Sie wünschte, sie hätte sich besser unter Kontrolle.

»Das gefällt dir wohl nicht?«, fragte Wrath leise.

»Was?«

»Dass ich von einer anderen Frau trinke.«

Sie lachte düster und sich selbst verachtend. Ihn verachtend. Die ganze Situation verachtend. »Musstest du es mir noch extra unter die Nase reiben?«

»Nein.«

Kurze Pause. »Allein bei der Vorstellung, dass du eines Tages die Haut eines anderen Mannes mit deinen Zähnen durchbohren und sein Blut in dich aufnehmen wirst, möchte ich auf etwas einstechen.«

Beth starrte ihn an.

Warum bleibst du dann nicht bei mir?, dachte sie.

Wrath schüttelte den Kopf. »Aber ich darf mir solche Gedanken nicht erlauben.«

»Warum nicht?«

»Weil du niemals mir gehören kannst. Egal, was ich vorher gesagt habe.«

Fritz kam herein, räumte ab und brachte ihnen dann den Nachtisch. Ganze Erdbeeren auf einem Dessertteller mit Goldrand. Etwas Schokoladensauce zum Eintauchen der Früchte. Ein kleiner Keks.

Unter normalen Umständen hätte Beth die Portion in null Komma nichts verputzt, aber sie war zu aufgewühlt zum Essen.

»Magst du keine Erdbeeren?«, fragte Wrath, während er sich eine in den Mund steckte. Seine strahlend weißen Zähne bissen durch das rote Fleisch.

Sie zuckte die Achseln, zwang sich, ihn nicht anzusehen. »Doch, schon.«

»Hier.« Er nahm eine Frucht von seinem Teller und beugte sich zu ihr. »Lass mich dich füttern.«

Seine langen Finger hielten den Stiel, der Arm verharrte ruhig in der Luft.

Sie wollte nehmen, was er anbot. »Ich kann mich selbst füttern.«

»Natürlich kannst du das«, sagte er sanft. »Aber darum geht es nicht.«

»Hattest du Sex mit ihr?«, wollte sie wissen.

Seine Augenbrauen flatterten. »Letzte Nacht?«

Sie nickte. »Wenn du von ihr trinkst, schläfst du dann mit ihr?«

»Nein. Und um deine nächste Frage auch gleich zu beantworten: Ich schlafe im Moment mit niemandem außer dir.«

Im Moment, dachte sie.

Beth sah auf ihre Hände, sie war verletzt, obwohl sie keinen Grund dazu hatte.

»Lass mich dich füttern«, murmelte er. »Bitte.«

Sei nicht so kindisch, schimpfte sie mit sich. Sie waren beide erwachsen. Der Sex war fantastisch, und das war mehr, als sie bisher von einem Mann bekommen hatte. Würde sie jetzt wirklich gehen, nur weil sie ihn irgendwann verlieren würde?

Außerdem, selbst wenn er ihr das Blaue vom Himmel verspräche, ein Mann wie er würde nicht lange bleiben. Er war ein Krieger, seine Gefährten waren Kerle wie er. Die traute Zweisamkeit würde ihn zu Tode langweilen.

Aber jetzt war er bei ihr. Und jetzt wollte sie ihn.

Beth lehnte sich nach vorn, öffnete den Mund und legte die Lippen um die Erdbeere. Sie biss die ganze Frucht auf einmal ab. Wraths Nasenflügel bebten. Als ein Spritzer süßen Saftes danebenfloss und ihr über das Kinn tropfte, zischte er.

»Lass mich das machen«, flüsterte er kaum hörbar. Sanft nahm er ihr Kinn in seine Hand. Hob die Serviette mit der anderen.

Beth legte ihre Hand auf seine. »Mit dem Mund.«

Ein tiefes Geräusch aus seiner breiten Brust hallte durch den Raum.

Wrath beugte seinen Oberkörper vor und legte den Kopf zur Seite. Kurz blitzten seine Fänge auf, als seine Lippen sich öffneten und die Zunge herausglitt. Zärtlich leckte er den Saft ab und zog sich wieder zurück.

Er sah sie an. Sie sah ihn an. Die Kerzen flackerten.

»Komm mit mir.« Er hielt ihr seine Hand hin.

Beth zögerte keine Sekunde. Sie legte ihre Handfläche in seine und ließ sich vom Stuhl hochziehen. Dann führte er sie in den Salon, zum Bild und durch die Wand, die steinerne Treppe hinunter. In der Dunkelheit war seine Präsenz überwältigend.

Unten angekommen, brachte er sie in sein Zimmer. Ihr Blick fiel als Erstes auf das Bett. Es war gemacht worden, die Kissen ordentlich am Kopfteil aufgereiht, die Satinbettwäsche glatt wie ein See im Sonnenschein. Heiße Schauer überliefen ihren Körper, als sie daran dachte, wie sich sein Körper auf ihrem angefühlt hatte, wie er sich in ihr bewegt hatte.

Genau darauf steuerten sie jetzt wieder zu, dachte sie. Sie konnte es kaum erwarten.

Ein tiefes Knurren ließ sie über die Schulter blicken. Wraths Blick lag auf ihr wie der des Jägers auf seiner Beute.

Er hatte ihre Gedanken gelesen. Er wusste, was sie wollte. Und er war bereit, es ihr zu geben.

Langsam kam er auf sie zu. Gleichzeitig hörte sie die Tür zuschlagen und das Schloss klicken. Sie sah sich um, war etwa noch jemand im Raum? Nein, da war niemand.

Seine Hand legte sich um ihren Hals. Mit dem Daumen legte er sanft ihren Kopf in den Nacken. »Ich will dich schon den ganzen Abend küssen.«

Sie stellte sich auf einen fordernden Kuss ein, war zu allem bereit, was er ihr geben konnte. Doch als seine Lippen ihre berührten, war der Kuss sanft und träge. Sie konnte die Leidenschaft in den straffen Konturen seines Körpers spüren, aber er wollte sich nicht hetzen lassen. Als er den Kopf hob, lächelte er sie an.

Sie hatte sich schon völlig an die Eckzähne gewöhnt, dachte sie.

»Heute Nacht nehmen wir uns richtig Zeit«, kündigte er an.

Aber sie hielt ihn davon ab, sie erneut zu küssen. »Warte mal. Wir müssen da was … Hast du keine Kondome?«

Er runzelte die Stirn. »Nein. Warum?«

»Warum? Schon mal was von Safer Sex gehört?«

»Ich habe keine solche Krankheit, und du kannst mich nicht anstecken.«

»Woher willst du das wissen?«

»Vampire sind nicht anfällig für menschliche Viren.«

»Heißt das, du kannst so viel Sex haben, wie du willst? Ohne dir Sorgen machen zu müssen?«

Als er nickte, wurde ihr ein kleines bisschen übel. Gott, wie viele Frauen musste er …

»Und du bist gerade nicht fruchtbar«, fügte er hinzu.

»Und woher willst du das jetzt wieder wissen?«

»Glaub mir. Wir wüssten beide, wenn du es wärest. Abgesehen davon wirst du deine erste Triebigkeit erst fünf Jahre nach der Wandlung bekommen. Und selbst wenn du dann triebig bist, ist eine Empfängnis unwahrscheinlich, weil …«

»Moment mal. Was meinst du mit *triebig?«*

»Frauen sind nur etwa alle zehn Jahre fruchtbar. Was ein Segen ist.«

»Warum?«

Er räusperte sich. Er schien tatsächlich ein bisschen peinlich berührt. »Es ist eine gefährliche Zeit. Alle Männer reagieren zu einem gewissen Grad, wenn sie in die Nähe einer triebigen Vampirin kommen. Sie können nichts dagegen machen. Kämpfe können ausbrechen. Und die Vampirin ist, äh … das Verlangen ist ungeheuer stark. Zumindest habe ich das gehört.«

»Du hast keine Kinder?«

Er schüttelte den Kopf. Dann zog er die Brauen zusammen. »Gott.«

»Was?«

»Die Vorstellung, dass du triebig bist.« Sein Körper schwankte, als würde ihn etwas buchstäblich aus dem Gleichgewicht bringen. »Derjenige zu sein, den du dann benutzt.«

Urplötzlich verströmte er eine Wolke sexueller Erregung. Sie konnte förmlich eine heiße Böe um sich herum spüren.

»Wie lange dauert das?«, fragte sie heiser.

»Zwei Tage. Wenn die Frau gut ... bedient und ausreichend gefüttert wird, überwindet sie die Phase schnell.«

»Und der Mann?«

»Der Vampir ist danach vollkommen fertig. Ausgelaugt. Auch blutleer gesaugt. Er braucht länger als sie, um sich wieder zu erholen. Aber ich habe noch nie gehört, dass sich ein Mann beschwert hätte. Niemals.« Eine Pause entstand. »Ich wäre liebend gern derjenige, der dir Erleichterung verschafft.«

Unvermittelt trat er zurück. Sie spürte einen kalten Hauch, als seine Stimmung umschlug und die Hitze sich auflöste.

»Aber das wird die Pflicht eines anderen Vampirs sein. Und sein Privileg.«

Sein Handy klingelte.

Knurrend riss er es aus der Innentasche. Beth tat der Anrufer jetzt schon leid.

»Was?« Eine lange Stille folgte auf das Wort.

Sie ging ins Badezimmer, um ihm etwas Privatsphäre zu geben. Und weil sie selbst auch ein bisschen davon brauchen konnte.

Die Bilder in ihrem Kopf machten sie ganz schwindelig. Zwei Tage. Nur er und sonst nichts?

Als sie wieder ins Zimmer kam, saß Wrath auf der Couch, die Ellbogen auf die Knie gestützt, und grübelte. Er hatte das Jackett ausgezogen, seine Schultern sahen in dem schwarzen Hemd sehr breit aus. Als sie sich ihm näherte, erhaschte sie einen flüchtigen Blick auf eine Handfeuerwaffe unter der Jacke und fröstelte.

Erst als sie sich neben ihn setzte, sah er auf. Sie wünschte, sie könnte ihn besser einschätzen, und schob die Schuld auf die dunkle Brille. Sanft streckte sie die Hände nach seinem Gesicht aus, strich ihm über die strenge Wangenlinie, den ausgeprägten Kiefer. Sein Mund öffnete sich leicht, als nähme ihm ihre Berührung den Atem.

»Ich will deine Augen sehen«, sagte sie.

Er wich etwas zurück. »Nein.«

»Warum nicht?«

»Was kümmert es dich, wie sie aussehen?«

Sie runzelte die Stirn. »Mit dieser Brille kann man einfach nicht in deinem Gesicht lesen. Und jetzt in diesem Moment würde ich wirklich gerne wissen, woran du denkst.«

Oder was du fühlst, was noch entscheidender ist.

Schließlich zuckte er die Achseln. »Bitte, mach, was du willst.«

Da er keine Anstalten machte, die Brille selbst abzunehmen, griff sie nach den Bügeln und zog sie von seinem Gesicht. Seine Lider waren geschlossen, die dunklen Wimpern ruhten auf der Haut. Er öffnete die Augen nicht.

»Willst du sie mir nicht zeigen?«

Seine Kinnpartie verkrampfte sich.

Beth betrachtete die Brille. Als sie sie ins Kerzenlicht hielt, konnte sie kaum etwas erkennen, so dunkel waren die Gläser.

»Du bist blind, oder?«, fragte sie sanft.

Seine Lippen verzogen sich, aber nicht zu einem Lächeln. »Hast du Angst, dass ich jetzt nicht mehr auf dich aufpassen kann?«

Seine Feindseligkeit überraschte Beth nicht. Ein Mann wie er musste sicher jede Schwäche an sich hassen.

»Nein, ich habe keine Angst. Aber ich würde trotzdem gern deine Augen sehen.«

In einer einzigen blitzartigen Bewegung zerrte Wrath sie quer über seinen Schoß. So in der Luft schwebend, balancierte er sie, nicht im Gleichgewicht, sodass nur die Kraft seiner Arme sie von einem Sturz auf den Boden abhielt. Sein Mund war zu einem Strich geworden.

Sehr langsam öffnete er die Lider.

Beth schnappte nach Luft.

Seine Iris waren außergewöhnlich, noch nie hatte sie eine solche Farbe gesehen. Ein leuchtend blasses Grün, so blass, dass es beinahe weiß war. Eingerahmt von den dicken, dunklen Wimpern und tief unter den Augenbrauen liegend, schimmerten seine Augen, als würden sie von innen beleuchtet, fast wie Glühbirnen in seinem Gesicht.

Dann bemerkte sie die Pupillen. Damit stimmte etwas ganz und gar nicht. Winzige, flatternde Stecknadelköpfe.

Zärtlich streichelte sie sein Gesicht. »Deine Augen sind wunderschön.«

»Sie sind nutzlos.«

»Wunderschön.«

Sie sah, wie er ihr Gesicht absuchte. Offenbar strengte er sich an, als wollte er seine Augen zwingen zu funktionieren.

»Waren sie schon immer so?«, flüsterte sie.

»Ich hatte von Geburt an schlechte Augen. Nach meiner Transition wurde es schlimmer, vermutlich wird sich meine Sicht immer weiter verschlechtern, je älter ich werde.«

»Das heißt, du kannst ein bisschen sehen?«

»Ja.« Er hob die Hand an ihre Haare. Als einige Strähnen sanft auf ihre Schultern fielen, wurde ihr bewusst, dass er die Nadeln aus ihrer Frisur löste. »Ich weiß zum Beispiel, dass ich dein Haar gern offen mag. Und ich weiß, dass du sehr schön bist.«

Er zeichnete mit den Fingern ihre Gesichtszüge nach, dann glitt er über ihren Hals zum Schlüsselbein. Immer weiter wanderten sie, zeichneten einen Pfad zwischen ihren Brüsten.

Beths Herz pochte. Ihre Gedanken verlangsamten sich. Die Welt zog sich zurück, bis es nur noch Wrath gab.

»Das Sehvermögen wird generell völlig überbewertet«, murmelte er und legte die Hand flach auf ihr Brustbein. Sie fühlte sich schwer an. Warm. Ein Vorgeschmack darauf, wie sein Körper sich anfühlen würde, wenn er den ihren in die Matratze presste. »Berührung, Geschmack, Geruch, Gehör. Die anderen vier Sinne sind genauso wichtig.«

Er beugte sich vor, vergrub das Gesicht an ihrem Hals. Sie spürte ein leichtes Kratzen. Die Fänge, dachte sie. Sie wanderten an ihrem Hals hoch.

Sie wollte, dass er sie biss.

Wrath atmete tief ein. »Deine Haut verströmt einen Duft, bei dem ich hart werde. Sofort. Ich muss dich nur riechen.«

Sie bog sich ihm entgegen, rieb sich an seinen Oberschenkeln, reckte ihre Brüste empor. Den Kopf ließ sie in den Nacken fallen und stieß ein leises Stöhnen aus.

»Gott, wie ich dieses Geräusch liebe«, sagte er. Seine Hand fuhr hinauf zu ihrem Halsansatz. »Mach es noch einmal für mich, Beth.«

Er saugte an ihrem Hals. Sie gehorchte.

»Genau das«, seufzte er. »Lieber Himmel, genau das ist es.«

Seine Finger wanderten wieder weiter, dieses Mal zum Verschluss ihres Kleides. Er löste die Schleife.

»Ich wollte Fritz nicht die Bettwäsche wechseln lassen.«

»Was?«, murmelte sie.

»Die Bettwäsche. Nachdem du gegangen warst. Ich wollte dich riechen, wenn ich mich hinlege.«

Ihr Kleid fiel auf, kühle Luft traf auf ihre Haut, während seine Hand über ihren Oberkörper strich. Als er bei ihrem BH ankam, beschrieb er Kreise um die Kante des Spitzenkörbchens, immer enger, bis er ihre Brustwarze streifte.

Ihr Körper bäumte sich auf, klammerte sich an seinen Schultern fest. Seine Muskeln waren steinhart von der Kraftanstrengung, sie in der Luft zu halten. Mit verschleiertem Blick blickte sie in sein furchterregendes, schönes Gesicht.

Seine Augen leuchteten im wahrsten Sinne des Wortes, die Iris fing das Licht auf und warf damit Schatten auf ihre Brüste. Die Hoffnung auf leidenschaftlichen, ungezügelten Sex und sein kaum zu beherrschender Hunger auf sie waren deutlich am Knirschen seines Kiefers zu erkennen. An der Hitze, die sein gewaltiger Körper verströmte. An der Spannung in seinen Beinen und seiner Brust.

Doch er hatte sich vollkommen in der Gewalt. Und sie.

»Weißt du, ich war immer zu gierig mit dir«, murmelte er, den Kopf nah an ihrem Schlüsselbein. Er biss sie zart, ohne die Haut zu verletzen. Dann leckte er mit der Zunge über die Stelle, zärtlich, unendlich sanft. Er wanderte nach unten, zu ihrem Brustbein. »Ich habe dich bisher nicht so genommen, wie es sein sollte.«

»Da bin ich mir aber nicht so sicher.« Ihre Stimme klang rau in ihren Ohren.

Sein Lachen war ein tiefes Grollen, der Atem strich warm und feucht über ihre Haut. Er küsste ihre Brüste, dann nahm er einen Nippel in den Mund, durch die Spitze hindurch. Wieder bog sie den Rücken durch, es war, als wäre zwischen ihren Beinen ein Damm gebrochen.

Er hob den Kopf, ein erwartungsvolles Lächeln auf den Lippen.

Sanft strich er ihr den Träger des BH über die Schulter und schob den zarten Stoff zur Seite. Ihre Brustwarze pochte noch intensiver für ihn, lustvoll sah sie zu, wie sein dunkler Kopf sich über ihre blasse Haut senkte. Glänzend und rosa glitt seine Zunge heraus und leckte sie.

Als sich ihre Schenkel ohne weitere Aufforderung von ihm öffneten, lachte er wieder kehlig, ein männliches, triumphierendes Geräusch.

Seine Hand glitt zwischen die Falten des Kleides, strich über die Hüften, wanderte langsam zum Bauch hinab. Er ertastete die Kante ihres Slips und fuhr mit dem Zeigefinger unter die Spitze. Nur ein bisschen.

Hin und her strich er den Finger, ein sinnliches Prickeln nur Zentimeter entfernt von der Stelle, wo sie ihn haben wollte. Haben musste.

»Mehr«, verlangte sie. »Ich will mehr.«

»Das sollst du haben.« Seine ganze Hand verschwand unter der schwarzen Spitze. Sie schrie leise auf, als er ihren heißen, feuchten Kern berührte. »Aber Beth?«

Sie war kaum noch bei Sinnen, wurde vollständig von seiner Berührung verzehrt. »M-hm?«

»Willst du wissen, wie du schmeckst?«, flüsterte er an ihrer Brust.

Ein langer Finger tauchte in ihren Körper. Als wollte er klarstellen, dass er nicht über ihren Mund sprach.

Sie grub ihre Nägel durch das Seidenhemd in seinen Rücken.

»Pfirsiche«, sagte er und verlagerte das Gewicht ihres Körpers. Immer weiter nach unten wanderte sein Mund, zog eine Spur von Küssen über ihren Bauch. »Als würde man Pfirsiche essen. Seidiges Fleisch auf meinen Lippen und auf meiner Zunge, wenn ich sauge. Glatt und süß in meiner Kehle, wenn ich schlucke.«

Sie stöhnte auf, nahe am Orgasmus und weit, weit entfernt von jeder Vernunft.

In einer einzigen schnellen Bewegung hob er sie auf und trug sie zum Bett.

Als er sie hinlegte, öffnete er ihre Beine mit seinem Kopf und legte den Mund über die schwarze Spitze zwischen ihren Schenkeln.

Beth keuchte. Sie vergrub ihre Hände in seinem Haar. Ungeduldig riss er sich das Lederband ab, das seinen Zopf zusammengehalten hatte. Schwarze Wellen ergossen sich über ihren Bauch, wie die Schwingen eines Falken.

»Genau wie Pfirsiche«, murmelte er weiter und zog ihr den Slip aus. »Und ich liebe Pfirsiche.«

Das unheimliche, wunderschöne Leuchten seiner Augen glitt über ihren Körper. Und dann senkte er seinen Kopf wieder hinab.

27

Havers ging in sein Labor hinunter und lief dort unruhig auf und ab. Die Absätze seiner Lederschuhe klapperten auf den weißen Linoleumfliesen. Nach zwei Runden um den Raum blieb er vor seinem Arbeitsplatz stehen. Abwesend strich er über das elegant emaillierte Mikroskop. Betrachtete die Phalanx von Reagenzgläsern und die Armee von Phiolen auf den Regalen an der Wand. Er hörte das Brummen des Kühlschranks, das Schnurren des Deckenventilators. Roch den sterilen Hauch von Desinfektionsmitteln, der in der Luft hing.

Die wissenschaftliche Umgebung erinnerte ihn an sein Streben, an sein eigentliches Ziel.

Er betrachtete sich selbst als zivilisiert. In der Lage, seine Emotionen zu kontrollieren. Fähig, mit logischem Denken auf Reize zu reagieren. Aber mit diesem Hass, dieser Wut konnte er nicht umgehen. Das Gefühl war zu stark, zu aufwühlend.

Pläne schwirrten in seinem Kopf herum. Pläne, die mit Blutvergießen zu tun hatten.

Bloß, wem wollte er hier etwas vormachen? Wenn er auch nur ein Schweizer Taschenmesser gegen Wrath erhob, würde er am Ende blutend am Boden liegen.

Er brauchte jemanden, der wusste, wie man tötet. Jemanden, der dem Krieger nahe kommen konnte.

Als ihm endlich die Lösung einfiel, war sie völlig offensichtlich. Er wusste genau, zu wem er gehen musste und wo dieser Jemand zu finden war.

Havers ging zur Tür. Ein zufriedenes Lächeln umspielte seine Lippen.

Doch als er an seinem Spiegelbild über dem Laborwaschbecken vorbeikam, erstarrte er. Sein verschlagener Blick war zu leuchtend, zu eifrig. Dieses gemeine Grinsen hatte er noch nie an sich gesehen. Die fiebrige Röte auf seinem Gesicht war Vorfreude auf eine abscheuliche Tat.

Hinter der Maske der Vergeltung erkannte er sich selbst nicht wieder.

Er verabscheute sich.

»O Gott.«

Wie konnte er überhaupt an so etwas denken? Er war Arzt. Ein Heiler. Er hatte sich der Rettung von Leben verschrieben, nicht dem Auslöschen.

Marissa hatte ihm gesagt, es sei vorbei. Sie hatte die Verbindung gelöst. Sie würde Wrath nicht wiedersehen.

Und doch, verdiente sie nicht, gerächt zu werden für das, was er ihr angetan hatte?

Und jetzt war der richtige Moment dafür. Es bestand keine Gefahr, dass Marissa ins Kreuzfeuer geriete, wenn er Wrath angriff.

Ein plötzlicher Schauer durchfuhr Havers, das musste das Entsetzen vor dem Ausmaß seines Vorhabens sein. Plötzlich jedoch taumelte er und musste sich an dem Waschbecken abstützen. Schwindel ließ die Welt um ihn herum wild ins Trudeln geraten. Er sank auf einen Stuhl.

Hektisch lockerte er seine Fliege, rang nach Atem.

Das Blut, dachte er. Die Transfusion.

Es funktionierte nicht.

Verzweifelt fiel er vom Stuhl auf die Knie. Von der Last seines Scheiterns zu Boden gezwungen, schloss er die Augen und ließ sich in die Schwärze fallen.

Wrath rollte sich auf die Seite und nahm Beth mit sich, sodass sie ineinander verschlungen blieben. Seine Erektion zuckte noch in ihr. Zärtlich strich er ihr das Haar aus dem Gesicht. Es war noch feucht von ihrem Schweiß.

Mein.

Er küsste sie auf die Lippen und stellte zufrieden fest, dass sie immer noch schwer atmete.

Dieses Mal hatte er sie so geliebt, wie es sich gehörte, dachte er. Langsam und geduldig.

»Bleibst du?«, fragte er.

Sie lachte rau. »Ich bin nicht sicher, ob ich jetzt überhaupt laufen könnte. Also, ja, ich glaube, hierzubleiben wäre eine gute Idee.«

Er presste seine Lippen auf ihre Stirn. »Ich komme kurz vor Morgengrauen zurück.«

Als er sich dem warmen Kokon ihres Körpers entzog, blickte sie ihn verdutzt an. »Wo willst du hin?«

»Ich treffe mich mit den Brüdern, und danach ziehen wir los.«

Er stieg aus dem Bett, ging zum Schrank und zog sich seine Lederhose und ein Hemd an. Dann befestigte er das Halfter über der Schulter. Auf jeder Seite steckte er einen Dolch hinein und schnappte sich dann seine Jacke.

»Fritz ist hier«, sagte er. »Wenn du irgendwas brauchst, wähl einfach die Vierzig. Dann klingelt es bei ihm.«

Sie wickelte sich in das Laken und stand vom Bett auf.

»Wrath.« Sie berührte ihn am Arm. »Bleib.«

Er beugte sich herunter und küsste sie flüchtig. »Ich komme zurück.«

»Wirst du kämpfen?«

»Ja.«

»Aber wie kannst du? Du bist ...« Sie sprach den Satz nicht zu Ende.

»Blind bin ich schon seit dreihundert Jahren.«

Ihr stockte der Atem. »So alt bist du?«

Er musste lachen. »Mhm.«

»Also, ich muss schon sagen, du hast dich gut gehalten.« Ihr Lächeln verschwand. »Wie lange wirst du noch leben?«

Ein eiskalter Schauer überlief ihn, sein Herz setzte mehrmals kurz aus.

Was, wenn sie die Transition nicht überstand?

Wraths Magen drehte sich um. Er, der sich doch prächtig arrangiert hatte mit dem schwarzen Sensenmann, hatte plötzlich einen panischen Anfall von Todesangst.

Aber sie würde es schaffen, oder? *Oder?*

Ihm wurde bewusst, dass er an die Decke starrte, und er fragte sich, mit wem zum Teufel er eigentlich sprach. Mit der Jungfrau der Schrift?

»Wrath?«

Er riss Beth an sich und hielt sie ganz fest, als könnte er sie mit seinem Körper vor ihrem Schicksal abschirmen, sollte es ein schlimmes sein.

»Wrath«, nuschelte sie in seiner Schulter. »Wrath, Liebster, ich bekomme ... keine Luft.«

Sofort lockerte er seinen Klammergriff und sah ihr in die Augen. Krampfhaft versuchte er sich zu konzentrieren, die Anstrengung straffte die Haut an seinen Schläfen.

»Wrath? Was ist los?«

»Nichts.«

»Du hast meine Frage nicht beantwortet.«

»Weil ich die Antwort nicht weiß.«

Sie wirkte betroffen, doch dann stellte sie sich auf die Zehenspitzen und küsste ihn auf den Mund. »Egal, wie lange du noch zu leben hast, ich wünschte, du könntest heute Nacht hier bei mir bleiben.«

Jemand polterte gegen die Tür.

»Hey, Wrath!« Rhages Stimme drang durch den Stahl. »Wir warten alle auf dich.«

Beth trat zurück und schlang die Arme um sich. Er konnte spüren, dass sie sich vor ihm verschloss.

Die Versuchung war groß, sie einzusperren, aber er konnte nicht ertragen, sie wie eine Gefangene zu halten. Und sein Instinkt sagte ihm, dass sie sich mit ihrem Schicksal und mit seiner Rolle darin abgefunden hatte. Auch wenn sie sich noch so sehr wünschte, dass die Dinge anders wären. Vor den *Lessern* war sie im Moment noch in Sicherheit, denn sie würden nur den Menschen in ihr sehen.

»Wirst du hier sein, wenn ich zurückkomme?«, fragte er, als er seine Jacke überzog.

»Ich weiß es nicht.«

»Falls du gehst, weiß ich ja, wo ich dich finden kann.«

»Wozu?«

»Die Wandlung, Beth. Die Wandlung. Hör mal, es wäre sicherer, wenn du hier auf mich wartest.«

»Vielleicht.«

Er behielt seinen Fluch für sich. Betteln würde er bestimmt nicht.

»Die andere Tür auf diesem Gang«, sagte er. »Sie führt zum Zimmer deines Vaters. Ich dachte, du würdest es dir vielleicht gerne ansehen wollen.«

Wrath ging, bevor er noch etwas peinlich Gefühlvolles sagen konnte.

Ein Krieger bettelte nicht. Meistens fragte er noch nicht mal. Er nahm sich, was er wollte, und tötete, wenn es nötig war.

Aber er hoffte wirklich, dass sie da wäre, wenn er zurückkam. Ihm gefiel die Vorstellung, dass sie in seinem Bett schlief.

Beth ging ins Bad und stellte sich unter die Dusche. Das heiße Wasser beruhigte ihre Nerven. Als sie sich abgetrocknet hatte, fand sie einen schwarzen Morgenmantel, der an der Tür hing. Sie zog ihn an.

Sie schnüffelte am Revers und schloss die Augen. Alles roch nach Wrath, eine Mischung aus Seife und Aftershave und …

Männlichem Vampir.

Lieber Himmel. War das tatsächlich kein Traum?

Sie ging ins Zimmer hinüber. Wrath hatte den Schrank offen stehen lassen, und sie wollte sich seine Kleider ansehen. Was sie stattdessen fand, war ein Waffenarsenal, das sie zu Tode erschreckte.

Verstohlen warf sie einen Blick auf die Tür, die zur Treppe führte. Sie dachte kurz darüber nach, zu gehen; doch so sehr sie auch von hier wegwollte, sie wusste, Wrath hatte recht. Hier zu bleiben war sicherer.

Und das Zimmer ihres Vaters war eine Verlockung.

Hoffentlich würde ihre Untersuchung keine Herzrhythmusstörungen bei ihr auslösen. Ihr neuer Liebhaber sorgte weiß Gott schon für genügend Schrecksekunden.

Sie ging in den Flur hinaus und zog den Morgenmantel

enger um sich zusammen. Die Gaslaternen flackerten und ließen die Wände um sie herum lebendig erscheinen. Eine Weile musterte sie die Tür gegenüber, dann fasste sie sich ein Herz, drückte die Klinke hinunter und schob sie auf.

Dunkelheit begrüßte sie auf der anderen Seite, eine schwarze Wand, die entweder einen bodenlosen Abgrund bedeuten konnte oder einen sehr großen Raum. Sie tastete am Türpfosten vorbei an der Wand entlang, in der Hoffnung, einen Lichtschalter zu finden und nicht etwas, das sie beißen würde.

Leider fanden ihre Finger keinen Lichtschalter. Aber eine Minute später hing ihre Hand immer noch am Arm.

Sie trat in die Leere. Langsam tasteten sich ihre Füße nach links vor, bis sie gegen etwas stieß. Das Klappern klang nach Messinggriffen, und der Geruch von Zitronenwachs deutete darauf hin, dass es sich um eine Kommode handelte. Sie schob sich weiter, bis sie eine Lampe gefunden hatte.

Mit einem Klicken ging das Licht an, und Beth blinzelte im hellen Schein. Der Fuß der Lampe war eine kostbare orientalische Vase, der Tisch darunter aus Mahagoni und üppig verziert. Zweifellos war dieser Raum ebenso märchenhaft eingerichtet wie das obere Stockwerk.

Als ihre Augen sich an die Helligkeit gewöhnt hatten, sah sie sich um.

»O … mein … Gott.«

Überall hingen Bilder von ihr. Schwarzweißfotografien, Großaufnahmen, Farbfotos. Sie zeigten sie in jedem Alter, von ihrer Geburt über die Kindheit bis in die Pubertät. Im College. Eins war sehr neu, darauf verließ sie gerade das Gebäude des *Caldwell Courier Journal.* Sie konnte sich gut an den Tag erinnern. Der erste Schnee des letzten Winters war gerade gefallen, und sie hatte gelacht, als sie in den Himmel hinaufsah.

Vor acht Monaten.

Die Vorstellung, dass sie ihren Vater so knapp verpasst hatte, erschien ihr besonders tragisch.

Wann war er gestorben? Wie hatte er gelebt?

Eines war klar: Er hatte einen fantastischen Geschmack gehabt. Und Sinn für Stil. Der riesige Privatbereich ihres Vaters war ebenso kostbar wie einladend eingerichtet. Die Wände waren in einem warmen Rotton gestrichen, der eine weitere Sammlung von Landschaftsansichten der Hudson-River-Schule perfekt zur Geltung brachte. Auf dem Boden lagen schimmernde Orientteppiche in Blau, Rot und Gold. Aber das Großartigste im Raum war das Bett – ein riesiges, geschnitztes, antikes Gestell mit dunkelroten, von einem Baldachin hängenden Samtvorhängen. Auf dem linken Nachttisch standen eine Lampe und ein weiteres Bild von ihr. Rechts befanden sich eine Uhr, ein Buch und ein Glas.

Das war also die Seite, auf der er geschlafen hatte.

Sie ging hinüber und nahm das Buch in die Hand. Es war auf Französisch. Unter dem Buch lag noch eine Zeitschrift. Das *Forbes*-Magazin.

Sie legte beides zurück und betrachtete das Glas. Darin befand sich noch ein Schluck Wasser.

Entweder schlief inzwischen wieder jemand hier … oder ihr Vater war erst vor sehr kurzer Zeit gestorben.

Beth sah sich weiter um, suchte nach Kleidung oder einem Koffer, der auf einen Gast hindeuten würde. Ihr Blick blieb an dem Mahagonischreibtisch hängen. Sie ging hinüber und setzte sich auf den ausladenden Stuhl mit den geschnitzten Armlehnen. Neben einem ledernen Notizheft lag ein Stapel Papiere. Rechnungen für das Haus. Strom. Telefon. Kabelfernsehen. Alles auf Fritz' Namen ausgestellt.

So … normal. Sie hatte dieselben Dinge auf ihrem Schreibtisch liegen.

Beth warf einen Seitenblick auf das Wasserglas am Bett.

Sein Leben wurde abrupt beendet, dachte sie.

Sie fühlte sich wie ein Eindringling, aber sie konnte nicht anders. Sie musste die flache Schublade in der Mitte des Sekretärs aufziehen. Teure Füllfederhalter, Heftklammern, ein Tacker. Sie schob sie wieder zu und zog dann eine größere auf. Hier lagen zahllose Ordner. Beth nahm einen heraus. Kontoauszüge …

Oh mein Gott. Ihr Vater war reich. Stinkreich.

Sie blätterte weiter. Im Sinne von Multimillionär.

Sie legte den Ordner wieder zurück und schloss die Schublade.

Das erklärte jedenfalls das Haus. Die Kunstwerke. Das Auto. Den Butler.

Neben einem Telefon stand ein Bild von ihr in einem silbernen Rahmen. Sie nahm es in die Hand und versuchte sich vorzustellen, wie er wohl ausgesehen hatte.

Gab es hier denn kein Foto von ihm?, überlegte sie.

Konnte man einen Vampir überhaupt fotografieren?

Sie lief alle Bilder noch einmal ab. Sie. Immer nur …

Beth beugte sich hinunter.

Und griff mit zitternden Händen nach einem der Goldrahmen.

Darin war ein Schwarz-Weiß-Foto von einer dunkelhaarigen Frau, die schüchtern in die Kamera blickte. Ihre Hand bedeckte ihren Mund, als sei sie verlegen.

Diese Augen, dachte Beth erstaunt. Jeden einzelnen Tag

ihres Lebens hatte sie im Spiegel in genau dieselben Augen gesehen.

Sie strich mit dem Zeigefinger über das Glas.

Verstört sank sie auf das Bett, hielt sich das Bild so nah vors Gesicht, dass ihre Augen gerade eben noch scharf sehen konnten. Als könnte die Nähe des Fotos Zeit und Umstände überbrücken und die schöne Frau darauf zu ihr bringen.

Ihre Mutter.

28

Schon besser, dachte Mr. X, als er sich einen bewusstlosen Zivilisten über die Schulter warf. Er trug den Vampir rasch zu seinem Wagen, öffnete die Kofferraumtür des Kombis und legte seine Beute ab wie einen Sack Kartoffeln. Sorgfältig breitete er eine schwarze Wolldecke über seine Fracht.

Er wusste jetzt, dass seine Methode funktionierte, die Dosis der Beruhigungspfeile war einfach beim ersten Mal nicht ausreichend gewesen. Er hatte recht gehabt, statt für Menschen dosierte Sedative brauchte er Pferdebetäubungsmittel. Trotzdem war der Vampir erst beim zweiten Acepromazin-Pfeil umgekippt.

Mr. X sah noch einmal über die Schulter, bevor er sich ans Steuer setzte. Die getötete Prostituierte lag über einem Gully, ihr mit Heroin gesättigtes Blut sickerte langsam in die Kanalisation. Das gute Mädchen hatte ihm sogar dabei geholfen, die Spritze zu setzen. Natürlich hatte sie nicht mit hundertprozentig reinem Heroin gerechnet.

Oder damit, dass sie genug davon in die Vene gepumpt bekommen würde, um einen Elch in die ewigen Jagdgründe zu schicken.

Die Polizei würde sie am Morgen finden, aber er war wieder sehr ordentlich gewesen. Latexhandschuhe. Mütze über den Haaren. Kleidung aus dicht gewebtem Nylonmaterial, das normalerweise keine Fasern hinterließ.

Und sie hatte sich weiß Gott nicht gewehrt.

Ruhig ließ Mr. X den Motor an und reihte sich in den Verkehr auf der Trade Street ein.

Ein feiner Film erwartungsfrohen Schweißes bildete sich auf seiner Oberlippe. Die Erregung, all das Adrenalin in seinen Adern ließen ihn die Zeiten vermissen, als er noch Sex haben konnte. Selbst wenn der Vampir ihm keine Informationen geben könnte, würde der restliche Abend sehr anregend werden.

Er würde mit dem Hammer anfangen, dachte er.

Nein, lieber mit dem Zahnarztbohrer. Unter den Fingernägeln.

Das sollte den Vampir schnell aufwecken. Einen Bewusstlosen zu foltern machte schließlich keinen Spaß. Das wären nur alberne Fingerübungen, so nutzlos wie eine Leiche zu treten. Er kannte sich mit diesem Sport aus.

In Anbetracht dessen, was er mit seinem toten Vater gemacht hatte, als er ihn fand.

Aus dem Kofferraum hörte er ein Geräusch. Er blickte über die Schulter. Der Vampir rührte sich unter der Decke.

Sehr gut. Er lebte also noch.

Mr. X sah wieder auf die Straße und runzelte die Stirn. Angespannt beugte er sich vor und umklammerte das Lenkrad.

Vor ihm leuchteten Bremslichter auf.

Die Autos hielten in einer Reihe an. Orangefarbene Kegel waren aufgestellt. Blau-weiße Blitze kündigten die Ankunft der Polizei an.

Ein Unfall?

Nein. Eine Straßensperre. Zwei Beamte mit Taschenlampen gingen an den Autos vorbei und leuchteten ins Wageninnere. Auf einem Schild war zu lesen *Allgemeine Fahrzeugkontrolle*.

Mr. X trat auf die Bremse. Er holte die Pfeilpistole aus seiner schwarzen Tasche und schoss noch zwei Portionen auf den Vampir ab, um ihn ruhig zu halten. Dank der getönten Scheiben und der schwarzen Decke bestand eine gute Chance, dass er unbehelligt durchkäme, solange der Kerl sich nicht rührte.

Als Mr. X an der Reihe war, kurbelte er das Fenster herunter. Der Schein der Taschenlampe fiel auf das Armaturenbrett.

»Schönen guten Abend, Officer.« Mr. X setzte eine freundliche Miene auf.

»Haben Sie etwas getrunken, Sir?« Der Cop war der Prototyp eines erfolglosen, abgehalfterten Bullen. Unbestimmbares Alter. Etwas füllig um die Mitte. Struppiger Schnurrbart, der mal ordentlich getrimmt gehörte. Graues Haar, das wie Unkraut unter seiner Mütze hervorquoll. Er hatte alle Merkmale eines Schäferhundes, außer dem Zeckenhalsband und dem Schwanz.

»Nein, Officer.«

»Hey, Sie kenn ich doch.«

»Ach ja?« Mr. X lächelte noch breiter, während er die Kehle des Mannes betrachtete. Der Frust erinnerte ihn an das Messer in der Autotür. Langsam ließ er die Hand nach unten gleiten und fuhr zur Beruhigung mit dem Finger über den Griff.

»Ja, Sie bringen meinem Sohn Jiu-Jitsu bei.« Als der Polizist sich nach hinten lehnte, glitt der Schein der Taschenlampe zur Seite und traf auf die schwarze Tasche auf dem Beifahrersitz. »Darryl, komm mal her, das ist Phillips Sensei.«

Während der andere Beamte zu ihnen geschlendert kam, vergewisserte sich Mr. X, dass der Reißverschluss der Tasche geschlossen war. Die Beamten mussten ja nicht unbedingt einen Blick auf die Pfeilpistole oder die Neun-Millimeter Glock erhaschen.

Volle fünf Minuten lang unterhielt er sich nett mit den beiden Jungs in Blau, während er sich heimlich vorstellte, wie er ihnen das Maul stopfen könnte.

Als er endlich wieder den Gang einlegte, bemerkte er, dass das Messer schon in seiner Hand und beinahe auf seinem Schoß lag.

Er musste dringend mal an seinem Aggressionspotenzial arbeiten.

Wrath konzentrierte sich auf den verschwommenen Umriss des einstöckigen Gebäudes. Seit zwei Stunden beobachtete er mit Rhage die *Caldwell Martial Arts Academy.* Die Einrichtung lag hinter einem Einkaufszentrum am Rande eines Wäldchens. Rhage hatte den Laden gestern schon mal unter die Lupe genommen; seiner Schätzung nach war er in etwa 2000 Quadratmeter groß.

Reichlich Platz für ein *Lesser*-Zentrum.

Der Parkplatz erstreckte sich über die ganze Front des Studios, auf jeder Seite gab es etwa 15 Stellplätze. Zwei Eingänge, doppelverglaste Türen. Seiteneingang ohne Fenster. Von ihrem Aussichtspunkt im Wald aus hatten sie beide den leeren Parkplatz und alle Eingänge gut im Blick.

Die anderen verdächtigen Gebäude hatten sich als Sackgassen erwiesen. *Gold's* Fitnessstudio hatte nichts weiter zutage gefördert als eine sich ständig erneuernde Mitgliedschaft von Volltrotteln. Es machte um Mitternacht zu und um fünf Uhr wieder auf, und es war mehrere Nächte hintereinander im Laden ruhig geblieben. Das Gleiche galt für die Gotcha-Halle. Nach Ladenschluss war das einfach nur ein leeres Gebäude. Die beiden Kampfkunstschulen schienen Wrath schon eher aussichtsreich zu sein. Vishous und die Zwillinge lagen vor der anderen auf der Lauer.

Obwohl *Lesser* auch tagsüber das Haus verlassen konnten, jagten sie nachts, denn dann war ihre Beute unterwegs. Gegen Morgengrauen wurden die Rekrutierungs- und Trainingszentren der Gesellschaft häufig als Versammlungsorte genutzt, aber nicht immer. Außerdem wechselten die *Lesser* ihren Aufenthaltsort regelmäßig, sodass ein Ort einen Monat oder ein Jahr lang benutzt und dann wieder verlassen wurde.

Da Darius erst seit ein paar Tagen tot war, hoffte Wrath, sie wären noch nicht weitergezogen.

Er tastete nach seiner Uhr. »Verdammt, schon fast drei.«

Rhage lehnte sich an den Baum, hinter dem er stand. »Das heißt wohl, dass Tohrment heute nicht mehr auftaucht.«

Wrath zuckte mit den Schultern. Er hoffte inständig, Rhage würde das Thema fallen lassen.

Ließ er nicht.

»Passt gar nicht zu ihm.« Rhage überlegte kurz. »Aber du scheinst dich gar nicht zu wundern.«

»Nein.«

»Und warum nicht?«

Wrath knackte mit den Fingerknöcheln. »Ich hab ihm ans Bein gepisst. Unnötigerweise.«

»Ich werde nicht nachfragen.«

»Schlau von dir.« Und dann, aus irgendeinem Grund, der ihm selbst unverständlich blieb, fügte er hinzu: »Ich muss mich bei ihm entschuldigen.«

»Das wird aber eine Überraschung werden.«

»Bin ich echt so ein Arschloch?«

»Nein«, antwortete Rhage ungewohnt schlicht. »Aber du hast einfach so selten unrecht.«

Ehrlichkeit war er von Hollywood nicht gewohnt.

»Tja, aber Tohrment hab ich jedenfalls dumm angemacht – und ich *hatte* unrecht.«

Rhage klopfte ihm auf den Rücken. »Als jemand, der regelmäßig Leute vor den Kopf stößt, kann ich dir versichern: Man kann so gut wie alles wieder reparieren.«

»Ich hab Wellsie ins Spiel gebracht.«

»Keine gute Idee.«

»Und seine Gefühle für sie.«

»Übel.«

»Ja. Ziemlich.«

»Warum?«

»Weil ich …«

Weil er sich wie ein Idiot vorgekommen war, dass er auch nur ansatzweise das versucht hatte, was Tohr seit zweihundert Jahren erfolgreich auf die Reihe bekam. Trotzdem er ein Krieger war, führte er eine Beziehung mit einer Frau. Und es war eine starke, liebevolle Verbindung. Er war der Einzige der Brüder, der das schaffte.

Wrath dachte an Beth. Sah sie vor sich, wie sie auf ihn zukam und ihn bat zu bleiben.

Mann, er hoffte inständig, dass sie in seinem Bett liegen würde, wenn er heimkam. Und nicht nur, weil er sie nehmen wollte. Sondern weil er dann neben ihr einschlafen könnte. Ein bisschen ausruhen, in dem Wissen, dass sie bei ihm und in Sicherheit war.

Ach, zum Teufel. Er hatte das schreckliche Gefühl, dass er bei dieser Frau bleiben müsste. Zumindest für eine Weile.

»Weil?«, hakte Rhage nach.

Wraths Nase kitzelte. Ein schwacher, süßlicher Geruch, wie nach Talkum, schwebte im Wind.

»Wir haben Gäste.« Er öffnete seine Jacke.

»Wie viele?«, fragte Rhage und sah sich um.

Lautes Rascheln und knackende Äste durchbrachen die Stille. Die Geräusche kamen näher.

»Drei. Mindestens.«

»Jippie.«

Die *Lesser* kamen direkt über eine Lichtung auf sie zu. Sie machten Lärm, unterhielten sich, waren unvorsichtig, bis einer plötzlich stehen blieb. Die anderen beiden schlossen auf und verstummten.

»Schönen guten Abend, Jungs.« Rhage schlenderte auf sie zu.

Wrath wählte den raffinierteren Ansatz. Während die *Lesser* seinen Bruder umkreisten, in die Hocke gingen und die Messer zogen, huschte er von hinten durch die Bäume.

Dann sprang er aus dem Schatten, pflückte einen der *Lesser* vom Boden und begann den Kampf. Er schlitzte ihm die Kehle auf, hatte aber keine Zeit für den Todesstoß. Rhage hatte sich zwei gleichzeitig vorgeknöpft, aber ein dritter wollte ihm gerade eins mit dem Baseballschläger überziehen.

Von hinten stürzte sich Wrath auf den Untoten Sammy Sousa, zog ihn zu Boden und stach ihm in den Hals.

Schmatzende, erstickte Geräusche sprudelten durch die Luft. Wrath sah sich um, ob noch mehr *Lesser* in der Nähe waren oder ob sein Bruder Hilfe brauchte.

Rhage kam ausgezeichnet klar.

Selbst für Wraths schlechte Augen war der Krieger im Kampf ein schöner Anblick. Faustschläge und Tritte. Schnelle Bewegungen. Die Reflexe eines Raubtiers. Kraft und Ausdauer. Er war ein Meister des Nahkampfs, und sein Gegner schlug wieder und wieder auf dem Boden auf. Die Abstände, in denen er wieder aufstand, wurden immer länger.

Wrath ging zu dem ersten *Lesser* zurück und kniete über dem Körper. Er wand sich unter ihm, als er seine Taschen durchwühlte und alle Ausweise an sich nahm, die er finden konnte.

Gerade wollte er ihm in die Brust stechen, als er einen Schuss hörte.

29

»Wie sieht's aus, Butch, bleibst du hier, bis ich Feierabend habe?« Abby lächelte und goss ihm noch einen Scotch ein.

»Vielleicht.« Er wollte eigentlich nicht, aber wenn er noch ein paar mehr Drinks kippte, würde er es sich möglicherweise anders überlegen. Vorausgesetzt, er würde noch einen hochkriegen, wenn er betrunken war.

Sie lehnte sich leicht nach links, um an ihm vorbei einem anderen Mann hinter ihm zuzublinzeln und ihm einen Blick in ihren Ausschnitt zu gewähren.

Sie ging auf Nummer sicher. Wahrscheinlich eine gute Idee.

Butchs Handy klingelte, und er meldete sich. »Ja?«

»Schon wieder eine tote Prostituierte«, hörte er José sagen. »Dachte, das würde dich vielleicht interessieren.«

»Wo?« Er sprang vom Barhocker, als müsste er los. Dann setzte er sich ganz langsam wieder hin.

»Ecke Trade und Fifth. Aber komm nicht her. Wo bist du?«

»McGrinder's.«

»Zehn Minuten?«

»Ich bin hier.«

Frustriert schob Butch das Glas von sich.

Würde er so enden? Jede Nacht betrunken? Vielleicht mit einem Job als Privatdetektiv oder Wachmann, bis man ihn feuerte, weil er ein totales Wrack war? Jede Nacht allein in seiner Wohnung, bis seine Leber das Handtuch warf?

Langfristige Planung war nie sein Ding gewesen, aber vielleicht wurde es allmählich Zeit dafür.

»Hat dir der Scotch nicht geschmeckt?«, fragte Abby und präsentierte ihm ihre Brüste über das volle Glas hinweg.

Aus Reflex hob er das Glas an die Lippen und kippte es herunter.

»So ist's brav.«

Aber als sie ihm noch einen einschenken wollte, legte er die Hand aufs Glas. »Für heute reicht es.«

»Ja, gut.« Sie lächelte, als er den Kopf schüttelte. »Du weißt ja, wo du mich findest.«

Ja, leider.

José brauchte länger als zehn Minuten. Es dauerte mehr als eine halbe Stunde, bis Butch den Detective sah, der sich durch die Menge quetschte. Er wirkte streng in seinen zivilen Kleidern.

»Kennen wir sie?«, fragte Butch, noch bevor sich der Mann hinsetzen konnte.

»Wieder eine aus Big Daddys Stall. Carla Rizzoli. Alias Candy.«

»Das gleiche Programm?«

José bestellte sich einen Wodka pur. »Ja. Kehle aufgeschlitzt, überall Blut. Hatte einen merkwürdigen Rückstand auf den Lippen, als hätte sie Schaum vor dem Mund gehabt.«

»H?«

»Wahrscheinlich. Die Autopsie wird gleich morgen früh gemacht.«

»Habt ihr sonst noch was am Tatort gefunden?«

»Einen Pfeil. Die Sorte, mit der man einem großen Tier ein Beruhigungsmittel verabreichen würde. Wir lassen ihn untersuchen.« Mit einer knappen Kopfbewegung kippte José den Schnaps hinunter. »Big Daddy soll angeblich stinksauer sein. Er will Rache.«

»Hoffentlich lässt er seine Wut an Beths Freund aus. Vielleicht treibt ein Krieg die Ratte aus ihrem Loch.« Butch stützte die Ellbogen auf die Theke. Rieb sich die schmerzenden Augen. »Verflucht, ich kann nicht fassen, dass sie ihn beschützt.«

»Mann, wer hätte das auch ahnen können? Endlich sucht sie sich einen aus –«

»Und dann ist er ein mieser Verbrecher.«

José sah ihn von der Seite an. »Wir müssen sie vorladen.«

»Dachte ich mir schon.« Butch blinzelte mit den Augen, um klar sehen zu können. »Hör mal, ich bin morgen mit ihr verabredet. Lass mich zuerst mit ihr reden, okay?«

»Das kann ich nicht machen, O'Neal. Du bist nicht mehr …«

»Doch, das kannst du. Gib ihr einfach erst übermorgen einen Termin.«

»Die Ermittlungen gehen weiter …«

»Bitte.« Butch konnte nicht glauben, dass er bettelte. »Komm schon, José. Meine Chance, zu ihr durchzudringen, ist viel größer als eure.«

»Und warum das?«

»Weil sie zugesehen hat, wie er mich fast umgebracht hat.«

José sah auf die verdreckte Theke. »Du hast einen Tag. Und wehe, jemand bekommt das mit. Dann macht mich der Chef einen Kopf kürzer. Übermorgen werde ich sie auf dem Revier verhören, komme, was wolle.«

Butch nickte, während Abby mit der Scotchflasche in der einen und dem Wodka in der anderen Hand angetänzelt kam.

»Ihr sitzt ja auf dem Trockenen, Jungs«, kicherte sie. Mit dem Fortschreiten der Nacht wurde die Botschaft hinter ihrem lüsternen Lächeln und ihren leeren Augen immer lauter, immer verzweifelter.

Butch dachte an seine leere Brieftasche. Sein leeres Halfter. Seine leere Wohnung.

Er ließ sich vom Hocker gleiten. »Ich muss hier raus.«

Wraths Arm wurde von der Schrotflinte erwischt, die Wucht des Aufpralls schleuderte seinen Körper herum wie ein loses Seilende. Er taumelte zu Boden, blieb aber nicht unten. Schnell und geduckt lief er aus der Schusslinie, um sich nicht noch eine zweite Ladung einzuhandeln.

Der fünfte *Lesser* war aus dem Nichts aufgetaucht. Und er fütterte seine abgesägte Flinte kräftig mit Schrot.

Hinter einer Kiefer inspizierte Wrath rasch seine Verletzung. Nicht besonders tief. Etwas Haut und Muskel vom Bizeps abgerissen, aber der Knochen war intakt. Er konnte noch kämpfen.

Er holte einen Wurfstern heraus und trat hinter dem Baum hervor.

In diesem Moment erleuchtete ein gleißend heller Blitz die Lichtung.

Eilig sprang er zurück in den Schatten. »Verdammte Scheiße.«

Jetzt waren sie alle dran. Die Bestie in Rhage kam zum Vorschein. Das würde unappetitlich werden.

Rhages Augen leuchteten weiß wie Nebelscheinwerfer während seiner grausigen Mutation. Sein Körper brach auf, zerriss förmlich, und etwas Entsetzliches nahm seinen Platz ein. Schuppen glitzerten im Mondlicht, Klauen durchschnitten pfeifend die Luft. Die *Lesser* waren vollkommen fassungslos, als die Kreatur sie mit seinen riesigen Reißzähnen attackierte, bis ihr das Blut in Strömen über die gewaltige Brust lief.

Wrath hielt sich zurück. Er erlebte das nicht zum ersten Mal, und die Bestie brauchte keine Hilfe. Verflucht, wenn man ihr zu nahe kam, lief man Gefahr, selbst noch zurechtgestutzt zu werden.

Als alles vorbei war, stieß das Ungeheuer ein lautes Heulen aus, so laut, dass die Bäume sich bogen und die Äste zersplitterten.

Das Gemetzel war erbarmungslos. Es bestand keinerlei Hoffnung, die *Lesser* noch identifizieren zu können, denn es blieb nichts mehr von ihnen übrig. Selbst ihre Kleider waren verschlungen worden.

Wrath trat auf die Lichtung.

Die Kreatur schnellte keuchend herum.

Wrath sprach leise, die Hände ruhig an den Seiten hängend. Irgendwo da drinnen war Rhage, aber bis er wieder herauskam, war nicht garantiert, dass er die Brüder erkannte.

»Alles in Ordnung«, begann er besänftigend. »Du und ich haben das schon mal geschafft.«

Die Bestie atmete heftig, ihre Nasenflügel bebten, als sie witterte. Leuchtende Augen fixierten das Blut auf Wraths Arm. Ein Schnauben war zu hören. Die Klauen hoben sich.

»Vergiss es. Du hast deinen Spaß gehabt. Du bist satt. Jetzt holen wir Rhage zurück.«

Der große Kopf schwang hin und her, aber die Schuppen begannen zu zittern. Ein schriller Protestschrei entrang sich der Kehle des Ungeheuers, dann gab es wieder einen Blitz.

Rhage fiel nackt zu Boden, mit dem Gesicht in den Schlamm.

Sofort rannte Wrath zu ihm und ließ sich auf die Knie fallen. Die Haut des Kriegers war von Schweiß überzogen, und er zitterte wie ein Neugeborenes in der Kälte.

Bei der Berührung seines Bruders regte sich Rhage. Er versuchte seinen Kopf zu heben, aber er schaffte es nicht.

Wrath nahm seine Hand und drückte sie. Der brennende Schmerz beim Wiedereintritt in seinen Körper war immer die Hölle.

»Ganz ruhig, Hollywood, du bist okay. Du hältst dich gut.« Er zog seine Jacke aus und breitete sie fürsorglich über seinem Bruder aus.

»Du bleibst einfach liegen, und ich kümmere mich um dich, okay?«

Rhage murmelte etwas Unverständliches und rollte sich zu einer Kugel zusammen.

Wrath klappte sein Handy auf und wählte. »Vishous? Wir brauchen einen Wagen. Jetzt sofort. Machst du Witze? Nein, ich muss unseren Knaben hier abtransportieren. Wir hatten Besuch von seiner anderen Seite. Aber sag Zsadist, er soll sich zusammenreißen.«

Er legte auf und sah Rhage an.

»Ich hasse das«, kam ein Flüstern von dem Bruder.

»Ich weiß.« Wrath strich ihm das mit Blut verklebte Haar aus dem Gesicht. »Wir bringen dich jetzt nach Hause.«

»Hat mir gar nicht gefallen, dass du angeschossen wurdest.«

Wrath lächelte sanft. »Das war deutlich zu merken.«

Beth wurde wach und vergrub sich tief in ihr Kissen.

Irgendetwas stimmte hier nicht.

Sie öffnete die Augen genau in dem Moment, als eine tiefe männliche Stimme die Stille durchbrach. »Was zum Teufel haben wir denn hier?«

Wie von der Tarantel gestochen, setzte sie sich auf. Sah sich panisch nach dem Besitzer der Stimme um.

Der Mann, der da über sie gebeugt stand, hatte ein hartes Gesicht mit einer auffälligen gezackten Narbe. Sein Haar war fast bis auf die Kopfhaut geschoren, und seine schwarzen Augen schienen sie durchbohren zu wollen. Und er bleckte lange weiße Fänge.

Sie schrie.

Er lächelte. »Mein absolutes Lieblingsgeräusch.«

Entsetzt schlug sie sich die Hände vor den Mund.

Gott, diese Narbe. Sie verlief über Stirn und Nase, über die Wange und in einem Bogen zurück zu seinem Mund. Das Ende der S-förmigen Linie verzerrte seine Oberlippe, zog sie auf der einen Seite zu einem ewigen höhnischen Grinsen nach oben.

»Bewunderst du mein Kunstwerk?«, fragte er. »Du solltest mal den Rest von mir sehen.«

Ihr Blick flog zu seiner breiten Brust. Er trug ein hautenges, langärmeliges schwarzes T-Shirt. Auf beiden Seiten drückten sich kleine Ringe durch den Stoff, als seien seine Brustwarzen gepierct. Um den Hals hatte er ein schwarzes Band tätowiert, und im linken Ohrläppchen trug er einen Pflock.

»Bin ich nicht hübsch?« Sein kalter Blick war der Stoff, aus dem Albträume gewoben werden, von dunklen Orten ohne Hoffnung, von der Hölle selbst.

Vergiss die Narbe, dachte sie. Die Augen waren das Schrecklichste an ihm. Und eben diese Augen sahen sie unverwandt an, als wolle er sie töten. Oder bespringen.

Sie robbte sich von ihm weg. Ließ ihren Blick auf der Suche nach möglichen Waffen schweifen.

»Was, gefalle ich dir etwa nicht?«

Beth ließ ihren Blick vorsichtig zur Tür wandern, und er lachte.

»Glaubst du, du könntest schnell genug laufen?« Er zog das Shirt aus der Lederhose. Seine Hände wanderten zu seinem Reißverschluss. »Ich bin mir ziemlich sicher, dass du das nicht kannst.«

»Lass sie in Ruhe, Zsadist.«

Wraths Stimme klang wie Engelsmusik in ihren Ohren. Bis sie sah, dass er kein Hemd trug und einer seiner Arme in einer Schlinge steckte.

Er sah sie nicht an. »Zeit zu gehen, Z.«

Zsadist lächelte kalt. »Willst du die Frau nicht teilen?«

»Du magst es doch nur, wenn du dafür bezahlst.«

»Dann kriegt sie eben ein paar Scheinchen dafür. Vorausgesetzt, sie überlebt es.«

Unaufhaltsam kam Wrath auf den anderen Vampir zu, bis ihre Gesichter sich beinahe berührten. Die Luft um sie herum knisterte, aufgeladen von ihren Emotionen.

»Du fasst sie nicht an, Z. Du siehst sie nicht mal an. Du sagst jetzt *Gute Nacht* und verpisst dich dann ganz friedlich.« Vorsorglich zog Wrath den Arm aus der Schlinge, sodass Beth den Verband um seinen Bizeps sehen konnte. In der Mitte breitete sich ein roter Fleck aus, als blute er. Aber er wirkte mehr als bereit, es mit dem anderen Mann aufzunehmen.

»Du musst ja wirklich sauer gewesen sein, dass du ausgerechnet heute Nacht eine Mitfahrgelegenheit gebraucht hast«, sagte Zsadist. »Und dass ich in der Nähe war.«

»Ich hoffe, ich muss das nicht noch bereuen.«

Zsadist machte einen Schritt nach links, und Wrath ging mit der Bewegung mit, sein Körper ein Schutzschild zwischen Beth und dem Vampir.

Ein belustigtes Geräusch, mehr ein tiefes, böses Grollen als ein Kichern kam aus Zsadists Brust. »Du willst wirklich für einen Menschen kämpfen?«

»Sie ist Darius' Tochter.«

Zsadist legte den Kopf auf die Seite, und musterte mit seinen unergründlichen schwarzen Augen Beths Gesichtszüge. Einen Moment später wurde seine brutale Miene kaum merklich weicher, und das höhnische Grinsen verschwand. Betont langsam steckte er das Shirt wieder in die Hose, gleichzeitig sah er ihr in die Augen, fast als wolle er sich entschuldigen.

Doch Wrath wich nicht von der Stelle.

»Wie heißt du?«, fragte Zsadist sie.

»Ihr Name ist Beth.« Wrath blockierte Zsadist noch immer die Sicht. »Und du gehst jetzt.«

Eine lange Stille entstand.

»Ja. Klar. Was auch immer.«

Zsadist bewegte sich mit derselben tödlichen Ruhe zur Tür wie Wrath. Bevor er verschwand, sah er sich noch einmal um.

Er musste einmal wirklich gut ausgesehen haben, dachte Beth. Auch wenn es nicht die Narbe war, die ihn so abstoßend machte. Es war das Höllenfeuer in ihm.

»Schön, dich kennen zu lernen, Beth.«

Sie stieß hörbar den Atem aus, als die Tür zufiel und das Schloss einrastete.

»Alles in Ordnung?«, fragte Wrath. Sie spürte, wie sein Blick über ihren Körper wanderte, dann legte er sanft seine Hände auf ihre. »Er hat dich nicht … er hat dich nicht angefasst, oder? Ich hab dich schreien gehört.«

»Nein. Nein, er hat mich nur erschreckt. Ich bin aufgewacht, und er war im Zimmer.«

Wrath setzte sich zu ihr auf das Bett, immer noch strichen seine Hände sanft über ihre Arme, als könnte er nicht glauben, dass es ihr gut ging. Als er sich endlich hinreichend davon überzeugt hatte, schob er sein Haar in den Nacken. Seine Hände zitterten.

»Du bist verletzt«, sagte sie. »Was ist passiert?«

Er legte den gesunden Arm um sie und zog sie an seine Brust. »Nichts.«

»Warum brauchst du dann einen Verband und eine Schlinge? Und warum blutest du immer noch?«

»Sch-sch.« Er legte sein Kinn auf ihren Kopf. Immer noch konnte sie fühlen, wie er zitterte.

»Bist du krank?«, fragte sie.

»Ich muss dich einfach nur eine Minute festhalten. Okay?«

»Natürlich.«

Sobald er sich beruhigt hatte, entzog sie sich seinem Griff. »Was ist passiert?«

Er nahm ihr Gesicht in seine Hände. Presste seine Lippen auf ihre. »Ich hätte es nicht ertragen, wenn er … wenn er dich mir weggenommen hätte.«

»Dieser Typ? Keine Sorge, mit dem gehe ich nirgendwo hin.« Und dann wurde ihr klar, dass Wrath nicht von einem Date gesprochen hatte. »Meinst du, er wollte mich töten?«

Nicht, dass ihr das so unmöglich erschienen wäre. So kalt. Die schwarzen Augen waren so kalt gewesen.

Statt einer Antwort näherten sich Wraths Lippen ihrem Mund. Mit einer Handbewegung hielt sie ihn zurück. »Wer ist er? Und was ist mit ihm passiert?«

»Ich will dich nie wieder in Zs Nähe sehen. Niemals.« Er strich ihr eine Strähne hinter das Ohr. Seine Berührung war zärtlich. Seine Stimme nicht. »Hörst du mir zu?«

Sie nickte. »Aber was …«

»Wenn er in ein Zimmer kommt, und ich bin im Haus, dann kommst du sofort zu mir. Wenn ich nicht in der Nähe bin, schließt du dich in einem der Zimmer hier unten ein. Die Wände sind aus Stahl, er kann sich also nicht materialisieren. Und pass auf, dass du ihn niemals berührst. Nicht mal aus Versehen.«

»Ist er ein Krieger?«

»Hast du verstanden, was ich eben gesagt habe?«

»Ja, aber es wäre wirklich hilfreich, wenn ich mehr wüsste.«

»Er ist einer der Brüder, aber er ist beinahe seelenlos. Leider können wir nicht auf ihn verzichten.«

»Warum, wenn er so gefährlich ist? Oder ist er nur Frauen gegenüber so?«

»Er hasst jeden. Außer vielleicht seinen Zwilling.«

»Oh, großartig. Es gibt zwei von der Sorte?«

»Der Jungfrau sei gedankt für Phury. Er ist der Einzige, der zu Z durchdringen kann. Aber nicht mal darauf kann man sich hundertprozentig verlassen.« Wrath küsste sie auf die Stirn. »Ich will dir keine Angst einjagen, aber du musst diese Sache ernst nehmen. Zsadist ist ein Tier, aber ich glaube, er hat deinen Vater respektiert. Vielleicht lässt er dich deshalb in Ruhe. Ich kann bei ihm einfach kein Risiko eingehen. Oder bei dir. Versprich mir, dass du Abstand zu ihm hältst.«

»Ist gut.« Sie schloss die Augen und lehnte sich an ihn. Sein Arm legte sich um sie, aber dann schob er sich von ihr weg.

»Komm mit.« Er zog sie auf die Füße. »Komm mit in mein Zimmer.«

Als sie das andere Zimmer betraten, hörte Beth die Dusche ausgehen. Einen Augenblick später öffnete sich die Tür.

Der Krieger, den sie schon einmal getroffen hatte, der Schöne, der seine eigene Wunde genäht hatte, kam langsam heraus. Er hatte ein Handtuch um die Hüfte gewickelt, und sein Haar tropfte. Er bewegte sich, als wäre er achtzig, als würde ihn jeder Knochen im Leib schmerzen.

Du lieber Himmel, dachte sie. Er sah überhaupt nicht gut aus, und irgendetwas war mit seinem Bauch nicht in Ordnung. Er war angeschwollen, als hätte er einen Ball verschluckt. Vielleicht hatte sich seine Wunde entzündet, er sah fiebrig aus.

Rasch blickte sie auf seine Schulter und runzelte die Stirn. Sie konnte kaum eine Narbe erkennen. Seine Haut sah so aus, als wäre die Verletzung vor Monaten passiert.

»Rhage, Mann, wie geht es dir?«, fragte Wrath und löste sich von Beths Seite.

»Hab Schmerzen.«

»Das kann ich mir lebhaft vorstellen.«

Rhage schwankte, als er sich im Zimmer umsah, er konnte die Augen kaum offen halten. »Will nach Hause. Wo sind meine Sachen?«

»Die hast du verloren.« Wrath legte den gesunden Arm

um die Taille seines Bruders. »Und du gehst nirgendwohin, du schläfst in Ds Zimmer.«

»Nein.«

»Keine Diskussion. Wir sind nicht zum Vergnügen hier. Wirst du dich jetzt mal auf mich stützen, verdammt noch mal?«

Der andere Mann sackte in sich zusammen, und Wraths Rückenmuskeln spannten sich an, als er das Gewicht auffing. Die beiden schleppten sich mühsam in den Flur und in das Zimmer von Beths Vater. Sie hielt taktvoll Abstand und sah zu, wie Wrath Rhage ins Bett half.

Als der Krieger sich gegen die Kissen lehnte, fielen ihm sofort die Augen zu. Seine Hand legte sich auf den Bauch, aber er zuckte gleich darauf zusammen und ließ sie an die Seite sinken. Als wäre schon die kleinste Berührung eine Qual. »Mir ist schlecht.«

»Ja, Verdauungsstörungen sind was Gemeines.«

»Willst du vielleicht eine Tablette?«, rutschte es Beth heraus. »Ein Alka Seltzer?«

Beide Vampire sahen sie an, und sie kam sich wie ein Eindringling vor.

Wie blöd konnte man …

»Gern«, murmelte Rhage, als Wrath nickte.

Beth ging zu ihrer Handtasche und holte Alka Seltzer heraus. Das Aspirin darin würde gleichzeitig die Schmerzen lindern. In Wraths Badezimmer nahm sie ein Glas und löste die Brausetabletten darin auf.

Als sie zurückkehrte, bot sie Wrath das Glas an. Er schüttelte den Kopf.

»Du verschüttest sicher weniger als ich.«

Sie errötete. Man vergaß so leicht, dass er nicht viel sehen konnte.

Vorsichtig beugte sie sich über Rhage, kam aber nicht an seinen Mund. Also raffte sie den Morgenrock zusammen, kletterte auf die Matratze und kniete sich neben ihn. In Anbetracht dessen, was Butch zugestoßen war, fühlte sie sich unbehaglich, so nah vor Wraths Augen in der Nähe eines nackten, kraftvollen Mannes zu sein.

Aber hey, Wrath musste sich wirklich keine Sorgen machen. Egal, wie sexy der andere Vampir auch sein mochte, ihr wurde kein bisschen heiß in seiner Nähe.

Und er würde sich mit Sicherheit auch nicht an sie ranmachen. Nicht in dem Zustand, in dem er sich befand.

Sanft hob sie Rhages Kopf an und führte das Glas an seine wunderschön geformten Lippen. Er brauchte geschlagene fünf Minuten, um die Flüssigkeit zu schlucken. Als er endlich fertig war, wollte sie vom Bett steigen, aber sie kam nicht weit. Mit einem Satz warf er sich auf die Seite, legte seinen Kopf in ihren Schoß und schlang einen muskulösen Arm um sie.

Er wollte getröstet werden.

Beth wusste nicht, was sie groß für ihn tun konnte, aber sie stellte das Glas ab und streichelte seinen Rücken, ließ eine Hand über das furchterregende Tattoo gleiten. Leise murmelte sie die Dinge, die sie selbst als Kind gern gehört hätte, wenn sie krank war. Summte ein wenig für ihn.

Nach einer Weile wich die Spannung aus seinem Körper, und er atmete ruhig und gleichmäßig.

Erst als sie sicher war, dass er tief und fest schlief, entwand sie sich vorsichtig seinem Griff. Als sie sich zu Wrath umdrehte, hielt sie kurz die Luft an. Er musste doch wissen, dass da nichts …

Der Schock machte sie bewegungslos.

Wrath war nicht wütend. Im Gegenteil.

»Ich danke dir«, sagte er heiser. Die Verbeugung seines Kopfes war beinahe unterwürfig. »Danke, dass du dich um meinen Bruder kümmerst.«

Er nahm seine Sonnenbrille ab.

Und sah sie mit grenzenloser Verehrung an.

30

Mr. X schleuderte den Fuchsschwanz auf seine Werkbank und wischte sich die Hände an einem Handtuch ab.

Verdammter Mist, dachte er. Der Vampir war tot.

Er hatte alles versucht, um den Kerl noch mal aufzuwecken, selbst den Meißel. Die Scheune sah aus wie ein Schlachtfeld, überall war Vampirblut.

Wenigstens ging das Saubermachen schnell.

Mr. X riss das Tor auf. Genau vor ihm ging gerade die Sonne über dem Hügel auf. Warmes, goldenes Licht ergoss sich über die Landschaft. Er trat beiseite, und das Innere der Scheune wurde mit einem Schlag hell erleuchtet.

Sofort ging der Vampirkörper in Flammen auf, die Blutlache unter dem Tisch verwandelte sich zischend in eine Rauchwolke. Eine sanfte Morgenbrise vertrieb den Gestank des verbrannten Fleisches.

Mr. X trat hinaus und betrachtete den Frühnebel, der über der Wiese hinter dem Haus lag. Noch war er nicht bereit, sich sein Scheitern einzugestehen. Wären diese dämlichen Polizisten nicht gewesen und hätte er seinem Gefangenen nicht eine extra Dosis Betäubungsmittel verabreichen müssen, hätte es geklappt. Er musste einfach noch einmal auf die Jagd gehen.

Inzwischen war er geradezu geil auf die Folter.

Im Augenblick musste er allerdings ein bisschen vorsichtiger mit den Prostituierten sein. Diese verdammten Bullen hatten ihm gezeigt, dass er nicht in einem Vakuum arbeitete. Er hatte den dezenten Hinweis erhalten, dass man auch ihn schnappen konnte.

Mit dem Gesetz in Konflikt zu geraten wäre natürlich nichts weiter als eine lästige Kleinigkeit. Doch er hatte sich immer viel darauf eingebildet, wie glatt seine Operationen verliefen.

Weswegen er auch die Huren als Köder gewählt hatte. Wenn die eine oder andere Nutte tot aufgefunden wurde, würde niemand deswegen einen großen Aufstand machen. Normalerweise hatten sie auch keine Familien, die sie betrauern konnten; deswegen lastete auf der Polizei kein besonderer Druck, einen Verdächtigen festzunehmen. Was die Ermittlungen anging, gab es einen festen Stamm von Verdächtigen – dank der Zuhälter und des restlichen Abschaums, der in den dunklen Gassen seinem Gewerbe nachging. Aus diesem Vorrat konnte die Polizei sich in aller Ruhe jemanden aussuchen und verfolgen.

Das bedeutete aber keineswegs, dass er nachlässig werden durfte. Oder den Straßenstrich überbeanspruchen.

Mr. X ging zurück in die Scheune, räumte das Werkzeug auf und ging dann zum Haus. Bevor er in die Dusche stieg, hörte er noch die Nachrichten auf seinem Anrufbeantworter ab.

Es waren einige.

Die wichtigste stammte von Billy Riddle. Offenbar war dem Jungen in der vergangenen Nacht etwas Verstörendes zugestoßen, und er hatte kurz nach ein Uhr morgens angerufen.

Gut, dass er hier Trost suchte, dachte Mr. X. Und wahrscheinlich höchste Zeit, mit ihm ein Gespräch über seine Zukunft zu führen.

Eine Stunde später fuhr Mr. X zur Kampfsportschule, schloss auf und ließ die Türen offen stehen.

Die *Lesser* trafen kurz nach ihm ein. Er konnte sie mit leisen Stimmen auf dem Flur neben seinem Büro reden hören. Sobald er auf sie zutrat, wurden sie still und sahen ihn an. Sie alle trugen schwarze Arbeitsoveralls, ihre Mienen waren finster. Alle bis auf einen hatten bereits jegliche Farbe verloren; nur Mr. Os brünetter Bürstenschnitt stach aus der allgemeinen Blässe von Haut und Haaren heraus, wie auch seine dunkelbraunen Augen.

Je länger ein *Lesser* Mitglied der Gesellschaft war, desto mehr von seinen individuellen physischen Charakteristika verlor er. Das Braun, Schwarz oder Rot ihrer Haare wurde aschfahl; die Farbpigmente der Haut verblassten zu einem bleichen Weiß. Üblicherweise dauerte dieser Vorgang etwa zehn Jahre. Doch Mr. Os Gesicht wurde bislang nicht von einer einzigen blonden Strähne umrahmt.

Rasch zählte X die Anwesenden durch. Als alle Mitglieder seiner beiden Haupteskadrons da waren, verschloss er die Außentüren der Schule und ging der Truppe voran in den Keller. Ihre Stiefel schlugen knallend auf die Metalltreppe, ein Trommelwirbel der Kraft, die ihre Körper verströmten.

Seine Einsatzzentrale hatte Mr. X völlig unauffällig, geradezu eintönig eingerichtet. Ein ganz normaler, langweiliger Unterrichtsraum mit zwölf Stühlen, einer Tafel, einem Fernseher und einem Podium am Kopfende.

Die Unscheinbarkeit des Raumes diente nicht nur der Täuschung; er wollte auch Ablenkung durch zu viel High-tech vermeiden. Schließlich war die Gruppendynamik Zweck und Schwerpunkt dieser Treffen.

»Dann erzählen Sie mal von letzter Nacht«, begann er und blickte in die Runde. »Wie ist es gelaufen?«

Geduldig lauschte er den Berichten, unbeeindruckt von den diversen Ausreden, die er zu hören bekam. Zwei Vampire waren getötet worden. Er hatte ihnen ein Pensum von zehn aufgegeben.

Und es war eine Blamage, dass ausgerechnet Mr. O, der erst so kurz dabei war, die beiden einzigen Vampire erlegt hatte.

Mr. X verschränkte die Arme vor der Brust. »Was war los?«

»Wir konnten keine Blutsauger finden«, erwiderte Mr. M.

»Ich habe gestern Nacht einen gefunden«, zischte Mr. X. »Ein Kinderspiel, möchte ich hinzufügen. Und Mr. O hat zwei gefunden.«

»Aber der Rest von uns eben nicht.« M sah sich unter seinen Kollegen um. »Hier in der Gegend gibt es kaum noch welche.«

»Das Problem ist nicht die Geographie«, murmelte eine Stimme aus der hintersten Reihe.

Mr. X' Augen schweiften über die *Lesser* und blieben an Mr. Os dunklem Kopf hängen. Es überraschte ihn nicht im Geringsten, dass dieser Jäger das Wort ergriffen hatte.

Mr. O entwickelte sich zu einem der Besten unter ihnen, obwohl er ein neuer Rekrut war. Er hatte ausgezeichnete Reflexe, Stehvermögen, und er war ein großartiger Kämpfer. Doch wie alle kraftvollen Dinge war er schwer zu kontrollieren. Genau aus diesem Grund hatte Mr. X ihn *Lessern* mit jahrhundertelanger Erfahrung zugeteilt.

Mr. O hatte die Tendenz, jede Gruppe zu dominieren, deren Mitglieder ihm auch nur einen Hauch unterlegen zu sein schienen.

»Könnten Sie das etwas näher ausführen, Mr. O?« Mr. X interessierte sich nicht die Bohne für die Meinung dieses Mannes. Jedoch war er gerne bereit, den neuen Rekruten vor allen anderen bloßzustellen.

Nachlässig zuckte Mr. O die Achseln, sein schleppender Tonfall war beinahe eine Beleidigung. »Das Problem ist die Motivation. Versagen hat keine Konsequenzen.«

»Und was genau würden Sie vorschlagen?«

Mr. O beugte sich vor, packte M an den Haaren und schlitzte ihm die Kehle mit einem Messer auf.

Blitzschnell sprangen die anderen *Lesser* zurück und gingen in Angriffsposition, obwohl Mr. O sich wieder hinsetzte und in aller Ruhe seine Messerklinge mit den Fingern abwischte.

Mr. X fletschte die Zähne, hatte sich aber sofort wieder unter Kontrolle.

Gemächlich ging er quer durch den Raum auf M zu. Er lebte noch, rang nach Atem und versuchte, den Blutfluss mit seinen Händen zu stoppen.

Mr. X kniete nieder. »Alle verlassen den Raum. Sofort. Wir treffen uns morgen wieder, wenn ihr bessere Neuigkeiten für mich habt. Mr. O, Sie bleiben hier.«

Als Mr. O Anstalten machte, sich dem Befehl zu widersetzen und aufzustehen, ließ Mr. X ihn auf seinem Stuhl erstarren, indem er ihm durch seinen bloßen Willen die Kontrolle über sämtliche stützenden Muskeln nahm. Einen Augenblick lang wirkte Mr. O geschockt; er wehrte sich verzweifelt gegen den Klammergriff an Armen und Beinen.

Doch er war völlig chancenlos. Omega verlieh dem Oberhaupt der *Lesser* immer ein paar extra Fähigkeiten. Die mentale Macht über seine Untergebenen war eine davon.

Sobald der Raum sich geleert hatte, nahm Mr. X ein Messer aus der Tasche und stach es M in die Brust. Ein Lichtblitz durchfuhr den Raum, ein Knall ertönte, und der Körper des *Lesser* löste sich in nichts auf.

Mr. X funkelte Mr. O vom Boden aus an. »Wenn du jemals wieder so was abziehst, übergebe ich dich Omega.«

»Nein, das werden Sie nicht tun.« Trotzdem er seinem Gegenüber auf Gedeih und Verderb ausgeliefert war, blieb Os Überheblichkeit ungebrochen. »Weil das so aussehen würde, als hätten Sie Ihre eigenen Leute nicht unter Kontrolle.«

Mr. X stand auf.

»Vorsicht, O. Du unterschätzt Omegas Vorliebe für Opfer. Wenn ich dich ihm als Geschenk überreichen würde, wäre er äußerst erfreut.« Mr. X kam zu ihm und strich O mit dem Finger über die Wange. »Wenn ich dich komplett einwickeln und ihn rufen würde, hätte er viel Spaß daran, deine Fesseln zu lösen. Und ich hätte Spaß daran, dabei zuzusehen.«

O riss den Kopf zurück, mehr wütend als eingeschüchtert. »Fassen Sie mich nicht an.«

»Ich bin dein Anführer. Ich kann mit dir machen, was ich will.« Fest umklammerte er Os Kinn und zwang seinen Daumen zwischen Lippen und Zähne des bewegungsunfähigen Mannes. Mit einem Ruck zog er das Gesicht des *Lesser* nach vorn. »Also, benimm dich in Zukunft anständig, und töte niemals wieder ein Mitglied der Gesellschaft ohne meine ausdrückliche Erlaubnis. Dann werden wir beide wunderbar miteinander auskommen.«

Ein brennender Blick lag in Os braunen Augen.

»Und was sagt man da?«, murmelte Mr. X. Er strich das Haar des anderen nach hinten. Es hatte ein tiefes, üppiges Schokoladenbraun.

O brummte etwas.

»Ich kann Sie nicht hören.« Unerbittlich drückte Mr. X seinen Daumen in den weichen, fleischigen Punkt unter Os Zunge, bis dem *Lesser* die Tränen in die Augen traten. Als er seinen Griff lockerte, strich er ihm in einer kurzen, feuchten Liebkosung über die Lippen. »Ich sagte, ich kann nichts hören.«

»Ja, Sensei.«

»Braver Junge.«

31

Marissa wälzte sich im Bett hin und her. Wie sie sich auch drehte und die Kissen und die Decke neu arrangierte, sie lag unbequem. Und langsam machte sie das gereizt.

Ihre Matratze schien voller Kiesel zu sein, und die Laken hatten sich in Sandpapier verwandelt.

Endlich schlug sie die Decke zurück und ging hinüber zur Fensterfront mit den geschlossenen Läden und den dichten Satinvorhängen. Sie brauchte frische Luft, doch die Fenster zu öffnen kam nicht infrage. Es war Morgen.

Also ließ sie sich auf ihre Chaiselongue fallen und bedeckte die nackten Füße mit dem Saum ihres seidenen Nachthemds.

Wrath.

Sie konnte einfach nicht aufhören, an ihn zu denken. Und jedes Mal, wenn sie ihn wieder in einer leidenschaftlichen Umarmung mit dieser Frau vor sich sah, wollte sie am liebsten fluchen. Was schockierend war.

Sie war eine demütige Schönheit. Der Inbegriff weiblicher Vollkommenheit und Sanftmut. Wut widersprach ihrem ganzen Naturell.

Trotzdem – je mehr sie über Wrath nachdachte, desto heftiger wollte sie auf etwas einschlagen, Schmerz verursachen, zerstören.

Vorausgesetzt, sie könnte eine Faust ballen.

Sie blickte auf ihre Hand herab. Jawohl, sie konnte es. Wenn es auch eine lächerlich kleine Faust war.

Vor allem im Vergleich zu Wraths Pranken.

Gott, sie hatte so viel erduldet, all die Jahrhunderte lang. Und ihm schien völlig gleichgültig zu sein, wie schwer das Leben für sie gewesen war.

Die *Shellan* des mächtigsten noch lebenden Vampirs und gleichzeitig eine immer noch unberührte alte Jungfer zu sein war die Hölle auf Erden. Ihr Versagen als Frau hatte jeden Rest von Selbstwertgefühl in ihr zerstört. Die Einsamkeit hatte ihr beinahe den Verstand geraubt. Die Scham darüber, bei ihrem Bruder zu leben, weil sie kein eigenes Heim besaß, brannte wie Feuer in ihrem Inneren.

Es war grauenhaft gewesen, immer angestarrt zu werden, zu wissen, dass man hinter ihrem Rücken über sie sprach. Ihr war sehr wohl bewusst, dass ihr Leben ein endloses Gesprächsthema war, dass man sie beneidete, bemitleidete, sie beobachtete. Dass sich Fabeln um sie rankten. Sie wusste, dass man jungen Vampirinnen ihre Geschichte erzählte, ob nun als Warnung oder als Ansporn, wer wollte das schon so genau wissen.

Wrath hatte keine Ahnung, wie sehr sie gelitten hatte.

Zum Teil lag die Schuld daran bei ihr selbst. Die brave kleine Frau zu spielen war ihr richtig erschienen, der einzig würdige Weg, die einzige Chance, doch noch ein Leben mit ihm teilen zu können.

Doch zu was hatte das alles geführt?

Dazu, dass er eine dunkelhaarige, menschliche Frau gefunden hatte, die ihm mehr bedeutete.

Das war nicht nur unfair, das war regelrecht grausam.

Und sie war nicht die einzige, die gelitten hatte. Havers war schon seit Jahrhunderten krank vor Sorge um sie.

Wrath dagegen war es immer prächtig gegangen. Und zweifellos ging es ihm auch jetzt gerade prächtig. Aller Wahrscheinlichkeit nach lag er in eben diesem Augenblick nackt auf der Schwarzhaarigen. Und machte ausgiebig Gebrauch von seinem harten Organ.

Marissa schloss die Augen.

Sie dachte daran, wie es sich angefühlt hatte, in seine kräftigen Arme gezogen, an seinen Körper gepresst zu werden. Sie war viel zu geschockt gewesen, um Hitze zu spüren. Er war einfach überall gewesen, die Hände in ihrem Haar, der Mund an ihrem Hals saugend. Und das ungewohnte Gefühl seines harten Gliedes an ihrem Unterleib hatte sie beinahe erschreckt.

Was ein Witz war.

So lange hatte sie sich ausgemalt, wie es wohl sein könnte. Von ihm genommen zu werden. Endlich ihre Jungfräulichkeit hinter sich zu lassen und zu wissen, was es bedeutete, einen Mann in sich zu spüren.

Immer wenn sie sich das erträumt hatte, hatte sich ihr Körper erwärmt, die Haut geprickelt. Doch die Wirklichkeit war überwältigend gewesen. Sie war vollkommen unvorbereitet gewesen, und nun wünschte sie, es hätte länger angedauert und wäre etwas weniger heftig gewesen. Irgendwie glaubte sie, dass es ihr besser gefallen hätte, wenn er es langsamer hätte angehen lassen.

Doch er hatte ja dabei überhaupt nicht an sie gedacht.

Marissa ballte erneut die Hand zur Faust.

Sie wollte ihn nicht zurück. Was sie wollte, war, ihm eine Kostprobe von dem Schmerz zu geben, den sie selbst so lange erlitten hatte.

Wrath legte die Arme um Beth und zog sie an sich. Über ihren Kopf hinweg blickte er zu Rhage, der auf dem Bett lag; ihre Fürsorge für seinen Bruder hatte sämtliche seiner Mauern eingerissen.

Was du meinen Brüdern getan hast, das hast du auch mir getan, dachte er. Das war der älteste Kodex der Kriegerklasse.

»Komm mit in mein Bett«, flüsterte er ihr ins Ohr.

Sie ließ sich von ihm in sein Zimmer führen. Dann ließ er das Türschloss einschnappen und löschte alle Kerzen bis auf eine. Er öffnete den Gürtel des Morgenmantels, den sie trug, und schob den Satinstoff über ihre Schultern. Ihre nackte Haut glänzte im Schein der einzigen brennenden Kerze.

Er zog seine Lederhose aus, und sie legten sich zusammen ins Bett.

Er wollte keinen Sex. Nicht jetzt. Er suchte nur ein wenig Trost. Ihre warme Haut an seiner, ihr Atem, der weich über seine Brust strich, ihr Herz, das nur Zentimeter von seinem eigenen entfernt schlug. Und er wollte ihr denselben Frieden zurückgeben.

Sanft strich er über ihr langes, seidiges Haar und atmete tief ein.

»Wrath?« Ihre Stimme klang wunderschön in der gedämpften Stille.

»Ja?« Er küsste sie auf den Scheitel.

»Wen hast du verloren?« Sie verlagerte ihr Gewicht und legte das Kinn auf seine Brust.

»Verloren?«

»Wen haben dir die *Lesser* genommen?«

Die Frage schien aus heiterem Himmel zu kommen. Und dann auch wieder nicht. Sie hatte die Folgen eines Kampfes mit eigenen Augen gesehen. Und sie wusste einfach, dass er nicht nur für die Vampire, sondern auch für sich selbst kämpfte.

Es dauerte lange, bis er antworten konnte. »Meine Eltern.«

Er konnte spüren, wie ihre Neugier sich in Kummer verwandelte. »Das tut mir sehr leid.«

Lange schwiegen sie.

»Was ist geschehen?«

Das ist eine interessante Frage, dachte er. Denn es gab zwei Versionen davon, was damals geschehen war. In der Überlieferung der Vampire war diese blutige Nacht überfrachtet mit heroischer Symbolik, wurde besungen als Geburtsstunde eines großen Kriegers. Daran hatte er keinen Anteil. Sein Volk musste an ihn glauben, deshalb hatte es diese Sage für sich geschaffen, um das seiner Ansicht nach völlig ungerechtfertigte Vertrauen in ihn aufrechtzuerhalten.

Er allein kannte die Wahrheit.

»Wrath?«

Sein Blick wandte sich der nur schemenhaft erkennbaren Schönheit ihres Gesichts zu. Er konnte schwerlich ihren sanften Tonfall leugnen. Sie wollte ihm ihr Mitgefühl anbieten, und aus irgendeinem absonderlichen Grund wollte er es von ihr annehmen.

»Das war vor meiner Transition«, begann er leise. »Vor langer, langer Zeit.«

Ruhig lag seine Hand auf ihrem Haar, die Erinnerung kehrte lebendig und schauerlich zurück.

»Wir dachten, als Hohe Familie wären wir vor den *Lessern* sicher. Unser Heim wurde bestens bewacht und lag gut verborgen in den Wäldern. Außerdem wechselten wir oft unseren Aufenthaltsort.«

Er stellte fest, dass er weitersprechen konnte, solange er nicht aufhörte, über ihr Haar zu streichen.

»Es war Winter, eine kalte Februarnacht. Einer unserer Diener hatte uns verraten, doch wir wussten nichts davon. Die *Lesser* kamen mit einer Bande von fünfzehn oder gar zwanzig Mann und auf ihrem Weg über unser Anwesen töteten sie jeden, der sich ihnen in den Weg stellte, bis sie schließlich die steinernen Zinnen überwanden. Das Geräusch werde ich nie vergessen, als sie gegen die Tür unserer Privatgemächer hämmerten. Mein Vater rief nach seinen Waffen, während er mich mit Gewalt in einen Zwischenraum unter dem Fußboden schob. Er konnte mich dort gerade noch einschließen, bevor sie mit einem Rammbock die Tür durchbrachen. Er war ein guter Schwertkämpfer, aber sie waren einfach zu viele.«

Beths Hände legten sich auf sein Gesicht. Wie durch einen Schleier hörte er besänftigende Worte aus ihrem Mund.

Gequält schloss Wrath die Augen, die entsetzlichen Bilder rissen ihn heute noch oft aus dem Schlaf. »Zuerst schlachteten sie die Diener ab, dann erst töteten sie meine Eltern. Ich konnte alles durch ein Astloch beobachten. Wie gesagt, damals waren meine Augen noch besser.«

»Wrath …«

»Sie machten so einen Lärm, dass niemand mich schreien hörte.« Er schauderte. »Und ich versuchte mit allen Mitteln mich zu befreien. Ich drückte gegen den Riegel, doch er war zu massiv, und ich war damals zu schwach. Ich riss an den Holzbalken, kratzte daran, bis meine Fingernägel zersplitterten und bluteten. Ich trat mit den Füßen …« Sein Körper reagierte auf die Erinnerung an den Schrecken des Eingeschlossenseins, sein Atem wurde unregelmäßig, kalter Schweiß brach auf seiner Haut aus. »Als sie endlich weg waren, versuchte mein Vater, sich zu mir zu schleppen. Sie hatten ihm ein Messer ins Herz gestoßen, und er war ... Einen halben Meter vor meinem Versteck blieb er liegen, die Hände nach mir ausgestreckt. Immer wieder rief ich seinen Namen, bis meine Stimme schließlich versagte. Ich flehte noch um sein Leben, als ich das Licht in seinen Augen verlöschen sah. Stundenlang war ich dort gefangen und sah zu, wie die Blutlachen um ihre Leichen herum immer größer wurden. In der folgenden Nacht kamen einige Vampire und befreiten mich.«

Sie strich ihm sanft über die Schulter, und er nahm ihre Hand und küsste die Innenfläche.

»Bevor sie gingen, zogen die *Lesser* noch alle Vorhänge von den Fenstern zurück. Sobald die Sonne aufging und ins Zimmer schien, verbrannten alle Leichen zu Asche. Ich hatte nichts, was ich begraben konnte.«

Er spürte etwas auf seinem Gesicht. Eine Träne von Beth.

»Aber nicht doch, nicht weinen.« Er streichelte ihre Wange.

Doch ihr Mitgefühl brachte sie ihm noch näher.

»Warum denn nicht?«

»Weil es nichts ändert. Ich habe geweint, während ich zusah, und trotzdem starben sie alle.« Er drehte sich auf die Seite und zog sie fest an sich. »Wenn ich doch nur ... Ich träume heute noch von jener Nacht. Ich war so ein Feigling, ich hätte da draußen sein sollen, bei meinem Vater. Ich hätte für ihn kämpfen müssen.«

»Aber dann wärst du auch getötet worden.«

»Wie es sich für einen Mann gehört. Es ist ehrenhaft, zu sterben, während man die Seinen beschützt. Stattdessen lag ich heulend in meinem Versteck.« Angeekelt von sich selbst zischte er.

»Wie alt warst du damals?«

»Zweiundzwanzig.«

Sie runzelte die Stirn, als wäre sie davon ausgegangen, dass er damals noch jünger war. »Du hast gesagt, das sei vor deiner Transition gewesen?«

»Ja.«

»Wie warst du damals?« Sie strich ihm das Haar zurück. »Es ist schwer vorstellbar, dass du in so ein kleines Versteck gepasst haben sollst.«

»Damals war ich anders.«

»Du warst schwach, hast du gesagt.«

»War ich auch.«

»Vielleicht musstest du beschützt werden.«

»Nein.« Wut flackerte in ihm auf. »Ein Mann sollte andere beschützen. Nicht beschützt werden.«

Brüsk rückte sie von ihm ab.

Stille breitete sich zwischen ihnen aus. Er wusste, dass sie darüber nachgrübelte, wer er damals gewesen war, und was er getan hatte.

Aus Scham nahm er die Hände von ihrem Körper und rollte sich auf den Rücken.

Er hätte niemals davon sprechen dürfen.

Wrath konnte sich gut vorstellen, was sie jetzt von ihm dachte. Sie musste doch angeekelt von seinem Versagen sein. Davon, dass er zu schwach gewesen war, als seine Familie ihn am meisten gebraucht hatte.

Verunsichert überlegte er, ob sie ihn immer noch wollte. Ob sie ihn immer noch mit ihrer feuchten Hitze aufnehmen würde. Oder wäre das nun vorbei? Nun, da sie Bescheid wusste?

Er wartete darauf, dass sie sich anzog und ging.

Doch sie blieb liegen.

Aber natürlich, dachte er. Sie hat begriffen, dass ihre Transition immer näher rückte und dass sie sein Blut brauchte. Sie hatte keine andere Wahl.

In der Dunkelheit hörte er sie aufseufzen. Als gäbe sie etwas auf.

Er war sich nicht sicher, wie lange sie schon so im Bett lagen, nebeneinander, doch ohne sich zu berühren. Es mussten bereits Stunden sein. Kurz schlief er ein, wurde aber davon geweckt, dass Beth sich an ihn schmiegte und ihr nacktes Bein über seines legte.

Ein Schauer der Lust durchzuckte ihn, doch er verdrängte ihn gewaltsam.

Dann strich ihre Hand über seine Brust. Wanderte seinen Bauch hinunter und über die Hüfte. Er hielt den Atem an, so schnell wurde er hart. Seine Erektion war ihrer Berührung schmerzlich nahe.

Sie schob ihren Körper näher an seinen heran, ihre Brüste liebkosten seine Rippen, ihr Unterleib rieb sich an seinem Oberschenkel.

Vielleicht schlief sie noch.

Doch dann nahm sie ihn in ihre Hand.

Wrath stöhnte auf und bog den Rücken durch.

Ruhig glitten ihre Finger auf und ab.

Instinktiv streckte er die Arme nach ihr aus, sehnte sich nach dem, was sie ihm geben wollte, doch sie ließ sich nicht umarmen. Stattdessen richtete sie sich auf den Knien auf, drückte mit den Handflächen seine Schultern in die Matratze.

»Dieses Mal gehört dir«, flüsterte sie und küsste ihn sanft.

Er konnte kaum sprechen. »Du ... willst mich immer noch?«

Ihre Miene war verständnislos. »Warum denn nicht?«

Mit einem erleichterten Stöhnen streckte Wrath wieder die Arme nach ihr aus, aber sie ließ ihn nicht an sich heran. Stattdessen drückte sie ihn wieder herunter, umfasste seine Handgelenke und legte ihm die Arme über den Kopf.

Sie küsste seinen Hals. »Als wir das letzte Mal zusammen waren, warst du sehr ... großzügig. Du verdienst dieselbe Behandlung.«

»Aber deine Lust ist auch meine.« Seine Stimme war rau. »Du hast ja keine Ahnung, wie sehr ich es genieße, wenn du kommst.«

»Da wäre ich mir nicht so sicher.« Er spürte, wie sie ihr Gewicht verlagerte, dann streifte sie mit der Hand seine Erektion. Wieder bäumte er sich auf, aus seiner Brust befreite sich ein dumpfes Grollen. »Ich habe eine ungefähre Vorstellung.«

»Du musst das nicht tun«, sagte er heiser und versuchte wieder, sie zu berühren.

Mit all ihrer Kraft stemmte sie sich auf seine Handgelenke und hielt ihn fest. »Entspann dich. Überlass mir einmal die Kontrolle.«

Wrath konnte sie nur ungläubig und in atemloser Erwartung anstarren, als sie ihre Lippen auf seine presste.

»Ich will es dir besorgen«, flüsterte sie.

In einer seidig weichen Bewegung stieß sie ihm die Zunge in den Mund. Drang in ihn ein. Glitt hinein und heraus, als würde sie ihn ficken.

Sein gesamter Körper wurde hart.

Mit jedem ihrer Stöße drang sie tiefer in ihn ein, in seine Haut, in seinen Kopf. In sein Herz. Sie ergriff Besitz von ihm, nahm ihn. Kennzeichnete ihn.

Dann wanderten ihre Lippen von seinem Mund weg, weiter nach unten. Liebkosten seinen Hals. Sogen an seinen Brustwarzen. Ihre Fingernägel kratzten sanft über seinen Bauch. Die Zähne knabberten an den Hüftknochen.

Lustvoll umklammerten seine Fäuste das Kopfteil des Bettes, bis der Rahmen ächzte und protestierend knirschte.

In Wellen schwappte eine stechende Hitze über ihn hinweg, er hatte das Gefühl, ohnmächtig zu werden. Schweiß überzog seine Haut, sein Herz klopfte so heftig, dass es beinahe aus dem Rhythmus kam.

Ein Strom ungeordneter Worte kam über seine Lippen, gesprochen in der alten Sprache. Was Beth ihm bedeutete, wie schön sie für ihn war.

In dem Augenblick, als sie seine Erektion in den Mund nahm, kam er beinahe. Er schrie auf, sein ganzer Körper verkrampfte sich. Sie zog sich kurz zurück und gab ihm Zeit, sich wieder zu entspannen.

Was dann kam, war reine Folter. Süße, kostbare Folter.

Sie wusste genau, wie weit sie gehen durfte und wann sie pausieren musste. Ihr feuchter Mund über seiner Eichel und gleichzeitig ihre Hände, die seinen Schaft umschlossen hielten und auf und ab strichen, waren beinahe zu viel für ihn. Wieder und wieder brachte sie ihn an den Rand der Erlösung, bis er sie anflehte, ihn endlich kommen zu lassen.

Endlich kniete sie sich rittlings auf ihn. Er sah zwischen ihren beiden Körpern nach unten. Ihre feuchte Hitze schwebte nun nur noch Zentimeter über seiner angeschwollenen, pochenden Erektion, und er stand kurz davor zu explodieren.

»Nimm mich«, stöhnte er. »Lieber Gott, *bitte.*«

Sie ließ ihn in sich hineingleiten, sein ganzer Körper bestand nur noch aus dieser einen Empfindung. Eng, feucht und heiß umfing sie ihn. Langsam begann sie sich auf und ab zu bewegen, doch er hielt es nicht mehr lange aus. Als er kam, fühlte es sich an, als würde er entzweigerissen. Die freigesetzte Energie löste eine Druckwelle aus, die den ganzen Raum überrollte, die Möbel erzittern ließ, die Kerze ausblies.

Auf dem langsamen Gleitflug zurück zur Erde wurde ihm bewusst, dass niemand sich je zuvor so bemüht hatte, ihm Genuss zu bereiten.

Am liebsten hätte er geweint, weil sie ihn überhaupt noch wollte.

Beth lächelte in der Dunkelheit, als Wraths Körper unter ihr erbebte. Die Wucht seines Orgasmus trug sie mit, und sie sank atemlos auf seiner wogenden Brust zusammen, während die köstlichen Wellen ihrer eigenen Lust sie überspülten.

Sie befürchtete, zu schwer zu sein, und wollte von ihm heruntersteigen, doch er hielt sie an den Hüften fest. Immer noch sprach er zu ihr in diesen wunderbaren Silben, die sie nicht verstand.

»Was?«

»Bleib so liegen«, sagte er schließlich auf Englisch.

Sie machte es sich auf seinem Körper bequem.

Was hatte er wohl zu ihr gesagt, als sie ihn geliebt hatte? Auch ohne die Worte zu verstehen, war der ehrfürchtige, verehrende Klang seiner Stimme verführerisch gewesen. Was auch immer ihre Bedeutung war, dies waren die Worte eines Liebenden gewesen.

»Deine Sprache ist wunderschön«, sagte sie.

»Keine Worte könnten deiner würdig sein.«

Seine Stimme klang anders. Sie fühlte sich für sie anders an.

Keine Schranken mehr, dachte sie. Es gab in diesem Moment zwischen ihnen keine Schranken. Der gefährliche innere Wachposten, das argwöhnische Raubtier, war verschwunden.

Sie spürte zu ihrem eigenen Erstaunen, wie ein Beschützerinstinkt in ihr wuchs.

Ein merkwürdiges Gefühl, um es für jemanden zu empfinden, der körperlich so viel stärker war als sie selbst. Doch er brauchte Schutz. Sie konnte seine Verletzlichkeit in diesem stillen Moment, in der schwarzen Dunkelheit spüren.

Liebe Güte, was für ein schreckliches Ende seine Familie gefunden hatte.

»Wrath?«

»Hm?«

Sie wollte ihm dafür danken, dass er es ihr erzählt hatte. Doch sie hatte Angst, die zerbrechliche Verbundenheit zwischen ihnen zu zerstören.

»Hat dir schon mal jemand gesagt, wie schön du bist?«, fragte sie.

Er kicherte leise. »Krieger sind nicht schön.«

»Du schon. Für mich bist du wunderschön.«

Einen Moment lang vergaß er zu atmen. Und dann schob er sie von sich herunter. In einer einzigen schnellen Bewegung stieg er aus dem Bett, und Sekunden später ging im Badezimmer das Licht an. Sie hörte das Wasser laufen.

Sie hätte wissen müssen, dass es nicht von Dauer sein

würde. Und trotzdem wollte sie am liebsten weinen über den Verlust.

Beth suchte im Dunkeln nach ihren Kleidern und zog sich an.

Als er aus dem Badezimmer kam, war sie schon auf dem Weg zur Tür.

»Wohin gehst du?«, wollte er wissen.

»Zur Arbeit. Ich weiß nicht, wie spät es ist, aber normalerweise fange ich so gegen neun an. Ich bin also sicher schon zu spät.«

Sie konnte zwar kaum etwas erkennen, fand aber irgendwann dennoch die Tür.

»Ich will nicht, dass du gehst.« Wrath stand direkt neben ihr, beim Klang seiner Stimme zuckte sie vor Schreck zusammen.

»Ich habe ein Leben. Ich muss zurück.«

»Dein Leben ist hier.«

»Nein, das ist es nicht.«

Ihre Hände tasteten nach der Türklinke, doch sie bekam sie nicht auf, selbst nicht unter Einsatz ihres gesamten Körpergewichts.

»Lässt du mich gehen?«, fragte sie leise.

»Beth.« Er nahm ihre Hände in seine. Die Kerzen flackerten auf, als wollte er, dass sie ihn sehen konnte. »Es tut mir leid, dass ich nicht … einfacher bin.«

Sie entzog sich ihm. »Ich wollte dich nicht verlegen machen. Du solltest einfach nur wissen, was ich fühle. Sonst nichts.«

»Und ich kann kaum fassen, dass ich dich nicht anekle.«

Ungläubig sah sie ihm ins Gesicht. »Aber warum denn?«

»Weil du weißt, was in meiner Vergangenheit geschehen ist.«

»Mit deinen Eltern?« Beth klappte die Kinnlade herunter. »Jetzt mal ganz langsam: Du glaubst, du müsstest mich anwidern, weil du mit ansehen musstest, wie deine Eltern abgeschlachtet wurden?«

»Ich habe keinen Finger gerührt, um ihnen zu helfen«, brachte er leise hervor.

»Du warst *eingeschlossen.*«

»Ich war ein Feigling.«

»Das stimmt doch nicht.« Jetzt wütend auf den Mann zu werden war vermutlich auch nicht ganz fair, aber warum musste er auch immer alles so verdrehen? »Wie kannst du sagen –«

»Ich habe aufgehört zu schreien!« Seine Stimme prallte von den Wänden um sie herum ab. Beth machte einen Satz zurück.

»Was?«, flüsterte sie.

»Ich habe aufgehört zu schreien. Als sie mit meinen Eltern und dem *Doggen* fertig waren, hörte ich auf zu schreien. Die *Lesser* haben alles abgesucht. Sie waren auf der Suche nach mir. Und ich bin ganz still geblieben. Ich presste mir die Hände vor den Mund. Ich betete, dass sie mich nicht finden würden.«

»Aber natürlich«, sagte sie sanft. »Du wolltest leben.«

»Nein«, zischte er. »Ich hatte Angst zu *sterben.*«

Sie wollte ihn berühren, aber sie wusste, er würde zurückweichen.

»Wrath, verstehst du denn nicht? Du warst ebenso sehr Opfer wie deine Eltern. Du bist heute einzig und allein deswegen noch hier, weil dein Vater dich genug liebte, um dich in Sicherheit zu bringen. Du hast dich still verhalten, weil du leben wolltest. Das ist nichts, wofür man sich schämen muss.«

»Ich war ein Feigling.«

»Sei doch nicht albern! Du hattest gerade mit angesehen, wie deine Eltern ermordet wurden!« Fassungslos schüttelte sie den Kopf. »Du musst das in einem anderen Licht sehen. Diese grauenhaften Stunden bestimmen dein ganzes Leben, und das ist nur zu verständlich. Aber du siehst es völlig falsch. *Völlig* falsch. Lass doch mal diesen Kriegerehre-Scheiß beiseite, und sieh den Tatsachen ins Auge!«

Schweigen.

Na großartig. Jetzt hatte sie es geschafft. Wrath öffnete sich endlich ihr gegenüber, und sie brüllte ihn an, weil er sich für seine Vergangenheit schämte. Sehr sensibel.

»Wrath, entschuldige bitte, ich hätte nicht …«

Er schnitt ihr das Wort ab. Seine Stimme und seine Miene waren kalt wie Stein.

»Niemand hat je so mit mir gesprochen.«

Verdammt!

»Es tut mir ehrlich leid. Ich verstehe nur einfach nicht …«

Wrath zog sie in seine Arme und zerdrückte sie dabei fast. Wieder sprach er in seiner Sprache. Als er sie wieder losließ, beendete er seinen Monolog mit etwas, das wie *Lielan* klang.

»Heißt das *Miststück* auf Vampirisch?«

»Nein. Ganz im Gegenteil.« Er küsste sie. »Sagen wir einfach, ich respektiere dich wie keine Zweite. Auch wenn ich mit deiner Interpretation meiner Vergangenheit nicht übereinstimmen kann.«

Sie legte die Hände um seinen Nacken und schüttelte leicht seinen Kopf. »Du wirst aber doch wohl akzeptieren, dass meine Meinung über dich sich dadurch nicht ändert. Auch wenn es mir unendlich leidtut, was du und deine Familie erleiden musstet.«

Lange Pause.

»Wrath? Sprich mir nach: Ja, Beth, ich verstehe, und ich werde auf deine Ehrlichkeit in Bezug auf deine Gefühle für mich vertrauen.« Wieder rüttelte sie an seinem Hals. »Wir sprechen es zusammen.« Immer noch Schweigen. »Jetzt sofort.«

»Ja«, quetschte er zwischen den Zähnen hervor.

Wenn er seine Lippen noch fester anspannen würde, würde er sich die Vorderzähne abbrechen.

»Ja was?«

»Ja, Beth.«

»Ich werde auf deine Ehrlichkeit in Bezug auf deine Gefühle vertrauen. Komm schon, sag es.«

Er brummelte den Satz vor sich hin.

»So ist es brav.«

»Du bist härter, als du aussiehst, weißt du das?«

»Das ist auch besser so, wenn ich mich weiter mit dir herumschlagen will.«

Unvermittelt nahm er ihr Gesicht in seine Hände. »Das wünsche ich mir«, sagte er heftig.

»Was?«

»Dass du dich weiter mit mir herumschlägst.«

Ihr stockte der Atem. Ein zarter Hoffnungsschimmer flackerte in ihrer Brust auf. »Wirklich?«

Er schloss seine leuchtenden Augen und schüttelte den Kopf. »Ja. Es ist total wahnsinnig. Völlig verrückt. Gefährlich.«

»Dann passt es ja perfekt in dein Drehbuch.«

Er lachte und sah ihr in die Augen. »Kann man so sagen.«

Seine Augen brachen ihr das Herz, so voller Zärtlichkeit waren sie.

»Beth, ich will bei dir bleiben, aber du musst begreifen, dass dich das zu einer Zielscheibe macht. Und ich weiß nicht, ob ich dich ausreichend beschützen kann. Ich weiß einfach nicht, wie zum Teufel …«

»Wir kriegen das schon hin. Zusammen schaffen wir es.«

Er küsste sie. Lange. Bedächtig. Gefühlvoll.

»Das heißt also, du bleibst?«, fragte er.

»Nein. Ich muss jetzt wirklich zur Arbeit.«

»Ich will nicht, dass du gehst.« Seine Hand umfasste ihr Kinn. »Es macht mich wahnsinnig, dass ich tagsüber nicht bei dir sein kann.«

Doch das Schloss klickte, und die Tür öffnete sich.

»Wie machst du das eigentlich?«, wollte sie wissen.

»Du bist vor der Dämmerung zurück.« Das war keine Bitte.

»Ich komme irgendwann nach Sonnenuntergang zurück.«

Er knurrte.

»Und ich verspreche dir, anzurufen, wenn etwas Merkwürdiges passiert.« Sie verdrehte die Augen. Mann, es wurde höchste Zeit, dieses Wort mal ganz neu zu definieren. »Ich meine, wenn etwas *noch* Merkwürdigeres passiert.«

»Das gefällt mir gar nicht.«

»Ich passe schon auf.« Sie küsste ihn und ging die Treppe hinauf. Als sie das Gemälde aufschob und in den Salon trat, spürte sie immer noch seine Augen auf sich.

32

Beth fuhr in ihre Wohnung, fütterte Boo und kam kurz nach Mittag im Büro an. Zum ersten Mal seit Langem fühlte sie sich nicht halb verhungert, und so arbeitete sie die Mittagspause durch. Na ja, Arbeit war vielleicht der falsche Ausdruck. Eigentlich konnte sie sich überhaupt nicht konzentrieren und spielte mit den Papierstapeln auf ihrem Schreibtisch Verschiebebahnhof.

Butch hinterließ im Laufe des Tages zwei Nachrichten für sie, in denen er ihre Verabredung um acht Uhr abends in ihrer Wohnung bestätigte.

Um vier beschloss sie schließlich, das Treffen mit ihm abzusagen.

Das konnte nicht gut gehen. Sie würde Wrath auf keinen Fall der Polizei ausliefern; und wenn sie ernsthaft glaubte, Ironman würde sie weniger hart anpacken, nur weil er sie mochte und er ihr Gast wäre, dann machte sie sich etwas vor.

Dennoch würde sie nicht den Kopf in den Sand stecken. Sie wusste, dass eine Vorladung auf sie wartete. Was sonst? Solange Wrath verdächtig war, saß sie zwischen allen Stühlen. Sie musste sich dringend einen guten Anwalt besorgen und dann auf den Anruf der Polizei warten.

Auf dem Weg vom Kopierer zurück zu ihrem Schreibtisch warf sie einen Blick aus dem Fenster. Der Nachmittagshimmel war bewölkt und düster, es sah nach Gewitter aus. Sie musste den Blick abwenden. Ihre Augen schmerzten, und das unangenehme Gefühl ging auch durch mehrfaches Blinzeln nicht weg.

Nachdem sie zwei Aspirin eingeworfen hatte, rief sie auf der Wache an und verlangte nach Butch. Ricky erklärte ihr, dass er vom Dienst suspendiert worden war, woraufhin sie sofort José zu sprechen verlangte. In Sekundenschnelle kam der Cop ans Telefon.

»Wann ist das mit Butch passiert?«, fragte sie.

»Gestern Nachmittag.«

»Wird er gefeuert?«

»Unter uns? Ja, davon gehe ich aus.«

Dann würde Butch nachher überhaupt nicht bei ihr auftauchen.

»Wo bist du, Lady B?«, erkundigte sich José.

»Auf der Arbeit.«

»Du lügst mich doch nicht an?« Seine Stimme klang eher traurig als herausfordernd.

»Sieh dir doch die Nummer auf dem Display an.«

José seufzte. »Ich muss dich vorladen.«

»Das weiß ich. Kannst du mir ein bisschen Zeit geben, damit ich mir einen Anwalt suchen kann?«

»Glaubst du denn, dass du einen brauchst?«

»Ja.«

José fluchte. »Du musst dich von diesem Mann fernhalten.«

»Ich ruf dich später wieder an.«

»Gestern Nacht wurde schon wieder eine Prostituierte ermordet. Selbes Schema.«

Diese Nachricht brachte sie kurz ins Grübeln. Natürlich konnte sie nicht mit Sicherheit sagen, was Wrath getan hatte, während er unterwegs war.

Aber welchen Nutzen könnte eine tote Prostituierte für ihn haben?

Machen wir zwei tote Prostituierte daraus.

Sie spürte eine innere Unruhe, in ihren Schläfen pochte es.

Aber sie konnte sich Wrath einfach nicht vorstellen, wie er einer armen, wehrlosen Frau die Kehle aufschlitzte und sie auf der Straße verbluten ließ. Auch wenn er eindeutig jenseits des Gesetzes stand, schien es ihr einfach unfassbar, dass er jemandem das Leben nehmen sollte, der ihn nicht bedroht hatte. Besonders nach allem, was seinen Eltern zugestoßen war.

»Hör mal, Beth«, ertönte Josés Stimme an ihrem Ohr. »Ich muss dir doch nicht erklären, wie ernst die Situation ist? Dieser Mann ist unser Hauptverdächtiger für drei Morde, und Behinderung der Ermittlungen ist kein Kavaliersdelikt. Es würde mir das Herz brechen, aber wenn es sein muss, bringe ich dich hinter Gitter.«

»Er hat vergangene Nacht niemanden getötet.«

»Dann gibst du also zu, dass du weißt, wo er sich aufhält?«

»Ich muss los, José.«

»Beth, bitte, du darfst diesen Mann nicht schützen. Er ist gefährlich …«

»Er hat diese Frauen nicht getötet.«

»Das ist deine Meinung.«

»Du warst immer ein guter Freund, José.«

»Verfluchte Scheiße.« Er fügte noch ein paar spanische Worte hinzu, offenkundig Kraftausdrücke. »Besorg dir so schnell wie möglich einen Anwalt, Beth.«

Sie legte auf, schnappte sich ihre Handtasche und fuhr den Computer herunter. Das Letzte, was sie jetzt gebrauchen konnte, war José, der sie in Handschellen aus dem Büro abführte. Sie musste nach Hause, ein paar Sachen packen und dann schleunigst zu Wrath zurückkehren.

Vielleicht konnten sie zusammen untertauchen. Das wäre vielleicht ihre einzige Chance. Denn früher oder später würde die Polizei sie in Caldwell aufspüren.

Als sie die Trade Street hinunterlief, krampfte sich ihr Magen zusammen, und die Hitze saugte alle Energie aus ihrem Körper. In ihrer Wohnung goss sie sich als Erstes etwas Eiswasser in ein Glas, doch sie konnte es nicht herunterschlucken. Ihre Eingeweide wehrten sich. Vielleicht hatte sie sich den Magen verdorben. Sie nahm noch zwei Tabletten und dachte wieder an Rhage. Vielleicht hatte sie sich bei ihm angesteckt?

Lieber Gott, ihre Augen taten so weh.

Obwohl sie genau wusste, dass sie lieber packen sollte, schälte sie sich aus den Sachen, die sie im Büro getragen hatte, zog ein T-Shirt und Shorts an und setzte sich auf den Futon. Sie wollte nur kurz verschnaufen, aber sobald sie saß, hatte sie die Gewalt über ihren Körper verloren.

Ihre Gehirnwindungen waren wie verstopft, unendlich mühsam dachte sie über Wraths Verletzung nach. Er hatte ihr gar nicht erzählt, wie das passiert war. Was, wenn er diese Prostituierte angegriffen und sie sich gewehrt hatte?

Beth presste die Fingerspitzen auf ihre Schläfen, ein Anfall von Übelkeit trieb ihr die Galle in die Kehle. Vor ihren Augen tanzten kleine Sternchen.

Nein, das war keine Erkältung oder Magenverstimmung. Das war eine Killermigräne.

Wieder tippte Wrath die Nummer ein.

Offenbar erkannte Tohrment seine Nummer und hob nicht ab.

Verflucht. Er war miserabel darin, sich zu entschuldigen, und er wollte es endlich hinter sich haben. Eine ganz böse Sache war das.

Er nahm das Handy mit ins Bett und lehnte sich mit dem Rücken an das Kopfteil. Am liebsten hätte er Beth angerufen, nur um ihre Stimme zu hören.

Na klar, und er hatte sich eingebildet, er würde nach ihrer Transition einfach wieder Leine ziehen? Er hielt es ja kaum ein paar Stunden ohne sie aus.

Mann o Mann, diese Frau haute ihn wirklich um. Er konnte nicht fassen, was da über seine Lippen gekommen war, als sie ihn geliebt hatte. Und dann hatte er all dem noch die Krone aufgesetzt und sie *Lielan* genannt.

Er konnte es genauso gut zugeben: Er war auf dem besten Weg, sein verdammtes Herz zu verlieren.

Und als wäre das nicht schon schockierend genug, war sie auch noch ein halber Mensch. Und Darius' Tochter.

Aber wie sollte er sie nicht anbeten? Sie war so stark, ihr Wille so unbeugsam wie sein eigener. Wie sie da vor ihm gestanden und ihn mit seiner eigenen Vergangenheit konfrontiert hatte: Nur wenige hätten das gewagt, und er wusste auch genau, woher sie ihren Mut nahm. Ihr Vater hätte genau dasselbe getan.

Als sein Handy klingelte, ging er sofort dran. »Ja?«

»Wir haben ein Problem.« Es war Vishous. »Hab's gerade in der Zeitung gelesen. Noch eine tote Prostituierte. Sie lag ausgeblutet in einer Seitenstraße.«

»Und?«

»Ich hab mich mal beim Gerichtsmediziner reingehackt. In beiden Fällen hatte jemand den Hals der Damen angeknabbert.«

»Scheiße. Zsadist.«

»Genau das war auch mein erster Gedanke. Ich sage ihm immer wieder, dass er den Ball flach halten soll. Du musst mit ihm reden.«

»Heute Abend. Sag den Brüdern, sie sollen zuerst hierherkommen. Ich werde ihn vor euch allen auf seinen Platz verweisen.«

»Hervorragender Plan. Dann können wir anderen deine Hände von seiner Kehle pflücken, wenn er die Klappe aufreißt.«

»Sag mal, weißt du wo Tohr ist? Ich kann ihn nicht erreichen.«

»Keine Ahnung, aber wenn du willst, schaue ich auf dem Weg zu D bei ihm vorbei.«

»Tu das, bitte. Er muss heute Abend unbedingt dabei sein.« Wrath legte auf.

Verdammt. Jemand musste Zsadist einen Maulkorb verpassen.

Oder einen Dolch in die Brust.

Butch ließ den Wagen ausrollen. Er hegte nicht wirklich die Hoffnung, dass Beth in ihrer Wohnung war, aber trotzdem klingelte er. Nichts.

Wer hätte das gedacht.

Er ging seitlich um den Wohnblock herum und durch den Innenhof. Es war schon dunkel, trotzdem brannte kein Licht bei ihr. Vorsichtig legte er die Hände neben den Augen an die Scheibe und blickte durch die Glastür.

»Beth! O mein Gott!«

Sie lag mit dem Gesicht nach unten auf dem Boden, ein Arm ausgestreckt in Richtung Telefon, das knapp außerhalb ihrer Reichweite stand. Ihre Beine waren gespreizt, als hätte sie sich vor Schmerz gewunden.

»Nein!« Er hämmerte gegen die Scheibe.

Sie bewegte sich etwas, als hätte sie ihn gehört.

Butch ging zu einem der Fenster, zog einen Schuh aus und steckte die Faust tief hinein. Dann schlug er damit gegen das Glas, bis es zerbarst. Als er hineingriff, um das Schloss zu öffnen, schnitt er sich, doch das war ihm völlig egal. Er würde seinen ganzen Arm riskieren, um zu ihr zu kommen. Rasch kletterte er durchs Fenster und warf beim Abrollen einen Tisch um.

»Beth! Kannst du mich hören?«

Sie öffnete den Mund. Es schien sie ihre gesamte Kraft zu kosten. Kein Wort kam heraus.

Er suchte sie nach einer blutenden Wunde ab, fand aber nichts. Dann drehte er sie behutsam auf den Rücken. Sie war bleich wie ein Grabstein, kalt, kaum bei Bewusstsein. Als sie die Augen öffnete, waren ihre Pupillen unnatürlich geweitet.

Hektisch untersuchte er ihre Arme auf Einstiche. Nichts zu sehen, aber er würde bestimmt keine Zeit damit vergeuden, ihr die Schuhe auszuziehen und zwischen den Zehen nachzusehen.

Er klappte sein Handy auf und wählte den Notruf.

Als jemand abhob, wartete er nicht einmal die Begrüßung ab. »Ich habe hier wahrscheinlich jemanden mit einer Überdosis.«

Beth hob mühsam die Hand und schüttelte den Kopf. Sie versuchte ihm das Telefon aus der Hand zu schlagen.

»Ganz ruhig, Baby. Ich kümmere mich um dich.«

Die Stimme der Notrufzentrale schnitt dazwischen. »Sir? Hallo?«

»Bring mich zu Wrath«, stöhnte Beth.

»Scheiß auf ihn.«

»Wie bitte?« Die Frau von der Zentrale. »Sir, können Sie mir bitte erklären, was da los ist?«

»Eine Überdosis. Ich vermute, Heroin. Ihre Pupillen sind starr und geweitet. Sie hat sich noch nicht übergeben …«

»Wrath. Ich muss zu Wrath.«

»… aber sie verliert immer wieder das Bewusstsein …«

In diesem Moment bäumte Beth sich vom Boden auf und riss ihm das Telefon aus der Hand. »Ich werde sterben …«

»Du wirst nicht sterben!«, schrie er.

Sie klammerte sich an sein Hemd, ihr Körper bebte, Schweiß färbte ihr T-Shirt dunkel. »Ich *brauche* ihn.«

Butch sah ihr in die Augen.

Er hatte unrecht gehabt. Alles war falsch. Das war keine Überdosis. Das war ein Entzug.

Er schüttelte den Kopf. »Nein, Baby.«

»Bitte. Ich brauche ihn. Sterbe sonst.« Plötzlich zuckte ihr ganzer Körper, und sie krümmte sich zusammen wie ein Embryo, als hätte sie ein stechender Schmerz durchfahren. Das Handy glitt aus ihrer Hand zu Boden und schlitterte außer Reichweite. »Butch … bitte.«

Verdammt. Sie sah schlimm aus. Im Sinne von *auf Messers Schneide.*

Wenn er sie in eine Notaufnahme brächte, würde sie vielleicht unterwegs oder im Wartezimmer sterben. Und Methadon linderte nur die Schmerzen eines Abhängigen, aber es konnte ihn nicht vor dem freien Fall ins Leere retten.

Verdammte Scheiße.

»Hilf mir.«

»Verflucht noch mal«, sagte Butch. »Wo ist er?«

»Wallace.«

»Avenue?«

Sie nickte.

Butch hatte keine Zeit für lange Überlegungen. Er hob sie auf und trug sie durch den Innenhof.

Er würde diesem Dreckskerl den Arsch aufreißen. Irgendwann später zumindest.

Wrath verschränkte die Arme und lehnte sich mit dem Rücken an die Wand im Salon. Die Brüder standen um ihn herum und warteten darauf, dass er den Mund aufmachte.

Und auch Tohr war da, obwohl er Wraths Blick mied, seit er mit Vishous zur Tür hereingekommen war.

Bitte schön, dachte Wrath. *Dann machen wir das eben in aller Öffentlichkeit.*

»Meine Brüder, zwei Dinge stehen heute auf der Tagesordnung.« Er sah Tohr direkt an. »Ich habe einen von euch schwer gekränkt. Daher biete ich Tohrment einen *Rythos.*«

Tohr schreckte auf. Auch die anderen Brüder wirkten überrascht.

So etwas war noch nie vorgekommen. Ein *Rythos* war im Prinzip ein Freischuss, und der, dem er angeboten wurde, durfte die Waffe wählen. Fäuste, Dolche, Pistole, Ketten. Eine rituelle Prozedur, um die Ehre sowohl des

Beleidigten wie auch seines Widersachers wiederherzustellen – beide wurden durch das Ritual gereinigt.

Doch der spürbare Schock im Raum wurde nicht durch den Akt an sich ausgelöst. Im Gegenteil, die Brüder waren mit dem Ritual sehr vertraut. Angesichts ihres aggressiven Naturells hatten sie alle schon einmal einen anderen höllisch beleidigt.

Wrath war zwar sicher auch kein Heiliger; trotzdem hatte er niemals zuvor einen *Rythos* entboten. Denn nach dem Gesetz der Vampire konnte jeder, der die Hand oder eine Waffe gegen ihn erhob, zum Tode verurteilt werden.

»Vor all diesen Zeugen höre mich nun an, Tohrment«, sagte er laut und deutlich. »Ich spreche dich hiermit von der drohenden Strafe frei. Nimmst du an?«

Tohrs Kopf sank nach unten. Er steckte die Hände in die Taschen seiner Lederhose und schüttelte den Kopf. »Ich kann die Hand nicht gegen dich erheben, Herr.«

»Und vergeben kannst du mir auch nicht?«

»Ich weiß es nicht.«

»Das kann ich dir nicht verdenken.« Aber verdammt noch mal, er wünschte, Tohr hätte angenommen. Sie mussten ihren Streit beilegen. »Ich werde dir das Angebot später noch einmal unterbreiten.«

»Und ich werde es wieder ablehnen.«

»Dann sei es so.« Nun wandte sich Wrath mit vor Zorn funkelndem Blick Zsadist zu. »Und jetzt zu deinem gottverdammten Liebesleben.«

Z, der hinter seinem Zwilling gestanden hatte, trat betont langsam hervor. »Wenn jemand hier Darius' Tochter flachgelegt hat, dann doch wohl du, nicht ich. Wo liegt das Problem?«

Einige der Brüder fluchten unterdrückt.

Wrath entblößte seine Fänge.

»Ich lass dir das durchgehen, Z. Aber nur, weil ich weiß, wie gern du dich schlagen lässt und ich nicht in der Stimmung bin, dir einen Gefallen zu tun.« Er straffte vorsorglich seine Schultern, falls der Bruder sich auf ihn stürzen sollte. »Ich will, dass du es mit den Huren in Zukunft etwas ruhiger angehen lässt. Oder zumindest hinterher aufräumst.«

»Wovon sprichst du überhaupt?«

»Wir können den ganzen Aufstand nicht gebrauchen.«

Zsadist drehte sich zu Phury um, der sagte: »Die Leichen. Die Polizei hat sie gefunden.«

»Was für Leichen?«

Wrath schüttelte den Kopf. »Mann, Z. Glaubst du, die Polizei kann zwei auf der Straße verblutete Frauen einfach so übersehen?«

Zsadist trat vor und stellte sich so nahe vor Wrath, dass ihre Brustkörbe sich berührten. »Ich hab keinen Schimmer, wovon du sprichst. Riech an mir. Ich sage die Wahrheit.«

Wrath atmete tief ein. Er roch einen Hauch von Wut, eine durchdringende Witterung in seiner Nase, als hätte jemand ihn mit Zitronensaft angesprüht. Aber keine Spur von Anspannung, keine emotionale Täuschung.

Das Dumme daran war nur, dass Z nicht nur ein Verbrecher mit einer rabenschwarzen Seele war, sondern auch ein versierter Lügner.

»Ich kenne dich zu gut«, sagte Wrath ruhig, »um dir auch nur ein Wort zu glauben.«

Z knurrte leise, und Phury war blitzschnell bei seinem Zwilling, legte ihm einen muskulösen Unterarm um den Hals und zerrte ihn nach hinten.

»Ganz ruhig, Z«, sagte Phury.

Zsadist packte nach dem Handgelenk seines Bruders und entwand sich dem Griff. Er glühte vor Hass. »Eines Tages, *Herr,* werde ich …«

Ein Geräusch wie von einschlagenden Kanonenkugeln unterbrach ihn.

Jemand trommelte dröhnend mit den Fäusten gegen die Eingangstür.

Die Brüder gingen geschlossen aus dem Salon in die Eingangshalle. Das Geräusch gezogener und entsicherter Waffen begleitete ihre schweren Schritte.

Wrath prüfte den Überwachungsbildschirm oben an der Wand.

Als er Beth in den Armen des Polizisten sah, verschlug es ihm vor Schreck den Atem. Er riss die Tür auf und nahm Butch noch im Hereinkommen die Ohnmächtige aus den Armen.

Es ist so weit, dachte er. Ihre Transition hat begonnen.

Der Polizist bebte vor Wut, als ihm Beths Körper abgenommen wurde. »Du verdammter Drecksack. Wie konntest du ihr das antun?«

Wrath machte sich nicht die Mühe, ihm zu antworten. Er bahnte sich einen Weg durch die Brüder und rannte los. Er spürte, wie erstaunt sie waren, doch er würde bestimmt nicht stehen bleiben und langwierige Erklärungen abgeben.

»Niemand außer mir tötet den Menschen«, blaffte er. »Und er verlässt auch das Haus nicht, bevor ich zurückkomme.«

Er stürzte in den Salon. Durch das Gemälde. Die Treppe hinunter.

Jede Sekunde zählte.

Butch sah dem Drogendealer nach, wie er mit Beth auf dem Arm verschwand. Ihr Kopf hüpfte im Laufen auf und ab, das Haar flatterte hinter ihr her wie eine seidene Fahne.

Einen Augenblick war er völlig außer Gefecht gesetzt, er wusste nicht, ob er schreien oder weinen sollte.

Was für eine Verschwendung. Was für eine furchtbare Verschwendung.

Dann hörte er die Tür hinter sich zufallen und das Schloss einschnappen. Und bemerkte, dass er von fünf der brutalsten, riesenhaftesten Kerle umringt war, die ihm je begegnet waren.

Eine Hand landete auf seiner Schulter wie ein Amboss. »Wie wär's, wenn du zum Abendessen bleibst?«

Butch sah auf. Der Typ trug eine Baseballkappe und hatte eine Art Muster im Gesicht – war das etwa ein Tattoo? Im *Gesicht?*

»Wie wär's, wenn du das Abendessen *bist?«*, sagte ein anderer, der aussah wie ein Schauspieler auf einem Filmplakat.

Die Wut kehrte zurück und ließ seine Muskeln anschwellen.

Er richtete sich energisch auf.

Die Jungs wollen also spielen?, dachte er. *Bitte sehr. Dann wollen wir mal ein bisschen tanzen.*

Um zu zeigen, dass er keine Angst hatte, sah er jedem von ihnen der Reihe nach in die Augen. Den beiden, die schon gesprochen hatten, und einem einigermaßen normal Aussehenden, der sich im Hintergrund hielt. Einem mit einer fantastisch üppigen Mähne, für die jede Frau ohne mit der Wimper zu zucken ihre Großmutter verkaufen würde.

Und dann dem Letzten.

Butch starrte in das vernarbte Gesicht. Schwarze Augen starrten stechend zurück.

Vor dem Burschen da muss ich mich wirklich in Acht nehmen.

Mit einem minimalen Schulterzucken befreite er sich aus dem Griff.

»Sagt mal, Jungs«, begann er lässig. »Ist das ganze Leder dazu da, um euch gegenseitig scharf zu machen? Habt ihr hier so eine Art Pornopolonaise laufen?«

Butch wurde so heftig gegen die Tür geschleudert, dass seine Zähne wackelten.

Der Schauspieler schob sein perfektes Gesicht vor Butchs. »An deiner Stelle würde ich aufpassen, was ich sage.«

»Warum? Willst du mich jetzt küssen oder was?«

Ein Knurren, wie Butch es noch nie gehört hatte, drang aus der Kehle des Kerls.

»Ist ja gut.« Der einzige normal wirkende Mann trat vor. »Lass ihn, Rhage. Hey, komm schon. Lass es gut sein.«

Es dauerte einen Moment, bis der Schauspieler ihn losließ.

»So ist es gut. Alle bleiben cool«, murmelte Mr. Normal und schlug seinem Kumpel auf die Schulter. Dann sah er Butch an. »Tu dir selbst einen Gefallen, und halt die Klappe.«

Butch zuckte die Achseln. »Blondie hier kann einfach die Finger nicht von mir lassen. Was kann ich denn dafür?«

Wieder stürzte sich der Kerl auf Butch, und dieses Mal verdrehte Mr. Normal nur die Augen und ließ seinen Kumpel gewähren.

Die Faust, die in Kinnhöhe auf ihn zugeflogen kam, schleuderte Butchs Kopf zur Seite. Als er den Schmerz spürte, ließ er seiner eigenen Wut freien Lauf. Die Angst um Beth, der angestaute Hass auf diese Gangster, die Frustration über seinen Job, alles brach aus ihm heraus. Er rannte gegen den anderen an und nahm ihn mit zu Boden.

Einen Augenblick war der Kerl verblüfft, als hätte er weder mit Butchs Kraft noch mit seiner Schnelligkeit gerechnet, und Butch nutzte dieses kurze Zögern. Er revanchierte sich mit einem Treffer mitten auf die Zwölf und ging dem Blonden dann an die Kehle.

Den Bruchteil einer Sekunde später lag Butch flach auf dem Rücken und auf ihm saß der Kerl wie ein geparktes Auto.

Er nahm Butchs Gesicht in seine Hand und drückte zu. Das Gesicht des Polizisten wurde völlig zerknautscht, und er bekam kaum noch Luft.

»Vielleicht suche ich deine Frau«, sagte der Kerl. »Und dann knall ich sie ein paar Mal, damit sie endlich mal Spaß hat. Wie klingt das?«

»Ich habe keine Frau.«

»Dann eben deine Freundin.«

Butch atmete mühsam ein. »Hab ich auch nicht.«

»Wenn die Ladys dich nicht vögeln wollen, warum sollte ich es dann wollen?«

»Wollte dir nur auf den Sack gehen.«

Umwerfend blaue Augen verengten sich fragend.

Das müssen farbige Kontaktlinsen sein, dachte Butch. Niemand hatte in echt solche Strahleaugen.

»Und warum wolltest du das?«, fragte Blondie.

»Wenn ich als Erster angegriffen hätte« – Butch pumpte

mühsam mehr Luft in seine Lungen – »hätten deine Jungs uns nicht kämpfen lassen. Hätten mich vorher getötet. Bevor ich dir eine verpassen konnte.«

Blondie lockerte seinen Griff und lachte, während er Butch Brieftasche, Schlüssel und Handy abnahm.

»Wisst ihr was, irgendwie mag ich diesen großen Idioten«, stellte er fest.

Jemand räusperte sich dienstbeflissen.

Der Blonde sprang auf die Füße, und Butch rollte keuchend herum. Als er aufsah, war er sicher, dass er halluzinierte.

Da stand ein kleiner alter Mann in einer kompletten Livree. Mit einem Silbertablett. »Verzeihung, Gentlemen. Das Abendessen wird in etwa fünfzehn Minuten serviert.«

»Hey, sind das diese Spinatcrêpes, die ich so gerne mag?«, fragte Blondie und steuerte auf das Tablett zu.

»Ja, Sir.«

»Ist ja toll.«

Die anderen Männer drängelten sich um den Butler und bedienten sich mit Crêpes von dem Tablett, einschließlich kleiner Servietten. Als wollten sie bloß nichts auf den Boden fallen lassen.

Was zum Teufel war denn das jetzt wieder?

»Darf ich um einen Gefallen bitten?«, fragte der Butler.

Mr. Normal nickte vehement. »Bring uns noch ein Tablett von den Dingern, und wir bringen jeden um, den du tot sehen willst.«

Vielleicht war der Kerl doch nicht ganz so normal, sondern nur im Vergleich zu den anderen.

Der Butler lächelte, als wäre er gerührt. »Falls noch

Blut fließen sollte, könntet Ihr die Sache dann netterweise in den Garten verlegen?«

»Kein Problem.« Mr. Normal stopfte sich noch einen Crêpe in den Mund. »Verdammt, Rhage, du hattest recht. Die sind großartig.«

33

Wrath war verzweifelt. Beth kam einfach nicht wieder zu sich.

Und ihre Haut wurde immer kälter und kälter.

Wieder schüttelte er sie auf dem Bett. »Beth! Beth! Kannst du mich hören?«

Ihre Hände zuckten, aber er hatte das Gefühl, dass die Bewegung von reinen Muskelzuckungen verursacht wurde. Er legte sein Ohr auf ihren Mund. Noch atmete sie, aber die Abstände zwischen den Atemzügen waren erschreckend groß. Und der Luftstoß erschreckend schwach.

»Verdammt!« Er entblößte sein Handgelenk und wollte sich schon mit den Fängen ritzen, als ihm klar wurde, dass er sie im Arm halten wollte, wenn sie trinken würde.

Falls sie trinken würde.

Er schnallte das Halfter ab, zog einen Dolch heraus und wand sich aus seinem Hemd. Dann tastete er seinen Hals ab, bis er die Drosselvene gefunden hatte. Mit der Spitze des Dolches schnitt er sich. Bereitwillig strömte das Blut hervor.

Er benetzte seine Fingerspitze und legte ihr die Kuppe an die Lippen. Als er sie in ihren Mund steckte, blieb ihre Zunge regungslos. Kein Schluckreflex.

»Beth«, flüsterte er. »Komm zurück zu mir.«

Er bot ihr mehr von seinem Blut dar.

»Verdammt, du darfst nicht sterben!« Die Kerzen im Raum flackerten auf. »Ich liebe dich doch! *Wag es nicht, einfach aufzugeben!*«

Ihre Haut wurde jetzt blau; selbst er mit seinen schlechten Augen konnte erkennen, wie die Farbe sich veränderte.

In seiner Panik murmelte er Gebete, uralte Sätze in der alten Sprache. Gebete, die er längst vergessen zu haben glaubte.

Sie rührte sich nicht. Sie war viel zu still.

Sie stand bereits an der Schwelle zum Schleier.

Wütend brüllte Wrath auf und zog ihren Körper an sich. Er schüttelte sie, bis die Haare flogen. »Beth! Ich lass dich nicht gehen! *Lieber folge ich dir, als dich gehen zu lassen …*«

Er stöhnte mutlos auf und umschlang sie noch fester. Vor und zurück wiegte er ihren kalten Körper, den leeren Blick auf die schwarze Wand vor sich gerichtet.

Marissa gab sich besondere Mühe beim Ankleiden. Sie war fest entschlossen, heute Abend beim Essen perfekt auszusehen. Nach eingehender Prüfung ihres Kleiderschranks entschied sie sich für ein langes Kleid aus cremefarbenem Chiffon. Sie hatte es vergangenes Jahr gekauft, aber nie getragen. Das Oberteil war eng und etwas weiter ausgeschnitten, als sie es üblicherweise trug. Doch die Empiretaille des Kleides sorgte trotzdem für einen insgesamt züchtigen Eindruck.

Sie kämmte sich das Haar und ließ es offen über ihre Schultern fallen. Es reichte jetzt schon bis auf die Hüfte.

Dabei musste sie wieder an Wrath denken. Ein einziges Mal hatte er erwähnt, wie weich es doch sei; daraufhin hatte sie es wachsen lassen. Sie dachte, je mehr sie davon hätte, desto besser würde es ihm gefallen. Und desto besser würde *sie* ihm gefallen.

Vielleicht sollte sie sich die blonde Fülle abschneiden lassen. Sie sich selbst vom Kopf schneiden.

Ihre Wut, die inzwischen schon etwas abgeflaut war, loderte wieder auf.

Unvermittelt traf Marissa eine Entscheidung. Sie würde ihre Gefühle nicht länger in sich verschlossen halten. Es war höchste Zeit, anderen mitzuteilen, was in ihr vorging.

Doch dann sah sie wieder Wraths riesenhaften Körper vor sich. Seine kalten, harten Gesichtszüge. Diese einschüchternde Präsenz. Konnte sie ihn wirklich damit konfrontieren?

Sie würde es nie erfahren, wenn sie es nicht versuchte. Und sie würde ihn ganz sicher nicht einfach so gehen lassen, ohne ihm die Meinung zu sagen.

Sie warf einen schnellen Blick auf die Tiffany-Uhr auf dem Nachttischchen. Wenn sie nicht zum Essen erschien und Havers danach wie versprochen in der Klinik half, würde er misstrauisch werden. Es war besser, noch etwas zu warten, bevor sie zu Wrath ging. Sie hatte gefühlt, dass er in Darius' Haus war. Dorthin würde sie gehen.

Und dann würde sie den richtigen Moment abwarten, um mit ihm zu sprechen.

Manche Dinge waren es wert, darauf zu warten.

»Danke, dass Sie mich empfangen, Sensei.«

»Billy, wie geht es dir?« Mr. X legte die Speisekarte beiseite, die er studiert hatte. »Ich habe mir Sorgen gemacht, als dein Anruf kam. Und dann warst du heute nicht im Unterricht.«

Riddle sah nicht besonders gut aus, als er sich an den Tisch setzte. Seine Blutergüsse waren immer noch grün und blau, und die Erschöpfung stand ihm ins Gesicht geschrieben.

»Jemand ist hinter mir her, Sensei.« Billy verschränkte die Arme vor der Brust. Er schwieg kurz, als überlege er, wie viel er erzählen durfte.

»Hat das etwas mit deiner Nase zu tun?«

»Vielleicht. Weiß nicht.«

»Ich bin jedenfalls froh, dass du zu mir gekommen bist.«

Wieder entstand eine Pause.

»Du kannst mir vertrauen, Billy.«

Riddle saugte hörbar Luft ein, als wollte er in ein Schwimmbecken springen. »Mein Dad ist in Washington, wie immer. Also kamen gestern ein paar Freunde vorbei. Wir haben ein paar Joints geraucht …«

»Das solltest du aber nicht. Illegale Drogen sind nicht gut für dich.«

Unbehaglich rutschte Billy auf seinem Sitz herum und nestelte ungeschickt an der Platinkette, die er um den Hals trug. »Ich weiß.«

»Erzähl weiter.«

»Also, meine Freunde und ich waren am Pool, und einer wollte es mit seiner Freundin treiben. Ich hab ihm gesagt, er kann ins Gartenhäuschen gehen, aber die Tür war abgeschlossen. Also bin ich aufgestanden, um den Schlüssel aus dem Haus zu holen, als plötzlich so ein Kerl vor mir stand, wie aus dem Nichts. Er war sch… äh …

er war riesengroß. Lange schwarze Haare. Von Kopf bis Fuß in Leder ...«

Die Kellnerin kam vorbei und setzte fröhlich an: »Was kann ich euch ...«

»Später«, fauchte Mr. X.

Sie zog beleidigt ab, und X nickte Billy aufmunternd zu.

Riddle schnappte sich Mr. X' Glas Wasser und trank. »Jedenfalls hat mich der Typ zu Tode erschreckt. Er hat mich angesehen, als wollte er mich zum Frühstück verspeisen. Aber dann hat mich mein Freund gerufen, weil er sich gewundert hat, wo ich so lange mit dem Schlüssel bleibe. Der Mann hat noch meinen Namen gesagt und ist dann einfach verschwunden, genau in dem Augenblick, als mein Freund über den Rasen auf uns zukam.« Billy schüttelte den Kopf. »Die Sache ist die: ich hab keine Ahnung, wie der Typ über die Mauer kommen konnte. Mein Dad hat letztes Jahr eine Mauer um das ganze hintere Gelände ziehen lassen, weil er Morddrohungen von Terroristen bekommen hat oder so was in der Art. Das Ding ist vier Meter hoch. Und vorne war das Haus verrammelt. Und die Alarmanlage war an.«

Mr. X sah auf Billys Hände herab. Sie waren krampfhaft ineinander verschlungen.

»Ich ... ich hab irgendwie Angst, Sensei.«

»Das solltest du auch.«

Riddle verzog das Gesicht, als sei ihm übel.

»Also, Billy. Etwas muss ich von dir wissen. Hast du jemals getötet?«

Verblüfft über den plötzlichen Themenwechsel runzelte der Junge die Stirn. »Wie bitte?«

»Du weißt schon. Einen Vogel. Ein Eichhörnchen. Vielleicht eine Katze oder einen Hund?«

»Nein, Sensei.«

»Nein?« Mr. X blickte Billy in die Augen. »Ich habe keine Zeit für Lügner, mein Sohn.«

Billy räusperte sich. »Ja. Vielleicht. Als ich noch kleiner war.«

»Und wie hast du dich dabei gefühlt?«

Röte überzog Billys Hals. Er breitete die Hände aus. »Nichts, *nada*. Ich hab gar nichts gefühlt.«

»Komm schon, Billy. Du musst mir unbedingt vertrauen.«

Billys Augen blitzten auf. »Okay. Vielleicht hat es mir gefallen.«

»Ehrlich?«

»Ja.« Riddle zog das Wort in die Länge.

»Gut.« Mr. X hob die Hand und winkte die Kellnerin zu sich. Sie ließ sich Zeit. »Über diesen großen Mann sprechen wir später. Erst möchte ich, dass du mir von deinem Vater erzählst.«

»Von meinem Dad?«

»Wollen Sie jetzt bestellen?«, fragte die Kellnerin nicht gerade freundlich.

»Was möchtest du, Billy? Du bist eingeladen.«

Riddle betete die halbe Speisekarte herunter.

Als die Kellnerin wieder weg war, wiederholte Mr. X: »Also, dein Dad.«

Billy zuckte die Achseln. »Ich sehe ihn nicht oft. Aber er ist ... Sie wissen schon ... was auch immer. Ein Vater eben. Ich meine, wen interessiert das schon?«

»Hör mal zu, Billy.« Mr. X beugte sich vor. »Ich weiß, dass du schon vor deinem zwölften Geburtstag dreimal von zu Hause weggelaufen bist. Ich weiß, dass dein Vater dich ins Internat gesteckt hat, sobald deine Mutter unter der Erde war. Und ich weiß, dass er dich nach Groton gesteckt hat, als du von der Northfield Mount Hermon geflogen bist. Und als du aus Groton herausgeflogen bist, hat er dich auf eine Militärakademie geschickt. Für mich klingt das fast so, als würde er seit zehn Jahren versuchen, dich loszuwerden.«

»Er hat eben viel zu tun.«

»Und du warst nicht immer ganz einfach, richtig?«

»Kann schon sein.«

»Gehe ich also recht in der Annahme, dass du und Daddy nicht gerade eine Bilderbuch-Familie seid?« Mr. X wartete ab. »Sag mir die Wahrheit.«

»Ich hasse ihn«, platzte Billy plötzlich heraus.

»Und warum?«

Billy verschränkte wieder die Arme vor der Brust. Sein Blick wurde eiskalt.

»Warum hasst du ihn, mein Junge?«

»Weil er atmet.«

34

Beth starrte mit leerem Blick in eine unermessliche weiße Ferne. Sie befand sich in einer Art Traumlandschaft mit verschwommenen Rändern, die keinen Anfang und kein Ende zu haben schien.

Eine einsame, leuchtende Gestalt kam aus dem Dunst auf sie zu. Sie spürte, dass das Wesen männlich war, was auch immer es sein mochte. Gleichzeitig fühlte sie sich nicht bedroht. Etwas in ihr erkannte die Gestalt.

»Vater?«, flüsterte sie, ohne selbst zu wissen, ob sie ihren eigenen oder Gott selbst meinte.

Der Mann war noch sehr weit entfernt, doch seine Hand hob sich zum Gruß, als hätte er sie gehört.

Sie trat einen Schritt vor, doch plötzlich war ihr Mund von einem Geschmack erfüllt, der neu für sie war. Sie führte ihre Fingerspitze an die Lippen. Als sie ihren Blick darauf senkte, sah sie rot.

Die Gestalt ließ die Hand sinken. Als wüsste sie, was der Fleck bedeutet.

Mit voller Wucht schlug Beth wieder in ihrem Körper auf. Es fühlte sich an, als ob sie hochgeschleudert wurde und dann ausgestreckt rücklings auf einem Kiesbett landete. Ihr tat alles weh.

Sie schrie auf. Als ihr Mund sich öffnete, füllte er sich mit noch mehr des ungewohnten Geschmacks. Aus einem Reflex heraus schluckte sie.

Und dann geschah ein Wunder. Wie ein Ballon, in den Luft geblasen wird, füllte sich ihre Haut wieder mit Empfindungen. Ihre Sinne erwachten zum Leben.

Blind hielt sie sich an etwas Hartem fest. Biss sich an der Quelle des seltsamen Geschmacks fest.

Wrath fühlte, wie Beth zuckte, als hätte sie den Finger in eine Steckdose gesteckt. Und dann begann sie in großen, gierigen Schlucken von seinem Hals zu trinken. Ihre Arme klammerten sich um seine Schultern, die Nägel gruben sich in sein Fleisch.

Sein Brüllen war ein Triumphgeheul, er ließ sich nach hinten auf das Bett sinken, um den Blutfluss zu erleichtern. Den Kopf hielt er zur Seite geneigt und bot ihr seinen Hals dar. Sie kroch auf seine Brust, ihr Haar ergoss sich über seinen Oberkörper. Das Geräusch, das entstand, während sie trank, das Wissen, dass er ihr Leben schenkte, bescherte ihm einen Monster-Ständer.

Er strich ihr über die Arme, ermutigte sie, noch mehr zu nehmen. So viel zu nehmen, wie sie brauchte.

Viel später hob Beth den Kopf. Leckte sich die Lippen. Öffnete die Augen.

Wrath sah sie an.

Und er hatte eine klaffende Wunde am Hals.

»O mein Gott … was habe ich dir angetan?« Sie versuchte die Blutung mit den Fingern zu stillen.

Doch er hielt ihre Hand fest und hob sie an seine Lippen. »Willst du mich zu deinem *Hellren* nehmen?«

»Was?« Ihr Verstand schlug Purzelbäume.

»Heirate mich.«

Sie betrachtete das Loch in seinem Hals, und ihr Magen drehte sich um. »I-ich …«

Der Schmerz kam unvermittelt und heftig. Überwältigte sie. Legte sich wie ein dunkler Mantel der Qual über sie. Sie krümmte sich zusammen und rollte auf die Matratze hinunter.

Blitzschnell setzte Wrath sich auf und zog sie auf seinen Schoß.

»Sterbe ich jetzt?«, stöhnte sie.

»O nein, *Lielan.* Du stirbst nicht. Das geht vorbei«, flüsterte er. »Aber es wird kein Zuckerschlecken.«

Ihr gesamter Verdauungsapparat wurde von Krämpfen geschüttelt, und sie ließ sich auf den Rücken fallen. Vor Schmerz konnte sie Wraths Gesicht kaum erkennen, doch seine Augen waren vor Sorge weit aufgerissen. Er hielt ihr seine Hand hin, und sie drückte sie mit aller Gewalt, als die nächste Welle von Krämpfen über sie hinwegschwappte.

Ihr Augenlicht trübte sich, kehrte zurück, trübte sich wieder.

Schweiß floss ihr in Strömen über den Körper und durchnässte das Laken. Sie biss die Zähne zusammen und bäumte sich auf. Wälzte sich von einer Seite auf die andere. Versuchte zu entkommen.

Sie wusste nicht, wie lange es dauerte. Stunden. Tage.

Wrath blieb die ganze Zeit bei ihr.

Irgendwann nach drei Uhr morgens machte Wrath den ersten tiefen Atemzug.

Endlich lag sie still.

Und zwar nicht totenstill, sondern friedlich still.

Sie war so tapfer gewesen. Den Schmerz hatte sie ohne Jammern ertragen, ohne Tränen. Selbst er hatte damals bei seiner Transition darum gebettelt, dass es endlich vorbei wäre.

Ein Krächzen ertönte.

»Was ist, meine *Lielan?*« Er brachte sein Ohr an ihren Mund.

»Dusche.«

»Aber sicher.«

Er stand auf und drehte das Wasser an, dann kam er zurück. Sanft hob er sie auf und trug sie ins Badezimmer. Sie konnte nicht stehen, also setzte er sie auf die Marmorablage, zog ihr die Kleider aus und hob sie wieder hoch.

Mit ihr auf dem Arm trat er unter den Wasserstrahl, hielt aber noch schützend seinen Rücken vor sie. Erst wollte er sehen, ob der Temperaturwechsel und die Feuchtigkeit ihr nicht unangenehm wären. Als sie nicht protestierte, hielt er zunächst nur ihre Füße unter den Strahl, um sie an das Gefühl zu gewöhnen. Stück für Stück brachte er ihren Körper unter den Strahl.

Es schien ihr zu gefallen, sie reckte den Hals und öffnete ihren Mund.

Da sah er ihre Fänge, und für ihn waren sie wunderschön. Leuchtend weiß. Spitz zulaufend. Er erinnerte sich an das Gefühl, als sie von ihm getrunken hatte.

Einen kurzen Moment lang hielt er sie fest an sich gedrückt. Dann stellte er sie auf die Füße, hielt aber weiter ihren Körper mit einem Arm fest. Mit der freien Hand nahm er das Shampoo und wusch ihr sorgfältig die Haare. Dann seifte er ihre Haut mit sanft kreisenden Bewegungen ein, so gut er es vermochte, ohne sie loszulassen. Erst, als jeglicher Rest von Seifenschaum von ihr abgespült war, stellte er das Wasser ab.

Er hob sie wieder in seine Arme und stieg aus der Dusche. Zärtlich wickelte er sie in ein Handtuch und setzte sie wieder auf die Marmorfläche. Er lehnte sie hinten am Spiegel an und trocknete dann vorsichtig ihr Gesicht, den Hals, die Arme ab. Dann die Füße, die Schenkel, die Knie.

Ihre Haut würde noch eine Zeit lang hyperempfindlich sein, wie auch ihre Augen und Ohren.

Er hatte während ihres Wandels auf Anzeichen von körperlicher Veränderung geachtet, aber nichts entdecken können. Sie war noch genauso groß wie vorher. Sie schmiegte sich auf dieselbe Art und Weise an seinen Körper an. Er fragte sich, ob sie vielleicht sogar tagsüber das Haus verlassen könnte.

»Ich danke dir«, flüsterte sie.

Wrath küsste sie und trug sie auf das Sofa. Dann zog er die alte Bettwäsche ab und mühte sich mit der frischen ab. Normalerweise erledigte Fritz das. Als er endlich fertig war, legte er Beth auf das duftige Satinlaken.

Ihr tiefer Seufzer war das schönste Kompliment, das er je bekommen hatte.

Als Wrath sich neben dem Bett hinkniete, fiel ihm erst auf, dass seine Lederhose und die Stiefel triefend nass waren.

»Ja«, wisperte sie.

Er küsste ihre Stirn. »Ja was, meine *Lielan?*«

»Ja, ich will dich heiraten.«

35

Butch tigerte immer noch durch den Salon und blieb vor dem offenen Kamin stehen. Er betrachtete die darin gestapelten Scheite. Wie gemütlich wäre ein Feuerchen in diesem Kamin im Winter. Man könnte auf den mit Seide bezogenen Sesseln sitzen und in die zuckenden Flammen starren. Und dieser Butler würde bestimmt gern heißen Grog servieren.

Was zum Henker trieb diese Horde von Schlägern in einem solchen Haus?

Vom Ende des Flures her drangen die Geräusche der Männer zu ihm. Sie mussten nun schon seit Stunden im Esszimmer sitzen und ausgelassen plaudern. Wenigstens war ihre Musikauswahl passend: Hardcorerap donnerte durch die Räume, 2Pac, Jay-Z, D-12. Hin und wieder überschallte brüllendes Gelächter die Beats. Macho-Witze.

Zum einmillionsten Mal schielte er zur Eingangstür.

Als die Männer ihn vor einer Ewigkeit in den Salon geschoben hatten und dann selbst im Esszimmer verschwunden waren, war sein erster Gedanke Flucht gewesen. Selbst wenn das hieße, ein Fenster mit einem Stuhl einschlagen zu müssen. Er würde José anrufen. Die ganze verdammte Polizei von Caldwell hier vor der Tür aufmarschieren lassen.

Doch bevor er noch seinem Instinkt folgen konnte, hatte er eine Stimme im Ohr gehabt. »Ich hoffe, du läufst weg.«

Blitzschnell war Butch herumgewirbelt und in die Hocke gegangen. Der Kerl mit dem rasierten Schädel und der Narbe stand direkt neben ihm, obwohl er keinen Laut gehört hatte.

»Nur zu.« Diese irren schwarzen Augen hatten ihn mit der tödlichen Intensität eines Hais angestarrt. »Brich die Tür auf. Renn dir deine erbärmliche Seele aus dem Leib. Lauf schnell, ruf um Hilfe. Aber du solltest wissen, dass ich hinter dir her sein werde. Wie ein Bluthund.«

»Zsadist, lass ihn in Ruhe.« Der Typ mit der Mähne hatte den Kopf in den Salon gesteckt. »Wrath will den Menschen lebendig. Zumindest erst mal.«

Der mit der Narbe hatte Butch einen letzten Blick zugeworfen. »Versuch's. Bitte. Versuch es einfach. Mir würde es mehr Spaß machen, dich zur Strecke zu bringen, als mit den anderen zu essen.«

Dann war er aus dem Raum geschlendert.

Trotz der Drohung hatte Butch das Haus inspiziert, soweit er unauffällig konnte. Ein Telefon hatte er nicht entdeckt, und der Alarmanlage nach zu urteilen, die er in der Eingangshalle entdeckt hatte, waren vermutlich sämtliche Fenster und Türen verkabelt. Still und heimlich zu verschwinden kam also nicht infrage.

Und er wollte Beth auch nicht zurücklassen.

O Gott, wenn sie nun starb …

Butch atmete tief ein. Runzelte die Stirn.

Was zur Hölle war das denn?

Die Tropen. Er roch das Meer.

Er drehte sich um.

Eine atemberaubende Frau stand im Türrahmen. Elfenhaft, elegant, in einem zarten Gewand. Herrliches blondes Haar fiel ihr in Wellen bis auf die Hüfte. Ihr Gesicht war von zarter Vollkommenheit, ihre Augen hatten die blassblaue Farbe des Frühlingshimmels.

Als sie ihn sah, machte sie einen Schritt rückwärts, als habe sie Angst vor ihm.

»Nein«, sagte er und machte einen Satz nach vorn. Er dachte an die Männer am Ende des Flurs. »Gehen Sie nicht weiter.«

Sie sah sich um, als wollte sie um Hilfe rufen.

»Ich tue Ihnen nichts«, beeilte er sich, ihr zu versichern.

»Warum sollte ich das glauben?«

Ihre Sprache hatte einen unaufdringlichen Akzent, wie bei allen hier im Haus. Vielleicht Russisch?

Er hielt ihr die Hände mit den Flächen nach oben hin, um zu zeigen, dass er keine Waffe hatte. »Ich bin Polizist.«

Na gut, das stimmte nicht mehr so hundertprozentig, aber er wollte sie beruhigen.

Doch sie raffte ihr Kleid, als wollte sie gehen.

Mist, das hätte er nicht sagen sollen. Wenn sie die Braut eines dieser Gangster da drin war, würde sie erst recht verschwinden, wenn sie ihn für einen Gesetzeshüter hielt.

»Aber ich bin nicht dienstlich hier«, sagte er. »Keine Waffe, keine Marke.«

Sie ließ das Kleid wieder sinken und straffte die Schultern, als müsse sie Mut sammeln. Dann trat sie in einer flüssigen, anmutigen Bewegung vor. Butch hielt den Mund und versuchte krampfhaft, kleiner, weniger bedrohlich zu wirken.

»Normalerweise lässt er euch nicht hier herein«, sagte sie.

Ja, das konnte er sich lebhaft vorstellen, dass in diesem Haus nicht oft Polizisten anzutreffen waren. »Ich warte auf … eine Freundin.«

Ihr Kopf neigte sich zur Seite. Als sie näher kam, wurde er von ihrer Schönheit fast geblendet. Ihre Gesichtszüge waren makellos, der Körper schlank und geschmeidig. Und dieses Parfüm – es drang in seine Nase, in seinen Geist. Sie roch so gut, dass seine Augen feucht wurden.

Sie war vollkommen unwirklich, dachte er. So rein. So schön.

Er hatte das Gefühl, sich erst die Zähne putzen und sich rasieren zu müssen, bevor er auch nur ein weiteres Wort zu ihr sagte.

Was, zum Henker, hatte sie hier bei diesen Ganoven zu suchen?

Butchs Herz verkrampfte sich bei der Vorstellung, wie wertvoll sie für diese Gangster sein könnte. Mein Gott, auf dem Sexmarkt konnte man Tausende und Abertausende von Dollar für nur eine Stunde mit einer solchen Frau verlangen.

Kein Wunder, dass die Bude so protzig eingerichtet war.

Marissa traute dem Menschen nicht, besonders in Anbetracht seiner Größe. Sie hatte schon so viele Geschichten über diese Spezies gehört. Darüber, wie sie die Vampire hassten und sie gnadenlos jagten.

Aber dieser hier schien sich die allergrößte Mühe zu geben, ihr keine Angst einzujagen. Er bewegte sich nicht; er wagte kaum zu atmen. Er starrte sie nur an.

Was etwas irritierend war, und zwar nicht nur, weil sie das nicht gewohnt war. Seine haselnussbraunen Augen glänzten in einem markanten Gesicht; er musterte sie eindringlich. Ihm entging nichts.

Dieser hier war klug. Klug und ... traurig.

»Wie heißen Sie?«, fragte er leise.

Seine Stimme gefiel ihr. Tief und ruhig. Etwas rau an den Kanten, als wäre er immer ein bisschen heiser.

Sie war jetzt sehr nahe bei ihm, nur wenige Meter entfernt, daher blieb sie stehen.

»Marissa. Ich heiße Marissa.«

»Butch.« Er tippte sich auf die breite Brust. »Ähm ... Brian O'Neal. Aber die Leute nennen mich Butch.«

Er streckte ihr die Hand entgegen. Dann zog er sie wieder zurück, rieb sie heftig an seiner Hose und bot sie ihr erneut an.

Sie verlor die Nerven. Ihn *anzufassen* war dann doch zu viel; sie machte einen Schritt zurück.

Langsam ließ er seine Hand wieder sinken. Er wirkte überhaupt nicht überrascht, dass sie ihn zurückgewiesen hatte, und er starrte sie immer noch an.

»Warum siehst du mich denn so an?« Sie hob die Hände an ihren Ausschnitt und versuchte die Blöße zu bedecken.

Eine leichte Röte überzog seinen Hals bis hinauf zu den Wangen. »Entschuldigen Sie. Sie haben es vermutlich satt, immer von Männern angestarrt zu werden.«

Marissa schüttelte den Kopf. »Kein Mann sieht mich an.«

»Das fällt mir schwer zu glauben.«

Es stimmte. Alle hatten furchtbare Angst davor, was Wrath mit ihnen machen würde, wenn sie nur länger als einen Augenblick zu ihr hinsahen. Gott, wenn all diese anderen nur geahnt hätten, wie wenig sie von Wrath gewollt wurde.

»Weil …« Die Stimme des Menschen verlor sich. »O Mann, weil Sie einfach so … wahnsinnig … schön sind.«

Plötzlich hüstelte er trocken, als hätte er die Worte am liebsten wieder zurückgenommen.

Sie legte den Kopf schief und betrachtete ihn. Etwas lag in seiner Stimme, was sie nicht genau zuordnen konnte. Ein schmerzlicher Unterton.

Er vergrub die Hand in seinem dichten, dunklen Haar. »Und jetzt halte ich einfach mal meine große Klappe. Bevor ich Sie noch mehr in Verlegenheit bringe.«

Sein Blick ruhte immer noch auf ihrem Gesicht.

Er hatte wirklich schöne Augen, fand sie. So warm. Und in ihnen lag eine sehnsüchtige Einsamkeit. Als wünschte er sich etwas, das er nicht bekommen konnte.

Dieses Gefühl kannte sie nur allzu gut.

Der Mensch lachte, ein Geräusch, das tief aus seiner Brust kam. »Und vielleicht höre ich auch mal auf, Sie so anzustarren. Wie wäre das zur Abwechslung?« Betreten steckte er die Hände tief in seine Hosentaschen und sah zu Boden. »Sehen Sie? Ich starre gar nicht. Überhaupt nicht. Kein bisschen. Hey, schöner Teppich. Ist Ihnen der schon mal aufgefallen?«

Marissa lächelte schüchtern und trat einen Schritt näher zu ihm. »Ich glaube, mir gefällt es, wie du mich ansiehst.«

Sein gefühlvoller Blick schnellte wieder hoch.

»Ich bin es nur nicht gewohnt«, erklärte sie. Ihre Hände wanderten wieder hoch zu ihrem Hals, doch dann ließ sie sie sinken.

»Mann, Sie können doch nicht real sein«, sagte der Mensch leise.

»Warum nicht?«

»Es kann einfach nicht sein.«

Sie lachte kurz. »Bin ich aber.«

Wieder räusperte er sich. Lächelte etwas schief. »Was dagegen, wenn ich um einen Beweis bitte?«

»Wie denn?«

»Darf ich Ihr Haar berühren?«

Ihr erster Impuls war, wieder zurückzuweichen. Doch warum sollte sie das eigentlich? Sie war an keinen Mann gebunden. Wenn dieser Mensch sie berühren wollte, was sprach dagegen?

Vor allem, da sie es eigentlich wollte.

Sie senkte den Kopf, sodass ein paar Strähnen über ihr Gesicht fielen. Erst wollte sie ihm einige lange Haarsträhnen hinhalten. Aber nein. Sie würde ihn näher kommen lassen.

Und er kam näher.

Er streckte seine große Hand aus, und Marissa hielt den Atem an. Aber er griff nicht nach der blonden, welligen Strähne vor ihrem Gesicht. Stattdessen berührten seine Fingerspitzen eine Locke, die auf ihrer Schulter lag.

Sie spürte eine Hitzewelle durch ihre Haut dringen, als hätte er sie mit einem brennenden Streichholz berührt. Rasend schnell breitete sich die Empfindung in ihrem gesamten Körper aus, als hätte sie plötzlich hohes Fieber.

Was war das?

Die Finger des Menschen schoben ihr Haar zurück, und dann strich seine ganze Hand über ihre Schulter. Seine Handfläche war warm. Schwer. Stark.

Sie hob den Blick.

»Ich kann nicht atmen«, flüsterte sie.

Butch brach fast zusammen.

Du lieber Himmel, dachte er. *Sie will mich.*

Und ihr unschuldiges Erstaunen bei seiner Berührung war besser als der beste Sex, den er je gehabt hatte.

Sein Körper schaltete auf Turbobetrieb, eine Riesenerektion drückte gegen seinen Reißverschluss und wollte herausgelassen werden.

Aber das kann doch nicht wahr sein, dachte er. Sie spielte mit ihm. Niemand sah aus wie sie und hing mit solchen Kerlen herum, ohne selbst alle Tricks zu kennen. Und sie auch zu nutzen.

Er sah, wie sie etwas unsicher Atem holte. Und dann leckte sie sich über die Lippen. Ihre Zungenspitze war rosa.

Ich will verdammt sein.

Sie konnte auch einfach eine fantastische Schauspielerin sein. Oder die beste Hure, die er je erlebt hatte. Doch als sie zu ihm aufblickte, hatte sie ihn in der Hand. Hilflos wie ein Fisch zappelte er am Haken.

Er fuhr ihr mit dem Finger seitlich über den Hals. Ihre Haut war so weich, so blass, dass er Angst hatte, sie allein durch seine Berührung zu verletzen.

»Leben Sie hier?«, fragte er.

Sie schüttelte den Kopf. »Ich wohne bei meinem Bruder.«

Er war erleichtert. »Das ist gut.«

Sanft strich er ihr über die Wange und betrachtete dabei eingehend ihren Mund.

Wie sie wohl schmecken würde?

Dann wanderten seine Augen tiefer, zu ihren Brüsten. Sie schienen von innen gegen den Stoff ihres Kleides zu drücken.

Ihre Stimme zitterte leicht. »Du siehst mich an, als wärest du sehr durstig.«

O Gott. Damit hatte sie recht. Er war völlig ausgetrocknet.

»Ich habe immer gedacht, Menschen brauchen das nicht?«, fuhr sie fort.

Butch runzelte die Stirn. Manchmal sagte sie wirklich merkwürdige Sachen. Aber vielleicht lag es daran, dass Englisch ganz offensichtlich nicht ihre Muttersprache war.

Seine Finger näherten sich ihrem Mund. Er hielt inne, fragte sich, ob sie wohl zurückzucken würde, wenn er ihre Lippen berührte. *Wahrscheinlich schon,* dachte er. Nur, um das Spiel am Laufen zu halten.

»Dein Name ist Butch?«

Er nickte.

»Wonach dürstet es dich, Butch?«, flüsterte sie.

Seine Augenlider sanken herunter, sein Körper schwankte leicht.

»Butch? Habe ich dir irgendwie wehgetan?«

Ja, aber nur, wenn man brennende Lust als Schmerz empfindet, dachte er.

36

Wrath stand vom Bett auf und zog sich eine frische Lederhose und ein schwarzes T-Shirt an.

Beth schlief tief und fest auf ihrer Seite des Bettes. Als er zu ihr ging und sie küsste, regte sie sich und griff zärtlich nach seiner Hand.

»Ich gehe nach oben«, sagte er und streichelte ihr die Wange. »Aber ich verlasse das Haus nicht.«

Sie nickte, drückte ihre Lippen auf seine Handfläche und fiel wieder in den tiefen und erholsamen Schlaf, den sie so bitter nötig hatte.

Wrath setzte die Sonnenbrille auf, verschloss die Tür hinter sich und ging die Treppe hoch. Er wusste, dass ein dümmliches, glückseliges Lächeln auf seinem Gesicht lag, und dass die Brüder ihn deswegen auf die Schippe nehmen würden.

Aber das war ihm im Augenblick auch egal.

Er würde sich eine wahre *Shellan* nehmen. Den Bund eingehen. Und alle anderen konnten ihn mal.

Er drückte das Gemälde auf und trat in den Salon.

Was er dort sah, konnte er kaum fassen.

Marissa stand in einem langen cremefarbenen Kleid vor dem Polizisten. Er streichelte ihr Gesicht, offenbar völlig hin und weg von ihr. Um die beiden herum lag der köstliche Duft von Sex in der Luft.

Und dann stürmte Rhage in den Raum, mit gezogenem Dolch. Der Bruder war offenbar wild entschlossen, den Menschen zu filetieren, weil der – wie er glaubte – Wraths *Shellan* angefasst hatte.

»Nimm sofort die Hände ...«

Blitzschnell machte Wrath einen Satz nach vorn. »Rhage! Stopp!«

Der Bruder fing sich gerade noch, während Butch und Marissa sich panisch umblickten.

Rhage lächelte und warf Wrath den Dolch zu. »Bitte, Herr. Dafür verdient er den Tod. Aber können wir vorher noch ein bisschen mit ihm spielen?«

Wrath fing das Messer auf. »Geh wieder nach drüben, Hollywood.«

»Ach, komm schon. Du weißt doch, vor Publikum macht es noch mehr Spaß.«

Wrath verzog den Mund. »Nur dir, mein Bruder. Und jetzt lass uns allein.«

Er warf den Dolch zurück, und Rhage steckte ihn im Gehen zurück in den Schaft. »Mann, Wrath, du kannst ein echter Spielverderber sein, weißt du das? Eine totale Spaßbremse.«

Wrath blickte zu Marissa und dem Polizisten. Er stellte anerkennend fest, wie der Mann sichtlich versuchte, sie mit seinem Körper zu schützen.

Vielleicht war der Kerl doch mehr als nur ein guter Gegner.

Butch funkelte den großen Typen an und breitete die Arme aus, um Marissa davon abzuhalten, auf die Männer zuzugehen. Aber sie weigerte sich, hinter ihm zu bleiben. Sie ging sogar um ihn herum und schirmte stattdessen *ihn* mit ihrem Körper ab.

Als wollte sie ihn beschützen?

Er hielt sie am Arm fest, doch sie widersetzte sich seinem Griff.

Als der schwarzhaarige Mörder näher kam, sprach sie ihn in scharfem Ton an, in einer Sprache, die Butch völlig fremd war. Sie klang sehr aufgebracht. Der Mann nickte oft. Nach und nach beruhigte sie sich wieder.

Und dann legte der Mann seine Hand auf ihre Schulter und wandte sich zu Butch um.

Lieber Himmel, der Kerl hatte eine offene Wunde am Hals, die aussah, als hätte ihn jemand angeknabbert.

Er sagte etwas. Marissas Entgegnung war zunächst zögerlich, aber dann wiederholte sie ihre Worte noch einmal in festerem Tonfall.

»So sei es«, sagte der Mistkerl auf Englisch und lächelte etwas schief.

Marissa stellte sich neben Butch. Als sie ihn ansah, errötete sie.

Etwas war entschieden worden. Etwas …

Mit einer blitzschnellen Bewegung packte der Mann Butch an der Kehle.

Marissa schrie. »Wrath!«

Ach du Scheiße, nicht schon wieder, dachte Butch zappelnd.

»Sie scheint von dir fasziniert zu sein«, flüsterte er in Butchs Ohr. »Deshalb werde ich dich am Leben lassen. Aber wenn du ihr wehtust, ziehe ich dir bei lebendigem Leib die Haut ab.«

Marissa redete heftig in der fremden Sprache auf ihn ein. Eindeutig beschimpfte sie ihn.

»Wir verstehen uns?«, fragte der Kerl herrisch.

Butch kniff die Augen zusammen und versuchte, durch die Sonnenbrille des Mannes etwas zu erkennen. »Von mir hat sie nichts zu befürchten.«

»Und so sollte es auch bleiben.«

»Das gilt aber nicht für dich.«

Der Mann ließ ihn los. Strich Butchs Hemd glatt. Dabei lächelte er.

Butch zog die Stirn kraus.

Mann, der Typ hatte echt komische Zähne.

»Wo ist Beth?«, fragte Butch.

»Sie ist in Sicherheit. Und gesund.«

»Das hat sie nicht dir zu verdanken.«

»Das hat sie ausschließlich mir zu verdanken.«

»Dann hast du eine merkwürdige Vorstellung von *Gesundheit*. Ich will sie selbst sehen.«

»Später. Und nur, wenn sie dich sehen will.«

Butchs Wut flackerte erneut auf, und der Kerl schien das sofort zu spüren.

»Pass bloß auf, Bulle. Du befindest dich jetzt in meiner Welt.«

Du mich auch, Arschloch.

Gerade wollte Butch den Mund öffnen, als er etwas an seinem Arm spürte. In Marissas Augen glänzte Furcht.

»Butch, bitte«, flüsterte sie. »Hör auf.«

Der Riese nickte.

»Sei höflich, dann kannst du bei ihr bleiben.« Die Stimme des Mannes wurde weicher, als er Marissa ansah. »Sie ist gern in deiner Gesellschaft, und sie hat wirklich etwas Glück verdient. Über Beth reden wir später.«

Mr. X fuhr Billy nach Hause, nachdem sie stundenlang durch die Stadt gefahren waren und sich unterhalten hatten.

Billys Vergangenheit war perfekt, und zwar nicht nur wegen seiner gewalttätigen Neigungen. Sein Vater war ihm genau das männliche Vorbild gewesen, wie Mr. X es liebte. Ein komplett Wahnsinniger mit einem Gott-Komplex. Der Mann war ein ehemaliger Profi-Footballspieler, ein Riese, aggressiv und extrem ehrgeizig. Und er hatte Billy seit seiner Geburt schikaniert.

Nichts, was sein Sohn tat, war jemals gut genug. Mr. X' Lieblingsgeschichte war die, wie Billys Mutter gestorben war. Die Frau war eines Nachmittags völlig betrunken in den Swimmingpool gefallen. Billy hatte sie mit dem Gesicht nach unten treibend gefunden. Er hatte sie aus dem Wasser gezogen und selbst versucht, sie wiederzubeleben, bevor er den Notarzt rief. Im Krankenhaus dann, als sie mit einem Zettel am Zeh ins Leichenschauhaus geschoben wurde, hatte der ehrenwerte Herr Senator aus dem großartigen Staat New York behauptet, sein Sohn habe sie getötet. Seiner Ansicht nach hätte Billy sofort einen Krankenwagen rufen müssen, anstatt selbst einen kindischen Rettungsversuch zu starten.

Nicht, dass Mr. X grundsätzlich dagegen war, die eigene Mutter umzubringen. Nur, dass in diesem Fall der Sohn ein ausgebildeter Rettungsschwimmer war und er tatsächlich versucht hatte, der Frau das Leben zu retten.

»Ich hasse dieses Haus«, murmelte Riddle und betrachtete die wunderschön beleuchtete Fassade mit den Säulen und Fensterläden voller Verachtung.

»Zu blöd, dass du überall auf der Warteliste gelandet bist. Das College wäre der Weg in die Freiheit gewesen.«

»Tja, vielleicht wäre ich ja irgendwo angenommen worden. Wenn er mich nicht gezwungen hätte, mich nur bei den Eliteunis zu bewerben.«

»Und was willst du jetzt machen?«

Billy zuckte die Achseln. »Er will, dass ich ausziehe. Mir einen Job besorge. Es ist nur ... ich weiß einfach nicht, wo ich hingehen soll.«

»Sag mal, Billy, hast du eigentlich eine Freundin?«

Er lächelte, ein zaghaftes Zucken der Mundwinkel. »Ich habe mehrere.«

Ja, das konnte Mr. X sich gut vorstellen, so gut, wie der Junge aussah. »Jemand Spezielles?«

Billy verdrehte die Augen. »Sie sind gut fürs Bett. Aber sie können mich einfach nicht in Ruhe lassen. Rufen immer an und wollen wissen, wo ich bin und was ich mache. Sie wollen zu viel, und ich ... äh ...«

»Du was?«

Billys Augen verengten sich.

»Los, Junge. Du kannst mir doch alles erzählen.«

»Ich, also, ich mag es lieber, wenn sie nicht so leicht zu haben sind.« Er räusperte sich. »Ehrlich gesagt, es gefällt mir, wenn sie abhauen wollen.«

»Du fängst sie gerne wieder ein?«

»Ich will sie *nehmen*. Verstehen Sie, was ich meine?«

Mr. X nickte. Noch ein Punkt, der für Riddle sprach. Keine familiären Bindungen. Keine emotionalen Bindungen. Und seine sexuellen Störungen würden durch die Aufnahmezeremonie ohnehin geregelt.

Riddle legte die Hand auf den Türgriff. »Jedenfalls vielen Dank, Sensei. Das war echt super.«

»Billy.«

Riddle sah ihn erwartungsvoll an. »Ja, Sensei?«

»Was würdest du davon halten, für mich zu arbeiten?«

Billys Augen leuchteten auf. »Sie meinen, in der Kampfsportschule?«

»Etwas in der Art. Ich erzähle dir mal ein bisschen, was du dort zu tun hättest, und dann überlegst du es dir.«

37

Beth rollte sich herum und tastete nach Wrath. Dann fiel ihr wieder ein, dass er nach oben gegangen war.

Sie setzte sich vorsichtig auf, darauf gefasst, dass die Schmerzen wieder einsetzen würden. Als sie nichts spürte, stand sie auf. Sie war nackt und sah an sich herab. Alles schien noch genauso zu sein wie vorher. Sie machte ein paar Tanzschritte. Ihr Körper schien zu funktionieren.

Nur, dass sie nicht besonders gut sehen konnte.

Beth ging ins Badezimmer und nahm ihre Kontaktlinsen heraus. Sie konnte perfekt sehen.

Na, das ist doch auf jeden Fall mal ein Vorteil.

Wow. Fänge. Sie hatte Fänge.

Sie beugte sich zum Spiegel vor und tippte sich gegen die spitzen Eckzähne. Mit diesen Schätzchen zu essen würde sicher ein bisschen Übung erfordern.

Einem Impuls folgend, hob sie die Hände und krümmte die Finger zu Klauen. Zischte.

Cool.

Halloween würde von jetzt ab der totale Wahnsinn werden.

Sie bürstete sich die Haare, zog Wraths Morgenmantel an und machte sich auf den Weg. Als sie am Ende der Treppe ankam, war sie überhaupt nicht außer Atem.

Ihr Fitnessprogramm wäre in Zukunft ebenfalls ein Kinderspiel.

Als sie durch das Gemälde trat, sah sie Butch auf dem Sofa sitzen, neben einer umwerfenden Blondine. Aus der Ferne hörte sie männliche Stimmen und harte Musik.

Butch blickte auf und sah sie direkt an.

»Beth!« Er stürmte auf sie zu und umarmte sie freundschaftlich. »Geht es dir gut?«

»Ja. Mir geht es ehrlich gut.« Was wirklich erstaunlich war, wenn man bedachte, wie sie sich noch vor Kurzem gefühlt hatte.

Butch schob sie etwas von sich weg und nahm ihr Gesicht in die Hände. Er sah ihr in die Augen. Dann runzelte er die Stirn. »Du siehst gar nicht high aus.«

»Warum sollte ich auch?«

Traurig schüttelte er den Kopf. »Mich brauchst du nicht anzulügen. Ich hab dich hierhergebracht, weißt du das nicht mehr?«

»Ich werde gehen«, sagte die Blonde und stand auf.

Sofort drehte Butch sich um. »Nein, bitte nicht.«

Er ging zurück zur Couch. Als er die Frau ansah, bekam sein Gesicht einen Ausdruck, den Beth noch nie bei ihm gesehen hatte. Er war eindeutig völlig verzaubert von der Frau.

»Marissa, darf ich dir eine gute *Freundin* vorstellen«, betonte er. »Beth Randall. Beth, das ist Marissa.«

Beth hob die Hand. »Hallo.«

Die Blonde musterte sie von Kopf bis Fuß.

»Du bist Wraths Frau«, sagte Marissa beinahe ehrfurchtsvoll. Als hätte Beth eine nie gesehene Meisterleistung vollbracht. »Du bist diejenige, die er will.«

Beth spürte, wie ihre Wangen heiß wurden. »Ähm, ja. Das bin ich wohl.«

Ein unbehagliches Schweigen entstand. Butch sah zwischen den beiden Frauen hin und her, mit gerunzelter Stirn, als wolle er auch in das Geheimnis eingeweiht werden.

Beth ging es ganz genauso.

»Weißt du, wo Wrath ist?«, fragte sie.

Butch machte ein finsteres Gesicht, als sei es ihm unangenehm, den Namen dieses Mannes zu hören. »Er ist im Esszimmer.«

»Danke.«

»Hör mal, Beth. Wir müssen ...«

»Ich gehe nirgendwohin.«

Er holte tief Luft und stieß sie langsam und geräuschvoll wieder aus.

»Ich dachte mir schon fast, dass du das sagen würdest.« Er sah die blonde Frau an. »Aber wenn du mich brauchst, ähm, ich ... ich bin hier.«

Beth lächelte in sich hinein, als Butch sich wieder zu der Frau aufs Sofa setzte.

Die Stimmen und die Musik wurden lauter, als Beth in den Flur trat.

»Und was hast du dann mit dem *Lesser* gemacht?«, hörte sie.

»Ich hab ihm die Kippe mit der Schrotflinte angezündet«, kam die Antwort. »Das Frühstück hat er ausfallen lassen, wenn du verstehst, was ich meine.«

Brüllendes Gelächter erklang. Und ein paar schwere Schläge, als hieben Fäuste auf den massiven Tisch.

Sie zog das Revers des Morgenmantels fester zusammen. Wahrscheinlich wäre es klüger gewesen, sich erst anzuziehen, aber sie konnte es nicht erwarten, Wrath zu sehen.

Sie bog um die Ecke.

In der Sekunde, in der sie im Türrahmen erschien, erstarben alle Gespräche und das Gelächter. Köpfe wandten sich zu ihr um; Augen wurden aufgerissen. Dröhnende Bässe und rhythmischer Sprechgesang aus den Lautsprecherboxen füllten die entstandene Stille aus.

Meine Güte. Noch nie zuvor hatte sie so viele große Männer in Lederklamotten gesehen.

Sie machte einen Schritt zurück, genau in dem Moment, als Wrath am Kopfende des Tisches aufsprang. Er kam mit ernstem Blick auf sie zu. Ganz offensichtlich hatte sie eine Art heiliger Herrenrunde gestört.

Sie überlegte krampfhaft, was sie sagen konnte. Wahrscheinlich würde er vor seinen Kumpels ganz cool sein wollen, à la *Ich bin ein beinharter Kerl* und *Die Braut da ist nur …*

Wrath umschlang sie gerührt und vergrub das Gesicht in ihrem Haar.

»Meine *Lielan*«, flüsterte er ihr ins Ohr. Seine Hände streichelten ihr über den Rücken. »Meine wunderschöne *Lielan.*«

Er küsste sie auf die Lippen. Sein Lächeln war zärtlich, als er ihr das Haar glatt strich.

Beth grinste. Ihr Mann hatte offenbar keine Probleme damit, seine Zuneigung in der Öffentlichkeit zu zeigen. Sehr gut. Sie legte den Kopf zur Seite und versuchte, um seine Schulter herumzublicken.

Und sie befanden sich eindeutig in der Öffentlichkeit. Die anderen Männer bekamen buchstäblich den Mund nicht mehr zu.

Beinahe musste sie lachen. Einen Haufen beinharter Kerle, die aussahen wie Schwerverbrecher und an einem mit Tafelsilber und kostbarem Porzellan gedeckten Tisch saßen, war schon eigenartig genug. Aber sie so völlig von den Socken zu sehen, war geradezu absurd.

»Willst du mich nicht vorstellen?« Sie deutete mit dem Kopf auf die Männer.

Wrath legte ihr den Arm um die Schultern und drückte sie an sich.

»Das ist die Bruderschaft der Black Dagger. Meine Mitstreiter. Meine Brüder.« Er deutete mit dem Kopf auf den umwerfend gut aussehenden. »Rhage kennst du ja schon. Tohr ebenfalls. Der mit dem Bärtchen und der Kappe ist Vishous. Und Rapunzel da drüben heißt Phury.« Seine Stimme wurde zu einem Knurren. »Und Zsadist hat sich ja schon selbst vorgestellt.«

Die beiden, die sie schon kannte, lächelten ihr zu. Die anderen nickten alle, außer der mit der Narbe. Er starrte sie einfach nur an.

Der Kerl soll doch noch einen Zwillingsbruder haben?, erinnerte sie sich. Aber wer das sein sollte, war ihr ein Rätsel.

Obwohl der Typ mit den coolen Haaren und den fantastischen gelben Augen ihm schon ein bisschen ähnlich sah.

»Gentlemen«, sagte Wrath. »Das ist Beth.«

Und dann wechselte er in die Sprache, die sie nicht verstand.

Als er geendet hatte, lag ein Raunen in der Luft.

Er lächelte sie an. »Brauchst du etwas? Hast du vielleicht Hunger, *Lielan?*«

Sie legte die Hand auf den Bauch. »Habe ich wirklich.

Du wirst es nicht glauben, aber ich habe merkwürdige Gelüste nach Schinken und Schokolade.«

»Ich bringe dir etwas. Setz dich.« Er deutete auf seinen Stuhl und ging dann durch eine Schwingtür.

Sie beäugte die Männer vorsichtig.

Na bestens. Hier saß sie nun, nur mit einem dünnen Morgenmantel bekleidet, allein zwischen ungefähr 500 Kilo geballter Vampirkraft. Lässiger Party-Small-Talk schien sich nicht gerade anzubieten, also ging sie einfach schnurstracks mit gesenktem Kopf auf Wraths Stuhl zu. Weit kam sie nicht.

Lautes Schaben ertönte, als fünf Stühle gleichzeitig gerückt wurden. Die Männer standen geschlossen auf. Und kamen auf sie zu.

Sie sah in die beiden bekannten Gesichter, doch ihre ernsten Mienen waren nicht gerade ermutigend.

Und dann blitzten die Messer auf.

Mit einem metallischen Zischen wurden fünf schwarze Dolche gezogen.

Panisch taumelte sie rückwärts, die Hände abwehrend vor das Gesicht gehalten. Sie stieß gegen die Wand und wollte gerade um Hilfe schreien, als die Männer im Kreis um sie herum auf die Knie fielen. Völlig synchron, als folgten sie einer ihr unbekannten Choreographie, stießen sie die Dolche in den Boden zu ihren Füßen und neigten die Köpfe. Das dumpfe Geräusch von Stahl auf Holz schien gleichzeitig Gelöbnis und Schlachtruf zu sein.

Die Griffe der Dolche zitterten, während der dröhnende Rap noch immer den Raum erfüllte.

Die Vampire schienen auf eine Reaktion zu warten.

»Ähm. Danke schön«, sagte sie.

Die Köpfe der Männer hoben sich. Auf ihren harten

Gesichtszügen lag ein Ausdruck grenzenloser Verehrung. Selbst der mit der Narbe wirkte respektvoll.

Und dann rauschte Wrath mit einer Flasche Schokosoße in der Hand herein.

»Der Schinken ist unterwegs.« Er lächelte. »Hey, sie mögen dich.«

»Und ich danke Gott dafür«, murmelte sie mit einem Blick auf die Dolche.

38

Marissa lächelte; sie fand, der Mensch sah immer besser aus, je länger sie mit ihm zusammen war. »Dein Beruf ist es also, die Deinen zu beschützen. Das ist gut.«

Er rutschte neben ihr auf der Couch herum. »Na ja, eigentlich weiß ich momentan nicht so genau, was ich mit mir anfangen soll. Ich habe so das Gefühl, dass ich mich vielleicht bald verändern muss.«

Die Uhr schlug, und sie fragte sich, wie lange sie wohl schon hier zusammen saßen. Und wann die Sonne aufgehen würde. »Wie spät ist es?«

»Kurz nach vier Uhr morgens.«

»Ich muss gehen.«

»Wann werden wir uns wiedersehen?«

Sie stand auf. »Ich weiß nicht.«

»Könnten wir mal zusammen zu Abend essen?« Er sprang auf. »Oder zu Mittag? Hast du morgen schon was vor?«

Sie musste lachen. »Das weiß ich noch nicht.«

Noch nie zuvor hatte man sie umworben, und es gefiel ihr ausnehmend gut.

»Ach, Mist«, murmelte er. »Ich versaue es gerade mit meinem Übereifer, oder?« Er stützte die Hände in die Hüften und starrte auf den Teppich, als ärgere er sich über sich selbst.

Sie trat näher. Sein Kopf schnellte hoch.

»Ich möchte dich jetzt berühren«, sagte sie sanft. »Bevor ich gehe.«

Seine Augen leuchteten auf.

»Darf ich? Butch?«

»Wo, wann und wie immer du willst«, sagte er kaum hörbar.

Sie hob die Hand, um sie ihm auf die Schulter zu legen. Aber seine Lippen faszinierten sie. Die ganze Zeit hatte sie beobachtet, wie sie Worte formulierten, und überlegt, wie sie sich wohl auf ihrer Haut anfühlen mochten.

»Dein Mund«, sagte sie. »Er ist so …«

»Was?« Seine Stimme klang heiser.

»Schön.«

Sie legte ihm die Fingerspitze auf die Unterlippe. Überrascht sog er die Luft ein; und als er mit einem Beben wieder ausatmete, fühlte sie Wärme und Feuchtigkeit.

»Sie sind weich«, sagte sie und strich mit dem Finger hin und her.

Er schloss die Augen.

Sein Körper verströmte einen überwältigenden Duft. Sie hatte diesen berauschenden Geruch schon bemerkt, als er sie zum ersten Mal sah. Nun hing er schwer in der Luft.

Neugierig ließ sie den Finger in seinen Mund gleiten. Ruckartig riss er die Augen auf.

Tastend erspürte sie seine Vorderzähne, die fehlenden Fänge kamen ihr eigenartig vor.

Langsam schlossen sich seine Lippen um ihren Finger. Und dann umkreiste seine Zunge ihre Fingerspitze.

Ein Zittern durchlief ihren Körper. »O …«

Ihre Brüste prickelten an den Spitzen, und etwas geschah zwischen ihren Beinen. Sie verspürte einen ungewohnten Schmerz. Einen kaum bezähmbaren Hunger.

»Ich will …« Sie brach ab; sie wusste selbst nicht, was sie wollte.

Er legte seine Hand auf ihre, legte den Kopf zurück und zog langsam saugend ihren Finger aus seinem Mund. Durchdringend sah er ihr in die Augen, drehte ihre Handfläche nach oben, leckte mit der Zunge darüber und drückte seine Lippen auf ihre Haut.

Sie beugte sich zu ihm vor.

»Was willst du?«, fragte er leise. »Sag's mir, Baby. Sag mir einfach, was du willst.«

»Ich … weiß nicht. So etwas habe ich noch nie gefühlt.«

Ihre Antwort schien den Zauber zu lösen. Seine Miene verdunkelte sich, und er ließ ihre Hand fallen. Ein leiser, unanständiger Fluch entschlüpfte ihm, während er von ihr zurücktrat.

Marissas Augen brannten bei dieser Zurückweisung. »Habe ich etwas falsch gemacht?«

Sie hatte offenbar ein unschlagbares Talent, immer alles falsch zu machen, wenn es um Männer ging.

»Falsch gemacht? Aber nein, im Gegenteil. Du bist ein echter Profi.« Er fuhr sich mit der Hand durchs Haar. Offenbar focht er einen inneren Kampf aus, als arbeite er sich von einem weit entfernten Ort wieder in die Normalität zurück. »Es ist nur so, dass diese Unschuldsnummer mich ein bisschen fertigmacht.«

»Unschuldsnummer?«

»Du weißt schon, die ›sanftäugige Jungfrau‹-Pose.«

Sie machte einen Schritt auf ihn zu, während sie nach einer Antwort suchte, doch er hielt die Hände abwehrend vor sich. »Das ist erst mal nah genug.«

»Warum?«

»Bitte, Baby. Lass es gut sein.«

Sie schlug die Augen nieder. »Ich verstehe das alles nicht.«

»Ach, komm schon«, sagte er. »Hör mal, du machst mich schon heiß, einfach nur indem du da stehst. Du musst dich nicht verstellen. Und ... also, ich hab kein Problem mit dem, was du tust. Und verhaften werde ich dich deshalb auch nicht.«

»Warum solltest du mich verhaften?«

Er verdrehte die Augen, und sie hatte keine Ahnung, wovon er überhaupt sprach.

»Ich werde jetzt gehen«, sagte sie unvermittelt. Seine Verärgerung wuchs von Minute zu Minute.

»Warte.« Er wollte sie am Arm festhalten, ließ die Hand aber sofort wieder sinken, als er sie berührte. »Ich möchte dich trotzdem wiedersehen.«

Sie runzelte die Stirn und sah auf die Hand, mit der er sie berührt hatte. Er rieb sie unbewusst an seiner Hose, als wolle er sie abwischen.

»Warum?«, wollte sie wissen. »Ich sehe doch, dass du mich im Augenblick nicht einmal anfassen möchtest.«

»Mhm. Klar.« Bitter sah er sie an. »Na gut, wie viel kostet es mich, wenn du dich normal benimmst?«

Sie funkelte ihn an. Vor ihrem Streit mit Wrath hätte sie sich einfach davongeschlichen. Doch diese Zeiten waren endgültig vorbei. »Ich verstehe dich nicht«, wiederholte sie.

»Was auch immer, Baby. Sind manche Kerle echt so scharf drauf, den Dosenöffner zu spielen, dass sie dir diese Show abkaufen?«

Marissa verstand zwar seinen Jargon nicht Wort für

Wort, aber das Wesentliche seiner Aussage drang langsam zu ihr durch. Empört drückte sie ihr Kreuz durch und reckte das Kinn angriffslustig vor.

»Ich muss dich bitten, das zurückzunehmen!«

Verblüfft sah er sie an, die Zähne fest zusammengebissen. Dann atmete er hörbar aus.

»Ach was soll's.« Er rieb sich das Gesicht. »Vergessen wir das Ganze einfach, okay? Tun wir einfach so, als wären wir uns nie begegnet …«

»Ich wurde noch *niemals* genommen. Mein *Hellren* schätzte meine Gesellschaft nicht. Daher wurde ich noch nie geküsst oder berührt oder auch nur umarmt. Es gab noch nie einen Mann, der Leidenschaft für mich empfand. Aber ich bin nicht … ich bin nicht unwürdig.« Ihre Stimme verriet ein leichtes Zittern. »Bisher hat mich einfach noch nie jemand begehrt.«

Seine Augen weiteten sich, als hätte sie ihm eine Ohrfeige verpasst.

Sie wandte den Blick ab. »Und ich selbst habe noch nie einen Mann berührt«, flüsterte sie. »Ich weiß einfach nicht, was ich tun soll.«

Der Mensch stieß einen langen Seufzer aus, als wollte er allen Sauerstoff auf einmal aus seinem Körper herauspressen.

»Du lieber Himmel«, murmelte er. »Es tut mir leid. Es tut mir wirklich, wirklich leid. Ich bin … ich bin ein totales Arschloch, und ich hab dich vollkommen falsch eingeschätzt.«

Sein Entsetzen über sein eigenes Verhalten war fast greifbar. Sie lächelte schwach. »Du meinst das wirklich ehrlich?«

»Klar doch, zum Teufel! Ich meine: Ja, ich meine es

ehrlich. Ich hoffe, ich habe dich nicht zu sehr gekränkt. Quatsch, natürlich hab ich das. Himmel Herrgott, es tut mir so leid.« Er wurde ganz bleich bei diesen Worten.

Sie legte ihm die Hand auf den Arm. »Ich vergebe dir.«

Er stieß ein ungläubiges Lachen aus. »Das solltest du aber nicht. Du solltest mindestens eine Woche lang sauer auf mich sein, nein, eher einen Monat. Noch länger. Ich habe mich völlig danebenbenommen.«

»Aber ich will nicht böse auf dich sein.«

Eine lange Pause entstand. »Wirst du dich trotzdem morgen mit mir treffen?«

»Ja.«

Er schien sein Glück nicht fassen zu können. »Echt? O Mann, du bist eine Heilige, weißt du das?« Er strich ihr mit dem Finger über die Wange. »Wo, Baby? Wo wäre es am besten für dich?«

Sie dachte kurz nach. Havers würde durchdrehen, wenn er wüsste, dass sie sich mit einem Menschen traf.

»Hier. Ich werde dich hier treffen. Morgen Nacht.«

Er lächelte. »Gut. Und wie kommst du jetzt nach Hause? Soll ich dich fahren? Willst du ein Taxi rufen?«

»Nein, danke.«

»Warte – bevor du gehst.« Er kam auf sie zu. Sein wunderbarer Duft drang ihr in die Nase, und sie sog ihn tief ein. »Darf ich dich zum Abschied küssen? Auch wenn ich es eigentlich nicht verdient habe?«

Der Sitte gemäß bot sie ihm den Handrücken dar.

Er ergriff ihn und zog sie zu sich. Das Pochen in ihren Adern und zwischen ihren Beinen kehrte zurück.

»Schließ die Augen«, flüsterte er.

Sie gehorchte.

Sanft berührten seine Lippen ihre Stirn. Dann die Schläfe.

Ihr Mund öffnete sich leicht, als sie wieder diese köstliche Beklemmung verspürte.

»Du könntest mir gegenüber nie etwas falsch machen«, sagte er mit seiner rauen Stimme.

Und dann berührten seine Lippen ihre Wange.

Sie wartete auf mehr. Als nichts geschah, öffnete sie die Augen. Verträumt sah er auf sie herab.

»Geh«, sagte er. »Wir sehen uns morgen.«

Sie nickte. Und dematerialisierte sich direkt aus seiner Hand heraus.

Butch stieß einen Schrei aus und machte einen Satz rückwärts. »Verfluchter Mist!«

Er sah auf seine Hand. Er konnte noch ihre Handfläche in seiner spüren. Ihr Parfüm riechen.

Aber sie war verdammt noch mal weg. *Puff.* Im einen Moment hatte sie noch hier vor ihm gestanden, und im nächsten …

Beth kam aus dem anderen Zimmer herübergelaufen. »Alles okay bei dir?«

»Nein, nichts ist okay«, bellte er.

Der schwarzhaarige Verbrecher kam ebenfalls hereingeschlendert. »Wo ist Marissa?«

»Woher soll ich das wissen? Sie ist verschwunden! Vor meinen Augen … Sie war … ich hielt ihre Hand, und dann ist sie …« Er stotterte wie ein Idiot und schlug sich auf den Mund.

Aber das war doch auch völlig durchgeknallt! Ihm waren die vertrauten Gesetze der Physik lieb und teuer. Die gute alte Schwerkraft, die alles auf diesem verwünschten Planeten dort festhielt, wo es hingehörte. $E=mc^2$, wodurch er sich ausrechnen konnte, wie lange er brauchen würde, um die nächste Kneipe zu erreichen.

Die Sicherheit, dass Leute nicht einfach aus einem geschlossenen Raum verpufften.

»Darf ich es ihm erzählen?«, fragte Beth den Kerl.

Er zuckte die Achseln. »Normalerweise würde ich Nein sagen. Es ist immer besser, wenn sie es nicht wissen. Aber er hat schon so viel gesehen …«

»Mir was erzählen? Dass ihr alle zu einer Horde von …«

»…Vampiren gehört«, murmelte Beth.

Ärgerlich sah Butch sie an. »Kein Scheiß? Klar, ich verstehe. Verarschen kann ich mich selbst, Schätzchen.«

Doch dann begann sie zu reden und ihm Dinge zu erzählen, die er einfach nicht glauben konnte.

Als Beth geendet hatte, konnte er sie nur noch anstarren. Instinktiv wusste er, dass sie ihn nicht anlog. Aber es war so schwer zu akzeptieren.

»Ich glaube das einfach nicht«, sagte er zu ihr.

»Für mich war es auch schwer zu begreifen.«

»Das kann ich mir lebhaft vorstellen.«

Er lief planlos im Zimmer auf und ab und wünschte sich, es gäbe hier etwas zu trinken. Die beiden anderen sahen ihn nur stumm an.

Endlich blieb er vor Beth stehen. »Mach den Mund auf.«

Hinter sich hörte er ein tiefes, unschönes Geräusch, und ein kalter Luftzug traf seinen Rücken.

»Ist schon gut, Wrath«, sagte Beth. »Beruhige dich.«

Sie teilte die Lippen und entblößte zwei lange Fangzähne, die mit Sicherheit vorher noch nicht da gewesen waren. Butchs Knie wurden weich, als er die Hand danach ausstreckte.

Eine riesige Hand umklammerte seinen Arm so fest, dass die Knochen in seinem Handgelenk knackten.

»Denk nicht mal dran«, knurrte der Mann an Beths Seite.

»Lass ihn los«, befahl sie sanft. Doch sie ließ ihn nicht noch einmal in ihren Mund sehen, nachdem der Kerl seinen Griff gelockert hatte. »Sie sind echt, Butch. Die ganze Sache ... es ist alles echt.«

Butch sah den Mann an. »Du bist also in Wirklichkeit ein Vampir, hab ich das richtig verstanden?«

»Worauf du wetten kannst, Bulle.« Der große, finstere Kerl lächelte und entblößte dabei ein Paar riesige Fänge.

Das nenn ich mal kräftige Beißerchen, dachte Butch.

»Hast du sie gebissen und sie dadurch in einen Vampir verwandelt?«

»So läuft das nicht. Entweder wird man so geboren oder eben nicht.«

Schlechte Neuigkeiten für all die *Dracula*-Fans: Keine schauerlich schöne Nacht-und-Nebel-Beißerei, durch die man ruck, zuck zum hübschen Untoten wird.

Butch ließ sich auf das Sofa fallen. »Hast du diese Frauen getötet? Um ihr Blut ...«

»Zu trinken? Nein. Das, was in menschlichen Venen kreist, kann mich nicht lange am Leben halten.«

»Dann soll das heißen, du hattest nichts mit diesen Morden zu tun? Ich meine, wir haben Wurfsterne an den Tatorten gefunden, die genau zu denen passen, die ich neulich abends bei dir gefunden habe.«

»Ich habe sie nicht getötet, Mann.«

»Und was war mit dem Kerl in dem explodierten Auto?«

Der Mann schüttelte den Kopf. »Meine Beute sind keine Menschen. Was ich bekämpfe, hat nichts mit eurer Welt zu tun. Und durch die Bombe haben wir einen von uns verloren.«

Beth stieß ein gepresstes Geräusch aus. »Meinen Vater«, flüsterte sie.

Der Mann zog sie in seine Arme. »Ja. Und wir suchen den Dreckskerl, der das getan hat.«

»Irgendeine Ahnung, wer den Knopf gedrückt hat?« Jetzt meldete sich der Schnüffler in Butch zu Wort.

Der andere zuckte die Achseln. »Wir haben da jemanden im Auge. Aber das ist unsere Angelegenheit, nicht eure.«

Genau, und außerdem hatte Butch kein Recht zu fragen. Weil er nicht mehr bei der Truppe war.

Der Kerl strich Beth über den Rücken und schüttelte den Kopf. »Ich werde dich nicht anlügen, Bulle. Es kann vorkommen, dass ein Mensch uns aus Versehen in die Quere kommt. Und wenn jemand unsere Rasse bedroht, werde ich ihn töten, egal, wer oder was er ist. Aber ich werde in Zukunft menschliche Todesopfer nicht mehr im gleichen Maße dulden wie früher – und nicht nur, weil wir dadurch unsere Tarnung gefährden.« Er drückte Beth einen Kuss auf den Mund und sah ihr tief in die Augen.

In diesem Augenblick kamen die restlichen Gangmitglieder einer nach dem anderen in den Raum. Unter ihren kalten Blicken fühlte Butch sich wie ein Insekt in einem Einweckglas. Oder wie Roastbeef kurz vor dem Anschneiden.

Mr. Normal trat vor und hielt ihm auffordernd eine Whiskyflasche entgegen. »Du siehst aus, als könntest du einen gebrauchen.«

Ach was.

Butch nahm einen kräftigen Schluck. »Danke.«

»Können wir ihn jetzt endlich erledigen?«, fragte der mit der Baseballkappe.

Überraschenderweise schlug Beths Mann einen harten Tonfall an. »Finger weg, V.«

»Warum denn? Er ist doch nur ein Mensch.«

»Und meine *Shellan* ist ebenfalls ein halber Mensch. Der Mann wird nicht sterben, nur weil er keiner von uns ist.«

»Meine Güte, das sind ja ganz neue Töne.«

»Gewöhn dich besser dran, *Bruder.*«

Butch stand auf. Wenn es schon um seinen Tod ging, wollte er sich doch wenigstens an der Diskussion beteiligen.

»Ich weiß deine Unterstützung zu schätzen«, sagte er zu Beths Mann. »Aber ich brauche sie nicht.«

Er ging zu dem Kerl mit der Kappe und wechselte unbemerkt seinen Griff um die Whiskyflasche, falls er das Ding jemandem über den Schädel ziehen musste. Erst als ihre Nasen sich beinahe berührten, blieb er stehen. Er konnte spüren, wie der Vampir anfing zu kochen und seine Kampfreflexe ansprangen.

»Mit dir leg ich mich jederzeit an, Arschloch«, sagte Butch. »Wahrscheinlich ziehe ich am Ende den Kürzeren. Aber ich warne dich, ich kämpfe schmutzig. Stell dich drauf ein, dass es verdammt schmerzhaft für dich werden wird, mich umzubringen.« Dann warf er einen Blick auf die Kappe. »Obwohl ich wirklich nur sehr ungern einen anderen Red-Sox-Fan vermöbeln würde.«

Grölendes Gelächter ertönte hinter ihm. Jemand sagte: »Das wird lustig.«

Der Kerl vor Butch verengte die Augen zu Schlitzen.

»Stimmt das mit den Sox?«

»Bin ein echter Southie, geboren und aufgewachsen in Südboston. Seit '04 bekomme ich das Dauergrinsen nicht mehr aus dem Gesicht.«

Eine lange Stille entstand.

Dann schnaubte der Vampir. »Ich kann Menschen nicht leiden.«

»Tja, und ich bin nicht besonders begeistert von euch Blutsaugern.«

Wieder wurde es still.

Der Typ strich sich über sein Bärtchen. »Wie nennt man zwanzig Jungs, die bei den *World Series* zuschauen müssen?«

»Die *New York Yankees«*, erwiderte Butch.

Der Vampir prustete laut, zog sich die Kappe vom Kopf und schlug sich damit auf die Schenkel. Der Bann war gebrochen.

Butch stieß die Luft aus. Er hatte das Gefühl, er sei gerade von einem Sattelschlepper mit kaputten Bremsen nur knapp verfehlt worden. Er nahm noch einen großzügigen Schluck aus der Flasche und befand, dass diese Nacht bislang wirklich der absolute Hammer gewesen war.

»Sag mir, dass Curt Schilling kein Gott gewesen ist«, kam es von dem Vampir.

Ein kollektives Aufstöhnen der anderen Männer. Einer von ihnen murmelte: »Wenn er jetzt noch mit Varitek anfängt, mache ich mich aus dem Staub.«

»Schilling war ein echter Kämpfer«, bestätigte Butch und setzte die Flasche an den Hals. Als er seinem Gegenüber den Whisky anbot, nahm der ebenfalls einen tiefen Zug.

»Das kannst du laut sagen.«

39

Als Marissa in ihr Schlafzimmer ging, drehte sie sich ein wenig hin und her und ließ ihr langes Kleid um sich herum tanzen.

»Wo warst du?«

Mitten in der Bewegung hielt sie inne. Der Saum des Kleides schwang noch um ihre Knöchel.

Havers saß auf ihrer Chaiselongue, das Gesicht im Schatten. »Ich habe dich gefragt, *wo du warst.*«

»Bitte nicht in diesem Ton …«

»Du hast dich mit diesem Grobian getroffen.«

»Er ist kein …«

»Nimm ihn nicht vor mir in Schutz!«

Das hatte sie nicht vor. Sie würde ihrem Bruder erzählen, dass Wrath sich all ihre Vorwürfe geduldig angehört und die Schuld für alles Vergangene auf sich genommen hatte. Dass er sich entschuldigt hatte und sein Bedauern deutlich zu spüren gewesen war. Dass seine Worte zwar nicht wiedergutmachen konnten, was geschehen war; doch dass ihre Sicht der Dinge bei ihm angekommen war.

Und dass sie zwar wegen ihres ehemaligen *Hellren* in Darius' Haus gegangen, nicht aber seinetwegen so lange geblieben war.

»Havers, ich bitte dich. Die Dinge liegen ganz anders.« Immerhin hatte Wrath ihr gesagt, dass er einen neuen

Bund eingehen würde. Und sie hatte … jemanden kennengelernt. »Du musst mich anhören.«

»Nein, das muss ich nicht. Ich weiß, dass du immer noch zu ihm gehst. Das reicht mir.«

Als Havers aufstand, fehlte ihm die gewohnte Eleganz. Er trat ins Licht, und sie erschrak beinahe zu Tode: Seine Haut war grau, die Wangen hohl. Er war in letzter Zeit immer dünner und dünner geworden. Nun sah er aus wie ein Skelett.

»Du bist krank«, wisperte sie.

»Mir geht es sehr gut.«

»Die Transfusion hat nicht funktioniert, richtig?«

»Versuch nicht, das Thema zu wechseln!« Er funkelte sie an. »Mein Gott, niemals hätte ich gedacht, dass es so weit kommen könnte. Nie hätte ich gedacht, dass du vor mir etwas verbergen würdest.«

»Ich verberge nichts!«

»Du hast mir erzählt, dass du den Bund gelöst hast.«

»Das habe ich auch.«

»Du *lügst.*«

»Havers, so hör mich doch an …«

»Schluss damit!« Er wich ihrem Blick aus, als er die Tür öffnete. »Du bist alles, was mir geblieben ist, Marissa. Verlang nicht von mir, untätig mit anzusehen, wie du dich selbst zerstörst.«

»Havers!«

Die Tür schlug zu.

Mit grimmiger Entschlossenheit folgte sie ihm in den Korridor. »Havers!«

Er stand schon am Treppenabsatz und wandte sich nicht zu ihr um. Heftig wedelte er mit den Händen in der Luft, als wolle er sie verscheuchen.

Sie ging zurück in ihr Zimmer und setzte sich vor ihre Frisierkommode. Es dauerte lange, bis sie endlich wieder richtig Luft bekam.

Havers Wut war verständlich, doch gleichzeitig erschreckte sie die Intensität. Nie hatte sie ihren Bruder in einem solchen Zustand gesehen. Es war klar, dass es keine Aussprache geben würde, bis er sich nicht beruhigt hatte.

Morgen würde sie mit ihm sprechen. Sie würde ihm alles erklären, selbst den neuen Mann, den sie getroffen hatte.

Neugierig betrachtete sie sich im Spiegel und dachte daran, wie der Mensch sie berührt hatte. Sie hob die Hand hoch und spürte ihn wieder an ihrem Finger saugen. Sie wollte mehr davon.

Ihre Fänge verlängerten sich etwas.

Wie wohl sein Blut schmecken würde?

Nachdem er Beth im Bett ihres Vaters zur Ruhe gebettet hatte, ging Wrath in seine Kammer und zog sich ein weißes Hemd und eine lange, weite weiße Hose an. Er nahm eine Kette aus großen schwarzen Perlen aus einer Ebenholzkiste und kniete sich neben seinem Bett auf den Fußboden, das Gewicht auf die Fersen verlagert. Dann legte er sich die Kette um, legte die Hände mit den Handflächen nach oben auf die Oberschenkel und schloss die Augen.

Er atmete tief und regelmäßig, und langsam erwachten seine Sinne zum Leben. Er konnte Beth im gegenüberliegenden Zimmer hören, wie sie sich umdrehte, seufzte und den Kopf im Kissen vergrub. Der Rest des Hauses war einigermaßen still, nur leichte Schwingungen waren zu hören. Einige der Brüder wollten sich in den oberen Schlafzimmern hinlegen, man vernahm das Schlurfen ihrer Füße.

Er hätte wetten können, dass Butch und V immer noch über Baseball sprachen.

Wrath musste lächeln. Der Mensch war wirklich ein ganz besonderes Exemplar seiner Spezies. Einer der angriffslustigsten Männer, denen er jemals begegnet war.

Und was hatte es mit Marissas Gefühlen für ihn auf sich? Sie alle würden abwarten müssen, was daraus wurde. Eine Beziehung zu einem Angehörigen der anderen Spezies zu haben war immer gefährlich. Sicher, die Brüder schliefen mit vielen menschlichen Frauen, aber da ging es immer nur um eine Nacht. Die Erinnerung konnte leicht gelöscht werden. Kamen erst einmal Gefühle ins Spiel, und es verging mehr Zeit, dann war es schon schwieriger, das menschliche Gedächtnis wieder sauber zu schrubben. Einzelheiten begannen hängen zu bleiben. Kamen später wieder zum Vorschein und brachten Leute in Schwierigkeiten.

Egal, vielleicht wollte Marissa nur mit dem Kerl spielen und ihn dann aussaugen. Was völlig in Ordnung war. Doch bis sie ihn tötete oder für sich behielt, wollte Wrath ein Auge auf die Sache haben.

Wrath konzentrierte seinen Gedankenfluss und begann in der alten Sprache zu singen und sich durch die Töne in Trance zu versetzen. Erst klang sein Gesang noch etwas eingerostet, und er stolperte über die Silben. Das letzte Mal, als er die Gebete vorgetragen hatte, war er neunzehn oder zwanzig Jahre alt gewesen. Er wurde von der Erinnerung abgelenkt, wie sein Vater neben ihm gesessen und ihm die Worte vorgesprochen hatte. Doch er zwang sich dazu, seinen Kopf von allen Gedanken zu befreien.

Die Perlen erwärmten sich auf seiner Brust.

Und dann fand er sich in einem Garten wieder. Die italienisch anmutende Architektur leuchtete weiß; der Marmorbrunnen, die Marmorsäulen, der Marmorfußboden, alles war von einem blassen Schimmer überzogen. Den einzigen Farbspritzer stellte ein Schwarm Singvögel dar, die in einem weißen Baum saßen.

Er hörte auf zu singen und stand auf.

»Es ist lange her, Krieger.« Eine hoheitsvolle weibliche Stimme erklang hinter ihm.

Er drehte sich um.

Die winzige Gestalt, die sich ihm näherte, war von Kopf bis Fuß in schwarze Seide gehüllt. Kopf und Gesicht waren bedeckt, Hände und Füße, alles. Sie bewegte sich gleitend, schwebte einfach durch die stille Luft. Ihre Anwesenheit ließ Beklemmung in ihm aufsteigen.

Wrath verneigte den Kopf. »Jungfrau der Schrift, ich hoffe, es geht Euch gut?«

»Noch wichtiger ist, wie es dir ergangen ist, mein Krieger. Du bist gekommen, um eine Veränderung zu erwirken, nicht wahr?«

Er nickte. »Ich …«

»Du wünschst dir, den Bund mit Marissa zu lösen. Du hast eine andere gefunden, die du zu deiner *Shellan* nehmen willst.«

»Ja.«

»Diese Frau, die du zu der Deinen machen willst: Sie ist die Tochter deines Bruders Darius, der hinter den Schleier getreten ist.«

»Habt Ihr ihn gesehen?«

Sie lachte leise. »Stell mir keine Fragen. Deine erste Frage werde ich durchgehen lassen, da du höflich sein wolltest. Aber achte auf dein Benehmen, Krieger.«

Verdammt.

»Ich bitte um Vergebung, Jungfrau der Schrift.«

»Ich gewähre dir und Marissa die Befreiung aus eurem Bund.«

»Ich danke Euch.«

Es entstand eine lange Pause.

Er wartete auf ihre Entscheidung, was den zweiten Teil seiner Bitte betraf. Mit Sicherheit würde er sie nicht noch einmal fragen.

»Sag mir, Krieger, glaubst du, unsere Spezies sei unwürdig?«

Er runzelte die Stirn, beeilte sich aber, seine Gesichtszüge wieder zu glätten. Die Jungfrau der Schrift würde bestimmt nicht dulden, wenn man sie finster ansah.

»Also, Krieger?«

Er hatte keine Ahnung, worauf sie hinauswollte. »Meine Spezies ist eine starke und stolze Rasse.«

»Ich habe dich nicht nach einer Beschreibung gefragt. Ich wollte deine eigene Meinung hören.«

»Ich beschütze sie mit meinem Leben.«

»Und doch weigerst du dich, dein Volk anzuführen. Daher kann ich nur mutmaßen, dass du sie nicht wertschätzt und dass du daher entweder kämpfst, weil es dir gefällt, oder weil du Sehnsucht nach dem Tode hast. Welches von beidem ist es?«

Dieses Mal behielt er das Stirnrunzeln bei. »Meine Rasse kann nur durch das überleben, was meine Brüder und ich tun.«

»Kaum. Tatsächlich schwindet ihre Zahl. Die Rasse gedeiht nicht. Die einzige feste Ansiedlung befindet sich an der Ostküste der Vereinigten Staaten. Und selbst dort leben die Vampire getrennt voneinander. Es gibt keine Gemeinschaften. Die Festlichkeiten finden nicht länger statt. Rituale werden nur im privaten Kreise abgehalten, wenn überhaupt. Es gibt niemanden, der Streitigkeiten schlichtet, niemanden, der dem Volk Hoffnung gibt. Und die Bruderschaft der Black Dagger ist verflucht. Es ist niemand übrig, der nicht gelitten hat.«

»Die Brüder … haben ihre Probleme. Aber sie sind stark.«

»Aber sie sollten noch stärker sein.« Sie schüttelte den Kopf. »Du hast deine Blutlinie im Stich gelassen, Krieger. Du hast deine Aufgabe nicht erfüllt. Also sag mir, warum sollte ich dir die Mischlingsfrau als Königin an die Seite geben?« Das Gewand der Jungfrau der Schrift bewegte sich, als sie den Kopf schüttelte. »Besser, du stehst ihr auch künftig einfach nur bei, als dein Volk mit einer weiteren bedeutungslosen Galionsfigur zu belasten. Und jetzt geh, Krieger. Wir sind am Ende.«

»Ich möchte etwas zu meiner Verteidigung vorbringen«, presste er zwischen den Zähnen hervor.

»Und ich möchte es dir verweigern.« Sie wandte sich ab.

»Ich bitte Euch um Gnade.« Er hasste es, das Wort auszusprechen, und ihrem Lachen nach zu urteilen wusste sie das nur zu gut.

Doch die Jungfrau der Schrift kam zu ihm zurück.

Als sie sprach, war ihre Stimme hart, so hart wie die schwarzen Falten ihres Gewandes, die sich vor dem weißen Marmor abzeichneten. »Wenn du um etwas bitten möchtest, Krieger, dann tu es mit Anstand. Geh auf die Knie.«

Wrath zwang seinen Körper auf den Boden. Er hasste sie dafür.

»So gefällst du mir ganz gut«, murmelte sie, nun wieder freundlich. »Also, was wolltest du sagen?«

Er schluckte die feindseligen Worte in seiner Kehle hinunter und zwang sich zu einer Gleichmütigkeit, die eine Lüge war. »Ich liebe sie. Ich möchte sie ehren, nicht nur mein Bett mit ihr teilen.«

»Dann behandle sie gut. Aber es besteht keine Notwendigkeit für eine Zeremonie.«

»Das sehe ich anders.« Rasch fügte er hinzu: »Bei allem Respekt.«

Lange erhielt er keine Erwiderung.

»Nie, in all diesen Jahrhunderten, hast du mich um meinen Rat ersucht.«

Er hob den Kopf. »Ist es das, was Euch stört?«

»Stell mir keine Fragen!«, zischte sie ihn an. »Oder ich nehme dir diesen Mischling schneller weg, als du deinen nächsten Atemzug tun kannst.«

Wrath senkte den Kopf und bohrte die Fäuste in den Marmor.

Er wartete. Wartete so lange, dass er versucht war, nachzusehen, ob sie überhaupt noch da war.

»Ich werde dich um einen Gefallen bitten«, sagte sie endlich.

»Alles, was Ihr wollt.«

»Du wirst dein Volk führen.«

Wrath sah auf, und seine Kehle zog sich zusammen. Er hatte seine Eltern nicht retten können, es bereitete ihm schon Mühe, sich Beth gegenüber anständig zu benehmen. Und jetzt wollte die Jungfrau der Schrift, dass er für seine ganze verwünschte Spezies verantwortlich war?

»Was sagst du dazu, Krieger?«

Als ob er Nein sagen könnte. »Wie Ihr wünscht, Jungfrau der Schrift.«

»Das ist mein Befehl, Krieger. Es ist nicht mein Wunsch und auch nicht der Gefallen, um den ich dich bitten will.« Sie stieß ein erschöpftes Seufzen aus. »Steh auf. Deine Knöchel bluten auf den Boden.«

Er erhob sich und richtete den Blick auf sie. Immer noch schwieg er, in Erwartung weiterer Bedingungen von ihrer Seite.

In scharfem Ton sprach sie weiter. »Du verspürst keinen Wunsch, König zu sein. Das ist allzu offensichtlich. Doch du hast diese Verpflichtung geerbt, und es wird Zeit für dich, dein Erbe anzutreten.«

Wrath fuhr sich mit der Hand durchs Haar, Angst stieg in ihm auf und verspannte seine Muskeln.

Die Stimme der Jungfrau der Schrift wurde weicher, zumindest ein wenig. »Sorge dich nicht, Krieger. Ich werde dich deinen Weg nicht allein suchen lassen. Du wirst zu mir kommen, und ich werde dir helfen. Deine Ratgeberin zu sein ist Teil meiner Aufgabe.«

Und das war eine gute Sache, denn er würde ihre Hilfe dringend brauchen. Er hatte keinen Schimmer, wie man herrschte. Er konnte auf hundert verschiedene Arten töten, konnte sich in jeder Schlacht bewähren, konnte einen kühlen Kopf bewahren, wenn die ganze Welt in Flammen stand. Aber vor tausend seiner Leute zu sprechen? Sein Magen drehte sich um, wenn er nur daran dachte.

»Krieger?«

»Ja. Ich werde mich an Euch wenden.«

»Aber das ist immer noch nicht der Gefallen, den du mir schuldig bist.«

»Was ist …« Wieder strich er sich durch die Haare. »Verzeiht.«

Sie lachte leise. »Du lernst schnell.«

»Das muss ich wohl auch.« Wenn er König würde.

Die Jungfrau der Schrift schwebte näher zu ihm heran, und er roch Flieder. »Streck deine Hand aus.«

Er gehorchte.

Die schwarzen Falten bewegten sich, als sie den Arm anhob. Etwas fiel in seine Hand. Ein Ring. Ein schwerer Goldring mit einem Rubin in der Größe einer Walnuss. Er war so heiß, dass er das Schmuckstück beinahe fallen ließ.

Der Rubin der Nacht.

»Du wirst ihn deiner neuen Gefährtin geben. Und ich werde an der Zeremonie teilnehmen.«

Wrath umklammerte das Geschenk so fest, dass es ihm in die Handfläche schnitt. »Ihr erweist uns eine große Ehre.«

»Ja, aber ich komme noch aus einem anderen Grund.«

»Der Gefallen.«

Sie lachte. »Ganz recht. So ist es gut – eine Frage in Form einer Feststellung. Geh nun, Krieger. Geh zu deiner Frau. Hoffen wir, dass sie sich als die richtige Wahl erweist.«

Die Gestalt wandte sich um und entfernte sich.

»Jungfrau der Schrift?«

»Wir haben nichts mehr zu besprechen.«

»Ich danke Euch.«

Sie blieb am Brunnen stehen.

Schwarzer Stoff wogte, als sie die Hand nach dem herabstürzenden Wasser ausstreckte. Als die Seide zurückfiel, wurde ein gleißendes Licht enthüllt, als glühten ihre Knochen unter durchsichtiger Haut. Sobald sie das Wasser berührte, entsprang ein Regenbogen, der sich über den gesamten Garten erstreckte.

Wrath zischte vor Schreck, als er plötzlich ganz klar sehen konnte. Der Garten, die Säulen, die Farben, *sie* selbst, alles wurde plötzlich gestochen scharf. Er heftete seinen Blick auf den Regenbogen. Gelb, Orange, Rot, Violett, Blau, Grün. Die Farben leuchteten so hell wie Edelsteine, sie durchschnitten die Luft. Und doch schmerzte ihn ihre strahlende Schönheit nicht. Er trank den Anblick in tiefen Zügen, umfing ihn mit allen Sinnen, hielt ihn im Herzen fest.

Die Jungfrau der Schrift sah ihn an und ließ die Hand wieder sinken. Sofort verlöschten die Farben, und sein Augenlicht schwand.

Sie hatte ihm ein Geschenk gemacht. So wie sie ihm den Ring für Beth gegeben hatte.

»Du hast recht«, sagte sie sanft. »Ich hatte gehofft, dir näher zu sein. Deinen Vater und mich verknüpfte ein enges Band. Diese einsamen Jahrhunderte waren lang und schwer für mich. Niemand betete, niemand sang, die Geschichte wurde nicht bewahrt. Ich bin nutzlos. Vergessen.«

»Doch viel schlimmer noch«, fuhr sie fort. »Ich kann in die Zukunft sehen, und sie ist düster. Das Überleben der Unsrigen ist beileibe nicht gesichert. Du allein wirst es nicht schaffen können, Krieger.«

»Ich werde lernen, um Hilfe zu bitten.«

Sie nickte. »Wir fangen ganz von Neuem an, du und ich. Und wir werden uns gegenseitig helfen, so wie es sein soll.«

»So wie es sein soll«, murmelte er zaghaft.

»Ich werde heute Nacht zu dir und deinen Brüdern

kommen«, sagte sie. »Und die Zeremonie wird abgehalten werden. Wir werden einen Bund für dich schließen, und er wird richtig für dich sein, mein Krieger. Und wir werden es auf die richtige Art und Weise tun. Vorausgesetzt, die Frau nimmt dich.«

Er hatte das Gefühl, als lächle die Jungfrau der Schrift.

»Mein Vater sagte mir Euren Namen«, begann Wrath. »Ich möchte ihn benutzen, wenn Ihr es wünscht.«

»Bitte.«

»Dann werden wir uns dort sehen, Analisse. Alles wird vorbereitet sein.«

40

Billy Riddle betrat das Büro von Mr. X in einem dunkelblauen Poloshirt und khakifarbenen Shorts. Er sah gebräunt, gesund, stark aus.

Flott, um ein altmodisches Wort aus Mr. X' Jugend zu verwenden.

»Sensei.« Billy verneigte den Kopf.

»Wie geht es dir, mein Junge?«

»Ich habe darüber nachgedacht.«

Mr. X wartete auf die Antwort, selbst überrascht darüber, wie wichtig es ihm war, wie sie ausfiel.

»Ich möchte für Sie arbeiten.«

Mr. X lächelte. »Das ist gut, mein Junge. Das ist sehr gut.«

»Also, was muss ich machen? Muss ich irgendwelche Formulare ausfüllen?«

»Ich fürchte, du musst ein bisschen mehr tun. Und die Kampfsportschule wird auch nicht direkt dein Arbeitgeber sein.«

»Aber Sie sagten doch ...

»Billy, es gibt noch ein paar mehr Dinge, die du verstehen musst. Und dann gibt es da noch das winzige Detail der Initiation.«

»Sie meinen so eine Art Aufnahmeritual oder eine Mutprobe? Das ist kein Problem, ich habe schon ein paar hinter mir. Im Footballteam zum Beispiel.«

»Ein klein wenig härter wird es schon werden, fürchte ich. Aber keine Sorge, ich habe es auch überstanden, und ich bin mir sicher, dass du es auch überstehen wirst. Ich sage dir, was du alles mitbringen musst, und ich bleibe auch an deiner Seite. Die ganze Zeit.«

Omega in Aktion zu sehen wollte man auf keinen Fall verpassen.

»Sensei, äh, ich …« Riddle räusperte sich. »Ich wollte Ihnen nur sagen, dass ich Sie nicht enttäuschen werde.«

Mr. X verzog den Mund zu einem Lächeln. Das war wirklich das Beste an seinem Job.

Er stand auf und ging auf Billy zu. Legte ihm eine Hand auf die Schulter, drückte zu und sah ihm unverwandt in die weit geöffneten blauen Augen.

Widerstandslos verfiel Billy in Trance.

Mr. X beugte sich vor und entfernte vorsichtig Billys Diamantohrring. Dann nahm er das weiche Ohrläppchen zwischen die Finger und massierte es.

Seine Stimme war tief und leise.

»Ich will, dass du deinen Vater anrufst und ihm mitteilst, dass du ausziehst. Und zwar mit sofortiger Wirkung. Sag ihm, dass du eine Arbeit gefunden hast und dass du an einem intensiven Ausbildungsprogramm teilnehmen wirst.«

Mr. X nahm Riddle die Rolex ab, dann öffnete er den Kragen seines Polohemds etwas. Er griff nach der Platinkette, die Billy um den Hals trug, öffnete den Verschluss und zog sie Glied für Glied heraus, bis sie in seiner Hand lag. Das Metall fühlte sich warm an, weil es auf seiner Haut gelegen hatte.

»Wenn du mit deinem Vater sprichst, wirst du ruhig bleiben, ganz gleich, was er zu dir sagt. Du wirst ihm versichern, dass deine Zukunft vielversprechend ist und dass du aus vielen Bewerbern für eine wirklich wichtige Aufgabe ausgewählt wurdest. Du wirst ihm sagen, dass er dich jederzeit auf dem Handy erreichen kann, dass er dich aber nicht persönlich treffen wird, da du auf Reisen gehst.«

Mr. X fuhr Billy mit der Hand über die Brust und spürte die Lebenswärme, die vibrierende Jugend. So viel Kraft in diesem Körper, dachte er. Solch fabelhafte Stärke.

»Die Kampfsportschule wirst du mit keinem Wort erwähnen. Auch meine Identität wirst du nicht preisgeben. Und du wirst ihm nicht erzählen, dass du bei mir wohnen wirst.« Mr. X sprach direkt in Billys Ohr. »Du wirst deinem Vater sagen, dass dir all die schlimmen Dinge leidtun, die du getan hast. Du wirst ihm sagen, dass du ihn liebst. Und dann werde ich dich abholen und mitnehmen.«

Als Billy in friedlicher Kapitulation aufseufzte, erinnerte sich Mr. X an seine eigene Aufnahmezeremonie. Einen flüchtigen Moment lang wünschte er sich, er hätte damals vor all diesen Jahrzehnten sorgfältiger über das Angebot nachgedacht, das er da annahm.

Dann wäre er jetzt ein alter Mann. Ein alter Mann mit Enkelkindern vielleicht, falls er jemals eine Frau gefunden hätte, die er über längere Zeit ertragen konnte. Und er hätte ein durchschnittliches Leben geführt, vielleicht hätte er in einer der Papiermühlen gearbeitet oder an einer Tankstelle. Er wäre einer von hundert Millionen anonymer Männer gewesen, die von ihren Frauen angeschrien wurden, mit ihren Kumpels tranken und ihre wertvollen Tage in einem trüben Dunst von Unzufriedenheit verbrachten, weil ihr Dasein so durchschnittlich war.

Aber er wäre am Leben gewesen.

Als er jetzt in Billys lebhafte blaue Augen sah, fragte

sich Mr. X, ob er wirklich das bessere Geschäft gemacht hatte. Denn er war nicht mehr länger sein eigener Herr. Er war ein Knecht der Launen Omegas. Zwar der oberste Knecht, aber dennoch ein Knecht.

Und niemand würde ihn je betrauern.

Entweder, weil er nie aufhörte zu atmen … oder weil ihn niemand vermissen würde, wenn er einst seinen letzten Atemzug tat.

Er runzelte die Stirn.

Natürlich spielte das überhaupt keine Rolle, denn es gab kein Zurück. Und genau das würde Riddle heute am eigenen Leib erfahren.

Mr. X gab Billys Geist und Körper wieder frei.

»Dann sind wir uns einig?«, fragte er leise.

Billy nickte benommen. Er sah an sich hinunter, als fragte er sich, was passiert war.

»Gut, dann gib mir jetzt dein Handy.« Billy gehorchte und Mr. X lächelte. »Was sagt man da, mein Junge?«

»Ja, Sensei.«

41

Beth wachte in Wraths Bett auf. Irgendwann im Laufe des Tages musste er sie hierher getragen haben.

Seine Brust lag an ihrem Rücken. Den Arm hatte er um sie geschlungen. Seine Hand ruhte zwischen ihren Beinen.

Und seine Erektion lag schwer und heiß an ihrer Hüfte.

Sie drehte sich um. Seine Augen waren geschlossen, er atmete tief und langsam. Sie musste lächeln; selbst im Schlaf begehrte er sie.

»Ich liebe dich«, flüsterte sie.

Seine Lider klappten auf. Es war, als würde sie von einem Scheinwerfer getroffen.

»Was, *Lielan?* Geht es dir gut?« Plötzlich riss er die Hand zurück, als wäre ihm jetzt erst klar geworden, wo sie lag. »Tut mir leid, äh … Du bist wahrscheinlich noch nicht so weit … so bald nach deiner …«

Sie nahm seine Hand und führte sie zwischen ihre Schenkel, drückte seine Finger in sich hinein.

Seine Fänge verlängerten sich bis auf die Unterlippe, als er heftig die Luft einsaugte.

»Ich bin mehr als bereit für dich«, murmelte sie und schloss die Hand um sein mächtiges Glied.

Als er aufstöhnte und sich näher an sie herandrängte, konnte sie tatsächlich sein Herz schlagen und sein Blut rasen und seine Lungen sich mit Luft füllen fühlen. Es war vollkommen verrückt. Sie spürte ganz genau, wie sehr er sie begehrte; und nicht nur, weil sie seine Männlichkeit streichelte.

Und als er seine Finger bewegte und in sie hineinglitt, reagierte ihr eigener Körper ebenso, und sie konnte fühlen, wie ihn das noch mehr erregte. Jeder Kuss, jede Liebkosung, jedes Lecken und jeder Schauer wurde noch verstärkt.

Wrath zwang sie beide, es langsam angehen zu lassen. Als sie sich rittlings auf ihn setzen wollte, legte er sie auf den Rücken und kümmerte sich erst ausgiebig um ihre Lust, obwohl sein eigener Körper förmlich nach Erlösung schrie. Er war so sanft mit ihr, so liebevoll.

Endlich schwebte er über ihren geöffneten Schenkeln, seine mächtigen Arme stützten sein Gewicht über ihr ab. Das lange dunkle Haar fiel herab und mischte sich mit ihrem.

»Ich wünschte, ich könnte dein Gesicht deutlicher sehen«, sagte er. Er zog die Brauen zusammen, als könnte er sie dann besser erkennen. »Nur einmal, ich wünschte …«

Sie legte ihm die Hände auf die Wangen, spürte die rauen Bartstoppeln.

»Ich sage dir, was du sehen würdest«, murmelte sie. »Meine Liebe für dich. Das würdest du sehen.«

Er schloss die Augen und lächelte. Der Ausdruck veränderte sein gesamtes Gesicht und ließ es aufleuchten.

»Ach, meine *Lielan,* du bedeutest mir alles.«

Er küsste sie. Und drang langsam in ihren Körper ein. Als er sie ganz ausgefüllt hatte und ihre beiden Körper vollkommen vereinigt waren, wurde er ganz still. Er sprach erst in seiner, dann in ihrer Sprache zu ihr.

»Ich liebe dich, meine *Shellan.*«

Butch warf sich noch halb im Schlaf herum. Das war nicht sein Bett. Das hier war ein Doppelbett. Und die Kissen waren auch nicht seine. Diese hier waren superweich, als läge sein Kopf auf Toastbrot. Auch die Bettwäsche war viel zu edel.

Doch die endgültige Bestätigung brachte das Schnarchen neben ihm. Er war definitiv nicht bei sich zu Hause.

Er schlug die Augen auf. Dicke Vorhänge verhüllten die Fenster, doch im Schein des Badezimmerlichts konnte er Umrisse erkennen. Alles in diesem Raum war erstklassig: Antiquitäten, Gemälde, Tapeten.

Jetzt sah er sich nach dem Schnarcher um. In der anderen Doppelbetthälfte lag ein Mann. Er schlief tief und fest, den dunklen Kopf in einem Kissen vergraben, die Decke bis zum Kinn gezogen.

Allmählich fiel ihm alles wieder ein.

Vishous. Sein neuer Kumpel.

Ebenfalls Red-Sox-Fan. Ein echt cleverer Computerfreak.

Und ein verdammter Vampir.

Butch legte sich die Hand übers Gesicht. Schon oft hatte er sich umgedreht und entsetzt festgestellt, wer da neben ihm lag.

Aber das hier war der absolute Spitzenreiter.

Wie waren sie … ach ja. Sie waren hier ins Bett gefallen, nachdem sie Tohrs Whiskyflasche geleert hatten.

Tohr. Abkürzung für Tohrment.

O Gott, er kannte sogar ihre Namen. Rhage. Phury. Und dieser gruselige Zsadist-Typ.

Vampire hießen eben nicht Tom, Dick oder Harry oder was sonst gerade üblich ist.

Aber konnte man sich tatsächlich einen todbringenden Blutsauger mit Namen Howard vorstellen? Eugen?

O nein, bitte Herbert, bitte beiß mich nicht –

Grundgütiger, er drehte langsam völlig ab.

Wie spät es wohl war?

»Yo, Bulle, wie spät ist es?«, fragte Vishous noch ganz verschlafen.

Butch tastete nach dem Nachttisch. Neben seiner Uhr lagen eine Red-Sox-Kappe, ein goldenes Feuerzeug und ein schwarzer Autohandschuh.

»Halb sechs.«

»Sehr gut.« Der Vampir rollte sich herum. »Mach bloß in den nächsten zwei Stunden noch nicht die Vorhänge auf. Sonst geh ich in Flammen auf, und meine Brüder machen Hackfleisch aus dir.«

Butch lächelte. Vampire oder nicht, er lag auf einer Wellenlänge mit diesen Jungs. Sie sprachen seine Sprache, sahen die Welt mit seinen Augen. Er fühlte sich in ihrer Gesellschaft einfach wohl.

Das war verdammt unheimlich.

»Du lächelst«, sagte Vishous.

»Woher weißt du das?«

»Ich bin ziemlich gut darin, Gefühle zu erkennen. Bist du etwa einer von diesen nervigen Hallo-Wach-Typen am frühen Morgen?«

»Scheiße, nein. Und es ist nicht Morgen.«

»Für mich schon, Bulle.« Vishous drehte sich auf die Seiten und sah Butch an. »Weißt du, gestern Nacht hast du dich tapfer geschlagen. Ich kenne nicht viele Menschen, die es mit Rhage oder mir aufnehmen würden. Erst recht nicht vor all den anderen Brüdern.«

»Jetzt werd aber bloß nicht sentimental. Du bist doch

wohl nicht in mich verknallt?« In Wahrheit war Butch irgendwie gerührt von dem Kompliment.

Vishous verengte die Augen. Von seinem scharfen Verstand geprüft zu werden fühlte sich an wie gerupft und mit einem Sandstrahler bearbeitet zu werden.

»Du hast aber eine verflucht ausgeprägte Todessehnsucht.« Das war keine Frage.

»Kann schon sein«, gab Butch zurück. Er wartete darauf, nach dem Warum gefragt zu werden. Als nichts kam, war er überrascht.

»Haben wir alle«, murmelte Vishous stattdessen. »Deshalb frage ich nicht weiter nach.«

Einen Augenblick schwiegen sie.

Wieder kniff der Vampir die Augen zusammen. »Du kannst nicht zurück in dein altes Leben, Bulle. Das ist dir doch klar, oder? Du hast viel zu viel über uns erfahren. Wir könnten deine Erinnerung nicht mehr spurlos löschen.«

»Soll das heißen, ich soll mir schon mal einen Sarg aussuchen?«

»Ich hoffe nicht. Aber das ist nicht meine Entscheidung. Wird viel von dir abhängen.« Er schwieg. »Da ist nicht viel, zu dem du zurückgehen könntest, oder?«

Butch sah zur Decke.

Als die Brüder ihm spät nachts erlaubt hatten, seinen AB abzuhören, war da nur eine einzige Nachricht gespeichert gewesen. Eine Aufforderung, auf die Polizeiwache zu kommen und sich die Ergebnisse der Ermittlungen gegen ihn anzuhören.

Den Termin konnte er sich sparen. Er wusste verdammt gut, was dabei herauskommen würde. Er würde gefeuert und als Sündenbock geopfert, um ein Exempel gegen Polizeibrutalität zu statuieren. Oder man würde ihn auf einem öden Schreibtischjob versauern lassen.

Und was seine Familie betraf? Ma und Pa, Gott segne sie, lebten immer noch in ihrem Reihenhäuschen im Süden Bostons, umgeben von den überlebenden Söhnen und Töchtern, die sie so sehr liebten. Zwar trauerten sie immer noch um Janie, doch ansonsten führten sie ein behagliches Rentnerdasein. Und Butchs Brüder und Schwestern waren so beschäftigt damit, Babys zu produzieren, Babys aufzuziehen und über noch mehr Babys nachzudenken, dass sie unauflöslich in ihre familiären Verpflichtungen eingebunden waren. Innerhalb des O'Neal-Clans war Butch nur eine Fußnote. Der düstere Bruder, der sich nicht fortpflanzen wollte.

Freunde? José war der Einzige, den er auch nur annähernd als Freund bezeichnet hätte. Abby war noch nicht einmal das. Sie war einfach nur ein Bekannte, mit der er von Zeit zu Zeit eine Frustnummer schob.

Und nach der Begegnung mit Marissa gestern Nacht hatte er jegliches Interesse an Gelegenheitssex verloren.

Er warf dem Vampir einen Blick zu. »Nein, auf mich wartet nichts und niemand.«

»Das Gefühl kenne ich.« Vishous rutschte herum, als versuche er, eine bequeme Stellung zu finden. Schließlich warf er sich auf den Rücken und legte einen schweren Arm über die Augen.

Butch runzelte die Stirn, als er seine linke Hand sah. Sie war bedeckt von Tätowierungen – dichte, kompliziert wirkende Muster, die über den Handrücken, bis in die Handfläche hinein und um jeden Finger herum verliefen. Das musste verflucht wehgetan haben.

»V?«

»Mhm?«

»Was hat es mit den Tattoos auf sich?«

»Ich bin dir auch nicht mit blöden Fragen auf den Sack gegangen, Bulle.« Vishous nahm den Arm herunter. »Wenn ich bis acht nicht wach bin, weckst du mich, korrekt?«

»Korrekt.« Butch schloss die Augen.

42

Zwei Stockwerke darunter stellte Beth die Dusche ab, nahm sich ein Handtuch und schlug mit ihrem neuen Verlobungsring gegen die Marmorfläche.

»Mist, Mist, Mist. Gar nicht gut …« Sie hielt sich die Hand und war froh, dass Wrath gerade oben bei den Vorbereitungen für die Zeremonie war. Obwohl das laute Geräusch vielleicht sogar bis in den ersten Stock gedrungen war.

Ängstlich sah sie nach, sie war sicher, entweder den Rubin gelockert oder einen Brocken Marmor herausgeschlagen zu haben. Aber es war alles in Ordnung.

Hoffentlich passierte ihr das nicht noch öfter. Sie trug normalerweise keine Ringe und musste sich an das schwere Ding erst gewöhnen.

Was für ein hartes Schicksal aber auch, dachte sie trocken. *Verlobter steckt ungeschickter Frau unbezahlbaren Klunker an den Finger. Ist ja furchtbar.*

Sie musste lächeln, als sie sich abtrocknete. Wrath war so stolz gewesen, ihr diesen Ring anzustecken. Er hatte ihr erzählt, er sei ein Geschenk von jemandem, den sie heute Abend kennenlernen würde.

Bei ihrer Hochzeit.

Sie hielt inne. Mein Gott, dieses Wort. Hochzeit.

Wer hätte gedacht, dass sie …

Jemand klopfte an die Zimmertür.

Eine unbekannte Frauenstimme ertönte. »Hallo, Beth? Bist du da drin?«

Beth warf sich Wraths Morgenmantel über und ging zur Tür, machte aber nicht auf.

»Ich bin Wellsie. Tohrs *Shellan*. Ich dachte, du könntest vielleicht etwas Hilfe brauchen. Und ich habe ein Kleid für dich dabei, falls du nicht schon eins hast. Außerdem sterbe ich wie alle Frauen vor Neugier und wollte dich gern kennenlernen.«

Beth machte die Tür einen Spalt auf.

Wow.

Wellsie war überhaupt nicht wie alle Frauen. Sie hatte flammend rotes Haar, ein Gesicht wie eine griechische Göttin und eine umwerfend selbstsichere Ausstrahlung. Ihr leuchtend blaues Kleid brachte ihre Haar- und Augenfarbe zur Geltung wie ein Herbsthimmel buntes Laub.

»Ähm, hallo«, sagte Beth.

»Selber hallo.« Wellsies bernsteinfarbene Augen blickten sie prüfend, aber nicht unfreundlich an. Besonders, als sie lächelte. »Du bist ja umwerfend. Kein Wunder, dass es Wrath so heftig erwischt hat.«

»Möchtest du nicht hereinkommen?«

Wellsie marschierte ins Zimmer, im Arm eine lange, flache Schachtel und eine große Tüte. Sie wirkte zwar sehr resolut, dabei aber nicht aufdringlich.

»Tohr wollte mir fast nichts darüber erzählen, was hier los ist. Er und Wrath haben da so eine Sache laufen.«

»Sache?«

Wellsie verdrehte die Augen, schloss die Tür vom anderen Ende des Raumes aus und stellte die Schachtel auf dem Tisch ab.

»Männer von ihrer Sorte regen sich schnell mal auf und gehen sich hin und wieder an die Gurgel. Das ist unvermeidlich. Tohr will mir partout nicht sagen, um was es diesmal geht, aber ich kann es mir ungefähr denken. Um Ehre, Tapferkeit auf dem Schlachtfeld, oder eben um uns, ihre Frauen.« Wellsie klappte die Schachtel auf und enthüllte dabei roten Satin. »Sie sind wirklich gutherzig, unsere Jungs. Aber sie können auch total ausflippen und dummes Zeug reden.«

Sie wandte sich lächelnd um. »Genug jetzt davon. Bist du bereit?«

Normalerweise war Beth zurückhaltend bei Fremden. Doch diese Frau war so gerade heraus, ihr Blick so sachlich, dass sie es gerne riskieren wollte, sich auf sie einzulassen.

»Wer weiß.« Beth lachte. »Ich meine, ich kenne Wrath noch nicht sehr lange, aber es fühlt sich an, als würde er zu mir gehören. Das sagt zumindest meine Intuition.«

»Genauso ging es mir mit Tohr.« Wellsies Gesicht wurde weich. »Ein Blick, und das war's.«

Geistesabwesend legte sie die Hand auf den Bauch.

Sie ist schwanger, dachte Beth. »Wann ist es so weit?«

Wellsie errötete, doch wie es schien, mehr aus Sorge als vor Glück.

»Noch ewig nicht. In einem Jahr. Wenn ich es halten kann.« Sie beugte sich herunter und nahm das Kleid aus der Schachtel. »Also, möchtest du das mal anprobieren? Wir haben fast dieselbe Größe.«

Das Kleid war sehr alt; das Oberteil war aus Spitze, mit schwarzen Perlen bestickt, der Rock floss wie ein üppiger Wasserfall herab. Der rote Satin glomm geradezu, er fing das Kerzenlicht ein und bewahrte den Schimmer tief in seinen Falten.

»Das ist … atemberaubend.« Beth strich über den Rock.

»Meine Mutter ließ es für mich anfertigen. Vor beinahe zweihundert Jahren habe ich darin geheiratet. Das Korsett können wir auch weglassen, wenn du willst, aber die Unterröcke habe ich dabei. Die sind toll. Aber wenn es dir nicht gefällt oder du etwas anderes tragen möchtest, bin ich bestimmt nicht beleidigt.«

»Spinnst du? Soll ich das etwa ablehnen, damit ich in meinem Pyjama heiraten kann?«

Beth nahm ihr das Kleid aus dem Arm und rannte förmlich ins Badezimmer. Sich das Kleid überzustreifen war wie in die Vergangenheit zu schlüpfen, und als sie wieder ins Zimmer kam, konnte sie gar nicht mehr damit aufhören, den Rock mit den Händen aufzuplustern. Es war ein bisschen eng am Oberkörper, aber solange sie nicht zu tief einatmete, würde es schon gehen.

»Du siehst toll aus«, sagte Wellsie.

»Ja, weil es das Schönste ist, was ich jemals anhatte. Kannst du mir helfen, die Knöpfe am Rücken zu schließen?«

Wellsies Finger waren kühl und geschickt. Als sie fertig war, legte sie den Kopf zur Seite und faltete die Hände. »Es steht dir fantastisch. Diese Rot-Schwarz-Kombination passt perfekt zu deinem Haar. Wrath wird in Ohnmacht fallen, wenn er dich sieht.«

»Bist du wirklich sicher, dass du es mir leihen willst?« Was, wenn es Flecken abbekam?

»Kleider sind zum Tragen da. Und dieses hier hing seit 1814 an keinem Körper mehr.« Wellsie sah auf ihre mit Diamanten verzierte Uhr. »Ich gehe mal nach oben und sehe nach den Vorbereitungen. Fritz braucht wahrscheinlich Hilfe. Die Brüder sind zwar gute Esser, aber in der

Küche sind sie eine Katastrophe. Man möchte eigentlich meinen, dass sie besser mit Messern umgehen könnten. Wenn man bedenkt, womit sie sich ihren Lebensunterhalt verdienen.«

Beth drehte sich um. »Hilf mir doch eben, die Knöpfe wieder aufzumachen, dann komme ich mit.«

Nachdem sie ihr wieder aus dem Kleid geholfen hatte, zögerte Wellsie noch.

»Hör mal, Beth … ich freue mich für dich. Wirklich. Aber ich habe das Gefühl, ich sollte ehrlich zu dir sein. Einen dieser Männer zum Partner zu haben ist nicht einfach. Ich hoffe, du kommst zu mir, wenn du dich mal bei jemandem auskotzen musst.«

»Danke«, sagte Beth. Vielleicht würde sie das wirklich, Wellsie war sicher eine gute Ratgeberin. Wahrscheinlich, weil die Frau so aussah, als hätte sie ihr eigenes Leben absolut im Griff. Sie wirkte einfach … kompetent.

Nun lächelte Wellsie wieder. »Und vielleicht darf ich dich auch ab und zu anrufen. Mein Gott, ich warte schon so lange darauf, mit jemandem zu reden, der mich versteht.«

»Von den anderen Brüdern hat keiner eine Frau, oder?«

»Nur du und ich, meine Liebe.«

Beth lächelte. »Dann sollten wir wohl besser zusammenhalten.«

Wrath ging ins obere Stockwerk, um zu sehen, wer wo geschlafen hatte. Er klopfte an einem der Gästezimmer an, und Butch öffnete ihm die Tür. Er trocknete sich gerade die Haare mit einem Handtuch ab, ein weiteres hatte er um die Hüften geschlungen.

»Weißt du, wo V ist?«, erkundigte sich Wrath.

»Ja, der rasiert sich gerade.« Der Polizist deutete mit dem Kopf über die Schulter und trat zur Seite.

»Brauchst du mich, Boss?«, rief V aus dem Badezimmer.

Wrath kicherte. »Ihr zwei habt's aber kuschelig hier.«

Das »Leck mich« kam von beiden wie aus einem Munde, als Vishous hereingeschlendert kam, die Boxershorts tief auf den Hüften hängend. Seine Wangen waren weiß, und er zog sich eine altmodische Rasierklinge über den Kiefer.

O Mann. Vs linke Hand steckte nicht in ihrem Handschuh, und die sakralen Tätowierungen darauf erklärten unmissverständlich, welche verheerenden Konsequenzen es für jeden hatte, der damit in Kontakt kam. Wrath fragte sich, ob der Mensch auch nur einen blassen Schimmer davon hatte, was V mit dem Ding anstellen konnte.

Vermutlich nicht, sonst würde der Polizist sicher nicht so verdammt entspannt halbnackt hier herumspringen.

»Gut, V«, begann Wrath. »Ich muss noch eine Kleinigkeit erledigen, bevor ich heirate.«

Normalerweise arbeitete er allein. Aber wenn er sich jetzt Billy Riddle zur Brust nahm, wollte er Vishous dabeihaben. Menschen lösten sich nicht pflichtschuldig in Luft auf, wenn man sie erstach; doch die linke Hand seines Bruders würde die Leiche entsorgen. Nur ein kurzer Augenblick, und die Leiche würde im Äther verschwinden.

V grinste. »Ich bin in fünf Minuten startklar.«

»In Ordnung.« Wrath spürte Butchs Blick auf sich. Offenbar wollte der Typ unbedingt wissen, was anstand. »Das ist nichts für dich, Bulle. Besonders im Hinblick auf deinen Beruf.«

»Ich bin suspendiert. Nur damit du Bescheid weißt.«

Ist ja interessant, dachte Wrath. »Darf man fragen, warum?«

»Ich habe einem Verhafteten die Nase gebrochen.«

»Bei einer Prügelei?«

»Bei einem Verhör.«

Aus irgendeinem Grund erstaunte ihn das nicht. »Und warum hast du das gemacht?«

»Er hat versucht, deine zukünftige Frau zu vergewaltigen, Vampir. Ich hatte kein Bedürfnis, ihn mit Samthandschuhen anzufassen, nachdem er meinte, sie hätte doch darum gebettelt.«

Wrath spürte ein Knurren in seiner Kehle aufsteigen. Das Geräusch war wie ein lebendiges Wesen, das aus seinen Eingeweiden emporstieg. »Billy Riddle.«

»Hat Beth dir von dem Kerl erzählt?«

Wrath ging steif zur Tür. »Jetzt beweg deinen Arsch, V«, brummte er.

Als er nach unten kam, fühlte er Beths Anwesenheit und fand sie, als sie gerade durch das Gemälde stieg. Er ging zu ihr, legte die Arme um sie und presste sie an sich. Er würde sie rächen, noch bevor sie ihren Bund schlossen. Sie verdiente nichts anderes von ihrem *Hellren.*

»Geht es dir gut?«, flüsterte sie.

Er nickte und sah dann Tohrs *Shellan* an. »Hallo Wellsie. Nett, dass du gekommen bist.«

Die Frau lächelte. »Ich dachte mir, sie kann etwas Unterstützung gebrauchen.«

»Und ich bin wirklich froh, dass du hier bist.« Er löste sich gerade lange genug, um Wellsie einen Handkuss zu geben.

Dann kam Vishous in voller Montur herein. »Wrath, Mann, können wir dann?«

»Wohin wollt ihr?«, fragte Beth.

»Ich muss noch etwas erledigen.« Er fuhr ihr mit der Hand über den Arm. »Die Brüder bleiben hier und machen alles fertig. Die Zeremonie beginnt um Mitternacht, und ich werde rechtzeitig zurück sein.«

Sie sah aus, als wollte sie ihn abhalten, doch dann blickte sie zu Wellsie. Die beiden Frauen schienen sich wortlos zu verständigen.

»Pass auf dich auf«, sagte Beth endlich. »Bitte.«

»Mach dir keine Sorgen.« Er küsste sie langsam und bedächtig. »Ich liebe dich, *Lielan.*«

»Was bedeutet das Wort eigentlich?«

»Etwas in der Art wie ›mein Liebstes‹.« Dann nahm er seine Jacke vom Stuhl, gab ihr noch einen schnellen Kuss und verschwand.

43

Butch kämmte sich, klatschte sich ein bisschen Kölnischwasser auf die Wangen und zog einen Anzug an, der ihm nicht gehörte. Genauso, wie das Spiegelschränkchen im Badezimmer von Aftershaves und Duftwässerchen nur so überquoll, hing auch der Schrank voller nagelneuer Kleidungsstücke in verschiedenen Größen. Lauter teure Designersachen.

Er hatte noch nie im Leben Gucci getragen.

Und obwohl er nicht gern den Schnorrer spielte, konnte er Marissa unmöglich in denselben Klamotten gegenübertreten wie gestern. Selbst wenn sie todschick gewesen wären – was sie definitiv nicht waren –, rochen sie nach einer Nacht mit den Jungs: Vs türkischer Tabak, gemischt mit Alkoholdünsten.

Er wollte ihr aber frisch wie der junge Morgen gegenübertreten. Unbedingt.

Butch drehte und wendete sich vor dem großen Spiegel. Er kam sich dabei zwar vor wie eine Tunte, aber er konnte einfach nicht anders. Der schwarze Nadelstreifenanzug stand ihm hervorragend, und das weiße Hemd mit dem geöffneten Kragen brachte seine Sommerbräune gut zur Geltung. Und die eleganten Lederschuhe, die er in einer Schachtel gefunden hatte, waren das i-Tüpfelchen.

Er sah beinahe gut aus, fand er. Solange sie ihm nicht

zu tief in die blutunterlaufenen Augen sah. Vier Stunden Schlaf und all der Whisky hatten Spuren hinterlassen.

Ein leises Klopfen ertönte.

Er kam sich vor wie ein Angeber und hoffte inständig, dass keiner der Brüder vor der Tür stand.

Es war der Butler, der ihn anlächelte. »Sir, Ihr seht blendend aus. Ausgezeichnete Wahl, ganz ausgezeichnet.«

Butch zuckte die Achseln und nestelte an seinem Hemdkragen. »Tja, also.«

»Aber es fehlt noch ein Taschentuch in der Brusttasche. Darf ich?«

»Äh, natürlich.«

Eifrig flitzte der kleine alte Mann zu einer Kommode, zog eine Schublade auf und wühlte darin. »Dieses hier sollte passen.«

Seine knotigen Hände verwandelten das weiße Quadrat in eine Art Origami-Meisterwerk und stopften es in die Tasche auf Butchs Brust.

»So, jetzt seid Ihr bereit für Euren Gast. Sie ist hier. Lassen Sie bitten?«

Lasse ich was? »Aber klar.«

Als sie in die Eingangshalle traten, lachte der Butler leise.

»Ich sehe wie ein Vollidiot aus, oder?«, fragte Butch.

Fritz' Gesichtsausdruck wurde ernst. »Aber überhaupt nicht, Sir. Ich dachte nur gerade, wie sehr das alles Darius gefallen hätte. Er liebte es, immer ein volles Haus zu haben.«

»Wer ist Dar…«

»Butch?«

Beim Klang von Marissas Stimme blieben beide Männer stehen. Sie stand oben an der Treppe, und ihr Anblick verschlug Butch schlicht und ergreifend den Atem. Ihr Haar war aufgesteckt, das blassrosa Kleid eng und figurbetont. Ihre schüchterne Freude, ihn zu sehen, ließ seine Brust anschwellen.

»Hey, Süße.« Butch merkte, dass der Butler entzückt strahlte, als er auf sie zuging.

Marissa zupfte an ihrem Kleid herum, als sei sie nervös. »Ich hätte wahrscheinlich lieber unten warten sollen. Aber alle sind so beschäftigt. Ich hatte das Gefühl, im Weg zu stehen.«

»Willst du ein bisschen hier oben bleiben?«

Sie nickte. »Wenn es dir nichts ausmacht. Hier ist es ruhiger.«

Der Butler schaltete sich höflich ein. »Es gibt hier oben einen Balkon. Am Ende des Korridors.«

Butch bot ihr seinen Arm an. »Sollen wir?«

Sie ergriff seinen Arm. Ihre Augen wandten sich von ihm ab, und eine bezaubernde Röte erschien auf ihrem Gesicht. »Ja. Aber gern.«

Sie wollte also mit ihm allein sein.

Das war ein gutes Zeichen, dachte Butch.

Als Beth eine appetitlich gefüllte Platte mit Rohkost und verschiedenen Dips in das Esszimmer trug, dachte sie, Fritz und Wellsie könnten gut und gerne zusammen ein ganzes Land regieren. Die Brüder waren alle auf den Beinen, deckten brav den Tisch, stellten neue Kerzen auf, halfen bei der Zubereitung des Essens. Und Gott allein wusste, was in Wraths Kammer geschah. Dort würde die Zeremonie stattfinden, und Rhage war bereits seit einer Stunde da unten.

Beth stellte die Platte auf einem Sideboard ab und ging zurück in die Küche. Fritz reckte sich gerade nach einer großen Kristallschüssel oben im Schrank.

»Lass mich dir helfen.«

»O danke, Herrin.«

Sie stellte die Schale auf der Arbeitsfläche ab und sah ihm zu, wie er sie mit Salz füllte.

Das ist aber gar nicht gut für den Blutdruck, dachte sie.

»Beth?«, hörte sie Wellsie rufen. »Kannst du mir bitte drei Gläser Pfirsichmarmelade für die Schinkenmarinade aus der Vorratskammer holen?«

Beth ging in den winzigen, engen Raum und knipste das Licht an. Dosen und Gläser vom Boden bis zur Decke bildeten ein überwältigendes Sortiment. Sie suchte nach der Marmelade, als sie hinter sich die Tür aufgehen hörte.

»Fritz, weißt du …«

Sie fuhr herum. Und prallte direkt gegen Zsadists harten Körper.

Er zischte, und beide machten einen Satz rückwärts, als die Tür zuschlug und sie einschloss.

Wie vor Schmerz schloss er die Augen, die Lippen zogen sich zurück und gaben seine Fänge frei.

»Entschuldigung«, flüsterte sie und versuchte, Abstand von ihm zu gewinnen. Viel Platz war nicht in der kleinen Kammer, es gab kein Entkommen. Er stand vor der Tür. »Ich hab dich nicht gesehen. Tut mir wirklich leid.«

Er trug wieder ein hautenges langes T-Shirt, sodass man das Muskelspiel in seinen Armen und Schultern gut sehen konnte, als er die Hände zu Fäusten ballte. Er war sowieso nicht gerade klein, aber die Kraft, die er ausstrahlte, ließ ihn riesenhaft wirken.

Seine Lider öffneten sich. Als der Blick seiner schwarzen Augen auf ihr Gesicht fiel, schauderte sie.

Kalt. So eiskalt.

»Ich weiß, dass ich hässlich bin«, fauchte er. »Aber du brauchst keine Angst zu haben. Ich bin kein Wilder.«

Dann schnappte er sich etwas von einem der Bretter und ging.

Beth sackte in sich zusammen und betrachtete die Lücke im dem Regal. Essiggurken. Er hatte ein Glas Essiggurken geholt.

»Beth, hast du die Pfirsichmarmelade gef…« Wellsie blieb wie angewurzelt in der Tür stehen. »Was ist passiert?«

»Nichts. Es war … nichts.«

Wellsie sah sie ruhig an und zog sich die Haare im Zopf zurecht. »Du lügst mich an, aber heute ist dein Hochzeitstag, deshalb will ich es noch mal durchgehen lassen.« Sie fand die Marmelade und nahm ein paar Gläser herunter. »Hey, warum gehst du nicht ins Zimmer deines Vaters und legst dich ein bisschen hin? Rhage ist jetzt fertig, also kannst du da unten mal tief durchatmen. Du musst dich noch ein bisschen pflegen, bevor du den Bund eingehst.«

»Weißt du was, das ist eine wunderbare Idee.«

Butch lehnte sich in dem Korbschaukelstuhl zurück, schlug die Beine übereinander und drückte sich mit einem Fuß vom Boden ab. Der Stuhl knarrte.

In der Ferne sah man Blitze über den Himmel zucken. Die Luft roch nach den Blumen aus dem Garten unter ihnen.

Und nach dem Meer.

Auf der anderen Seite des Balkons legte Marissa den Kopf in den Nacken und sah in den Himmel. Eine leichte Sommerbrise zauste die blonden welligen Strähnen, die ihr Gesicht umrahmten.

Er könnte sie ein Leben lang ansehen und niemals genug von ihr bekommen.

»Butch?«

»Sorry. Was hast du eben gesagt?«

»Ich sagte, du siehst sehr gut aus in diesem Anzug.«

»Das alte Ding? Ich hab auf die Schnelle nichts anderes gefunden.«

Sie lachte, genau wie er gehofft hatte, das Geräusch kitzelte seine Ohren. Doch dann wurde er ernst.

»Du bist hier die Schönheit.«

Ihre Hand fuhr unwillkürlich an ihren Hals. Sie schien mit Komplimenten nicht umgehen zu können, ganz so, als hätte sie bislang noch nicht besonders viele bekommen.

Das fiel ihm schwer zu glauben.

»Ich habe mir die Haare für dich hochgesteckt«, sagte sie. »Ich dachte, vielleicht gefallen sie dir so.«

»Mir gefallen sie immer. Egal, wie du sie trägst.«

Sie lächelte. »Und das Kleid habe ich auch extra für dich ausgesucht.«

»Es ist sehr schick. Aber weißt du was, Marissa? Du musst dich für mich nicht so bemühen.«

Ihr Blick senkte sich. »Ich bin es gewöhnt, mich zu bemühen.«

»Dann gewöhn es dir wieder ab. Du bist perfekt, so, wie du bist.«

Sie strahlte über das ganze Gesicht. Und er konnte sie ein weiteres Mal nur anstarren.

Die Brise verstärkte sich etwas und bewegte den Chiffon ihres Kleides, sodass er ihre anmutigen Hüften umschmeichelte. Und plötzlich dachte er nicht mehr nur daran, wie bezaubernd sie aussah.

Butch musste fast lachen. Bisher hätte er nicht unbedingt die Ansicht vertreten, dass Begehren einen Augenblick ruinieren konnte. Doch seine körperlichen Bedürfnisse hätte er gern in der heutigen Nacht tief in sich verschlossen. Oder sogar noch länger. Er wollte sie wirklich gut behandeln. Sie war eine Frau, die es wert war, angebetet und auf Händen getragen zu werden. Sie verdiente es, glücklich gemacht zu werden.

Butch runzelte die Stirn. Ach ja, und wie genau wollte er das anstellen? Vor allem den Teil mit dem Glücklichmachen? Die Anbetung hatte er ja schon einigermaßen drauf.

Es war nur … eine Vampirjungfrau war nicht gerade die Sorte Frau, mit der er viel Erfahrung hatte.

»Marissa, du weißt, dass ich keiner von euch bin, oder?«

Sie nickte. »Das wusste ich vom ersten Moment an.«

»Und das« – *turnt dich nicht ab* – »macht dir nichts aus?«

»Nein. Ich mag es, wie ich mich fühle, wenn ich bei dir bin.«

»Und wie fühlst du dich dann?«, fragte er leise.

»Sicher. Und hübsch.« Sie hielt inne und sah auf seine Lippen. »Und manch mal habe ich auch noch andere Gefühle.«

»Wie zum Beispiel?« Trotz seiner guten Vorsätze wollte er unbedingt mehr über diese anderen Gefühle erfahren.

»Mir wird ganz heiß. Vor allem hier« – sie berührte ihre Brüste – »und hier.« Ihre Hand strich über die Stelle, an der ihre Schenkel sich trafen.

Butch sah plötzlich doppelt, so heftig schlug sein Herz. Sein Atem ging schnell, und er war sicher, dass ihm gleich der Kopf zerspringen würde.

»Fühlst du auch so etwas?«, fragte sie.

»Worauf du dich verlassen kannst.«

Seine Stimme klang rau wie ein Reibeisen. *Wie eben ein Mann klingt, der verzweifelt ist.*

Marissa kam über den Balkon auf ihn zu. »Ich möchte dich jetzt küssen. Wenn es dir nichts ausmacht.«

Wenn es ihm nichts ausmachte? Er würde notfalls auf die Knie fallen, nur um sie weiter ansehen zu dürfen.

Er stellte die Füße nebeneinander und setzte sich auf. Allein die Tatsache, dass jeden Augenblick jemand hereinkommen könnte, würde ihn ja wohl unter Kontrolle halten. Gerade wollte er aufstehen, als sie sich vor ihn hinkniete.

Und sich direkt zwischen seine Beine klemmte.

»Holla. Immer langsam.« Er hielt sie auf, bevor sie mit seiner Erektion in Berührung kam. Er war sich nicht sicher, ob sie dafür schon bereit war. »Wenn wir ... Wir müssen es langsam angehen lassen. Ich will, dass es schön für dich wird.«

Sie lächelte, und er sah die Spitzen ihrer Fänge aufblitzen. Seine Erektion pochte.

Wer hätte gedacht, dass mich so was anmacht?

»Davon habe ich letzte Nacht geträumt«, murmelte sie.

Butch räusperte sich. »Ach ja?«

»Ich habe mir vorgestellt, dass du an mein Bett kommst und dich über mich beugst.«

O Gott, das konnte er gut vor sich sehen. Nur, dass sie in seiner Vorstellung beide nackt waren.

»Du warst nackt«, wisperte sie und beugte sich zu ihm

vor. »Und ich auch. Dein Mund presste sich hart auf meinen. Du hast herb und rauchig geschmeckt, wie guter Whisky. Das hat mir gefallen.« Ihre Lippen verharrten nur Zentimeter vor seinen. »Du hast mir gefallen.«

Lieber Himmel. Er stand kurz davor, zu kommen. Und sie hatten sich noch nicht einmal geküsst.

Sie wollte noch näher kommen, aber er hielt sie im letzten Moment fest. Sie war zu viel für ihn. Zu schön. Zu sexy. Und viel, viel zu unschuldig.

Gott, er hatte so viele Menschen in seinem Leben im Stich gelassen. Sie sollte sich nicht auch noch in die Liste einreihen.

Sie verdiente doch einen Prinzen für ihr erstes Mal. Keinen abgehalfterten Ex-Polizisten in einem geliehenen Gigolo-Anzug. Er hatte keine Ahnung, wie das Privatleben von Vampiren so aussah. Aber diese Frau konnte es sicher um einiges besser treffen als mit ihm.

»Marissa?«

»Hm?« Ihre Augen hingen immer noch an seinen Lippen. Trotz ihrer Unerfahrenheit sah sie aus, als wollte sie ihn verschlingen.

Und er wollte gefressen werden, mit Haut und Haaren.

»Wünschst du es nicht?«, flüsterte sie und zog sich zurück. Sie sah ihn besorgt an. »Butch?«

»Aber doch, doch, meine Schöne. So war das nicht gemeint.«

Seine Hände verließen ihre Schultern und umfingen ihren Hals. Dann legte er den Kopf zur Seite und legte seine Lippen auf ihren Mund.

Sie bebte, sog seinen Atem in ihre Lungen, nahm etwas von ihm in sich auf. Er knurrte zufrieden, aber er beherrschte sich. Sanft streichelte er ihren Mund, liebkoste sie zart. Als sie sich ihm entgegenbog, fuhr er ihr mit der Zunge über die Lippen.

Sie würde so süß schmecken, dachte er und wollte vorsichtig weitergehen, ohne die Kontrolle über sich zu verlieren.

Doch Marissa preschte vor. Sie umfing seine Zunge mit ihrem Mund und saugte daran.

Butch stöhnte, seine Hüften schnellten vom Stuhl hoch.

Sie zog den Kopf zurück. »Hat dir das nicht gefallen? Mir hat es sehr gefallen, als du das gestern Nacht mit meinem Finger gemacht hast.«

Er zerrte an seinem Kragen. Wo zum Teufel war plötzlich der ganze Sauerstoff geblieben?

»Butch?«

»Es gefällt mir«, krächzte er. »Glaub mir. Es gefällt mir sogar sehr.«

»Dann möchte ich es noch einmal tun.«

Sie machte einen Satz nach vorn und eroberte seinen Mund in einem lodernden Kuss, drückte ihn in den Schaukelstuhl, traf ihn wie ein elektrischer Schlag. Er stand so unter Schock, dass er sich nur an den Armlehnen des Stuhls festklammern konnte. Ihre Attacke war kraftvoll, erotisch. Heißer als die Hölle. Sie lag praktisch an seiner Brust, während sie seinen Mund erforschte, und er hielt sich fest, das ganze Gewicht auf seine Handflächen gestützt.

Plötzlich gab es ein lautes Knacken.

Und dann rollten sie auf den Boden.

»Was zum T…« Butch hob seine linke Hand hoch. Darin hielt er noch die Armlehne, an der er sich festgehalten hatte.

Er hatte die ganze linke Seite des Stuhls abgerissen.

»Alles okay bei dir?«, fragte er atemlos und warf die Lehne fort.

»O ja.« Sie lächelte ihn an. Ihr Kleid war zwischen seinen Beinen verwickelt. Und ihr Körper lag ganz nah an seinem. Beinahe, wo er sein musste.

Als er sie anblickte, war er zu allem bereit. Bereit, das Kleid hochzuheben, ihre Schenkel mit seinen Hüften zu spreizen und sich in ihrer Hitze zu vergraben, bis sie beide vollkommen verloren waren.

Doch in seinem gegenwärtigen Zustand würde er sie hart nehmen, statt sie behutsam zu lieben. Und er war so heiß, dass er es hier und jetzt machen würde, unter freiem Himmel auf dem Balkon.

Es wurde also *aller*höchste Zeit für eine Pause.

»Du solltest nicht hier auf dem Boden liegen«, sagte er fest.

Marissa rappelte sich schneller auf als er, sie sprang förmlich auf die Füße. Als sie ihm die Hand hinhielt, um ihm aufzuhelfen, tat er ihr den Gefallen, sie zu ergreifen. Nur um sich unvermittelt vom Boden hochgerissen zu fühlen, als wöge er nicht mehr als eine Zeitung.

Er lächelte, als er sich das Jackett abklopfte. »Du bist stärker, als du aussiehst.«

Das schien sie verlegen zu machen, und sie strich an ihrem Kleid herum. »Eigentlich nicht.«

»Das ist doch nichts Schlechtes, Marissa.«

Ihre Augen wandten sich ihm wieder zu und wanderten an ihm hinab.

Da wurde ihm erst peinlich bewusst, dass seine riesige Erektion seine Hose zu einem Zelt wölbte. Er wandte sich ab, um sich wieder unter Kontrolle zu bekommen.

»Was machst du da?«

»Nichts.« Er drehte sich zu ihr um und fragte sich, ob sein Puls sich wohl jemals wieder normalisieren würde.

O Mann, so bald bräuchte er keinen ärztlichen Belastungstest mehr zu machen. Wenn sein Herz einen Kuss von ihr überstand, dann könnte er vermutlich auch einen Marathon laufen.

Und dabei ein Auto hinter sich herziehen.

Quer zur Straße.

»Das hat mir gut gefallen«, sagte sie.

Er musste lachen. »Mir auch. Aber es fällt mir echt schwer zu glauben, dass du eine Jungf…«

Butch schlug sich die Hand vor den Mund. Rieb sich mit dem Daumen über die Stirn.

Kein Wunder, dass er bei den Frauen nicht landen konnte. Er hatte die soziale Kompetenz eines Schimpansen.

»Nur, dass du es weißt«, murmelte er. »Ich trete manch mal in Fettnäpfe. Aber für dich werde ich mir alle Mühe geben, sie zu umgehen.«

»Fettnäpfe?«

»Ich rede Mist, ohne nachzudenken. Ich meine, ich sage Sachen … ach, verdammt.« Er sah zur Tür. »Wie wär's wenn wir einfach mal nach unten gehen und sehen, wie weit die Jungs mit der Party sind?«

Denn wenn sie nur noch eine Minute länger hierbleiben, würde er über sie herfallen.

»Butch?«

Er sah sie über die Schulter an. »Ja, Süße?«

Ihre Augen blitzten, und sie leckte sich die Lippen. »Ich will mehr von dir.«

Sein Herz setzte aus. Und er fragte sich, ob sie wohl an sein Blut dachte.

Beim Betrachten ihres Gesichts spürte er wieder, wie sie

ihn in den Stuhl gedrückt hatte. Und stellte sich vor, dass sie, statt ihn zu küssen, ihre perlweißen Fänge tief in seinen Hals versenkt hätte.

Er konnte sich keine schönere Art vorstellen, um abzutreten, als in ihren Armen.

»Was immer du von mir willst«, murmelte er. »Du kannst es haben.«

44

Wrath beobachtete Billy Riddle, der eben aus der Villa kam und sich neben den Säulen vor dem Haus aufbaute. Der Kerl stellte einen Seesack ab und sah in den Himmel.

»Perfekt«, meinte Wrath zu Vishous. »Genug Zeit, ihn umzubringen und rechtzeitig zur Zeremonie wieder zurück zu sein.«

Doch bevor er und V noch aus dem Schatten treten konnten, tauchte ein schwarzer Hummer auf der kreisförmigen Zufahrt zum Anwesen auf. Im Vorbeifahren waberte der süßliche Geruch von Talkum aus einem der Fenster.

»Das kann ja wohl nicht wahr sein«, murmelte Wrath.

»Das ist ein *Lesser,* Bruder.«

»Um was wetten wir, dass er gerade einen neuen Rekruten anwirbt?«

»Prima Kandidat.«

Billy sprang ins Auto, und der SUV setzte sich in Bewegung.

»Wir hätten mein Auto nehmen sollen«, zischte V. »Dann könnten wir ihnen jetzt folgen.«

»Für eine Verfolgung haben wir keine Zeit. Die Jungfrau der Schrift kommt um Mitternacht. Wir müssen das jetzt machen. Hier.«

Wrath sprang vor den Hummer, stemmte seine Hände

auf die Motorhaube und drückte gegen den Wagen, bis er stehen blieb. Er starrte durch die Windschutzscheibe, während Vishous sich von der Seite her an die Fahrertür anschlich.

Wrath lächelte, als der Fahrer die Automatikschaltung auf Parken stellte. Im Inneren des Wagens konnte er Furcht und gespannte Erwartung riechen. Er wusste, welche Emotion zu Billy Riddle gehörte. Der Kerl war nervös. Der *Lesser* dagegen war kampfbereit.

Doch da war noch etwas anderes. Etwas, das sich nicht richtig anfühlte.

Rasch blickte Wrath sich um. »Vorsicht, V.«

Das Aufheulen eines Motors durchbrach die nächtliche Stille, und die ganze Gruppe wurde plötzlich in grelles Scheinwerferlicht getaucht.

Eine unauffällige Limousine hielt mit quietschenden Reifen an, und zwei Männer sprangen mit gezogener Waffe heraus.

»Polizei. Hände hoch. Sie da in dem Auto, aussteigen.«

Wrath beobachtete, wie die Fahrertür sich öffnete. Die Gestalt, die ausstieg, war riesengroß und gewaltig. Und unter dem Duft des Talkums sandte der *Lesser* den Gestank des Bösen aus.

Während er gelassen seine Hände hob, starrte er unverwandt auf die Insignien auf Wraths Jacke. »O mein Gott. Ich dachte, du wärst ein Mythos. Der Blinde König.«

Wrath fletschte die Fänge. »Nichts von dem, was du über mich gehört hast, ist ein Mythos.«

Die Augen des *Lesser* blitzten. »Ich bin entzückt.«

»Und mir bricht es das Herz, dass wir uns schon wieder trennen müssen. Aber wir werden dich und deinen neuen Rekruten wiedersehen. Schon bald.«

Wrath nickte Vishous zu, löschte die Erinnerung der Menschen und dematerialisierte sich.

Ehrfürchtig stand Mr. X da.

Der Blinde König lebte.

Seit Jahrhunderten kursierten Geschichten über ihn, eigentlich eher Legenden, doch seit Mr. X der Gesellschaft beigetreten war, hatte es keine bestätigte Sichtung mehr gegeben. Es gab sogar jede Menge Gerüchte, dass der königliche Krieger gestorben war. Gerüchte, die vor allem auf dem Zerfall der Vampirgesellschaft beruhten.

Aber nein, der König war am Leben.

Lieber Himmel. Das wäre eine würdige Trophäe für Omegas Altar.

»Ich hab euch doch gesagt, dass er kommt«, hörte er Billy eben zu den Polizisten sagen. »Er ist mein Kampfsportlehrer. Warum habt ihr uns angehalten?«

Die Beamten steckten die Waffen wieder weg, ließen Mr. X aber nicht aus den Augen.

»Dürften wir einen Ausweis von Ihnen sehen, Sir?«, fragte einer.

Mr. X lächelte und reichte ihm seinen Führerschein. »Billy und ich wollten bloß was essen gehen und vielleicht danach noch ins Kino.«

Der Mann verglich das Foto mit seinem Gesicht. »Hier, Mr. Xavier, Ihr Führerschein. Entschuldigen Sie bitte die Unannehmlichkeiten.«

»Kein Problem, Officer.«

Mr. X und Billy stiegen wieder in den Wagen.

Riddle fluchte. »Was für Idioten. Warum haben die uns angehalten?«

Weil wir von zwei Vampiren überfallen wurden, dachte Mr. X. *Du kannst dich bloß nicht mehr daran erinnern, genau wie die beiden Trottel mit den Dienstmarken.*

Vertrackte Psychospielchen. Gewitzt und vertrackt.

»Was macht denn die Polizei hier?«, erkundigte sich Mr. X, während er den Gang wieder einlegte.

»Mein Dad hat schon wieder eine Drohung von Terroristen bekommen, deshalb will er Washington für eine Weile meiden. Er kommt heute Abend nach Hause, und die werden sich deswegen überall hier herumtreiben, bis er wieder zurückfährt.«

»Hast du mit deinem Vater gesprochen?«

»Ja. Er wirkte sogar erleichtert.«

»Das kann ich mir gut vorstellen.«

Billy griff in seinen Seesack. »Ich habe dabei, was ich mitbringen sollte.«

Er hielt eine Keramikvase mit weitem Hals und Deckel hoch.

»Das ist gut, Billy. Die Größe ist genau richtig.«

»Was kommt denn da rein?«

Mr. X lächelte. »Das wirst du schon noch früh genug erfahren. Hast du Hunger?«

Billy schüttelte den Kopf. »Ich bin zu aufgedreht zum Essen.« Dann klatschte er in die Hände und streckte seine Muskeln. »Nur damit Sie's wissen: Ich gehe nicht so schnell zu Boden. Was auch immer heute Nacht passiert, ich schaffe das schon.«

Das werden wir noch sehen, dachte Mr. X. Die Zeremonie würde in seiner Scheune abgehalten werden, und sein Foltertisch würde ihnen dabei gute Dienste leisten. So konnte er Billy besser fixieren.

Als nach und nach die Stadt hinter ihnen verschwand

und sie in ländlichere Gegenden kamen, breitete sich ein Lächeln auf Mr. X' Gesicht aus.

Der Blinde König.

In Caldwell.

Mr. X warf Billy einen Seitenblick zu.

In Caldwell und auf der Suche nach Billy.

Warum wohl?

45

Beth hatte wieder Wellsies Kleid angezogen. Und sie war hingerissen.

»Ich habe keine Schuhe«, meinte sie zögerlich.

Wellsie nahm eine weitere Haarnadel aus ihrem Mund und steckte sie in Beths tief im Nacken sitzenden Haarknoten.

»Du sollst gar keine tragen. Also, dann lass dich mal ansehen.«

Wellsie lächelte, als Beth durch das Zimmer ihres Vaters tanzte, den roten Satin des Kleides um sich schwingend wie lodernde Flammen.

»Ich werde weinen müssen.« Wellsie bedeckte ihren Mund mit der Hand. »Ich weiß es jetzt schon. Sobald er dich sieht, werde ich weinen müssen. Du bist einfach zu schön, und das ist das erste glückliche Ereignis seit … ich weiß nicht, seit wie langer Zeit.«

Beth blieb stehen, und der Rock schwang aus. »Vielen Dank. Für alles.«

Wellsie schüttelte den Kopf. »Sei bloß nicht nett zu mir, sonst heule ich jetzt schon los.«

»Aber ich meine das ernst. Es ist … ich weiß auch nicht, als würde ich in eine Familie einheiraten. Und ich hatte noch nie eine richtige Familie.«

Wellsies Nase rötete sich. »Wir sind deine Familie. Du

bist jetzt eine von uns. Und jetzt hör schon auf, bevor mir die Tränen kommen.«

Jemand hämmerte gegen die Tür.

»Alles in Ordnung da drinnen?«, ertönte eine männliche Stimme.

Wellsie öffnete die Tür einen Spalt und steckte den Kopf heraus. »Ja, Tohr. Seid ihr Brüder schon alle angetreten?«

»Was zum ... Hast du etwa geweint?«, wollte Tohr aufgeregt wissen. »Geht es dir gut? Allmächtiger, ist was mit dem Baby?«

»Entspann dich, Tohr. Ich bin eine Frau, ich breche auf Hochzeiten in Tränen aus. Das gehört nun mal zu meinem Job.«

Man hörte einen Kuss.

»Ich will nur vermeiden, dass du dich aufregst, *Lielan.*«, meinte Thor beruhigt.

»Dann sag mir, dass die Brüder bereitstehen.«

»Tun sie.«

»Gut, dann bringe ich sie jetzt heraus.«

»Lielan?«

»Was denn noch?«

Es wurden leise Worte in der wunderschönen Sprache der Vampire ausgetauscht.

»Ja, Tohr«, flüsterte Wellsie. »Auch nach zweihundert Jahren würde ich dich wieder heiraten. Obwohl du schnarchst und deine Waffen überall im Schlafzimmer herumliegen lässt.«

Die Tür wurde wieder geschlossen, und Wellsie wandte sich um. »Sie sind so weit. Sollen wir?«

Beth zupfte an ihrem Oberteil. Sah auf ihren Rubinring. »Ich hätte nie gedacht, dass ich das einmal tun würde.«

»Das Leben ist voller wunderbarer Überraschungen, nicht wahr?«

»Das kann man wohl sagen.«

Sie gingen gemeinsam in Wraths Kammer hinüber und waren überrascht.

Alle Möbel waren herausgeschafft worden, und wo vorher das Bett gestanden hatte, standen nun Wraths Brüder an der Wand aufgereiht. Sie boten einen herrlichen Anblick. Alle trugen die gleichen schwarzen Satinjacken und weite Hosen, an deren Hüften mit Juwelen besetzte Dolche hingen.

Es gab ein kollektives Raunen, als die Versammlung auf sie aufmerksam wurde. Die Brüder rutschten herum und sahen zu Boden; dann sahen sie Beth wieder an. Auf den harten Gesichtern zeigte sich tatsächlich ein gerührtes Lächeln.

Außer auf Zsadists. Er blickte sie einmal kurz an, dann starrte er nur noch zu Boden.

Butch, Marissa und Fritz standen an der Seite. Sie winkte ihnen flüchtig zu. Fritz zog ein Taschentuch heraus.

Und da war noch jemand im Raum.

Eine winzige Gestalt, die von Kopf bis Fuß in Schwarz gehüllt war. Selbst ihr Gesicht war bedeckt.

Beth musterte sie erstaunt. Unter dem schwarzen Stoff sah man einen Lichtfleck auf dem Boden, so als ob die Gestalt leuchten würde.

Aber wo war Wrath?

Wellsie führte sie vor die Reihe der Krieger. Der Vampir mit den schönen Haaren, Phury, trat vor.

Beth sah zu Boden, um sich zu sammeln, und bemerkte, dass er anstelle des rechten Fußes eine Prothese trug.

Sie blickte nach oben, in seine gelben Augen, um ihm

nicht auf den Fuß zu starren. Als er lächelte, wurde sie etwas ruhiger.

Seine Stimme war voll, die Worte wurden gleichmäßig ausgesprochen. »Wir werden so viel wie möglich der Zeremonie auf Englisch abhalten, damit du alles verstehst. Bist du bereit?«

Sie nickte.

»Mein Herr, tritt vor«, rief er.

Beth sah über die Schulter.

Wrath materialisierte sich im Türrahmen, und sie schlug die Hand vor den Mund. Er sah prachtvoll aus in seiner dunkel bestickten schwarzen Robe mit Schärpe. Ein langer Dolch mit goldenem Griff hing an seiner Seite, und auf dem Kopf trug er eine mit Rubinen besetzte Krone aus einem matten Edelmetall.

Als er mit der Eleganz vortrat, die sie so an ihm liebte, fiel ihm sein Haar in Wellen bis auf die mächtigen Schultern.

Er sah niemanden außer sie an.

Als er vor ihr stand, flüsterte er: »Du bist atemberaubend.«

Da begann sie zu weinen.

Wraths Miene war besorgt, er streckte die Hand nach ihr aus. »*Lielan*, was ist los?«

Beth schüttelte den Kopf und spürte, wie Wellsie ihr ein Taschentuch in die Hand drückte.

»Alles in Ordnung«, versicherte ihm Tohrs Frau. »Glaub mir, alles ist in Ordnung. Nicht wahr?«

Beth nickte und tupfte sich die Augen. »Ja.«

Wrath legte ihr die Hand auf die Wange. »Noch können wir die Sache abblasen.«

»Nein!«, entgegnete sie ihm wie aus der Pistole geschossen. »Ich liebe dich, und wir werden heiraten. Jetzt sofort.«

Ein paar der Brüder lachten leise. »Das wäre dann wohl geklärt«, sagte einer von ihnen, aber mit Respekt in der Stimme.

Als sie sich wieder gesammelt hatte, nickte Wrath Phury zu.

»Zuerst präsentieren wir sie der Jungfrau der Schrift«, erklärte der Bruder.

Wrath nahm sie bei der Hand und führte sie zu der verhüllten Gestalt. »Jungfrau der Schrift, dies ist Elizabeth, Tochter des ehrenwerten Kriegers Darius, Enkelin des Princeps Marklon, Urenkelin des Princeps Horusman …«

Die Aufzählung wurde eine Zeit lang fortgeführt. Als Wrath endlich schwieg, streckte Beth aus Reflex die Hand zu der Gestalt aus.

Es gab erschreckte Rufe, Wrath packte sie am Arm und zog sie zurück. Einige der Brüder machten einen Satz nach vorn.

»Das ist meine Schuld«, sagte Wrath und breitete die Arme aus, wie um sie zu schützen. »Ich habe sie nicht angemessen vorbereitet. Sie wollte Euch nicht kränken.«

Ein Lachen – tief, warm und weiblich – ertönte unter dem Gewand hervor. »Fürchte dich nicht, Krieger. Es ist gut so. Komm her, Frau.«

Wrath trat zur Seite, blieb aber in der Nähe.

Beth ging mit unsicheren Bewegungen auf die Gestalt zu. Sie spürte, dass sie begutachtet wurde.

»Dieser Vampir bittet dich, ihn als deinen *Hellren* anzunehmen, mein Kind. Nimmst du ihn zu deinem Mann, wenn er würdig ist?«

»O ja.« Beth sah Wrath an. Er war immer noch besorgt.

»Ja, das tue ich.«

Die Gestalt nickte. »Krieger, diese Frau will dich zum Mann nehmen. Bist du bereit, dich für sie zu beweisen?«

»Das bin ich.« Wraths tiefe Stimme durchdrang den Raum.

»Wirst du dich für sie opfern?«

»Das werde ich.«

»Wirst du sie gegen jene verteidigen, die ihr zu schaden suchen?«

»Das werde ich.«

»Gib mir deine Hand, mein Kind.«

Zaghaft gehorchte Beth.

»Handfläche nach oben«, wisperte Wrath.

Rasch folgte sie der geflüsterten Aufforderung. Die Falten des Gewandes bewegten sich und bedeckten ihre Hand. Sie spürte ein merkwürdiges Kitzeln, wie eine schwache elektrische Ladung.

»Krieger.«

Wrath streckte die Hand aus, und auch sie wurde von dem schwarzen Umhang verdeckt.

Unvermittelt spürte sie eine Wärme, die sie ganz einhüllte. Sie sah Wrath an, und er lächelte zurück.

»Ah«, sagte die Gestalt. »Das ist ein guter Bund. Ein sehr guter Bund.«

Ihre beiden Hände wurden fallen gelassen, und dann schlang Wrath die Arme um sie und küsste sie.

Die Anwesenden begannen zu klatschen, und jemand putzte sich die Nase.

Beth hielt ihren neuen Ehemann so fest, wie sie es vermochte. Es war geschehen. Das war real. Sie waren …

»Fast fertig, *Lielan.*«

Wrath trat zurück und öffnete die Schärpe seiner Robe.

Er legte das Kleidungsstück ab und entblößte seine nackte Brust.

Wellsie kam zu ihnen und nahm Beth an der Hand. »Alles wird gut. Atme einfach nur mit mir.«

Beth sah sich nervös um, als Wrath sich vor seine Brüder kniete und den Kopf sinken ließ. Fritz brachte einen kleinen Tisch heran, auf dem die Kristallschale voller Salz, ein Krug mit Wasser und eine kleine Lackschachtel standen.

Phury ragte über Wrath auf. »Mein Herr, wie ist der Name deiner *Shellan?*«

»Ihr Name ist Elizabeth.«

Mit einem kratzenden Geräusch zog Phury seinen schwarzen Dolch.

Und beugte sich über Wraths bloßen Rücken.

Beth quiekte und sprang vor, als die Klinge herabgesenkt wurde. »Nein …«

Wellsie hielt sie fest. »Bleib hier.«

»Was macht er denn …«

»Du schließt einen Bund mit einem Krieger«, flüsterte Wellsie eindringlich. »Gewähre es ihm, vor seinen Brüdern seine Ehre zu beweisen.«

»Nein!«

»Hör mir zu – Wrath schenkt dir seinen Körper und seine Seele. All das gehört nun dir. Das ist der Zweck der Zeremonie.«

Phury trat zurück, und Beth bemerkte ein dünnes Rinnsal Blut an Wraths Seite.

Vishous trat vor. »Wie ist der Name deiner *Shellan?*«

»Ihr Name ist Elizabeth.«

Als der Bruder sich bückte, schloss Beth die Augen und drückte Wellsies Hand, so fest sie konnte. »Er muss das nicht tun, um sich mir zu beweisen.«

»Liebst du ihn?«, wollte Wellsie wissen.

»Ja.«

»Dann musst du sein Verhalten akzeptieren.«

Zsadist war der Nächste.

»Friedlich, Z«, raunte Phury und blieb dicht neben seinem Zwilling stehen.

O Gott, aufhören.

Wieder und wieder traten die Brüder vor und stellten ihm die Frage. Schließlich nahm Phury den Wasserkrug und schüttete das gesamte Salz aus der Kristallschale hinein. Dann goss er Wrath die salzige Flüssigkeit über den Rücken.

Beth schwankte, als sie sah, wie seine Muskeln sich zusammenzogen. Sie konnte sich seinen Schmerz vorstellen, doch außer, dass sein Rücken sich etwas tiefer senkte, ließ er sich nichts anmerken. Er ertrug den Schmerz wortlos, und seine Brüder knurrten anerkennend.

Phury beugte sich über den Tisch, öffnete die Lackschachtel und nahm ein blütenweißes Stück Stoff heraus. Er trocknete die Wunden, dann rollte er den Stoff zusammen und legte ihn zurück.

»Erhebe dich, Herr«, sagte er.

Wrath stand auf. In einem Bogen quer über seine Schultern stand in altenglischen Buchstaben Beths voller Name in seine Haut geritzt.

Phury reichte Wrath die Schachtel. »Gib dies deiner *Shellan* als Symbol deiner Stärke. Sie soll wissen, dass du ihrer würdig bist und sie von nun an über deinen Körper, dein Herz und deine Seele gebietet.«

Wrath drehte sich um. Als er auf sie zukam, musterte sie beunruhigt sein Gesicht. Es ging ihm gut. Mehr als gut. Er strahlte vor Liebe.

Dann fiel er vor ihr auf die Knie, senkte den Kopf und bot ihr die Schachtel dar.

»Willst du mich zu deinem Mann nehmen?«, fragte er und sah sie über den Rand seiner Sonnenbrille hinweg an. Seine hellen, blinden Augen funkelten.

Ihre Hände zitterten, als sie die Schachtel von ihm entgegennahm.

»Ja, das will ich.«

Wrath erhob sich wieder, und sie schlang ihm die Arme um den Hals, ängstlich bemüht, die frischen Wunden nicht zu berühren.

Da erhob sich ein Gesang unter den Brüdern, ein langsamer Rhythmus von Worten, die sie nicht verstand.

»Geht es dir gut?«, flüsterte er ihr ins Ohr.

Sie nickte, obwohl sie sich gleichzeitig fragte, warum sie nicht Mary oder Sue heißen konnte.

Aber *nein,* ihr Name musste ja fette neun Buchstaben haben. E-li-za-beth.

»So was machen wir aber nicht noch mal, ja?« Sie vergrub den Kopf in seiner Schulter.

Wrath lachte leise. »Mach dich schon mal auf was gefasst, falls wir Kinder bekommen.«

Der Gesang wurde lauter, tiefe männliche Stimmen füllten den Raum aus.

Sie sah die Brüder an, die großen, grimmigen Männer, die jetzt ein Teil ihres Lebens waren. Wrath drehte sich um und legte den Arm um sie. Zusammen wiegten sie sich zum Rhythmus des Liedes, das immer lauter anschwoll. Die Brüder waren wie ein Mann, als sie ihnen in ihrer Sprache die Ehre erwiesen; sie waren wie eine einzige mächtige Einheit.

Doch dann löste sich eine hohe, klagende Stimme heraus und erhob sich über die anderen, höher und höher. Der Klang dieses Tenors war so rein, so klar, dass allen Anwesenden Schauer über die Haut liefen und ihnen eine sehnsuchtsvolle Wärme in die Brust fuhr. Die süße Melodie war so kraftvoll in ihrer Herrlichkeit, dass sie zur Decke emporstieg und die Kammer in eine Kathedrale verwandelte.

Sie brachte den Brüdern, Wellsie und Elizabeth den Himmel zum Greifen nah.

Es war Zsadist.

Die Augen geschlossen, den Kopf zurückgeworfen, den Mund weit geöffnet, sang er.

Er, der Gezeichnete, der Seelenlose, hatte die Stimme eines Engels.

46

Während des Hochzeitsessens hielt Butch sich mit dem Alkohol etwas zurück, was ihm nicht schwerfiel. Er war zu sehr damit beschäftig, Marissas Gesellschaft zu genießen.

Und damit, Beth und ihren neuen Mann zu beobachten. Sie wirkte so unendlich glücklich. Und dieser gemeingefährliche Vampir, den sie sich da angelacht hatte, sah ganz genauso zufrieden aus. Die ganze Nacht schon hatte er Beth auf dem Schoß sitzen und fütterte sie mit einer Hand, während er ihr gleichzeitig den Nacken streichelte.

Als die Feier sich langsam dem Ende zuneigte, stand Marissa auf. »Ich muss zurück zu meinem Bruder. Er wartet mit dem Essen auf mich.«

Deshalb hatte sie also nichts gegessen.

Butch zog die Augenbrauen zusammen, er wollte nicht, dass sie ging. »Wann kommst du wieder?«

»Morgen Nacht?«

Verdammt, das war eine Ewigkeit.

Er legte die Serviette auf den Tisch. »Ich werde hier sein und auf dich warten.«

Grundgütiger, er kuschte ja jetzt schon wie ein Hündchen.

Marissa verabschiedete sich und verschwand.

Butch griff nach seinem Weinglas und versuchte zu verbergen, wie stark seine Hände zitterten. Die Sache mit dem Blut und den Zähnen hatte er ja schon fast im Griff. Aber das mit dem spurlosen Verpuffen würde noch ein bisschen dauern.

Zehn Minuten später bemerkte er, dass er allein am Tisch saß.

Er hatte keine Lust, nach Hause zu fahren. Innerhalb von vierundzwanzig Stunden war es ihm gelungen, sein gesamtes Leben ad acta zu legen, einfach in einen entlegenen Winkel seines Kopfes zu schieben. Und ihm lag nicht im Geringsten etwas daran, es wieder hervorzukramen oder sich jemals wieder damit zu befassen.

Er betrachtete die Stühle um sich herum und dachte an die Leute – äh, Vampire –, die bis vor Kurzem darauf gesessen hatten.

Er war ein Außenseiter in ihrer Welt. Ein Eindringling.

Andererseits war es für ihn nicht gerade eine neue Erfahrung, nicht dazuzugehören, ein Fremdkörper zu sein. Die anderen Polizisten waren gutmütige Kerle gewesen, aber mehr als ein gutes Arbeitsverhältnis hatte er mit keinem von ihnen gehabt, nicht einmal mit José. Er war nie bei den de la Cruzes zum Abendessen eingeladen gewesen oder dergleichen.

Als er so auf die leeren Teller und halbvollen Weingläser starrte, wurde ihm bewusst, dass er nirgendwohin konnte. Es gab keinen Ort, an dem er sein wollte. Bisher hatte ihn die Einsamkeit nie gestört, eigentlich hatte sie ihm sogar stets ein Gefühl von Sicherheit gegeben. Deshalb war es ein merkwürdiges Gefühl, sie jetzt plötzlich als so unangenehm zu empfinden.

»Hey, Bulle. Wir sind auf dem Weg ins *Screamer's*. Kommst du mit?«

Butch blickte zum Türrahmen. Vishous stand in der Eingangshalle, hinter ihm Rhage und Phury. Die Vampire sahen ihn erwartungsvoll an, so als wollten sie ihn ehrlich dabeihaben.

Wider Willen musste Butch grinsen, wie der Neue in der Klasse, der in der großen Pause ein halbes Butterbrot angeboten bekommt.

»So ein kleiner Kneipenbummel könnte wohl nicht schaden.«

Beim Aufstehen überlegte er, ob er sich noch schnell umziehen sollte. Die Brüder hatten sich in ihre Lederklamotten geworfen, aber er zog den Anzug nur ungern wieder aus.

Scheiß drauf. Er mochte den feinen Zwirn, und er würde ihn anbehalten. Selbst wenn er eigentlich nicht zu ihm passte.

Butch knöpfte das Jackett zu und strich es über der Brust glatt. Dann überprüfte er, ob das Taschentuch noch an Ort und Stelle saß.

»Komm schon, Bulle, du bist hübsch genug«, sagte Rhage mit einem strahlenden Lächeln. »Und ich lechze nach ein bisschen Gesellschaft, wenn du verstehst, was ich meine.«

Ja, das konnte er sich ungefähr denken.

Butch ging um den Tisch herum. »Aber ich muss euch warnen, Jungs. Ein paar von den Kerlen, die ich in den Knast befördert habe, hängen gerne mal im *Screamer's* ab. Das könnte hässlich werden.«

Rhage klopfte ihm auf den Rücken. »Was, glaubst du, warum wir dich dabeihaben wollen?«

»Genau«, grinste V und zog sich die Kappe tief in die Stirn. »Eine kleine Schlägerei passt perfekt zu einem schönen Glas Wodka.«

Butch verdrehte die Augen und sah dann Phury ernst an. »Wo ist dein Herzbube?«

Phury wurde steif. »Z kommt nicht mit.«

Gut. Mit den anderen hatte Butch keine Probleme; er war sich sicher, wenn sie ihn hätten töten wollen, würde er längst unter der Erde liegen. Aber dieser Zsadist … er fragte sich, wann er wohl Amok laufen würde. Und wen er alles mitnehmen würde, wenn es so weit war.

Aber Mann, singen konnte er wirklich.

Auf dem Weg zur Tür murmelte Butch: »Der Freak hat vielleicht eine Stimme. Echt umwerfend schön.«

Die Brüder nickten, und Rhage legte Phury einen muskulösen Arm um die Schultern. Phurys Kopf sank kurz tiefer, als trüge er eine schwere Last auf dem Rücken und sehnte sich verzweifelt nach einer kurzen Verschnaufpause.

Draußen gingen sie auf einen schwarzen Escalade ESV zu. Die Scheinwerfer leuchteten auf, als die Verriegelung per Fernbedienung gelöst wurde.

»Scheiße. Ich hätte fast was vergessen.« Butch blieb plötzlich stehen. Die Vampire verharrten ebenfalls und sahen ihn fragend an. »Ich sitze vorne!«

Er stürmte um den Wagen herum, und Phury und Rhage rannten ihm fluchend hinterher. Auf der anderen Seite holten sie ihn ein, doch er hatte die Hand schon am Türgriff und wich nicht von der Stelle.

»Menschen müssen hinten sitzen!«

»Auf der Motorhaube!«

»Hört mal, ihr Blutsauger, ich hab's zuerst gesagt …«

»V, ich beiß ihn gleich!«

Vishous' Gelächter dröhnte durch die Nacht, während er sich hinter das Steuer klemmte. Als Erstes drehte er die Anlage so laut auf, dass der gesamte Wagen vibrierte.

»Hypnotize« von Notorious BIG.

Den guten alten BIG konnten sie jetzt in Montreal noch hören, dachte Butch, als er einstieg.

»Mann, Bruder«, sagte Rhage und kletterte auf den Rücksitz. »Ist die Anlage neu?«

»Wenn ihr mir huldigt, Gentlemen«, V zündete sich eine Selbstgedrehte an und klappte das goldene Feuerzeug wieder zu, »dürft ihr vielleicht mal vorsichtig an den Knöpfen spielen.«

Die Scheinwerfer blitzten auf.

Und Zsadist trat in den Lichtkegel.

Sofort öffnete Phury seine Tür und machte Platz. »Kommst du doch mit?«

Zsadist warf Butch einen bösen Blick zu und stieg ein. Butch nahm das nicht persönlich; der Anblick der restlichen Truppe stimmte den bedrohlichen Vampir offenbar auch nicht fröhlicher.

V legte den Rückwärtsgang ein und ließ den Motor aufheulen.

Trotz der Lautstärke der Musik plätscherte die Unterhaltung weiter, aber die Atmosphäre hatte sich verändert.

Was nicht weiter verwunderlich war, da jetzt eine scharfe Bombe mit im Auto saß, die jederzeit hochgehen konnte.

Butch sah über die Schulter zu Zsadist. Schwarze Augen funkelten zurück. Das Lächeln auf dem Gesicht des Vampirs war begierig nach Sünde und bereit für das Böse.

Havers ließ die Gabel sinken, als Marissa das Esszimmer betrat. Er hatte sich Sorgen gemacht, als sie nicht bei Tisch erschien, aber er hatte sich nicht getraut, in ihren

Zimmern nach ihr zu suchen. Er konnte momentan für nichts garantieren und wusste nicht, was er täte, wenn er sie tatsächlich nicht vorfände.

»Verzeih meine Verspätung«, sagte sie und küsste ihn auf die Wange. Dann ließ sie sich auf ihrem Stuhl nieder wie ein Vögelchen. Voller Anmut drapierte sie ihr Kleid um sich. »Ich hoffe, wir können uns unterhalten.«

Was war das für ein Geruch an ihr?, überlegte er.

»Das Lamm sieht ja köstlich aus«, murmelte sie, als Karolyn ihr einen Teller servierte.

Aftershave, dachte er. Seine Schwester roch nach Aftershave. Sie war bei einem Mann gewesen.

»Wo hast du den Abend verbracht?«, fragte er.

Sie zögerte. »In Darius' Haus.«

Er legte die Serviette auf den Tisch und stand auf. Seine Wut war so überwältigend, dass sie ihn merkwürdig empfindungslos machte.

»Havers, warum gehst du jetzt?«

»Wie du siehst, habe ich bereits fertig gegessen. Schlaf gut, Schwester.«

Sie hielt seine Hand fest. »Bleib doch bitte noch ein Weilchen.«

»Ich muss mich um etwas kümmern.«

»Das kann doch sicher noch warten.« Ihre Augen sahen ihn flehentlich an.

»Nein, keine Sekunde länger.«

Er ging in die Eingangshalle, stolz darauf, wie ruhig er blieb. Er nahm all seinen Mut zusammen und dematerialisierte sich.

Als er seine Gestalt wieder annahm, schauderte er.

Dieser Teil der Innenstadt von Caldwell war verkommen. Wahrhaftig verkommen.

Die Seitengasse, die er gewählt hatte, lag direkt neben einem der Clubs, dem *Screamer's*. Er hatte von einem seiner Patienten gehört, dass die Brüder oft hierherkamen. Als er die Schlange vor der Tür betrachtete, war ihm auch klar, warum. Ein aggressiver Haufen Menschen; sie stanken nach Lust und Verderbtheit.

Zweifellos den niedrigen Standards der Brüder in Bezug auf ihre Gesellschaft genau angemessen.

Havers wollte sich schon mit dem Rücken an die Wand lehnen, überlegte es sich aber anders. Die Ziegel waren völlig verdreckt und sonderten irgendeine Feuchtigkeit ab. Er konnte sich lebhaft vorstellen, was für Bakterien sich darin tummelten.

Er blickte in der Straße auf und ab. Früher oder später würde er finden, wonach er suchte.

Oder es würde ihn finden.

Mr. X schloss die Eingangstür hinter sich ab und trat in die Nacht hinaus. Er war zufrieden mit dem Ablauf der Zeremonie. Billy war, gelinde gesagt, vollkommen geschockt gewesen, aber er hatte die Initiation überstanden. Besonders motiviert hatte ihn dabei, als man ihm erklärt hatte, dass er andernfalls noch auf dem Tisch getötet würde.

Mein Gott, Billys Gesichtsausdruck, als er Omega gesehen hatte, war unbezahlbar gewesen. Niemand erwartete, dass das Böse so aussah; man konnte sich beinahe täuschen lassen. Na ja, zumindest bis Omegas Blick einen traf. Dann bekam man einen Vorgeschmack auf den eigenen Tod.

Eine kleine Kostprobe des bitteren Endes.

Als alles vorbei war, hatte Mr. X Billy ins Haus getragen und zum Ausruhen ins Gästezimmer gelegt. Momentan übergab er sich noch unentwegt, und das würde auch noch ein paar Stunden andauern. Bis Omegas Blut das minderwertige Wasser unterjocht hatte, was in seinen bisherigen achtzehn Lebensjahren durch seine Venen geströmt war. Riddle hatte auch eine klaffende Wunde in der Brust. Der grobe Schnitt reichte von seiner Kehle bis hinunter zum Brustbein, aber die Haut war von Omegas Fingerspitze wieder zugelötet worden. Die Wunde würde höllisch wehtun, zumindest bis zum Morgen. Doch schon morgen Abend bei Sonnenuntergang würde Billy wieder stark genug sein, um aufzustehen.

Mr. X stieg in seinen Hummer und fuhr Richtung Süden. Er hatte eine der Haupteskadrons eingeteilt, um in der Innenstadt auf die Jagd zu gehen, und er wollte sie in Aktion beobachten. Er gab es äußerst ungern zu, aber vielleicht hatte Mr. O nicht ganz unrecht damit gehabt, was die mangelnde Motivation betraf. Außerdem musste er mit eigenen Augen sehen, wie seine Truppe als Kampfeinheit funktionierte. Nach Mr. Ms Ableben spielte er mit dem Gedanken, Riddle als Ersatz aufzustellen. Doch zuerst musste er einen Eindruck von der derzeitigen Dynamik der Eskadron bekommen. Erst dann konnte er irgendwelche Entscheidungen treffen.

Außerdem musste er Billy besser einschätzen lernen. Da er ihn selbst in den Kampfkünsten trainiert hatte, vertraute Mr. X den Fähigkeiten seines neuen Rekruten zwar vollauf. Aber er war sich nicht ganz sicher, wie der Kleine auf sein erstes Todesopfer reagieren würde. Mr. X vermutete, dass er begeistert wäre, aber man wusste ja nie. Er hoffte auf jeden Fall, dass Riddle ihn stolz machen würde.

Mr. X korrigierte sich lächelnd.
Er hoffe, Mr. R würde ihn stolz machen.

Havers gereizte Stimmung verstärkte sich noch. Die menschlichen Nachtschwärmer stellten zwar keine Bedrohung für ihn dar, doch er konnte ihre schlechten Manieren nicht ausstehen. Weiter hinten in der dunklen Gasse knutschte ein Paar, und ein Mann rauchte ganz offen Crack. Inmitten des Gestöhnes und des widerwärtigen Gestanks wollte Havers nur nach Hause.

»Du bist aber ein Hübscher.«

Havers zuckte zusammen. Die Frau vor ihm strahlte puren Sex aus; ein schmaler Spandexstreifen bedeckte notdürftig ihre Brüste, der Rock war so kurz, dass er kaum ihren Schritt verbarg.

Eine wandelnde Werbung für Viagra und Co. Havers bekam eine Gänsehaut.

»Brauchst du Gesellschaft?«, fragte sie ihn und strich sich mit der Hand zuerst über den Bauch, dann über ihr fettiges kurzes Haar.

»Nein, danke.« Er machte ein paar Schritte zurück, tiefer in die Dunkelheit der Hauswände. »Vielen Dank, aber nein.«

»Und auch noch ein Gentleman.«

Um Himmels willen, sie wollte ihn berühren.

Er hob die Hände hoch. Ging immer weiter rückwärts. Je weiter er in die Gasse vordrang, desto lauter wurde die Musik. Er näherte sich dem Hinterausgang der Bar.

»Bitte, lassen Sie mich in Ruhe«, sagte er, als ein entsetzlich, obszöner Song aus der Spelunke herausdröhnte.

Plötzlich wich der Frau alle Farbe aus dem Gesicht,

und sie rannte davon, als hätte sie eine verfaulte Leiche entdeckt.

»Was zum Teufel machst du hier?« Die männliche Stimme hinter ihm klang dunkel und gemein.

Langsam drehte Havers sich um. Sein Herz fing an zu hämmern. »Zsadist.«

47

Wrath wollte nicht wissen, wer da an die Tür seines Zimmers hämmerte. Er hatte den Arm um die Taille seiner *Shellan* gelegt und den Kopf an ihrem Hals vergraben. Es müsste schon ein verdammter Notfall eintreten, damit er heute Nacht noch irgendwohin ging.

»Verflucht noch mal.« Entnervt schoss er schließlich aus dem Bett hoch und marschierte nackt durch den Raum.

»Wrath, egal, wer da draußen ist, bring ihn nicht gleich um«, meinte Beth belustigt. »Wer dich heute Nacht stört, hat sicher einen guten Grund.«

Er holte tief Luft, bevor er die Tür aufriss. »Wehe, du blutest nicht aus mindestens …« Er brach ab. »Tohr.«

»Wir haben ein Problem, Herr.«

Wrath fluchte und nickte, bat den Bruder aber nicht herein. Beth lag nackt im Bett.

Er deutete auf die Tür gegenüber. »Warte da.«

Rasch warf er sich in Boxershorts, küsste Beth und verschloss die Tür. Dann ging er in Darius' Zimmer.

»Was gibt's, Bruder?« Er war nicht gerade begeistert über die Störung. Aber es war gut, dass Tohr gekommen war. Vielleicht brach nun doch wieder Tauwetter zwischen ihnen an.

Tohr setzte sich auf die Schreibtischkante. »Ich bin ins

Screamer's gefahren, um dort die anderen zu treffen. Aber ich kam zu spät.«

»Heißt das, du hast verpasst, wie Rhage es mit einer Braut in einer dunklen Ecke getrieben hat? Wie schade.«

»Ich habe Havers in einer dunklen Seitenstraße gesehen.«

Wrath runzelte die Stirn. »Was macht denn der brave Herr Doktor in diesem Teil der Stadt?«

»Zsadist bitten, dich zu töten.«

Ruhig schloss Wrath die Tür. »Das hast du gehört? Klar und deutlich?«

»Ja. Es ging um einen Haufen Geld.«

»Und wie hat Z reagiert?«

»Er sagte, er würde es umsonst tun. Ich bin sofort hierhergekommen, falls er diesen Plan gleich in die Tat umsetzen wollte. Du weißt, wie er tickt. Er wird nicht viel Zeit verlieren.«

»Ja, effizient ist er. Das ist eine seiner Stärken.«

»Uns bleibt nur noch eine halbe Stunde bis zum Sonnenaufgang. Das reicht nicht für ihn, wenn er nicht spätestens in den nächsten zehn Minuten hier auftaucht.«

Wrath sah zu Boden und stützte die Hände in die Hüften. Dem Vampirgesetz zufolge drohte Z jetzt die Todesstrafe, weil er das Leben des Königs bedroht hatte.

»Das können wir ihm nicht durchgehen lassen.« Und wenn die Bruderschaft sich nicht darum kümmerte, würde es die Jungfrau der Schrift tun.

O Mann, Phury. Der Bruder würde das nicht gut aufnehmen.

»Das bringt Phury um«, murmelte Tohr.

»Ich weiß.«

Und dann fiel Wrath Marissa ein. Havers war wegen

seiner Absichten auch so gut wie tot, und sein Verlust würde ihr das Herz brechen.

Er schüttelte den Kopf. Ihm graute davor, jemanden töten zu müssen, den sie so liebte. Nach allem, was sie als seine *Shellan* hatte durchmachen müssen.

»Die Bruderschaft muss das erfahren«, sagte er schließlich. »Ich werde sie zusammenrufen.«

Tohr stieß sich von der Schreibtischkante ab. »Soll Beth bei mir und Wellsie bleiben, bis das erledigt ist? Vielleicht wäre sie bei uns sicherer.«

Wrath blickte auf. »Danke, Tohr. Das ist gut. Ich bringe sie heute Abend zu euch, sobald die Sonne untergegangen ist.«

Tohrment nickte und ging zur Tür.

»Tohr?«

Der Bruder blickte über die Schulter. »Ja?«

»Bevor ich Beth zur Frau nahm, tat es mir nur leid, was ich damals zu dir gesagt habe. Über dich und Wellsie und deine Liebe zu ihr. Jetzt … kann ich das wirklich nachempfinden. Beth bedeutet mir alles. Sogar noch mehr als die Bruderschaft.« Wrath räusperte sich, er konnte nicht weitersprechen.

Tohr kam auf ihn zu und hielt ihm die Hand hin. »Ich verzeihe dir, Herr.«

Wrath packte die ausgestreckte Hand und riss den Bruder in seine Arme. Sie schlugen sich gegenseitig auf den Rücken.

»Und noch was, Tohr. Ich muss dir etwas erzählen, aber die Brüder sollen es noch nicht erfahren. Sobald Darius' Tod gerächt ist, trete ich ab.«

Tohr zog die Augenbrauen zusammen. »Wie bitte?«

»Ich kämpfe nicht mehr.«

»Was soll das denn heißen? Fängst du stattdessen einen Töpferkurs an oder lernst stricken, oder was?« Tohr fuhr sich mit der Hand durch die kurzen Haare. »Wie sollen wir …«

»Ich möchte, dass du die Brüder anführst.«

Tohrs Kiefer klappte herunter. »Wie bitte?«

»Die Bruderschaft muss völlig neu strukturiert werden. Ich möchte sie zentralisieren und wie eine Militäreinheit organisieren. Nicht mehr diesen Einzelkämpfer-Quatsch. Und wir brauchen neue Rekruten. Ich will Soldaten. Ich will ganze Bataillone von Soldaten, und vernünftige Trainingslager, von allem nur das Beste.« Mit festem Blick sah Wrath ihn an. »Du bist der Einzige, der das tun kann. Deine Besonnenheit ist deine Stärke, und du bist der Ruhigste von allen.«

Tohr schüttelte den Kopf. »Aber um Himmels willen … ich kann das nicht, es tut mir leid …«

»Ich bitte dich nicht darum. Ich teile es dir mit. Und wenn ich es auf meinem ersten Forum öffentlich verkünde, dann ist es Gesetz.«

Tohr stieß zischend die Luft aus. »Herr?«

»Ja, was soll's. Ich war bisher ein armseliger König. Eigentlich war ich überhaupt keiner. Aber das wird sich jetzt ändern. Alles wird sich ändern. Wir werden uns ein Reich aufbauen, mein Bruder. Besser gesagt, wir werden es wiederaufbauen.«

Tohrs Augen glänzten verdächtig, verstohlen wischte er sich mit dem Daumen darüber. Dann räusperte er sich. »Du besteigst den Thron.«

»Ja.«

Tohr sank auf ein Knie und neigte den Kopf. »Der Jungfrau sei Dank«, sagte er heiser. »Die Vampire werden wiedererstarken. Du wirst uns anführen.«

Wrath wurde schlecht. Genau das wollte er nicht. Er konnte die innere Bürde nicht ertragen, die in der Verantwortung für so viele lag. Wusste Tohr denn nicht, dass Wrath nicht gut genug war? Nicht stark genug? Er hatte zugelassen, dass seine Eltern starben, hatte sich wie eine Memme benommen, nicht wie ein Mann. Was hatte sich seitdem wirklich geändert?

Nur sein Körper hatte sich verändert. Nicht seine Seele.

Er wollte vor dieser ererbten Last davonlaufen, einfach nur fort …

Tohr erschauerte. »So lang … Wir haben so lange darauf gewartet, dass du uns rettest.«

Wrath schloss die Augen. Die verzweifelte Erleichterung in der Stimme seines Bruders sagte ihm, wie dringend sie wirklich einen König brauchten. Wie hoffnungslos so viele von ihnen waren. Und solange Wrath am Leben war, konnte dem Gesetz nach kein anderer diese Rolle ausfüllen.

Vorsichtig streckte er die Hand aus und legte sie auf Tohrs gesenkten Kopf. Das Gewicht der Aufgabe, die vor ihm lag, vor ihnen allen lag, überstieg seine Vorstellung bei Weitem.

»Wir werden die Unseren zusammen retten«, murmelte er. »Wir alle.«

Stunden später wachte Beth mit einem Bärenhunger auf. Sie befreite sich aus Wraths Umklammerung, zog ein T-Shirt an und wickelte sich in seinen Morgenmantel.

»Wo willst du hin, Lielan?« Wraths Stimme klang träge und entspannt. Sie hörte seine Schulter knacken, wie immer, wenn er sich reckte.

Wenn sie daran dachte, wie oft sie sich diese Nacht geliebt hatten, war sie erstaunt, dass er sich überhaupt noch bewegen konnte.

»Ich hole mir nur etwas zu essen.«

»Ruf doch Fritz.«

»Er hat letzte Nacht wirklich genug gearbeitet. Er hat sich etwas Ruhe redlich verdient. Ich bin gleich zurück.«

»Beth« – Wraths Ton war scharf – »es ist fünf Uhr nachmittags. Die Sonne steht hoch am Himmel.«

Sie hielt inne. »Du hast doch gesagt, ich könne vielleicht sogar tagsüber rausgehen.«

»Das ist theoretisch möglich ...«

»Dann kann ich es genauso gut jetzt herausfinden.«

Sie war schon an der Tür, als Wrath vor ihr auftauchte. Seine Augen blitzten wild.

»Das brauchst du nicht unbedingt sofort zu probieren.«

»Ist doch kein Problem. Ich gehe nur rauf ...«

»Du gehst nirgendwohin«, knurrte er. Sein massiger Körper strahlte Aggressivität aus. »Ich verbiete dir, diesen Raum zu verlassen.«

Beth schloss langsam den Mund.

Verbieten? Er verbietet es mir?

Diese Anwandlungen müssen sofort im Keim erstickt werden, dachte sie und hielt ihm den Zeigefinger vor das Gesicht.

»Halt dich bloß zurück, Wrath. Und das Wort *verbieten* kannst du direkt wieder aus deinem Wortschatz streichen, wenn du mit mir sprichst. Wir sind vielleicht verheiratet, aber ich werde mich nicht von dir herumkommandieren lassen. Haben wir uns verstanden?«

Wrath schloss die Augen. Sorge war in den harten Konturen seines Gesichts zu lesen.

»Es wird schon nichts passieren«, sagte sie und trat ganz nah an ihn heran. Sie stemmte seine Arme hoch und legte sie sich um die Schultern. »Ich ziehe einfach den Kopf ein, wenn ich in den Salon komme. Und wenn irgendetwas passiert, komme ich sofort zurück. In Ordnung?«

Er drückte sie fest an sich. »Es ist schrecklich für mich, nicht bei dir sein zu können.«

»Du kannst mich nicht vor allem beschützen.«

Wieder ertönte das Knurren.

Sie küsste ihn auf die Unterseite seines Kinns und machte sich auf den Weg nach oben, bevor er weiter protestieren konnte. Als sie oben an der Treppe ankam, blieb sie mit der Hand auf dem Geländer stehen.

Unten hörte sie ein Handy klingeln. Wrath stand immer noch im Türrahmen seines Zimmers und sah sie an.

Vorsichtig schob sie das Gemälde einen Spalt auf. Ein Lichtstrahl stach in die Dunkelheit.

Sie hörte ihn fluchen und die Tür schließen.

Wrath starrte sein Handy an, bis es wieder still wurde.

Er ging auf und ab. Er setzte sich auf die Couch. Ging wieder auf und ab.

Und dann ging die Tür auf. Beth lächelte.

»Ich kann es.«

Er rannte zu ihr, befühlte ihre Haut. Sie war kühl und unversehrt. »Hat es nicht gebrannt? Oder sich zumindest heiß angefühlt?«

»Nein. Die Helligkeit hat meinen Augen wehgetan, aber es war nicht …«

»Du warst draußen?«

»Ja. Wahnsinn.« Beth stützte ihn unter den Achseln, als seine Knie nachgaben. »Lieber Himmel, du bist aber blass. Leg dich lieber hin.«

Er gehorchte brav.

Lieber Himmel. Sie war am helllichten Tag nach draußen gegangen. Seine Beth war einfach ins Sonnenlicht spaziert. Wo er sie nicht hätte erreichen können. Wenn sie wenigstens im Salon geblieben wäre, hätte er noch eine Chance gehabt ... Sie hätte zu Asche verbrennen können.

Kühle Hände strichen ihm das Haar aus den Augen. »Wrath, es geht mir gut.«

Er sah ihr ins Gesicht. »Ich glaube, ich falle gleich in Ohnmacht.«

»Was rein physiologisch unwahrscheinlich ist, da du bereits liegst.«

»Verdammt noch mal, *Lielan.* Ich liebe dich so sehr, dass ich mir vor Angst gleich in die Hosen mache.« Als sie ihre Lippen auf seine presste, legte er ihr die Hand in den Nacken und hielt sie fest. »Ich glaube nicht, dass ich ohne dich leben kann.«

»Hoffentlich wirst du das auch nicht müssen. Und jetzt sag mir noch mal: Wie heißt euer Wort für Ehemann?«

»Hellren. Die Kurzfassung ist einfach nur Hell, wie Hölle.«

Sie lachte leise. »Na so was.«

Wieder klingelte sein Handy. Er fletschte die Fänge.

»Geh doch dran, während ich schnell in die Küche flitze. Willst du auch etwas?«

»Dich.«

»Mich hast du doch schon.«

»Und ich danke Gott dafür.«

Er sah Beth zu, wie sie hinausging. Beim Anblick ihres

Hüftschwungs wusste er schon, was er mit ihr machen wollte, wenn sie zurückkam. Er konnte einfach nicht genug von ihr bekommen. Dieser Frau Lust zu bereiten war die erste Sucht seines Lebens.

Er schnappte sich das Handy, ohne die Anruferkennung zu bemühen. »*Was?*«

Am anderen Ende blieb es still.

Und dann hatte er Zsadists Knurren im Ohr. »Du klingst ja mal wieder liebenswürdig. Läuft es nicht so gut mit der neuen Braut?«

Sieh mal einer an. Das könnte interessant werden.

»Hast du was auf dem Herzen, Z?«

»Mir ist zu Ohren gekommen, dass du die Brüder für heute zusammengerufen hast. Jeden Einzelnen, außer mir. Hast du meine Nummer verloren? Ja, so muss es wohl gewesen sein.«

»Ich weiß sehr genau, wie ich dich erreichen kann.«

Z seufzte frustriert. »Mann, ich bin es so leid, von euch immer wie ein Köter behandelt zu werden. Echt.«

»Dann benimm dich nicht wie einer.«

»Leck mich.«

»Weißt du was, Z? Das ist das Ende der Fahnenstange für dich und mich.«

»Und warum das jetzt?« Z lachte bitter. »Ach, vergiss es. Ist mir auch egal, und außerdem haben wir gar keine Zeit zum Plaudern. Du musst zurück zu deiner Frau, und ich hab nicht angerufen, um mich zu beschweren, weil ihr mich nicht mitspielen lassen wollt.«

»Und warum hab ich dich dann an der Strippe?«

»Du musst etwas wissen.«

»Von dir?«, fragte Wrath spöttisch.

»Ja, genau, von mir«, zischte Z zurück. »Marissas Bruder will deinen Kopf auf einem Silbertablett. Und er wollte mir ein paar Millionen dafür zahlen, ihn zu servieren. Bis dann.«

Die Leitung war tot.

Wrath ließ das Handy aufs Bett fallen und massierte sich die Schläfen.

Er hätte Z gern geglaubt, dass er aus freien Stücken angerufen hatte. Weil er sich vielleicht auf etwas eingelassen hatte, was er nicht einhalten wollte. Weil er vielleicht doch endlich sein Gewissen entdeckt hatte, nach Hunderten von Jahren der totalen Skrupellosigkeit.

Nur, dass er Stunden damit gewartet hatte. Was wohl bedeutete, dass Phury ihn weichgeklopft hatte. Ihn überredet hatte zu beichten. Woher sonst hätte Z wissen sollen, dass jemand mit den Brüdern gesprochen hatte?

Wrath wählte Phurys Nummer. »Dein Zwillingsbruder hat mich gerade angerufen.«

»Wirklich?« Erleichterung war in Phurys Stimme zu hören.

»Dieses Mal wirst du ihn nicht retten können, Phury.«

»Ich habe ihm nicht erzählt, dass du Bescheid weißt, Wrath. Das musst du mir glauben.«

»Was ich glaube, ist, dass du alles für ihn tun würdest.«

»Glaub mir, Mann. Du hast mir den direkten Befehl gegeben, kein Wort zu sagen. Und ich habe gehorcht. Es war höllisch schwer für mich, aber ich habe kein Wort gesagt. Z kam aus eigenem Antrieb zu dir.«

»Woher wusste er dann, dass die anderen angerufen wurden?«

»Mein Telefon hat geklingelt und seines nicht. Er hat geraten.«

Wrath schloss die Augen. »Ich muss ihn töten, das

weißt du. Die Jungfrau der Schrift wird sich für seinen Verrat nicht mit weniger zufriedengeben.«

»Er kann doch nichts dafür, dass er angesprochen wurde. Er hat dir alles erzählt. Wenn irgendjemand den Tod verdient, dann Havers.«

»Und er wird seinen Lohn auch bekommen. Aber dein Zwillingsbruder nahm das Angebot an, mich zu töten. Wenn er das einmal tun kann, kann es auch ein zweites Mal geschehen. Und vielleicht kannst du ihn beim nächsten Mal nicht wieder überreden, davon abzusehen.«

»Bei meiner Ehre, er hat dich von selbst angerufen.«

»Phury, Bruder. Ich würde dir gerne glauben. Aber du hast dir einst selbst das Bein abgeschossen, um ihn zu retten. Wenn es um deinen Zwillingsbruder geht, würdest du alles tun oder sagen.«

Phurys Stimme zitterte. »Tu es nicht, Wrath. Ich flehe dich an. Z hat sich in letzter Zeit wirklich gebessert.«

»Und was ist mit den toten Frauen?«

»Du weißt doch, dass er sich nicht anders ernähren will. Er muss doch irgendwie am Leben bleiben. Und trotz der Gerüchte hat er bisher noch nie die Menschen getötet, von denen er trinkt. Ich weiß nicht, was mit diesen beiden Prostituierten passiert ist.«

Wrath fluchte.

»Herr, er verdient nicht, für etwas getötet zu werden, das er nicht getan hat. Das ist nicht gerecht.«

Traurig schloss Wrath die Augen. Schließlich sagte er: »Bring ihn heute Nacht mit hierher. Ich werde ihm die Gelegenheit geben, vor der Bruderschaft zu sprechen.«

»Danke, Herr.«

»Danke mir nicht. Nur weil er den Mund aufmacht, heißt das noch nicht, dass er verschont wird.«

Wrath legte auf.

Das Publikum gestand er ihm sicher nicht um Zsadists willen zu. Das war für Phury. Sie brauchten ihn in der Bruderschaft, und Wrath hatte das Gefühl, er würde nur bleiben, wenn man seinen Bruder fair behandelte. Und selbst dann bestand noch die Gefahr, dass er fortging, sollte Z verurteilt werden.

Wrath dachte an Zsadist.

Havers hatte sich den richtigen Mörder ausgesucht. Jeder wusste, dass Z an nichts und niemanden gebunden war. Daraus hatte der Arzt richtig geschlossen, dass der Krieger kein Problem damit hätte, die Bruderschaft zu verraten. Ebenso klar war, dass Z einer der wenigen Männer auf dem Planeten war, der überhaupt in der Lage war, Wrath zu töten.

Nur eins passte nicht ins Bild: Z machte sich nichts aus materiellem Besitz. Als Sklave hatte er nie etwas sein Eigen genannt, als Krieger hatte er nie nach Besitz gestrebt. Daher war es schwer zu glauben, dass Geld ihn motivieren würde.

Andererseits war er durchaus in der Lage, einfach aus Lust zu töten.

Wrath erstarrte, als es plötzlich in seiner Nase kitzelte.

Mit gerunzelter Stirn ging er zu einer der Klappen, über die frische Luft in die Kammer geleitet wurde. Er atmete tief ein.

Ein *Lesser* war auf dem Grundstück.

Derselbe, der vor Billy Riddles Haus in dem Hummer gesessen hatte.

Beth klemmte etwas übrig gebliebenes Filet Mignon mit Meerrettichsoße zwischen zwei Scheiben Toast und biss herzhaft hinein. Himmlisch. Richtiges Essen schmeckte einfach am besten.

Während sie kaute, blickte sie aus dem Fenster auf einen Ahornbaum. Seine dunkelgrünen Blätter wirkten leblos. Sommerstill. Keine Andeutung einer Brise, als wäre die Luft selbst von der Hitze erschöpft.

Doch da bewegte sich etwas.

Ein Mann kam durch die Hecke, näherte sich dem Haus vom Nachbaranwesen aus. Sie bekam eine Gänsehaut.

Was eigentlich lächerlich war. Der Typ trug die graue Uniform der Caldwell Gas- und Elektrizitätswerke und hatte ein Klemmbrett unter dem Arm. Er sah nicht besonders bedrohlich aus, mit den hellen Haaren und der gebeugten Haltung. Er war zwar groß, aber er schlenderte entspannt über den Rasen, einfach nur ein gelangweilter Ableser, der sich insgeheim einen Job in einem klimatisierten Büro wünschte.

Das Telefon an der Wand klingelte, und sie schrak zusammen.

Sie hob ab, ohne den Blick von dem Mann zu wenden. Er blieb stehen, als er sie bemerkte.

»Ja?«, sagte sie in den Hörer. Der Mann vom Gas- und Elektrizitätswerk nahm seine Schritte wieder auf und ging Richtung Hintertür.

»Beth, komm *sofort* hier runter«, blaffte Wrath.

Genau in diesem Moment sah der Ableser durch die Scheibe der Küchentür. Ihre Blicke trafen sich. Er lächelte und hob die Hand.

Eiskalte Schauer überliefen sie.

Er ist nicht lebendig, dachte sie. Sie war nicht sicher, woher sie das wusste; sie wusste es einfach.

Sie ließ das Telefon fallen und rannte los.

Hinter ihr ertönte ein klirrendes Geräusch, als die Tür eingeschlagen wurde. Dann hörte sie ein *Plopp*. Etwas traf sie in die Schulter, und sie spürte einen stechenden Schmerz.

Ihr Körper wurde schwer und langsam.

Mit dem Gesicht nach unten fiel sie auf die Küchenfliesen.

Wrath schrie auf, als Beth auf dem Boden auftraf. Er stürmte die Treppe hinauf und in den Salon.

Die Sonne brannte auf seiner Haut wie eine ätzende Flüssigkeit und zwang ihn zurück in die Dunkelheit. Blitzschnell raste er zurück in seine Kammer und rief wieder in der Küche an. Es klingelte und klingelte und klingelte.

Mühsam keuchte er, seine Brust hob und senkte sich krampfhaft.

Falle. Er saß in der Falle. Er saß hier unten in der Falle, während sie oben …

Mit einem Brüllen stieß er ihren Namen aus.

Er spürte, wie ihre Aura schwächer wurde. Sie wurde mitgenommen, irgendwohin, weg von ihm.

Wut machte sich in seinem Herzen breit, ein schwarzes, intensives Gefühl, das den Spiegel im Badezimmer zum Bersten brachte.

Endlich hob Fritz den Hörer ab. »Es wurde eingebrochen! Butch ist …«

»Hol mir den Bullen ans Telefon!«, schrie Wrath.

Eine Sekunde später war Butch am Telefon. Er war außer Atem. »Ich hab ihn nicht erwischt!«

»Hast du Beth gesehen?«

»Ist sie etwa nicht bei dir?«

Wrath stieß noch ein Brüllen aus, er hatte das Gefühl, die Wände um ihn herum rückten immer näher. Er war vollkommen hilflos, eingekerkert vom Sonnenlicht, das über ihm auf der Erde herrschte.

Mühsam zwang er sich, gleichmäßig zu atmen. Er schaffte nur einen Zug, bevor er wieder zu keuchen begann.

»Butch, ich brauche dich. Ich … brauche dich.«

48

Mr. X saß am Steuer des Transporters. Er konnte es nicht fassen.

Er konnte es einfach nicht fassen.

Er hatte die Königin. Er hatte die Königin entführt.

Das war eine einmalige Chance im Leben eines *Lesser*. Und es war so reibungslos vonstattengegangen, als wäre es Schicksal gewesen.

Er hatte eigentlich nur etwas das Anwesen auskundschaften wollen. Es war dann doch ein zu großer Zufall gewesen, dass die Adresse, die ihm der Vampir gestern Nacht auf der Straße gegeben hatte, dieselbe war wie die des Kriegers, den er in die Luft gejagt hatte. Warum sollte sich der Blinde König ausgerechnet im Haus eines toten Kriegers aufhalten?

Mr. X war davon ausgegangen, dass es eine Falle sein würde, und war bis an die Zähne bewaffnet vor Sonnenuntergang zu dem Anwesen gegangen. Er wollte das Haus nur von außen in Augenschein nehmen, nachsehen, ob von den oberen Fenstern einige abgedunkelt waren und was für Autos vor der Garage parkten.

Doch dann hatte er die dunkelhaarige Frau in der Küche entdeckt. Die Frau, die den Rubin der Nacht am Finger trug. Den Ring der Königin.

Mr. X war es immer noch ein Rätsel, warum sie tagsüber herumlaufen konnte. Außer, sie war zur Hälfte Mensch. Aber das war doch eher unwahrscheinlich, oder?

Wie dem auch sei, er hatte nicht gezögert. Obwohl er ursprünglich nicht geplant hatte, ins Haus einzubrechen, hatte er die Tür eingeschlagen. Überraschenderweise war die Alarmanlage nicht losgegangen. Die Frau war schnell gewesen, aber nicht schnell genug; und die Betäubungspfeile hatten perfekt funktioniert. Er hatte jetzt die richtige Dosis gefunden.

Er blickte über die Schulter.

Sie lag bewusstlos auf dem Boden des Transporters.

Dieser Abend würde heftig werden. Zweifellos würde ihr Mann sie suchen. Und da mit Sicherheit das Blut des Blinden Königs in ihren Venen floss, würde er sie auch finden können. Egal, wo Mr. X sie hinbrachte.

Gott sei Dank war es noch hell, und er hatte Zeit, die Scheune zu sichern.

Er war versucht, sich Verstärkung zu holen. Zwar hatte er größtes Vertrauen in seine eigenen Fähigkeiten, aber er wusste auch, wozu der Blinde König fähig war. Seine mindeste Reaktion wäre, alles dem Erdboden gleichzumachen, das Haus, die Scheune und alles, was darin war. Totale Zerstörung.

Das Problem war nur, wenn Mr. X andere Mitglieder der Gesellschaft auf den Plan rief, würde er den Mythos seiner eigenen Unfehlbarkeit zerstören.

Außerdem hatte er ja seinen neuen Rekruten.

Nein, er würde das ohne lästigen Anhang durchziehen. Alles, was atmete, konnte auch getötet werden. Selbst dieser mächtigste aller Krieger. Und Mr. X wollte wetten, dass er mit dieser Frau als Pfand ein nicht zu unterschätzendes Druckmittel in der Hand hatte.

Zweifellos würde der König sich selbst gegen die Sicherheit seiner Königin eintauschen.

Mr. X kicherte in sich hinein. Mr. R stand eine Wahnsinnsnacht als Einstand bevor.

Butch rannte aus Wraths Kammer nach oben in das Gästezimmer, in dem er und Vishous geschlafen hatten.

V lief darin auf und ab wie ein Tiger im Käfig, gefangen im oberen Stock, weil er nicht die Treppe hinunterkonnte, ohne von der Sonne beschienen zu werden. Das Haus war eindeutig für den privaten Gebrauch konzipiert worden, nicht als Einsatzzentrale.

Und in einer Notsituation wie dieser war das ein ernsthaftes Problem.

»Was ist los?«, wollte V wissen.

»Dein Bruder Wrath ist in einem grauenhaften Zustand, aber er hat es immerhin geschafft, mir von dem Kerl in dem Hummer zu erzählen, den ihr gestern Nacht getroffen habt. Das klingt für mich nach dem Leiter einer Kampfsportschule, dem ich vor ein paar Tagen einen Besuch abgestattet habe. Und genau da fahre ich jetzt hin.«

Butch schnappte sich den Schlüssel für seinen Dienstwagen.

»Nimm das hier mit.« Vishous warf etwas in die Luft.

Butch fing die Waffe auf. Checkte die Munition. Die Beretta war geladen, doch solche Kugeln hatte er noch nie gesehen.

»Was zur Hölle ist das denn?« Die Dinger waren schwarz, an der Spitze durchsichtig und schimmerten, als wären sie mit Öl gefüllt.

»Du jagst keinen Menschen, Bulle. Wenn einer dieser

Lesser auf dich zukommt, schießt du ihm damit in die Brust. Kapiert? Keine Mätzchen, selbst wenn es helllichter Tag ist. Du schießt ihm direkt in die Brust.«

Butch sah auf. Er wusste, er überschritt eine Grenze, wenn er jetzt diese Waffe annahm. Er betrat einen unbekannten Teil der Welt.

»Woran erkenne ich die Kerle, V?«

»Sie riechen süßlich, nach Talkum. Und sie sehen einfach durch dich hindurch, direkt in deine Seele. Meistens haben sie helle Haare, weiße Augen und weiße Haut, aber nicht immer.«

Butch steckte sich die halbautomatische Waffe in den Hosenbund. Und verabschiedete sich damit ein für alle Mal von seinem alten Leben.

Seltsam, wie leicht ihm die Entscheidung fiel.

»Alles klar, Mann?« Vishous klopfte ihm auf den Arm.

»Ja.«

Als Butch zur Tür stürmte, sagte V etwas in einer fremden Sprache.

»Was?«, fragte Butch.

»Ziel auf die Brust, okay?«

»Ich habe noch nie danebengeschossen.«

49

Marissa konnte es kaum erwarten, Butch wiederzusehen. Den ganzen Tag lang hatte sie an ihn denken müssen, und endlich war es an der Zeit, zu ihm zu gehen.

Trotzdem wollte sie unterwegs noch bei Havers vorbeigehen und mit ihm sprechen. Vergangene Nacht hatte sie lange auf ihn gewartet, hatte in der Klinik ausgeholfen, um sich die Zeit zu vertreiben, und später noch gelesen. Schließlich hatte sie aufgegeben und ihm eine Nachricht aufs Bett gelegt. Er war aber nicht gekommen.

Und dieser Mangel an Kommunikation zwischen ihnen dauerte jetzt schon zu lange an.

Sie wollte die Tür ihres Schlafzimmers öffnen, fand sie aber zu ihrer Überraschung verschlossen. Sie runzelte die Stirn. Probierte es wieder an der Klinke, rüttelte daran, warf sich mit ganzer Kraft dagegen. Die Tür war entweder verschlossen oder verrammelt.

Und die Wände waren mit Stahl verkleidet, sodass sie sich nicht dematerialisieren konnte.

»Hallo!«, rief sie und hämmerte an die Tür. »Hallo! Havers! Hört mich jemand! Könnte mich bitte jemand herauslassen? Hallo!«

Sobald sie zu rufen aufhörte, wehte Havers' Stimme in den Raum, als hätte er die ganze Zeit schon auf der anderen Seite gewartet.

»Es tut mir leid, dass es so weit gekommen ist, aber es ist notwendig.«

»Havers, was machst du da?«, fragte sie durch die Tür.

»Ich habe keine andere Wahl. Ich kann dich nicht länger zu ihm gehen lassen.«

Sie sprach laut und deutlich. »Jetzt hör mir doch endlich zu. Wrath ist nicht der Grund, warum ich zu Darius' Haus gegangen bin. Er hat den Bund mit jemandem geschlossen, den er liebt, und ich hege keinen Groll mehr gegen ihn. Ich … ich habe selbst einen Mann kennengelernt. Jemanden, den ich sehr mag. Einen Mann, der mich begehrt.«

Ein langes Schweigen entstand.

»Havers?« Sie trommelte mit der Faust an die Tür. »Havers! Hast du gehört, was ich gesagt habe? Wrath hat eine neue *Shellan,* und ich habe ihm vergeben. Ich war nicht bei ihm.«

Als ihr Bruder endlich sprach, klang seine Stimme erstickt. »Warum hast du mir das nicht erzählt?«

»Weil du mich nicht gelassen hast! Ich versuche schon seit zwei Nächten, dir das klarzumachen!« Wieder schlug sie gegen die Tür. »Und jetzt mach die Tür auf. Ich muss jemanden treffen … in Darius' Haus.«

Havers flüsterte etwas.

»Was?«, herrschte sie ihn an. »Was hast du gesagt?«

»Ich kann dich dort nicht hingehen lassen.«

Die Qual in seiner Stimme ließ ihren Zorn verlöschen, doch nun bekam sie es mit der Angst. »Warum nicht?«

»Es ist nicht mehr sicher dort. Ich … o mein Gott.«

Marissa schlug die Hände flach auf das Holz. »Havers, was hast du getan?«

Stille.

»Havers! Sag mir sofort, was du getan hast!«

Beth spürte einen harten Schlag, der sie ins Gesicht traf. Eine Hand. Jemand hatte sie geohrfeigt.

Benommen schlug sie die Augen auf und blickte sich um. Sie befand sich in einer Art Scheune. Ihre Hand- und Fußgelenke waren mit eisernen Fesseln auf einen Tisch geschnallt.

Und Billy Riddle stand über sie gebeugt. »Wach auf, du Schlampe.«

Sie zappelte, zerrte an den Fesseln. Er sah sie nur an, den Blick auf ihre Brüste geheftet, die Lippen zu einem dünnen Strich gepresst.

»Mr. R?« Eine weitere männliche Stimme. »Du hast doch nicht vergessen, dass für dich mit den Vergewaltigungen Schluss ist?«

»Ja, ich weiß.« Das Funkeln in Billys Augen wurde noch bösartiger. »Allein bei dem Gedanken daran möchte ich ihr wirklich wehtun.«

Der blonde Mann, der sie entführt hatte, kam in Beths Sichtfeld. Er trug ein Gewehr auf jeder Schulter, Mündung nach oben.

»Du darfst sie töten, wie wäre das? Sie wird dein erstes Opfer als *Lesser* sein.«

Billy lächelte. »Danke, Sensei.«

Der Blonde wandte sich dem weit geöffneten Scheunentor zu, durch das bereits die Abenddämmerung zu sehen war.

»Mr. R, wir haben jetzt keine Zeit zu spielen«, sagte er. »Die Gewehre müssen geladen und neben den Munitionsschachteln auf der Arbeitsbank deponiert werden. Wir sollten auch Messer bereitlegen. Und hol den Benzinkanister und den Flammenwerfer aus der Garage.«

Billy schlug ihr noch einmal ins Gesicht. Dann gehorchte er.

Beths Verstand arbeitete schwerfällig. Das Betäubungsmittel wirkte noch nach, alles schien wie ein Traum. Doch mit jedem weiteren Atemzug lichtete sich der Nebel. Und sie sammelte Kraft.

Wraths Wut war so stark, so böse, dass sich die Innenwände seiner Kammer mit Eis überzogen hatten und sein Atem kondensierte. Die Kerzen flackerten langsam in der dichten Luft und gaben nur Licht ab, keine spürbare Wärme.

Er hatte schon immer gewusst, dass er zu ungeheurem Zorn fähig war. Doch was jene zu erwarten hatten, die ihm Beth weggenommen hatten, würde in die Geschichte eingehen.

Ein Klopfen ertönte an der Tür. »Wrath?«

Es war der Polizist, und Wrath ließ die Tür aufgehen. Der Mensch wirkte kurz verblüfft über die Temperatur im Raum.

»Ich … äh … war bei dieser Kampfsportschule. Der Kerl heißt Joseph Xavier. Niemand hat ihn heute zu Gesicht bekommen. Er hat angerufen und eine Vertretung für seinen Unterricht geschickt. Sie haben mir gesagt, wo er wohnt, und ich bin dort vorbeigefahren. Apartmenthaus im Westen der Stadt. Ich bin eingebrochen, und es war sauber. Viel zu sauber. Nichts im Kühlschrank, nichts in der Garage. Keine Post, keine Zeitschriften. Keine Zahnpasta. Auch kein Hinweis darauf, dass jemand in Eile aufgebrochen ist. Die Wohnung gehört ihm vielleicht, aber er wohnt dort ganz sicher nicht.«

Wrath konnte sich nur schwer konzentrieren. Sein einziger Gedanke war, sich endlich aus diesem Erdloch zu befreien und Beth zu finden. Wenn er erst unterwegs war, würde er sie aufspüren. Sein Blut in ihren Venen war wie ein GPS. Er könnte sie überall auf der Welt aufspüren.

Er tippte eine Nummer in sein Handy. Als Butch Anstalten machte zu gehen, hielt Wrath ihn auf.

Der Polizist setzte sich auf die Ledercouch, Augen hellwach, Körper vollkommen ruhig. Zu allem bereit.

Als Tohrments Stimme ertönte, gab Wrath der Bruderschaft den Startschuss. »Um zehn Uhr heute Abend wirst du die Brüder in die *Caldwell Martial Arts Academy* führen. Ihr werdet dort eindringen und das Gebäude durchsuchen, danach legt ihr die Alarmanlage lahm. Ihr wartet, bis die *Lesser* eintreffen, und dann werdet ihr alle töten und das ganze Gelände niederbrennen. Hast du mich verstanden? Asche, Tohr. Ich will Asche.«

Es gab kein Zögern. »Ja, Herr.«

»Pass auf Zsadist auf. Er soll immer in deiner Nähe bleiben, und wenn du ihn an dich anketten musst.« Wrath warf einen Blick auf Butch. »Der Polizist wird das Gebäude von jetzt ab bis Sonnenuntergang unter Beobachtung halten. Wenn er irgendetwas Ungewöhnliches entdeckt, ruft er dich an.«

Butch nickte, bereits im Aufstehen begriffen. »Schon unterwegs«, sagte er über die Schulter.

Tohr zögerte kurz. »Herr, brauchst du unsere Hilfe bei der Suche nach …«

»Ich werde mich allein um unsere Königin kümmern.«

50

Die nächste Stunde lang sah Beth zu, wie ihre beiden Bewacher herumrannten, als rechneten sie jeden Augenblick mit einem Angriff von Wrath. Nur woher sollte er wissen, wo sie war? Es war ja nicht so, dass der Blonde eine Nachricht hinterlassen hatte. Zumindest nicht, dass sie davon wüsste.

Wieder zerrte sie an ihren Fesseln und sah sich in der Scheune um. Die Sonne ging gerade unter, die Schatten auf dem Rasen und der Kieseinfahrt wurden länger. Als Billy das Tor schloss, erhaschte sie einen letzten Blick auf den sich verdunkelnden Himmel. Dann wurde ein schwerer Riegel nach dem anderen vor die Tür geschoben.

Natürlich würde Wrath nach ihr suchen. Daran zweifelte sie nicht. Aber es würde Stunden dauern, bis er sie fand, und sie war nicht sicher, ob ihr noch so viel Zeit blieb. Billy Riddle sah sie so hasserfüllt an, dass er sich wohl nicht mehr lange davon abhalten lassen würde, sie zu töten.

»Und jetzt warten wir«, sagte der blonde Mann mit einem Blick auf die Uhr. »Dürfte nicht allzu lange dauern. Ich möchte, dass du dich bewaffnest. Steck dir eine Pistole an den Gürtel, und schnall dir ein Messer an den Knöchel.«

Billy ließ sich nicht lange bitten und suchte sich aus

dem reichhaltigen Angebot an Waffen das Passende aus. Es gab genug halbautomatische Pistolen, Gewehre und scharfe Klingen um eine ganze Armee damit zu versorgen.

Als er ein Jagdmesser mit einer 20-cm-Klinge in die Hand nahm, drehte er sich um und sah Beth an.

Ihre Handflächen waren schweißnass.

Er machte einen Schritt nach vorn.

Beth zog die Augenbrauen zusammen und sah nach rechts. Plötzlich fuhren die beiden Männer herum. Was war das für ein Geräusch?

Eine Art Grollen. Donner? Ein Güterzug?

Was auch immer es sein mochte, es wurde immer lauter.

Und dann hörte sie ein seltsames Klingeln, wie ein Windspiel. Sie blickte um sich. Auf dem Tisch, wo die Munition gelagert war, sprangen lose Kugeln herum und klackten aneinander.

Billy sah seinen Lehrer fassungslos an. »Was zum Teufel ist das denn?«

Der Mann holte tief Luft, als die Temperatur im Raum schlagartig um gut zehn Grad sank.

»Mach dich bereit, Billy.«

Inzwischen war das Geräusch zu einem Brüllen angeschwollen. Und die Scheune bebte so heftig, dass Staub von der Decke rieselte wie feiner Schnee.

Billy hielt sich die Hände über den Kopf.

Dann zersplitterte das Scheunentor, zerstört von einem eiskalten Sturmwind der Wut. Das ganze Gebäude schwankte unter der Wucht des Aufpralls, die Balken ächzten und knirschten.

Eine mächtige Gestalt füllte das Scheunentor aus. Wrath. Die Luft um ihn herum atmete Rache, Bedrohung,

Tod. Beth spürte kurz seinen Blick auf sich, dann ertönte ein dröhnender Schlachtruf, so laut, dass ihre Ohren schmerzten.

Von diesem Augenblick an herrschte der König der Vampire.

So schnell, dass sie ihm nicht mit den Augen folgen konnte, packte er den Blonden und rammte ihn gegen eine Pferdebox. Sein Gegner war nicht einmal erstaunt, sondern schlug Wrath mit aller Kraft von unten die Faust gegen das Kinn. Die beiden prügelten aufeinander ein, schleuderten sich gegen die Scheunenwände, zerschmetterten Fenster, zerbrachen Tische. Trotz all der Waffen, die sie bei sich trugen, blieben sie beim Faustkampf, die Mienen verbissen, die Zähne gefletscht, die riesigen Körper steckten abwechselnd ein und teilten aus.

Sie wollte nicht zusehen, aber sie konnte die Augen nicht abwenden.

Vor allem, als Billy sich ein Messer schnappte und auf Wraths Rücken zustürzte. Mit einem brutalen Griff pflückte Wrath den Angreifer von seiner Schulter und schleuderte ihn hoch in die Luft. Riddle flog bis ans andere Ende der Scheune und landete dort mit einem klatschenden Geräusch.

Billy kämpfte sich wieder auf die Beine, völlig benommen. Blut strömte ihm über das Gesicht.

Wrath steckte heftige Tritte und Schläge ein, doch er verringerte seine eigenen Angriffe nicht. Und es gelang ihm, sich den Blonden lange genug vom Leib zu halten, um eine der Metallfesseln um Beths Handgelenk aufzuklappen. Sofort befreite sie auch ihre andere Hand.

»Die Hunde! Lass die Hunde los!«, brüllte da der blonde Mann.

Billy taumelte aus der Scheune. Eine Sekunde später schossen zwei Pitbulls um die Ecke.

Sie stürzten sich unverzüglich auf Wraths Knöchel, genau in dem Moment, als der Blonde ein Messer zog.

Doch inzwischen hatte Beth auch ihre Füße befreit und sprang vom Tisch.

»Lauf!«, schrie Wrath ihr zu und riss sich einen Hund vom Bein, während er gleichzeitig einen Hieb abwehrte, der auf sein Gesicht gezielt war.

Du kannst mich mal, dachte sie und griff sich den erstbesten Gegenstand, der ihr in die Finger kam. Es war ein Schlosserhammer.

Wrath verlor das Gleichgewicht und ging zu Boden, doch da stand Beth schon hinter dem Blonden. Sie hob den Hammer, so hoch sie konnte, und ließ ihn dann mit aller Kraft in einem wuchtigen Schlag herabsausen. Er landete mitten auf dem Hinterkopf des *Lesser.*

Es gab ein vernehmliches Knacken, und ein Schwall von Blut schoss hervor.

Und dann machte einer der Hunde einen Satz und biss sich in ihrem Oberschenkel fest.

Sie schrie auf, als die Zähne sich durch ihre Haut und in die Muskeln bohrten.

Wrath schleuderte den Körper des in sich zusammengesunkenen Blonden von sich und sprang auf die Füße.

Einer der Hunde hing an Beth, sein Maul in ihrem Bein verbissen. Das Tier versuchte sie auf den Boden zu zerren, um ihr an die Kehle gehen zu können. Wrath wollte schon losstürmen, als er innehielt. Wenn er den Hund einfach wegzog, würde er sehr wahrscheinlich ein ganzes Stück ihres Oberschenkels mit herausreißen.

Da hörte er wieder Vishous' Stimme: *Zwei gequälte Wächter werden einander bereitwillig bekämpfen.*

Wrath zerrte den anderen Hund von seinem Knöchel und schleuderte ihn auf den, der Beth angegriffen hatte. Das Tier fiel überrascht von ihrem Bein ab. Und die beiden Pitbulls gingen aufeinander los.

Wrath rannte zu ihr, als sie fiel. Sie blutete stark. »Beth –«

Ein Schuss löste sich.

Wrath hörte ein hohes Pfeifen und spürte ein Brennen an seinem Hals, als hätte man ihn mit einer Fackel geschlagen.

Entsetzt schrie Beth auf, als er herumwirbelte. Billy Riddle legte gerade wieder das Gewehr an.

Die Wut ließ Wrath alles andere vergessen. Mit donnernden Schritten ging er auf den neuen Rekruten zu, er blieb nicht einmal stehen, als dieser das Gewehr wieder auf seine Brust richtete. Billy drückte ab, und Wrath machte einen Schritt zur Seite, bevor er loshechtete. Er schlug seine Zähne in den Hals des *Lesser* und riss ihm die Kehle mit einem Ruck auf. Dann drehte er seinen Kopf herum, bis das Genick brach.

Wrath drehte sich um und wollte zurück zu Beth gehen.

Doch stattdessen fiel er auf die Knie.

Verwirrt sah er an sich herunter. In seinem Oberkörper klaffte eine üble Wunde.

»Wrath!« Beth humpelte zu ihm.

»Ich bin … getroffen, *Lielan.*«

»O mein Gott!« Ohne zu zögern, riss sie sich den Morgenmantel vom Leib und drückte ihn gegen seine Wunde. »Wo ist dein Handy?«

Er hob schwach die Hand, als er zur Seite sank. »Tasche.«

Sie holte es und wählte fieberhaft die Nummer von Darius' Haus. »Butch? Butch! Hilfe! Wrath ist schwer verletzt! Ich ... ich weiß nicht, wo wir sind ...«

»Route 22«, murmelte Wrath. »Ranch mit schwarzem Hummer vor der Tür.«

Beth wiederholte seine Worte, während sie verzweifelt den Stoff auf seinen Bauch drückte. »Wir sind in der Scheune. Komm schnell! Er blutet!«

Ein leises Knurren ertönte links von ihnen.

Beide drehten den Kopf. Der überlebende Pitbull, blutverschmiert, aber immer noch angriffslustig, kam auf sie zu.

Beth zögerte keine Sekunde. Sie zog schnell einen von Wraths Dolchen aus dem Halfter und ging abwehrbereit in die Hocke.

»Komm einfach her, Butch. *Sofort.*« Dann klappte sie das Telefon zu und ließ es fallen. »Komm her, du hässliche Kreatur. Komm schon!«

Der Hund beschrieb einen Kreis, und Wrath spürte, dass er beäugt wurde. Aus irgendeinem Grund wollte das Tier ihn und nicht Beth angreifen, vielleicht weil er so stark blutete. Beth bewegte sich parallel zu dem Hund, die Arme weit ausgebreitet.

Ihre Stimme war leise und drohend. »Du willst was von ihm? Dann musst du erst an mir vorbei.«

Da machte der Hund einen Satz auf Beth zu. Als wäre sie zum Töten ausgebildet, ging sie noch tiefer in die Hocke und bohrte dem Tier das Messer in die Brusthöhle. Der Pitbull ging zu Boden wie ein Stein.

Sie ließ das Messer einfach stecken und kroch zurück zu Wrath. Jetzt zitterte sie so heftig, dass ihre Hände aussahen wie flatternde Kolibris. Sie drückte das Tuch wieder auf die Wunde.

»Es tut nicht weh«, flüsterte Wrath. Er konnte das Salz ihrer Tränen riechen.

»O Wrath.« Sie nahm seine Hand und drückte sie. »Du hast einen Schock.«

»Ja, vermutlich. Ich kann dich nicht sehen, wo bist du?«

»Ich bin hier.« Sie legte ihm ihre Hände aufs Gesicht. »Kannst du mich spüren?«

Kaum, aber es reichte ihm, um durchzuhalten.

»Ich wünschte, du wärest schwanger«, sagte er heiser. »Dann müsstest du nicht ganz allein bleiben.«

»Sag so was nicht!«

»Bitte Tohr und Wellsie, dich aufzunehmen.«

»*Nein.*«

»Versprich es mir.«

»Nein, das werde ich nicht«, widersprach sie heftig. »Du gehst nirgendwohin.«

Damit hatte sie verdammt unrecht, dachte er. Er konnte fühlen, wie er dem Leben entglitt.

»Ich liebe dich, *Lielan.*«

Beth fing an zu schluchzen. Ihre erstickten Rufe waren das Letzte, was er hörte, während er gegen die übermächtige Flut ankämpfte und schließlich verlor.

Beth sah nicht auf, als das Handy klingelte.

»Wrath?«, murmelte sie immer wieder. »Wrath …«

Sie legte das Ohr auf seine Brust. Noch schlug sein Herz, aber nur sehr schwach, und er atmete, aber furchtbar langsam. Sie wollte ihm so verzweifelt helfen, doch sie konnte keine Herz-Lungen-Massage machen. Zumindest nicht fest genug, um durch seinen Brustkorb zu dringen.

»O mein Gott …«

Das Telefon klingelte immer noch.

Sie hob es auf, wobei sie krampfhaft an der riesigen Blutlache neben Wraths Körper vorbei blickte. »Was ist denn?«

»Beth! Hier ist Butch. V ist bei mir. Wir sind gleich da, aber er muss mit dir reden.«

Sie hörte ein Dröhnen, wie das Aufheulen eines Motors.

Vishous' Stimme war eindringlich. »Beth, ich sage dir jetzt, was du tun musst. Hast du ein Messer?«

Ihr Blick fiel auf den verbliebenen Dolch auf Wraths Brust. »Ja.«

»Du musst dir damit das Handgelenk aufschneiden. Senkrecht den Unterarm hinauf, nicht waagerecht. Sonst triffst du nur auf den Knochen. Und dann legst du ihm dein Handgelenk an den Mund. Das ist die einzige Chance für ihn zu überleben, bis wir bei euch sind.« Er schwieg kurz. »Leg das Telefon hin, Liebes, und hol das Messer. Ich begleite dich am Telefon.«

Beth zog die Klinge aus Wraths Halfter und schlitzte sich ohne zu zögern das Handgelenk auf. Der Schmerz ließ ihr kurz den Atem stocken, doch sie beachtete ihn nicht weiter, sondern legte Wrath die Wunde an den Mund. Dann hob sie mit der freien Hand das Handy wieder auf.

»Er trinkt nicht.«

»Hast du dich schon geschnitten? Gut gemacht.«

»Er … er schluckt nicht.«

»Hoffen wir, dass ihm etwas in die Kehle läuft.«

»Seine Kehle blutet auch.«

»Verdammt … wir kommen, so schnell wir können.«

Butch entdeckte den Hummer. »Da drüben!«

Vishous fuhr quer über den Rasen, dann sprangen sie aus dem Auto und rannten zur Scheune.

Butch traute seinen Augen nicht. Zwei zerfetzte Hunde. Überall Blut. Ein *mause*toter Mann – du lieber Himmel, das war Billy Riddle.

Und dann sah er Beth.

Sie trug ein langes T-Shirt, das schmutzig und voller Blut war. In ihren Augen lag ein Ausdruck des Wahnsinns, und sie kniete neben Wrath, das Handgelenk an seine Lippen gelegt. Als sie die beiden Männer wahrnahm, zischte sie und hielt das Messer hoch, bereit, ihren Geliebten zu verteidigen.

Vishous wollte zu ihr stürmen, doch Butch hielt ihn am Arm fest. »Lass mich vorgehen.«

Langsam trat Butch zu ihr. »Beth? Beth, du kennst uns doch.«

Doch je näher er Wrath kam, desto irrer wurde ihr Blick.

Sie zog ihr Handgelenk von seinem Mund weg, um ihn zu verteidigen.

»Ganz ruhig. Wir tun ihm nichts. Beth, ich bin es.«

Sie blinzelte. »Butch?«

»Ja, Süße. Und Vishous.«

Sie ließ das Messer fallen und begann zu weinen.

»Ist ja gut, ist ja gut.« Er wollte sie in die Arme nehmen, aber sie kauerte sich wieder neben Wrath. »Nein, Liebes, lass V einen Blick auf ihn werfen, okay? Komm schon, es dauert nicht lang.«

Widerstrebend ließ sie sich wegziehen. Als Butch seine Jacke auszog und sie ihr um die Schultern legte, nickte er V zu.

Vishous kniete sich neben Wrath auf den Boden. Als er von der Wunde aufblickte, bildeten seine Lippen einen schmalen Strich.

Beth ging wieder zu Boden und legte das Handgelenk zurück an die Lippen des Schwerverletzten. »Er wird es doch schaffen, oder? Wir bringen ihn zu einem Arzt. In ein Krankenhaus. Stimmt's? Stimmt's, Vishous?« Die Verzweiflung ließ ihre Stimme schrill klingen.

Und dann waren sie plötzlich nicht mehr allein.

Marissa und ein vornehmer, besorgt wirkender Mann tauchten wie aus dem Nichts auf.

Der Mann ging zu Wrath und warf einen fachkundigen Blick auf die Wunde unter dem blutgetränkten Satin. »Wir müssen ihn sofort in den OP bringen.«

»Mein Auto steht vor dem Haus«, sagte V. »Ich komme dann zurück und erledige den Rest, wenn er in Sicherheit ist.«

Der Mann fluchte leise, als er die Verletzung am Hals untersuchte. Er sah Beth an. »Ihr Blut ist nicht stark genug. Marissa, komm her.«

Beth kämpfte mit den Tränen, als sie ihr Handgelenk von Wraths Mund hob und die blonde Frau ansah.

Marissa zögerte. »Ist es dir recht, wenn er von mir trinkt?«

Beth reichte ihr Wraths Dolch mit dem Griff voran. »Mir ist es ganz egal, von wem er trinkt. Hauptsache, er wird gerettet.«

Ungerührt und fast beiläufig schnitt sich Marissa das Handgelenk auf, als habe sie das schon viele Male getan. Dann hob sie Wraths Kopf ein wenig an und drückte ihm die Wunde an den Mund.

Sein Körper bäumte sich auf, als habe man ihn an eine Autobatterie angeschlossen.

»Gut, dann bringen wir ihn jetzt weg«, sagte der Mann, der das Kommando übernommen hatte. »Marissa, du bleibst genau so.«

Beth hielt Wraths Hand, während die Männer ihn vom Scheunenboden aufhoben und ihn so sanft wie möglich über den Rasen zu Vishous' Wagen trugen. Marissa und Beth stiegen zu ihm nach hinten, Butch und Vishous setzten sich nach vorne.

Der andere Mann verschwand.

Während das Auto über dunkle Nebenstraßen raste, strich Beth mit der Hand immer wieder über Wraths Arm, streichelte die Tätowierungen. Seine Haut fühlte sich kalt an.

»Du liebst ihn so sehr«, murmelte Marissa.

Beth sah auf. »Trinkt er?«

»Ich weiß es nicht.«

51

Im Vorraum des Operationssaals zog Havers sich die Latexhandschuhe aus und warf sie in den Müll. Sein Rücken schmerzte, nachdem er sich stundenlang über Wrath gebeugt, die Eingeweide des Kriegers zusammengeflickt und die Wunde an seinem Hals versorgt hatte.

»Wird er durchkommen?«, fragte Marissa, sobald er aus dem OP kam. Sie war geschwächt, weil sie ihm so viel Blut gespendet hatte. Ihre Haut war blass, sie blickte ihren Bruder eindringlich an.

»Das werden wir bald wissen. Ich hoffe es.«

»Ich auch.« Sie ging an ihm vorbei, ohne ihn eines Blickes zu würdigen.

»Marissa ...«

»Ich weiß, dass es dir leidtut. Aber ich bin nicht diejenige, bei der du dich entschuldigen musst. Vielleicht fängst du mal bei Beth an. Falls sie jemals bereit sein sollte, dich anzuhören.«

Als sich die Tür schloss, machte Havers die Augen zu.

O Gott, dieser Schmerz in seiner Brust. Der Kummer über eine Tat, die niemals ungeschehen gemacht werden konnte.

Verzweifelt ließ sich der Arzt gegen die Wand sinken und zog sich die OP-Mütze vom Kopf.

Gott sei Dank hatte der Blinde König die Konstitution

eines wahren Kriegers. Sein Körper war kräftig, sein Wille unerschütterlich. Obwohl selbst er ohne Marissas beinahe reines Blut nicht überlebt hätte.

Oder auch ohne die Anwesenheit seiner dunkelhaarigen *Shellan,* vermutete Havers. Beth, wie sie hieß, war die gesamte Operation über bei ihm geblieben. Und wenngleich der Krieger bewusstlos gewesen war, blieb sein Kopf die ganze Zeit über ihr zugewandt. Sie hatte stundenlang zu ihm gesprochen, bis ihre Stimme nur mehr ein heiseres Flüstern gewesen war.

Und sie war auch jetzt bei ihm, obgleich sie so erschöpft war, dass sie sich kaum aufrecht halten konnte. Sie hatte sich geweigert, ihre eigenen Verletzungen untersuchen zu lassen, und sie aß auch nichts.

Mit einem Ruck stemmte sich Havers hoch und ging zu dem tiefen Waschbecken. Er klammerte sich an den Edelstahlrand und starrte in den Ausguss. Ihm war speiübel, aber sein Magen war leer.

Die Brüder warteten draußen auf Nachrichten.

Und sie wussten, was er getan hatte.

Bevor Havers mit der Operation begonnen hatte, hatte Tohr ihn an der Kehle gepackt. Sollte Wrath auf dem OP-Tisch sterben, so hatten die Brüder gelobt, dann würden sie Havers an den Füßen aufhängen und ihn mit den bloßen Fäusten schlagen, bis er verblutete. Direkt in seinem eigenen Haus.

Zweifellos hatte Zsadist ihnen alles erzählt.

Mein Gott, könnte ich doch nur die Zeit zurückdrehen, dachte Havers. *Wäre ich doch niemals in diese verwünschte Gasse gegangen.*

Und er hätte es besser wissen müssen, als einem Mitglied der Bruderschaft einen solchen Verrat anzutragen.

Als er Zsadist das Angebot machte, hatte der Bruder ihn unverwandt aus seinen furchterregenden schwarzen Augen angestarrt. Havers war sofort klar gewesen, dass er einen schweren Fehler begangen hatte. Zsadist mochte voller Hass sein, aber er war kein Verräter an seinem König. Und er fasste es als Beleidigung auf, überhaupt gefragt worden zu sein.

»Ich töte umsonst«, hatte Zsadist geknurrt. »Aber nur, wenn ich hinter dir her wäre. Geh mir aus den Augen, bevor ich mein Messer ziehe.«

Erschüttert war Havers weggelaufen, nur um sich von einem *Lesser* in die Enge treiben zu lassen. Zum ersten Mal kam er einem der Untoten so nahe, und er war überrascht, dass er so helle Haare und Haut hatte. Diese Kreatur atmete pure Bosheit und war mehr als bereit, ihn zu töten. Mit dem Rücken zur Wand und fast wahnsinnig vor Angst, hatte Havers zu reden begonnen – ebenso, um doch noch sein Ziel zu erreichen wie auch um sein eigenes Leben zu retten. Der *Lesser* war anfangs misstrauisch gewesen, doch Havers konnte sehr überzeugend sein. Das Wort *König*, großzügig eingesetzt, hatte die Aufmerksamkeit des Untoten erregt. Informationen wurden ausgetauscht. Der *Lesser* zog von dannen. Und die Würfel waren gefallen.

Havers wappnete sich für seine Begegnung mit den Brüdern.

Wenigstens konnte er ihnen versichern, dass er sein Bestes gegeben hatte.

Obwohl er das nicht getan hatte, um sein eigenes Leben zu retten. Ein solcher Freispruch war unerreichbar. Er würde den Tod finden für seine Tat; die Frage war nur, wann.

Nein, im OP hatte er alles versucht, um Wrath zu retten, weil es der einzige Weg war, seine Gräueltat wiedergutzumachen. Und weil diese fünf schwer bewaffneten Vampire und dieser unerschrockene Mensch da draußen im Warteraum aussahen, als würde ihnen die Nachricht vom Tod des Königs das Herz brechen.

Doch selbst ihre Angst war nicht sein stärkster Antrieb gewesen.

Der größte Ansporn war der brennende Schmerz in den Augen dieser schwarzhaarigen Frau gewesen. Er kannte diesen entsetzten, ohnmächtigen Ausdruck auf einem Gesicht. Er selbst hatte ihn damals getragen, als er seine *Shellan* sterben sah.

Havers wusch sich das Gesicht und ging hinaus in den Korridor. Die Brüder und der Mensch sahen auf.

»Er hat die Operation überlebt. Jetzt müssen wir sehen, ob er durchhält.« Havers ging zu Tohr. »Möchtet ihr mich jetzt mitnehmen?«

Der Krieger blickte ihn unverwandt aus harten Augen an. »Du bleibst am Leben, um dich um ihn zu kümmern. Und dann kann er dich selbst töten.«

Havers nickte und hörte ein leises Weinen. Als er aufsah, bemerkte er Marissa, die sich die Hand auf den Mund drückte.

Er wollte zu ihr gehen, doch der Mensch stellte sich vor sie hin. Er zögerte kurz, dann hielt er ihr ein Taschentuch entgegen. Sie nahm es an und ging dann fort.

Beth legte den Kopf auf die äußerste Ecke von Wraths Kissen. Er befand sich zwar in einem Krankenbett, doch man würde ihn noch nicht in ein normales Zimmer verlegen. Havers hatte entschieden, ihn in der Nähe des OPs zu behalten, falls er noch einmal eine Notoperation durchführen müsste.

Es war kühl in dem weißen Raum, doch jemand hatte ihr eine schwere, warme Jacke umgehängt und fürsorglich eine Decke um den Unterleib gewickelt. Sie konnte sich nicht erinnern, wer das gewesen war.

Als sie ein Klicken hörte, sah sie auf. Wrath war an eine ganze Reihe von Maschinen angeschlossen. Sie betrachtete die Geräte nacheinander, ohne eine Ahnung zu haben, was die einzelnen Anzeigen bedeuteten. Solange kein Alarm losging, musste wohl alles in Ordnung sein.

Wieder ertönte das Geräusch.

Sie blickte auf Wrath. Und sprang auf die Füße.

Er versuchte zu sprechen, doch sein Mund war zu trocken, und seine Zunge zu schwer.

»Schschschsch.« Sie nahm seine Hand. Brachte ihren Kopf in sein Gesichtsfeld, falls er die Augen öffnen würde. »Ich bin ja hier.«

Seine Finger zuckten in ihren. Und dann sank er wieder hinab in die Bewusstlosigkeit.

Mein Gott, er sah fürchterlich aus. Bleich wie die Fliesen des Krankenhausfußbodens.

Am Hals trug er einen dicken Verband. Sein Oberkörper war in Mullbinden und Watte gewickelt, Dränagen ragten aus den Wunden. Durch eine Kanüle wurden Flüssigkeiten und Schmerzmittel in seinen Arm gepumpt, und ein Katheterbeutel hing neben dem Bett. Ein Knäuel von EKG-Drähten klebte auf seiner Brust, und am Mittelfinger klemmte ein Sauerstoffsensor.

Doch er war am Leben. Im Moment.

Und er hatte kurz das Bewusstsein erlangt, selbst wenn es nur für einen flüchtigen Augenblick war.

So blieb es die nächsten zwei Tage. Er kam kurz zu sich und glitt wieder in die Dämmerung, auf und ab, als wolle er nur nachsehen, ob sie auch bei ihm war, bevor er sich wieder der übermenschlichen Aufgabe zuwandte, seinen Körper zu heilen.

Irgendwann musste sie schließlich schlafen, also stellten die Brüder einen bequemeren Stuhl ans Bett, und jemand brachte ihr ein Kissen und eine Decke. Eine Stunde später wachte sie auf, Wraths Hand immer noch fest umklammert.

Sie aß, wenn sie von Tohr und Wellsie dazu gezwungen wurde. Und sie duschte einmal eilig im Vorraum des OPs. Als sie zurückkam, zappelten Wraths Arme und Beine wie wild, und Wellsie hatte bereits nach Havers gerufen.

Sobald Beth Wraths Hand wieder in die ihre nahm, beruhigte er sich. Sie wusste nicht, wie lange das Warten noch andauern würde. Doch jedes Mal, wenn er zu ihr zurückkehrte, schöpfte er ein wenig Kraft.

Sie konnte warten. Eine Ewigkeit, wenn es nötig war.

Wraths Bewusstsein kehrte mit voller Wucht zurück. Im einen Moment noch war er völlig betäubt, dann waren plötzlich alle Synapsen auf Empfang gestellt. Er wusste nicht, wo er war, und seine Lider waren zu schwer, um sie zu öffnen. Also nahm er eine kurze Bestandsaufnahme vor. Seine untere Körperhälfte fühlte sich gut an, und alle Zehen ließen sich bewegen. *Au, verflucht!* Sein Magen hingegen fühlte sich, als hätte ihm jemand einen Schlag mit einem Wagenheber verpasst. Doch sein Brustkorb war heil. Der Hals brannte. Sein Kopf tat weh, aber die Arme waren in Ordnung. Hände ... *Beth.*

Er war daran gewöhnt, dass er ihre Handfläche in seiner spürte. Wo war sie?

Seine Augenlider öffneten sich.

Sie saß direkt neben ihm auf einem Stuhl, den Kopf auf das Bett gelegt, als schliefe sie. Sein erster Gedanke war, sie nicht wecken zu wollen. Sie war offenbar völlig erschöpft.

Doch er wollte sie berühren. Er musste.

Er versuchte die freie Hand auszustrecken, doch sein Arm fühlte sich an, als wöge er zweihundert Kilo. Mit größter Anstrengung zerrte er ihn zentimeterweise über die Decke. Er wusste nicht, wie lange es dauerte. Vielleicht Stunden.

Doch endlich berührte er eine ihrer Haarsträhnen. Das seidige Gefühl war wie ein Wunder.

Er lebte. Und sie auch.

Wrath begann zu weinen.

Als Beth das Bett erbeben fühlte, wachte sie ruckartig auf. Das Erste, was sie sah, war Wraths Hand. Seine Finger waren um eine ihrer langen Haarsträhnen gewickelt.

Sie sah ihm ins Gesicht. Tränen liefen aus seinen Augen.

»Wrath! O mein Liebster!« Sie beugte sich zu ihm und strich ihm das Haar glatt. Er war völlig außer sich. »Hast du Schmerzen?«

Er öffnete den Mund. Kein Laut kam heraus. Panik breitete sich auf seinem Gesicht aus, und die Augen weiteten sich, bis man das Weiße darin sah.

»Ganz ruhig, mein Liebster, langsam. Ruhig«, sagte sie. »Du musst meine Hand drücken, einmal für Ja, zweimal für Nein. Hast du Schmerzen?«

Nein.

Sanft strich sie ihm die Tränen von den stoppeligen Wangen. »Ganz sicher?«

Ja.

»Soll ich Havers holen?«

Nein.

»Brauchst du etwas?«

Ja.

»Essen? Trinken? Blut?«

Nein.

Er wurde ganz aufgeregt, die hellen, wilden Augen sahen sie flehentlich an. »Schschsch, ist ja gut.« Sie küsste ihn auf die Stirn. »Beruhige dich. Wir finden schon heraus, was du brauchst. Wir haben alle Zeit der Welt.«

Seine Augen fixierten ihre verschränkten Hände und wanderten dann wieder zu ihrem Gesicht.

»Mich?«, flüsterte sie. »Du brauchst mich?«

Er drückte und drückte ihre Hand, er hörte gar nicht mehr auf.

»Aber Wrath, ich bin ja bei dir. Wir sind zusammen, mein Liebster.«

Tränen strömten ihm über das Gesicht, seine Brust wurde vom Schluchzen erschüttert, sein Atem ging stoßweise.

Sie nahm sein Gesicht zwischen ihre Hände und versuchte ihn zu trösten. »Ist ja gut. Ich gehe nicht weg. Ich verlasse dich nicht, das verspreche ich dir. Ach, mein Liebster …«

Endlich wurde er etwas ruhiger, und die Tränen versiegten allmählich.

Ein Krächzen kam aus seinem Mund.

»Was?« Sie beugte sich herunter.

»Wollte dich … retten.«

»Das hast du auch, Wrath. Du hast mich gerettet.«

Seine Lippen zitterten. »Liebe. Dich.«

Sanft küsste sie ihn auf den Mund. »Ich liebe dich auch.«

»Schlaf … jetzt … etwas.«

Und dann schloss er erschöpft die Augen.

Tränen verschleierten ihren Blick, als sie sich die Hand auf den Mund legte und lächelte. Ihr wunderschöner Krieger war zurück. Und er versuchte bereits vom Krankenbett aus sie herumzukommandieren.

Wrath seufzte und sank in tiefen Schlaf.

Als sie sicher war, dass er friedlich schlief, reckte sich Beth. Die Brüder würden sicher gern erfahren, dass er aufgewacht war und es ihm gut genug ging, um zu sprechen. Vielleicht gab es hier ein Telefon, und sie konnte in Darius' Haus anrufen.

Doch als sie einen Blick in die Halle warf, traute sie ihren Augen kaum.

Direkt vor der Tür zum OP lagen die Brüder und Butch ausgestreckt auf dem Boden, wie eine lebendige Schutzmauer. Die Männer schliefen tief und fest, sie wirkten so erschöpft, wie sie sich selbst fühlte. Vishous und Butch lehnten mit dem Rücken an der Wand nebeneinander, zwischen sich einen kleinen Fernseher und zwei Pistolen. Rhage lag flach auf dem Rücken und schnarchte leise, einen Dolch in der Hand. Tohrment balancierte den Kopf auf den Knien. Und Phury lag auf der Seite und hielt einen Wurfstern umklammert wie ein schlafendes Kind seinen Teddybär.

Wo war Zsadist?

»Ich bin hier drüben«, sagte er leise.

Sie zuckte zusammen und sah nach rechts. Da stand

Zsadist in voller Montur, Pistolenhalfter an der Hüfte, Dolche überkreuzt auf der Brust, eine Kette in der Hand. Seine glitzernden schwarzen Augen wichen ihrem Blick nicht aus.

»Ich bin dran mit Wache halten. Wir haben uns abgewechselt.«

»Ist es hier so gefährlich?«

Er runzelte die Stirn. »Weißt du es denn noch nicht?«

»Was denn?«

Er zuckte die Achseln und sah den Flur hinunter. Sein Blick suchte alles ab.

»Die Bruderschaft beschützt die, die zu ihr gehören.« Seine Augen richteten sich auf sie. »Wir würden dich oder ihn niemals ohne Schutz hier allein lassen.«

Sie spürte, dass er ihr auswich, doch sie wollte ihn nicht bedrängen. Sie und Wrath waren hier in Sicherheit, nur das zählte.

»Danke«, flüsterte sie.

Zsadist sah rasch zu Boden.

Wie verbissen er jeder Nähe ausweicht, dachte sie.

»Wie spät ist es?«, wollte sie wissen.

»Vier Uhr nachmittags. Am Donnerstag übrigens.« Zsadist rieb sich mit der Hand über den geschorenen Schädel. »Also, äh, wie geht es ihm?«

»Er ist aufgewacht.«

»Ich wusste, er würde leben.«

»Wirklich?«

Seine Lippe verzog sich auf einer Seite, als wolle er lächeln. Doch dann fing er sich wieder. Er sah sie mit einem unnahbaren Ausdruck an.

»Ja, Beth, ich wusste es. Kein Gewehr könnte ihn jemals von dir fernhalten.«

Und dann wandten sich Zsadists Augen schnell von ihr ab.

Die anderen regten sich allmählich. Kurze Zeit später waren sie alle auf den Beinen und sahen sie erwartungsvoll an. Butch schien sich unter den Vampiren wie zu Hause zu fühlen, stellte sie fest.

»Wie geht es ihm?«

»Gut genug, um mir zu sagen, was ich tun soll.«

Die Brüder lachten laut. Erleichterung schwang darin mit. Und Stolz. Und Liebe.

»Braucht einer von euch beiden etwas?«, erkundigte sich Tohr.

Beth blickte reihum in ihre Gesichter. Auf jedem lag gespannte Erwartung. Als hofften sie, Beth würde ihnen etwas zu tun geben.

Das ist jetzt wirklich meine Familie, dachte sie.

»Ich denke, im Moment nicht.« Beth lächelte. »Er will euch alle sicher bald sehen.«

»Und was ist mit dir?«, fragte Tohr. »Kannst du noch? Willst du mal eine Pause machen?«

Sie schüttelte den Kopf und schob die Tür zum OP auf. »Bis er hier auf seinen eigenen Füßen herausläuft, weiche ich ihm nicht von der Seite.«

Als sich die Tür hinter Beth schloss, hörte Butch Vishous leise pfeifen.

»Das ist eine tolle Frau, was?«, sagte V.

Tiefes, zustimmendes Gemurmel.

»Und anlegen möchte man sich mit ihr auch nicht«, fuhr der Bruder fort. »Mann, ihr hättet sie sehen sollen, als wir in die Scheune kamen. Sie stand über ihm, bereit, uns beide anzugreifen, notfalls mit den bloßen Händen. Als wäre Wrath ihr Schutzbefohlener, wenn ihr versteht, was ich meine.«

»Ob sie wohl eine Schwester hat?«, fragte Rhage.

Phury lachte. »Du wüsstest doch gar nicht, was du mit einer anständigen Frau anfangen solltest, wenn du mal einer begegnen würdest.«

»Das kommt ausgerechnet von dir, Herr Zölibat?« Doch dann rieb sich Hollywood die Stoppeln am Kinn, als müsse er allein alle Rätsel der Menschheit lösen. »Ach zum Teufel, Phury, du hast vermutlich recht. Trotzdem, man wird ja wohl noch träumen dürfen.«

»Das darf man«, murmelte V.

Butch dachte an Marissa. Er hoffte immer noch, dass sie zu ihnen herunterkommen würde. Aber seit sie am Morgen nach der Operation gegangen war, hatte er sie nicht mehr gesehen. Sie hatte so verhärmt ausgesehen, so bekümmert. Aber sie hatte ja auch genug Sorgen. Der Tod ihres Bruders rückte näher, so schnell wie Wrath sich erholte.

Butch wollte zu ihr gehen, doch er war sich nicht sicher, ob ihr seine Gegenwart willkommen wäre. Er kannte sie einfach nicht gut genug. Sie hatten erst so wenig Zeit miteinander verbracht.

War er für sie nur eine Kuriosität? Frisches Blut, das sie schmecken wollte? Oder doch mehr als das?

Butch sah den Flur hinunter, als könne er sie dadurch zu sich rufen.

Gott, er sehnte sich danach, sie zu sehen. Und sei es nur, um sich davon zu überzeugen, dass es ihr gut ging.

52

Einige Tage später setzte Wrath sich mühsam im Bett auf, bevor die Brüder hereinkamen. Er wollte nicht, dass sie ihn auf dem Rücken liegen sahen. Die Kanüle in seinem Arm und all die Apparate hinter ihm waren schon schlimm genug.

Doch wenigstens war der Katheter seit gestern weg. Und er hatte es geschafft, sich zu rasieren und zu waschen. Sauber zu sein war etwas Wunderbares.

»Was machst du denn da?«, fragte Beth streng.

»Mich hinsetzen …«

»O nein, kommt nicht infrage.« Sie drückte auf die Fernbedienung und stellte das Kopfteil höher.

»Zum Teufel, *Lielan*, jetzt liege ich im Sitzen.«

»Entspann dich.« Sie beugte sich über ihn, um das Laken festzuziehen, und er erhaschte einen Blick auf die Wölbung ihrer Brust. Sein Körper reagierte an der richtigen Stelle.

Doch die Empfindung rief ihm wieder den Anblick in der Scheune ins Gedächtnis. Wie sie gefesselt auf diesem Tisch gelegen hatte. Es war ihm egal, dass ein *Lesser* keinen mehr hochbekam.

Er hielt ihre Hand fest. *»Lielan?«*

»Ja?«

»Bist du sicher, dass es dir gut geht?« Sie hatten über

das Geschehene gesprochen, doch er machte sich immer noch große Sorgen.

»Ich hab es dir doch gesagt. Mein Oberschenkel ist fast verheilt.«

»Ich meine nicht deinen Körper.« Am liebsten hätte er Billy Riddle noch einmal getötet.

Ihr Gesicht umwölkte sich einen kurzen Moment. »Ich komme schon klar. Ich weigere mich einfach, mich davon fertigmachen zu lassen.«

»Du bist so tapfer. So willensstark. Du erstaunst mich immer wieder.«

Sie lächelte ihn an und gab ihm einen schnellen Kuss.

Doch er hielt sie fest und wisperte an ihren Lippen: »Und danke, dass du mir das Leben gerettet hast. Nicht nur in dieser Scheune. Sondern auch für den Rest meiner Tage und Nächte.«

Er küsste sie drängender und war entzückt über ihr lustvolles Aufseufzen. Das Geräusch erweckte seine Erektion wieder zum Leben, und er strich ihr mit dem Finger über das Schlüsselbein.

»Wie wär's, wenn du dich ein bisschen zu mir ins Bett gesellst?«

»Ich glaube, dafür ist es noch ein bisschen zu früh.«

»Wollen wir wetten?« Er nahm ihre Hand und steckte sie unter die Decke.

Ihr kehliges Lachen, als sie ihn sanft umfasste, war wie ein Wunder für ihn. Genau wie ihre unablässige Anwesenheit hier im Raum, ihr Mut, ihre Liebe und ihre Stärke.

Sie bedeutete ihm einfach alles. Seine ganze Welt. Früher war ihm sein Leben gleichgültig gewesen, nun wollte er verzweifelt weiterleben. Für Beth. Für sie beide. Für ihre gemeinsame Zukunft.

»Was hältst du davon, noch einen Tag zu warten?«, schlug sie vor.

»Eine Stunde.«

»Bis du dich allein aufsetzen kannst.«

»Abgemacht.«

Gott sei Dank heilte er sehr schnell.

Ihre Hand löste sich von seinem Körper. »Soll ich die Brüder jetzt hereinholen?«

»Ja.« Er holte tief Luft. »Warte noch. Du sollst vorher wissen, was ich ihnen zu sagen habe.«

Er zog sie zu sich aufs Bett.

»Ich werde die Bruderschaft verlassen.«

Sie schloss die Augen, als wollte sie ihm nicht zeigen, wie erleichtert sie war. »Wirklich?«

»Ja. Ich habe Tohr gebeten, das Kommando zu übernehmen. Aber das soll nicht heißen, dass ich mich zur Ruhe setze. Ich muss endlich anfangen, mein Volk zu regieren, Beth. Und ich brauche dich dafür an meiner Seite.«

Sie riss erstaunt die Augen auf.

Zärtlich berührte er ihr Gesicht. »König und Königin. Und ich muss ehrlich zu dir sein. Ich habe keine Ahnung, wie man das macht. Na ja, eine Ahnung schon, aber ohne dich werde ich es nicht schaffen.«

»Das musst du auch nicht. Für dich würde ich alles tun.«

Wrath konnte sie nur voller Staunen ansehen.

Sie haute ihn wirklich um. Hier saß sie nun, bereit, es für ihn mit der ganzen Welt aufzunehmen. Und das, obwohl er sich kaum rühren konnte. Ihr Vertrauen in ihn war einfach überwältigend.

»Habe ich dir schon gesagt, dass ich dich liebe?«

»Vor ungefähr fünf Minuten. Aber ich kann es gar nicht oft genug hören.«

Er küsste sie. »Hol jetzt die Brüder. Sag Butch, er soll draußen warten. Aber dich will ich dabeihaben.«

Beth ließ die Krieger hereinkommen und stellte sich dann wieder neben ihn.

Zaghaft marschierte die gesammelte Bruderschaft vor dem Bett auf. Mit Tohr hatte er heute Morgen eine kurze Unterredung gehabt, die anderen Brüder sah er zum ersten Mal seit dem Abend, an dem er verwundet worden war. Sie hüstelten und räusperten sich. Er wusste, wie sich ihre Verlegenheit anfühlte. Er spürte selbst einen Knoten im Hals.

»Meine Brüder …«

In diesem Augenblick kam Havers durch die Tür. Er blieb wie angewurzelt stehen.

»Sieh mal an, der brave Herr Doktor«, sagte Wrath. »Komm nur herein. Wir beide haben noch etwas zu klären.«

Havers war in regelmäßigen Abständen ins Zimmer gekommen, doch bisher hatte Wrath sich nicht imstande gefühlt, sich mit ihm zu befassen.

»Es ist Zeit«, herrschte er ihn an.

Havers atmete tief ein, ging zum Bett und senkte den Kopf. »Mein Herr.«

»Ich höre, du wolltest mich töten lassen.«

Man musste dem Vampir zugutehalten, dass er nicht zu fliehen versuchte. Er probierte es auch nicht mit Ausflüchten. Und obwohl sein Kummer und sein Bedauern klar ersichtlich waren, bat er nicht um Nachsicht.

»Ja, das ist richtig, Herr. Ich war es, der ihn angesprochen hat.« Er deutete auf Zsadist. »Und als klar war, dass dein Bruder dich nicht verraten würde, wandte ich mich an den *Lesser.*«

Wrath nickte. Er wusste inzwischen von Tohr, was in jener Nacht wirklich vorgefallen war. Tohr hatte nur die erste Hälfte von Zs Antwort mitgehört.

»Herr, du solltest wissen, dass dein Bruder mich töten wollte, nur weil ich ihm diese Frage gestellt hatte.«

Wrath blickte zu Zsadist, der aussah, als wolle er den Kopf des Arztes an die Wand nageln. »Ja, ich habe schon davon gehört. Z, ich schulde dir eine Entschuldigung.«

Der Krieger zuckte mit den Schultern. »Kannst du dir sparen. So etwas langweilt mich.«

Wrath lächelte. Das war so typisch Z. Immer schlechte Laune, egal, was los war.

Havers sah die Krieger der Reihe nach an. »Hier vor diesen Zeugen nehme ich die Todesstrafe an.«

Wrath sah den Arzt eindringlich an. Er dachte an all die Jahre, in denen seine Schwester gelitten hatte. Auch wenn Wrath ihr das Leben nie absichtlich schwer gemacht hatte, so war das Geschehene doch auch seine Schuld.

»Marissa war der Grund dafür, nicht wahr?«, fragte er.

Havers nickte. »Ja, Herr.«

»Dann werde ich dich nicht töten. Du hast es getan, weil ich deine geliebte Schwester schlecht behandelt habe. Rache ist ein Gefühl, das ich gut nachempfinden kann.«

Havers schien vor Schreck weiche Knie zu bekommen. Dann ließ er das Diagramm fallen, das er in der Hand hielt, und sank neben dem Bett zu Boden. Er griff nach Wraths Hand und legte seine Stirn hinein. »Herr. Deine Gnade ist grenzenlos.«

»Verlass dich besser nicht darauf. Ich lasse dir dein Leben als Geschenk für deine Schwester. Wenn du jemals wieder so eine Nummer abziehst, komme ich persönlich mit meinem Dolch. Haben wir uns verstanden?«

»Ja, Herr.«

»Und jetzt lass uns allein. Pieksen und quälen kannst du mich später. Aber klopf, bevor du die Tür aufmachst, verstanden?«

»Ja, Herr.«

Während Havers zur Tür flüchtete, küsste Wrath Beths Hand. »Nur für den Fall, dass wir beschäftigt sind«, flüsterte er ihr zu.

Ein leises kollektives Kichern war zu vernehmen.

Finster sah er die Brüder an, um sie zum Schweigen zu bringen. Dann machte er seine Ankündigung. Er wusste, dass es ein höllischer Schock für sie war, als es daraufhin ganz still wurde.

»Also, werdet ihr mit Tohr klarkommen?«, fragte er die Vampire und sah sie der Reihe nach an.

»Ja«, sagte Rhage. »Mir soll es recht sein.«

Vishous und Phury nickten.

»Z?«

Der Krieger verdrehte die schwarzen Augen. »Komm schon, Mann. Was spielt das schon für eine Rolle für mich? Du, Tohr, Britney Spears …«

Wrath lachte. »War das etwa ein Witz, Z? Nach all den Jahren hast du endlich deinen Sinn für Humor entdeckt? Noch ein Grund für mich, weiterzuleben.«

Z errötete und verzog grimmig die Oberlippe.

»Und meine Brüder«, fuhr Wrath fort. »Da ist noch etwas. Ich werde den Thron besteigen. Wie ich Tohr bereits erklärt habe, müssen wir uns neu organisieren. Wir müssen unser Volk neu beleben.«

Die Brüder starrten ihn fassungslos an. Und dann kam

einer nach dem anderen zum Bett und schwor ihm in der alten Sprache die Gefolgschaft, nahm seine Hand, küsste die Innenseite seines Handgelenkes. Ihre ernste Ehrerbietung rührte ihn.

Die Jungfrau der Schrift hatte recht, dachte er. Das waren seine Leute. Wie konnte er sich weigern, sie anzuführen?

Als die Krieger alle ihren Eid geleistet hatten, sah er Vishous an. »Hast du die beiden Kanopen der *Lesser* aus dem Schuppen geholt?«

Vishous zog die Stirn kraus. »Ich habe nur eine gefunden. Der Rekrut, dem wir beide in der Nacht vor deiner Hochzeit einen Besuch abgestattet haben. Ich habe ihm das Messer in die Brust gestoßen, noch während du auf dem OP-Tisch lagst. Seine Kanope war im Haus.«

Wrath schüttelte den Kopf. »Da waren auf jeden Fall zwei. Der andere war der Kerl, der an jenem Abend am Steuer des Hummer gesessen hat.«

»Bist du sicher, dass er tot war?«

»Er lag mit zerschmettertem Schädel am Boden.« Plötzlich spürte er, dass Beth unruhig wurde und drückte ihre Hand. »Genug jetzt, wir sprechen später darüber.«

»Nein, ist schon in Ordnung«, sagte sie.

»Später.« Er küsste ihren Handrücken und strich sich damit über die Wange. Als ihre Blicke sich begegneten, wollte er sie beruhigen. In diesem Moment hasste er die Welt, in die er sie geholt hatte.

Doch sie lächelte ihn an, und er wandte sich wieder den Brüdern zu.

»Eine Sache noch«, sagte er. »Ihr alle werdet zusammenziehen. Ich will, dass die Bruderschaft gemeinsam an einem Ort wohnt. Zumindest für die nächsten Jahre.«

Tohr wand sich sichtlich. »O Mann, das wird Wellsie aber gar nicht gefallen. Wir haben gerade erst ihre Traumküche einbauen lassen.«

»Für euch beide überlegen wir uns etwas. Besonders, da ein Kind unterwegs ist. Aber der Rest von euch kann eine WG bilden.«

Murren erhob sich. Ernsthaftes Murren.

»Hey, es könnte noch schlimmer kommen«, meinte Wrath. »Ich könnte euch zwingen, bei mir zu wohnen.«

»Auch wieder wahr«, gab Rhage zu. »Mann, Beth, wenn du mal eine Pause von ihm brauchst ...«

Wrath knurrte.

»Was ich eigentlich sagen wollte«, wehrte Hollywood ab. »Sie kann jederzeit bei uns allen einziehen. Wir passen auf sie auf.«

Glücklich sah Wrath Beth an. Gott, sie war so schön. Seine Gefährtin. Seine Geliebte. Seine Königin.

Er lächelte, er konnte die Augen einfach nicht von ihr abwenden. »Lasst uns allein, Gentlemen. Ich möchte mit meiner *Shellan* allein sein.«

Im Gehen grinsten die Brüder anerkennend. Als wüssten sie, was er vorhatte.

Wrath mühte sich im Bett ab, versuchte sich aufzurichten, sodass das Gewicht seines Oberkörpers auf den eigenen Hüften ruhte.

Beth sah ihm gelassen zu; helfen würde sie ihm nicht.

Als er es endlich geschafft hatte, rieb er sich erwartungsvoll die Hände. Er konnte jetzt schon ihre Haut spüren.

»Wrath«, sagte sie warnend, als er sie anstrahlte.

»Komm schon her, *Lielan*. Abgemacht ist abgemacht.«

Selbst wenn er sie einfach nur festhalten konnte. Aber er musste sie in seinen Armen spüren.

53

José de la Cruz schüttelte die Hand des Brandsachverständigen. »Danke, ich warte dann auf Ihren schriftlichen Bericht.«

Der Mann betrachtete kopfschüttelnd die Überreste der *Caldwell Martial Arts Academy.* »So etwas hab ich in meinem ganzen Leben noch nicht gesehen. Es ist fast, als hätte jemand eine Atombombe gezündet. Ehrlich gesagt, weiß ich nicht, was ich in die Akte schreiben soll.«

José sah dem Mann nach, als er zu seinem Truck ging und davonfuhr.

»Fährst du zurück zur Wache?«, fragte Ricky, während er in seinen Streifenwagen kletterte.

»Noch nicht. Ich habe in der Stadt noch was zu erledigen.«

Ricky winkte ihm zu und startete den Motor.

Allein am Tatort, holte José tief Luft. Der Brandgeruch war stechend, selbst noch nach vier Tagen.

Auf dem Weg zu seinem Wagen blickte er auf seine Schuhe. Sie waren blassgrau von dem Ruß, der den Schauplatz dreißig Zentimeter hoch bedeckte. Das Zeug wirkte eher wie Vulkanasche als wie die Überreste eines normalen Brandes. Und die Gebäuderuinen waren auch merkwürdig. Normalerweise blieben Teile des Mauerwerks stehen, egal, wie heiß das Feuer war. Doch hier war nichts mehr übrig. Das gesamte Gebäude war dem Erdboden gleichgemacht.

Auch er hatte so etwas noch nie zuvor gesehen.

José setzte sich ans Steuer, steckte den Schlüssel in die Zündung und legte den Gang ein. Er fuhr acht Meilen in östlicher Richtung, in eines der härteren Pflaster der Stadt. Eine Reihe unscheinbarer Wohnblocks tauchte vor ihm auf, urbanes Unkraut, das aus dem Asphaltboden emporschoss.

Vor einem dieser Blocks hielt er an und stellte den Motor ab. Es dauerte lange, bis er sich dazu durchringen konnte, auszusteigen.

Nervös ging er zur Eingangstür. Ein Pärchen kam heraus, sie hielten ihm die Tür auf. Er stieg drei Stockwerke hinauf und ging einen heruntergekommenen Korridor mit braunem Teppichboden entlang, der von Tausenden von Füßen abgetreten war.

Die Tür, nach der er suchte, war schon so oft überstrichen worden, dass die ehemaligen Kassetten darin kaum noch zu erkennen waren.

José klopfte, doch er rechnete nicht damit, dass jemand öffnete.

Das Schloss zu knacken dauerte nur eine Sekunde. Er schob die Türe auf.

Mit geschlossenen Augen atmete er tief ein. Eine Leiche, die seit vier oder fünf Tagen hier lag, würde inzwischen stinken, selbst in einem klimatisierten Raum wie diesem.

Aber da war nichts.

»Butch?«, rief er.

Dann schloss er die Tür hinter sich. Die Couch war von den Sportteilen des *Caldwell Courier Journal* und der *New York Post* von vergangener Woche übersät. Leere Bierdosen lagen auf dem Tisch. In der Küche stapelte sich das Geschirr in der Spüle.

Dann ging José ins Schlafzimmer. Aber er fand nur ein Bett mit zerknautschten Laken und jede Menge ungewaschener Klamotten auf dem Fußboden.

Vor der Badezimmertür blieb er stehen. Sie war geschlossen.

Sein Kopf dröhnte.

Beinahe rechnete er damit, eine Leiche am Duschkopf hängend zu finden.

Aber auch hier entdeckte er nichts.

Detective Butch O'Neal war offenbar spurlos verschwunden.

54

Darius sah sich um. Der friedliche Dunst des Schleiers hatte sich aufgelöst und einen Garten aus weißem Marmor freigegeben. Von einem Brunnen in der Mitte plätscherte fröhlich Wasser herab, fing das diffuse Licht auf und spiegelte es wider. Singvögel zwitscherten süße Melodien, als hießen sie ihn willkommen und verkündeten gleichzeitig seine Ankunft.

Es gibt diesen Ort also tatsächlich, dachte er.

»Sei gegrüßt, Darius, Sohn des Marklon.«

Ohne sich umzudrehen, fiel er auf die Knie und senkte den Kopf. »Jungfrau der Schrift. Ihr ehrt mich mit Eurer Audienz.«

Sie lachte leise. Als sie vor ihn hintrat, geriet der Saum ihres schwarzen Umhangs in sein Blickfeld. Das Leuchten, das unter der Seide hervordrang, war so gleißend wie Sonnenlicht.

»Darius, wie könnte ich dir das verweigern? Es ist die erste Zusammenkunft, um die du mich je ersucht hast.« Er spürte etwas über seine Schulter streichen und das Haar auf seinem Hinterkopf kitzelte. »Und jetzt erhebe dich. Ich möchte dein Gesicht sehen.«

Er stand auf und überragte die schmale Gestalt nun bei Weitem. Die Hände hatte er immer noch fest vor sich verschränkt.

»Der Schleier entspricht also nicht deinen Vorstellungen, Princeps?«, fragte sie. »Und du möchtest von mir zurückgeschickt werden?«

»In aller Bescheidenheit möchte ich diese Bitte vorbringen, wenn du es mir gestattest. Ich habe die erforderliche Zeit verstreichen lassen. Ich möchte gern meine Tochter sehen. Nur einmal.«

Die Jungfrau der Schrift lachte wieder. »Ich muss schon sagen, du präsentierst dich besser als dein König. Mit Worten gehst du gewandter um als er.«

Eine Pause entstand.

Er nutzte die Zeit, um an die Mitglieder seiner Bruderschaft zu denken.

Wie sehr er Wrath vermisste. Wie sehr er sie alle vermisste.

Doch am meisten sehnte er sich nach Beth.

»Sie hat sich einen Gefährten genommen«, teilte die Jungfrau der Schrift ihm unvermittelt mit. »Deine Tochter hat sich mit einem würdigen Mann vereinigt.«

Er schloss die Augen in dem Wissen, dass ihm keine Fragen zustanden. Dennoch konnte er seine Neugier kaum zügeln. Er hoffte inständig, dass seine Elizabeth mit ihrem Partner glücklich würde.

Die Jungfrau der Schrift schien entzückt über sein Schweigen. »Keine Frage kommt dir über die Lippen. Was für eine Selbstbeherrschung du besitzt! Und wegen deiner vollendeten Umgangsformen werde ich dir mitteilen, was du so sehnlich zu erfahren wünschst: Es ist Wrath, und er wird den Thron besteigen. Deine Tochter ist seine Königin.«

Darius ließ den Kopf sinken, um seine Gefühle zu verbergen. Er wollte nicht, dass sie seine Tränen sah. Vielleicht würde sie ihn sonst für schwach halten.

»Ach, Princeps«, sagte die Jungfrau der Schrift leise. »Solche Freude und solche Trauer in deiner Brust. Sag, reicht die Gesellschaft deiner Söhne im Schleier nicht aus, um dein Herz zu nähren?«

»Es ist, als hätte ich meine Tochter zurückgelassen.«

»Sie ist nicht länger allein.«

»Das ist gut.«

Schweigen. »Und dennoch wünschst du sie zu sehen?«

Er nickte.

Die Jungfrau der Schrift wanderte zu den Vögeln, die jubilierend und selig auf einem weißen Baum mit weißen Blüten saßen.

»Was ist es, was du dir wünschst, Princeps? Einen flüchtigen Besuch in ihren Träumen?«

»Wenn du es mir gestattest.« Er behielt die Wortwahl bei, weil sie die Ehrerbietung verdiente. Und weil er hoffte, sie dadurch überzeugen zu können.

Das schwarze Gewand raschelte, und eine leuchtende Hand kam zum Vorschein. Einer der Vögel, eine Kohlmeise, hüpfte auf ihren Finger.

»Du wurdest auf ehrlose Weise getötet«, sagte sie und streichelte dem winzigen Vögelchen über die Brust. »Nachdem du den Vampiren jahrhundertelang heldenhaft gedient hattest. Du warst ein ehrbarer Princeps und ein tapferer Krieger.«

»Dass meine Taten Euch gefällig sind, ist die größte Belohnung für mich.«

»Das ist richtig.« Sie pfiff dem Vogel zu, und das Tierchen pfiff zurück, als antworte es. »Was würdest du sagen, Princeps, wenn ich dir mehr geben würde, als du von mir erbeten hast?«

Darius' Herz schlug schneller. »Ich würde einwilligen.«

»Ohne das Geschenk zu kennen? Oder das Opfer?«

»Ich vertraue Euch.«

»Warum nur konntest du nicht König sein?«, fragte sie trocken und ließ den Vogel fliegen. Sie wandte sich ihm zu. »Höre, was ich dir anbiete. Ein neues Leben. Eine Begegnung mit deiner Tochter. Die Gelegenheit, weiterzukämpfen.«

»Aber …« Er sank wieder auf den Boden. »Ich nehme an, auch wenn ich solcher Gunst nicht würdig bin.«

»Dieser Antwort werde ich keine Beachtung schenken. Denn du musst hören, was du opfern musst. Du wirst keine bewusste Erinnerung an sie haben. Du wirst deine jetzige Gestalt nicht behalten. Und ich verlange ein Zeichen deiner Befähigung.«

Er wusste nicht, was sie mit dieser letzten Bedingung meinte, aber er würde sicher nicht nachfragen.

»Ich nehme an.«

»Bist du ganz sicher? Brauchst du nicht etwas Zeit, um darüber nachzudenken?«

»Ich danke Euch, Jungfrau der Schrift. Aber ich habe meine Wahl getroffen.«

»So sei es.«

Sie kam zu ihm, und die geisterhaften Hände reckten sich aus dem Umhang hervor. Zur selben Zeit hob sich der Schleier vor ihrem Gesicht von ganz allein. Das Licht war so gleißend hell, dass er ihre Züge nicht erkennen konnte.

Als sie ihre Hände um seinen Kiefer und seinen Nacken legte, erzitterte er angesichts ihrer Kraft. Sie hätte ihm mühelos den Schädel zerquetschen können.

»Ich gewähre dir ein neues Leben, Darius, Sohn des

Marklon. Mögest du finden, was du in dieser Inkarnation suchst.«

Sie drückte ihre Lippen auf seine, und er spürte denselben Schock wie in dem Moment, als er gestorben war. All seine Moleküle explodierten, sein Körper zersplitterte, seine Seele wurde freigesetzt und stieg empor.

55

Mr. X schlug die Augen auf und sah eine Reihe undeutlicher, senkrechter Linien. Gitterstäbe?

Nein, das waren Stuhlbeine.

Er lag auf einem rauen Kiefernholzboden. Auf dem Bauch, alle Viere von sich gestreckt. Unter einem Tisch.

Mühsam hob er das Kinn und sofort verschwamm ihm wieder alles vor Augen. *Mein Gott, mein Kopf tut so weh, als wäre er in zwei Teile gespalten.*

Da fiel ihm alles wieder ein. Der Kampf gegen den Blinden König. Der Schlag mit dem Hammer. Der Sturz.

Während der Blinde König verwundet am Boden lag, und die Frau sich um ihn gekümmert hatte, war Mr. X heimlich zu seinem Auto gekrochen. Er war weit aus der Stadt herausgefahren, in die Berge. Wie durch ein Wunder hatte er seine Hütte im Dunklen gefunden und es gerade noch durch die Tür geschafft, bevor er zusammenbrach.

Gott allein mochte wissen, wie lange er bewusstlos gewesen war.

Durch die kleinen Fenster in der Blockhütte konnte er die frühe Morgendämmerung erkennen. War es der Morgen danach? Wohl kaum. Es fühlte sich eher an, als hätte er tagelang hier gelegen.

Vorsichtig bewegte er den Arm und tastete nach seinem Hinterkopf. Die Verletzung war schwer, aber sie heilte.

Mit eisernem Willen und unter großen Mühen richtete er sich auf, sodass er sich gegen den Tisch lehnen konnte. Er fühlte sich sogar etwas besser, als er den Kopf hob.

Er hatte Glück gehabt. Ein *Lesser* konnte durch einen harten Schlag oder eine Schusswunde dauerhaft geschädigt werden. Nicht tot, aber zerstört. Über die Jahrzehnte hatte er viele seiner Mitstreiter an verborgenen Plätzen herumtaumeln sehen. Langsam verrottend, unfähig, sich wieder in Kampfform zu bringen, zu schwach, um sich selbst durch einen Stich in die Brust ins Vergessen zu befördern.

Er sah auf seine Hände. Das getrocknete Blut des Blinden Königs und der Schmutz des Scheunenbodens waren noch darauf zu erkennen.

Er bereute nicht, dass er geflohen war. Manchmal war es das Beste für einen Anführer, sich vom Schlachtfeld zu entfernen. Wenn die Verluste zu hoch waren und der Tod praktisch sicher, dann blieb nur ein strategischer Rückzug. Der Kampf musste an einem anderen Tag fortgesetzt werden.

Mr. X ließ die Arme sinken. Er würde noch etwas Zeit brauchen, um sich zu erholen, doch er musste unbedingt Kontakt zu seinen Leuten aufnehmen. Ein Machtvakuum in der Gesellschaft war gefährlich. Ganz besonders für den zuständigen *Haupt-Lesser*.

Die Tür der Blockhütte schwang auf, und er hob den Blick. Schon überlegte er, wie er sich verteidigen konnte, als ihm klar wurde, dass der Tag zu nahe war. Der Eindringling konnte kein Vampir sein.

Was da den Türrahmen ausfüllte, ließ sein schwarzes Blut gefrieren.

Omega.

»Ich komme, um dir bei der Genesung zu helfen«, sagte er mit einem Lächeln.

Als die Tür sich schloss, zitterte Mr. X am ganzen Körper.

Hilfe von Omega war entsetzlicher als jede Strafe.

Epilog

»Das Anwesen bei der Gruft. Ich sage euch, dahin sollten wir ziehen«, sagte Tohr, während er sich Roastbeef von einem Silbertablett auftat, das Fritz ihm anbot. »Danke, Mann.«

Beth sah zu Wrath hinüber. In dem Monat, der seit dem Kampf vergangen war, hatte er sich vollständig erholt. Er war gesund und stark. In Hochform. Arrogant. Liebevoll. Unmöglich und unwiderstehlich.

Er lehnte sich auf seinem Stuhl am Kopfende des Tisches zurück und strich mit dem Daumen über ihre Hand.

Sie lächelte ihn an.

Während seiner Genesung hatten sie im Haus ihres Vaters gewohnt und Pläne für die Zukunft geschmiedet. Und jeden Abend kam die Bruderschaft zum Essen. Fritz war außer sich vor Freude über all das lebhafte Treiben.

»Weißt du was, das ist eine verdammt gute Idee«, bestätigte V. »Ich könnte alles wasserdicht verkabeln. Die Lage oben auf dem Berg ist abgelegen genug. Und das Gebäude ist aus Stein, also feuerfest. Wenn wir noch Klappläden aus Metall vor alle Fenster montieren, könnten wir uns sogar tagsüber im Haus bewegen. Was ja in diesem Haus eine schwere Sicherheitslücke war, als …« Er brach ab. »Und gibt es dort nicht sogar ausgedehnte Kellerräume? Die könnten wir zum Trainieren benutzen.«

Rhage nickte. »Groß genug ist das Haus auch. Wir

könnten alle dort wohnen, ohne uns gegenseitig an die Gurgel zu gehen.«

»Das hängt allerdings mehr von deinem Schandmaul ab als vom Grundriss«, meinte Phury grinsend. Der Krieger rutschte auf dem Stuhl herum und machte auf seinem Schoß Platz für Boo.

»Was meinst du dazu?«, fragte Tohr Wrath.

»Das habe ich nicht zu entscheiden. Alle Gebäude und das Land um sie herum haben Darius gehört und sind nach seinem Tod auf Beth übergegangen.« Wrath sah sie an. *»Lielan?* Könntest du dir vorstellen, die Brüder eines deiner Häuser benutzen zu lassen?«

Eines ihrer Häuser. *Ihre* Häuser. Früher hatte sie noch nicht mal eine Wohnung besessen, weswegen es ihr immer noch schwerfiel, sich an ihre neuen Besitztümer zu gewöhnen. Und es waren ja nicht nur die Immobilien. Auch die Kunstwerke. Grundstücke. Autos. Schmuck. Und das viele Bargeld. Einfach Wahnsinn.

Glücklicherweise halfen ihr V und Phury mit ihren fundierten Kenntnissen über die Finanzwelt. Wertpapiere. Obligationen. Gold. Handelsobjekte. Sie wussten so gut Bescheid über Geld.

Und sie waren so gut zu ihr.

Sie sah die Männer am Tisch an. »Die Bruderschaft soll alles bekommen, was sie braucht.«

Ein dankbares Raunen erhob sich, und Weingläser wurden auf ihre Gesundheit erhoben. Zsadist ließ zwar sein Glas auf dem Tisch stehen, nickte aber in ihre Richtung.

Beth warf Wrath einen Blick zu. »Aber meinst du nicht, wir sollten auch dort leben?«

»Das würdest du tun?«, fragte er. »Die meisten Frauen würden ein eigenes Haus bevorzugen.«

»Es ist ja mein Haus. Und das sind deine engsten Berater, die Menschen, denen du am allermeisten vertraust. Warum solltest du von ihnen getrennt sein?«

»Moment mal«, wandte Rhage ein. »Ich dachte, es wäre geklärt, dass wir nicht mit ihm zusammenwohnen müssen?«

Wrath warf ihm einen finsteren Blick zu und wandte sich dann wieder Beth zu. »Bist du dir ganz sicher, *Lielan?«*

»Gemeinsam sind wir stark, oder etwa nicht?«

Er nickte. »Aber auch auffälliger.«

»Aber wir wären in bester Gesellschaft. Von niemandem würde ich mich lieber beschützen lassen als von diesen großartigen Männern.«

»Wenn ich mal kurz unterbrechen darf«, warf Rhage ein. »Ist sonst noch jemand hier im Raum in sie verliebt?«

»Aber klar«, ließ sich V vernehmen und tippte sich an die Baseballkappe. »Total.«

Phury nickte. »Und wenn sie bei uns wohnt, dürfen wir die Katze behalten.«

Wrath küsste seine Frau und sah Tohr an. »Ich schätze mal, wir haben ein neues Zuhause gefunden.«

»Und Fritz kommt auch mit«, erklärte Beth, als der Butler wieder hereinkam. »Nicht wahr? *Bitte.«*

Der Butler strahlte über das ganze Gesicht, dass man ihn dabeihaben wollte. »Für Euch und den König gehe ich überallhin, Herrin. Und je mehr von Euch ich versorgen darf, desto besser.«

»Wir werden dir wohl eine Hilfe besorgen müssen.«

V wandte sich an Wrath. »Hör mal, was willst du eigentlich mit Butch machen?«

»Fragst du, weil er ein Freund von dir ist oder weil er eine Bedrohung für uns darstellt?«

»Beides.«

»Irgendwie habe ich das dumpfe Gefühl, als ob du einen Vorschlag machen möchtest.«

»Stimmt genau. Er sollte mit uns kommen.«

»Aus einem bestimmten Grund?«

»Ich habe von ihm geträumt.«

Alle am Tisch versanken in Schweigen.

»Beschlossene Sache«, sagte Wrath dann. »Aber Träume hin oder her, wir müssen ihn im Auge behalten.«

V nickte. »Diese Verantwortung nehme ich auf mich.«

Als die Brüder untereinander begannen, weitere Pläne zu schmieden, blickte Beth auf die Hand ihres Mannes, die in ihrer eigenen lag. Sie hatte plötzlich Tränen in den Augen.

»*Lielan?*«, fragte Wrath sanft. »Alles okay?«

Sie nickte, immer wieder erstaunt, dass er so gut ihre Gedanken lesen konnte.

»Alles ist sehr okay.« Sie lächelte ihn an. »Weißt du, kurz bevor ich dich traf, habe ich nach einem Abenteuer gesucht.«

»Ach wirklich?«

»Und ich habe mehr als das bekommen. Ich habe jetzt eine Vergangenheit und eine Zukunft. Ein ganzes ... Leben. Manchmal weiß ich gar nicht, was ich mit all dem Glück anfangen soll. Ich weiß einfach nicht, wohin damit.«

»Komisch, mir geht es ganz genauso.« Wrath nahm ihr Gesicht in seine Hände und legte seine Lippen auf ihren Mund. »Und genau deswegen küsse ich dich so oft, *Lielan.*«

Sie schlang ihm die Arme um die breiten Schultern und knabberte an seinen Lippen.

»O Mann«, ließ sich Rhage vernehmen. »Müssen wir denen jetzt die ganze Zeit beim Knutschen zusehen?«

»Du bist ja nur neidisch«, murmelte V.

»Stimmt«, seufzte Rhage. »Alles, was ich will, ist eine gute Frau. Aber bis ich die gefunden habe, muss ich eben auf Masse statt Klasse setzen. Das Leben ist schon hart, was?«

Tosendes Gelächter brandete auf. Jemand warf mit einer Serviette.

In diesem Moment kam Fritz mit dem Dessert herein.

»Ich muss doch sehr bitten, nicht mit dem guten Leinen zu werfen«, ließ sich der Butler streng vernehmen. Dann blickte er lächelnd in die Runde: »Möchte jemand Pfirsiche?«

J. R. Wards
BLACK DAGGER
wird fortgesetzt in:
Rhage & Mary

Leseprobe

Rhage fühlte sich ziemlich bescheiden, als er den Flur entlangtorkelte. Jedes Mal, wenn die Bestie aus ihm hervorbrach und sein Bewusstsein sich eine kleine Auszeit nahm, brauchten seine Augen danach etwas Zeit, um ihre normale Arbeit wiederaufzunehmen. Auch sein Körper funktionierte noch nicht in der gewohnten Weise, die Arme und Beine hingen bleischwer an seinem Torso und waren kaum zu gebrauchen.

Und sein Magen war immer noch nicht wieder in Ordnung. Allein der Gedanke an Essen verursachte ihm Übelkeit.

Aber er hatte es satt, im Bett zu liegen. Zwölf Stunden flach auf dem Rücken waren mehr als genug. Er war wild entschlossen, in den Trainingsraum zu gehen und sich an den Geräten ein bisschen Lockerung zu verschaffen.

Er blieb unvermittelt stehen, sein Körper spannte sich instinktiv an. Viel konnte er nicht erkennen, aber er wusste mit Sicherheit, dass er nicht allein war. Wer auch immer es war, stand nahe bei ihm, zu seiner Linken. Ein Fremder.

Ruckartig drehte er sich um und riss die Gestalt herum,

packte sie an der Kehle und drückte sie an die gegenüberliegende Wand. Zu spät bemerkte er, dass es eine Frau war. Das hohe Keuchen beschämte ihn. Schnell lockerte er seinen Griff etwas, ließ aber nicht los.

Der schlanke Hals unter seiner Handfläche war warm und weich. Ihr Puls raste, das Blut pumpte durch die Vene, die vom Herzen hinaufführte. Rhage beugte sich herunter und atmete ihren Duft ein, nur, um sofort wieder zurückzuzucken.

Grundgütiger, sie war ein Mensch. Und sie war krank, vielleicht sterbenskrank.

»Wer bist du?«, knurrte er. »Wie bist du hier hereingekommen?«

Keine Antwort, nur hektisches Atmen. Sie war zu Tode erschrocken. Ihre Furcht drang wie herber Holzrauch in seine Nase.

Seine Stimme wurde etwas weicher. »Ich werde dir nicht wehtun. Aber du gehörst hier nicht her, und ich will wissen, wer du bist.«

Ihre Kehle wogte in seiner Hand, als sie versuchte, zu schlucken. »Ich heiße … Mary. Ich bin mit einer Freundin hier.«

Rhage stockte der Atem. Sein Herzschlag geriet aus dem Takt.

»Sag das noch mal«, flüsterte er.

»Ähm, mein Name ist Mary Luce. Ich bin eine Freundin von Bella … Wir wurden von einem Jungen hierher eingeladen, John Matthew.«

Rhage erbebte, ein sanfter Schauer fuhr ihm über die Haut. Ihre melodiöse Stimme, der Rhythmus ihrer Sprache, der Klang ihrer Worte, all das durchdrang ihn, besänftigte ihn, tröstete ihn. Fesselte ihn mit süßen Ketten.

Er schloss die Augen. »Sag etwas anderes.«

»Wie bitte?«, fragte sie verdutzt.

»Sprich mit mir. Ich will deine Stimme noch mal hören.«

Sie schwieg, und er wollte sie gerade herrisch auffordern, weiterzureden, als sie sagte: »Sie sehen nicht gerade gut aus. Brauchen Sie einen Arzt?«

Er merkte, wie er schwankte. Die Worte waren egal. Es war ihr Klang: leise, wie eine sanfte Liebkosung. Es war, als streiche ihm jemand mit einer Feder über die Haut.

»Mehr«, sagte er und verschob die Hand um ihre Kehle weiter nach vorn, sodass er die Vibrationen in ihrem Hals besser spüren konnte.

»Könnten Sie … könnten Sie mich bitte loslassen?«

»Nein.« Er hob den anderen Arm hoch. Sie trug eine Fleecejacke, und er schob den Kragen zur Seite, wobei er gleichzeitig eine Hand auf ihre Schulter legte, damit sie nicht entkommen konnte. »Sprich.«

Sie begann sich gegen seinen Griff zur Wehr zu setzen. »Sie bedrängen mich.«

»Ich weiß. Sprich.«

»Verdammt noch mal, was soll ich denn sagen?«

Selbst verärgert klang ihre Stimme noch wunderschön. »Egal.«

»Bitte, wenn Sie wollen: Nehmen Sie sofort Ihre Hand von meiner Kehle, oder Sie spüren mein Knie an einer empfindlichen Stelle.«

Er lachte. Dann brachte er seinen Unterleib näher an sie heran und presste sie mit den Oberschenkeln und Hüften an die Wand. Ihr Körper versteifte sich, aber er bekam trotzdem einen guten Eindruck von ihr. Sie war schmal gebaut, aber es gab keinen Zweifel daran, dass sie eine Frau war. Ihre Brüste berührten seine Brust, ihre

Hüften drückten gegen ihn, und ihr Bauch fühlte sich weich an.

»Sprich weiter«, flüsterte er ihr ins Ohr. *O Gott, sie riecht so gut. Nach Zitrone. Frisch und herrlich.*

Als sie ihn von sich wegschieben wollte, stützte er sein gesamtes Gewicht auf ihr ab. Sie keuchte.

»Bitte«, murmelte er.

Ihre Brust hob sich spürbar, als versuche sie, Luft zu bekommen. »Ich … äh, ich weiß nicht, was ich sagen soll. Außer: Lassen Sie mich los.«

Er lächelte, wobei er sorgfältig den Mund geschlossen hielt. Es brachte überhaupt nichts, ihr jetzt seine Fänge zu zeigen, besonders falls sie nicht wusste, was er war.

»Dann sag das eben noch einmal.«

»Was?«

»Nichts. Sag nichts. Immer wieder. Mach schon.«

Sie sträubte sich, der Duft der Furcht wurde abgelöst durch ein scharfes Aroma, ähnlich dem frisch gepflückter Minze. Jetzt wurde sie wütend.

»Sag es«, befahl er. Er musste unbedingt mehr von dem fühlen, was sie mit ihm anstellte.

»Von mir aus. Nichts. Nichts.« Unvermittelt lachte sie laut, und das Geräusch schoss seine Wirbelsäule hinauf und versengte ihn förmlich. »Nichts, nichts. Ni-hichts. Niiiiiiiiiieeeechts. Und, reicht das? Lassen Sie mich jetzt endlich los?«

»Nein.«

Sie wehrte sich wieder gegen seinen Griff, und eine köstliche Reibung entstand zwischen ihren Körpern. Er spürte sofort, als ihr Ärger und ihre Anspannung einer heißeren Empfindung wichen. Er konnte ihre Erregung wittern, ein wunderbar süßes Aroma, das schwer in der Luft lag. Und sein Körper reagierte sofort darauf.

Er wurde hart wie ein Diamant.

»Sprich weiter, Mary.« Er ließ seine Hüfte langsam kreisen und rieb seine Erektion an ihrem Bauch. Seine Sehnsucht wurde immer stärker, und ihre Hitze auch.

Nach einem kurzen Moment ließ ihre Anspannung nach, und ihr Körper ergab sich dem Druck seiner Muskeln und seiner Erregung. Ihre Hände legten sich flach auf seine Taille. Und glitten dann vorsichtig um ihn herum, als sei sie sich unsicher, warum sie so auf ihn reagierte.

Er bog den Rücken durch, um ihr seine Zustimmung zu zeigen und sie zu ermutigen, ihn zu berühren. Als ihre Handflächen seinen Rücken hinaufwanderten, stieß er ein tiefes Knurren aus und neigte den Kopf zu ihrem Ohr. Er wollte ihr ein Wort einsagen, das er hören wollte, etwas wie *köstlich* oder *Flüstern* oder *Erdbeere*.

Verdammt, Donaudampfschifffahrtsgesellschaftskapitän würde auch funktionieren.

Die Wirkung, die sie auf ihn ausübte, war wie eine Droge; eine verführerische Mischung aus sexuellem Begehren und vollkommener Ruhe. Als hätte er einen Orgasmus und würde gleichzeitig in einen friedlichen Schlaf sinken. So etwas hatte er noch nie zuvor empfunden.

Da überfuhr ihn ein kalter Schauer und entzog seinem Körper alle Wärme.

Er dachte an das, was Vishous zu ihm gesagt hatte, und riss den Kopf zurück.

»Bist du eine Jungfrau?«, fragte er mit donnernder Stimme.

Ihr Körper wurde wieder steif und abweisend. Sie

drückte sich mit ihrem ganzen Gewicht gegen ihn, ohne ihn auch nur einen Zentimeter bewegen zu können.

»Ich muss doch sehr bitten. Was soll das denn für eine Frage sein?«

Vor Anspannung festigte sich sein Griff um ihre Schulter wieder. »Bist du schon einmal von einem Mann genommen worden? Beantworte die Frage.«

Ihre wunderschöne Stimme wurde ängstlich, versagte beinahe. »Ja. Ja, ich hatte … einen Liebhaber.«

Vor Enttäuschung ließ er seine Hand sinken. Doch die Erleichterung folgte gleich auf dem Fuße.

Lesen Sie weiter in:
J.R. Ward
BLACK DAGGER
Rhage & Mary

Bonusmaterial

Seine Königliche Hoheit Wrath, Sohn des Wrath

»Willkommen in der wunderbaren Welt der Eifersucht, dachte er. Für den Eintrittspreis erhalten Sie rasende Kopfschmerzen, einen beinahe unwiderstehlichen Drang, zum Mörder zu werden, und einen ausgefeilten Minderwertigkeitskomplex.«

– WRATH & BETH, Seite 161

Alter:	343
Trat der Bruderschaft bei:	Das ist eine lange Geschichte …
Größe:	2,05 Meter
Gewicht:	124 kg
Haarfarbe:	schwarz, glatt, lang
Augenfarbe:	blassgrün
Unveränderliche Kennzeichen:	Tätowierungen auf beiden Unterarmen stellen seine königliche Abstammung dar; das Mal der Bru-

	derschaft auf der Brust; den Namen Elisabeth in der Alten Sprache quer über die Schulterblätter in die Haut geritzt.
Anmerkung:	schwaches Sehvermögen – Augen hyperempfindlich gegen Licht, wahrscheinlich aufgrund seiner reinrassigen Abstammung
Bevorzugte Waffe:	Hira Shuriken (Wurfsterne)
Beschreibung:	*Zwei Meter purer Terror. Das war Wrath. Sein Haar war lang und schwarz und fiel von einem spitz zulaufenden Haaransatz gerade herunter. Eine große, gewölbte Sonnenbrille verbarg seine Augen, die er niemals zeigte. Die Schultern waren doppelt so breit wie die der meisten anderen Männer. Sein Gesicht wirkte aristokratisch und brutal zugleich. Er war ein König per Geburtsrecht, aber das Schicksal hatte ihn zu einem Soldaten gemacht.* – WRATH & BETH, Seite 11
Partner von:	Elisabeth Anne Randall

Persönliche Fragen
(von Wrath beantwortet)

Zuletzt gesehener Film:	*Babyspeck und Fleischklößchen (Meatballs);* (Rhage ist schuld)

Zuletzt gelesenes Buch:	*Gute Nacht, Mond* von Margaret Wise Brown (für Nalla)
Lieblings-Fernsehsendung:	*NBC Nightly News* mit Brian Williams
Zuletzt im Fernsehen gesehen:	*The Office* (eine meiner Lieblings-TV-Serien)
Zuletzt gespielt:	Monopoly
Größte Angst:	Tod
Größte Liebe:	Beth
Motto:	Herrsche mit dem Herz und mit der Faust.
Boxershorts oder Slip:	Boxershorts, schwarz
Uhr:	Braille
Auto:	Beth nimmt mich in ihrem Audi mit, oder Fritz fährt mich.
Um welche Uhrzeit füllst du das hier aus?	Zwei Uhr morgens
Wo bist du gerade?	In meinem Arbeitszimmer
Was hast du an?	Hose aus schwarzem Leder, ein schwarzes T-Shirt von Hanes, Stiefel
Was hast du sonst noch im Schrank?	So ziemlich das Gleiche; und dazu einen Brooks Brothers-Anzug und zeremonielle weiße Kleidung für die Audienzen bei der Jungfrau der Schrift

Deine letzte Mahlzeit:	Ein Lamm-Sandwich, von Beth zubereitet
Beschreib deinen letzten Traum:	Geht dich nichts an.
Coke oder Pepsi?	Coke
Audrey Hepburn oder Marilyn Monroe?	Beth Randall
Kirk oder Picard?	Kirk
Football oder Baseball?	Rugby
Schärfstes Körperteil einer Frau:	Der Hals meiner *Shellan*
Was magst du am liebsten an Beth?	Alles. Ja, das trifft es ganz gut.
Was war das Erste, was du zu ihr gesagt hast?	*»Ich dachte, wir versuchen es noch einmal.«*
Ihre Antwort:	*»Wer bist du?«*
Dein letztes Geschenk für sie:	Diamantohrringe, passend zu dem Ring, den ich ihr schon geschenkt habe.
Das Romantischste, was du je für sie getan hast:	Da musst du schon sie fragen.

Das Romantischste, was sie je für dich getan hat:	Die Art und Weise, wie sie mich vor einer Stunde geweckt hat.
Was würdest du an ihr ändern, wenn du könntest?	Ich hätte sie gerne schon ein paar Jahrhunderte früher getroffen.
Dein bester Freund (abgesehen von deiner *Shellan*):	Den habe ich vor etwa drei Jahren verloren. Mehr ist dazu nicht zu sagen.
Wann hast du zuletzt geweint?	Geht dich nichts an.
Wann hast du zuletzt gelacht?	Vor vielleicht zwanzig Minuten, als ich beobachten konnte, wie Nalla ihre Zehen entdeckt.

J. R.s Interview mit Wrath

So ist das mit Königen. Sie geben dir zwar ein Interview, aber nur zu ihren eigenen Bedingungen. Bei Wrath ist das nicht anders. Er steht total auf seine Bedingungen. Aber wenn man der letzte reinrassige Vampir der Welt und noch dazu der König der Spezies ist und … nun ja, wenn man so dermaßen groß und kräftig ist und einen

Blick hat, der so scharf ist wie ein Diamant, der Glas zerschneidet, dann kann man der Welt wohl auch seine Regeln diktieren.

Ach, habe ich schon erwähnt, dass ich hohe Anglerstiefel anhabe und bis zu den Oberschenkeln in einem eiskalten Bach irgendwo in den Adirondacks stehe?

Ja, Seine Königliche Hoheit hat das Fliegenfischen für sich entdeckt.

Also stehen Wrath und ich mitten in einer frostigen Novembernacht in träge vor sich hin fließendem, aber verdammt kaltem Wasser. Ich habe lange Unterhosen an, aber ich wette, er nicht, denn er ist nicht der Typ, der sich von ein bisschen Kälte beeindrucken lässt. Das einzige Zugeständnis, das er an das Wetter gemacht hat, sind gigantische Anglerstiefel, die Fritz für ihn passgenau gefertigt hat, denn jedes seiner Beine ist in etwa so kräftig wie mein Oberkörper. Ich stehe auf einer Höhe mit dem König; ich schätze, wenn ich vor oder hinter ihm stünde, wäre ich nur in Haken-Reichweite, und in Anbetracht der Tatsache, dass ich wochenlang wegen dieses Interviews betteln musste, möchte ich wirklich nicht riskieren, noch wegen irgendeines dummen Angelunfalls in der Notaufnahme zu landen.

Nebenbei bemerkt, Wrath sieht ein bisschen fertig aus. Trotzdem überholt er auf der *Verdammt-Sexy*-Skala locker 99,9 Prozent aller Männer. Aber mal ehrlich, was könnte auch schärfer sein als ein Typ mit hüftlangen schwarzen Haaren und einer gewölbten dunklen Sonnenbrille? Ganz zu schweigen von den Tattoos auf seinen Unterarmen, den grünen Augen und seinem …

Nicht, dass ich je die Maße seines Hinterns genommen hätte. Wirklich nicht. Noch nie. Auch nicht die seiner unglaublich breiten Schultern. Oder die seines Wahnsinns-Sixpacks.

Jetzt schaut mich bloß nicht so an.

Egal, wo war ich stehengeblieben? Ach ja, der Bach. Fliegenfischen.

Der König und ich befinden uns etwa eine halbe Stunde von Rehvenges sicherem Haus entfernt in den Adirondack Mountains nahe des Black Snake State Parks. Wrath steht etwa fünf Meter von mir entfernt und schwenkt seinen rechten Arm in einem sanften Rhythmus vor und zurück, wobei er mit der Leine hauchdünne Linien durch das Wasser zieht. Das Wasser klingt wie ein Windspiel, wie es so über braune und graue Steine dahinplätschert, und die Pinienbäume an beiden Uferseiten rascheln im Wind leise vor sich hin. Die Luft ist kalt und klar, und ich muss daran denken, wie froh ich bin, dass ich den kleinen Laptop in meinem Rucksack dabeihabe – das scharfe Gerät passt hervorragend zu dem frischen Herbsttag.

Ach ja, noch etwas nicht ganz Unwesentliches: Wrath hat unter beide Arme je eine Forty geschnallt und trägt Wurfsterne in den Taschen. Die Knarren kann ich sehen. Das mit den Wurfsternen hat er mir erzählt.

J. R.: Kann ich ganz offen und ehrlich mit dir sprechen?

Wrath: Das möchte ich dir geraten haben. Ich kann's nämlich riechen, wenn du mich anlügst.

J. R.: Schon klar. Äh … Ich wundere mich, dass du hierfür Geduld hast. Ich meine, für das Fischen.

Wrath: Das hat nichts mit Geduld zu tun, sondern mit Entspannung. Und bevor du auf falsche Ideen kommst, nein, ich fang jetzt nicht auch mit Yoga an. Das überlasse ich lieber Rhage.

J. R.: Macht er das immer noch?

Wrath: Ja, er namastet seinen Hintern immer noch in alle möglichen Verrenkungen. Ich wette, der Penner kann sich schon ganz zusammenfalten.

J. R.: Apropos Rhage und Mary, stimmt es, was man da so hört?

Wrath: Über diese Adoptionssache? Schon. Seit Nalla auf der Welt ist, sind die beiden ganz scharf drauf.

J. R.: Wie lange wird das dauern? Und woher wollen sie das Kind nehmen?

Wrath: Das erfährst du, wenn es so weit ist. Aber es wird wohl noch eine Weile dauern.

J. R.: Ich würde mich jedenfalls für die beiden freuen. (Hier entsteht eine Pause, in der Wrath seine Angelleine einholt und an einer anderen Stelle des Flusses wieder auswirft.) Willst du …

Wrath: Nein. Ich selbst treibe die Kindersache noch nicht voran. Nach allem, was Bella durchmachen musste … (Er schüttelt den Kopf) Echt nicht. Und bevor du fragst, Beth stimmt da völlig mit mir überein. Aber ich glaube, sie will schon irgendwann Nachwuchs. Ich hoffe, nur nicht allzu bald. Aber sie hat ja noch nicht einmal ihre erste Triebigkeit durchgemacht, also ist die ganze Frage sowieso noch nicht wirklich akut.

J. R.: Sollen wir besser das Thema wechseln?

Wrath: Wie du willst. Du kannst mich alles fragen, aber das bedeutet nicht, dass du auch auf alles eine Antwort bekommst. (Dabei grinst er mich über die Schulter hinweg an.) Aber du kennst mich ja.

J. R.: (lachend) Ja, ich weiß, wie das hier läuft. Also, erzähl mir doch etwas über Phury und die ganze Auserwählten-Geschichte. Er hat sich ziemlich verändert, findest du nicht?

Wrath: Mann, das hat mich total beeindruckt. Ehrlich. Und nicht nur der Deal, den er mit der Jungfrau der Schrift gemacht hat. Eine Weile hatte ich ja schon geglaubt, wir hätten ihn verloren.

J. R.: (muss an Phury und sein Heroinproblem denken) Ja, beinahe hättet ihr ihn verloren.

Wrath: Stimmt. (Wieder entsteht eine Gesprächspause, und ich beobachte, wie er sachte die Angelrute vor und zurück bewegt. Die Leine gleitet mit einem sanften Geräusch durch die kühle Waldluft. Es hört sich an wie Atmen.) Ja, deshalb sind wir jetzt auch hier, in Rehvs Haus. Ich komme mit Beth alle zwei Wochen her und treffe mich mit Phury und der Directrix, um zu checken, ob mit den Auserwählten alles klar ist. Mein Gott, kannst du dir überhaupt vorstellen, wie heftig der Übergang für diese Vampirinnen sein muss? Sie kommen aus der totalen Abgeschiedenheit und entdecken plötzlich eine Welt, die sie vorher nur aus Büchern kannten.

J. R.: Nein, ich kann mir kaum vorstellen, wie das ist.

Wrath: Phury ist großartig im Umgang mit ihnen. Ein bisschen so, als wären sie alle über Nacht seine Töchter geworden. Er ist der perfekte Primal, und Cormia ist jetzt so etwas wie ihre Ziehmutter. Nachdem sie mehr Zeit hatte, sich an alles zu gewöhnen, ist sie allen eine große Hilfe beim Übergang. Ich bin wirklich froh, dass sich das letztendlich so glücklich gefügt hat.

J. R.: Lass uns noch mal auf das Elternsein zurückkommen. Wie hat sich euer Leben verändert, seit Nalla da ist?

Wrath: (lacht) Soll ich ehrlich sein? Die Kleine ist eine richtige Diva. Sie wickelt uns alle um den kleinen Finger. Neulich saß ich an meinem Schreibtisch und habe ein bisschen gearbeitet, als Bella mit der Kleinen hereinkam. Seit neuestem schläft sie nämlich nur, wenn sie herumgetragen wird. Wie auch immer, jedenfalls lief Bella mit ihr in meinem Arbeitszimmer auf und ab. Nalla hatte ihren Kopf auf Bellas Schulter gelegt, und sie schlief tief und fest – das Kind hat übrigens Wimpern so lang wie deine Arme. Und Bella, die wollte nur kurz verschnaufen, aber kaum hat sie sich auf die Couch gesetzt, reißt die Kleine die Augen auf und fängt an zu quengeln.

J. R.: Armes Ding!

Wrath: Du meinst Bella, oder?

J. R.: Klar!

Wrath: (lachend) Also hat mich Bella Nalla halten lassen (als er das sagt, klingt er stolz wie Oskar). Ich hab sie dann herumgetragen. Und ich habe sie auch nicht fallen lassen.

J. R.: (ein Lächeln verbergend) Natürlich nicht.

Wrath: Sie ist auf meinem Arm eingeschlafen. (Er wirft mir einen bedeutungsvollen Blick zu.) Weißt du, ein kleines Kind schläft nur, wenn es darauf vertraut, dass es in deiner Gegenwart sicher ist.

J. R.: (sanft) Jeder würde sich in deiner Gegenwart sicher fühlen.

Wrath: (schnell wegschauend) Ja, die Kleine ist ein richtiges Prachtstück. Z ist immer noch ein wenig unsicher im Umgang mit ihr. Ich glaube, weil er fürchtet, sie zu zerbrechen – nicht etwa, weil er sie nicht lieben würde. Rhage schleppt sie überall mit sich herum wie einen Kartoffelsack, und Nalla scheint dabei einen Riesenspaß zu haben. Phury geht ganz entspannt mit ihr um, genauso wie Butch.

J. R.: Und was ist mit Vishous?

Wrath: Ich glaube, Nalla macht ihn nervös. Aber er hat ihr einen Dolch gemacht! (lacht) Verdammter Spinner. Welcher Irre macht einem Kleinkind schon einen Dolch?

J. R.: Aber ich wette, er ist wunderschön geworden.

Wrath: Das sowieso. Er hat … (Der König hält inne und reißt kurz an der Leine, als wolle er prüfen, ob etwas angebissen hat.) Er hat den Griff über und über mit Diamanten besetzt. Hat ganze drei Tage lang daran gearbeitet. Er meinte, sie könne ihn gebrauchen, wenn die Jungs anfangen, sich für sie zu interessieren.

J. R.: (Lachend) Darauf möchte ich wetten.

Wrath: Vielleicht hat er sich aber ganz umsonst die Mühe gemacht. Wenn es nach Zsadist ginge, würde sie sich nie verabreden. Niemals.

J. R.: Au!

Wrath: Logisch. Zs kleines Mädchen! Verdammt, in der Haut ihres künftigen Verehrers möchte ich nicht stecken.

J. R.: (Nach einer weiteren Pause) Kann ich dich auch nach Tohr fragen?

Wrath: Hätte mir denken können, dass du das nicht auslässt.

J. R.: (Wartet darauf, dass er etwas dazu sagt) Also, dann kann ich dich nach ihm fragen?

Wrath: (Genervt) Was willst du jetzt von mir hören? Er ging in den Wald, um dort zu sterben. Lassiter hat ihn wieder zurück zu uns gebracht; zu Leuten die ihn jeden Tag an seine *Shellan* erinnern. Er muss trinken, aber natürlich weigert er sich, und das kann ich nur allzu gut verstehen. Er ist geschwächt und wütend. Am liebsten wäre er tot. So sieht es mit ihm aus.

J. R.: (wissend, dass ich besser nicht weiterfrage) Ist es komisch, dass Lassiter jetzt immer dabei ist?

Wrath: (lacht gepresst) Dieser Engel ist schon eine Nummer für sich. Er stört mich nicht wirklich, und ich glaube, das weiß er auch. Er hat sich mal eine Kugel eingefangen, die für mich bestimmt war

J. R.: Davon habe ich gehört. Denkst du, dass du ihm etwas schuldig bist?

Wrath: Jap.

J. R.: Er und V kommen nicht miteinander klar.

Wrath: Nein, tun sie nicht. (lacht) Das mit anzuschauen ist ’ne echte Schau. Pack die beiden in ein Zimmer, und sie führen sich auf wie zwei Pitbulls in einem Käfig. Und bevor du nachhakst, ich kenne keine Details, und ich will sie auch gar nicht wissen.

J. R.: Apropos Details … Was die *Glymera* betrifft …

Wrath: Verdammt, Frau, musst du mir unbedingt den Abend verderben?

J. R.: Ich wollte doch nur fragen, wie du es findest, dass

Rehvenge vom Rat des Princeps zum *Leahdyre* ernannt wurde.

Wrath: (lacht schallend) Dann ist ja gut. Himmel, das ist total irre. Wer hätte gedacht, dass es so kommen würde? Ausgerechnet ein *Sympath* führt diese verdammten, engstirnigen Bastarde an. Und die haben keine Ahnung, dass er einer ist. Außerdem ist Rehv auf meiner Seite, was die zunehmenden Unruhen betrifft, die in Folge der Überfälle durch die *Lesser* ausgebrochen sind. Sie haben da jemanden ernannt, der genauso wie ich der Meinung ist, dass der Adel durchgeknallt ist und völlig selbstzerstörerisch handelt.

J. R.: Und du vertraust Rehv?

Wrath: So weit, wie ich allen anderen vertraue, die weder meine Brüder noch Beth sind.

J. R.: Also die Tatsache, dass er ein halber *Sympath* ist ...

Wrath: Moment mal. Er ist ein *Sympath*. Dass er nicht reinblütig ist, spielt da überhaupt keine Rolle. Wenn du nur einen Tropfen davon in dir hast, bist du ein *Sympath*. Fertig. Deshalb wurde ja auch die Kolonie hoch im Norden gegründet, weil sie gefährlich sind.

J. R.: Deshalb frage ich ja, ob du ihm vertraust. Ich dachte immer, sie wären alle Soziopathen.

Wrath: Das sind sie, und er ist es auch. Aber mit einer Sache kann man bei einem *Sympath* immer rechnen, und das ist sein Eigennutz. Rehv liebt seine Schwester, und Bella ist mit einem der Brüder verheiratet. Deshalb wird Rehv nichts tun, was ihnen oder mir schadet. Diese Rechnung geht immer auf.

J. R.: Glaubst du, dass die *Glymera* deine Position als König gefährdet?

Wrath: Ich will mal ganz offen sein. Ich war nie besonders gut auf sie zu sprechen, und das wird sich auch so schnell nicht ändern lassen, aber das heißt noch lange nicht, dass ich sie tot sehen will. Momentan sind sie versprengt, weit entfernt von Caldwell und untereinander zerstritten. Umso länger diese Situation anhält, desto besser für mich. Denn das gibt mir die Zeit, die Zügel wieder in die Hand zu nehmen und meinen Leuten eine Vision zu geben, wie wir diese Sache überstehen können. Solange mich ein Großteil der Zivilisten unterstützt, ist alles in Ordnung. Und sehen wir den Tatsachen ins Auge, die *Glymera* ist keine besonders einladende Organisation, also fühlt sich der durchschnittliche Vampir ihnen auch nicht verpflichtet.

J. R.: Wie sieht deine Zukunft aus?

Wrath: Ich denke, mir stehen eine Menge Veränderungen bevor. Phury hat absolut recht: Um zu überleben, müssen wir uns anpassen, denn die alten Regeln sind tödlich für uns geworden. Die Sklaverei habe ich bereits verboten, und ich bin dabei, das Regelwerk für Soldaten und die Bruderschaft im Allgemeinen zu überarbeiten. Die Auserwählten wurden befreit. Aber es gibt noch hundert andere Sachen, die ich verändern, überdenken und neu ordnen muss.

J. R.: Reden wir mal von den neuen Regeln für die Bruderschaft. Bedeutet das, dass Blay und Qhuinn echte Brüder werden könnten?

Wrath: Angenommen, sie schaffen es, genug Erfahrung zu sammeln, könnten sie den Status von Brüdern erlangen. Allerdings wird die Schwelle, ein Mitglied der Bruderschaft zu werden, was die Fähigkeiten der Aspiranten betrifft, ausgesprochen hoch angesetzt werden. Blut wird dich nicht mehr zum Bruder machen, deine Fähigkeiten im Kampf schon. Und ich will noch weitere Beschränkungen lockern. Weißt du, Qhuinn ist Johns persönliche Leibwache, früher hätte ihn das als Bruder disqualifiziert, aber heute nicht mehr.

J. R.: Mich hat es wirklich überrascht, dass du ihn und Blay überhaupt ins Haus gelassen hast. Übrigens war ich sehr froh darüber.

Wrath: (nach einem Moment) Nun … Darius hat das Haus gebaut, und er hatte immer gerne Leute um sich. Die beiden Burschen haben Courage und, verdammt, Qhuinn hatte recht, was John betrifft. Ist schon richtig so. Das Ding ist nur, das Trainingsprogramm liegt gerade für Gott weiß wie lange Zeit auf Eis. Die Angehörigen der *Glymera* haben alle Söhne, die noch übrig waren, mitgenommen, als sie verschwanden, und außerdem hatten wir mit dem Krieg schon alle Hände voll zu tun. Ich brauche neue Soldaten, und Blay und Qhuinn sind gute Kämpfer. Wirklich, hervorragende Kämpfer. Deshalb wollen wir sie haben. (langes Schweigen)

J. R.: Bist du glücklich? Ich meine, ich weiß, dass die Dinge gerade schwierig sind, aber bist du heute glücklicher als vor ein paar Jahren?

Plötzlich strafft sich die Leine, und Wrath konzentriert sich voll darauf, den Fang einzuholen, der sich schließlich als Süßwasserforelle entpuppt. Der Fisch liegt glänzend und glitschig in der Hand des Königs, und beinahe entwischt er ihm, als er versucht, den Haken aus seinem nach Luft schnappenden Mund zu lösen.

J. R.: Ein schöner Fang.

Wrath: Ja, und kämpferisch ist er auch. (Wrath beugt sich hinunter und hält den Fisch vorsichtig ins Wasser.) Du willst wissen, ob ich glücklich bin? Nun … nachher kehre ich an einen warmen Ort zurück, wo meine *Shellan* auf mich wartet. Wir werden etwas essen, vorausgesetzt, Layla hat die Küche nicht in Brand gesetzt, und dann werden Beth und ich ins Bett gehen. Ich werde mich mit ihr vereinigen, eine Stunde lang, vielleicht auch länger, und dann wird sie ihren Kopf auf meine Brust legen, und wir werden zusammen einschlafen. (Er lässt die Forelle los und beobachtet, wie sie in der trägen Strömung verschwindet.) Wollen wir gehen?

J. R.: Klar. Und ich weiß sehr zu schätzen, dass du dir die Zeit für meine Fragen genommen hast.

Wrath: Kein Problem. Außer, du denkst, du würdest jetzt wieder nach Caldwell zu den anderen zurückfahren?

J. R.: Das war eigentlich der Plan.

Wrath: (schüttelt den Kopf) Nein, du wirst hier bei uns übernachten. Morgen kannst du dann aufbrechen. Es ist eine lange Fahrt, und auf den Straßen ist viel Wild unterwegs.

J. R.: (da man sich nicht mit dem König anlegt) Okay, dann machen wir es so.

Wrath: Gut.

Wir waten hinüber zum Flussufer. Wrath klettert zuerst die Böschung hinauf und reicht mir seine Hand. Ich greife danach, und er zieht mich hoch. Er nimmt den Rucksack, öffnet ihn und hält ihn mir hin.

Wrath: Möchtest du einen Apfel?
J. R.: Oh ja, sehr gern.

Ich greife hinein und nehme das Obst heraus. Die Schale ist rotgrün und glänzt im Mondlicht. Beim Hineinbeißen knackt es wie Holz. Der Saft läuft mir über die Handflächen. Wir beide laufen zusammen durch den Wald, und bei jedem Schritt schlackern uns die Anglerstiefel um die Beine.

J. R.: (als wir aus dem Wald treten und die Lichter von Rehvs sicherem Haus vor uns auftauchen) Wrath?
Wrath: Hm?
J. R.: Danke.
Wrath: Es war ja dein Apfel.
J. R.: Ich rede nicht von dem Apfel.
Wrath: Ich weiß. Ich weiß, *Challa*.

Er zieht mich an sich und drückt mich kurz und fest. Nach zwei Schritten lässt er mich wieder los, aber wir gehen Seite an Seite weiter auf das warme, einladende Haus zu.

Wrath & Beth ist immer noch das Buch, auf das ich mit dem größten Stolz blicke. In meinen Augen könnte das Tempo nicht besser sein, und außerdem habe ich beim Schreiben dieses Buches meine Stimme als Schriftstellerin gefunden. Natürlich habe ich mir in die sprichwörtlichen Hosen gemacht, als es darum ging, die verdammte Story wirklich umzusetzen, denn es war ein hartes Stück Arbeit. Sehr hart. Davor hatte ich noch nie aus verschiedenen Perspektiven geschrieben oder richtige Handlungen entworfen oder gar eine ganze Serie und die Welt, in der sie spielt, entwickelt. Ich hatte keinen blassen Schimmer, was zu tun ist, wenn es um … na ja, sagen wir mal, so gut wie alles geht: Obwohl *Wrath & Beth* bereits mein fünftes Buch war, das veröffentlicht werden sollte, war es doch etwas völlig anderes im Vergleich zu allem, was ich vorher geschrieben hatte. Es war fast so, als hätte ich wieder bei null anfangen müssen.

Im Übrigen war ich auch vorher beim besten Willen kein Experte. Bei meinen ersten vier Büchern handelte es sich jeweils um in sich abgeschlossene Liebesgeschichten, die ich noch unter meinem Pseudonym Jessica Bird veröffentlicht hatte. Sie waren alle mehr oder minder inspiriert von meiner begeisterten Lektüre von *Harlequin Presents* und *Silhoutte Special Editions*. Nun ja, davon und von der Tatsache, dass ich eine geborene Schriftstellerin bin. Das Schreiben ist bei mir einfach Veranlagung und etwas, das ich tun muss, um glücklich zu sein und nicht abzudrehen. Aber das ist eine andere Geschichte.

Die Jessica-Bird-Bücher zu schreiben machte mir sehr viel Spaß, aber mein Vertrag wurde nicht verlängert …

Das bedeutete natürlich, dass ich keinen Verlag mehr hatte. Ich wusste, dass ich die Richtung ändern musste, wenn ich weiterhin einen Job haben wollte. Also versuchte ich mich in verschiedenen Untergenres. Ich schusterte eine Outline für eine Spannungsromanze zusammen, aber der Stoff war nicht stark genug. Ich dachte darüber nach, Frauenromane oder Chick Lit zu schreiben – aber das waren nicht gerade die Genres, die ich selbst gerne las, wahrscheinlich weil mir die Themen einfach nicht entsprechen. Ich zog auch in Betracht, weiterhin moderne Liebesromane zu schreiben und mir einfach einen neuen Verlag zu suchen, aber ich wusste, die Chancen, dass mich ein anderes Haus aufgreift, waren eher gering.

Doch dann, im schwärzesten Moment, als mir die frischen Ideen ausgingen und mir klar wurde, dass ich mich unbedingt neu erfinden muss, da ich sonst geliefert sein würde … in genau diesem Moment tauchte Wrath auf. Obwohl ich immer ein Horrorfan gewesen bin, war mir doch nie in den Sinn gekommen, mich an einer Paranormal Romance zu versuchen. Aber plötzlich spukte mir dieser mehr als ansehnliche männliche Vampir im Kopf herum, und er und seine Brüder drängten aus meinem Hirn heraus wie aus einem brennenden Haus.

Okay. Gut. Man nehme Horror, gespickt mit Liebe, Erotik, Fantasy und Hip-Hop, füge ein bisschen Leder, Tattoos im *Miami Ink*-Stil und glänzende Felgen hinzu, rühre das Ganze mit einem Baseballschläger um, garniere es mit ein wenig Talkum und serviere es mit etwas heißem Heilige-Mutter-Gottes-das-muss-klappen-oder-ich-muss-bis-ans-Ende-meiner-Tage-Anwältin-bleiben.

Gar kein Problem.

Verdammt, ich erinnere mich noch allzu gut, dass ich

dachte: *Warum fängst du nicht an zu trinken? Oder stopfst zumindest Schokolade in dich hinein?*

Das bringt mich auf meine erste Grundregel für Schriftsteller: PR ist entscheidend fürs Überleben, und ich spreche hier nicht von Public Relations.

Sondern von *Persist* und *Reinvent* – niemals lockerlassen und immer offen sein für neue Ideen. Wenn sich deine Bücher nicht gut verkaufen oder du auf dein Material keine guten Rückmeldungen von Agenten oder Verlagen bekommst, versuche es mit etwas anderem, ob es nun eine neue Stimme oder ein anderes Genre ist. Lass dich nicht beirren. Versuch es immer weiter. Halte Ausschau nach neuen Richtungen, die dich interessieren. Finde einen anderen Weg.

Bei mir hat es funktioniert.

Das heißt aber nicht, dass P&R immer Spaß macht. Als ich mich hinsetzte, um die Probekapitel von Wraths Geschichte zu schreiben, fühlte ich mich gleichzeitig einmalig inspiriert und völlig blockiert. Alles, was ich hatte, war ein Gewirr von Ideen und Vorstellungen in meinem Kopf, totale Panik, dass niemand die Geschichte kapieren, geschweige denn kaufen würde, und außerdem traute ich mir überhaupt nicht zu, etwas so Kompliziertes wie die Welt der Bruderschaft zu entwerfen.

Es war in etwa so wie der Versuch, ein Flugzeug zu fliegen, wenn man kaum Fahrrad fahren kann.

Ich saß vor meinem leeren Computerbildschirm und musste meine Ängste überwinden. Ich wusste, dass es auch keine Lösung war, mir das Hirn zu zermartern, also schloss ich mit mir selbst einen Pakt: Ich würde die Geschichte, die mir im Kopf herumspukte, genauso niederschreiben, und ich würde es für mich tun und nur für mich. Ich verbot mir alle störenden Bedenken wie *Das-kannst-du-nicht* oder *Das-ist-aber-gegen-die-Regeln* oder *Lieber-auf-Nummer-sicher-gehen.* Was immer ich vor meinem inneren Auge sah, würde ich zu Papier bringen.

Meine nächste Regel lautet *WOL: Write Out Loud.*

Nimm all deine Ideen und denke sie zu Ende, gehe damit so weit es geht, auch wenn es vielleicht zu weit ist. Es ist hinterher immer leichter zurückzurudern, als etwas vorantreiben zu müssen. Ich glaube, je couragierter der erste Entwurf ist, desto gerechter kann man letztendlich seinen Ideen werden.

Gut, das war also der Plan, und ich fühlte mich ganz gut damit. Da gab es bloß ein winzig kleines Problem.

Wie ließen sich meine großen Pläne bloß umsetzen?

All meine Ideen und die Vielzahl von Perspektiven und Nebenhandlungen machten es mir fast unmöglich, die Story klar zu entwerfen. Als ich wieder mal total panisch wurde, entsann ich mich meines Jurastudiums. An der Uni musste ich immer umfangreiche Beschreibungen der Fälle verfassen, die uns im Kurs vorgelegt wurden. Der Vorteil dieser Methode ist, dass man, wenn man erst einmal alles sortiert hat, den Stoff auch intus hat. Dabei ist der Arbeitsprozess fast wichtiger als das Ergebnis.

Umfangreiche Entwürfe sind seitdem die wichtigste Technik, die ich beim Schreiben anwende.

Vor der *Black Dagger*-Serie begann ich immer nichts als eine detaillierte Inhaltsangabe zu schreiben, deren Hauptaufgabe es war, meiner Lektorin eine Vorstellung davon zu vermitteln, worauf ich hinauswollte. Den größten Teil des Konzepts überlegte ich mir erst, während ich den Roman erarbeitete – was nicht nur total ineffizient, sondern auch ziemlich riskant war.

Zum Beispiel konnte es so passieren, dass ich die Gefühlslage der Hauptfiguren falsch anlegte oder ihre Beweggründe und Konflikte zu verworren waren, oder dass der Erzählimpuls auf halber Strecke verloren ging. Manchmal passierte sogar all das zusammen. Klar, am Ende bekam ich es immer irgendwie hin, aber auf dem Weg dahin verschwendete ich tonnenweise Papier und ging meiner Lektorin furchtbar auf die Nerven. In diesem mühsamen Kampf um die Geschichte traf ich außerdem oft nicht die besten inhaltlichen Entscheidungen, weil mein Hirn vor lauter Durcheinander und aus Mangel an Klarheit einfach nicht mehr richtig funktionieren konnte.

Meine unverzichtbare dritte Regel ist daher eine logische Begleiterscheinung der zweiten und die Grundvoraussetzung für meine Arbeit als Schriftstellerin: *Own your own shit!*

Kümmere dich um deinen eigenen Scheiß (oder deine eigene Arbeit, wenn du es ein bisschen vornehmer magst).

Verlass dich nicht auf deinen Lektor oder Agenten oder Probeleser, um die Geschichte, die Charaktere, das Tempo, den Kontext, die Kapitelaufteilung oder irgendein anderes der tausend Probleme, mit denen du beim Schreiben eines Buches konfrontiert wirst, in den Griff zu bekommen. Lerne dein Handwerk, indem du Bücher von anderen Autoren kritisch liest – und zwar die guten und die schlechten. Frag dich immer wieder, was funktioniert und was nicht. Studiere die einschlägigen Texte, die über das Schreiben verfasst wurden, wie *Story: Die Prinzipien des Drehbuchschreibens* von Robert McKee oder *Die Odyssee des Drehbuchschreibers* von Christopher Vogler. Sprich mit anderen Schriftstellern über deren Bücher, und darüber, wie sie sie geschrieben haben.

Wenn es um deine eigenen Arbeiten geht, betrachte sie wie ein Feldwebel einen aufmüpfigen, faulen Haufen von Rekruten. Wenn ich nett und sanft zu dem kleinen Künstler in mir bin und mich selbst beweihräuchere, ist das der sicherste Weg, dumpf und unoriginell zu werden. Disziplin und eine ehrliche Einschätzung meiner Stärken und Schwächen, sind bei mir die absolute Voraussetzung für gute Arbeit. Das Ego ist nicht mein Freund und war es auch nie.

Doch zurück zu *Wrath & Beth*. Die Bilder in meinem Kopf waren so klar, dass ich nur zwei Wochen brauchte, den ersten Entwurf des Handlungsverlaufs und der Welt zu schreiben (und die ersten neunundsechzig Seiten des Romans). Natürlich schlief ich in dieser Zeit kaum oder machte Pausen. Ich war völlig in meinem Element und hatte keinerlei Interesse daran, einen Gang herunterzuschalten.

Das geht mir übrigens auch heute noch so.

Als ich alles, was mir im Kopf herumspukte, zu Papier gebracht hatte, war die Outline ganze vierundvierzig Seiten lang. Ich war sprachlos. Denn davor hatte ich immer höchstens zehn Seiten hinbekommen.

Meine größte Sorge war, dass die Lektoren die Outline nicht zu Ende lesen würden. Obwohl man als bereits veröffentlichter Autor durchaus neue Projekte auf gut Glück und der Basis einer Inhaltsangabe und dreier Musterkapitel verkaufen kann, war ich verunsichert und fühlte mich dem Buch und seinen Figuren unglaublich nah. Natürlich war das auch ein Vorteil, denn ich wusste genau, worauf ich hinauswollte und wie jede Figur sich entwickeln sollte. Ich hatte alles schon im Vorfeld bedacht – und mir wurde klar, dass es viel leichter war, einen oder zwei Absätze in der Outline umzustellen, als später ganze Kapitel streichen oder neu schreiben zu müssen.

Glücklicherweise wurde mein Serien-Konzept von der spektakulärsten Lektorin, mit der ich je gearbeitet habe, gekauft. Die ersten drei Bücher wurden fest eingeplant. Mann, war das aufregend. Aber ich hatte auch fürchterliche Angst, denn ich wusste nicht, ob ich das auch bringen würde, was man nun von mir erwartete. Also versuchte ich, mir einzubläuen, dass mit meiner großartigen Outline eigentlich gar nichts mehr schiefgehen konnte. Solange ich die hatte, musste ich die Story einfach nur noch in meinen Computer hacken.

Aber sicher.

Die Ausführung war dann doch viel kniffliger, als ich gedacht hatte, und das aus verschiedenen Gründen.

Die größte Herausforderung beim Schreiben von *Wrath & Beth* war für mich die, mit mehreren Handlungssträngen und Perspektiven zu arbeiten. Es gibt drei Hauptstränge der Handlung: Wrath und Beth, Mr. X und Billy Riddle und die Geschichte von Butch. In jedem Handlungsstrang werden unterschiedliche Aspekte der Welt eingeführt, die dem Leser Einblick geben in die Gesellschaft der Vampire, ihren geheimen Kampf gegen die *Lesser* und ihr Zusammenleben mit den Menschen. Das ist natürlich eine ganze Menge. Und um die Sache noch komplizierter zu machen, werden diese Handlungsbögen auch noch aus den Perspektiven von acht verschiedenen Figuren erzählt.

Ziemlich viel, an das man denken muss.

Ziemlich viel, das man von Kapitel zu Kapitel voranbringen muss.

Und die vierte Regel für mich als Schriftstellerin? Handlungsstränge sind wie Haie: Wenn sie sich nicht mehr bewegen, sind sie gestorben.

Bei so vielen Dingen, die passieren, ist es wichtig, immer das richtige Tempo zu finden: Damit das Buch ein Erfolg würde, musste ich alle Handlungsstränge am Laufen halten. Während ich erzählte, wie Wrath und Beth sich näherkommen, gefühlsmäßig wie körperlich, musste ich auch Butch und José de la Cruz im Auge behalten. Ihre Mordermittlungen erschlossen dem Leser nicht nur die Welt der Bruderschaft, sondern enthüllten Schritt für Schritt auch die Übeltaten von Mr. X. Parallel dazu mussten auch die anderen Brüder in die Geschichte eingeführt und der Krieg umrissen werden, und dann galt es ja auch noch die Jungfrau der Schrift und die Andere Seite vorzustellen.

All das musste geschehen, ohne dass die Geschlossenheit des Plots verloren ging. Darüber hinaus sollten auch die Gefühle realistisch und lebhaft wirken, ohne ins Melodramatische abzurutschen.

Butch musste Zugang zur Bruderschaft finden, was über Beths Verbindung mit Wrath geschehen sollte. Außerdem sollte Butch mit Marissa zusammenkommen. Gut. Prima. Weiter so. Das Problem war nur, wie konnte ich Butchs Szenen mit denen von Beths und Wraths Liebesgeschichte verweben, zusammen mit all den Erzählsträngen von Mr. X und der Gesellschaft der *Lesser* ... ohne dass das Ergebnis uneinheitlich und unverständlich war?

Außerdem brauchten alle Plots auch noch ihren eigenen emotionalen Höhepunkt, und das auch noch in der richtigen Reihenfolge. Beth und Wrath sollten natürlich das dynamischste Ende haben – und wenn es nach den Bildern in meinem Kopf ging, würden sie das auch bekommen. Aber auch Butchs Situation und die von Mr. X und Billy Riddle mussten gelöst werden … aber nur auf eine Art und Weise, die nicht von Beth und Wraths Drama ablenkte.

Hirn. Krampf.

Und die Lösung? Regel Nummer fünf, die wieder eine logische Folge von Regel Nummer drei (Kümmere dich um deinen eigenen Kram) ist: *Sweat* und *Equity*. Schweiß und Ausdauer.

Nachdem ich die erste Fassung fertig hatte, ging ich das Buch immer wieder durch, wieder und wieder. Dann machte ich eine Woche Urlaub, und danach nahm ich es mir noch einmal vor. Ich verbrachte Stunde um Stunde damit, Absätze und Kapitel umzustellen, Stellen und Dialoge zuzuspitzen, und ich vergewisserte mich immer wieder, dass ich das Geschehen zeigte und nicht nur davon erzählte – *Show, don't tell!*

Sogar als ich dann die Druckfahnen vor mir hatte, wollte ich immer noch einzelne Dinge ändern. Das Buch hat seine Stärken und Schwächen, wie jedes andere auch, aber Tatsache ist, ich habe unheimlich viel beim Schreiben von *Wrath & Beth* gelernt. Das musste ich aber auch, damit ich die Bände, die danach kamen, überhaupt meistern konnte.

Aber jetzt habe ich mich genug über das Schreibhandwerk ausgelassen, reden wir lieber über den König und Beth …

Wrath war der erste der Brüder, der mir in den Sinn kam, und er war es auch, der mir die Welt der *Black Dagger* eröffnete. Was ich an ihm besonders mag, lässt sich ganz gut mit einer Textstelle am Anfang der Romans zusammenfassen:

Sein Gesicht wirkte aristokratisch und brutal zugleich. Er war ein König per Geburtsrecht, aber das Schicksal hatte ihn zu einem Soldaten gemacht.

– WRATH & BETH, Seite 11

Ich liebe diese Kombination – ein Kämpfer von Adel –, und ich glaube wirklich, dass Wrath das perfekte Oberhaupt der Vampire ist: stark, wenn nötig auch brutal, intelligent und leidenschaftlich. Er musste nur noch selbst erkennen, dass er der geborene Anführer ist.

Und Beth ist diejenige, die ihm zu dieser Erkenntnis verhalf.

Beth passt perfekt zu Wrath. Sie ist willensstark, aber warmherzig und kann sich gegen ihn behaupten. Die besondere Dynamik zwischen den beiden wird in einer meiner absoluten Lieblingsszenen deutlich. Die zwei sprechen über den Tod von Wraths Eltern, die vor seinen Augen niedergemetzelt wurden. Er macht sich Vorwürfe, weil er sie nicht hatte retten können, aber er war zu dem Zeitpunkt noch ein schwacher Prätrans, also hätte er realistisch betrachtet, sowieso nichts ausrichten können. Daraufhin dreht Beth total durch und versucht ihm einzubläuen, dass er nicht so hart mit sich selbst sein soll. Das ist genau das, was er in dem Moment braucht, ungeachtet der Tatsache, dass er nicht gerade empfänglich für ihre Ratschläge ist. Aber das Wichtigste ist doch, dass sie sich trotz seines Ärgers nicht davon abbringen lässt, zu sagen, was sie denkt. Und obwohl Wrath ihre Sichtweise nicht teilt, fühlt er sich dadurch nur noch stärker zu ihr hingezogen. Nachdem sie ihrer Wut Luft gemacht hat, entsteht eine unangenehme Pause:

Na großartig. Jetzt hatte sie es geschafft. Wrath öffnete sich endlich ihr gegenüber, und sie brüllte ihn an, weil er sich für seine Vergangenheit schämte. Sehr sensibel.

»Wrath, entschuldige bitte, ich hätte nicht …«

Er schnitt ihr das Wort ab. Seine Stimme und seine Miene waren kalt wie Stein.

»Niemand hat je so mit mir gesprochen.«

Verdammt!

»Es tut mir echt leid. Ich verstehe nur einfach nicht …«

Wrath zog sie in seine Arme und zerdrückte sie dabei fast. Wieder sprach er in seiner Sprache. Als er sie losließ, beendete er seinen Monolog mit etwas, das wie Lielan *klang.*

»Heißt das Miststück *auf Vampirisch?«*

– Wrath & Beth, Seite 357

Wrath ist die personifizierte Stärke, und die Tatsache, dass Beth für sich selbst eintritt, bringt die beiden auf Augenhöhe. Dass er ihr Respekt erweist, ist mindestens genauso wichtig wie seine Liebe zu ihr. Und sie ist es wert.

Eine andere Lieblingsszene von mir ist die, in der Beth kurz nach ihrer Transition aus Wraths unterirdischem Schlafzimmer in Darius' Haus kommt. Sie fragt sich, wie er sich wohl in Gegenwart seiner Brüder ihr gegenüber verhalten wird. Als sie das Speisezimmer betritt, wo die Krieger versammelt sind, ist sie darauf gefasst, dass er sich ganz cool geben wird. Aber dann stellt sich heraus, dass Wrath überhaupt kein Problem damit hat, seine Gefühle für sie öffentlich zu zeigen, und er küsst sie einfach vor all seinen erstaunten Brüdern, die ihn noch nie zuvor so vertraut mit einer Vampirin erlebt haben. Nachdem er ihnen in der alten Sprache gesagt hat, was sie ihm bedeutet, geht er, um ihr das zu bringen, wonach sie sich in dem Moment am meisten sehnt – Schinken und Schokolade. Daraufhin erweisen ihr die Brüder auf besondere Weise Respekt:

Lautes Schaben ertönte, als fünf Stühle gleichzeitig gerückt wurden. Die Männer standen geschlossen auf. Und kamen auf sie zu.

Sie sah in die beiden bekannten Gesichter, doch ihre ernsten Mienen waren nicht gerade ermutigend.

Und dann blitzten die Messer auf.

Mit einem metallischen Zischen wurden fünf schwarze Dolche gezogen.

Panisch taumelte sie rückwärts, die Hände abwehrend vor das Gesicht gehalten. Sie stieß gegen die Wand und wollte gerade um Hilfe schreien, als die Männer im Kreis um sie herum auf die Knie fielen. Völlig synchron, als folgten sie einer ihr unbekannten Choreographie, stießen sie die Dolche in den Boden zu ihren Füßen und neigten die Köpfe. Das dumpfe Geräusch von Stahl und Holz schien gleichzeitig Gelöbnis und Schlachtruf zu sein.

Die Griffe der Dolche zitterten, während der dröhnende Rap noch immer den Raum erfüllte.

Die Vampire schienen auf eine Reaktion zu warten.

»Ähm. Danke schön«, sagte sie.

Die Köpfe der Männer hoben sich. Auf ihren harten Gesichtszügen lag ein Ausdruck grenzenloser Verehrung. Selbst der mit der Narbe wirkte respektvoll.

Und dann rauschte Wrath mit einer Flasche Schokosoße in der Hand herein.

»Der Schinken ist unterwegs.« Er lächelte. »Hey, sie mögen dich.«

»Und ich danke Gott dafür«, murmelte sie mit einem Blick auf die Dolche.

– Wrath & Beth, Seite 410/411

Hier grüßen die Brüder ihre neue Königin, doch Beth ist die Rolle, die sie in Zukunft spielen wird, noch überhaupt nicht klar. Sie durchlebt in dieser Nacht also eigentlich zwei Transitionen: Die erste macht sie zur Vampirin, und mit der zweiten wird sie als *Lielan*, als »mein Liebstes« in der privaten Welt von Wraths Bruderschaft willkommen geheißen.

Die erotischste Szene des Buches? Abgesehen vom ersten Mal, als sie Sex haben, würde ich sagen, als Beth und Wrath die Verabredung in Darius' Haus haben. Der Abend fängt eher etwas holprig an (unter anderem aufgrund von Wraths Streit mit Tohr). Wie auch immer, als das Paar allein ist, redet Wrath darüber, wie sehr er Pfirsiche mag und … nun ja, die düstere, angespannte Stimmung wird plötzlich sinnlich:

Beth lehnte sich nach vorn, öffnete den Mund und legte die Lippen um die Erdbeere. Sie biss die ganze Frucht auf einmal ab. Wraths Nasenflügel bebten. Als ein Spritzer süßen Saftes danebenfloss und ihr über das Kinn tropfte, zischte er.

»Lass mich das machen«, flüsterte er kaum hörbar. Sanft nahm er ihr Kinn in seine Hand. Hob die Serviette mit der anderen.

Beth legte ihre Hand auf seine. »Mit dem Mund.«

Ein tiefes Geräusch aus seiner breiten Brust hallte durch den Raum.

Wrath beugte seinen Oberkörper vor und legte den Kopf zur Seite. Kurz blitzten seine Fänge auf, als seine Lippen sich öffneten und die Zunge herausglitt. Zärtlich leckte er den Saft ab und zog sich wieder zurück.

Er sah sie an. Sie sah ihn an. Die Kerzen flackerten.

»Komm mit mir.« Er hielt ihr seine Hand hin.

– WRATH & BETH, Seite 292

Die berührendste Begegnung? Für mich ist das eindeutig die Szene am Ende in Havers' Klinik. Wrath ist immer noch ziemlich mitgenommen, nachdem er einen Bauchschuss erlitten hat und gerade erst aus dem Koma erwacht ist. Beth versucht mit ihm zu kommunizieren, um ihn etwas zu beruhigen, da er ziemlich aufgebracht und bestürzt ist, aber er hat Schwierigkeiten zu sprechen. Sie fragt ihn, ob sie den Arzt rufen soll, oder ob er Essen, Wasser oder Blut braucht, aber er will etwas anderes:

Seine Augen fixierten ihre verschränkten Hände und wanderten dann wieder zu ihrem Gesicht.

»Mich?«, flüsterte sie. »Du brauchst mich?«

Er drückte und drückte ihre Hand, er hörte gar nicht mehr auf.

»Aber Wrath, ich bin ja bei dir. Wir sind zusammen, mein Liebster.«

Tränen strömten ihm über das Gesicht, seine Brust wurde von Schluchzen erschüttert, sein Atem ging stoßweise.

Sie nahm sein Gesicht zwischen ihre Hände und

versuchte ihn zu trösten. »Ist ja gut. Ich gehe nicht weg. Ich verlasse dich nicht, das verspreche ich dir. Ach, mein Liebster …«

Endlich wurde er etwas ruhiger, und die Tränen versiegten allmählich.

Ein Krächzen kam aus seinem Mund.

»Was?« Sie beugte sich herunter.

»Wollte dich … retten.«

»Das hast du auch, Wrath. Du hast mich gerettet.«

Seine Lippen zitterten. »Liebe. Dich.«

Sanft küsste sie ihn auf den Mund. »Ich liebe dich auch.«

»Schlaf … jetzt … etwas.«

Und dann schloss er erschöpft die Augen.

Tränen verschleierten ihren Blick, als sie sich die Hand auf den Mund legte und lächelte. Ihr wunderschöner Krieger war zurück. Und er versuchte bereits vom Krankenbett aus, sie herumzukommandieren.

– WRATH & BETH, Seite 535/536

Ich denke, das sagt eigentlich alles über die beiden und ihre Beziehung zueinander aus. Also belasse ich es einfach mal dabei.

Die in *Wrath & Beth* geschilderten Ereignisse waren die Initialzündung für alle Brüder, nicht nur für Wrath und Beth. Schon damals war klar, wie sich die ursprünglichen sieben Brüder entwickeln würden und wer sich bei ihnen noch einreihen würde. Und wie das bei allen Serien so üblich ist, wurden im ersten Buch bereits Handlungsstränge angelegt, die erst in einer späteren Folge, womöglich Jahre später, eine wichtige Rolle spielen würden. Das hat aber nichts damit zu tun, dass ich brillant wäre – sondern nur damit, dass ich damals schon eine Reihe von Szenen im Kopf hatte, die ich aber erst viel später einbauen konnte.

Wie gesagt, Wraths Geschichte ist das Buch, auf das ich am stolzesten bin. Für mich war es ein totaler Neustart. Zum ersten Mal schaffte ich es, meine Ideen und Vorstellungen einer Story völlig authentisch zu Papier zu bringen. Es würde mich wundern, wenn ich noch einmal so etwas zuwege bringen würde. Wrath war für mich ein Durchbruch – sowohl was den Stoff, als auch was die Form und den Ton betrifft. Er hat mich schriftstellerisch einen Riesenschritt vorangebracht – und ich schrieb ihn zu einer Zeit, als ich praktisch arbeitslos war.

Ich bin wirklich dankbar, dass Wrath zu mir gekommen ist und gleich all seine Brüder mitgebracht hat. Das Buch ist ihnen gewidmet – aus gutem Grund.

Glossar der Begriffe und Eigennamen

Die Bruderschaft der Black Dagger – Die Brüder des Schwarzen Dolches. Speziell ausgebildete Vampirkrieger, die ihre Spezies vor der Gesellschaft der *Lesser* beschützen. Infolge selektiver Züchtung innerhalb der Rasse besitzen die Brüder ungeheure physische und mentale Stärke sowie die Fähigkeit zur extrem raschen Heilung. Die meisten von ihnen sind keine leiblichen Geschwister; neue Anwärter werden von den anderen Brüdern vorgeschlagen und daraufhin in die Bruderschaft aufgenommen. Die Mitglieder der Bruderschaft sind Einzelgänger, aggressiv und verschlossen. Sie pflegen wenig Kontakt zu Menschen und anderen Vampiren, außer um Blut zu trinken. Viele Legenden ranken sich um diese Krieger, und sie werden von ihresgleichen mit höchster Ehrfurcht behandelt. Sie können getötet werden, aber nur durch sehr schwere Wunden wie zum Beispiel eine Kugel oder einen Messerstich ins Herz.
Blutsklave – Männlicher oder weiblicher Vampir, der unterworfen wurde, um das Blutbedürfnis eines anderen zu stillen. Die Haltung von Blutsklaven ist heute zwar nicht mehr üblich, aber nicht ungesetzlich.
Die Auserwählten – Vampirinnen, deren Aufgabe es ist, der Jungfrau der Schrift zu dienen. Sie werden als Angehörige der Aristokratie betrachtet, obwohl sie eher spirituell als weltlich orientiert sind. Normalerweise pflegen sie wenig bis gar keinen Kontakt zu männlichen Vampiren; auf Weisung der Jungfrau der Schrift können sie sich

aber mit einem Krieger vereinigen, um den Fortbestand ihrer Klasse zu sichern. Sie besitzen die Fähigkeit zur Prophezeiung. In der Vergangenheit dienten sie allein stehenden Brüdern zum Stillen ihres Blutbedürfnisses, aber diese Praxis wurde von den Brüdern aufgegeben.

Doggen – Angehörige(r)der Dienerklasse innerhalb der Vampirwelt. Doggen pflegen im Dienst an ihrer Herrschaft altertümliche, konservative Sitten und folgen einem formellen Bekleidungs- und Verhaltenskodex. Sie können tagsüber aus dem Haus gehen, altern aber relativ rasch. Die Lebenserwartung liegt bei etwa fünfhundert Jahren.

Gesellschaft der *Lesser* – Orden von Vampirjägern, der von Omega zum Zwecke der Auslöschung der Vampirspezies gegründet wurde.

Gruft – Heiliges Gewölbe der Bruderschaft der Black Dagger. Sowohl Ort für zeremonielle Handlungen wie auch Aufbewahrungsort für die erbeuteten Kanopen der *Lesser*. Hier werden unter anderem Aufnahmerituale, Begräbnisse und Disziplinarmaßnahmen gegen Brüder durchgeführt. Niemand außer Angehörige der Bruderschaft, der Jungfrau der Schrift und Aspiranten hat Zutritt zur Gruft.

Hellren – Männlicher Vampir, der eine Partnerschaft mit einer Vampirin eingegangen ist. Männliche Vampire können mehr als eine Vampirin als Partnerin nehmen.

Hohe Familie – König und Königin der Vampire sowie all ihre Kinder.

Lielan – Ein Kosewort, frei übersetzt in etwa »mein Liebstes«.

Jungfrau der Schrift – Mystische Macht, die dem König als Beraterin dient sowie die Vampirarchive hütet und Privilegien erteilt. Existiert in einer jenseitigen Sphäre und besitzt umfangreiche Kräfte. Hatte die Befähigung zu einem einzigen Schöpfungsakt, den sie zur Erschaffung der Vampire nutzte.

Lesser – Ein seiner Seele beraubter Mensch, der als Mitglied der Gesellschaft der *Lesser* Jagd auf Vampire macht, um sie auszurotten. Die *Lesser* müssen durch einen Stich in die Brust getötet werden. Sie altern nicht, essen und trinken nicht und sind impotent. Im Laufe der Jahre verlieren ihre Haare, Haut und Iris ihre Pigmentierung, bis sie blond, bleich und weißäugig sind. Sie riechen nach Talkum. Aufgenommen in die Gesellschaft werden sie durch Omega. Daraufhin erhalten sie ihre Kanope, ein Keramikgefäß, in dem sie ihr aus der Brust entferntes Herz aufbewahren.

Omega – Unheilvolle mystische Gestalt, die sich aus Groll gegen die Jungfrau der Schrift die Ausrottung der Vampire zum Ziel gesetzt hat. Existiert in einer jenseitigen Sphäre und hat weitreichende Kräfte, wenn auch nicht die Kraft zur Schöpfung.

Princeps – Höchste Stufe der Vampiraristokratie, untergeben nur den Mitgliedern der Hohen Familie und den Auserwählten der Jungfrau der Schrift. Dieser Titel wird vererbt; er kann nicht verliehen werden.

Pyrokant – Bezeichnet die entscheidende Schwachstelle eines Individuums, sozusagen seine Achillesferse. Diese Schwachstelle kann innerlich sein, wie zum Beispiel eine Sucht, oder äußerlich, wie ein geliebter Mensch.

Rythos – Rituelle Prozedur, um verlorene Ehre wiederherzustellen. Der Rythos wird von dem Vampir gewährt, der einen anderen beleidigt hat. Wird er angenommen, wählt der Gekränkte eine Waffe und tritt damit dem unbewaffneten Beleidiger entgegen.

Schleier – Jenseitige Sphäre, in der die Toten wieder mit ihrer Familie und ihren Freunden zusammentreffen und die Ewigkeit verbringen.

Shellan – Vampirin, die eine Partnerschaft mit einem Vampir eingegangen ist. Vampirinnen nehmen sich in der Regel nicht mehr als einen Partner, da gebundene männliche Vampire ein ausgeprägtes Revierverhalten zeigen.

Transition – Entscheidender Moment im Leben eines Vampirs, wenn er oder sie ins Erwachsenenleben eintritt. Ab diesem Punkt müssen sie das Blut des jeweils anderen Geschlechts trinken, um zu überleben, und vertragen kein Sonnenlicht mehr. Findet normalerweise mit etwa Mitte zwanzig statt. Manche Vampire überleben ihre Transition nicht, vor allem männliche Vampire. Vor ihrer Transition sind Vampire von schwächlicher Konstitution und sexuell unreif und desinteressiert. Außerdem können sie sich noch nicht dematerialisieren.

Triebigkeit – Fruchtbare Phase einer Vampirin. Üblicherweise dauert sie zwei Tage und wird von heftigem sexuellem Verlangen begleitet. Zum ersten Mal tritt sie etwa fünf Jahre nach der Transition eines weiblichen Vampirs auf, danach im Abstand von etwa zehn Jahren. Alle männlichen Vampire reagieren bis zu einem gewissen Grad auf eine triebige Vampirin, deshalb ist dies eine gefährliche Zeit. Zwischen konkurrierenden männlichen Vampiren können Konflikte und Kämpfe ausbrechen, besonders wenn die Vampirin keinen Partner hat.

Vampir – Angehöriger einer gesonderten Spezies neben dem Homo sapiens. Vampire sind darauf angewiesen, das Blut des jeweils anderen Geschlechts zu trinken. Menschliches Blut kann ihnen zwar auch das Überleben sichern, aber die daraus gewonnene Kraft hält nicht lange vor.

Nach ihrer Transition, die üblicherweise etwa mit Mitte zwanzig stattfindet, dürfen sie sich nicht mehr dem Sonnenlicht aussetzen und müssen sich in regelmäßigen Abständen aus der Vene ernähren. Entgegen einer weit verbreiteten Annahme können Vampire Menschen nicht durch einen Biss oder eine Blutübertragung »verwandeln«; in seltenen Fällen können sich die beiden Spezies aber zusammen fortpflanzen. Vampire können sich nach Belieben dematerialisieren, dazu müssen sie aber ganz ruhig werden und sich konzentrieren; außerdem dürfen sie nichts Schweres bei sich tragen. Sie können Menschen ihre Erinnerung nehmen, allerdings nur, solange diese Erinnerungen im Kurzzeitgedächtnis abgespeichert sind. Manche Vampire können auch Gedanken lesen. Die Lebenserwartung liegt bei über eintausend Jahren, in manchen Fällen auch höher.

Danksagung

Ich danke euch so sehr: Karen Solem, Kara Cesare, Claire Zion, Kara Welsh, Rose Hilliard.

Mein Exekutivausschuss: Sue Grafton, Dr. Jessica Andersen, Betsey Vaughan. Mit euch allen das Internet, die Telefonleitungen und die Wege um den Hutchins and Seneca Park herum zum Kochen zu bringen hat mir wache Gedanken, die geistige Gesundheit und das Lächeln bewahrt.

In Liebe zu meiner Familie.